*Im Knaur Taschenbuch sind bereits
folgende Bücher der Autorin erschienen:*
Im Tal der Lügen
Tochter der Schuld
Insel der verlorenen Liebe
Das Lied der Lüge
Ein Sommer in Irland
Winterrosenzeit

Über die Autorin:
Ricarda Martin wurde 1963 in Süddeutschland geboren und lebt als freie Autorin im schwäbischen Raum. Bereits in früher Jugend wurde ihre Leidenschaft für England und britische Geschichte geweckt. Seit sie die Insel 1984 zum ersten Mal bereist hat, zieht es sie jedes Jahr mehrmals nach Großbritannien. Nachdem sie in verschiedenen Berufen gearbeitet hat, widmet sich Ricarda Martin seit einigen Jahren nur noch dem Schreiben und einer ehrenamtlichen Tätigkeit im Tierschutzverein im Bereich der Katzenhilfe, denn Tiere sind neben Büchern ihre zweite Leidenschaft.

Ricarda Martin

Das Liliencottage

Roman

Besuchen Sie uns im Internet:
www.knaur.de

Aus Verantwortung für die Umwelt hat sich die Verlagsgruppe Droemer Knaur zu einer nachhaltigen Buchproduktion verpflichtet. Der bewusste Umgang mit unseren Ressourcen, der Schutz unseres Klimas und der Natur gehören zu unseren obersten Unternehmenszielen. Gemeinsam mit unseren Partnern und Lieferanten setzen wir uns für eine klimaneutrale Buchproduktion ein, die den Erwerb von Klimazertifikaten zur Kompensation des CO2-Ausstoßes einschließt. Weitere Informationen finden Sie unter: www.klimaneutralerverlag.de

Originalausgabe März 2020
Knaur Taschenbuch
© 2018 Knaur Verlag
Ein Imprint der Verlagsgruppe
Droemer Knaur GmbH & Co. KG, München
Alle Rechte vorbehalten. Das Werk darf – auch teilweise –
nur mit Genehmigung des Verlags wiedergegeben werden.
Redaktion: Ilse Wagner
Covergestaltung: ZERO Werbeagentur, München
Coverabbildung: © PixxWerk®, München unter Verwendung
von Motiven von shutterstock.com
Satz: Adobe InDesign im Verlag
Druck und Bindung: CPI books GmbH, Leck
ISBN 978-3-426-52192-2

2 4 5 3 1

*Die Kanalinseln sind Stücke von Frankreich,
die ins Meer gefallen sind
und von England aufgesammelt wurden.*

Victor Hugo (1802–1885),
lebte fünfzehn Jahre im Exil auf Guernsey.

1. Kapitel

Jersey, 1950

Blassen Pfannkuchen gleich, pressten sich die Gesichter der Jungen an die Fensterscheibe, die Nasen breit gedrückt, die Augen aufgerissen.

»Hast du schon mal so einen Wagen gesehen?«, fragte der Rothaarige und stupste den Jungen neben ihm in die Seite.

»Solche Autos kommen sonst nie hierher«, antwortete der andere, kleiner und schmächtiger als sein Freund.

Gemeinsam beobachteten sie, wie die große, dunkelgrüne Limousine vor dem Portal ausrollte. Der Lack glänzte wie frisch poliert, Chrom blitzte, und eine silberne Frauenfigur zierte die Kühlerhaube, die aussah, als wollte sie jeden Moment herabspringen.

Der Chauffeur öffnete den Schlag im Fond. Ein älterer Mann, gekleidet in einen dunkelgrauen Anzug und mit einem Hut, stieg aus, dann half er einer Frau, den Wagen zu verlassen. Diese trug ein maulbeerfarbenes Kostüm, der Schleier ihres Hutes bedeckte ihr Gesicht.

»Die kommen, um mich zu holen«, sagte der Rothaarige und richtete sich zu seiner vollen Größe auf.

»Woher willst du das wissen?«, fragte der andere, sah den ein Jahr Älteren aber gleichzeitig ehrfürchtig an, denn es war nicht gut, dem Freund zu widersprechen. Dieser war nicht nur einen Kopf größer, sondern auch mächtig stark. Eine Stärke, die er den Kleineren gegenüber ausspielte, sie piesackte und ihnen die Äpfel wegnahm, die die Kinder manchmal zusätzlich bekamen. Die

Erzieherinnen bemerkten das nicht, oder sie wollten es nicht sehen, da sie ohnehin meistens den Eindruck machten, als würden sie ihren morgendlichen Tee mit Essig anstatt Sahne trinken.

»Weil ich zu solchen Leuten gehöre«, antwortete der Rothaarige patzig.

»Du gehörst zu niemandem, ebenso wie ich«, erwiderte der Jüngere nun doch, denn immer konnte er dem Freund nicht zustimmen. »Außerdem bist du viel zu faul und zu dumm, als dass eine Familie dich mitnehmen würde.«

»Du willst wohl eins auf die Nase!« Drohend baute sich der Junge vor dem Kleineren auf, die Ankunft des Paares in dem eleganten Auto schien vergessen. »Ich kann Fußball spielen, während du nie den Ball triffst, und ich kann auf Bäume klettern. Männer wollen einen Jungen haben, der kicken und gut klettern kann.«

Mit diesen Worten hatte er recht, und der Blondschopf sackte in sich zusammen. Während die anderen Jungen bei Wind und Wetter im Hof herumtobten und den Lederball durch die Gegend kickten, saß er lieber in seinem Zimmer und sah sich die Bilder in den Büchern an. Na ja, genau genommen waren es nur zwei Bücher, die den Jungen zur Verfügung standen: eines mit Tieren, die in einem Land weit weg von hier lebten – Affen, Löwen, Zebras und Kamele –, im zweiten Buch wurden Bauern bei der Feldarbeit gezeigt, und es gab bunte Zeichnungen von Kühen, Schweinen und Hühnern. Er mochte die Bilder mit den Tieren und hoffte, bald lesen zu lernen, damit er die Texte unter den Bildern verstand.

»Pass auf, gleich werden sie mich holen«, sagte der Ältere, nachdem das elegante Paar im Haus verschwunden war. »Die haben bestimmt ein ganz großes Haus, vielleicht sogar ein Schloss, und einen riesigen Garten, in dem ich mit meinem neuen Vater jeden Tag Fußball spielen werde.«

Einerseits gönnte der Blonde dem anderen eine neue Familie, gleichzeitig spürte er jedes Mal, wenn jemand abgeholt wurde, umso mehr die Einsamkeit. Vater, Mutter, vielleicht auch einen Bruder oder eine Schwester – davon träumten sie alle hier. Regelmäßig kamen Ehepaare, die sich einen Buben aussuchten. Meistens waren das kleine Jungen, fast noch Babys, die weder laufen noch sprechen konnten. Er war vier Jahre alt, für sein Alter klein und schmächtig, die Augenbrauen und Wimpern so hell, dass man sie erst auf den zweiten Blick sehen konnte, und seine Nasenspitze ragte ein wenig nach oben. Der Junge war weder sportlich oder sonst irgendwie interessant, und auch die Misses sagten ihm immer wieder, dass ein so unscheinbares Kind niemand zu sich nehmen wollte. Es war nicht allein, dass er nicht Fußball spielen konnte. Die Leute der Insel brauchten Kinder, die in der Landwirtschaft und in den Läden mit anpacken konnten. So hatte er sich damit abgefunden, in dem Heim zu bleiben, bis er erwachsen sein würde.

Der Blick in den Hof hinunter war nun uninteressant geworden, die Jungen wandten sich vom Fenster ab. Daher bemerkten sie nicht, wie ein weiterer Wagen vor das Portal fuhr. Dieser war klein, alt und mit vielen rostigen Stellen – ein Modell, das es zuhauf auf der Insel gab.

Die Tür öffnete sich, Miss Crill trat ein und rief: »Thomas, mitkommen.«

»Ich?« Der blonde Junge sah die Miss erstaunt an.

»Natürlich du, oder ist dein Name plötzlich nicht mehr Thomas?« Mit ein paar Schritten war sie bei ihm und packte ihn am Arm. »Na los, worauf wartest du?«

»Warum er?«, schrie der Rothaarige und stampfte trotzig auf. »Ich bin für die Leute viel geeigneter als der Schwächling, ich kann nämlich …«

»Halt deinen Mund, Walter«, herrschte die Frau ihn an, musterte ihn mit einem kühlen Blick und sagte: »Wenn du weiterhin nicht lernen willst, dann will dich auch nie jemand haben.«

Hinter dem Rücken der Frau warf Walter dem Jüngeren einen wütenden Blick zu. Unwillkürlich tat er Thomas leid, auch wenn Miss Crills Aussage seine eigenen Worte dem Freund gegenüber bestätigte.

Wortlos folgte er der Erzieherin durch die hohen Korridore mit den nackten, schmucklosen Wänden, dann ging es eine schlichte Steintreppe ins Erdgeschoss hinunter. Mit jedem Schritt klopfte sein Herz schneller. Waren die Leute in dem schönen Auto wirklich gekommen, um ihn zu holen? Konnte es wirklich wahr werden? Ebenso wie Walter stellte sich auch Thomas deren Haus mit einem großen Garten vor. Sicher waren sie sehr, sehr nett, und die Frau roch bestimmt gut. Jemand, der ein solches Kostüm trug, musste gut riechen. Miss Fontaine hatte auch immer gut gerochen, wie eine blühende Sommerwiese, und sie war auch immer fröhlich gewesen und hatte mit den Jungen gespielt. Manchmal hatte sie ihm, Thomas, aus den Bilderbüchern vorgelesen, während die anderen Fußball spielten. Vor ein paar Wochen aber hatte Miss Fontaine gesagt, sie werde heiraten und bald eigene Kinder bekommen, deshalb müsse sie fortgehen. Thomas hatte ihre Beine umklammert und gerufen: »Kannst du mich nicht als dein Kind mitnehmen? Ich verspreche, auch immer ganz artig zu sein und viel zu lernen.«

Sanft hatte ihre weiche Hand auf seinem Kopf gelegen, als sie antwortete: »Das geht nicht, kleiner Thomas, aber du wirst bald Leute finden, die dir Vater und Mutter sein werden.«

»Wie können Sie so etwas sagen, Miss Fontaine?« Das war Mrs Watson gewesen. Thomas sah sie nur selten, denn die Heimleiterin verbrachte den ganzen Tag in ihrem Arbeitszimmer und wollte von den Kindern nicht gestört werden. »Sie wissen doch genau, dass niemand ein Kind mit einer solchen Vorgeschichte haben will. Ich wünschte, ich könnte den Jungen aufs Festland schicken, nach London oder in eine andere Großstadt, da hätte er vielleicht eine Chance.«

Thomas hatte nicht verstanden, was sie mit ihren Worten meinte, sondern nur, dass ihn nie jemand abholen würde. Jetzt jedoch schien sein Traum wahr zu werden.

Vor der Tür des Arbeitszimmers blieb Miss Crill stehen, musterte Thomas kritisch, spuckte in ihre Handfläche und fuhr ihm glättend übers Haar, mit wenig Erfolg. Seine hellen Haare waren struppig und standen ständig in alle Richtungen ab.

»Zeig deine Hände!«

Thomas war froh, sich Hände und Fingernägel am Morgen gründlich gesäubert zu haben. So hielten sie dieser Begutachtung stand. Dann öffnete Miss Crill die Tür und schob ihn in den Raum.

»Hier ist der Junge, Mrs Watson.«

Thomas stolperte in das Zimmer, blieb abwartend in der Nähe der Tür stehen, die Hände hinter dem Rücken verschränkt.

»Danke, Miss Crill, Sie können gehen.« Mrs Watsons Stimme war tief und rauchig. »Das wär er dann also.«

»Er ist sehr klein für sein Alter.«

Das hatte der Mann gesagt, der hinter einer Frau, die auf einem der Sessel Platz genommen hatte, stand. Eine Welle der Enttäuschung schwappte über Thomas hinweg. Das waren nicht die Leute mit dem schönen Auto. Diese hier waren ganz einfach angezogen, die Frau mit einem schlichten braunen Kostüm, ohne feinen Schleier, und der Mann sprach ein seltsames Englisch.

Die Frau sagte nun etwas zu dem Mann, woraufhin dieser die Stirn runzelte, überlegte, schließlich nickte und ihr antwortete. Sie redeten in einer Sprache, die Thomas nie zuvor gehört hatte. Auf der Insel wurde neben Englisch auch häufig Jèrriais gesprochen, und er konnte die früher übliche Sprache Jerseys auch ein wenig verstehen und ein paar Worte sprechen.

»Der Junge wächst noch«, sagte Mrs Watson. »Ich versichere Ihnen, er ist gesund. An Leib und Seele.«

Die beiden Fremden wechselten wieder ein paar Sätze in dieser Sprache, die in Thomas' Ohren hart und abgehackt klang. Eine Ahnung beschlich ihn, unwillkürlich wich er zurück, bis er den Türknauf an seiner Schulter spürte. Mit diesen Leuten wollte er nicht mitgehen! Er konnte sie ja nicht mal verstehen, und sie hatten bestimmt auch kein großes, schönes Haus mit Garten.

Nun wurden ein paar Schriftstücke über den Schreibtisch geschoben, auf denen der Mann unterschrieb. Als das erledigt war, lehnte Mrs Watson sich zufrieden zurück und sagte: »Miss Crill packt seine Sachen, in ein paar Minuten ist er fertig. Wenn Sie mich bitte entschuldigen würden? Der Inspektor des Hauses nebst Gattin ist kurz vor Ihnen angekommen. Früher als vereinbart, aber ich möchte sie nicht länger warten lassen.«

»Ich danke Ihnen, Mrs Watson«, erwiderte der Mann und nickte. »Es ist ja alles geregelt und gut, dass wir den Jungen gleich mitnehmen können.«

Thomas wurde es heiß und kalt zugleich. Er bemühte sich zu sagen, dass er lieber hierbleiben wollte, seine Zunge schien ihm aber am Gaumen zu kleben. Dann kehrte Miss Crill zurück, in der Hand einen kleinen Koffer mit abgestoßenen Ecken. Alles, was Thomas in seinem jungen Leben besaß, befand sich in diesem Koffer.

Nun stand die Frau auf, kam auf Thomas zu, ging vor ihm in die Hocke und nahm seine Hände. Sie sah ihm in die Augen und sagte dann wieder etwas in dieser seltsamen fremden Sprache. Ihre Augen waren blau, aus der Nähe erkannte Thomas graue Strähnen in ihren mittelbraunen Haaren und feine Falten um ihre Mundpartie. Sein Herz pochte jetzt so schnell und heftig, dass er glaubte, jeder im Zimmer könnte es hören.

»Wir müssen jetzt gehen, wenn wir die Fähre erreichen wollen«, sagte der Mann auf Englisch.

»Fähre?« Thomas fand seine Sprache wieder. »Wir fahren mit dem Schiff?«

Die Frau lächelte freundlich und sanft, und der Mann sagte: »Ja, wir werden auf ein Schiff gehen. Das wird dir gefallen, jeder kleine Junge will doch übers Meer fahren.«

Ich nicht!, schrie Thomas innerlich. Manchmal gingen die Erzieherinnen mit den Kindern in die Stadt hinunter, dann stand er am Hafen und sah den Schiffen nach. So jung er auch war, wusste er doch, dass man, wenn man mit einem Schiff von der Insel wegfuhr, nicht zurückkommen würde.

»Ich will nicht weg!«, platzte es aus ihm heraus.

Die Frau zuckte zusammen, und Miss Crill rief: »Wirst du wohl deinen Mund halten, du undankbares Kind!«

»Er wird sich an uns gewöhnen«, sagte der Mann und warf einen Blick auf seine Armbanduhr. »Wir müssen aufbrechen.«

Die Frau nahm Thomas an der Hand. Es blieb ihm nichts anderes übrig, als neben ihr durch den Korridor zum Ausgang zu gehen. Es nieselte, ein kalter Wind wehte vom Meer her. Thomas sah sich um. Das schöne, grüne Auto stand noch immer vor dem Portal, aber die fremden Menschen brachten ihn zu einem kleinen, grauen Wagen. Der Mann klappte den Sitz zurück und schob Thomas auf die mit billigem Plastik bezogene Rückbank. Miss Crill legte den Koffer mit seinen Habseligkeiten neben ihn. Die Frau setzte sich nach vorn neben ihren Mann, der den Motor startete.

Thomas sah hinauf zu dem Fenster. Der rothaarige Walter starrte herunter, den Mund grimmig verzogen, jetzt hob er eine Hand, ballte die Finger zur Faust und schüttelte diese drohend.

Thomas wünschte, die Leute würden nicht ihn, sondern Walter mitnehmen. Dann entschwand das Heim, das seit seiner Geburt sein Zuhause gewesen war, seinen Blicken.

2. Kapitel

London, März 2017

Drei – acht – acht – eins – neun.
Mit der Spitze des grellrot lackierten Fingernagels tippte Sharon den Code ein, der Summer erklang, und sie öffnete die Haustür. In der weitläufigen Eingangshalle waren die Geräusche der Großstadt ausgesperrt. Endlich Ruhe! Seit dem Morgen quälten sie bohrende Kopfschmerzen, und seit Stunden hatte sie sich danach gesehnt, mit niemandem mehr sprechen und vor allen Dingen nicht fortwährend lächeln zu müssen. Die Absätze ihrer High Heels klackten auf dem Marmorboden, während sie zum Lift stöckelte. Kaum hatte sich die Tür hinter ihr geschlossen, streifte sie die Schuhe von den Füßen. Um drei Uhr in der Nacht war nicht zu befürchten, jemandem zu begegnen, und selbst wenn – was ging es andere an, wenn sie ohne Schuhe herumlief?

Geräuschlos brachte der Aufzug sie in das Penthouse. Kaum in der Wohnung, warf Sharon die Schuhe und die Jacke achtlos in den begehbaren Kleiderschrank, dann schenkte sie sich aus der gut bestückten Hausbar einen teuren Single Malt ein. Als sie das Glas jedoch zum Mund führte, zögerte sie. Alkohol, besonders so harte Getränke wie Whisky, waren pures Gift für ihren Körper. Wenn sie hin und wieder ein Glas Champagner trank, was in ihren Kreisen kaum zu vermeiden war, sparte sie die Kalorien des Alkohols am folgenden Tag beim Essen wieder ein. Sie stellte das Glas zur Seite. Ein Glas Sodawasser in der Hand, sank sie in die weichen Polster der schneeweißen Ledercouch, hob ihre Beine und wackelte mit den Zehen. Die High Heels würden sie noch mal umbringen! Besonders lästig war der beginnende Hallux valgus an ihrem rechten Fuß. Meine Güte, sie war doch erst fünfunddreißig Jahre alt! Vor ein paar Wochen hatte Sharon einen Arzt konsultiert, der sich auf Korrekturen dieser ihrer Ansicht nach *Alte-Frauen-Krankheit* spezialisiert hatte.

»Für eine Operation sind Sie noch viel zu jung«, hatte der Arzt Sharons Hoffnungen mit wenigen Worten zerstört. »Die ist nicht ohne Risiko, und wenn Sie meinen Rat hören wollen: Machen Sie täglich eine auf Ihre Probleme abgestimmte Fußgymnastik und verzichten Sie auf das Tragen hoher Absätze. Gehen Sie so oft wie möglich barfuß, für gesunde Füße gibt es nichts Besseres.«

Auf High Heels verzichten? Der Quacksalber hatte doch keine Ahnung! Dann könnte sie gleich zum Amt gehen und sich arbeitslos melden, denn keiner ihrer Auftraggeber würde sie in flachen Schuhen auf dem Catwalk dulden.

So quälte sich Sharon also weiter mit den schicken, aber unbequemen Schuhen herum. Seit Tagen schmerzte ihr rechter Fuß so sehr, dass auch die Einlage, die sie sich im Internet für viel Geld bestellt hatte, keine Linderung mehr brachte.

Sharon stand auf, trat ans Fenster und blickte auf das nächtliche London. Wie ein heller Teppich lag die Stadt mit ihren Millionen von Lichtern unter ihr, dazwischen die dunklen Flächen der Kensington Gardens und des Hyde Parks, die jeweils nur einen Steinwurf von ihrer Wohnung entfernt lagen. Sie liebte London. Ihr Job führte sie zu exotischen und wunderschönen Plätzen und Orten auf der ganzen Welt – dorthin, wo andere Urlaub machten. Erst kürzlich war sie für zwei Wochen auf Big Island, der Hauptinsel des Bundesstaates Hawaii, gewesen, dennoch war Sharon jedes Mal froh, wieder nach Hause zu kommen. Vor zwei Jahren hatte sie das Apartment im eleganten Stadtteil South Kensington erworben, und es war ihr ruhiger

Hafen, der sie mit erlesener Eleganz empfing. Das Apartment erstreckte sich über zwei Etagen, von der Dachterrasse aus war an klaren Tagen das breite Band der Themse zu sehen. Das vierstöckige Gebäude, erbaut Mitte des 19. Jahrhunderts, war einst ein großzügiges und elegantes Stadthaus vermögender Aristokraten gewesen und vor etwa zehn Jahren umgebaut und in einzelne Wohnungen aufgeteilt worden.

In eine Decke gekuschelt, schaltete Sharon den Fernseher ein und zappte durch die Programme. Um diese Uhrzeit wurde nichts für sie Interessantes gesendet, schließlich blieb sie aber bei einem Musiksender hängen, auch wenn Rap und Hip-Hop nicht ihrem Musikgeschmack entsprachen. Die schnellen, lauten Rhythmen halfen ihr jedoch, nicht länger zu grübeln. Auch als sich im Osten das erste Grau des Morgens zeigte, ging Sharon nicht zu Bett. Sie war zwar erschöpft, von Kopf- und Fußschmerzen geplagt, wusste aber, dass sie sich auf eine weitere schlaflose Nacht einstellen musste. Zu viele Gedanken drückten auf ihre Seele, zu viele Fragen, auf die sie keine Antwort finden konnte. Sharon wusste: Solange sie keine Lösung gefunden, keine Entscheidung getroffen hatte, stünden ihr weitere schlaflose Nächte bevor.

Als plötzlich der melodische Klang der Klingel durch den Raum schallte, fuhr Sharon hoch. Wer, um Himmels willen, besuchte sie so früh am Morgen? Sie drückte den Knopf der Gegensprechanlage und fragte: »Wer ist da?«

»Ich bin es, mein Schatz!«

Ben! Sharons Herz klopfte schneller. Sie betätigte den Türöffner, und wenige Minuten später stand Ben vor ihr. Anstatt den Lift zu nehmen, war er die Treppen heraufgerannt, ohne auch nur ein bisschen außer Atem zu sein. In der einen Hand hielt er eine Flasche Champagner, in der anderen eine einzelne, tiefrote Baccara-Rose. Er breitete die Arme aus, Sharon warf sich an seine Brust, und er lachte, da er sie nicht umarmen konnte.

»Wo kommst du jetzt her? Ich hab dich erst morgen erwartet.«

»Überraschung, mein Schatz. Den Dreh hatten wir schneller als geplant im Kasten, da habe ich gleich die nächste Maschine genommen. Überraschung gelungen?«

»Sehr gelungen«, flüsterte sie, und ihre vollen Lippen legten sich sanft auf seinen sinnlichen Mund.

»Ich hoffe, ich hab dich nicht geweckt?« Sein Blick glitt über ihren Körper. Sharon war noch vollständig angekleidet und geschminkt. »Hast du etwa noch gar nicht geschlafen?«

»Ich bin erst gegen drei nach Hause gekommen«, antwortete Sharon, »und konnte nicht schlafen. Außerdem lasse ich mich von dir gern zu jeder Zeit wecken.«

Sharon stellte die Rose in die hohe Vase eines dänischen Designers, währenddessen öffnete Ben die Flasche. Perlend floss der Champagner in die Flöten. Sie nippten daran, stellten die Gläser dann zur Seite und umarmten sich. Zärtlich küsste Ben sie, mit einer Hand nestelte er den Kamm aus ihren hochgesteckten Haaren. Eine Flut dunkler Locken ergoss sich auf Sharons Rücken.

»Ich hab dich vermisst«, raunte er und knabberte an ihrem Ohrläppchen.

Vergessen waren die schmerzenden Füße, vergessen die Sorgen der vergangenen Tage. Jetzt gab es nur noch sie und Ben. Sie liebten sich gleich auf dem Teppich im Wohnzimmer. Wild und ungestüm, so wie immer, wenn sie sich wochenlang nicht gesehen hatten. Ihre Körper verschmolzen zu einer Einheit, vereinigten sich wie zwei alte Bekannte, gleichzeitig glich jede neue Begegnung einem vorsichtigen und ungemein zärtlichen Erkunden des anderen.

Ich werde niemals aufhören, ihn zu begehren, dachte Sharon, dann wurde sie auf den Flügeln der Ekstase und Leidenschaft davongetragen.

Die ersten Strahlen der Morgensonne malten bunte Kringel auf den Teppich, als Sharon wieder zu Atem kam. Sie stützte sich auf die Ellbogen und betrachtete sein Gesicht mit den markanten Zügen, dem eckigen Kinn, der wohlgeformten Nase. Du musst es ihm sagen, dachte sie. Heute, hier und jetzt! Ein solch intimer Moment würde vielleicht so schnell nicht wiederkommen.

Seine Lider flatterten, dann sah er sie mit seinen tiefblauen Augen zärtlich an.

»Du musst wegen des Jetlags sehr müde sein«, flüsterte Sharon und dachte: Nein, nicht jetzt, nicht, wenn Ben derart erschöpft ist. Später ...

Er nickte. »In der Tat könnte ich jetzt erst mal einen starken Kaffee und dann ein weiches Bett gebrauchen. Aber nur, wenn du dieses mit mir teilst. Oder hast du heute Termine?«

»Die nächsten drei Tage habe ich frei, meine Zeit gehört einzig dir.«

Sharon ging in die Küche und ließ zwei Tassen Kaffee aus der vollautomatischen Maschine. Heiß und schwarz, ohne Zucker. Sie trank ihren Kaffee genau so wie Ben, außerdem beinhalteten Zucker und Milch Kalorien, auf die sie verzichten musste.

Während sie tranken, fragte Sharon: »Wie war es?«

Er zuckte mit den Schultern. »Heiß, feucht und anstrengend.« Er grinste und zwinkerte ihr zu. »Unter anderen Umständen habe ich es gern heiß, feucht und auch anstrengend.«

»Ach, du!«, rief Sharon gespielt empört, griff nach seiner Hand, drückte sie und fuhr leise fort: »Ich bin glücklich, dass du früher gekommen bist.«

Auch Ben war als Model in der Modebranche beschäftigt. Sein Schwerpunkt lag auf der Präsentation von Unterwäsche, auf dem Laufsteg ebenso wie in Hochglanzmagazinen. An seinem Körper war kein Gramm Fett zu viel, seine Muskeln waren gut definiert, ohne jedoch wie ein testosterongeputschter Bodybuilder zu wirken. Und für seine Gesichtszüge fiel Sharon kein anderes Wort als *klassisch schön* ein. Wangen und Kinn zierte ein Dreitagebart, den Ben nur widerwillig abrasierte, wenn seine Auftraggeber es von ihm verlangten. Die letzten zwei Wochen hatte Ben in Acapulco verbracht. Dort waren nicht nur neue Aufnahmen für den Katalog, sondern auch der aktuelle Werbespot eines bekannten Wäschedesigners gedreht worden. Bens makellose, glatte Haut schimmerte in einem dunklen Goldton. In Sharon erwachte erneut die Leidenschaft. Sie sah aber die Müdigkeit in seinen Augen, daher zog sie ihn an der Hand die Treppe hinauf ins Schlafzimmer. Kaum dass sein Kopf das Kissen berührt hatte, war Ben auch schon eingeschlafen.

Obwohl in derselben Branche beschäftigt, waren sie sich bei einer Vernissage eines aufstrebenden Gegenwartskünstlers begegnet. Sharon hatte eine Bekannte begleitet, Ben war mit dem Künstler befreundet. Beim ersten Blickkontakt hatte es sofort zoom gemacht. Nach einer angemessenen Zeit, als es nicht mehr unhöflich erschien, schlichen sie sich fort, und noch am selben Abend schliefen sie das erste Mal miteinander. Eigentlich ließ sich Sharon nicht so schnell mit einem Mann ein, obwohl es ihr an Angeboten nicht mangelte. Mit Ben und ihr war es aber etwas anderes, etwas ganz Besonderes.

Seit diesem Tag traten sie auch öffentlich als Paar auf. Nicht nur ihr Umfeld, auch die Klatschpresse feierte sie als das neue Glamour-Paar der Modebranche. Beide bekannte und gefragte Models, mit perfekten Körpern und Gesichtszügen, vermögend und unabhängig. Als aber auch nach einem Jahr noch keine Anzeichen einer Krise zu erkennen waren, änderten sich die Schlagzeilen.

Ben Cook am Miami Beach, flirtend mit einer blonden Unbekannten. Wir haben die exklusiven Bilder!

Oder:

Sharon Leclerque allein bei einem Konzert in der Royal Albert Hall. Sie wirkt einsam und traurig, denn ihr Lebensgefährte vergnügt sich mit einer anderen Frau in der Karibik.

Beide lachten über solche Meldungen. Eifersucht war ihnen fremd, denn sie vertrauten einander blind. Was die Presse schrieb, lasen sie nur in Ausnahmefällen, und keinem dieser Schmierenreporter würde es gelingen, mit haltlosen Behauptungen einen Keil zwischen sie zu treiben. Sharon hätte also uneingeschränkt glücklich sein können, wenn es nicht etwas geben würde, über das sie mit Ben sprechen musste. Vor ihnen lagen drei Tage ohne Zeit- und Termindruck, und Sharon grübelte, wie sie es anfangen sollte.

Sie schliefen bis zum Mittag, dann lockte die Sonne sie ins Freie. Nach wenigen Minuten hatten sie den Hyde Park erreicht. In der Luft lag der Geruch des Frühlings. Krokusse, Osterglocken und Forsythien blühten, und das Gras zeigte seinen ersten grünen Schimmer. Für Sharon war das Frühjahr, wenn die Natur zu neuem Leben erwachte, die schönste Jahreszeit. Hand in Hand wie Kinder liefen sie durch den Park.

»Lass uns am See etwas essen«, schlug Ben vor, und sie betraten das kleine, gemütliche Restaurant mit den karierten Tischdecken.

Ben bestellte sich eine Portion Fish & Chips mit Erbsenpüree, Sharon nur einen Salatteller mit Meeresfrüchten.

»Bitte ohne Salatsoße«, schloss sie ihre Bestellung, und Ben runzelte die Stirn. Nachdem das Essen serviert worden war, ließ Ben es sich schmecken, Sharon hingegen stocherte in ihrem Salat herum.

»Was ist?«, fragte Ben.

»Ich hab keinen Hunger.«

»Du hast vorhin auch nicht gefrühstückt, sondern nur eine Tasse Kaffee getrunken.« Ben legte das Besteck zur Seite und sah Sharon ernst an. »Du machst doch hoffentlich nicht schon wieder eine Diät?«

»Ich muss eben auf meine Figur achten.« Trotzig schob Sharon ihre Unterlippe vor, etwas, das ihr seit ihrer Kindheit anhaftete. »Du kannst anscheinend alles essen, ohne zuzunehmen, ich jedoch lese nur das Fettgedruckte in der Zeitung und habe sofort ein Pfund mehr auf den Hüften«, versuchte sie zu scherzen.

»Sharon, Schatz« – Ben griff nach ihrer Hand – »du bist sehr, sehr dünn, das ist mir sofort aufgefallen. Ich schätze, seit wir uns das letzte Mal gesehen haben, hast du mindestens fünf Pfund abgenommen.«

»Na und?« Eine Falte bildete sich über ihrer Nasenwurzel. »Ben, ich werde nicht jünger und muss etwas für meinen Körper tun. Da fällt mir ein: Heute Nachmittag sollte ich noch für eine oder zwei Stunden ins Studio, mein tägliches Trainingspensum darf ich nicht versäumen.«

»Auch ich trainiere und achte auf meine Figur«, stimmte Ben zu, »das ist in unseren Jobs eben so. Allerdings finde ich, dass du es übertreibst. Du warst immer ein Model, das nicht wie ein wandelnder Hungerhaken daherkommt, und über mangelnde Aufträge kannst du dich nicht beklagen. Deine Figur muss natürlich sein, du darfst nicht krank aussehen.«

»Die Zeiten ändern sich, Ben.« Sharon schob den Teller mit dem Salat, von dem sie kaum mehr als zwei, drei Blätter und eine Muschel gegessen hatte, zur Seite. Sie wirkte dabei regelrecht angeekelt. »Die Leute wollen junge Models, je jünger, desto besser, und diese sind eben nicht so fett wie ich ...«

»Jetzt mach aber mal einen Punkt, Sharon!«, unterbrach Ben sie ärgerlich und so laut, dass die Gäste am Nebentisch sich zu ihnen umdrehten. Mit gesenkter Stimme fuhr er fort: »Du brauchst mir nicht zu erklären, wie es in der Branche zugeht, ich erlebe das jeden Tag. Wie viel wiegst du?«

Sie zögerte, wich seinem Blick aus, dann murmelte sie: »Hundert Pfund.«

»Sharon, bitte!«

Sie seufzte. »Also gut, gestern Morgen waren es zweiundneunzig, aber ...«

»Und du bist einen Meter achtundsiebzig groß«, stellte Ben ernst fest. Er zückte sein Handy und tippte die Zahlen ein, dann hielt er das Ergebnis Sharon vor Augen. »Das ergibt einen BMI von vierzehneinhalb. Mensch, Sharon, selbst du weißt, dass das viel zu wenig ist.«

»Können wir bitte gehen?« Sharon stand auf und nahm ihre Jacke. Ben zahlte am Tresen, und vor dem Restaurant legte er einen Arm um ihre Schultern. Durch die Kleidung spürte er ihre spitzen Schlüsselbeine.

»Es kann sein, dass Perfect Beauty meinen Vertrag nicht verlängert«, platzte Sharon heraus, kaum dass sie ein paar Schritte gegangen waren.

»Das ist es also.« Ben seufzte und drückte sie an sich. »Warum sollten sie dich nicht länger wollen? Seit Jahren bist du das Gesicht für Perfect Beauty und ...«

»Sie wollen eine Jüngere«, unterbrach Sharon ihn bitter. »Sie heißt Ivana, kommt aus Moldawien, hat kugelrunde blaue Babyaugen und ist zwölf Jahre jünger als ich. Ich glaube, sie bekommt den Job nur, weil sie mit einem der Vorstandsvorsitzenden ins Bett geht.« Sie sah Ben ernst an. »Letzte Woche sagte man mir, sie würden überlegen, ob ich noch länger als Aushängeschild für Perfect Beauty geeignet bin, und du weißt genau, dass es auf dem Catwalk kein bisschen anders ist. Mit Mitte dreißig ist man weg vom Fenster, wenn man sich nicht doppelt bis dreifach ins Zeug legt.«

»Es gibt genügend Models, die sind auch im fortgeschrittenen Alter noch gut im Geschäft«, wandte Ben ein.

»Ja, für Seniorenmode, Inkontinenz-Einlagen, Hörgeräte und solchen Kram.«

Ben lachte laut auf. »Jetzt mach aber mal einen Punkt, Sharon! Es gibt tausend Möglichkeiten, kein Grund, sich zu Tode zu hungern.«

»Ich bin aber nicht so bekannt wie Heidi, Claudia, Gisele oder gar Linda. Die haben es geschafft, sich schon vor Ende ihrer Laufstegkarriere etwas anderes aufzubauen. Was habe ich?« Resigniert hob Sharon die Hände. »Ich hab nichts anderes gelernt, habe nicht einmal einen College-Abschluss, wie du weißt, und es versäumt, rechtzeitig ein zweites Standbein aufzubauen.«

Mit zwei Fingern hob Ben ihr Kinn an. Wenn er genau hinsah, dann erkannte er tatsächlich feine Fältchen um ihre Augen und über der Nasenwurzel, denen Sharon regelmäßig mit entsprechenden Botoxbehandlungen entgegenzuwirken versuchte. Sie drehte den Kopf zur Seite, als er sie küssen wollte, und murmelte: »Lass uns bitte zurückgehen, ich hab Kopfschmerzen.«

»Bist du krank, Sharon?«

»Nur Kopfschmerzen«, wiegelte sie ab. »Bitte, ich muss mich hinlegen und dann später trainieren.«

»Wenn du krank bist, solltest du dich ausruhen und nicht ins Sportstudio gehen.«

»Danke schön, Ben Cook, für deine Belehrungen, aber ich bin alt genug, um zu wissen, was gut für mich ist und was nicht.«

»Den Eindruck habe ich nicht«, beharrte Ben und runzelte die Stirn. »Du benimmst dich wie ein kleines Kind, Sharon. Bildest dir ein, zu dick zu sein, siehst in jeder Falte gleich eine Katastrophe und suhlst dich in Selbstmitleid. Nein, lass mich aussprechen.« Er erhob seine Stimme, als Sharon den Mund öffnete. »Okay, dann soll Perfect Beauty eben eine Jüngere engagieren, das bedeutet wirklich keinen Weltuntergang. Mensch, Sharon, reiß dich zusammen!«

»Du hast gut reden«, erwiderte sie. »Ein Mann wird nicht älter, er wird interessanter. Auch mit grauen Schläfen seid ihr gefragt, und mit deinem Body brauchst du dir keine Sorgen zu machen. Für männliche Models gibt es immer genügend Jobs, wir Frauen sind mit spätestens vierzig weg vom Fenster.«

»Du übertreibst wirklich, Sharon ...«

»Bist du eigentlich nur gekommen, um mir Vorwürfe zu machen?«, giftete sie unfreundlicher, als es eigentlich ihre Art war. Die Belastungen der letzten Wochen zerrten an ihren Nerven, und der Schmerz in ihrem Hinterkopf wurde immer schlimmer.

»Ich bin gekommen, weil ich dich liebe.«

»Es tut mir leid, Ben.« Mit diesen Worten hatte er ihr den Wind aus den Segeln genommen. »Die Sorge, wie es weitergehen soll, lässt mich nicht zur Ruhe kommen.«

Ein blauer Fußball kam plötzlich von irgendwoher geflogen und prallte gegen Bens Unterschenkel. Er lachte, hob den Ball auf und sah sich um. Zwei Kinder, ein Junge und ein Mädchen, beide etwa acht oder neun Jahre alt, stürmten auf ihn zu.

»Verzeihen Sie, Sir, das war keine Absicht.«

Spielerisch trippelte Ben den Ball und warf ihn dann dem Jungen zu, der ihn mühelos auffing.

»Danke, Sir!«, rief das Mädchen, dann stoben die beiden davon. Noch nach hundert Metern konnten Ben und Sharon sie lachen hören.

»Ich stelle immer wieder fest, wie wohlerzogen die Kinder hier in England sind«, bemerkte Ben. »Hast du gehört, wie er mich ›Sir‹ genannt hat?«

Sharon lachte und erwiderte: »Glaub mir, es gibt auch hier ganz schöne Rabauken, die es an Höflichkeit gegenüber Erwachsenen mangeln lassen. Die Erziehung heute ist viel lockerer als zu unseren Kindertagen.«

Für einen Moment dachte Sharon an ihre eigene Kindheit, verdrängte aber schnell die Erinnerung. Das war Vergangenheit.

Nachdenklich strich sich Ben über sein unrasiertes Kinn und sagte: »Was dein weiteres Leben betrifft … eventuell böte sich eine Alternative für dich.«

»Ja?« Hoffnungsvoll sah Sharon ihn an. »Hat deine Agentur vielleicht einen Job für mich, wenn Perfect Beauty mich aberviert?«

»Das nicht gerade … wie stehst du jedoch zu Kindern?«

»Kinder?«, wiederholte Sharon und wurde eine Spur blasser. »Aus dem Alter, Kindermode zu präsentieren, bin ich nun wirklich raus«, fügte sie scherzend hinzu.

»Das meine ich nicht.«

»Dann verstehe ich deine Frage nicht, Ben.«

Er steckte die Hände in die Taschen seiner Jeans, sah sie nicht an und erwiderte: »Denkst du nicht daran, eigene Kinder zu bekommen?«

»Eigene Kinder?«, wiederholte Sharon fassungslos.

»Was ist, mein Schatz? Du bist auf einmal leichenblass! Meine Frage ist doch nicht abwegig. Du bist in einem Alter, in dem sich viele Frauen Gedanken über die Familienplanung machen.«

»Ich nicht«, erwiderte Sharon entschlossen. In ihrem Kopf pochte es immer stärker. Sie griff sich an die Schläfe und stöhnte.

»Du solltest wirklich einen Arzt aufsuchen …«

»Können wir das Thema endlich beenden?« Damit schnitt Sharon ihm das Wort ab. »Ich möchte jetzt wirklich zurückgehen, sonst verpasse ich die Trainingsstunde.«

Es war Ben anzusehen, dass ihm noch einiges auf der Zunge lag, er kannte seine Freundin jedoch. Wenn sie diesen Gesichtsausdruck hatte, war es besser, das Thema ruhen zu lassen. Vorerst jedenfalls.

Seite an Seite gingen sie zurück zu Sharons Wohnung und sprachen dabei über das Wetter.

Während Sharon schweißgebadet eine Stunde auf dem Crosstrainer zubrachte und danach in der Sauna entspannte, fragte sie sich, warum Ben ausgerechnet heute das Thema Kinder erwähnte. Nur wegen des kleinen Zwischenfalls mit dem Ball? Sie hatten nie über Kinder gesprochen, im Gegenteil. Beide jetteten sie um die ganze Welt, immer von einem Termin zum nächsten. Ben lebte in den Staaten, sie in England, weil jeweils dort ihre Hauptauftraggeber ansässig waren.

Du hättest es ihm sagen sollen, dachte Sharon und legte sich die Hände auf den nackten Bauch. Heute Mittag war die Gelegenheit günstig gewesen, sie hatte jedoch die Chance verpasst. Vielleicht war es aber auch gut, wenn sie weiterhin schwieg, solange sie sich selbst bei der Entscheidung unsicher war. Ein Kind war nie auf ihrem Lebensplan gestanden, obwohl sie Kinder durchaus mochte, nur für sie selbst war es nie eine Option gewesen, Mutter zu werden. Psychologen sähen das wohl in ihrer eigenen Kindheit begründet. Einer Kindheit, in der es ihr an nichts fehlte, im Gegenteil, Geld war immer ausreichend vorhanden. Sharon hatte sich jedoch nie richtig dazugehörig gefühlt, sondern war sich eher wie ein Störfaktor zwischen ihren Eltern vorgekommen. Ihre Mutter war schon vierzig, ihr Vater sechs Jahre älter gewesen, als Sharon geboren wurde, und irgendwie hatte Sharon immer gespürt, dass sie nicht eingeplant gewesen war. Marjorie Leclerque war nicht nur eine wunderschöne Frau, sondern darüber hinaus eine erfolgreiche Konzertpianistin gewesen, Sharons Vater ihr Manager, der seine Frau nie allein gelassen hatte. Die Eltern waren auf der ganzen Welt umhergereist, von einem Konzert zum anderen gejettet, um Sharon hatten sich diverse Kindermädchen gekümmert. Manchmal, in den Ferien, wenn keine Schule war, hatte sie die Eltern begleiten dürfen. Aber auch dann waren Kindermädchen an ihrer Seite, die sie in anonymen Hotelzimmern ins Bett brachten, während ihre Eltern sich auf Empfängen und Galas zeigten. Lediglich bei Presseterminen erinnerten sich die Eltern an ihre Tochter, denn Fotos von der Familie mit dem kleinen, reizenden Mädchen kamen in den Hochglanzmagazinen immer gut an. Danach war sie wieder in die Ecke geschoben und vergessen worden. All das wollte Sharon einem Kind nicht zumuten, wollte nicht irgendwann in dessen Augen die Vorwürfe lesen, die sie ihren Eltern gegenüber erhob. Ein Kind würde automatisch das Ende ihrer Karriere bedeuten, und irgendwann würde sie dies das Kind spüren lassen. Vielleicht nicht mit Worten, aber sicherlich durch ihr Verhalten, ähnlich dem ihrer Mutter. In Sharons Kindheit und Jugend hatte es nur eine Person gegeben, die ihr das Gefühl, erwünscht und auch geliebt zu werden, vermittelte. Seltsam, dass sie ausgerechnet jetzt an Theodora denken musste. Sharon schämte sich, denn sie hatte sich seit Jahren nicht mehr um Theodora gekümmert, ihr geschrieben oder sie angerufen. Sie wusste nicht einmal, ob Theodora überhaupt noch am Leben war.

Als Sharons Eltern vor sechs Jahren bei einem Flugzeugabsturz über der Wüste von Nevada ums Leben gekommen waren, war Sharons Welt nicht zusammengebrochen. Natürlich hatte sie getrauert, sie war aber in ihrem eigenen Leben derart eingespannt, dass ihr keine Zeit für großen Schmerz geblieben war. Rasch hatte sie alle Formalitäten und die Beerdigung geregelt und das Haus ihrer Eltern verkauft. Das nicht unerhebliche Vermögen, das sie geerbt hatte, ermöglichte ihr den Erwerb der Wohnung im noblen Londoner Stadtteil South Kensington und bescherte ihr zusätzlich eine gewisse Rücklage. Eine Rücklage, auf die sie wohl bald zurückgreifen musste, wenn die Aufträge ausblieben oder es ihr nicht mehr möglich war, weiterhin zu arbeiten.

Da sie allein in der Sauna war, betrachtete sie kritisch ihre Oberschenkel, presste die Haut zusammen und starrte auf die kleinen Dellen, kaum sichtbar, aber eben doch vorhanden, obwohl sie wirklich kein Gramm Fett zu viel hatte. Cellulite traf aber nicht nur übergewichtige Frauen. Mit Grauen dachte Sharon, dass sie bei einer Schwangerschaft vermutlich hässliche Streifen und hängende Brüste bekommen würde. Das konnte das Messer eines guten Chirurgen zwar wieder in Ordnung bringen, aber Sharons Angst vor Operationen war fast ebenso groß wie die Furcht, als Model nicht mehr gefragt zu sein. Perfect Beauty war ja nicht die einzige Firma, die plante, sie durch eine Jüngere zu ersetzen. Im letzten Jahr hatte die Agentur ihr deutlich weniger Aufträge für den Catwalk vermittelt, Sharon war in erster Linie für Fotoaufnahmen gebucht worden. Fotografien konnten bearbeitet werden, hier eine Falte weg, dort verschwand ein Fettpölsterchen – ein weiteres Indiz, dass sie auf dem besten Weg war, zu alt und unattraktiv für diese Welt des Glamours und des schönen Scheins zu werden.

Dagegen musste sie unbedingt etwas unternehmen! Sie musste noch mehr trainieren, noch mehr auf ihre Ernährung achten, Kohlenhydrate vollständig und Fett weitgehend vom Speiseplan streichen, und nächste Woche stand ohnehin schon wieder eine Botoxbehandlung an. Und dann war da noch das Problem mit ihrem hässlichen Hallux valgus. Auf keinen Fall durfte sie zulassen, dass ihr Körper auseinanderging und unansehnlich wurde. Sharon schlug die Hände vors Gesicht und schluchzte. Im Prinzip hatte sie ihre Entscheidung getroffen, und den bohrenden Stachel des Zweifels musste sie ignorieren. Vor allen Dingen durfte Ben nichts davon erfahren. Niemals!

Es war bereits dunkel, als Sharon nach Hause zurückkehrte. Von der Straße aus sah sie den Lichtschein hinter den Fenstern des Apartments. Erleichtert atmete sie auf. Sie hatte befürchtet, Ben wäre nicht da, vielleicht sogar wieder abgereist, denn am Nachmittag hatte sie sich ihm gegenüber nicht gerade freundlich verhalten. Wenn Ben in London war, gab Sharon ihm den Zweitschlüssel für die Wohnung, fast so, als würden sie richtig zusammenleben. Irgendwie war es doch ein schönes Gefühl, nicht von einer leeren Wohnung, sondern von einem geliebten Menschen begrüßt zu werden.

Nachdem sie die Tür aufgeschlossen hatte, schlug ihr der Duft nach Rosen entgegen. Sie trat ins Wohnzimmer und sah die vielen Sträuße, es mussten mindestens ein Dutzend sein. Das Licht war gedimmt. Ben hatte Kerzen angezündet, und in den Rosenduft mischte sich der Geruch eines Rinderfilets. Der Esstisch war mit roten Rosenblättern geschmückt und mit Kerzen und Sharons bestem Porzellan gedeckt, in einem Kühler stand eine Flasche Champagner.

»Schön, dass du da bist!« Aus der Küche kam ihr Ben entgegen. »Das Essen ist gleich fertig.«

Bei den köstlichen Gerüchen lief Sharon das Wasser im Mund zusammen, und sie verspürte Hunger. Sie lachte, denn Ben hatte sich über die Jeans und das T-Shirt die rüschenverzierte Schürze gebunden, die Sharon trug, wenn sie kochte, was jedoch selten vorkam. Die Öffentlichkeit hatte keine Ahnung davon, dass Ben ein hervorragender Koch war und am Herd Entspannung fand.

Mit geschickten Handgriffen öffnete Ben die Flasche, der Champagner perlte in die Gläser, Sharon nahm aber nur einen kleinen Schluck, damit Ben nicht nachfragte, warum sie keinen Alkohol trank. Er forderte sie auf, sich zu setzen, dann servierte er die Teller, die wie in einem Gourmetrestaurant angerichtet waren: Rinderfilet an einer Rotwein-Cranberry-Soße und gedünstete zarte Romanesco-Röschen. Auf eine weitere Beilage hatte Ben verzichtet, er selbst nahm am Abend ebenfalls keine Kohlenhydrate zu sich. Das Messer glitt durch das Filet, als wäre das Fleisch aus Butter, und Sharon aß tatsächlich mit gutem Appetit. Morgen würde sie eben eine Stunde länger trainieren, um die Kalorien wieder zu verbrennen.

Als Nachtisch hatte Ben eine leichte Joghurtcreme mit Früchten zubereitet. Als er bemerkte, wie Sharon ablehnend die Stirn runzelte, sagte er: »Es ist kein Zucker drin, und selbstverständlich fettarmer Joghurt.«

Sharon aß trotzdem nur zwei Teelöffel, dann schob sie das Schälchen beiseite.

»Es war köstlich, danke, Ben. Du verwöhnst mich so sehr, und ich …« Sie räusperte sich und stieß hervor: »Es tut mir leid, ich war heute Mittag ziemlich garstig zu dir. Ich glaube, es war unser erster Streit.«

»Hoffentlich auch unser letzter.«

»Du wolltest mir einen Vorschlag machen?« Glücklich, dass die Harmonie zwischen ihnen wiederhergestellt war, lenkte Sharon ein.

Ben räusperte sich, bevor er sagte: »Ich denke, es ist gerade nicht der richtige Zeitpunkt. Lass uns diese kleine Missstimmung einfach vergessen, ja?«

Seine Finger streichelten ihren Nacken, sofort erwachte das Begehren in Sharon. Sie verstanden sich ohne Worte. Er nahm sie auf seine kräftigen Arme und trug sie ins Schlafzimmer hinauf.

Ben erwachte von einem Geräusch. Zuerst glaubte er, geträumt zu haben, dann drang durch die Dunkelheit aber ein verhaltenes Stöhnen. Er knipste das Licht an. Das Bett neben ihm war leer, unter dem Spalt der Badezimmertür schimmerte Licht, und von dort kamen auch die Geräusche. Mit einem Satz war er aus dem Bett, lief nackt, wie er war, zum Bad und öffnete die Tür. Auf den Fliesen kauerte Sharon. War sie am Mittag bereits blass gewesen, so war ihr Teint jetzt aschfahl.

»Mein Gott, Sharon!« Er kniete nieder und stützte ihren zitternden Körper. »Du bist krank!«

Aus weit geöffneten Augen starrte sie ihn an. Dann sah er die Blutflecken auf ihrer Pyjamahose, auch wenn Sharon versuchte, diese mit einem Handtuch zu verbergen. Ungläubig schüttelte Ben den Kopf, und Sharon kam seiner Frage zuvor und flüsterte: »Ich brauche einen Arzt, denn ich ... Ben, ich erwarte ein Kind.«

Eine verständnisvolle und freundliche Ärztin mittleren Alters erklärte Sharon, dass ein Abgang in der siebten Schwangerschaftswoche keine Seltenheit war.

»Von vielen Frauen wird es gar nicht als Fehlgeburt erkannt«, sagte die Ärztin. »Sie glauben, sie hätten lediglich eine besonders starke Regelblutung. Sie sind völlig gesund, Ms Leclerque, und können jederzeit wieder schwanger werden und ein gesundes Kind austragen. Ich rate nur dazu, mit einer erneuten Schwangerschaft ein paar Monate zu warten.«

»Es kam so plötzlich«, flüsterte Sharon. »Als ich zu Bett ging, habe ich gar nichts gespürt, allerdings hatte ich den ganzen Tag über starke Kopfschmerzen.«

»Wir werden Sie entsprechend untersuchen, ich denke aber nicht, dass Kopfschmerzen etwas mit dem Abgang zu tun haben.« Die Ärztin nickte verständnisvoll. »Ich weiß, wie Sie sich jetzt fühlen. Ein Kind zu verlieren ist furchtbar, auch wenn es noch ganz am Anfang ist. Es tut mir sehr leid.«

Auch wenn die Ärztin häufig mit solchen Vorkommnissen konfrontiert wurde, las Sharon in ihren Augen echtes Mitgefühl. Sie nickte wortlos. Nachdem Ben den Notarzt gerufen und ein Rettungswagen sie in die Klinik gebracht hatte, hatte sie eine Narkose erhalten. Als sie aus der erwachte, war alles vorüber gewesen, und sie spürte nur noch einen leichten, ziehenden Schmerz im Unterbauch, der, nach den Worten der Ärztin, völlig normal war und in ein paar Tagen abklingen würde.

Sharon griff nach der Hand der Ärztin und fragte bang: »Die Presse erfährt davon doch nichts, oder?«

Die Ärztin schüttelte den Kopf. »Wir sind an unsere Verschwiegenheitspflicht gebunden, Ms Leclerque. Wenn nicht Sie oder Ihr Lebensgefährte ...«

»Auf keinen Fall!«, fiel Sharon ihr ins Wort. »Niemand darf jemals von dieser ... Fehlgeburt erfahren!«

»Ich sehe, Sie werden die Sache leicht überwinden.« Sharon täuschte sich nicht, die Stimme der Ärztin war eine Spur kühler geworden. »Ruhen Sie sich noch ein paar Stunden aus, heute Nachmittag können Sie dann wieder nach Hause. In den nächsten zwei Wochen sollten Sie sich schonen, keinen Sport treiben und nichts Schweres heben. Ihr behandelnder Gynäkologe wird die Nachuntersuchungen übernehmen.«

Sharon war froh, als sie allein war, um nachdenken zu können. Noch vor wenigen Stunden hatte sie nicht gewusst, was sie tun sollte. Obwohl sie und Ben immer verhütet hatten, hatte die Erkenntnis, schwanger zu sein, sie wie mit einem Vorschlaghammer getroffen. Kondome waren eben doch nicht absolut sicher, auch wenn sie diese immer sachgemäß benutzt hatten. Als ihre normalerweise pünktliche Regel ausgeblieben war, machte sie einen Test, und als die blauen Striche das Ergebnis eindeutig anzeigten, hatte Sharon keine Freude empfunden. Sie hatte nur daran gedacht, dass sich ihr Körper verändern würde, sie als Frau mit Kind endgültig aus der Branche raus war, und Panik davor gehabt, ebenso wie ihre Eltern bei der Erziehung zu versagen. Auf der anderen Seite war da ein winzig kleines Lebewesen in ihrem Bauch – ein Teil von ihr und von Ben. Niemals hätte sie es übers Herz gebracht, die Schwangerschaft zu unterbrechen. Also hatte Sharon versucht, die Wahrheit auszublenden, als hoffte sie, dass ihr die Entscheidung abgenommen wurde. Nun, das hatte die Natur tatsächlich getan, als hätte der Embryo gespürt, dass er nicht erwünscht war. Sharon erschrak über sich selbst, als sie kein Bedauern, keine Trauer, sondern nur Erleichterung empfand.

»Wann hättest du es mir gesagt?«, fragte Ben nüchtern und sachlich, dennoch lag in seinen Worten ein vorwurfsvoller Ton. »Hättest du es mir überhaupt gesagt? Ich hab ein Recht, es zu erfahren, wenn du ein Kind von mir erwartest.«

Sharon saß, in eine Decke gehüllt, auf der Couch und trank eine warme Milch. Ben hatte sie aus der Klinik abgeholt und nach Hause gebracht, während der Fahrt hatten sie nicht miteinander gesprochen. Er hatte die Zähne fest aufeinandergepresst, und Sharon ahnte, dass er sich nur mühsam beherrschte.

»Ich wusste nicht, wie du darauf reagierst«, erwiderte sie leise. »Eigentlich hatte ich vor, es dir zu sagen, wenn du hier in London bist, aber als du dann mit dem Thema Kinder angefangen hast ...« Sie zuckte mit den Schultern und stieß hervor: »Ich wusste doch selbst nicht, ob ich das Kind haben will.«

»Du dachtest über eine Abtreibung nach?« Das Entsetzen in Bens Blick war unübersehbar.

»Nein, das auf keinen Fall ... ach, ich weiß nicht.« Verwirrt wischte Sharon sich über die Augen. »Aber jetzt, wo es vorbei ist ...«

»Bist du froh darüber.« Ben brachte es auf den Punkt, griff dann in seine Hosentasche, holte eine kleine Schachtel heraus und sank vor Sharon auf die Knie. Er öffnete den Deckel der Schachtel, ein weißgoldener Ring mit einem funkelnden Stein blitzte im Kerzenlicht, und Ben fragte: »Sharon Leclerque, möchtest du mich heiraten?«

»Oh!«

»Ich hatte von Anfang an vor, dir bei meinem Besuch diese Frage zu stellen«, sagte Ben leise, »eigentlich gestern Abend schon, aber es war einfach nicht das richtige Timing. Was jedoch geschehen ist, sagt mir, dass wir beide zusammengehören, denn ich hatte furchtbare Angst um dich, als sie dich in den OP geschoben haben.«

Sharon nickte, Tränen traten ihr in die Augen – Tränen der Freude.

»Kannst du das bitte noch einmal sagen?«

Ben lächelte und wiederholte: »Möchtest du meine Frau werden, Sharon, und eine Familie mit mir gründen? Bitte, sag ja, denn meine Gelenke sind nicht mehr so jung, um stundenlang knien zu können.«

Sharons Lächeln erstarb, der kleine Scherz hatte sie nicht erreicht.

»Dann steh bitte auf«, forderte sie Ben auf, holte tief Luft und fuhr fort: »Ja, ich würde dich gern heiraten, sehr gern sogar, aber wegen des Themas Kinder ...«

»Bitte, Sharon, wir lassen es auf uns zukommen«, erwiderte Ben. »Ich weiß, dass du im Moment verwirrt bist, und wir haben Zeit, gemeinsam darüber nachzudenken. Immer mehr Frauen bekommen mit vierzig oder noch später das erste Kind. Mit den heutigen medizinischen Möglichkeiten ist das längst nicht mehr gefährlich, und ...«

»Ich denke nicht, dass ich ein Kind möchte.« Sharon stellte die Tasse auf den Tisch und sah Ben offen an. »Manche haben dieses Muttergen, andere eben nicht. Ich eigne mich nicht als Heimchen am Herd, dessen Lebensmittelpunkt sich um breiverschmierte Lätzchen und volle Windeln dreht.«

»Jetzt übertreibst du maßlos«, sagte Ben mit dem Anflug eines Lächelns. »Millionen von Frauen ... von Paaren bekommen Kinder und machen gleichzeitig Karriere. Heutzutage ist das doch kein Problem mehr, man hat so viele Möglichkeiten.«

»Ich werde kein Kind bekommen, um es dann fremden Menschen zu überlassen«, erwiderte Sharon. »Meine Karriere steht ohnehin kurz vor dem Ende, und wenn ich wegen einer Schwangerschaft pausiere, dann bin ich für alle Zeiten weg vom Fenster.«

»Wäre das so schlimm?«, fragte er leise. »Ist es für dich unvorstellbar, eine Familie zu gründen, dich um ein Haus mit Garten und um unsere Kinder zu kümmern?«

»Ach, jetzt sind es schon mehrere Kinder«, rief Sharon aufgebracht. »Du hast eines bei deiner Aufzählung vergessen, Ben: Ich werde mich auch um dich kümmern müssen! Wer von uns wird denn seinen Job aufgeben? Du sicher nicht, du wirst noch viele Jahre gefragt sein. Dann sitze ich in unserem Haus, ob mit oder ohne Garten, tagelang, wochenlang, wartend, bis der gnädige Herr von einem Shooting nach Hause kommt, die Füße hochlegt und bedient werden will ...«

»Sharon, du bist aufgeregt und steigerst dich in eine Vorstellung rein, die nicht der Realität entspricht. Es macht mich traurig, dass das Bild, das du von mir zu haben scheinst, mich als Macho darstellt. Ich dachte, du kennst mich besser. Natürlich werden wir in den Staaten wohnen müssen, dort ist mein Dreh- und Angelpunkt, und ja, ich werde weiterhin als Model arbeiten, aber ich werde mich auch um unsere Kinder kümmern, wann immer es mir möglich ist.«

Unwillig drehte Sharon den Kopf weg, als er sich neben sie setzte und ihr einen Arm um die Schultern legte. Nachdenklich betrachtete Ben sie. In ihm stritten die unterschiedlichsten Gefühle. Leise fuhr er fort: »Ich weiß, du fürchtest dich davor, ebenso zu werden wie deine Eltern. Es tut mir leid, dass deine Kindheit nicht glücklich gewesen ist, aber gerade deswegen solltest du die Chance ergreifen, eine bessere Mutter zu sein, als es deine gewesen war.«

»Du hast doch keine Ahnung!« Sharon sprang auf, sie konnte nicht länger ruhig sitzen bleiben. »Du hast eine wundervolle Kindheit verbringen dürfen. Deine Eltern waren immer für dich da, und noch heute gehst du jeden Sommer für eine Woche mit deinem Vater zum Campen und Angeln in die Wälder, und du hast auch noch nie ein einsames Weihnachten verbringen müssen.«

»Machst du mir etwa zum Vorwurf, dass ich mit meiner Familie Glück habe?« Verständnislos schüttelte Ben den Kopf. »Ich dachte, wir kennen uns ... ich kenne dich, Sharon. Offenbar habe ich mich in dir getäuscht. Niemals hätte ich gedacht, dass du derart egoistisch bist. Millionen von Frauen würden sich freuen, wenn ein Mann eine Familie mit ihnen gründen möchte.«

»Dann heirate doch eine von denen!«, entfuhr es Sharon. »Ja, du hast recht: Dutzende von Frauen würden alles dafür geben, den attraktiven und berühmten Ben Cook vor den Altar schleppen zu können.« Mit hochroten Wangen blieb sie vor Ben stehen und fügte hinzu: »Du wirfst mir Egoismus vor, und gleichzeitig stellst du die Bedingung, ich solle Kinder bekommen, wenn wir heiraten. Es tut mir leid, unter diesen Umständen kann meine Antwort nur Nein lauten.«

Sie sah den Schmerz in seinen Augen, und ihr selbst war es, als würde sie mit einem scharfen Schwert in zwei Teile geteilt. Sie bereute ihre Worte, wusste, wie ungerecht sie war. Was gesagt worden war, ließ sich jedoch nicht mehr zurücknehmen.

»Sharon, ich liebe dich und wollte mein Leben mit dir teilen«, sagte er schließlich leise und verletzt, »und zwar ganz offiziell, mit unseren Unterschriften auf dem Papier. Vielleicht erscheint dir meine Einstellung altmodisch und nicht mehr in die heutige Zeit passend, aber ja – ich möchte eine Familie haben, mit allem Drum und Dran. Ich bin fast vierzig und will kein alter Vater sein.«

Sharon wusste nicht, was sie noch sagen oder tun sollte. Nachgeben, um Ben nicht zu verlieren, und sich dabei selbst aufgeben? Seinen Antrag annehmen, die Kinderfrage hinauszögern und hoffen, seine Meinung würde sich ändern? Wenn sie Ben nun sagte, sie wäre bereit, über ein Kind nachzudenken, wäre es eine Lüge, denn Sharon glaubte nicht, dass sie ihre Meinung ändern würde. Eine denkbar schlechte Basis für eine Ehe.

»Ich kann nicht anders«, murmelte sie. »Nicht jetzt, nicht heute ...«

»Es ist es wohl besser, wenn ich heute Nacht auf der Couch schlafe und morgen den ersten Flug nach New York nehme«, sagte Ben resigniert. »Ich glaube, wir brauchen Abstand voneinander.«

Sharon war nicht in der Lage, ihm zu widersprechen.

3. Kapitel

Guernsey, April 2017

Theodora Banks gehörte zu Guernsey wie die schroffen Klippen und kleinen Buchten im Süden, wie die meilenlangen Strände mit goldenem Sand im Norden und wie die bunten, üppig blühenden Lilien, die Wahrzeichen der Insel. Auch in Theodoras Garten wuchsen die Blumen in verschwenderischer Fülle, deshalb trug das Anwesen den klangvollen Namen *Liliencottage*. *Cottage* traf nicht ganz zu, denn es war ein zweistöckiges Gebäude mit insgesamt acht Zimmern, drei davon vermietete Theodora Banks als Bed and Breakfast an Feriengäste. Die Pension schien, wie Theodora selbst, im kleinen Dorf St Martin an der Südküste der Insel immer schon zu existieren. Menschen aus Theodoras Kindheit oder Jugend waren – mit Ausnahme von Violet – keine mehr am Leben, und Violet war mit achtundachtzig ein Jahr älter als Theodora. Seit mehreren Jahren lebte Violet in einem Altenheim in St Peter Port. Theodora besuchte sie regelmäßig jeden zweiten Sonntagnachmittag. Sie tat das nicht aus Sympathie, sondern eher aus Pflichtbewusstsein. Violet war die Einzige, die ihr aus ihrer lange zurückliegenden Jugend geblieben war. Meistens erkannte Violet sie nicht, manchmal glaubte sie, Theodora wäre ihre Mutter, und fragte nach ihrer Lieblingspuppe, die sie als Kind irgendwo verloren hatte. Theodora saß dann still neben ihr, setzte die Schnabeltasse mit Tee an Violets Lippen und fütterte sie mit Scones, von denen sie kleine Stücke abbrach und der alten Frau in den Mund schob. Ein, zwei Stunden verharrte sie neben der Freundin aus Kindertagen, in der Theodora die Vergänglichkeit ihres eigenen Lebens erkannte. Nach dem Tee nickte Violet in der Regel ein und wurde von einer Pflegeschwester in ihr Zimmer gebracht. Theodora wusste, wenn Violet erwachte, hatte sie vergessen, dass Theodora sie besucht hatte.

»Sie sind die Einzige, die sich um Miss Violet kümmert«, sagte die Schwester zu Theodora. »Es ist traurig, in diesem Alter keine Angehörigen mehr zu haben, und sie freut sich immer auf Ihre Besuche.«

Theodora wusste, dass das eine freundliche Lüge war. Sie lächelte und kam alle zwei Wochen wieder. Ja, es war nicht schön, im Alter allein zu sein, besonders, wenn Körper und Geist gebrechlich wurden und man auf die Hilfe anderer angewiesen war. Auch Theodora stand allein auf dieser Welt, und sie dankte täglich ihrem Schöpfer, dass sie noch gesund und munter war. Natürlich zwickte es hier und da. Besonders morgens brauchte sie immer länger, um ihre steifen Gliedmaßen zu lockern und aufzustehen. Wer rastet, der rostet jedoch, und so scheute Theodora keine Arbeit, von der es in der Pension mehr als genug gab. An zwei Nachmittagen in der Woche erhielt sie von einer Schülerin aus dem Dorf Unterstützung bei den groben Arbeiten, aber es gab jeden Tag noch genug anderes zu tun. Manchmal ging es zwar etwas langsamer voran, aber Theodora hatte Zeit, warum sollte sie sich beeilen? Ihre Gäste zeigten in der Regel Verständnis, denn wer nach Guernsey kam, um seinen Urlaub auf dieser zauberhaften Insel zu verbringen, wollte die Hektik des Alltags hinter sich lassen. *Entschleunigung* lautete das Modewort, und Theodora bedauerte, dass es einen solchen Ausdruck überhaupt geben musste. In einer Welt, in der alles immer größer, immer schneller und immer perfekter wurde, waren das Liliencottage und ihre Insel wie ein ruhiger Hafen, in dem nie etwas Aufregendes geschah und sich Veränderungen, die die Zeit mit sich brachte, kaum merklich vollzogen.

Der Frühling bescherte Guernsey milde Temperaturen und viel Sonne. Geschützt in der Bucht vor der Küste Frankreichs und vom Golfstrom verwöhnt, herrschte das ganze Jahr über ein fast gleichbleibendes Klima. Im Winter waren Schnee, Eis und Frost selten, Palmen, Bananenstauden, Agaven – Pflanzen, die man eher im Mittelmeerraum vermutete – gediehen ebenso wie Orchideen und Lavendel in üppiger Pracht, allen voran die Guernsey-Lilie.

An diesem sonnigen Vormittag trat Theodora aus dem Haus und schaute in den strahlend blauen und wolkenlosen Himmel. Lediglich die regelmäßig startenden und landenden Flugzeuge störten die Harmonie. Der Flughafen befand sich nur wenige Meilen in nordwestlicher Richtung von St Martin, und auf einer Insel mit nicht einmal fünfzig Quadratmeilen Grundfläche lag eigentlich jeder Ort in der Nähe des Flughafens. Theodora wollte nicht klagen, denn die Flugzeuge brachten – ebenso wie die Fähren von der englischen Südküste oder aus Saint-Malo im nahen Frankreich – die Touristen nach Guernsey und sicherten damit auch ihren Lebensunterhalt.

Das Paar mittleren Alters, das seit einer Woche ein Zimmer im Liliencottage gemietet hatte, trat aus dem Haus und zu Theodora. Sie trugen wadenlange Hosen, leichte T-Shirts und Trekkingschuhe, die Frau hatte ein Sweatshirt um die Hüften gebunden.

»Glauben Sie, wir können heute auf Regenkleidung verzichten?«, fragte die Frau. »Wir wollen von hier aus an der Küste entlang nach St Peter Port wandern und von dort mit dem Bus zurückfahren.«

»Es wird keinen Regen geben«, versicherte Theodora mit einem freundlichen Lächeln. »Auch die nächsten Tage wird es schön und warm bleiben. Ich wünsche Ihnen einen angenehmen Tag.«

Die Eheleute wünschten das Theodora ebenso und gingen beschwingt los. Sie zweifelten nicht an Theodoras Worten, denn die alte Frau war verlässlicher als jede noch so moderne Wettervorhersage via Satellit. Wenn Theodoras Narben schmerzten, als wäre sie gerade frisch operiert worden, regnete es in den nächsten achtundvierzig Stunden. Wenn Nebel zu erwarten war, dann saß der Schmerz in ihren Gelenken, und sie musste sich beim Gehen auf den Krückstock stützen. Heute fühlte sich Theodora jedoch ohne das kleinste Zipperlein rundherum wohl. In den vergangenen Jahrzehnten hatte sie gelernt, ihren Beeinträchtigungen nicht zu viel Aufmerksamkeit zu schenken. Jammern half ohnehin nichts, und viele Menschen waren sehr viel schlechter dran als sie.

Nach dem Ehepaar verließen auch die anderen Gäste in der nächsten Stunde das Cottage. Jeder wollte diesen sonnigen Tag auskosten, niemand würde vor dem Abend zurückkehren. Theodora hatte also genügend Zeit, um die Gästezimmer aufzuräumen, den Müll hinauszutragen, die Handtücher zu wechseln und die Bäder zu putzen. Ihre Gäste waren aber allesamt reinlich, und die Arbeit würde nicht viel Mühe bereiten.

Theodora wollte gerade ins Haus gehen, um mit dem ersten Zimmer zu beginnen, als ein Taxi vorn an der Straße hielt. Das Liliencottage lag ein Stück zurückgesetzt und war von einer hohen Mauer mit einer breiten Einfahrt umgeben. Eine Frau stieg aus dem Taxi, der Fahrer hievte zwei Trolleys und ein Beautycase aus dem Kofferraum und stellte das Gepäck an den Straßenrand.

Ein neuer Gast?, fragte sich Theodora und runzelte nachdenklich die Stirn, denn ihre Gästezimmer waren bis Ende der nächsten Woche belegt. Hoffentlich hatte sie keinen Fehler bei einer Buchung gemacht oder gar vergessen, eine Reservierung einzutragen. Auch wenn Theodoras Gedächtnis fitter als ihr Körper war, verschmähte sie das Internet. Anfragen und Buchungen nahm sie telefonisch oder mit der guten alten Post an. Das Liliencottage war auch beim Touristenbüro in der Stadt gelistet, von dort erhielt sie ebenfalls Anfragen. Theodora seufzte, als das Taxi wieder abfuhr. Wahrscheinlich war die Frau auf gut Glück hierhergekommen, und sie würde ihr sagen müssen, dass sie leider kein freies Zimmer hatte. Die Frau würde sich ein neues Taxi rufen müssen. Allerdings würde es schwierig werden, eine Unterkunft zu finden, jetzt in den Osterferien herrschte Hochsaison, nahezu jedes Bett war belegt.

Die Frau sah unschlüssig auf ihre Koffer. Theodora bemerkte, wie schmal sie war, groß gewachsen, aber ausgesprochen mager. Meine Güte, ein stärkerer Wind haut die ja von den Füßen, dachte sie. Ihr dunkles Haar war zu einem Zopf geflochten, der ihr bis auf die Mitte des Rückens fiel. Obwohl es warm war, trug die Frau eine dunkelblaue Steppjacke, zusätzlich hatte sie ein gemustertes Tuch um den Hals geschlungen. Nun kam sie langsam auf Theodora zu, das Gepäck ließ sie einfach am Straßenrand stehen.

»Es tut mir leid, aber ich …«, begann Theodora, dann weiteten sich ihre Augen ungläubig, und sie rief: »Sharon? Mein Gott, Sharon! Du bist es wirklich!«

»Theodora!« Sharon rannte ihr entgegen und sank in die ausgebreiteten Arme. »Ich bin so froh, dass du noch lebst«, murmelte sie, das Gesicht an Theodoras Schulter gepresst.

»Mir geht es gut«, antwortete Theodora leise und dachte: Ja, es wäre durchaus möglich gewesen, dass ich nicht mehr am Leben bin, das wäre in meinem Alter völlig normal, und du hättest es nicht erfahren. Jetzt und hier war aber kein guter Zeitpunkt, Sharon zu fragen, warum sie so lange nichts von sich hatte hören lassen, oder der jungen Frau gar Vorwürfe zu machen. Mit einem Blick hatte Theodora erkannt, dass es Sharon nicht gut ging. Nicht nur, dass sie sehr mager war, unter ihren Augen lagen dunkle Schatten, und ihr Teint war unnatürlich blass.

»Kann ich hierbleiben?«, flüsterte Sharon. Der flehende Blick schnitt Theodora ins Herz.

»Das Cottage ist voll belegt«, murmelte sie.

Sharon lächelte bitter und zuckte die Schultern.

»Ich hätte es mir denken können, es sind schließlich Ferien. Na dann ... ich versuche, irgendwo anders ein Zimmer zu bekommen.«

»Das kommt nicht infrage, wir finden einen Platz!«, erwiderte Theodora resolut. Um nichts in der Welt hätte sie Sharon in dem Zustand, in dem sie sich befand, wieder gehen lassen. »Komm erst mal rein, ich brühe uns eine Kanne Tee auf. Bei einem guten Tee lassen sich die meisten Probleme lösen.«

»Schön wäre es«, erwiderte Sharon und seufzte.

Theodora ging zur Straße und griff nach dem großen Trolley, Sharon schob sie sanft zur Seite.

»Nichts da, das schaffe ich schon.«

Theodora nahm trotzdem das Beautycase, ließ es aber unkommentiert, dass Sharon bei den beiden Trolleys Mühe hatte, diese zum Haus zu ziehen. Sie wirkte so schwach, als würde sie jeden Moment zusammenbrechen.

»Wie lange willst du bleiben? Deinem Gepäck nach für immer«, sagte Theodora betont munter, erschrak dann doch über Sharons Antwort.

»Das ist nicht auszuschließen.«

Als der Tee in den Tassen dampfte und der Duft nach Darjeeling durch die Küche zog, legte Theodora ihre Hand auf Sharons Unterarm.

»Bist du krank?« Theodora kam immer schnell auf den Punkt, sie war keine Frau, die um den heißen Brei herumredete.

»Eine verschleppte Grippe, die ich nicht auskuriert habe«, antwortete Sharon mit dem Anflug eines Lächelns. »Du weißt ja, in meinem Job kann man sich einen längeren Ausfall nicht erlauben.«

»Du warst aber beim Arzt, ja?«, fragte Theodora besorgt. »Eine nicht ausgeheilte Grippe kann zu einer Herzmuskelentzündung führen, auch bei jungen Menschen, und irreparable Schäden hinterlassen.«

»Mir geht es gut«, unterbrach Sharon schroff, sah Theodora sofort entschuldigend an und fügte freundlich hinzu: »Es ist wirklich alles in Ordnung, du brauchst dir keine Sorgen zu machen.«

Irgendwann, vor langer Zeit, hatte Theodora einmal erwähnt, sie hätte früher einige Erfahrungen als Krankenschwester gesammelt, daher verstand Sharon Theodoras Sorge. Sie hatte sich für diese Notlüge entschieden, da sie nicht befürchten musste, dass Theodora die Wahrheit kannte. Die alte Frau interessierte sich nicht für Klatschgeschichten und las nicht die Yellow Press. In den letzten Tagen hatten sich die Schlagzeilen in diesen Medien rasant verbreitet. Sharon fragte sich längst nicht mehr, woher die Journalisten die Informationen hatten, aber bereits eine Woche nachdem Ben aus London abgereist war, tauchten die ersten Mutmaßungen über ihre Trennung auf. Dann hatte Ben einem amerikanischen Sender ein Fernsehinterview gegeben, Sharon hatte es im Internet verfolgt. Angesprochen auf die Gerüchte, er und Sharon wären nicht länger ein Paar, hatte Ben zugegeben: »Es stimmt, Sharon Leclerques und meine Wege haben sich zu meinem größten Bedauern getrennt. Wir werden aber Freunde bleiben, und ich wünsche Sharon für die Zukunft alles erdenklich Gute.«

Freunde bleiben? Ha! Sharon hatte bitter aufgelacht. Schließlich wusste jeder, dass kein Paar dies wirklich hinbekam, besonders nicht, wenn Tausende von Meilen zwischen ihnen lagen. Dieses Interview hatte Sharon allerdings den Boden unter den Füßen weggezogen. Hatte sie bis dahin noch den Funken Hoffnung gehegt, Ben und sie brauchten nur eine kleine Auszeit, ein paar Wochen, in denen sie beide nachdenken und zur Ruhe kommen konnten, hatte seine Aussage das Ende ihrer Beziehung besiegelt. Wenn er einem Millionenpublikum ihre Trennung bestätigte, hieß das, dass es für ihn endgültig war. Was aber hätte sie tun sollen? Sosehr Sharon Ben vermisste – ein Kind zu bekommen, nur um eine Beziehung zu retten, war der falsche Weg. Sie wären nicht glücklich geworden.

Sharons Karriere stand inzwischen auch ohne Kind vor dem Aus. Nur wenige Tage nach dem Interview hatte das blonde Gift Ivana einen Dreijahresvertrag bei Perfect Beauty unterschrieben. Als ob das nicht schon genug wäre, wurde Sharon in einem formlosen Brief von ihrer Agentur mitgeteilt, dass ein geplantes Bademoden-Fotoshooting, für das sie im Mai auf die Kanaren hätte reisen sollen, gecancelt worden war. Ihre Agentin hatte es nicht einmal für nötig gehalten, sie in einem persönlichen Gespräch über diese Entscheidung zu informieren. Es blieb Sharon immerhin noch die Modewoche in London, bei der sie für einen bekannten schottischen Designer auf dem Catwalk lief. Dieser schätzte sie trotz ihres Alters, und die Arbeit wurde gut bezahlt. Bereits am ersten Abend war Sharon mitten auf dem Laufsteg, vor dem versammelten Publikum und den Fernsehkameras, zusammengeklappt. Den ganzen Tag über hatte Sharon sich schon nicht wohlgefühlt, hatte starke Kopfschmerzen gehabt und war unsicher auf den Beinen gewesen. Dann war sie einfach ohnmächtig geworden und erst im Krankenhaus wieder zu sich gekommen.

»Sie sind massiv unterernährt«, hatte ein grauhaariger Arzt gesagt und sie streng angesehen. »Leiden Sie an Anorexie oder Bulimie? Oder nehmen Sie etwas ein? Sie sind doch in der Modebranche tätig.«

Diese Verallgemeinerung, dass alle Models magersüchtig waren und sich regelmäßig Drogen reinzogen, hatte Sharon wütend gemacht. Ja, es gab solche Mädchen, sie selbst hatte aber niemals Drogen angerührt und war, ihrer Meinung nach, auch weit davon entfernt, an Magersucht zu leiden, nur weil sie in den letzten Tagen weniger als sonst gegessen hatte. Obwohl Sharon mehrmals aufputschende Mittel angeboten worden waren, hatte sie nie einen Joint probiert, nie gekokst oder eine der bunten, vielversprechenden Pillen geschluckt, selbst Alkohol trank sie nur selten und wenn, dann in Maßen. Sharon wollte immer Herr ihrer Sinne sein.

Als am nächsten Tag ein Psychologe Sharon am Krankenbett aufsuchte und begann, ihr Fragen über ihre Eltern und ihre Kindheit zu stellen, hatte es Sharon gereicht. Auf eigenen Wunsch, und entgegen dem Rat der Ärzte, hatte sie das Krankenhaus verlassen. Da sie den Job bei dem Designer nun auch los war – »Ich kann kein Model im Team gebrauchen, das mich in der Öffentlichkeit derart blamiert« –, hatte Sharon ihre Sachen gepackt und am nächsten Morgen den ersten Flug nach Guernsey gebucht. Sie hatte nicht darüber nachgedacht, denn im Moment gab es nur einen einzigen Platz auf der Welt, an den sie sich sehnte: zu Theodora Banks. Allerdings konnte sie der alten Frau nicht die Wahrheit erzählen. Sharon schämte sich zu sehr, jahrelang keinen Gedanken an Theodora verschwendet, ihr weder geschrieben noch sie besucht zu haben, und jetzt, da es ihr dreckig ging, einfach angekrochen zu kommen. Nicht heute, aber vielleicht später würde sie Theodora von der Trennung von Ben und den Hintergründen erzählen. Im Augenblick wollte sie einfach nur schlafen. Tagelang, wochenlang ... um der Realität entfliehen zu können.

Die Jahrzehnte als Pensionswirtin hatten in Theodora ein feines Gespür für Menschen wachsen lassen. Sie ahnte, heute würde sie von Sharon nicht mehr erfahren, und erkannte, dass die junge Frau am Ende ihrer Kräfte war. Sharon hatte zwar zwei Tassen Tee getrunken, den von Theodora gebackenen Apfeltaschen mit Vanillecreme aber keinen Blick geschenkt, dabei hatte Sharon diese immer so gern gegessen.

»Du kannst mein Zimmer haben«, bot Theodora an. »Ich werde auf der Couch schlafen ...«

»Auf keinen Fall!«, unterbrach Sharon sie. »Du in deinem Alter gehörst in dein eigenes Bett. Wenn, dann nehme ich das Sofa, aber da ist doch die Kammer unterm Dach. Oder ist die auch anderweitig belegt?«

»Das nicht, nein, aber ich hab seit Monaten dort nicht mehr aufgeräumt«, erklärte Theodora. »Es muss sehr staubig sein, auch ist es düster, da durch die Dachluke kaum Licht reinkommt.«

»Das macht mir nichts, Hauptsache, eine Matratze passt hinein.« Sharon griff nach Theodoras Hand und drückte sie. »Ich danke dir, Theodora, ich wusste wirklich nicht, wohin ich sonst gehen soll.« Sharon biss sich auf die Lippen, um nicht mehr zu verraten.

»Ich freue mich, dass du gekommen bist«, antwortete Theodora aufrichtig. »Dann schaffen wir in der Kammer mal Ordnung. Du siehst aus, als könntest du ein paar Stunden Schlaf gebrauchen.«

»Danke«, flüsterte Sharon, und Theodora meinte, einen feuchten Schimmer in ihren Augen zu erkennen.

Eine Stunde später lag Sharon in dem schmalen Bett, das sie frisch bezogen hatte, und Theodora war noch nicht an der Tür, als sie bereits eingeschlafen war. Sie lag auf der Seite, die Beine bis zum Kinn angezogen, und wirkte wie ein kleines Kind. Ein kleines, verstörtes Kind auf der Suche nach Geborgenheit. In drei Jahrzehnten schien sich nichts verändert zu haben, dachte Theodora und betrachtete die Schlafende zärtlich. Sharon war tatsächlich ein Kind gewesen, das sich immer nach Sicherheit und Geborgenheit gesehnt hatte. Menschliche Geborgenheit, nicht finanzielle, denn an Geld hatte es im Hause Leclerque nie gemangelt. Theodora erinnerte sich noch gut an die hochgewachsene, schlanke Marjorie Leclerque mit den aparten Gesichtszügen und dem nicht minder attraktiven Pierre Leclerque.

Sharons Eltern waren ein schönes Paar gewesen, elegant und weltgewandt, und sie ergänzten sich perfekt. Als kleines Kind hatte Marjorie das Klavierspielen erlernt, später an den Konservatorien in London und Paris studiert, und zuerst in diversen Orchestern, dann als Solistin international eine rasante Karriere gemacht. Sharons Vater hatte seinen Beruf als Schmuckdesigner aufgegeben, seine Frau gemanagt und sie auf allen Reisen begleitet. Nur eines störte die perfekte Harmonie – Sharon. Theodora hatte sich oft gefragt, warum Marjorie und Pierre überhaupt ein Kind bekommen hatten, wenn dieses so gar nicht in deren Lebensgestaltung passte. Ihr Verhältnis zu Sharons Eltern war nicht besonders eng, dazu waren sie viel zu selten auf der Insel, außerdem mischte Theodora sich grundsätzlich nicht in die Angelegenheiten anderer Menschen ein.

Die Villa der Leclerques hatte nur zwei Meilen die Küste entlang in Richtung St Peter Port gelegen. Ein großzügiges, terrassenförmig gebautes Haus mit Nebengebäuden, einer Schwimmhalle mit Sauna und einem parkähnlichen Garten, der sich bis zum Klippenpfad hinabzog. Auf diesen Klippen war Theodora dem kleinen dunkelhaarigen Mädchen zum ersten Mal begegnet. Sharon war damals sechs Jahre alt. Sie saß auf dem Rand einer Klippe, eine Puppe an die Brust gedrückt, ihre Beine baumelten etwa hundert Meter über dem Abgrund. Eine falsche Bewegung, und das Mädchen würde in die Tiefe stürzen. Theodora war furchtbar erschrocken, hatte sich langsam genähert und das Mädchen sanft gebeten, ihr die Hand zu reichen. Dann hatte sie das Kind von dem Klippenrand fortgezogen und sie gefragt, warum sie allein hier saß und wo ihre Eltern wären.

»In Amerika«, war Sharons Antwort gewesen, »und Ms Ellen schläft.« Auf Theodoras Frage, wer Ms Ellen wäre, hatte das Kind geantwortet: »Die soll auf mich aufpassen, Ms Ellen ist aber immer müde, außerdem brauche ich niemanden, der auf mich achtgibt. Ich bin doch schon groß.«

Kurz entschlossen hatte Theodora das Mädchen mit in ihr Cottage genommen, eine Kanne Kakao gekocht und dann erfahren, dass Sharon die meiste Zeit sich selbst überlassen war, da ihr Kindermädchen immer wieder unter Kopfschmerzen litt und sich auch tagsüber häufig hinlegte.

»Ms Ellen sagt, ich sei ein braves Mädchen, das auch allein spielen kann«, hatte Sharon unschuldig erklärt. »Es ist aber so langweilig.«

»Hast du keine Freundinnen? Kinder aus der Nachbarschaft?«

Das Mädchen hatte den Kopf geschüttelt. »Da wohnen nur alte Leute, die haben keine Kinder.«

Theodora hatte geschmunzelt und geahnt, dass auch sie in Sharons Augen alt war. Es traf sich gut, dass vor wenigen Tagen eine Katze im Schuppen Junge bekommen hatte. Sharon hätte am liebsten alle vier kleinen Kätzchen mitgenommen.

»Die brauchen noch einige Zeit ihre Mama«, erklärte Theodora. »Wenn sie größer sind und deine Eltern nichts dagegen haben, kannst du gern ein Kätzchen bekommen.«

Eine Stunde später hatte Theodora das Kind nach Hause gebracht. Am Tor hatte Sharon sich an ihren Rock geklammert und gefragt, ob sie die Kätzchen morgen wieder besuchen dürfe. Theodora hatte das mit dem Kindermädchen, dieser Ms Ellen, die inzwischen wach geworden war, geklärt. Zu Theodoras Ärger hatte diese Frau das Fehlen ihres Schützlings überhaupt nicht bemerkt und schien erleichtert zu sein, einen Teil der Verantwortung auf Theodora abwälzen zu können. Auch Sharons Eltern, als sie nach Wochen mal wieder nach Guernsey gekommen waren, hatten nichts dagegen, wenn ihre Tochter sie besuchte. So war Theodora für Sharon im Laufe der Jahre zu einer Art Ersatzgroßmutter geworden. Wenn der Schulbus aus St Peter Port vorn an der Hauptstraße hielt, war Sharon nicht nach Hause, sondern zu Theodora gegangen, die bereits für sie den Lunch gekocht hatte. Einmal hatten Sharons Eltern ihr Geld angeboten – »Sie haben doch Unkosten wegen der Lebensmittel und so, Miss Banks« –, was Theodora empört von sich gewiesen hatte. Sie hatte das Mädchen ins Herz geschlossen. Wie eine Enkelin, die sie niemals gehabt hatte und auch nie haben würde. Außerdem akzeptierte Sharon sie so, wie sie war. Nur ein einziges Mal hatte das Mädchen die Frage gestellt, warum Theodora hinke und warum ihr Gesicht anders aussehe als bei den meisten Menschen.

»Ich hab mir einmal sehr wehgetan«, hatte Theodora geantwortet. »Da war ich kaum älter als du jetzt, das ist aber viele Jahre her.«

Mit feinem Instinkt hatte Sharon gespürt, wenn in Theodoras Knochen das Reißen saß und ihre Narben schmerzten. Dann hatte Sharon ihr stillschweigend die eine oder andere Tätigkeit im Haushalt abgenommen: das Geschirr gespült, den Boden aufgewischt oder die Betten frisch bezogen. Obwohl in Sharons Zuhause solche Tätigkeiten vom Personal erledigt wurden, hatte das Mädchen sich nicht gescheut, selbst Hand anzulegen. In stiller Übereinkunft erzählte Sharon ihren Eltern davon nichts. Die Leclerques würden nicht verstehen und nicht dulden, dass Sharon Theodora in der Pension half.

Am schönsten waren die Wochen vor Weihnachten gewesen, wenn Theodora und Sharon in der gemütlichen Küche in dem alten, noch mit Holz befeuerten Herd Plätzchen gebacken hatten. In den ersten Jahren hatte Sharon zwar immer wieder von dem Teig genascht, später jedoch selbst geknetet und Plätzchen ausgestochen.

Theodora war für das Mädchen auch da gewesen, als Sharon die üblichen größeren und kleineren Probleme, die das Teenageralter mit sich brachten, durchmachte. Sie hatte die Musik, die bei den jungen Leuten gerade angesagt war, mit angehört, und Theodora war die Erste, die erfuhr, dass Sharon Model werden wollte.

Mit diesem Berufswunsch war Sharon bei ihren Eltern auf Interesse gestoßen. Dreizehn Jahre war sie alt gewesen und hatte jede Fernsehshow und jedes Magazin, das sich mit Mode und Mannequins beschäftigte, verschlungen. Sie hatte erwartet, die Eltern würden ihren Wunsch rigoros ablehnen und sagen, dass das alles Quatsch wäre, aber genau das Gegenteil war der Fall. Es war einer der seltenen Momente, wo sich Sharon von ihren Eltern wirklich wahrgenommen fühlte.

»Die Größe hast du, und du wirst noch ein Stückchen wachsen«, hatte ihre Mutter gesagt und Sharon aufgefordert, sich um ihre eigene Achse zu drehen, und dann wohlwollend genickt.

»Und die Schönheit hat sie von dir, Marge«, hatte Sharons Vater gesagt, »und du wirst immer schöner, je älter du wirst.«

»Du alter Schmeichler, aber das hast du lieb gesagt.«

Marjorie umarmte ihren Mann, und sie küssten sich liebevoll. Sharon schien vergessen. Sie betrachtete ihre Eltern und spürte, dass es ihr nie gelingen würde, das feste Band zwischen Vater und Mutter zu durchtrennen.

Wieder war es Theodora gewesen, mit der Sharon offen über ihr Ziele und Wünsche gesprochen hatte. Theodora hatte allerdings sehr skeptisch reagiert. Man hörte und las doch beinahe täglich, wie es in der Modelbranche zuging, dass die Mädchen ausgebeutet wurden, von Magersucht und Drogen ganz zu schweigen. Sharon jedoch wollte es professionell angehen. Mit siebzehn Jahren bewarb sie sich auf einer entsprechenden Schule in London und wurde angenommen. Sosehr sich Theodora für das Mädchen freute, wusste sie, dass sich ihr Leben verändern würde, wenn Sharon Guernsey verließ. In den folgenden zwei Jahren war Sharon noch regelmäßig in den Ferien oder über Feiertage nach Hause zurückgekehrt, doch allmählich zeigte die harte Ausbildung Erfolg. Sharon wurde immer häufiger gebucht, aber die Aufträge hielten sie mehr und mehr von Guernsey fern. Manchmal schrieb sie Theodora oder schickte bunte Ansichtskarten von den Orten der Welt, an die ihr Job als Model sie führte. Theodora hatte Sharon das letzte Mal nach dem Tod ihrer Eltern gesehen. Damals hatte Sharon bei ihr gewohnt, es war ihr nicht möglich, in die weiße Villa zurückzukehren, mit der sie nichts verband. Der Verkauf war binnen drei Wochen abgewickelt worden. Ohne Wehmut hatte Sharon sich von dem Haus getrennt, lediglich ein paar kleine Erinnerungsstücke hatte sie mit nach London genommen, wo sie inzwischen lebte. Danach kamen noch drei oder vier Ansichtskarten, dann seit Jahren nichts mehr.

Theodora hatte Sharon nicht gezürnt. Die junge Frau führte eben ihr eigenes Leben und hatte anderes zu tun, als sich um eine alte Frau zu kümmern. Es war der Lauf der Welt, dass die Jungen das Nest verließen und manchmal niemals wieder zurückkehrten.

Nun war Sharon zurück. Physisch und psychisch am Rande der Belastbarkeit, nur noch ein Schatten ihrer selbst. Theodora wollte nicht in sie dringen und Sharon die Zeit geben, die sie brauchte, bis sie bereit war, ihr anzuvertrauen, was sie derart aus der Bahn geworfen hatte.

Sharon schlief den ganzen Tag und die folgende Nacht. Als sie erwachte, wusste sie im ersten Moment nicht, wo sie sich befand. Sie blickte durch eine kleine Dachluke auf ein Stück blauen Himmel, da seilte sich eine riesige schwarze Spinne mit dicht behaarten Beinen direkt auf ihr Gesicht ab.

»Ah!«

Blitzschnell rollte Sharon sich zur Seite, fiel aus dem Bett und schlug hart auf dem Dielenboden auf. Sie stöhnte und griff sich an den Kopf. Der kleine Sturz hatte aber bewirkt, dass sie vollends wach geworden war. Auf dem Po rutschte sie zur Seite, erst dann wagte sie es, zum Bett hinüberzublicken. Von der Spinne war nichts mehr zu sehen, und Sharon fragte sich, ob sie sich irgendwo zwischen den Decken vergraben hatte. Obwohl auf dem Land aufgewachsen, verabscheute sie Spinnen und schüttelte sich vor Ekel. Sie rappelte sich auf, musste aber den Kopf einziehen, da der Kniestock so niedrig war, dass sie nicht aufrecht stehen konnte. War die Kammer immer schon so winzig gewesen? Als Kind war Sharon der Raum viel größer vorgekommen. Ihr Gepäck stand neben der Tür. Mit schlechtem Gewissen dachte Sharon, dass Theodora die schweren Trolleys die steile Stiege heraufgeschleppt hatte. Sie öffnete einen Trolley, nahm ein paar bequeme Sneakers heraus und schlüpfte hinein. Sie sehnte sich nach einem starken Kaffee und einer heißen Dusche. Der Blick auf ihre Armbanduhr sagte ihr, dass es bereits auf elf Uhr zuging. Sie hatte zwanzig Stunden geschlafen, und das so fest und gut wie seit Wochen nicht mehr.

Als Sharon die gemütliche Wohnküche betrat, verabschiedeten sich gerade eine Frau und ein Mann mittleren Alters von Theodora mit den Worten: »Und die Geschäfte in der Stadt haben heute wirklich geöffnet?«

»Ja, auch sonntags können Sie in St Peter Port einkaufen«, antwortete Theodora. »Sie sollten auch Castle Cornet besichtigen, die Festung ist unbedingt einen Besuch wert.«

»Das werden wir machen, herzlichen Dank, Miss Theodora«, sagte der Mann, dann fiel der Blick der Frau auf Sharon, die unter dem Türrahmen stand. »Guten Morgen«, grüßte er freundlich, seine Frau nickte Sharon zu.

Als das Paar durch die zweite Tür, die von der Küche direkt ins Freie führte, trat, hörte Sharon die Frau sagen: »War das nicht dieses Model aus England?«

»Welches Model?«, fragte der Mann. »Du weißt, ich interessiere mich nicht für Mode.«

»Ich glaube, das war sie wirklich. Wenn ich doch nur auf den Namen kommen würde ...«

»Selbst wenn die junge Frau ein Model ist, dann hat auch sie das Recht auf ungestörte Ferien«, erklärte der Mann streng, dann verloren sich die Stimmen.

Theodora schmunzelte und sagte: »Recht hat er. Hast du gut geschlafen, Sharon?«

»Wie ein Stein.« Sie sah sich in der Küche um. »Darf ich mir einen Kaffee machen?«

»Du brauchst nicht zu fragen«, antwortete Theodora. »Mit dem Frühstück für die Gäste bin ich zwar fertig, ich bereite dir aber gleich ein paar Eier mit Speck zu und ...«

»Bitte, keine Umstände!«, unterbrach Sharon sie. »Ein schwarzer, starker Kaffee reicht völlig. Ich frühstücke niemals.« Sie füllte den Wasserkocher und gab einen Teelöffel Instantkaffeepulver in eine Tasse.

Theodora verkniff sich die Bemerkung, dass sie das für ungesund hielt, und Sharon fuhr mit einem Grinsen fort: »Ich muss furchtbar aussehen! Gestern habe ich mich nicht mehr abgeschminkt und in meinen Klamotten geschlafen.«

»Das Bad steht dir zur Verfügung«, erwiderte Theodora. »Lass dir ruhig Zeit, ich bin heute Nachmittag ohnehin nicht hier.«

»Was hast du vor?«, fragte Sharon, während sie das kochende Wasser auf das Kaffeepulver goss.

»Ich besuche eine alte Freundin in der Stadt.« Theodora runzelte die Stirn, dann fragte sie: »Vielleicht hast du Lust, mich zu begleiten? Wir nehmen den Bus nach St Peter Port. Wenn du dich aber lieber ausruhen möchtest ...«

»Ich komme gern mit«, antwortete Sharon und sah durch das Fenster in den Garten. »Es ist ein herrlicher Tag, die frische Luft wird mir guttun.«

»Dann lass uns gegen zwei aufbrechen«, sagte Theodora, und Sharon sah das Leuchten in ihren Augen.

Sie trat zu ihr und legte einen Arm um Theodoras Schultern. Wie zierlich sie ist, dachte Sharon, und wie alt sie geworden ist!

»Es tut mir leid, dass ich dich so lange nicht besucht habe«, sagte Sharon leise.

»Du hast deine Arbeit.«

»Das ist keine Entschuldigung.« Ein Kloß bildete sich in Sharons Kehle. Theodora war in einem Alter, in dem der Sensenmann jederzeit an die Tür klopfen konnte, auch wenn sie sich noch gesund fühlte. »Ich bin so froh, dass es dir gut geht, Theodora«, fuhr Sharon flüsternd fort. »Ich hätte es mir nie verziehen, wenn du …«

»Wir werden jetzt doch nicht sentimental werden«, unterbrach Theodora sie resolut. »Ich freue mich über deinen Besuch, und wir machen uns ein paar schöne Tage. Jetzt aber ins Bad, Sharon, du hast eine Dusche dringend nötig. Saubere Handtücher findest du im Schrank unter dem Waschbecken.«

Bei ihrem überhasteten Aufbruch nach Guernsey, der einer Flucht gleichgekommen war, hatte Sharon wahllos einige Kleidungsstücke in ihre Koffer geworfen. Als sie sich jetzt anzog, sah sie, dass ihre Garderobe für London zwar passend, für einen Aufenthalt auf dem Land aber wenig geeignet war. Die weißen Sneakers waren die einzigen Schuhe ohne Absätze, die Designerkleider waren auf der Insel fehl am Platz. Daran gewöhnt, immer wie aus dem Ei gepellt auszusehen, besaß Sharon ohnehin nur wenig legere Klamotten. Sie wählte eine schwarze Jeans und ein mit Strasssteinen besetztes weißes T-Shirt, es war das schlichteste, das sie dabeihatte. Automatisch benetzte sie den Schminkschwamm mit Make-up, verharrte aber in der Bewegung und starrte ihr Spiegelbild an. Sicher, unter ihren Augen lagen dunkle Schatten, ihr Teint war aber rosig und zart, ihre schwarzen Wimpern auch ohne Tusche lang und dicht. Sie stellte das Make-up-Fläschchen zur Seite und trug lediglich ein wenig roséfarbenen Lipgloss auf. Das noch feuchte Haar strich sie sich hinter die Ohren. Sie würde es an der Luft trocknen lassen. Auf Guernsey musste sie niemandem gefallen, musste nicht wie direkt einem Modekatalog entstiegen aussehen, im Gegenteil. Die Frau vorhin hatte sie trotz ihres desolaten Aussehens erkannt. Bisher hatte sie es immer genossen, im Mittelpunkt zu stehen und berühmt zu sein, heute empfand sie das zum ersten Mal als Last. Sie war auf die Insel gekommen, um Ruhe zu finden – weit weg von dem Glamour und der verlogenen Glitzerwelt der Reichen und Schönen.

Theodora hatte zwar von einer Freundin gesprochen, Sharon war dann aber doch überrascht, als sie durch ein Tor mit der Aufschrift *Summerland House Nursing Home* schritten.

»Ein Pflegeheim?«

Theodora nickte. »Violet ist ein Jahr älter als ich, aber leider nicht mehr so gut beisammen. Ich besuche sie jeden zweiten Sonntagnachmittag.«

Sharon schluckte. Alter und Pflege – das waren zwei Dinge, mit denen sie sich bisher nie beschäftigt hatte. Sie gingen durch einen Park mit üppig blühenden Blumen und alten Bäumen auf das helle, dreistöckige Haus zu. Das Pflegeheim lag oberhalb der Stadt und bot einen wundervollen Blick auf St Peter Port und Castle Cornet. Auf den ersten Blick wirkte es wie ein Ferienhotel, das Pflegepersonal und die alten Leute mit Rollatoren und in Rollstühlen lösten in Sharon allerdings ein beklemmendes Gefühl aus.

»Miss Banks, wie schön, Sie zu sehen!« Eine blonde Schwester schüttelte Theodoras Hand, dann sah sie zu Sharon. »Und Sie haben Besuch mitgebracht? Da wird sich Miss Violet aber freuen, sie hat heute übrigens einen ihrer guten Tage.«

»Hi, ich bin Sharon.« Sharon reichte der Schwester die Hand, abwartend, ob diese sie erkennen würde. Das schien nicht der Fall zu sein, denn die Schwester sagte nur: »Miss Violet ist auf der Terrasse, der Tee wird in wenigen Minuten serviert.«

»Herzlichen Dank, Schwester Maud.«

Sharon blieb wenige Schritte hinter Theodora, als sie auf der Terrasse auf eine im Rollstuhl sitzende, weißhaarige Frau zuging, die an einem kleinen runden Tisch saß, sich vorbeugte und die Frau auf die Wange küsste.

»Ein herrlicher Tag, nicht wahr, Violet?«

»Mama?«, fragte die alte Frau und sah auf. Ihr Blick war erstaunlich klar, aber sie sagte: »Du hast mich lange nicht mehr besucht, Mama.«

Theodora strich ihr sanft über die Wange. »Nun bin ich ja hier, und ich hab dir noch jemanden mitgebracht.« Sie winkte Sharon, die zögernd an ihre Seite trat. »Das ist Sharon, eine sehr gute Freundin. Sag ihr Guten Tag, Violet.«

Violets Augen richteten sich auf Sharon, ihre Lippen verzogen sich zu einem Lächeln, und sie murmelte: »Du bist meine Puppe. Aber meine Puppe heißt Dolly.«

»Puppe?« Verständnislos runzelte Sharon die Stirn, und Theodora raunte ihr zu: »Als Kind hatte Violet eine Puppe mit langen schwarzen Haaren, die dir ähnlich war.«

»Aha.« Sharon schob erst Theodora einen Stuhl hin, dann setzte sie sich ebenfalls. Wenige Minuten später rollte ein Pfleger einen Wagen mit Tee- und Kaffeekannen und auf kleinen Tellern verteilten Kuchenstücken heran. Vor Violet stellte er eine Schnabeltasse auf den Tisch. Zu dem Kaffee sagte Sharon nicht Nein, einen Kuchen lehnte sie jedoch ab. Sie beobachtete, wie Theodora die Tasse an die Lippen ihrer Freundin setzte, dann den Apfelkuchen mit der Gabel in kleine Stücke teilte und Violet damit fütterte. Es fiel kein Wort, und Sharon musste dem Drang, aufzuspringen und davonzulaufen, widerstehen. Würde auch sie eines Tages so dasitzen und gefüttert werden müssen? Wenn ja – wer würde es bei ihr tun?

»Hat sie denn keine Familie?«, raunte sie Theodora zu.

Diese schüttelte den Kopf. »Violet ist schon lange Witwe, und ihr einziger Sohn starb vor über zehn Jahren an Aids.«

»War er schwul oder ein Junkie?«, entfuhr es Sharon, was ihr einen tadelnden Blick von Theodora einbrachte.

»Nein, er hatte sich bei einer Operation durch eine Bluttransfusion infiziert, als er noch ein Jugendlicher war«, erklärte sie. »Damals wusste man noch nicht viel über diese Krankheit, und Spenderblut wurde nicht auf den Virus hin untersucht. Aus diesem Grund hat Roger nie geheiratet und auch keine Kinder gezeugt.«

Als der Name ihres Sohnes fiel, ging ein Ruck durch Violets Körper.

»Roger hat mich heute auch besucht«, erklärte sie. »Er hat mir sein neues Fahrrad gezeigt. Es ist blau und hat glänzende silberne Speichen. Das Rad hat ihm sein Vater zum Geburtstag geschenkt. Roger ist ein lieber Junge.«

»Ja, das ist er«, stimmte Theodora zu. »Noch ein Schluck Tee, Violet?«

Es folgten Minuten bedrückenden Schweigens, und Sharon wünschte sich, gehen zu können. Als Theodora dann begann, von ein paar kleinen, unwichtigen Ereignissen der letzten Tage zu erzählen, fragte Sharon: »Warum tust du das? Sie versteht dich doch gar nicht.«

»Wir können uns dessen nicht sicher sein«, antwortete Theodora. »Violet fühlt sich wohl, wenn jemand bei ihr ist und mit ihr spricht.«

Tatsächlich strahlten die Augen der alten Frau, und bei jedem Wort von Theodora nickte Violet bekräftigend, nach einer halben Stunde fielen ihr jedoch die Augen zu.

»Du bist müde, Violet, und wir werden dich jetzt allein lassen, damit du dich ausruhen kannst.« Theodora nahm ihre Hand. »In zwei Wochen komme ich wieder.«

Violet sah auf, und Sharon fühlte sich verpflichtet, ihr ebenfalls die Hand zu geben. Violets Finger umklammerten die ihren, und sie rief aufgeregt: »Dolly darf nicht gehen!«

»Violet, meine Liebe, deine Puppe muss nun schlafen. Ich bring sie dir aber bald wieder.«

Dies schien Violet zu beruhigen, sie ließ Sharons Hand los. Schwester Maud trat zu ihnen, löste die Bremse des Rollstuhls und schob Violet auf das Haus zu. Deren Kopf war auf die Brust gesunken, sie schien eingeschlafen zu sein.

»Meine Güte, wie hältst du das nur aus?«, rief Sharon. »Warum tust du das?«

»Violet ist das Einzige, das mir von meiner Kindheit geblieben ist«, erwiderte Theodora ernst.

»Wart ihr eng befreundet?«

Theodora zuckte mit den Schultern. »So, wie Nachbarskinder eben befreundet sind, aber eigentlich hatten wir kaum etwas gemeinsam.«

»Trotzdem besuchst du sie regelmäßig«, erwiderte Sharon. Theodora antwortete nicht.

Den Weg nach St Peter Port hinunter legten sie schweigend zurück. Obwohl Theodora sich schwer auf ihren Gehstock stützen musste, hielt sie sich aufrecht. Am Busbahnhof gegenüber von Castle Cornet sank sie erschöpft auf eine Bank. Der nächste Bus nach St Martin kam in etwa zwanzig Minuten.

»Wäre es dir recht, wenn ich noch ein wenig in der Stadt bleibe?«, fragte Sharon. »Ich brauche dringend ein paar Sachen zum Anziehen.«

»Hast du in deinen Koffern etwa Steine?«, fragte Theodora mit einem Schmunzeln. »Mir kamen sie prall gefüllt vor.«

»Aber mit den falschen Klamotten.« Verlegen scharrte Sharon mit der Fußspitze auf dem Boden. »Ich hab kaum etwas Schlichtes dabei und auch viel zu warme Sachen. In London war es deutlich kühler.«

Theodora nickte verstehend. »Auf den Kanalinseln ist es immer wärmer als auf dem Festland. Geh nur, mein Mädchen, ich komme auch allein nach Hause. Du solltest aber auch etwas essen«, fügte sie besorgt hinzu. »Du hast nicht gefrühstückt und den Kuchen vorhin nicht angerührt.«

Sofort verschloss sich Sharons Miene, als sie entgegnete: »Ich kaufe mir irgendwo einen Apfel oder eine Banane und auch eine Flasche Wasser. Du brauchst dir keine Sorgen zu machen.«

Von Theodoras Gesicht war abzulesen, dass sie genau das tat, sie schwieg aber. Sie war kein Mensch, der anderen Vorschriften machte. Sharon war eine erwachsene Frau.

St Peter Port hatte sich über die Jahre kaum verändert. Hier und da waren ein paar neue Häuser hinzugekommen, Geschäfte, Bars und Restaurants hatten die Inhaber gewechselt und neue Namen erhalten, Sharon fand sich aber sofort wieder zurecht und schlenderte den Hafen entlang bis zum St Julian's Pier. Die Luft war erfüllt vom Geruch nach Salz und Tang. Eine der Schnellfähren, die die Insel mit dem französischen Festland verbanden, fuhr soeben in den Hafen ein. Durch eine schmale Gasse gelangte Sharon in das Zentrum der Stadt mit seiner breiten Fußgängerzone. Hier reihte sich ein Geschäft an das andere: Juweliere und elegante Boutiquen, Schuhgeschäfte und auch Läden bekannter Marken und Ketten. Selbst in London kannte Sharon keine Straße, in der sich so viele Schmuck- und Uhrengeschäfte befanden wie in der High Street von St Peter Port. Das war dem Umstand geschuldet, dass auf den Kanalinseln keine Mehrwertsteuer erhoben wurde und dadurch vor allem exklusiver Schmuck deutlich günstiger als auf der britischen Insel zu erwerben war. Sharon blieb vor einem Schaufenster stehen und betrachtete die Auslage, wollte aber nichts kaufen. Schmuck besaß sie in Hülle und Fülle, die meisten Stücke hatte Ben ihr zu Festtagen geschenkt, alle in schlichter, unaufdringlicher Eleganz gehalten. Ben hatte ihren Geschmack ganz genau gekannt.

Sharon presste die Lippen zusammen und ging weiter. Sie wollte nicht an Ben denken. Nicht jetzt und überhaupt am besten niemals mehr. Wenn es doch nur einen Schalter geben würde, den man umlegen könnte, um Gefühle einfach auszuknipsen.

Aus der geöffneten Tür einer Bäckerei wehte der Duft nach Kaffee und frischen Backwaren auf die Straße. Sharon knurrte der Magen, und plötzlich verspürte sie wirklich Hunger. Sie trat ein, bestellte sich einen Cappuccino und ein Croissant, das noch warm aus dem Ofen kam. Während sie in das luftig-leichte Gebäck biss, regte sich aber sofort das schlechte Gewissen. Mit Kalorientabellen bestens vertraut, wusste Sharon, dass sie gerade rund ein Viertel ihres täglichen Bedarfes aß, außerdem war ein Croissant voll mit ungesunden gesättigten Fettsäuren. Als wäre es plötzlich schimmelig, legte Sharon das angebissene Stück aus der Hand und schob den Teller zur Seite. Heute Vormittag unter der Dusche hatte sie die Pölsterchen auf ihren Hüftknochen ertastet, sie durfte auf keinen Fall auch nur ein Gramm zunehmen! Sonst würde ihr nie wieder jemand einen Auftrag geben, und wovon sollte sie dann leben? Vom Geld, das sie benötigte, um ihren aufwendigen Lebensstil zu finanzieren, mal abgesehen – die Modebranche war die Welt, in der sie zu Hause war. Sie hatte nichts anderes gelernt, als lächelnd in die Kamera zu blicken und sicher über den Catwalk zu stöckeln. Na ja, mehr oder weniger sicher, wie der peinliche Vorfall bei der Modenschau gezeigt hatte. Wenn sie ein paar Tage ausspannte, dann würde sie wieder auf der Höhe sein und die nächsten Aufträge erhalten. Sie hatte schließlich einen guten Namen in der Branche. Wie so oft in den letzten Tagen wechselte sich euphorische Zuversicht mit Zukunftsängsten ab. Im Augenblick überwog das positive Denken.

Sie trank den Kaffee, dann suchte sie das Warenhaus schräg gegenüber der Bäckerei auf, das sie nach einer Stunde wieder verließ. Vollgepackt mit Tragetaschen und Tüten ging sie zufrieden zur Bushaltestelle. Sie hatte gute und günstige Kleidung erstanden, die für einen Aufenthalt auf der Insel passend und ausreichend war. In London würde sie diese allerdings nicht tragen können, deswegen hatte Sharon nicht zu viel Geld ausgegeben.

Der Bus kam nach wenigen Minuten. Sharon löste das Ticket, setzte sich ans Fenster, die Taschen auf dem Schoß. Am Kreisverkehr am Castle Pier eilte ein Mann so knapp vor dem Bus über die Straße, dass der Fahrer scharf bremsen musste und einen Fluch ausstieß. Sharon zuckte zusammen und beugte sich nah an die Scheibe, um den Mann besser erkennen zu können. Er trug einen blauen Arbeitsanzug, ein groß kariertes, kurzärmeliges Hemd und ein dunkles Basecap. Jetzt betrat er ein dreistöckiges Haus und entschwand Sharons Blicken. Sie presste beide Handflächen auf ihre Brust, das Herz pochte ihr bis zum Hals.

»Dein Einkauf war offenbar erfolgreich.« Mit diesen Worten begrüßte Theodora Sharon, als diese in die Küche gestolpert kam, die Taschen fallen ließ und auf den nächstbesten Stuhl sank. »Sharon, ist alles in Ordnung?«, fragte Theodora. »Du bist wachsbleich, und deine Hände zittern.«

Sharon atmete ein paarmal ein und aus, bevor sie sagte: »Ich glaube, ich hab Alec gesehen.«

Die Nachricht schien Theodora nicht zu überraschen, denn sie erwiderte: »Das ist gut möglich.«

»Er ist also noch auf der Insel.«

»Soviel ich weiß, hat er Guernsey nie verlassen.«

»Ist er … hat er … ich meine …«

»Ob er eine Familie hat?«, fragte Theodora und musterte Sharon überrascht. »Er ist nicht verheiratet, jedenfalls war er es nicht, als er mich das letzte Mal besucht hat.«

»Er kommt hierher?« Wie von einer Nadel gestochen fuhr Sharon hoch. »Öfter?«

Scheinbar desinteressiert zuckte Theodora mit den Schultern. »Du solltest dich daran erinnern, dass er Schreiner und auch sonst handwerklich sehr geschickt ist. Inzwischen hat er die Schreinerwerkstatt von seinem Vater übernommen, und wenn im Cottage Reparaturen anfallen, bitte ich Alec um Hilfe.«

»Ich dachte, er wäre fortgegangen«, murmelte Sharon und setzte sich wieder. »Warum versauert er hier?«

»Das musst du ihn schon selbst fragen, Sharon«, antwortete Theodora.

»Das habe ich auf keinen Fall vor! Wir haben uns nichts mehr zu sagen, und ich will ihn nie wiedersehen«, sagte Sharon entschlossen.

»Nun, das wird sich auf einer so kleinen Insel wohl nicht vermeiden lassen«, erwiderte Theodora kühl. »Du weißt, ich mische mich nicht in die Angelegenheiten anderer ein, finde aber, dass du und Alec euch aussprechen solltet. Es ist schließlich so lange her ...«

»Niemals!«, fiel Sharon ihr ins Wort. »Ich hab ihm geschrieben, als ich damals nach London gegangen bin. Mehrmals, immer wieder, er hat aber nie geantwortet.«

»Vielleicht hatte er seine Gründe«, murmelte Theodora.

»So, wie ich jetzt meine Gründe habe, ihm aus dem Weg zu gehen!« Immer noch aufgeregt stand Sharon auf, blinzelte und griff haltsuchend nach der Stuhllehne. »Mir ist plötzlich so schwindlig ...«

Bevor Theodora sie auffangen konnte, sank Sharon ohnmächtig zu Boden.

Die Stirn in Sorgenfalten gelegt, schaute Theodora den Arzt an, als er die Küche betrat.

»Was ist mit Sharon, Dr. Lambert? Ist sie wieder bei Bewusstsein?«

Der grauhaarige Arzt, der sich seit Jahren auch um Theodora kümmerte, nickte, wirkte aber besorgt.

»Ohne ausführliche Untersuchungen, zum Beispiel eine Blutabnahme, kann ich natürlich keine hundertprozentige Diagnose stellen, im Moment scheint mir nur, dass Ihre junge Freundin zu wenig gegessen und getrunken hat, deshalb die

Ohnmacht. Grundsätzlich ist Ms Sharon viel zu dünn. Bei Untergewicht spielt der Kreislauf schon mal verrückt.«

»Seit sie gestern angekommen ist, hat sie kaum etwas gegessen«, erwiderte Theodora. »Ich fürchte, das hängt mit ihrem Beruf zusammen. Sie ist nämlich Mannequin oder Model, wie man heute sagt.«

Dr. Lambert seufzte. »Die Problematik mit den sogenannten Magermodels ist mir bekannt, alle Medien berichten schließlich regelmäßig darüber. Ihre Freundin ist aber in einem Alter, in dem man erwarten kann, dass sie vernünftiger ist.«

»Ich werde mich um sie kümmern«, sagte Theodora entschlossen, »und sie wieder aufpäppeln.«

Dr. Lambert schmunzelte. »Daran zweifle ich nicht. Sie soll sich ein paar Tage schonen, keine körperlichen Anstrengungen, viel Schlaf und leichte Kost, am besten Obst, Gemüse und Suppen.«

»Ich hab gerade Tee gemacht«, antwortete Theodora. »Haben Sie Zeit, eine Tasse mit mir zu trinken?«

»Sehr gern, Miss Theodora, eine kleine Pause kann ich mir durchaus gönnen.« Während Theodora den Tee einschenkte, musterte Dr. Lambert sie aufmerksam. Nach dem ersten Schluck sagte er: »In diesem Jahr waren Sie noch nicht in meiner Praxis zur Vorsorgeuntersuchung.«

»Mir geht es gut, Doktor«, antwortete Theodora. »In meinem Alter schenkt man dem einen oder anderen Zipperlein keine Bedeutung mehr.«

»Ich möchte Sie trotzdem untersuchen«, beharrte der Arzt. »Sie scheinen etwas blass um die Nase zu sein. Ich würde gern ein großes Blutbild machen, Ihren Blutdruck messen und auch ein EKG anlegen.«

»Erst mal muss ich mich um Sharon kümmern«, erwiderte Theodora bestimmt. »Sie braucht mich jetzt, und wie ich sagte: Ich fühle mich gesund und munter wie ein Fisch im Wasser. Gegen die Beschwerden in meinem Bein« – sie klopfte leicht auf ihren rechten Oberschenkel – »kann man nichts machen, das haben Sie mir selbst gesagt. Ich komme zurecht.«

Dr. Lambert trank seinen Tee und verzichtete auf eine Antwort. Er kannte Theodora lange genug, um zu wissen, dass man sie zu nichts drängen konnte, außerdem hatte sie recht: Für ihr fortgeschrittenes Alter war sie wirklich noch erstaunlich beweglich und aktiv. Die Blässe kam sicher nur von den Sorgen, die Theodora sich um diese junge Frau machte. Er würde sie aber zu einer Untersuchung bitten, wenn Sharon wieder auf den Beinen war.

Spitz und bleich hob sich Sharons Gesicht kaum von dem hellen Kissenbezug ab. Als Theodora das Zimmer betrat, rappelte Sharon sich auf und murmelte: »Ich bin in deinem Bett, das geht doch nicht …«

»Nichts da, du bleibst schön hier liegen, bis es dir wieder besser geht. Die Dachkammer ist völlig ausreichend für mich.«

»Aber …«

»Ich hab dir Hühnerbrühe gemacht«, unterbrach Theodora sie, stellte eine kleine Schüssel auf den Nachttisch und zog einen Stuhl heran. »Kannst du selbst essen, oder muss ich dich füttern?«

Sharon sah das belustigte Zwinkern in den Augenwinkeln der alten Frau und lächelte.

»Das geht schon, und tatsächlich habe ich Hunger. Ich danke dir, Theodora, danke für alles.«

Sharon richtete sich auf, Theodora stopfte ihr das Kissen im Rücken zurecht, sodass Sharon bequem sitzen und die Suppe löffeln konnte. Sie war warm, aber nicht zu heiß, schmeckte intensiv nach Huhn, Lauch und Karotten, und Sharon musste zugeben, dass die Suppe ihr guttat. Sie leerte die ganze Schüssel, dann sagte sie: »Erspar mir bitte Vorwürfe, die habe ich vom Arzt schon zur Genüge gehört.«

»Du bist erwachsen und für deinen Körper und deine Gesundheit selbst verantwortlich«, erwiderte Theodora. »Es schmerzt mich nur, mit ansehen zu müssen, wie du dein Leben an die Wand fährst – so drückt ihr jungen Leute das heutzutage doch aus, nicht wahr?«

»Was soll ich denn machen?« Mit einer hilflosen Geste hob Sharon die Hände, die Mundwinkel heruntergezogen. »In meinem Job darf ich kein Gramm zu viel haben, besonders nicht in meinem Alter.«

»Ich mag zwar alt sein, habe aber durchaus mitbekommen, dass der Trend weg von den Magermodels geht«, wandte Theodora ein.

»Das sind Einzelfälle«, erwiderte Sharon. »Meine Agentur verlangt gewisse Maße, sonst kann ich einpacken.«

»Dann solltest du dir eine andere Agentur suchen.«

Sharon lachte zynisch und meinte: »Klar, die stehen ja auch Schlange, ein Model Mitte dreißig aufzunehmen.« Ernst sah sie Theodora an. »Was soll ich denn tun? Ich hab keine andere Ausbildung und kann auch sonst nichts, woraus sich etwas machen ließe.«

»In dir steckt viel mehr, als du vermutest, Sharon«, sagte Theodora leise.

Sharon schüttelte abwehrend den Kopf.

»Schon für meine Eltern war ich eine einzige Enttäuschung, besonders für meine Mutter, von deren Talent ich nicht die Spur geerbt habe. Jahrelang kamen die besten Geigen- und Klavierlehrer ins Haus, nur um festzustellen, dass ich, wenn ich mich sehr anstrenge, gerade mal vom Notenblatt abspielen kann. Ich hatte nie Spaß dabei. Nicht einmal eine gute Singstimme hat Gott oder das Schicksal, je nachdem, woran man glaubt, mir gegeben. Erst als ich die ersten Aufträge für Hochglanzmagazine und Modeschauen erhielt, wurde ich von meinen Eltern respektiert. Nein, nein« – Sharon schüttelte so heftig den Kopf, dass ihre Locken flogen – »ich *muss* einfach weitermachen. Das wirst du doch verstehen, Theodora?«

Der Ausdruck in den hellgrünen Augen der alten Frau ließ keinen Zweifel daran, dass sie Sharons Meinung nicht teilte, aber Theodora wusste, sie musste Sharon Zeit lassen. Je mehr sie jetzt versuchte, in die junge Frau zu dringen, desto mehr würde Sharon sich zurückziehen, deswegen sagte sie nur leise: »Die Begegnung mit Alec hat dich aufgewühlt.«

»Es war keine Begegnung«, antwortete Sharon, »er hat mich gar nicht gesehen.«

Zärtlich strich Theodora über Sharons Handrücken, dann stand sie auf.

»Versuche zu schlafen, mein Mädchen«, sagte sie in einem Tonfall, als wäre Sharon noch das Kind, um das sie sich jahrelang gekümmert hatte. »Morgen ist ein neuer Tag, und du hast genügend Zeit, um nachzudenken, wie es weitergehen wird.«

Am nächsten Morgen aß Sharon zu Theodoras Freude ein leichtes Frühstück aus Toast, Butter, selbst eingemachter Erdbeermarmelade und sogar noch einen Apfel. Bis Mittag blieb Sharon im Bett, dann kam sie in die Küche herunter, nahm sich einen Joghurt aus dem Kühlschrank und löffelte ihn langsam und mit erkennbarem Genuss.

»Ich möchte ans Meer«, sagte Sharon.

»Soll ich dich begleiten?«

»Ich würde gern ein wenig allein sein.« Beruhigend nickte Sharon Theodora zu. »Keine Sorge, es ist ja nicht weit, aber ich möchte mir einfach die Seeluft um die Nase wehen lassen.« Aus dem Obstkorb schnappte Sharon sich eine Banane und meinte grinsend: »Und eine kleine Stärkung nehme ich auch mit.«

Obwohl Sharons Wangen wieder etwas Farbe bekommen hatten, sah Theodora ihr besorgt nach, als Sharon auf dem Trampelpfad, der direkt hinter dem Cottage verlief und zu den Klippen führte, entlangschlenderte. Sie spürte, dass das, was Sharon ihr anvertraut hatte, nur die Spitze eines Eisberges war, und hoffte, Sharon würde sich ihr ganz anvertrauen.

Nach wenigen Minuten erreichte Sharon die Petit Bot Bay. Neben der Moulin Huet Bay galt diese als schönste Bucht der Insel. Da Ebbe herrschte und das Wasser Hunderte von Yards weit draußen war, hielten sich nur wenige Menschen am Strand auf. Sharon war es recht, sie wollte ohnehin mit niemandem sprechen. Aus dem Strandcafé holte sie sich einen Tee, ging den steilen Weg zum Strand hinunter und setzte sich auf einen sonnenbeschienenen Felsen. Links und rechts ragten dunkle Felswände steil in die Höhe, Möwen kreisten über ihrem Kopf, auf der Suche nach Nahrung heiser schreiend. Immer wieder stießen die Vögel in den Schlick hinunter, schnappten sich eine Krabbe oder eine Schnecke und flatterten damit davon.

Auch die Petit Bot Bay hatte sich über die Jahre hinweg nicht verändert. Als wäre es gestern gewesen, sah Sharon sich und den Jungen vor sich, wie sie so manche Nacht im Sand gelegen und sich geliebt hatten. Alec war ihr erster Mann gewesen, mit dem sie die Freuden der körperlichen Liebe erlebt hatte, und Sharon war auch für ihn das erste Mädchen gewesen. Manchmal waren sie aber auch nur dagesessen, hatten Steine ins Wasser geworfen oder sich an den Händen gehalten, die Finger ineinander verschränkt, als könne nichts und niemand sie jemals wieder trennen. Jung waren sie gewesen, jung und unschuldig, nichts wissend von der Welt, denn sie und Alec hatten die Insel niemals verlassen. Guernsey war wie ein sicherer, kleiner Hafen, in dem alles seinen gewohnten Gang ging. Die Tage waren für das fünfzehnjährige Mädchen und den ein Jahr älteren Alec unbeschwert und voller Glück gewesen.

»Wenn du volljährig bist, heiraten wir«, hatte er gesagt und ihr einen schlichten Ring aus Blech an den Finger gesteckt. »Dann können deine Eltern nichts dagegen einwenden.«

Den Leclerques war die Freundschaft zwischen ihrer Tochter und dem Sohn eines Schreiners ein Dorn im Auge. Sie hatten für Sharon *etwas Besseres* gewollt, wie Marjorie nicht müde wurde zu betonen. Sharons Vater hatte die Freundschaft ohnehin nicht ernst genommen, eine Jugendliebe, die sich bald von selbst erledigen würde. Einzig mit Theodora hatte Sharon über ihre erste Liebe und ihr unbeschreibliches Glück sprechen können und von der großmütterlichen Freundin Verständnis erfahren. Im Liliencottage war Alec immer ein gern gesehener Gast, zumal er damals schon kleinere Reparaturarbeiten durchgeführt hatte, während er Sharons Elternhaus nicht betreten durfte.

Trotz der warmen Sonne fröstelnd, schlang Sharon die Arme um ihren Oberkörper. Sie hatte gewusst, dass die Erinnerung sie überwältigen würde, aber sie war nach Guernsey gekommen, um mit Ben abzuschließen. Der gestrige Moment, in dem sie Alec gesehen hatte, würde sie nicht aus der Bahn werfen. Jahrelang hatte sie nicht mehr an den Jugendfreund gedacht, hatte sich nie gefragt, was aus Alec geworden war und ob es ihm gut ging. Schließlich hatte er sie von sich gestoßen und erklärt, wenn ihr die Karriere und ein Leben in London wichtiger wäre als er, wolle er sie niemals wiedersehen.

»Komm mit mir nach London«, hatte Sharon ihn gebeten. »Als Schreiner findest du doch überall einen Job.«

»Das ist nicht meine Welt, und ich mag keine Großstädte mit all ihrem Lärm und Gestank«, hatte er geantwortet. »Ich bin nicht dafür geschaffen, über rote Teppiche zu gehen, Anzüge mit Krawatten zu tragen und Champagner zu trinken.«

Sharon hatte sich für ihre Arbeit entschieden und war nach London gezogen. Sie schrieb Alec noch ein halbes Jahr lang regelmäßig und lud ihn mehrmals ein, sie für ein paar Tage zu besuchen. Eine Antwort hatte sie niemals erhalten. Irgendwann verblasste die Erinnerung an ihn, ihr Job ließ ihr ohnehin keine Zeit, Vergangenem nachzutrauern. Als Sharon dann Ben kennenlernte, musste sie zugeben, dass Alec die Lage richtig eingeschätzt hatte: Er passte nicht in das Leben, das sie inzwischen führte. Er und sie wären niemals miteinander glücklich geworden.

Vielleicht hatte Theodora recht, und sie sollte Alec aufsuchen. Wenn sie sich gegenüberstehen und in die Augen sehen würden, würde sie feststellen, dass all die sentimentalen Erinnerungen heute nur noch schal waren. Irgendwann würden sie sich in St Peter Port ohnehin über den Weg laufen. Sharon wollte diese Begegnung nicht dem Zufall überlassen, weil sie dann vielleicht nicht gewappnet war, sondern selbst die Initiative ergreifen. Aber nicht in den nächsten Tagen. Sie war tatsächlich noch etwas wacklig auf den Beinen. Wenn sie Alec wiedersah, wollte sie so schön wie möglich sein. Er sollte schließlich sehen, worauf er verzichtet hatte.

Sharon zerknüllte den inzwischen leeren Pappbecher, stand auf und trat den Rückweg zum Cottage an. Sie fragte sich, warum sie in der letzten Stunde fast nur an Alec und kaum noch an Ben gedacht hatte.

Es wurde Sharon zur Gewohnheit, täglich an die Küste zu gehen. Die frische Luft, der Wind in den Haaren und die prickelnden Sonnenstrahlen auf ihren bloßen Armen taten ihr gut. Sie konnte sich nicht erinnern, wann sie zum letzten Mal einfach aus reinem Vergnügen gelaufen war. Im Hyde Park ging sie zwar regelmäßig joggen, den Blick aber stets auf die App gerichtet, die ihren Puls überwachte. Selbst bei den Reisen rund um die Welt hatte Sharon mindestens zwei Stunden sportliche Betätigung am Tag eingeplant. Das taten schließlich alle Models, und je älter sie wurde, desto intensiver und härter musste sie trainieren.

Sogar wenn Ben sie besuchte, hatte Sharon ihr straffes Sportprogramm nicht vernachlässigt, und oft waren sie in den Londoner Parks spazieren gegangen, Hand in Hand wie zwei verliebte Teenager ...

Ihre Gedanken kreisten um Ben und Alec, den Jugendfreund, den sie längst vergessen zu haben glaubte. Nachdem Alec nichts mehr von ihr hatte wissen wollen, hatte Sharon ein paar Flirts gehabt, aber nichts Ernstes, kein Mann, der ihr Herz wirklich berührte. Erst mit Ben war sie eine tiefere Beziehung eingegangen, hatte gedacht, mit ihm den Rest ihres Lebens zu verbringen. Nun ja, wenigstens die nächsten Jahre, denn an die immerwährende Liebe glaubte Sharon nicht. Für eine Liebe, wie sie ihre Eltern verbunden hatte, schien sie nicht geschaffen zu sein. Aus welchem Blickwinkel sie es auch betrachtete: Sie hatte einfach Pech mit den Männern!

Du hast Ben aufgegeben, mahnte eine leise Stimme in ihr. Zugunsten deiner Karriere hast du auf eine Familie verzichtet, was soll also dieses Selbstmitleid?

Ja, sie hatte die Entscheidung getroffen – eine Entscheidung gegen Ben, aber immer, wenn sie an ihn dachte, empfand sie eine gewisse Sehnsucht und stellte sich die Frage, ob sie richtig gehandelt hatte. Vielleicht würden sie sich zufällig bei der einen oder anderen Veranstaltung über den Weg laufen. Wie würde er sich dann verhalten? Sie kurz und knapp grüßen wie einen alten Freund, den man lange nicht mehr gesehen hatte? Das Bild einer anderen Frau an Bens Seite verdrängte Sharon ebenso, wie sie es sich nicht vorstellen konnte, ihr Herz erneut zu verschenken. Vielleicht kreuzte irgendwann ein Mann ihren Weg, in den sie sich wieder verlieben würde, derzeit lag das allerdings außerhalb ihrer Vorstellungskraft. Im Moment hatte sie ohnehin andere Probleme, als sich mit Liebesdingen zu beschäftigen. Sie musste zu Kräften kommen, um neue Aufträge zu erhalten. Verflixt aber auch! Es gab genügend ältere Models, die noch gut im Geschäft waren, allerdings widerstrebte es Sharon, für Anti-Aging-Produkte ihr Gesicht hinzuhalten. So alt war sie dann doch wieder nicht, und es war einfach lächerlich, wenn Frauen Anfang dreißig für Antifaltencremes in die Kamera lächelten. Sharon schritt zügig aus, die Hände in den Taschen ihrer Jeans vergraben. Es war müßig, über Vergangenes zu grübeln. Theodora hatte immer gesagt, verschüttete Milch solle man nicht versuchen, wieder aufzulesen, daher: fort mit der Erinnerung an die Vergangenheit! Wenn Ben sie wirklich aufrichtig geliebt hätte, dann hätte er ihre Entscheidung, auf Kinder zu verzichten, nicht nur respektiert, sondern auch verstanden. Es war wohl doch nicht die wahre, große Liebe gewesen, von der jeder träumt.

Sharons Spaziergang führte über steile Treppenstufen zur Fermain Bay hinunter. Bei Ebbe bot ein langer, breiter Sandstrand unbeschwertes Badevergnügen. Oberhalb des Strandes befand sich immer noch das kleine Café, in dem sich Sharon als Kind oft ein Eis gekauft hatte. Sharon überquerte die weitläufige Terrasse. Der Sinn stand ihr nicht nach einem Kaffee oder Tee inmitten der zahlreichen Menschen, die an diesem frühsommerlichen Tag die Sonne und die herrliche Aussicht genossen.

Nach der Bucht führte der Küstenpfad erneut steil nach oben, teilweise wieder mit kniehohen Stufen. Auch ohne Pulsmesser spürte Sharon, wie die Anstrengung ihren Herzschlag beschleunigte, und sie atmete schneller. Warum strengte der Aufstieg sie dermaßen an? Früher war sie diesen Weg mehrmals am Tag gelaufen, war die Stufen hinab- und hinaufgehüpft, ohne aus der Puste zu geraten. Jetzt fühlte sie sich wie nach einem Marathonlauf, dabei war sie gerade erst eine knappe Stunde unterwegs.

Du weißt die Antwort, mahnte eine leise Stimme in ihrem Hinterkopf. Woher sollte ihr ausgemergelter Körper die Kraft bekommen, Leistung zu erbringen? Entschlossen presste Sharon die Lippen zusammen. Andere Models waren ebenfalls mager, viele noch wesentlich dünner als sie, und klappten dennoch nicht zusammen. Es war das Alter, redete Sharon sich ein. Eine Woche war vergangen, seit sie in Theodoras Küche zusammengebrochen war. Seitdem hatte sie viel geschlafen, regelmäßig gegessen – wenn auch nur fettarmen Joghurt, Obst und gedünstetes

Gemüse – und täglich Spaziergänge unternommen. So weit wie heute war sie aber noch nie gelaufen.

Der Puls pochte in ihren Schläfen, als sie die Spitze der Klippe erreichte, und sie presste eine Hand auf die schmerzende Stelle unterhalb ihrer Rippen. Bunte Kreise tanzten vor ihren Augen, der Boden schwankte unter ihren Füßen, der Klippenrand kam bedrohlich nahe. Hier gab es kein Gatter und keinen Zaun, steil fiel der Fels etwa hundert Meter ins Meer ab. Sharon taumelte.

»Vorsicht!« Eine kräftige Hand packte sie am Oberarm, dann wurde sie nach hinten gezogen und fand sich auf einer Bank wieder. Wie aus weiter Ferne drang eine Stimme an ihr Ohr: »Was machen Sie denn für Sachen! Geht es Ihnen gut? Benötigen Sie Hilfe?«

»Ich bin okay«, murmelte Sharon. »Mir war nur ein wenig schwindlig.«

»Verzeihen Sie meine direkten Worte, Sie sehen völlig erledigt aus.«

Sharon hob den Kopf und schaute ihren Retter an. Es war ein Mann in ihrer Größe, mit einem langen, schmalen Gesicht, einem schwarzen, sorgfältig gestutzten Henrique-Bart, und er trug eine dunkel umrandete Brille.

»Es ist sehr warm heute«, murmelte Sharon und wünschte, er würde sie allein lassen.

Er setzte sich unaufgefordert neben sie auf die Bank.

»Ein herrlicher Tag, in der Tat.« Seine Stimme war tief mit einem leicht rauen Unterton. »Haben Sie nichts zu trinken dabei?«

Sharon schüttelte den Kopf. Tatsächlich war sie aufgebrochen, ohne eine Flasche Wasser mitzunehmen. Dabei wusste sie, dass der Küstenpfad keinen Schatten bot.

»Ich hatte nicht vor, so weit zu gehen«, versuchte sie, ihre Unachtsamkeit zu erklären.

»Gestatten Sie?« Seine Hand legte sich so schnell auf Sharons Stirn, dass sie nicht ausweichen konnte. Die Hand war angenehm kühl. »Sie sind völlig erschöpft«, fuhr er besorgt fort. »Ihre Haut ist blass, kühl und feucht, typische Symptome einer Hitzeerschöpfung. Sie brauchen etwas zu trinken und müssen aus der Sonne raus.«

»Sind Sie Arzt?«, fragte Sharon. Seine direkte Art störte sie nicht, denn sie hatte wirklich großen Durst, auch wenn das Schwindelgefühl langsam abebbte.

Mit einem sympathischen Lächeln schüttelte er den Kopf.

»Ich hab lediglich einen Erste-Hilfe-Kurs gemacht, und dass es Ihnen nicht gut geht, das sieht ein Blinder.« Er stand auf und reichte Sharon die Hand. »Ich wohne gleich da vorn, es sind nur etwa zweihundert Yards. Wenn ich Sie stütze, sollten Sie das schaffen.«

Sharon zögerte. »Ich werde zurück in die Fermain Bay gehen und mir eine Flasche Wasser kaufen.« Kaum hatte sie die Worte ausgesprochen, fiel ihr ein, dass sie auch kein Geld eingesteckt hatte.

Skeptisch runzelte er die Stirn.

»Bei allem Respekt, aber ich glaube nicht, dass Sie in Ihrem Zustand den steilen Abstieg in die Bucht hinunter wagen sollten. Ich fürchte, Sie werden wieder zusammenklappen, und irgendwie fühle ich mich für Sie verantwortlich.«

»Ich glaube, Sie haben recht.«

Die Vorstellung, den ganzen Weg allein zurückgehen zu müssen, erschien ihr im Moment tatsächlich unmöglich. Ihre Zunge klebte am Gaumen, und sie hatte pochende Kopfschmerzen.

»Wenn Sie Bedenken haben, einem fremden Mann in dessen Haus zu folgen, dann können Sie unbesorgt sein: Meine Haushaltsfee wirbelte gerade durch die Räume, deswegen bin ich auch geflüchtet«, fuhr er fort, als er den Zweifel in Sharons Blick bemerkte. »Ich kann nicht arbeiten, wenn der Staubsauger dröhnt und sie mir mit dem Wischmopp zwischen den Füßen herumfährt. Übrigens: Ich bin Raoul Osborne.«

Sie erwiderte sein Lächeln und ergriff seine Hand. »Sharon«, erwiderte sie, ihren Nachnamen verschwieg sie. Bisher schien er sie nicht erkannt zu haben, wobei sie durchgeschwitzt und ungeschminkt kaum Ähnlichkeit mit den Hochglanzfotos in den Magazinen hatte. Wahrscheinlich interessierte er sich auch weder für Mode noch für die Yellow Press.

Wie ein Gentleman der alten Schule bot er ihr seinen Arm an, den Sharon gern nahm, da ihre Beine immer noch aus Pudding zu bestehen schienen.

Langsam folgten sie dem Küstenpfad in Richtung St Peter Port, und nach wenigen Schritten öffnete er eine schmiedeeiserne Pforte, die direkt von den Klippen in einen parkähnlich angelegten Garten führte. Ein Haus, drei Stockwerke terrassenförmig angeordnet, mit weißem Putz und großflächigen Fensterfronten, thronte auf einer Anhöhe am anderen Ende des Gartens.

»Hier wohnen Sie?«, entfuhr es Sharon.

Er nickte. »Schaffen Sie es durch den Garten bis zum Haus hinauf? Es ist etwas steil.«

»Es wird schon gehen.«

Die Überraschung über das Haus des Fremden verdrängte die Erschöpfung, denn es war das Haus, in dem sie aufgewachsen war. Was war aus dem netten, älteren Ehepaar geworden, dem sie nach dem Tod ihrer Eltern das Anwesen verkauft hatte? Vielleicht war Raoul Osborne bei ihnen zu Gast? Sharon sagte ihm nicht, dass es sich um ihr Elternhaus handelte, das würde nur Anlass zu Fragen geben, die sie nicht beantworten wollte.

Angenehme Kühle empfing sie, als sie durch die offen stehende Terrassentür das Musikzimmer betraten. Früher war es jedenfalls das Musikzimmer gewesen – mit dem schwarzen Steinway-Flügel, auf den Regalen und an den Wänden die zahlreichen Auszeichnungen, die von den Erfolgen von Sharons Mutter zeugten. Der Einrichtung nach zu schließen, nutzte der neue Besitzer den Raum als Arbeitszimmer. Aus dem angrenzenden Zimmer hörte Sharon das Geräusch eines Staubsaugers.

»Die Küche befindet sich ein Stockwerk höher«, erklärte Raoul Osborne, und Sharon verkniff sich gerade noch ein »Ich weiß«.

Es war ein seltsames Gefühl, wieder in diesem Haus zu sein. Alles war ihr vertraut, wegen der veränderten Einrichtung gleichzeitig auch fremd. Die Wand zwischen dem Wohnzimmer und der Küche war entfernt worden, sodass sich nun ein großer Raum nach dem Vorbild amerikanischer Küchen vor Sharon öffnete. Mit einem raschen Blick erfasste sie die schwarz-weiße Einrichtung, lediglich ein paar Kunstdrucke an den Wänden brachten ein wenig Farbe in die Nüchternheit. Auch in der Küche herrschte erlesene Qualität, die ebenfalls schwarz-weiße Kochzeile wirkte wie das Ausstellungsstück eines Möbelhauses. Sharon fragte sich, wer in dieser Küche wohl kochte. Wahrscheinlich eine Köchin, da sie sich Raoul Osborne nicht am Herd vorstellen konnte. Auch sie hatten früher eine Köchin gehabt, ebenso ein Hausmädchen, denn ihre Mutter hatte immer gesagt: »Ich hab Künstlerhände, keine Arbeitshände.«

»Setzen Sie sich bitte.«

Mit sanfter Gewalt drückte Raoul Osborne Sharon auf die schwarze Couch aus angenehm kühlem Glattleder, dann nahm er aus dem silbrig glänzenden Kühlschrank im American Style eine Flasche Mineralwasser und eine Tüte Orangensaft, goss beides je zur Hälfte in zwei Gläser und reichte eines Sharon.

»Trinken Sie langsam und in kleinen Schlucken«, mahnte er.

Das Getränk rann Sharon wohltuend durch die Kehle. Sie lehnte sich entspannt zurück. Das Schwindelgefühl verging, auch schwitzte sie nicht mehr so sehr, aber sie fragte sich, welch desolaten Anblick sie bot: das blasse, ungeschminkte Gesicht, die Haare strähnig, Jeans und ein schlichtes weißes T-Shirt, unter den Armen gelbliche Schweißflecke. Obwohl ihr nicht daran gelegen war, auf Osborne Eindruck zu machen, konnte Sharon nicht aus ihrer Haut, über ihr Aussehen nachzudenken. Während er ein weiteres Mal die Gläser füllte, betrachtete sie ihn verstohlen. Er war etwa Anfang vierzig, mit einer schlanken, sportlichen Figur, schwarzen Haaren und diesem Bart, von dem Sharon fand, dass ihn nur wenige Männer tragen konnten. Raoul Osborne stand der Bart jedoch ausgezeichnet. Gekleidet war er in knielange, graue Shorts und ein beigefarbenes Poloshirt. Seine Haut war gebräunt, er schien sich oft im Freien aufzuhalten. Osborne hatte erwähnt, nicht arbeiten zu können, während die Putzfrau im Haus war, daher vermutete Sharon, dass er selbstständig tätig war, und fragte sich, in welcher Branche.

»Sie haben ein schönes Haus«, sagte sie. »Leben Sie schon lange hier?«

»Ich wurde zwar auf Guernsey geboren, bin aber in England aufgewachsen und habe die letzten zwölf Jahre in New York verbracht«, antwortete Osborne offen.

Sharon schmunzelte und erwiderte: »Welch krasser Gegensatz zwischen dem Big Apple und dieser beschaulichen kleinen Insel. Ich schätze, allein die Fläche von Manhattan entspricht in etwa der Fläche Guernseys.«

»Sie kennen sich in New York aus?«

»Ich war ein paarmal dort«, antwortete Sharon und hoffte, er würde sich nicht nach den Gründen erkundigen. Deswegen kam sie wieder auf seinen Umzug zu sprechen und fragte: »Ist es Ihnen hier nicht zu ruhig und zu einsam?«

»Ach, ich glaube, jeder bekommt mal Sehnsucht nach ländlicher Beschaulichkeit, zumindest für eine Zeit. So zog es mich nach Guernsey zurück. Dieses Haus habe ich erst vor zwei Monaten erworben. Entschuldigen Sie, dass noch nicht alles vollständig eingerichtet ist. Meine Arbeit lässt mir leider nur wenig Zeit.«

Sharon fragte sich, ob es auch eine Mrs Osborne gab. Die nüchterne Einrichtung wies keine Spuren einer weiblichen Hand auf, Kinder schienen auch keine hier zu leben – kein Spielzeug war zu sehen.

»Jetzt wissen Sie fast alles über mich, aber ich kaum etwas über Sie, Sharon«, fuhr er fort.

Sharon zuckte mit den Schultern und erwiderte: »Da gibt es nichts zu erzählen, außer, dass ich wohl eine ziemlich dumme Person bin, die bei dieser Hitze ohne Wasserflasche wandern geht.«

Er lachte, wurde einer Antwort jedoch enthoben, denn in diesem Moment trat eine ältere Frau in Jeans und T-Shirt in die Küche, einen Staubsauger hinter sich herziehend.

»Oh, entschuldigen Sie, Mr Osborne«, sagte sie schnell, als sie Sharon sah. »Ich hab nicht bemerkt, dass Sie Besuch haben. Unten bin ich fertig...«

»Ich verstehe, wir werden das Feld gleich räumen, damit Sie weitermachen können«, erwiderte Raoul Osborne und zu Sharon gewandt: »Wie geht es Ihnen? Etwas Farbe haben Sie wieder bekommen. Wenn es Sie interessiert, zeige ich Ihnen das Haus.«

»Ich würde es sehr gern sehen«, stimmte Sharon zu. Sie war gespannt, wie Osborne die anderen Räume eingerichtet hatte und wie er sie nutzte.

Sie gingen eine Etage höher. Da die Villa am Hang gebaut worden war, lag der Haupteingang an der Zufahrtsstraße. Wie früher befanden sich hier vier Schlafzimmer und zwei Bäder. Am Ende des Korridors öffnete Osborne eine Tür und sagte: »Kommen Sie, Sharon, ich muss Ihnen unbedingt diese fantastische Aussicht zeigen! Allein wegen des Blicks habe ich das Haus gekauft.«

Sharon schmunzelte verhalten, da er sie in ihr ehemaliges Kinderzimmer führte, dessen Ausblick über die Baumwipfel des Gartens auf das weite, blaue Meer ihr bestens vertraut war. Heute befanden sich lediglich zwei helle Schränke darin, Raoul Osborne schien diesen Raum nicht zu bewohnen. Er trat ans Fenster, öffnete einen Flügel und winkte Sharon an seine Seite.

»Von hier aus kann man die Inseln Herm und Sark sehen«, erklärte Raoul Osborne und deutete in die Ferne. Dann blickte er Sharon an und fragte: »Machen Sie Ferien auf Guernsey?« Da Sharon die Stirn runzelte, fuhr er schnell fort: »Verzeihen Sie, ich möchte nicht aufdringlich wirken, vermute aber, dass Sie nicht auf der Insel leben, da ich Ihnen nie zuvor begegnet bin. Guernsey ist klein und überschaubar, ich würde mich erinnern, wenn ich Sie schon einmal gesehen hätte. Außerdem brechen nur Touristen, die mit unserem Klima nicht vertraut sind, ohne Wasser zu einer Küstenwanderung auf.«

Sein Blick war offen und ehrlich, und Sharon störte sich nicht an seinem Interesse.

»Ich lebe in London und besuche auf Guernsey eine Freundin«, antwortete sie. Damit hatte sie nicht gelogen, würde Osborne aber nicht sagen, dass sie nicht nur auf Guernsey geboren und hier aufgewachsen war, sondern dass sie sich im Augenblick in ihrem Elternhaus und sogar in ihrem Kinderzimmer befand. Sie sah auf ihre Armbanduhr. »Ich glaube, ich muss wieder zurück, sonst macht sich meine Freundin Sorgen.«

»Und das nicht ohne Grund. Versprechen Sie mir, künftig besser auf sich aufzupassen, immer mit ausreichend Flüssigkeit das Haus zu verlassen und sich nicht zu viel zuzumuten?«

Sharon lachte. »Ich verspreche es und danke für Ihre Hilfe und Gastfreundschaft. Was für ein Glück, dass Sie im richtigen Augenblick vorbeigekommen sind.«

»Ich fahre Sie nach Hause«, sagte er in einem Tonfall, der keinen Widerspruch duldete. »Mit einer Hitzeerschöpfung ist nicht zu spaßen, und Sie sollten sich am besten hinlegen und den Rest des Tages ruhen.«

Sharon wollte bereits erwidern, dass das nicht nötig wäre und sie den Bus nehmen könne, da sie jedoch kein Geld dabeihatte, entfiel diese Möglichkeit. Und vor dem Weg an der Küste entlang schreckte sie tatsächlich zurück.

»Das Angebot nehme ich gern an«, sagte sie daher dankbar. »Es ist auch nicht weit. Ich logiere in einem Bed and Breakfast gleich drüben in St. Martin.«

»Keine Strecke auf dieser Insel ist weit«, erwiderte er mit einem Schmunzeln.

Durch einen schmalen Korridor gelangten sie in die Garage, in der zwei große Autos Platz fanden. Auch hier hatte sich nichts verändert. Sharon war nicht überrascht, einen dunkelgrünen Jaguar F-Type Cabriolet vorzufinden. Der Sportwagen passte zu Raoul Osborne. Sharon fragte sich erneut, womit er sein Geld verdiente, um sich diese Villa und ein solches Auto leisten zu können. Auf den Kanalinseln lebten viele vermögende Menschen, Armut gab es keine, die Arbeitslosenquote gehörte zu der niedrigsten der ganzen Welt. Auf Herm war sie sogar gleich null, denn nur wer Arbeit hatte, durfte auf der kleinen Insel wohnen. Die Leute bezogen ihr Einkommen vorrangig aus dem Bankwesen, gefolgt von der Landwirtschaft. Der Tourismus kam erst an dritter Stelle. Da keine Mehrwertsteuer erhoben wurde, lagen die Preise besonders für Luxusartikel weit unter denen auf dem Festland, schon deswegen zog es Besucher regelmäßig nach Guernsey. Da fast auf der ganzen Insel ein Tempolimit von fünfunddreißig Meilen pro Stunde vorgeschrieben war – außer in den Ortschaften, wo man sich noch langsamer fortbewegen musste –, konnte Osborne seinen Wagen hier nicht ausfahren. Das hielt ihn und zahlreiche andere jedoch nicht davon ab, sich teure und schnelle Sportwagen oder auch Rolls-Royce in die Garagen zu stellen.

Der Wind kühlte Sharons Gesicht, als sie auf die Hauptstraße und dann in südliche Richtung fuhren. Nach nur wenigen Minuten bat Sharon ihn, anzuhalten, und deutete auf das von der Straße zurückgesetzte Haus.

»Liliencottage«, las er von dem mit gelben Lilien bemalten Schild an der Mauer, die den Hof umschloss, ab. »Es sieht nett aus.«

»Ich fühle mich hier auch sehr wohl«, murmelte Sharon.

Höflich sprang Raoul Osborne aus dem Wagen, umrundete ihn, öffnete Sharon die Beifahrertür und sagte galant: »Unsere Begegnung war mir eine Freude, und ich hoffe, wir sehen uns wieder. Wir könnten zusammen essen gehen, rufen Sie mich einfach an.«

Aus der Gesäßtasche holte er eine Visitenkarte. Ohne einen Blick darauf zu werfen, nahm Sharon sie entgegen und antwortete: »Überlassen wir es dem Zufall, Mr Osborne. Wie Sie selbst sagen: Die Insel ist überschaubar, vielleicht kreuzen sich unsere Wege ohnehin.«

Er lachte. »Dann aber unter weniger dramatischen Umständen.«

»Nochmals herzlichen Dank, dass Sie mich vor dem Verdursten gerettet haben«, erwiderte Sharon.

»Es war mir ein Vergnügen.« Osborne zögerte, als wolle er noch etwas sagen, dann setzte er sich wieder hinter das Steuer, startete den Motor, drückte kurz auf die Hupe und fuhr davon. Sharon sah dem Wagen nach, bis dieser hinter der nächsten Kurve verschwunden war, dann ging sie auf das Liliencottage zu. Theodora musste sie durch das Fenster gesehen haben, denn die Tür öffnete sich, und sie humpelte Sharon entgegen.

»Ist dir etwas passiert?«, rief sie. »Du bist spät, und wer hat dich nach Hause gefahren und warum?«

»Mir geht es gut, Theodora«, antwortete Sharon schnell. »Ich hab nur die Sonne unterschätzt und hatte nichts zu trinken dabei. Mr Osborne war so freundlich, mich zu einem Saft einzuladen und mich dann nach Hause zu fahren, da ich auch kein Geld für den Bus eingesteckt hatte.« Bewusst verharmloste Sharon den Vorfall, um Theodora nicht zu beunruhigen. »Wir trafen uns kurz nach der Fermain Bay, und du glaubst nicht, wo er wohnt! In meinem Haus, er hat es vor ein paar Monaten gekauft.«

Die Nachricht überraschte Theodora ebenso wie zuvor Sharon, und sie fragte: »Lebt er mit seiner Familie dort?«

»Darüber haben wir nicht gesprochen.« Sharon sah auf die Visitenkarte, die sie immer noch in der Hand hielt, und pfiff durch die Zähne. »Hier steht, er ist Investmentbanker. Kein Wunder, dass er sich das Haus und diesen Wagen leisten kann, und irgendwie passt ein solcher Job zu ihm.«

»Ich hab ihn ja nur von der Ferne gesehen, er scheint aber recht attraktiv zu sein«, bemerkte Theodora. »Und wenn er nicht verheiratet sein sollte ...«

Theodoras fragender Blick entlockte Sharon ein lautes Lachen.

»Willst du mich etwa verkuppeln?«

»Nein, natürlich nicht!«, erwiderte Theodora schnell. »Ich dachte nur, dass es deinem Freund nicht recht sein wird, wenn du andere Männer in deren Häusern aufsuchst und dann mit ihnen spazieren fährst. Von mir wird er natürlich nichts erfahren.«

Sharon atmete ein paarmal tief durch, bevor sie antwortete: »Ben und ich haben uns getrennt.«

So, jetzt war es heraus! Eines Tages hätte sie es Theodora ohnehin sagen müssen.

Theodora schien die Nachricht zu überraschen und auch zu betrüben.

»Das ist sehr schade«, sagte sie leise. »Habt ihr gestritten, oder hat er dich betrogen? Wenn Letzteres, dann ist das zwar verletzend, du solltest dir aber gut überlegen, ob du wegen eines Seitensprungs eine langjährige Beziehung beendest.«

»Ben hat mich nicht betrogen«, erwiderte Sharon leise. »Jedenfalls denke ich, dass er mir treu war, solange wir ein Paar waren. Wir haben auch keinen Streit gehabt, sondern nur festgestellt, dass sich unsere Vorstellungen von einem gemeinsamen Leben nicht miteinander vereinbaren lassen. Er lebt in Amerika, ich in London ...« Sharon machte eine hilflose Handbewegung. »Von Anfang an hatten wir keine Chance, daher haben wir beschlossen, es zu beenden, solange wir noch als Freunde auseinandergehen können.«

»Deswegen bist du nach Guernsey gekommen, nicht wahr?«

»Das ist mit ein Grund«, gab Sharon zu, »in erster Linie brauche ich aber Ruhe und Abstand von allem.«

Theodora entging nicht der feuchte Schimmer in Sharons Augen. Aufmunternd sagte sie: »Ich mach uns einen Tee, und wenn du magst, erzählst du mir alles. Ich kann zwar nichts ändern, aber ich kann zuhören. So wie früher, mein Mädchen.«

Obwohl Sharon Theodora nicht anlügen wollte, verschwieg sie, dass Ben sie gebeten hatte, ihn zu heiraten und eine Familie zu gründen, auch ihre Fehlgeburt erwähnte sie nicht. Instinktiv spürte sie, dass Theodora nicht verstehen würde, warum sie, Sharon, es sich nicht vorstellen konnte, Kinder zu bekommen. Sie blieb bei ihrer Erklärung, dass Ben und sie in verschiedenen Welten lebten und auf Dauer keine Basis für eine funktionierende Beziehung vorhanden war. Den Verlust des lukrativen Werbeauftrages deutete Sharon nur an. Das war eine Welt, von der Theodora nichts verstand und nicht nachvollziehen konnte, dass es Sharon nicht nur um die Gage ging, die ein solcher Auftrag eingebracht hätte, sondern um die Aufmerksamkeit. Für immer in der Versenkung zu verschwinden, von niemandem mehr beachtet zu werden, das erschien Sharon das Schlimmste zu sein, was ihr passieren konnte.

Durstig trank sie den leicht herben Tee, rührte die von Theodora am Vormittag gebackenen Ingwerkekse aber nicht an.

»Warum hast du eigentlich nie geheiratet?«, fragte Sharon, um das Gespräch von sich abzulenken. »Hast du nie den Wunsch gehabt, eine Familie zu gründen?« Unter halb geschlossenen Lidern beobachtete Sharon die alte Frau, gespannt, ob sich Theodora gegen eigene Kinder entschieden hatte.

Diese tastete mit der Hand über die Narben in ihrem Gesicht.

»Warum ich nicht geheiratet habe?«, fragte Theodora. »Wer will schon eine dermaßen entstellte und hinkende Frau?«

Ihre Worte klangen nicht verbittert, Sharon hörte aber eine gewisse Traurigkeit heraus. Sie schnaubte und rief aufgebracht: »Hast du mir nicht immer gesagt, es käme bei einem Menschen nicht auf das Aussehen an? Dass allein der Charakter zähle? Damals, nach den ersten Fotoshootings hier auf der Insel, als ich anfing, immer mehr Zeit vor dem Spiegel zu verbringen, warst du es, Theodora, die mir gepredigt hat, wie vergänglich Schönheit wäre und dass nur die inneren Werte wichtig wären.«

Über Sharons Ausbruch lächelte Theodora sanft und erwiderte: »Das ist richtig, jedenfalls sollte es so sein. Als ich erwachsen war, ist mir jedenfalls keiner begegnet, der mich zur Frau wollte oder von dem ich mir vorstellen konnte, mit ihm den Rest meines Lebens zu verbringen.«

»Hast du nie daran gedacht, Guernsey zu verlassen?«, fragte Sharon.

»Hier bin ich geboren, hier ist mein Zuhause, und hier werde ich sterben.«

Sharon sah Theodora aufmerksam an. Zum ersten Mal seit Jahren, vielleicht zum ersten Mal überhaupt, nahm sie die wulstigen, weißen Narben in ihrem Gesicht richtig wahr. Sie gehörten zu Theodora wie ihre hellgrünen Augen, die auch im fortgeschrittenen Alter nichts von ihrem Glanz verloren hatten, und der leichte Duft nach Jasmin, der Theodora stets umgab. Weder die Narben noch ihr schwerfälliger Gang hatten für Sharon jemals eine Rolle gespielt oder sie gar zurückschrecken lassen. Das Einzige, was für Sharon gezählt hatte, war Theodoras Verständnis und ihre Herzenswärme gewesen. Eine Wärme, die sie bei ihren Eltern nie erlebt hatte.

»Wie ist das passiert?« Sharon flüsterte, als wäre es vermessen, diese Frage zu stellen. »War es ein Unfall? Du hast nie darüber gesprochen.«

»Du hast nie gefragt.«

»Das stimmt«, gab Sharon zu. »Meine Mutter und die Kindermädchen hatten mir eingebläut, dass man Menschen, die *anders* aussehen, weder anstarren noch darauf ansprechen darf. Eigentlich spielt es auch keine Rolle, und wenn du nicht darüber reden möchtest, ist das okay für mich.«

»Ja, es war ein Unfall.«

Theodoras Blick ging an Sharon vorbei, als würde sie einen imaginären Punkt in weiter Ferne fixieren. Ohne dass sie es bewusst wahrnahm, strich sie sich mit der Hand übers Gesicht. Die Berührung war ihr so vertraut wie das tägliche Zähneputzen oder das Bürsten ihres Haars. Sie konnte sich nicht mehr daran erinnern, wie sich die Haut einmal angefühlt hatte, als sie noch glatt gewesen war. Das war alles so unendlich lange her …

In gespannter Erwartung, Theodora würde mehr erzählen, beugte Sharon sich vor. Zum ersten Mal wurde ihr bewusst, dass die alte Frau auch einmal jung gewesen sein musste. Jung – und wahrscheinlich schön, zumindest, bis das Schreckliche geschehen war, das Theodora für immer gezeichnet hatte.

Als wollte sie die Erinnerungen aus ihrem Kopf tilgen, wischte sich Theodora fahrig über die Augen, sah dann zur Wanduhr und sagte betont forsch: »Ich muss mich jetzt um die Wäsche aus Zimmer drei kümmern, morgen reisen neue Gäste an, bis dahin muss das Zimmer tipptopp sein.«

»Ich helfe dir!« Sharon sprang auf. Sie fühlte sich wieder vollkommen fit und voller Elan. »Ich werde die Betten abziehen und die Wäsche machen. Du setzt dich ins Wohnzimmer und legst die Beine hoch.«

»Das geht doch nicht ...«

Lachend legte Sharon eine Hand leicht auf Theodoras Mund. »Keine Widerrede! Ich wohne und esse auf deine Kosten, und da du es vehement ablehnst, dass ich wie jeder andere Gast bezahle, ist es höchste Zeit, dass ich mich nützlich mache.«

»Du bist kein Gast, Sharon«, erwiderte Theodora leise. »Das Liliencottage ist dein zweites Zuhause, ich hoffe, du weißt das.«

»Das weiß ich.« Sharon küsste Theodora auf die Wange. »Gerade deswegen werde ich dir zur Hand gehen so wie früher. Du erinnerst dich doch.«

Theodora nickte lächelnd, und Sharon dachte: Und mich wird die Arbeit von den Gedanken an Ben und an Alec ablenken.

Theodora gab ihren Widerstand auf. Tatsächlich war sie sehr müde, auch wenn sie versuchte, es zu verbergen. Die Narben an ihrem Bein hatten sie in der letzten Nacht wieder nicht zur Ruhe kommen lassen, ein deutliches Zeichen einer bevorstehenden Wetteränderung, und ihre Gelenke schmerzten bei jeder Bewegung. Die von Dr. Lambert verordneten Tabletten brachten nur wenig Linderung, und wenn sie mehr als zwei Stück pro Tag nahm, bekam sie Magenprobleme. Vielleicht würde sie Sharon irgendwann einmal erzählen, was geschehen war.

Mit zunehmendem Alter wurde Theodora ein wenig vergesslich. Es kam vor, dass sie nicht mehr wusste, wo sie ihre Armbanduhr abgelegt hatte, und Termine musste sie sich mit einem Rotstift im Kalender notieren.

»Das ist völlig normal«, hatte der Arzt gesagt und gelächelt. »Sie gehen auf die neunzig zu, Miss Banks, da vergisst man schon mal das eine oder andere. Selbst mir passiert das, dabei bin ich vierzig Jahre jünger.«

Er hatte Theodora versichert, dass kein Grund zur Sorge bestünde. Sie war weit davon entfernt, an Demenz oder gar Alzheimer zu leiden, und er hatte ihr geraten, sich mit Lesen, Kreuzworträtseln und regelmäßigem Kontakt zu anderen Menschen geistig fit halten. Nun, an Letzterem mangelte es Theodora wahrlich nicht. Zwischen Mai und Oktober war ihr Liliencottage immer gut gebucht. Manche Gäste blieben nur ein paar Nächte, andere mehrere Wochen.

Was Theodora jedoch nicht vergessen hatte, war die Vergangenheit. Jeder Tag, ja nahezu jede Stunde von damals stand ihr so bildhaft vor Augen, als wäre alles erst gestern geschehen. Manchmal wünschte sie sich, dies vergessen zu können, aber all das gehörte zu ihr wie die Narben in ihrem Gesicht und ihr verkrüppeltes Bein. Wenn der Unfall nicht passiert wäre, würde sie heute wahrscheinlich ein anderes Leben führen, sie selbst wäre vermutlich eine andere. Sie hätte geheiratet, zwei oder drei Kinder bekommen, würde vielleicht nicht mehr auf Guernsey leben, sondern in einer englischen Großstadt. Allerdings konnte niemand die Vergangenheit ändern oder leugnen, daher war es gut und richtig, dass sie nicht vergessen konnte. Nicht vergessen *durfte* ...

4. Kapitel

Guernsey, Juni 1940

Theodoras glückliche und unbeschwerte Kindheit endete an einem Tag im Juni des Jahres 1940. Es war derselbe Tag, an dem der Juwelier Henry Dawson sich dafür entschied, die Mittagspause an diesem sonnigen Frühlingstag an der frischen Luft zu verbringen. Hätte es geregnet oder wäre ein Kunde in das Ladengeschäft in der Forest Lane im Zentrum von St Peter Port gekommen oder hätte eine junge Frau an diesem Tag nicht eingekauft oder hätte deren Baby nicht gequengelt oder, oder, oder …

Häufig sind es Zufälle, die das Leben von Menschen für immer verändern oder gar zerstören. Manche nennen es Gottes Wille, andere Schicksal, dem niemand entgehen kann. Da an diesem Tag jedoch kein Kunde kam und die Sonne schien, verließ Henry Dawson das Geschäft und rief seiner Mitarbeiterin zu: »Ich trinke nur schnell einen Tee unten am Hafen. In einer halben Stunde bin ich zurück.«

Als Dawson auf die Straße trat, schrie ein Baby so laut, dass sein Gesichtchen rot anlief.

»Was hast du denn, mein Schatz?«, fragte die Mutter, die sich keinen Reim darauf machen konnte, was ihren Sohn derart aufregte. Sie stellte ihren Korb mit den Einkäufen auf die Stufen, die Dawson genau in diesem Moment hinunterging. Er übersah den Korb, stolperte und schlug der Länge nach auf dem Straßenpflaster auf. Kartoffeln, Tomaten, Milch, Brot und Butter verteilten sich über das Pflaster, rund ein Dutzend Eier zerbrachen.

Sofort waren mehrere Passanten hilfreich zur Stelle. Dankbar ergriff Dawson eine ausgestreckte Hand und rappelte sich hoch. Die junge Frau entschuldigte sich vielmals, vor Verlegenheit ebenso rot im Gesicht wie ihr immer noch weinendes Baby.

»Ach, herrje, herrje ... das ist mir furchtbar peinlich ...«

»Es ist nichts geschehen«, sagte Dawson beruhigend. »Ich hätte besser aufpassen sollen.«

Dawson hatte sich nicht verletzt, lediglich eine kleine Schürfwunde am rechten Handballen, seine Hose war allerdings am Knie aufgerissen und mit Eigelb und Straßenstaub beschmutzt. Hilfsbereit sammelte er die noch brauchbaren Lebensmittel zusammen, tätschelte dem Baby die Wange, woraufhin das Kind nur noch lauter schrie, dann sagte er zu seiner Mitarbeiterin, die das Geschehen durch das Fenster verfolgt hatte und auf die Straße getreten war, er würde schnell nach Hause fahren, um sich umzuziehen.

»Um drei Uhr erwarte ich einen wichtigen Kunden, dem kann ich unmöglich so gegenübertreten. Sie schaffen es für ein Weilchen allein?«

Die Angestellte versicherte, das wäre kein Problem, und Henry Dawson machte sich auf den Weg zu seiner Villa in dem Dorf Torteval, wenige Meilen westlich der Inselhauptstadt.

Um sich das Wenden in der engen Einfahrt zu ersparen, stellte Dawson den Wagen am Straßenrand ab, schritt zügig auf das Haus zu und öffnete die Tür. Es gibt Situationen, die auf den ersten Blick völlig normal erscheinen, dass irgendetwas verändert ist, liegt jedoch in der Luft. Genau das empfand Dawson, als er in die Eingangshalle trat. Er hatte erwartet, seine Frau würde ihm überrascht, vielleicht auch besorgt, entgegeneilen, da er noch nie während des Tages nach Hause gekommen war.

Einen Fuß auf der unteren Stufe der geschwungenen Treppe, verharrte Dawson. Von oben hörte er Geräusche. Jemand kicherte, dann das helle Lachen seiner Frau und eine murmelnde männliche Stimme, die ihm ebenfalls bekannt vorkam. Am Morgen hatte seine Frau nicht erwähnt, Besuch zu erwarten, und selbst wenn: Warum waren sie im oberen Stockwerk? Dort befanden sich nur die Schlafzimmer und das Bad. Langsam stieg Dawson die Treppe hinauf. Sein Instinkt riet ihm, sich leise zu verhalten. Die Stimmen kamen aus dem Schlafzimmer – dem Raum, den er und seine Frau teilten. Dawson reagierte gelassen, sein Herz klopfte nicht schneller, es war, als würde er wie eine Marionette handeln, als er sich zu der angelehnten Tür schlich und durch den Spalt spähte. Zuerst sah er den nackten Rücken seiner Frau, über den sich gelockte blonde Haare ergossen, dann erkannte er den Mann neben ihr. Er hatte einen Arm um ihre Taille geschlungen, und auch er war unbekleidet, seine Blöße nur unzureichend mit dem Zipfel der Decke bedeckt.

Es war nicht die Tatsache, dass seine Frau sich mit einem anderen Mann im Bett vergnügte, sondern dass dieser Mann sein Bruder war. Sein eigener, jüngerer Bruder, den Dawson nach dem frühen Tod der Eltern aufgezogen hatte, denn der Junge war damals erst zwölf Jahre alt gewesen.

Das Blut in seinen Adern gefror zu Eis, er schien gelähmt zu sein, unfähig, auch nur einen Schritt zu machen. Die beiden hatten ihn nicht bemerkt, und Dawson hörte seinen Bruder fragen: »Wann trennst du dich endlich von ihm? Ich will immer mit dir zusammen sein, nicht mehr nur ab und zu ein paar gestohlene Stunden.«

»Ich kann Henry nicht verlassen, niemals. Was kannst du mir schon bieten? Gut, du bist toll im Bett, und ich würde am liebsten jeden Tag mit dir schlafen, aber ich will auf das alles hier nicht verzichten. Wenn ich mich von Henry scheiden lasse, bekomme ich keinen Penny. Ich bin von ganz unten gekommen, dorthin will ich niemals wieder zurück. Henry vergöttert mich, ich brauche einen Wunsch nur anzudeuten, dann kauft er mir alles, was ich will.«

»Tja, da kann ein einfacher Hafenarbeiter wie ich nicht mithalten«, sagte Henrys Bruder bitter.

»Soll ich etwa mit dir in dem kleinen schäbigen Zimmer in der Stadt hausen? Was du verdienst, reicht gerade für dich. Es ist doch alles gut und schön, wie es seit zwei Jahren läuft. Henry ist den ganzen Tag in seinem Laden, regelmäßig geschäftlich auf dem Festland, so haben wir genügend Zeit für uns.«

Er hatte genug gehört. So leise, wie er gekommen war, entfernte sich Dawson, schlich die Treppe hinunter in sein Arbeitszimmer, nahm eine noch ungeöffnete Flasche Brandy vom Sideboard und verließ das Haus. Im weitläufigen Garten setzte er sich in die Laube, die er auf Wunsch seiner Frau erst vor wenigen Wochen hatte bauen lassen. Zuerst nippte er nur an dem Brandy, dann hob er die Flasche an die Lippen und nahm einen kräftigen Schluck. Scharf rann der Alkohol durch seine Kehle, konnte aber die Eiseskälte in seinem Körper nicht verdrängen.

Alle hatten ihn gewarnt, eine über zwanzig Jahre jüngere Frau zu heiraten, zudem noch eine erfolglose Schauspielerin, die sich mit sporadischen Engagements über Wasser hielt. Er aber hatte sich auf den ersten Blick in sie verliebt, und sie hatte seine Einladungen und Geschenke bereitwillig angenommen und seine Gefühle erwidert. Das Alter spielte keine Rolle, wenn man sich liebte. Er hatte sie zu sich in sein Haus nach Guernsey geholt, in die großzügige Villa, in der sie keinen Finger rühren musste, denn alle Arbeiten wurden vom Personal erledigt. Tief im Inneren hatte er vielleicht gespürt, dass sie ihm nicht immer treu war. Eine so junge und wunderschöne Frau konnte schon mal schwach werden, aber ausgerechnet mit seinem Bruder! Seit über zwei Jahren ging das schon? Henry stellte sich vor, wie die beiden über ihn gelacht hatten, obwohl sein Bruder ihm immer ungeniert in die Augen gesehen hatte. Besonders, wenn er mal wieder Geld benötigte, denn er konnte seine Finger nicht von den Karten lassen. Stets hatte er ihm aus der Bredouille geholfen, ebenso wie er seiner Frau jeden Wunsch von den Augen abgelesen hatte.

Eine Stunde saß Henry in der Laube, vielleicht waren es auch zwei, er hatte jedes Zeitgefühl verloren. Ob sein Bruder inzwischen gegangen war? Er wusste es nicht, und vom Haus aus konnte er nicht gesehen werden. Mit einem letzten Schluck leerte er die Brandyflasche und warf sie achtlos zu Boden. Als er aufstand, drehten sich die Wände der Laube wie ein Karussell um ihn. Haltsuchend klammerte er sich an die Tischkante, und nach ein paar Sekunden wurde es besser. Später konnte er nicht mehr sagen, wie er durch den Garten zu seinem Wagen gelangt war, und noch weniger, wohin er fahren wollte. Er wollte nur noch fort von hier, ganz weit fort, aber Guernsey war eine kleine Insel …

Zur selben Zeit, als Henry Dawson volltrunken seinen Wagen startete, forderte Winston Banks die Kinder auf, ihre Sachen zusammenzupacken.

»Wir müssen zurück, deine Gäste kommen in einer Stunde, Dora.«

Von ihrer Familie wurde sie nur Dora genannt. Den klangvollen Namen Theodora verdankte sie der Großtante ihrer Mutter, die starb, als Dora noch ein Baby war. Robert, Theodoras drei Jahre älterer Bruder, schüttelte sein Handtuch in Theodoras Richtung aus, sodass sich der Sand in ihren langen Haaren verfing. Sie lachte, nahm eine Handvoll Sand auf und warf ihn auf ihren Bruder.

»Beeilt euch, sonst müssen Doras Gäste vor der verschlossenen Tür warten«, mahnte Bette Banks.

An diesem Tag war Theodoras zehnter Geburtstag, ein schulfreier Samstag, und sie hatte für den Nachmittag drei Schulfreundinnen zu Kakao und Kuchen eingeladen. Am Vormittag waren die Eltern mit Dora und Robert an den Strand gefahren, um den herrlichen Sonnenschein zu genießen. Die Familie hatte die Stunden am Strand der Fermain Bay genossen. Zum Schwimmen war das Wasser zwar noch zu kalt, Theodora und Robert hatten es sich trotzdem nicht nehmen lassen, knietief im Meer zu stehen und sich gegenseitig vollzuspritzen. Um zwölf Uhr hatte Bette Banks Sandwiches und Limonade ausgepackt, danach durfte Theodora sich in dem Kiosk Eiscreme holen. Nun freute sie sich auf den Nachmittag mit ihren Freundinnen. Nach dem Kuchen würden sie Spiele machen, vielleicht Blinde Kuh oder Hot Potato, ein Geschicklichkeitsspiel mit einem kleinen Ball, bei dem Theodora meistens gewann. Theodora liebte es, Geburtstag zu haben, und in diesem Jahr empfand sie ihren Ehrentag als ganz besonders schön und harmonisch.

Die Familie Banks betrieb Gewächshäuser, in denen sie Tomaten zogen. Die Früchte wurden nicht nur auf der Insel verkauft, sondern auch nach England und Frankreich exportiert, was den Banks, ebenso wie Dutzenden anderen Familien, zwar keine Reichtümer, aber doch ein gesichertes Einkommen bescherte. Seit in Europa Krieg herrschte, war der Handel mit Frankreich jedoch ausgesetzt, da das Land fast vollständig von den Deutschen besetzt war. Trotzdem musste die Familie nicht darben. Der Krieg fand auf dem Festland statt, auf ihrer Insel wähnten sie sich in Sicherheit, auch wenn in den letzten Wochen wiederholt Stimmen in England laut geworden waren, die vorschlugen, die Kanalinseln vorsorglich zu evakuieren. Immerhin war es von der Normandie, wo die Deutschen fest im Sattel saßen, nur ein Katzensprung bis nach Guernsey, Jersey, Alderney, Herm und Sark.

»Was sollten die Deutschen ausgerechnet auf unseren kleinen Inseln wollen?«, fragte sich nicht nur Winston Banks. Er war stolz, denselben Vornamen wie der große Politiker Winston Churchill zu tragen, auch wenn er nicht immer dessen Meinung teilte. »Die Deutschen wollen Länder erobern, ihren Lebensraum erweitern, wie es dieser Hitler ausdrückt. Guernsey ist denen doch viel zu unbedeutend.«

Theodora wusste nicht viel vom Krieg. Selbst in der Schule wurde kaum darüber gesprochen, und mit ihren zehn Jahren war für Theodora das Wort »Krieg« etwas Abstraktes, unter dem sie sich nichts vorstellen konnte.

Winston Banks und Robert schwangen sich auf ihre Fahrräder, die Mutter setzte sich bei ihrem Mann und Theodora bei ihrem Bruder auf den Gepäckträger. Sie wünschte sich ein eigenes Rad, mit dem sie auch zur Schule fahren könnte, die Eltern hatten aber gemeint, sie wäre noch zu jung und müsse noch zwei oder drei Jahre warten. Von der Bucht zur Hauptstraße ging es steil bergauf, hier mussten sie die Räder ein Stück schieben, dann konnten sie wieder radeln.

Robert trat kräftig in die Pedale, der Vater lachte und rief: »Na warte, du kannst mich nicht abhängen! Ich hab dich gleich eingeholt.«

Links und rechts der schmalen Straße zwitscherten Vögel in den hohen, grünen Hecken. Theodora schloss die Augen und genoss den Fahrtwind auf ihrer Haut.

Nun ging es steil bergab, dann eine Haarnadelkurve nach rechts. Danach mussten sie bei der nächsten Abzweigung nach links abbiegen und würden in wenigen Minuten ihr Zuhause erreichen. Bald würden ihre Freundinnen kommen, und sie würden warmen Kakao trinken und süßen Kuchen essen.

Von der anderen Seite näherte sich der schwere Wagen von Henry Dawson. Mit über sechzig Meilen schoss er dahin, schlingerte in den Kurven. Einmal hatte Dawson einen Laternenpfosten gestreift, es aber gar nicht bemerkt. Vor seinen vom Alkohol getrübten Augen stand das Bild seiner Frau und seines Bruders. Aus! Es war alles aus! In blinder Wut drückte er das Gaspedal bis zum Anschlag durch und schloss die Augen, als der Wagen um die nächste Kurve schoss ...

Theodora fragte sich, woher plötzlich der dichte Nebel kam. Eben war die Sonne doch noch am wolkenlosen Himmel gestanden. Ihre Augenlider flatterten, und sie drehte den Kopf, da schien etwas ihren ganzen Körper zu zerreißen. Sie schrie laut auf. Etwas Kühles legte sich auf ihre Stirn.

»Ruhig, mein Kind, gleich wird es besser.«

Die Worte drangen wie aus weiter Ferne an Theodoras Ohr, dann spürte sie einen schmerzhaften Stich an ihrem Arm, und Dunkelheit hüllte sie ein.

Als sie das nächste Mal erwachte, hatte sich der Nebel ein wenig gelichtet. Aus dem fahlen Grau schälte sich der Umriss einer Frau. Theodora stöhnte, und die Gestalt näherte sich ihr.

»Wie geht es dir?«

»Es tut so weh.«

Jedes Wort stach wie ein scharfes Messer in ihre Brust, selbst das Atmen bereitete ihr Schmerzen. Sie konnte sich nicht dagegen wehren, als ein Arm ihren Oberkörper umschlang und sie anhob. Wieder schrie sie.

»Du musst das trinken, auch wenn es wehtut.« Ein Glas wurde an ihre Lippen gesetzt. »Wir können dir nicht immer Spritzen geben, die Medikamente sind zu stark für deinen kleinen Körper.«

Gehorsam schluckte Theodora die bittere Flüssigkeit, dann murmelte sie: »Wo bin ich?«

»Im Hospital«, antwortete die Frau. Die Umrisse wurden klarer, und Theodora erkannte, dass die Frau eine Schwesterntracht trug. »Du hattest einen Unfall. Erinnerst du dich daran?«

Theodora schüttelte den Kopf, was sofort wieder mit starken Schmerzen, dieses Mal im Gesicht, verbunden war.

»Versuch zu schlafen«, sagte die Schwester und strich ihr sanft übers Haar. »Schlafen ist im Moment das Beste, damit du wieder gesund wirst.«

Später wusste Theodora nicht, wie viel Zeit vergangen war, bis sie wieder aufwachte, aber sie konnte nun etwas klarer denken.

Ihre Arme konnte sie frei und schmerzlos bewegen, während ihr Unterkörper und ihre Beine in einem Panzer zu stecken schienen. Mit einer Hand tastete sie unter die Decke und fühlte einen bis zum Bauchnabel reichenden Gips, dann griff sie sich ins Gesicht. Eine Hälfte war unter einem dicken Verband verborgen, ein schmaler Schlitz ermöglichte es ihr, mit einem Auge zu sehen. Sie lag in einem Bett in einem großen Krankensaal, rechter Hand erkannte sie eine Frau, das Bett links war nicht belegt.

Eine Krankenschwester trat zu ihr und fragte: »Musst du auf die Toilette? Dann sag es gleich, nicht dass du wieder ins Bett machst. Ich hab wahrlich anderes zu tun, als dauernd das Laken zu wechseln.«

Theodora sah die Frau erschrocken an. Das war nicht die freundliche Frau, die ihr zu trinken gegeben und sie gestreichelt hatte, sondern eine Ältere mit herben Gesichtszügen und einem dunklen Flaum auf der Oberlippe.

»Ich weiß nicht ...«, murmelte Theodora.

»Dann zur Sicherheit.«

Die Krankenschwester nahm eine Bettpfanne und schob sie hastig unter Theodoras Unterleib. Theodora wimmerte vor Schmerzen.

»Wo sind Mammy und Daddy?«, schluchzte sie. »Ich will zu meinen Eltern, warum sind sie nicht hier?«

»Weil sie tot sind, du dummes Ding«, herrschte die Krankenschwester Theodora an. »Dein Bruder ebenfalls.«

»Schwester Emma! Wie können Sie nur so gefühllos sein!«

Da war sie wieder – die Frau mit der sanften Stimme und den freundlichen Augen. Sie war nicht mehr jung, etwa im Alter ihrer Mutter, und Theodoras Blick irrte Hilfe suchend zu ihr, als die ältere Schwester schnippisch antwortete: »Je eher sie die Wahrheit erfährt, desto besser. Gerade in der heutigen Zeit ...«

»Sie ist noch ein Kind«, unterbrach die Schwester sie. »Ich kümmere mich um sie.«

»Ihr Dienst fängt erst in einer Stunde an, Schwester Rachel.«

»Ich bin aber jetzt schon hier«, erwiderte die Schwester entschlossen, zog einen Stuhl heran und setzte sich neben Theodoras Bett.

»Wie Sie wollen«, murrte Schwester Emma und rauschte davon.

»Das ist nicht wahr«, flüsterte Theodora heiser. »Was sie über meine Eltern und Robert gesagt hat, das stimmt doch nicht, oder?«

Bedrückt nickte Rachel. »Leider doch. Ich wollte nicht, dass du es so erfährst, mein Kind. Erinnerst du dich immer noch nicht an den Unfall?«

Theodora schüttelte den Kopf und sagte: »Wir waren am Strand. Robert hat mich immer wieder nass gespritzt, und das das Wasser war kalt. Dann sind wir auf den Rädern nach Hause gefahren ...« Sie verstummte. Ab diesem Moment war jegliche Erinnerung aus ihrem Gedächtnis gelöscht.

»Es war ein Auto«, sagte Schwester Rachel leise. »Der Fahrer war stark betrunken, ihr hattet keine Chance. Es tut mir so leid, Theodora.« Sie nahm ihre Hand und drückte sie sanft. »Es bedeutet keinen Trost für dich, wenn ich dir sage, dass der Unfallverursacher ebenfalls gestorben ist.«

Theodora verschwendete keinen Gedanken an den fremden Mann. Im Moment konnte sie ohnehin nicht klar denken oder etwas empfinden. Keine Trauer, keine Wut. Sie spürte nur die Schmerzen in ihrem Körper.

»Du hast großes Glück gehabt«, fuhr Rachel leise fort. »Wir haben dich operieren müssen, aber du wirst wieder gesund werden und auch wieder laufen können. Es dauert eine Weile, und wenn du tapfer bist, wirst du es schaffen. Du musst Geduld haben und alles tun, was der Arzt dir sagt.«

»Was ist mit meinem Auge?« Theodora tastete über den dicken Verband in ihrem Gesicht. »Bin ich blind?«

»Dein Auge wurde nicht verletzt. Wenn der Verband abgenommen wird, wirst du wieder ganz normal sehen können.«

Theodora schloss das freie Auge und drehte den Kopf zur Seite.

Rachel seufzte, strich ihr erneut übers Haar und ging. Vor dem Krankensaal traf sie auf Dr. Pellier und sagte empört: »Wie konnte Schwester Emma so gedankenlos sein, dem Kind den Tod ihrer Familie auf eine solche Art mitzuteilen?«

»Sie hat es nicht böse gemeint.« Der Arzt nahm Rachels Kollegin in Schutz. »Ich wollte gerade nach dem Mädchen schauen und ihr die traurige Mitteilung machen.«

»Sie wird doch wieder gesund, Doktor?«, fragte Rachel besorgt. »Ich meine, sie wird wieder laufen können, und ihr Gesicht ...«

»Wird für immer von den Narben entstellt sein«, antwortete der Arzt schonungslos. »Und was das Laufen angeht, da müssen wir abwarten. Wenn die Brüche gut verheilen, ist es durchaus möglich, dass das Mädchen ein weitgehend normales Leben führen kann.«

Schwester Rachel wusste, dass Theodoras Becken, ihr rechtes Bein und zwei Rippen gebrochen waren. In einer mehrstündigen Operation waren die Knochen eingerichtet und die tiefen Schnittwunden in ihrem Gesicht genäht worden. Nach den Angaben der Polizei war Theodora zuerst mit dem Gesicht auf die gesplitterte Windschutzscheibe des Wagens geprallt und dann gegen die Mauer am Straßenrand geschleudert worden. Robert Banks hatte sich beim Aufprall das Genick gebrochen und war auf der Stelle tot gewesen, ebenso Theodoras Vater, die Mutter war wenige Stunden später im Hospital ihren schweren Kopfverletzungen erlegen. Wie durch ein Wunder hatte Theodora keine inneren, lebensbedrohlichen Verletzungen erlitten.

»Konnten Angehörige festgestellt werden, Doktor?«

Der Arzt schüttelte den Kopf. »Es scheint, das Mädchen steht nun ganz allein auf der Welt, und in der derzeitigen Situation gibt es auch keine Nachbarn, die sich ihrer annehmen könnten. Oder wollen, denn alle sprechen davon, die Insel zu verlassen.«

Mit dem Handrücken wischte Rachel sich über die Stirn. Seit sieben Jahren arbeitete sie als Krankenschwester und hatte in dieser Zeit das Leid vieler Patienten erlebt, aber das Schicksal von Theodora Banks rührte sie mehr, als sie es zulassen durfte.

In den nächsten Tagen breitete sich eine hektische Betriebsamkeit im Hospital aus. Geschäftig eilten die Leute umher, Kisten und Taschen wurden gepackt, dabei flüsterten sie verstohlen. Alle wirkten gehetzt und voller Sorge. Theodora fragte nicht nach dem Grund, sie fragte gar nichts, sondern lag schweigend in ihrem Bett. Sie aß, trank, nahm ihre Medizin, aber am liebsten war es ihr, wenn sie schlafen konnte. Einfach schlafen und alles vergessen.

Als Theodora eines Vormittags erwachte, saß zu ihrer Überraschung ihre Freundin Violet neben ihrem Bett. Na ja, so richtig enge Freundinnen waren sie nicht. Violet, nur ein Jahr älter als Theodora, tat immer so, als wäre sie schon erwachsen und hätte die Weisheit mit Löffeln gegessen. Sie und ihre Eltern wohnten in unmittelbarer Nachbarschaft, so kannte man sich eben. Seit Jahresbeginn hatte Violet Theodora überraschenderweise regelmäßig besucht und über belanglose Dinge geplaudert, und zwar immer dann, wenn auch Robert da gewesen war. Theodora hatte schon bald vermutet, dass Violet sich trotz ihrer jungen Jahre in ihren Bruder verguckt hatte. Robert hatte dem Nachbarmädchen aber nie mehr als höfliche Aufmerksamkeit geschenkt, Violet war ja noch ein Kind.

»Ich bin gekommen, um dir auf Wiedersehen zu sagen«, erklärte Violet.

»Auf Wiedersehen?«, wiederholte Theodora und stellte fest, dass Violet ihren Reisemantel und einen kleinen bunten Hut auf ihrem dichten dunkelbraunen Haar trug. »Fahrt ihr in die Ferien? Mitten im Schuljahr?«

»Wir gehen nach England«, antwortete Violet, »und werden wohl nie wieder zurückkommen. Hast du denn nicht mitbekommen, dass die Leute, vor allen Dingen die Kinder, von der Insel evakuiert werden?«

»Evakuiert?« Theodora war das Wort unbekannt. »Was heißt das?«

»Dass wir in Sicherheit gebracht werden, du dummes Kind«, antwortete Violet und rollte genervt mit den Augen. »Die Deutschen kommen. Und wenn sie hier sind, werden sie uns alle erschießen, daher gehen wir weg.«

»Das ist nicht wahr!«

»Ach, Dora, du bist so naiv!« Mit einem herablassenden Lächeln schüttelte Violet den Kopf. »Jeder, der kann, verlässt Guernsey, drüben auf Jersey ist es ebenso.«

»Aber in England kennt ihr doch niemanden! Was ist mit eurem Haus, euren Sachen? Ihr könnt doch nicht alles zurücklassen.«

»Immer noch besser, als hier zu sterben.« Violet zuckte zusammen und fügte schnell hinzu: »Das mit deinen Eltern und Robert ... das tut mir leid, das soll ich dir auch von Mum und Dad sagen.«

»Du hast meinen Bruder gerngehabt, nicht wahr?«

Violets Wangen färbten sich rosa, und sie antwortete: »Er sah sehr gut aus ...« Hastig stand sie auf und schob mit einem schabenden Geräusch den Stuhl zurück. »Jetzt muss ich mich aber beeilen, das Schiff legt bald ab. Viel Glück, Dora, ich fürchte, wir werden uns nie wiedersehen.«

Theodora nickte wortlos und sah Violet nach, wie sie mit schnellen Schritten, einer Flucht gleich, den Krankensaal verließ und keinen Blick zurückwarf.

Später erfuhr sie von Schwester Rachel, dass Violet nicht übertrieben hatte. Allen Einwohnern der Kanalinseln war nahegelegt worden, die Insel unverzüglich zu verlassen, da eine Invasion der Deutschen unmittelbar bevorstand. Nicht alle folgten dieser Aufforderung, man drängte aber darauf, zumindest die Kinder in Sicherheit zu bringen. Für Theodora war ein Transport jedoch ausgeschlossen. Sie durfte sich nicht bewegen, sonst könnten die Nähte der Wunden aufplatzen, die gerichteten Knochen sich wieder verschieben und lebensbedrohliche Infektionen entstehen. Dr. Pellier drängte Schwester Rachel, ebenfalls zu gehen.

»Mein Vater will auf keinen Fall sein Haus im Stich lassen. Er wurde auf Guernsey geboren, hat die Insel niemals verlassen und ist fest entschlossen, auch hier zu sterben. Da er nur noch mich hat, werde ich ebenfalls bleiben. Wer soll sich sonst um ihn kümmern?«

»Es ist egoistisch von Ihrem Vater, zu verlangen, dass Sie Ihr Leben für ihn riskieren.«

»Das ist es nicht«, unterbrach Rachel den Arzt. »Sie laufen ja auch nicht davon, Dr. Pellier, weil Sie den Patienten, die nicht transportfähig sind, in ihrem ungewissen Schicksal beistehen wollen. Auch deswegen ist mein Platz hier.«

»Besonders wegen der kleinen Banks, nicht wahr?«

»Ich gebe zu, ich hab das Kind ins Herz geschlossen«, erwiderte Rachel mit einem wehmütigen Lächeln. »Trotz der Schmerzen und dem Tod ihrer ganzen Familie klagt das Mädchen nicht. Wenn die Deutschen wirklich kommen – was soll dann aus Theodora werden, so ganz allein?«

Dr. Pellier nahm ihre Hand und drückte sie. Das war so ungewöhnlich, dass Rachel sie nicht zurückzog.

»Sie sind eine bemerkenswerte Frau, Rachel.« Es war das erste Mal, dass er sie nicht mit Schwester ansprach. »Eine wirklich bemerkenswerte und dazu sehr schöne junge Frau.« Abrupt ließ er ihre Hand los, drehte sich um und ging schnell den Gang entlang.

Rachel blieb perplex zurück, meinte, seine Berührung noch auf ihrer Haut zu spüren. Dr. Pellier war ein attraktiver Mann Mitte fünfzig und damit zwanzig Jahre älter als Rachel. Soviel sie wusste, war er unverheiratet. Einige Patientinnen hatten schon für den Arzt geschwärmt, Rachel hatte in ihm aber nie etwas anderes als ihren Vorgesetzten gesehen. Hatte er eben tatsächlich versucht, mit ihr zu flirten? Wahrscheinlich bildete sie sich das nur ein. Dr. Pellier war zwar freundlich, aber stets korrekt und zurückhaltend. Sein Verhalten war vermutlich nur der unsicheren Lage geschuldet, denn niemand wusste, ob die Deutschen kommen, und wenn ja, wie es weitergehen würde.

Am Abend des 28. Juni 1940, an einem herrlichen und warmen Sommertag, tauchten die Flugzeuge auf, und mit ihnen fielen die Bomben. Auf Guernsey gab es keine Sirenen, keine Flakgeschütze, nichts, was die verbliebenen Menschen vor dem Angriff hätte warnen oder die Flugzeuge hätte abwehren können.

Der Lärm war unbeschreiblich, der Fußboden schwankte, die Wände des Hospitals erzitterten, und der Putz rieselte von der Decke. Die Frau im Bett neben Theodora schrie und zog sich die Decke über den Kopf, Theodora blieb jedoch ganz ruhig. Sollten die Bomben das Hospital doch treffen, sollten die Mauern einstürzen und sie unter sich begraben – dann wäre sie wenigstens mit ihren Eltern und ihrem Bruder vereint. Warum sollte sie weiterleben? Inzwischen wusste Theodora, dass sie nie wieder ohne Beeinträchtigung würde laufen können. Durch die Brüche hatte sich ihr Becken verschoben, und im rechten Oberschenkel fehlte ein Stück Knochen, sodass ihr Bein etwa drei Zentimeter kürzer als das andere war. Gestern waren die Verbände in ihrem Gesicht entfernt worden. Theodora hatte keinen Spiegel gebraucht, ihre Finger hatten die dicken, wulstigen Narben ertastet.

»Fang jetzt bloß nicht an zu flennen«, hatte Schwester Emma sie angeherrscht. »Sei lieber froh, dass du noch lebst.«

Diese Meinung teilte Theodora nicht. Erst als am Abend Schwester Rachel wieder Dienst hatte, getraute sie sich, in die Kissen zu weinen. Rachel hatte sie in die Arme genommen und wie ein Baby gewiegt. Sie hatte nichts beschönigt, Theodora nicht gesagt, die Narben würden verschwinden und ihr Bein würde irgendwann wieder normal werden. Das wären nur fromme Lügen gewesen. Obwohl Rachel die unsensible Art ihrer Kollegin Emma ablehnte, hatte diese in einem Punkt recht: Theodora musste lernen, sich mit den Gegebenheiten abzufinden und damit zurechtzukommen. Und zwar so schnell wie möglich.

»Sie bombardieren die Laster am Hafen!« Ein Mann kam in den Krankensaal gestürmt und riss Theodora aus ihren Gedanken. »Meine Güte, die Laster haben doch nur Tomaten geladen!«

»Wahrscheinlich denken die Deutschen, es wären Waffentransporte«, erwiderte Dr. Pellier sachlich. »Gibt es Verletzte oder gar Tote?«

Der Mann nickte, Panik im Blick. »Einige Laster sind explodiert, die Fahrer waren noch in den Wagen. Die Deutschen werfen Brandbomben auf die ganze Stadt und schießen mit Maschinengewehren aus den Flugzeugen. Überall ist Blut! O Gott, wir werden alle sterben!«

Im Hospital waren nur noch der Arzt und die beiden Krankenschwestern geblieben, die sich nun bereit machten, den Verletzten zu helfen. Die Ersten trafen ein, als immer noch Bomben fielen, und erst als es dunkel wurde, war der Angriff vorbei. Plötzlich war alles ruhig – eine bedrückende Stille, in der nicht einmal ein Vogel sang. Dr. Pellier und die Krankenschwestern arbeiteten die ganze Nacht durch, Theodora und die zwei anderen Patientinnen blieben sich selbst überlassen. Es gab kein Abendessen, niemand brachte Theodora eine Bettpfanne, und irgendwann beschmutzte sie das Bett. Alles schien im Moment gleichgültig geworden zu sein.

In dieser Nacht starben dreiunddreißig Menschen, auf der Nachbarinsel Jersey, wo der Angriff nicht so heftig gewesen war, waren es elf. Dutzende wurden verletzt, zahlreiche Häuser bis auf die Grundmauern niedergebrannt und zerstört. Das erfuhr Theodora am nächsten Tag. Schwester Rachels Augen lagen in dunklen Höhlen, ihre Gesichtsfarbe war fahl, und ihre Hände zitterten, sie verrichtete ihre Arbeit trotzdem ruhig und gewissenhaft.

Zwei Tage später kamen sie. Durch die geöffneten Fenster hörte Theodora das Stampfen schwerer Stiefel im Gleichschritt auf dem Straßenpflaster, es mussten Hunderte sein. Ein solches Stakkato hatte sie nie zuvor vernommen. So stellte sich Theodora ein Erdbeben vor. Gegen Mittag polterte ein großer Mann, das strohblonde Haar kurz geschoren, bekleidet mit einer dunkelgrauen Uniform, in das Krankenzimmer. Ihm folgten zwei Soldaten, jeder eine Maschinenpistole im Anschlag.

»Wer ist hier zuständig?« Die Stimme des Mannes war tief und rau, er sprach ein hartes Englisch. Dr. Pellier trat vor. »Das bin ich.«

Der Mann schlug so laut die Hacken zusammen, dass Theodora zusammenzuckte, und sagte: »Hauptmann Konrad Huber, das Krankenhaus wurde mir unterstellt.«

»Mr Huber…«

»Sie sprechen mich gefälligst mit Hauptmann an«, herrschte der Offizier den Arzt an, »und das Wort ›Mister‹ existiert ab sofort nicht mehr. Das heißt Herr. Wir werden dafür sorgen, dass Sie die deutsche Sprache sprechen, denn die Kanalinseln sind nun ein Teil des Deutschen Reiches. Und künftig begrüßen Sie uns so.« Er riss die rechte Hand hoch und rief: »Heil Hitler!«

Die Soldaten taten es ihm gleich, Dr. Pellier kam der Aufforderung aber nur zögerlich nach. Jetzt wandte der Hauptmann seine Aufmerksamkeit den Patienten zu. Langsam ging er von Bett zu Bett und stellte dem Arzt Fragen. Schließlich stand er vor Theodoras Bett. Seine Pupillen hatten die Farbe von blauem Eis.

»Ich dachte, die Kinder wären alle weg?«

»Das Mädchen ist schwer verletzt, eine Evakuierung kam nicht infrage«, antwortete Dr. Pellier.

»Sie meinen wohl feige Flucht«, wies ihn der Deutsche zurecht. »Was fehlt ihr?«

»Beckenbruch und mehrfacher Beinbruch, dazu tiefe Schnittwunden«, erklärte der Arzt. »Es war ein Autounfall, bei dem das Mädchen seine ganze Familie verloren hat.«

Hauptmann Huber musterte Theodora und sagte: »Eine Waise also, dazu ein Krüppel. Sobald das Kind transportfähig ist, werden wir uns um sie kümmern. Im Reich gibt es Einrichtungen für solche ... Fälle.«

Der Hauptmann wandte sich dem nächsten Bett zu, und Dr. Pellier musste ihm folgen. Unmittelbar nachdem die Soldaten den Krankensaal verlassen hatten, eilte Schwester Rachel an Theodoras Seite.

»Ich hab alles gehört«, flüsterte sie.

»Wohin wollen die mich bringen?«, fragte Theodora mit angstvoll geweiteten Augen.

»Ich werde nicht zulassen, dass man dich von hier wegholt«, erwiderte Rachel leise, nahm Theodoras Hand und drückte sie. »Mir wird etwas einfallen, du brauchst keine Angst zu haben.«

Nach dem Auftritt Hauptmann Hubers schien der Alltag wieder im Hospital einzukehren – mit der Ausnahme, dass ein deutscher Arzt und zwei deutsche Krankenschwestern eintrafen, mit denen Dr. Pellier künftig zusammenarbeiten musste. Zu Theodoras Erleichterung kümmerten sich die Fremden aber nicht um sie, ihre Pflege übernahm weiterhin Schwester Rachel. An einem Morgen brachte Rachel zwei Unterarmkrücken.

»Es wird Zeit, aufzustehen, Theodora.«

»Ich kann nicht ...«

Energisch winkte Rachel ab, lächelte dabei aber freundlich.

»Du musst anfangen, dich zu bewegen«, erklärte sie. »Je länger du im Bett liegst, desto mehr verkümmern deine Muskeln. Es wird dir zwar Schmerzen bereiten, die Brüche sind aber so weit verheilt, dass du deine Beine wieder belasten kannst.«

Rachel stützte Theodora beim Aufsetzen, schob ihr dann die Gehhilfen unter die Achseln und zog Theodora hoch. Vor Schmerz biss sich Theodora auf die Unterlippe, ihrem Mund entwich jedoch kein Laut.

Schwester Rachel sah sie anerkennend an. »Du bist ein tapferes Mädchen. Jetzt setz einen Fuß vor den anderen, ich halte dich, du brauchst keine Angst zu haben, du könntest fallen.«

»Ich hab keine Angst«, erwiderte Theodora wahrheitsgemäß. Was hatte sie noch zu verlieren?

Täglich übte Schwester Rachel mit Theodora das Gehen. Dafür opferte sie ihre Freizeit, denn sie konnte sich nur nach Dienstschluss um das Mädchen kümmern. Schwester Emma hielt die Übungen für vergeudete Zeit.

»Das Mädchen wird sein ganzes Leben lang ein Krüppel bleiben«, sagte sie gefühllos und so laut, dass Theodora jedes Wort mit anhören musste. »Ob sie nun mehr oder weniger hinkt – wen kümmerts? Unser Leben ist ohnehin auf den Kopf gestellt und wird nie wieder so sein wie zuvor. Vielleicht wäre es besser gewesen, wenn das Mädchen wie ihre Familie gestorben wäre.«

Bei solchen Worten konnte Rachel nur fassungslos den Kopf schütteln. Ja, das Leben auf Guernsey hatte sich verändert. Auf dem Pflaster der Straßen hallten die Schritte der Soldaten wider, die Männer sprachen Deutsch, nach und nach verschwanden alle englischen Schilder und wurden durch deutsche ersetzt. Doch hier im Krankenhaus konnten sie wie gewohnt ihrer Arbeit nachgehen. Zwar unterstand das Hospital der Aufsicht des

Hauptmanns, die zusätzlichen Schwestern und der Arzt sprachen aber nicht nur ein leidlich gutes Englisch, sie waren auch kompetent und bereit, mit dem bisherigen Personal Hand in Hand zu arbeiten.

Die Gehübungen zeigten Erfolg, und nach einer Woche konnte Theodora allein die Waschräume aufsuchen. Es war eine große Erleichterung, nicht länger auf die Bettpfanne angewiesen zu sein und sich selbst waschen und die Zähne putzen zu können. Als Theodora zum ersten Mal in den Spiegel über dem Waschbecken blickte, war sie auf das Schlimmste gefasst. Ihre Finger hatten die wulstigen Narben längst ertastet, daher blieb sie beim Anblick ihres Spiegelbildes völlig ruhig. Vom Jochbein bis zur Mitte der rechten Wange zogen sich zwei daumendicke, rote Narben, und das rechte Augenlid hing herab, was ihrem Gesicht ein groteskes Aussehen gab. Schwester Rachel hatte zwar erklärt, mit den Jahren würden die Narben verblassen, Theodora wusste aber, dass sie für immer entstellt bleiben würde.

Eine Waise und ein Krüppel …

Die Worte des deutschen Hauptmanns kamen ihr in den Sinn. Er hatte nicht übertrieben, und zum ersten Mal war Theodora mit Schwester Emma einer Meinung: Es wäre besser gewesen, wenn sie an dem schrecklichen Tag, der ihr Leben zerstört hatte, ebenfalls gestorben wäre.

Erschrocken fuhr Ernest Pellier auf, als er laute Stimmen auf dem Korridor vernahm. Er musste wohl im Sitzen eingeschlafen sein und sich erst besinnen, wo er war. Durch das Fenster fiel das erste Morgenlicht. Er hatte die ganze Nacht um das Leben einer Schwangeren gekämpft, deren Zwillinge in Steißlage gelegen hatten, weshalb eine Geburt auf natürlichem Weg nicht möglich gewesen war. Er hatte einen Kaiserschnitt durchgeführt, eines der Kinder aber nicht retten können. Es wäre ein Junge gewesen, aber das andere Kind und die Mutter lebten, beide waren jedoch sehr schwach, und die kommenden Stunden würden zeigen, ob sie es schafften.

»Das werde ich nicht zulassen!«, hörte Dr. Pellier die Stimme von Schwester Rachel, und gleich darauf wurde die Tür zum Arztzimmer aufgerissen, und die Krankenschwester stürmte herein.

»Was gibt es denn?«, fragte der Arzt und wischte sich mit dem Handrücken über die schweißnasse Stirn.

»Doktor, sie wollen das Kind wegbringen!«, rief Rachel aufgeregt, trat zu Dr. Pellier und rüttelte ihn an der Schulter.

»Welches Kind?« Der Arzt dachte unwillkürlich an das Neugeborene der vergangenen Nacht.

»Theodora Banks, sie soll ihre Sachen packen und noch heute das Hospital verlassen.«

Ein Lächeln umspielte Ernest Pelliers Lippen, als er antwortete: »Ach ja, Ihr persönlicher Schützling. Nun, das Mädchen ist so weit stabil, es spricht nichts gegen eine Entlassung. Schwester Rachel, früher oder später müssen wir das Kind entlassen, weil wir das Bett für andere Patienten benötigen.«

»Sie soll aber nach Deutschland geschickt werden«, erwiderte Rachel. »Heute Nachmittag mit einem Schiff nach Frankreich und dann weiter in ein Heim.«

Hilflos hob Ernest Pellier die Hände.

»Dagegen können wir nichts tun, Schwester Rachel. Das Mädchen ist Waise und hat hier niemanden mehr, der sich um sie kümmern könnte.«

»Doch, das hat sie!«, rief Rachel triumphierend, straffte ihre Schultern und fuhr entschlossen fort: »Ich werde Theodora zu mir nehmen! Von heute an werden mein Vater und ich ihre Familie sein.«

Skeptisch wiegte Dr. Pellier den Kopf hin und her und sagte: »Das ist ein sehr ehrenwerter Vorschlag, Schwester, ich wage allerdings zu bezweifeln, dass Hauptmann Huber dem zustimmen wird.«

»Er wird es, wenn ich sage, dass ich ihre Tante bin.«

Nun stand Ernest Pellier auf, verschränkte die Arme hinter dem Rücken und ging im Zimmer auf und ab. Es dauerte ein paar Minuten, bis er leise erwiderte: »Man wird Ihnen das nicht glauben, ohne dass Sie entsprechende Papiere vorlegen können. Sie dürfen Huber nicht anlügen, das könnte schwerwiegende Folgen für Sie haben, Schwester Rachel.«

»Aus diesem Grund müssen Sie mir helfen, Doktor!«, flehte Rachel. Es hätte nicht viel gefehlt, und sie hätte sich an seinen Arm geklammert. »Sie können sagen, dass ich zwar nicht Theodoras leibliche Tante bin, aber ihre Patin. Sie kennen deren Familie seit vielen Jahren und sind bei der Taufe anwesend gewesen und ...«

»Rachel, das ist viel zu gefährlich!«, unterbrach Dr. Pellier sie scharf. »Die Deutschen werden im Taufregister nachsehen.«

»Vielleicht, vielleicht auch nicht«, beharrte Rachel. »Die Nazis haben andere Sorgen, als sich um ein verkrüppeltes Kind zu kümmern. Huber geht es nur darum, dass Theodora aus dem Hospital verschwindet, es ist ihm egal, was mit dem Mädchen geschieht.« Nun griff sie doch nach der Hand des Arztes und drückte sie. »Werden Sie mir helfen, Doktor, oder Theodora der Willkür eines fremden Landes, in dem sie niemanden kennt und dessen Sprache sie nicht spricht, ausliefern? Soll das Kind nach all dem Schrecklichen nun auch noch von seiner Heimat getrennt werden?«

Für einen Moment schloss Pellier die Augen, holte tief Luft und stieß dann hervor: »Also gut, wir können es versuchen.«

Erschöpft blieb Theodora stehen und schnappte nach Luft.

»Es ist nicht mehr weit«, sagte Rachel mitfühlend. »Wir wohnen gleich da vorn. Siehst du das weiße Haus mit den blauen Fensterläden?«

Theodoras Blick folgte Rachels ausgestrecktem Finger, und sie nickte. Obwohl es vom Hospital bis in die Straße oberhalb der

Candie Gardens nur etwas über eine Meile war, hatte der Weg sie sehr angestrengt. Sich mit den Gehstützen auf der Straße fortzubewegen, das war etwas anderes als auf den ebenen Korridoren des Hospitals, dazu schien die Julisonne heiß von einem wolkenlosen Himmel.

»Komm, ich stütze dich«, sagte Rachel und umfasste Theodoras Hüfte. Das Mädchen musste immer noch die Achselkrücken verwenden, kam damit inzwischen aber gut zurecht.

Mit vereinten Kräften legten sie das letzte Stück des Weges zurück. Am blau gestrichenen Gartentor zögerte Theodora jedoch.

»Was wird Ihr Vater sagen, dass ich bei Ihnen wohnen soll?«, fragte sie leise.

»Überlass meinen Vater mir, ich weiß, wie ich mit ihm umzugehen habe. Du musst mich duzen, Theodora«, sagte Rachel mahnend. »Der Hauptmann hat geglaubt, dass ich deine Tante bin. Ich denke zwar nicht, dass du ihn wiedersehen wirst, es ist aber wichtig, bei dieser Geschichte zu bleiben, auch den Nachbarn gegenüber. Ich mag zwar nicht mit dir verwandt sein, freue mich aber, wenn du mich als deine Tante ansiehst und wir jetzt eine Familie sind.«

Rachels Worte klangen zuversichtlicher, als ihr zumute war. Ihr waghalsiger Plan, sich als Theodoras Patentante auszugeben, obwohl jeder schriftliche Hinweis darauf fehlte, hatte tatsächlich funktioniert. Hauptmann Huber hatte zwar skeptisch die Stirn gerunzelt, letztendlich war ihm das Schicksal des verkrüppelten Mädchens allerdings zu unwichtig, und Theodora konnte noch am selben Tag an der Seite von Rachel das Hospital verlassen. Rachel würde Dr. Pellier für immer dankbar sein, dass er diese Schwindelei unterstützte. Auch Schwester Emma, die von Rachel in ihren Plan eingeweiht werden musste, spielte mit. Sie verstand zwar nicht, warum Rachel sich die Last mit dem kranken Kind aufbürden wollte, gegen die Besatzer mussten die Insulaner jedoch zusammenhalten, daher schwieg Emma und tat so, als wüsste auch sie, dass ihre Kollegin die Patentante Theodoras war.

»Morgen sehen wir die Kleider meiner Mutter und meine abgelegten durch«, sagte Rachel, denn das Mädchen trug ein altes Sommerkleid von Rachel, das ihm viel zu lang und zu weit war. »Wir werden einige ändern können, damit sie dir passen. Unterwäsche und Schuhe werde ich dir kaufen, sofern das alles nicht zu teuer ist.«

»Warum kann ich nicht meine eigenen Sachen holen?«, fragte Theodora. »Sie sind doch alle noch in unserem Haus, auch Belle Claire.«

»Belle Claire?«

»Meine Puppe.« Theodora errötete. »Eigentlich bin ich ja zu alt, um mit Puppen zu spielen, Mama hat sie aber für mich gemacht. Warum kann ich nicht nach Hause gehen?« Ihre Stimme brach, und schnell senkte sie den Kopf. Rachel hatte den feuchten Schimmer in den Augen des Mädchens bemerkt und strich ihr sanft übers Haar.

»In eurem Haus wohnen andere Menschen«, sagte Rachel und versuchte, dem Mädchen etwas zu erklären, das nicht zu erklären war. »Den Deutschen gehören jetzt die Kanalinseln, somit alle Häuser und alles, was darin ist. Niemand hat mehr das Recht, weiter in den Häusern zu wohnen oder von seinen Sachen etwas zu beanspruchen.«

»Aber in deinem Haus wohnt kein Feind, oder?«

»Pscht!« Schnell legte Rachel eine Hand auf Theodoras Mund, sah sich ängstlich um und flüsterte dann: »Du darfst nicht ›Feind‹ sagen, das sind jetzt unsere neuen Herren, und wir müssen tun, was sie von uns verlangen.«

Theodora nickte, die unbedachte Äußerung tat ihr leid. In den letzten Wochen hatte Theodora mitbekommen, dass sich auf der Insel alles veränderte. Wenn man nichts gegen die Besatzer sagte oder tat, dann waren diese einigermaßen freundlich und fügten niemandem ein Leid zu. Allein aus dem Grund, dass Rachel sie vor einem Transport in das ferne, unbekannte Deutsche Reich bewahrt hatte, würde Theodora alles tun, was Rachel von ihr verlangte.

Rachel öffnete die Haustür; angenehme Kühle schlug ihnen entgegen. Sie traten in eine lange und schmale Küche. Rachel schob Theodora einen Stuhl hin und forderte sie auf, sich zu setzen, dann öffnete sie die Tür am anderen Ende der Küche und rief: »Vater, wo bist du? Ich muss mit dir sprechen.«

Theodora hörte eine tiefe, dunkle Stimme aus dem hinteren Teil des zweistöckigen Hauses, dann zwinkerte Rachel ihr aufmunternd zu und verschwand.

Seit dem Tod seiner Frau vor über zwanzig Jahren war Jonathan Hammond ein verbitterter Mann. Dass sich in den letzten Jahren die Arthrose durch seine Gelenke fraß, ihm nicht nur Schmerzen bereitete, sondern er auch immer weniger tun konnte, trug nicht gerade dazu bei, dass Hammond noch viel Freude am Leben hatte. Und da er nicht glücklich war, sollte das auch niemand in seiner Umgebung sein – erst recht nicht seine Tochter. Es war immerhin Rachels Geburt gewesen, die seine Frau alle Kraft gekostet und zu der Herzschwäche geführt hatte, an der sie schließlich viel zu jung gestorben war und ihn mit einem elfjährigen Kind allein gelassen hatte. Früher hatte er als Ofensetzer gearbeitet, konnte diese Arbeit aber schon lange nicht mehr ausüben. Hammond betonte ständig, dass Rachel ihren alten und kranken Vater allein ließ, um sich um fremde Menschen und nicht um ihn zu kümmern.

»Wegen dieser fremden Menschen haben wir ein Dach über dem Kopf und täglich Essen auf den Tellern«, antwortete Rachel dann ruhig. Sie hatte gelernt, die Launen ihres Vaters stoisch zu ertragen. Nach dem Tod der Mutter hatte Rachel beschlossen,

Krankenschwester zu werden. Am liebsten hätte sie Medizin studiert, um Menschen richtig helfen und sie heilen zu können. Dafür hätte sie jedoch Guernsey verlassen müssen, wofür Hammond ihr die Zustimmung verweigerte.

»Willst nach London, dich da rumtreiben«, schrie er, als Rachel es wagte, den Wunsch nach einem Studium auszusprechen. »Was wird dann aus mir? Ich kann hier einsam verrecken, oder? Überhaupt, für einen solchen Firlefanz ist kein Geld da, und Frauen haben an Universitäten nichts zu suchen.«

Seit der Besetzung war Jonathan Hammond noch unzugänglicher geworden, verließ das Haus nicht mehr und wurde nicht müde, ständig über die *Sauerkrautfresser* zu schimpfen.

»Vater, um Gottes willen, halt den Mund!«, ermahnte Rachel ihn. »Wenn dich jemand hört, gehst du ins Gefängnis.«

»Lass Gott aus dem Spiel! Er kümmert sich einen Dreck um unsere Inseln, er hat ganz Europa vergessen, da er diesen verdammten Krieg zulässt.«

Rachel war von ihrer Mutter zu einer gläubigen Christin erzogen worden und besuchte noch immer regelmäßig den Gottesdienst. Jonathan Hammond indes hatte mit Gott und der Kirche gebrochen, und Rachel schmerzte es, ihren Vater derart verbittert zu erleben. Bisher äußerte er seine antideutschen Parolen zwar nur in den eigenen vier Wänden, aber auch diese konnten Ohren haben, und Rachel wollte den Nachbarn lieber nicht vertrauen. So weit war es mit Guernsey gekommen. Früher hatte nie jemand seine Tür verschlossen, jeder war stets für jeden da gewesen, gegenseitige Hilfe wurde großgeschrieben. Seit der Besetzung schlich man mit gesenktem Kopf umher, erhob nur noch selten die Stimme und sprach selbst mit früheren Freunden lediglich über das Wetter. Man hatte Angst, womöglich denunziert zu werden, denn schon eine kleine, abfällige Äußerung über die Besatzer reichte aus, um für immer hinter Gefängnismauern zu verschwinden, wenn nicht gar Schlimmeres.

Jeder konnte ein Verräter sein, um sich damit ein leichteres Leben zu verschaffen. Es wurde gemunkelt, die Deutschen suchten sich sogar Insulaner aus und setzten sie gezielt zur Spionage unter ihren Nachbarn ein.

Bewegungslos hatte Theodora auf dem Stuhl ausgeharrt, sich dabei in der einfachen, gemütlich eingerichteten Küche umgesehen und sich gefragt, wie Rachels Vater auf die eigenmächtige Entscheidung, ein fremdes Kind mitzubringen, reagieren würde. Nun hörte sie Schritte, gleich darauf wurde die Tür aufgerissen, und Jonathan Hammond humpelte, auf einen Krückstock gestützt, in die Küche. Theodora sah in ein paar tiefdunkle Augen unter grimmig gerunzelten, buschigen Augenbrauen.

»Du sollst nun also bei uns leben.« Hammonds Stimme klang rau. Aus den wenigen Worten hörte Theodora heraus, dass er es gewohnt war, Befehle zu erteilen. »Du meine Güte, bist du hässlich! Dein Anblick jagt einem ja Angst ein, und laufen kannst du auch nicht richtig.«

»Vater, bitte ...«, sagte Rachel leise. »Ich hab dir doch von dem Unfall erzählt ...«

Er wischte den Einwand seiner Tochter mit einer Handbewegung beiseite und fragte: »Wie ist dein Name? Und steh gefälligst auf, wenn ein Erwachsener mit dir redet, oder bist du etwa schlecht erzogen worden?«

»Ich heiße Theodora Banks.« Theodora angelte nach ihren Krücken, stützte sich darauf und stand auf. Sie streckte ihren Oberkörper durch und sagte ruhig: »Es tut mir leid, wenn meine Narben Sie erschreckt haben. Wie es sich anfühlt, nicht richtig laufen zu können, wissen Sie ja selbst, nicht wahr?«

Theodora hörte, wie Rachel hinter ihr scharf die Luft einsog, auch Jonathan Hammond verschlug es für einen Moment die Sprache. Allerdings war auch ein leichtes Zucken in seinen Augenwinkeln zu erkennen.

»Dein Mundwerk hat bei dem Unfall nicht gelitten«, stellte er fest, den stechenden Blick auf Theodora gerichtet. »Da meine Tochter über meinen Kopf hinweg entschieden hat, dich in mein Haus aufzunehmen, werde ich dich nicht auf die Straße setzen. Sei dir aber immer bewusst, dass du dein Leben allein meiner Großzügigkeit zu verdanken hast. Hätten sie dich nach Deutschland geschickt, wäre dein Leben wohl keinen Pfifferling mehr wert gewesen.«

»Vater ... lass doch, bitte!«, bat Rachel.

Theodora schaute zu Rachel und fragte: »Das meint er nicht im Ernst, oder?«

Jonathan Hammond ließ seiner Tochter keine Gelegenheit zu einer Antwort und sagte hart: »Vielleicht sind es Gerüchte, die in den BBC-Nachrichten verbreitet werden, vielleicht auch nicht, es heißt aber, dass die Deutschen Menschen mit Behinderungen umbringen, denn diese sind in den Augen der Nazis nichts wert. Behinderte, Andersdenkende und natürlich die Juden. Jede Menge Juden ...« Für einen Moment trübte sich sein Blick, er schien in einer anderen Welt zu sein. Dann räusperte er sich und fuhr fort: »Je eher du erwachsen wirst, Mädchen, desto besser für dich. Du musst der Wahrheit ins Gesicht sehen.«

»Das mache ich, Mr Hammond«, antwortete Theodora leise. »Die Wahrheit, dass meine Familie ausgelöscht wurde, habe ich akzeptiert ebenso wie die, dass ich ein Krüppel bleiben werde.«

»Gut so.« Hammond nickte wohlwollend, sah zu seiner Tochter und meinte: »Das Gör ist erstaunlich reif für sein Alter.« Dann, wieder an Theodora gewandt, sagte er: »Ich hoffe, du kannst kochen und dich auch anderweitig im Haushalt nützlich machen? Meine Tochter hält es für wichtiger, Tage und Nächte im Hospital zu verbringen, und ich kann sehen, wo ich bleibe.«

»Ich verstehe mich auf die Zubereitung einfacher Speisen«, erwiderte Theodora, »da ich meiner Mutter regelmäßig bei der Hausarbeit geholfen habe.«

»Dann ist das ja geklärt.« Energisch klopfte Jonathan Hammond mit der Spitze des Krückstocks auf den Dielenboden. »Jetzt muss ich mich hinlegen und ruhen, das Gespräch hat mich erschöpft. Ich erwarte, dass das Abendessen wie gewohnt Punkt sieben Uhr auf dem Tisch steht. Dabei kann sich die Kleine ja gleich nützlich machen.«

»Ich helfe dir in dein Zimmer hinauf, Vater«, sagte Rachel und bot Hammond ihren Arm, auf den er sich schwer stützte. Mit einem Blick gab sie Theodora zu verstehen, sie möge in der Küche warten.

Eine halbe Stunde später führte Rachel das Mädchen in ein Zimmer im ersten Stock.

»Schaffst du die Treppe mit den Krücken?«, fragte Rachel. »Es ist am besten, du benutzt nur eine, mit der anderen Hand hältst du dich am Geländer fest und nimmst immer nur eine Stufe. Ich schätze, spätestens im Herbst wirst du die Gehhilfen nicht mehr benötigen.«

Theodora tat wie geheißen, und sie bewältigte die Treppe zwar langsam, aber ohne Probleme. Das Zimmer, das von heute an ihr neues Zuhause sein sollte, war länglich und schmal, durch das nach Westen führende Fenster fiel aber viel Licht herein.

»Das frühere Nähzimmer meiner Mutter«, erklärte Rachel.

Theodora wusste bereits, dass Mrs Hammond vor vierundzwanzig Jahren gestorben war und sich Rachel seitdem um ihren Vater kümmerte. Weitere Verwandte auf der Insel gab es keine, Hammond hatte nur eine entfernte Cousine in Nordengland, zu der aber seit Jahrzehnten kein Kontakt mehr bestand.

»Der Raum ist sehr hübsch«, sagte Theodora, nur um etwas zu sagen. Über die beleidigenden Bemerkungen Hammonds wollte sie nicht sprechen. Die Zukunft würde zeigen, wie sie und der alte Mann miteinander auskämen.

Am nächsten Tag hatte Rachel erst am Abend Dienst. Nachdem sie das Frühstück zubereitet und ihrem Vater das Tablett in sein Zimmer gebracht hatte – Jonathan Hammond frühstückte immer im Bett –, fragte sie Theodora: »Sollen wir jetzt die Kleider durchsehen? Du brauchst dringend einen neuen Rock und ein, zwei Blusen. Ich kann zwar nur in meiner freien Zeit nähen, aber vielleicht kannst du mir dabei helfen?«

Theodora nickte. »Ich kann ein bisschen nähen und auch stopfen. Mama hat aber immer gesagt, meine Nähte wären krumm und schief.«

Rachel lachte. »Na, das ist jetzt nicht so wichtig.« Sie wandte sich zur Tür. »Gehen wir hinauf.«

»Äh ... Schwester Rachel ... ich meine, Tante Rachel, ich hab eine Bitte«, stammelte Theodora, die Wangen gerötet, und scharrte verlegen mit der Fußspitze auf dem Boden. »Ich weiß, ich darf um nichts bitten, denn Sie ... du tust schon so viel für mich, aber ...«

»Wenn es ein Wunsch ist, den ich dir erfüllen kann, dann gern.«

»Ich möchte zum Friedhof gehen«, platzte Theodora heraus. »Ich meine, meine Eltern und Robert sind doch hier beerdigt worden, oder?«

»Ach, Kind!« Rachel ging in die Hocke und schloss Theodora in die Arme. »Daran hätte ich auch selbst denken können, verzeih mir. Natürlich gehen wir zum Friedhof, und du kannst in unserem Garten Blumen pflücken, um sie auf die Gräber zu legen.«

Aus dem Schuppen hinter dem Haus holte Rachel einen alten Leiterwagen und legte eine weiche Decke und ein Kissen hinein. Das Holz war zwar verwittert, und die Räder quietschten bei jeder Bewegung, Theodora konnte die drei Meilen bis zur Kirche in St Martin jedoch noch nicht zu Fuß bewältigen. Das Mädchen kletterte in den Leiterwagen, verstaute die Unterarmstützen neben sich, und Rachel zog den Wagen hinter sich her. Überall patrouillierten deutsche Soldaten. Manche standen rauchend an Straßenecken, die Stahlhelme wegen der Sommerhitze in den Nacken geschoben oder abgelegt, die Uniformjacken ausgezogen. Manche nickten Rachel und Theodora freundlich zu, einige grüßten sie sogar. Auch wenn alle Soldaten Halfter mit Pistolen an den Gürteln trugen, die meisten sogar Maschinengewehre in den Händen hielten, erschienen sie Theodora nicht als Bedrohung. Seit Beginn des Krieges – und als die Normandie von den Deutschen besetzt worden war – hatte sie sich vorgestellt, dass die Feinde wie schreckliche Wesen mit verzerrten Fratzen, großen Mäulern und verfaulten Zähnen aussahen ... so wie die bösen Riesen in ihren Bilderbüchern. Nun stellte Theodora fest, dass sie ganz normale Menschen waren. Vor allem junge Männer, groß und schlank, die meisten mit blonden Haaren und hellblauen oder grauen Augen. Zumindest das entsprach dem Klischee, das man von den Deutschen hatte.

Als Rachel und Theodora die letzten Häuser von St Peter Port passierten, trat ihnen ein Soldat in den Weg. Das Maschinengewehr zwar geschultert, die rechte Hand aber auf Höhe des Pistolenhalfters.

»Wo soll's denn hingehen, Fräulein?«, fragte er in einem klar verständlichen Englisch, das letzte Wort war jedoch eine deutsche Anrede. Er blickte in den Leiterwagen und runzelte die Stirn. »Und was ist das für eine seltsame Fracht?«

»Wir haben nichts Böses im Sinn«, antwortete Rachel hastig. »Wir wollen nur zum Friedhof in St Martin. Das Kind hatte einen Unfall und kann nicht laufen.«

»Das sehe ich.« Der Soldat nickte, und Theodora hatte den Eindruck, dass sich sein Blick an den Narben in ihrem Gesicht festsog. »Das ist aber noch ein weiter Spaziergang, Fräulein, und das bei dieser Hitze ...« Er drehte sich um, steckte zwei Finger in den Mund, pfiff laut und durchdringend, dann rief er: »Günther, ich brauche deine Hilfe!« Ein großer, bulliger Soldat trat aus einem Hauseingang, und der Erste deutete auf einen in der Nähe stehenden offenen Jeep. »Pack mal mit an, Günther, wir müssen die Damen rüber nach St Martin bringen.«

Rachel schnappte nach Luft und erwiderte schnell: »Das ist nicht nötig …«

Der Soldat ließ ihren Einwand nicht gelten und schnitt Rachel das Wort ab: »Ach was, wir haben im Moment ohnehin nichts zu tun, außerdem ist es eine Freude, den Fräuleinchen behilflich zu sein.«

Rachel konnte nicht verhindern, dass der Soldat mit dem Namen Günther Theodora aus dem Leiterwagen hob, als wöge sie nicht mehr als eine Feder. Er musste ihr Zittern bemerkt haben, denn er grinste und sagte: »Keine Angst, Kleine, ich fress dich nicht. Zumindest nicht heute, weil ich vorhin erst ein reichhaltiges Frühstück hatte.«

»Günther, lass deine Scherze«, wies ihn der andere Soldat zurecht. »Du machst dem Kind Angst.«

Theodora nahm den Geruch nach Schweiß und Tabak wahr. Seine Berührungen waren trotz seiner Stärke behutsam, er setzte sie sachte auf der Ladefläche des Jeeps ab. Der erste Soldat reichte Rachel die Hand und zog sie hoch, dann schwangen sich er und dieser Günther auf die Vordersitze. Theodora bemerkte, dass die Steuerung des Wagens auf der linken Seite war, und sie nahm erstaunt zur Kenntnis, dass der Soldat den Jeep auf der rechten Seite der Straße fuhr.

»Auf dem Festland fahren alle so«, raunte Rachel Theodora zu und drückte ihre Hand.

Mit dem Wagen erreichten sie die Kirche mit dem spitzen Turm von St Martin in wenigen Minuten. Erneut half Günther beim Absteigen. Theodora klemmte sich die Gehhilfen unter die Achseln.

»Danke«, murmelte Rachel.

»Lassen Sie sich so lange Zeit, wie Sie benötigen«, erwiderte der Soldat. »Wir werden warten.«

»Das ist wirklich nicht nötig«, antwortete Rachel schnell.

»Ich denke doch.« Der Soldat grinste. »Oder wie wollen Sie die Kleine nach St Peter Port zurückbringen? Ich glaube nicht, dass sie den weiten Weg laufen kann.«

Erst jetzt wurde Rachel bewusst, dass die Soldaten den Leiterwagen nicht auch auf den Jeep geladen hatten. Der stand immer noch auf der Straße am Ortsrand von St Peter Port. Tatsächlich würde ihnen nichts anderes übrig bleiben, als sich von den Soldaten wieder zurückfahren zu lassen.

Der Friedhof lag im Schatten der mächtigen Kirche. Sie mussten nicht lange suchen, dann standen sie vor einem breiten Grab, dessen Erdhügel sich noch nicht gesenkt hatte. Auf einem schlichten Holzkreuz waren die Namen von Theodoras Eltern und ihrem Bruder eingraviert. Wortlos legte Theodora den Blumenstrauß auf das schmucklose Grab. Sie vermutete, jemand von den Nachbarn hatte die Beerdigung arrangiert, wahrscheinlich Violets Eltern. Da diese die Insel verlassen hatten, kümmerte sich niemand um das Grab.

Rachel trat einen Schritt zurück und überließ Theodora ihrer Trauer. Mit gesenktem Kopf und gefalteten Händen stand sie vor der letzten Ruhestätte ihrer Familie, sie weinte aber nicht. Nach einigen Minuten wandte sie sich zu Rachel um und sagte: »Danke.«

»In ein paar Wochen wirst du allein hierherkommen können«, sagte Rachel. »In deinem Herzen werden sie weiterleben.«

Die Soldaten bestanden darauf, Rachel und Theodora bis zu ihrem Haus zu fahren. Unterwegs luden sie den Leiterwagen auf. Rachel hatte zu große Angst, ihnen eine falsche Adresse zu nennen, also fuhr der Jeep vor dem Haus mit den blauen Fensterläden vor, und der Soldat half ihnen beim Aussteigen. Dann tippte er sich an den Helm, schwang sich auf den Fahrersitz und brauste davon.

Rachel hatte gerade das Gartentürchen geöffnet, als Jonathan Hammond aus dem Haus gehumpelt kam, so schnell, wie er seit Jahren nicht mehr gelaufen war. Er stellte sich seiner Tochter in den Weg und schlug so überraschend zu, dass Rachel seiner Hand nicht mehr ausweichen konnte.

»Wie kannst du es wagen!«, schrie Hammond, eine blaue Ader pochte an seiner Schläfe. »Treibst dich mit den Feinden herum wie eine Jerrybag! Meine eigene Tochter benimmt sich wie eine Hure!«

»Vater, bitte ...« Rachel brach die Stimme. Ihre linke Gesichtshälfte war blutrot und begann anzuschwellen, ihre Augen schimmerten feucht.

»Mr Hammond, die Soldaten haben uns gezwungen, mit ihnen zu fahren.« Entschlossen trat Theodora vor. »Sie sahen, dass ich nicht laufen kann. Wir konnten es nicht verhindern.«

»Daran bist nur du schuld, du undankbares Gör und Krüppel!«, schrie Hammond. Für einen Moment befürchtete Theodora, er würde auch sie schlagen, und wich einen Schritt zurück. Er wandte sich aber wieder Rachel zu und zischte leise: »Wenn ich dich noch einmal in Begleitung eines Soldaten sehe, dann wirst du dieses Haus verlassen und bist nicht mehr meine Tochter. Hast du verstanden?«

Rachel nickte unter Tränen, und Theodora wünschte, sie könnte etwas Tröstendes tun oder sagen. Dass ein Vater seine Tochter schlug, hatte sie zutiefst entsetzt. In ihrem Elternhaus hatte immer Liebe und Verständnis geherrscht. Wenn sie oder Robert etwas angestellt hatten, hatten die Eltern mit ihnen darüber gesprochen, sie aber niemals körperlich gezüchtigt. Mitleid für Rachel durchflutete Theodora. Sie ahnte, wie schwer Rachels Leben immer schon gewesen sein musste. Sie war aber nur ein Kind und konnte gegen Jonathan Hammond nichts ausrichten.

Jonathan Hammond stand am Fenster und beobachtete Theodora, wie sie die frisch gewaschenen Bettlaken und Bezüge an die Leine hängte. Ihre Handgriffe waren schnell und routiniert. In den letzten Wochen hatte das Kind bewiesen, dass es trotz seiner Jugend einen Haushalt führen konnte. Nun nahm Theodora den leeren Wäschekorb auf und humpelte ins Haus zurück. Inzwischen brauchte sie keine Krücken mehr. Die Narben waren heller geworden, und da Theodora ihre Haare ins Gesicht kämmte, fielen sie auf den ersten Blick auch nicht mehr auf. Vollständig verblassen würden die Narben jedoch niemals, ebenso wie das Mädchen nie wieder würde richtig gehen können. Die Wunde, die der Tod der Eltern in Theodoras Herz gerissen hatte, wog indes viel schwerer.

»Wann gibt es Mittagessen?«, herrschte Hammond Theodora an, als sie in die Küche trat.

»In einer halben Stunde«, antwortete Theodora. »Ich hab die Suppe bereits gestern Abend vorbereitet und muss sie nur noch aufwärmen.«

»Gibt es kein Fleisch oder Fisch?«

»Diese Woche nicht mehr, Mr Hammond«, antwortete Theodora ruhig. »Es ist mir aber gelungen, Kartoffeln zu bekommen, und mit den Tomaten aus dem Garten kann ich heute Abend etwas kochen, das dann auch für morgen ausreicht.«

Theodora war seit dem Morgengrauen auf den Beinen, denn dann gab es die besten Lebensmittel. Inzwischen hatten die Einwohner Bezugskarten bekommen, in der Markthalle musste man aber stundenlang anstehen, um die tägliche Ration zu erhalten. In den ersten Tagen war Theodora zu spät gekommen, es war nichts mehr übrig gewesen, und sie war mit leeren Händen zurückgekehrt. Jonathan Hammond hatte sie mit Vorwürfen überschüttet und sie persönlich dafür verantwortlich gemacht, dass kein anständiges Essen auf den Tisch gekommen war. In dem kleinen Garten hinter dem Haus wuchsen allerdings Tomaten, Salat, Kohl, Brombeeren und Äpfel. Auch wenn Fisch und Fleisch nur noch selten auf den Tisch kamen, mussten sie nicht hungern. Theodora fragte sich aber, wie es mit den Lebensmitteln werden würde, wenn der Winter kam.

Seit dem Tag, an dem sie mit den deutschen Soldaten gefahren waren, kam es Theodora so vor, als ob Rachel häufiger Dienst im Hospital hatte als zuvor. Es wunderte sie nicht, dass die Krankenschwester so wenig wie möglich zu Hause sein wollte, und Theodora hatte ihr versichert, sie käme gut allein zurecht. Das war nicht gelogen, denn Theodora war froh, etwas zu tun zu haben. Die Hausarbeit half ihr, nicht ständig an die Vergangenheit zu denken. Manchmal wünschte sie sich, die Schulen würden wieder öffnen, denn für die wenigen verbliebenen Kinder auf Guernsey gab es keinen Unterricht mehr. Inzwischen hatten alle Ortschaften deutsche Namen erhalten. St Peter Port hieß nun *Petershafen*, das denkwürdige Castle Cornet *Hafenschloss* und St Martin *Martinshausen*. Auch die Straßennamen waren eingedeutscht worden. Vor zwei Tagen war Theodora, als Rachel Dienst hatte und Mr Hammond seinen Mittagsschlaf hielt, heimlich zu ihrem Elternhaus gegangen. Sie war zwar nur langsam vorangekommen, hatte aber die Zähne zusammengebissen, denn sie wusste, dass sie Rachel mit einer solchen Bitte nicht belästigen konnte.

»Tu dir das nicht an, Mädchen«, hatte Rachel gesagt, als Theodora erklärte, dass sie wissen wolle, wer jetzt in ihrem Haus lebte. »Behalt alles so in Erinnerung, wie du es zum letzten Mal gesehen hast, und wenn die Deutschen wieder weg sind, dann kannst du nach Hause gehen.«

Im Moment sah es aber nicht danach aus, dass dieser Wahnsinn jemals enden würde. Die Wehrmacht siegte an allen Fronten, nichts und niemand schien sie aufhalten zu können. Wenn Hitler ganz Europa erobert hatte, würde der Krieg zwar sicherlich enden, die Kanalinseln würden aber für immer zum Tausendjährigen Reich gehören. Rachel hatte sich mit der Situation abgefunden und riet Theodora, es ebenfalls zu tun.

»Vor Hunderten von Jahren wurden die Kanalinseln von den Normannen erobert und besetzt. Damals erging es den Insulanern ähnlich wie jetzt, und das ist heute längst vergessen. Du bist noch jung und lernst schnell. In ein paar Jahren wirst du glauben, es wäre immer schon so gewesen.«

Auch wenn sie ein Kind war – niemals würde Theodora akzeptieren, dass fremde Menschen ihr Hab und Gut gestohlen hatten.

Zu Theodoras Überraschung wohnten der Offizier, den sie im Hospital gesehen hatte, und zwei andere Soldaten in ihrem Elternhaus. Huber war sein Name, erinnerte sich Theodora und ballte die Hände zu Fäusten. Wut auf die Fremden, die jetzt in den Betten ihrer Eltern schliefen, in ihrer Küche saßen, ihr Geschirr benutzten und all das in die Hand nahmen, was ihnen nicht gehörte, stieg in ihr auf. Die Tomaten in den Gewächshäusern verfaulten, die Deutschen hatten kein Interesse daran, die prallen, roten Früchte zu ernten und zu verarbeiten. Vielleicht aß man in Deutschland keine Tomaten, überlegte Theodora. Rachels Vater betonte doch immer, dass die Feinde sich von sauer eingelegtem Kohl und anderen seltsamen Dingen ernährten. Theodora dachte daran, sich heimlich ins Haus zu schleichen, wenn die Soldaten nicht da waren, um wenigstens ihre Puppe zu holen. Was sollten die Soldaten schon mit einer Puppe anfangen? Der Mut dazu fehlte ihr jedoch. Oder es war vielmehr die Vernunft, denn niemand konnte voraussagen, wie die Deutschen reagieren würden, sollte man sie erwischen. Die Soldaten, die sie zum Friedhof gefahren hatten, waren zwar recht freundlich gewesen, Theodora wollte aber lieber kein Risiko eingehen. Die Worte des Hauptmanns klangen ihr noch deutlich in den Ohren. Er hatte sie als unnützen Krüppel bezeichnet und sie nach Deutschland in ein Waisenhaus schicken wollen. Mr Hammond hatte sogar behauptet, die Nazis würden sie dort umbringen. Das war bestimmt übertrieben, denn der alte Mann redete viel Unsinn. Ein Funken Misstrauen blieb jedoch, und so machte sich Theodora unverrichteter Dinge wieder auf den Rückweg nach St Peter Port.

Theodora lag mit ihrer Vermutung, Rachel arbeite extra mehr, nicht völlig daneben, denn es gab viel Arbeit im Hospital. Außer den Inselbewohnern mussten sie nun auch deutsche Soldaten aufnehmen. Meistens handelte es sich um leichte Fälle: kleinere Unfälle, Brüche, Schnittverletzungen, Magen-Darm-Verstimmungen. In den letzten Tagen waren aber mehr und mehr Soldaten mit Hitzeerschöpfung oder dem gefährlicheren Hitzschlag eingeliefert worden. Rachel wunderte das nicht. Der August war so heiß wie seit Jahren nicht mehr, und die Soldaten standen stundenlang in voller Uniform, den Stahlhelm auf dem Kopf, in der prallen Sonne Wache. Um die Soldaten kümmerten sich der deutsche Arzt und die deutschen Krankenschwestern, für die Einheimischen waren nur noch Dr. Pellier, Schwester Emma und Rachel zuständig. Für Dr. Pellier bedeutete das doppelte Schichten, dementsprechend erschöpft war er.

»Haben Sie das Gerücht gehört, dass die Deutschen in der Nähe ein Hospital bauen wollen?«, fragte Rachel Dr. Pellier in einer ruhigen Minute.

Der Arzt nickte und lachte bitter. »Es soll komplett unterirdisch angelegt und gut getarnt werden. Offenbar haben sie Angst, man könnte die Insel angreifen, auch wenn sie immer so tun, als wären sie unbesiegbar.« Mit dem Handrücken fuhr er sich über die Stirn und seufzte.

»Sie müssen sich ausruhen, Doktor«, sagte Rachel mitfühlend. »Wann haben Sie das letzte Mal mehr als zwei oder drei Stunden geschlafen und etwas Anständiges gegessen?«

Unter halb geschlossenen Lidern sah er Rachel an und erwiderte: »Vielleicht haben Sie recht, ich lege mich im Ärztezimmer kurz aufs Ohr. Sie wecken mich aber sofort, wenn ein Neuzugang kommt, ja?«

Rachel nickte, da griff Dr. Pellier nach ihrer Hand und fragte: »Wenn dieser Wahnsinn vorbei ist, Rachel: Würden Sie dann mit mir ausgehen? Wir könnten essen gehen oder ins Kino. Und wir sprechen dann den ganzen Abend nicht über die Arbeit oder über den Krieg. Ich würde gern mehr über Sie erfahren.«

Überrascht sog Rachel die Luft ein, dann lächelte sie und antwortete: »Da gibt es nicht viel, Doktor, mein Leben ist nicht sonderlich interessant.«

»Für mich schon, Rachel.« Erneut ließ er die Anrede Schwester weg. »Sie sind eine bemerkenswerte Frau, und ich glaube, Sie wissen das. Allein, was Sie für das Mädchen getan haben. Wie geht es ihr eigentlich?«

»Die Brüche sind verheilt, inzwischen kann Theodora ohne Gehhilfen laufen«, antwortete Rachel, dankbar über den Themenwechsel. »Sie ist aber sehr still und in sich gekehrt, und ich sehe sie nie lachen.«

»Kein Wunder, wenn mit einem Schlag die ganze Familie ausgelöscht wird.« Er stand auf und ging zur Tür. Die Hand auf dem Knauf, sah er Rachel an und fragte: »Sie haben mir noch nicht geantwortet, Rachel: Möchten Sie irgendwann mit mir ausgehen?«

Er meint es wirklich ernst, dachte Rachel und erwiderte: »Das würde ich sehr gern.«

Rachel sah dem Arzt nach, als er den Raum verließ. In ihrer Lage an einen Flirt oder vielleicht auch an mehr nur zu denken, das war Wahnsinn, trotzdem klopfte ihr Herz schneller, und ihre Wangen fühlten sich heiß an. Ernest Pellier hatte gesagt: Wenn alles vorbei ist ... Das könnte nächstes Jahr, in zehn Jahren oder niemals sein. Warum sich heute darüber den Kopf zerbrechen? Plötzlich blinkte ein Lämpchen, eine Patientin benötigte ihre Hilfe, und Rachel musste sich wieder auf ihre Arbeit konzentrieren.

5. Kapitel

Guernsey, Mai 2017

Nachdem die Gäste gegen zehn Uhr das Liliencottage verlassen hatten, half Sharon Theodora beim Abwasch des Frühstücksgeschirrs und beim Saubermachen der Zimmer – Arbeiten, die gegen Mittag erledigt waren. Dann machte Sharon sich auf den Weg. Für sie waren die Spaziergänge zu einem festen Bestandteil ihres Tagesablaufs geworden. Und da sie nun weiche, flache Sneakers trug, bereitete ihr der Hallux valgus keine Probleme mehr. Die Haare mit einem haushaltsüblichen Gummi zum Pferdeschwanz gebunden, ungeschminkt, mit Jeans oder einer leichten Trekkinghose und T-Shirt und flachen Sneakers bekleidet, war sich Sharon anfangs fremd vorgekommen, inzwischen jedoch spürte sie, wie der Anspruch, ständig von den Zehennägeln bis in die Haarspitzen absolut perfekt zu sein, geringer wurde. Sie konnte sich nicht erinnern, wann sie sich zuletzt die Fingernägel so kurz geschnitten und nicht lackiert hatte, aber irgendwie gefiel es ihr.

Theodora hatte ihr einen kleinen Rucksack geliehen, in dem Sharon eine Flasche stilles Wasser und einen Apfel verstaute. Jeden Mittag bereitete Theodora ihr zusätzlich ein Sandwich zu, belegt mit dem goldgelben Jerseykäse.

»Meeresluft macht hungrig«, sagte die alte Frau, wenn Sharon erklärte, Obst und Wasser wären völlig ausreichend.

Theodora irrte sich nicht. Tatsächlich bekam Sharon nach zwei Stunden strammen Laufens Hunger. Sie kaufte sich einen Becher Kaffee, setzte sich auf einen Felsen am Strand und aß das

Sandwich und das Obst. Dabei dachte sie nur flüchtig an die Kalorien, die sie zu sich nahm, und genoss jeden Bissen. Einen erneuten Zusammenbruch wollte sie nicht riskieren. Bei ihren Spaziergängen mied Sharon jedoch die Umgebung ihres Elternhauses. Sie hatte Raoul Osborne nicht wiedergesehen, und er hatte bei Theodora auch nicht nach ihr gefragt. Sharon hatte seine Visitenkarte irgendwo hingelegt und nicht wieder zur Hand genommen. Sie verspürte kein Bedürfnis nach einem Flirt mit dem smarten Bankier, zuerst musste sie mit sich selbst wieder ins Reine kommen. Ebenso plante sie nicht, in der nächsten Zeit Alec aufzusuchen. Das würde nur alte Wunden aufreißen, zu schmerzhaft, solange die frischen Wunden noch nicht verheilt waren. Zum ersten Mal seit fünfzehn Jahren hetzte sie nicht von einem Termin zum nächsten, ständig den Blick auf die Uhr gerichtet. Es war die richtige Entscheidung gewesen, nach Guernsey zu kommen.

Heute legte der Frühsommer eine Pause ein. Der Himmel war wolkenverhangen, und der Wind frischte auf, Regen blieb jedoch aus. Sharon hatte den Bus bis zum Pleinmont Tower genommen, war entlang der Küste nach Portelet gewandert und mit dem Bus wieder zurück nach St Martin gefahren. Die regelmäßig verkehrenden Busse, die die Insel in beiden Richtungen umrundeten und in die man jederzeit ein- und aussteigen konnte, waren für Wanderer perfekt. So erreichte Sharon jeden Ort, es war nicht notwendig, sich ein Auto zu mieten. Als Sharon beschwingt und bester Laune das Liliencottage betrat, blieb sie abrupt auf der Schwelle stehen.

»Maggie?«, rief sie überrascht. »Was machst du denn hier?«

Am Küchentisch, die Hände um eine Tasse Tee gelegt, saß Sharons Agentin Maggie Dobson, eine Frau mittleren Alters. Mit ihren blauschwarzen kurzen Haaren, in die sie knallrote Strähnen gefärbt hatte, und dem weiten, fließenden Kleid in einem knalligen Grün war sie eine auffallende Erscheinung.

Ihr herzförmiges Gesicht verzog sich unwillig, als sie ohne Begrüßung zu Sharon sagte: »Wenn der Prophet nicht zum Berg kommt, muss der Berg eben zum Propheten kommen.« Maggie kniff die Augen zusammen und musterte Sharon missbilligend. »Sag mal, ist dein Handy kaputt? Seit Tagen versuche ich, dich zu erreichen, und du reagierst auf keine meiner Nachrichten. Wenigstens hattest du es für angebracht gehalten, mir mitzuteilen, wo du dich versteckst, bevor du Knall auf Fall aus London verschwunden bist. Wenn ich hier anrief, war immer nur eine Frau dran, die ich gebeten habe, dir auszurichten, dass du dich unverzüglich bei mir melden sollst.«

»Theodora hat nie etwas gesagt«, murmelte Sharon. Sie vermutete, die alte Frau hatte sie absichtlich nicht über Maggies Anrufe informiert, und wusste im Moment nicht, ob sie Theodora deswegen böse oder eher dankbar sein sollte. »Ich hab mein Telefon ausgeschaltet, und einen Internetanschluss gibt es in diesem Haus nicht. Ich sagte dir doch, dass ich ein wenig Abstand und Ruhe brauche. Bleibst du länger auf Guernsey?«

»Ich bin heute Mittag mit dem Flieger aus London gekommen und warte seit zwei Stunden auf dich«, erwiderte Maggie vorwurfsvoll. »Ich muss in einer Stunde schon wieder zum Flughafen. Heute Abend findet ein wichtiger Empfang im Savoy statt, zu dem ich ohnehin zu spät eintreffen werde.«

»Warum bist du gekommen?«, fragte Sharon.

»Ich hab ein Angebot für dich.«

»Wirklich?« Eine Welle der Erleichterung durchlief Sharon. »Das ist wunderbar, und ich danke dir, dass du dir die Mühe gemacht hast, extra nach Guernsey zu fliegen. Es tut mir leid, dass ich mich nicht gemeldet habe.«

In diesem Moment trat Theodora in die Küche. Sie hatte die letzten Sätze gehört, sah von einer Frau zur anderen und sagte: »Das habe ich nicht gewusst, Sharon, sonst hätte ich dir von

Ms Dobsons Anrufen erzählt, aber ich hielt es für besser, wenn du für eine Weile absolute Ruhe hast.«

»Egal, nun bin ich ja hier«, fiel Maggie Theodora ins Wort und gestikulierte so heftig, dass sie beinahe die Teetasse umgestoßen hätte. »Setz dich, Sharon, wie gesagt, ich hab nicht viel Zeit.«

Sharon sank auf den zweiten Stuhl und sah ihre Agentin erwartungsvoll an.

»Um welchen Auftrag handelt es sich?«

»Um einen sehr lukrativen«, antwortete Maggie mit einem zufriedenen Lächeln, »finanziell wie auch werbemäßig. Du brauchst dringend eine gute Publicity, Sharon. Zuerst die Trennung von deinem Lover, sein spektakuläres Live-Interview, dann dein Zusammenbruch bei der Modenschau …«

»Erinnere mich bloß nicht daran!«, unterbrach Sharon und hob abwehrend die Hände.

Maggie fuhr fort: »Das hat dich zwar den Auftrag des Designers gekostet, du warst aber ein paar Tage *das* Thema in fast allen Zeitungen und auf allen gängigen Internetportalen.«

»Deswegen bin ich aus London weg«, warf Sharon ein. »In ein paar Wochen spricht niemand mehr darüber.«

»Das mag sein, im Moment ist dein Zusammenbruch aber noch ein Gesprächsthema«, erwiderte Maggie zufrieden. »Genau aus diesem Grund haben sie jetzt in der Agentur angefragt. Wie ich sehe, hast du inzwischen wieder ein wenig Farbe bekommen, ohne zu gebräunt zu sein, und du hast auch kein Fett angesetzt.« Abschätzend glitt Maggies Blick über Sharons Körper. »Im Bikini machst du immer noch eine gute Figur.«

»Sagst du mir endlich, um welchen Job es sich handelt?« Nervös trommelte Sharon mit den Fingernägeln auf die Tischplatte. »Bademode? Das würde mich wundern, dafür habe ich seit zwei Jahren keinen Auftrag mehr bekommen, hier werden doch Jüngere bevorzugt.«

»Nein, kein Shooting für Badeanzüge.«

»Maggie, bitte! Du hast wirklich das Talent, einen auf die Folter zu spannen!«

Maggie tat geheimnisvoll, lehnte sich entspannt zurück und sagte dann: »Die Redaktion von *I'm a Celebrity* will dich für die nächste Staffel engagieren! Ich hab die Konditionen bereits ausgehandelt und den Vertrag hier in meiner Tasche. Du musst nur noch unterschreiben, allerdings noch heute, denn sie wollen bis morgen den Vertrag vorliegen haben, sonst sucht die Redaktion jemanden anderen. Das Interesse ist groß.«

Die Nachricht schlug ein wie eine Bombe, allerdings nicht so wie von Maggie erhofft.

»Spinnst du?«, rief Sharon, und Theodora sagte: »Das machst du auf keinen Fall!« Sie schüttelte fassungslos den Kopf und fuhr fort: »Es ist natürlich deine Sache, Sharon, aber ich finde nicht, dass du dich auf ein solches Niveau herablassen solltest. Das hast du nicht nötig.«

Verständnislos sah Maggie von einer zur anderen, dann fragte sie Sharon mit einem spitzen Unterton: »Ich wusste nicht, dass du inzwischen eine neue Agentin hast.« Sie deutete auf Theodora, die, die Arme vor der Brust verschränkt, dastand, als müsse sie Sharon beschützen.

»Maggie, Theodora hat recht«, erwiderte Sharon. »Dass du mir ein solches Format vorschlägst, enttäuscht mich, das gebe ich ehrlich zu. Ich dachte, wir wären mehr als nur Geschäftspartnerinnen, fast so etwas wie Freundinnen.«

»Jetzt mach mal halblang, Sharon, so läuft es eben im Showbusiness; ausgerechnet dir muss ich das wohl nicht verklickern.« Maggie verbarg nicht ihre Ungeduld und fuhr kühl fort: »Ja, du warst in den Schlagzeilen, es war aber eine negative PR, und jetzt bekommst du die Möglichkeit, vor einem Millionenpublikum dein Image wieder aufzubessern.«

»Weil die Leute sehen wollen, wie ich mich erneut blamiere«, sagte Sharon.

»Ich weiß nicht, was du dagegen hast.« Maggie Dobsons Ungeduld wandelte sich in Unverständnis. »Sharon, bevor du in den Dschungel gehst, bekommst du noch ein Fotoshooting im *Playboy*. Ältere Frauen, die sich eine jugendliche Figur bewahrt haben, sind total angesagt, und es ist die perfekte Werbung für die Sendung. Du siehst gut aus, und wenn du den einen oder anderen Busenblitzer gezielt einsetzt, bringt das eine hohe Quote. Es kann für dich das Sprungbrett zurück auf den Catwalk und in die Fotostudios sein.« Aus ihrer großen bunten Umhängetasche, die über der Stuhllehne hing, zog Maggie einen schmalen Aktenordner hervor, schlug den Deckel auf und schob ihn Sharon zu. »Du brauchst nur zu unterschreiben, um den Rest kümmere ich mich.«

»Das kann ich nicht machen«, sagte Sharon leise. »Du weißt, wie sehr ich Spinnen und sonstiges Krabbelgetier verabscheue, und ich ...«

»In der Sendung geht es ja gerade darum, Ängste zu überwinden«, schnitt Maggie ihr harsch das Wort ab. »Mensch, Sharon, das ist die Chance für dich! Ich brauche dir wohl nicht zu sagen, dass du sonst weg vom Fenster bist, oder? Tausende sind auf eine Titelstory im *Playboy* heiß und auch auf die Gelegenheit, in den Dschungel zu gehen. Die Sendung hat Millionen von Zuschauern, nicht nur in Großbritannien, sondern weltweit, und die Gage ist auch nicht zu verachten. Solltest du gewinnen, dann springt ein hübsches Sümmchen für dich heraus.«

»Abgehalfterte Z-Promis, die sich für keine Blamage zu schade sind«, murrte Theodora aus dem Hintergrund.

»Halten Sie sich da raus!« Maggie kräuselte verärgert die Nase. »Haben Sie nichts zu tun? Putzen oder Kochen?«

»Ich verbiete dir, so mit Theodora zu sprechen!«, brauste Sharon auf. »Sie ist meine Freundin, und niemand wird sie in ihrem eigenen Haus beleidigen.«

»Okay, ich entschuldige mich bei Ihnen, Miss Banks.« Maggie lächelte verlegen. »Ich will für Sharon nur das Beste, und zwei

Wochen im Dschungel sind wirklich nicht so schlimm. Ich kann mir vorstellen, dass es ziemlich aufregend werden wird.«

»Dann gehen Sie doch nach Australien«, warf Theodora ein, »oder die tausend Leute, die Sie erwähnt haben.« Theodora trat hinter Sharon und legte eine Hand auf deren Schulter. »Sie haben recht, Ms Dobson, die Angelegenheit ist ganz allein Sharons Entscheidung. Sharon als ältere Frau zu bezeichnen, das ist aber eine Frechheit, ebenso, wie von ihr zu verlangen, sie solle Maden, Käfer und sonstige Dinge essen, deren Namen auszusprechen mir mein Anstand verbietet. Mal abgesehen davon, dass Sharon ihren Körper zur Schau stellen und womöglich noch Streit mit den anderen Campern anfangen soll oder so etwas in der Art.«

»Ich danke dir, Theodora, besser hätte ich es nicht zusammenfassen können«, murmelte Sharon und sagte lauter: »Ich danke dir, Maggie, dass du extra nach Guernsey gekommen bist, um mir dieses ... *Angebot* zu unterbreiten, meine Antwort ist jedoch Nein.«

Maggies Augenbrauen zogen sich zusammen, und sie erwiderte kühl: »Ich kann dich natürlich zu nichts zwingen, Sharon, und wenn du meinst, Miss Banks würde deine Interessen besser vertreten, als ich es jahrelang getan habe, dann ist es wohl an der Zeit, unsere Zusammenarbeit zu beenden.«

»Das klingt nach Erpressung«, sagte Sharon.

»Du lässt mir keine andere Wahl. Ich kann niemanden vertreten, der eine solche Chance, auch in finanzieller Hinsicht, ablehnt. Komm runter von deinem hohen Ross, denn das Pferd unter dir ist längst dabei, sang- und klanglos einzugehen.«

Die beiden Frauen starrten einander an, dann stellte Sharon traurig fest: »Du denkst nur an die Provision, die für dich bei dem Deal herausspringt, nicht wahr?«

»Darum geht es in unserem Business immer«, bestätigte Maggie ungeniert. Sie schob ihren Stuhl zurück und stand auf.

»Schließlich muss ich auch leben und kann keine Karteileichen in meiner Agentur gebrauchen. Aber ich gebe dir noch Zeit bis morgen – wegen unserer langen Zusammenarbeit. Den Vertrag lasse ich hier, in der Stadt wird es wohl irgendwo einen Computer geben, wo du ihn scannen und mir mailen kannst. Solltest du aber bei deiner Meinung bleiben und dieses großzügige Angebot tatsächlich in den Wind schießen ...« Mit einer gespielt hilflosen Geste hob Maggie die Hände und zuckte mit den Schultern. »Tja, dann bleibst du am besten für immer auf dieser Insel, denn in England wirst du keinen Fuß mehr auf den Boden bekommen. Miss Banks, danke für den Tee.« Sie nickte Theodora zu. »Ich rufe mir ein Taxi, meine Maschine nach London geht in einer Stunde.«

Weder Sharon noch Theodora begleiteten Maggie zur Tür. Sharon stützte die Ellbogen auf den Tisch und barg ihr Gesicht in den Händen.

»Vielleicht hat sie recht«, murmelte sie. »Es könnte eine Chance für mich sein.«

»Du denkst nicht wirklich daran, bei dieser Show mitzumachen?«, fragte Theodora erschrocken. »Wie ich sagte, es geht mich nichts an, das Format finde ich allerdings ... ekelhaft. Ich bin jedoch eine alte Frau, die vieles aus einem anderen Blickwinkel sieht. Die Sache mit dem *Playboy* ist etwas anderes, solche Fotos betrachtet man heutzutage lockerer«, fügte sie hinzu.

»Du hättest also nichts dagegen, wenn ich mich nackt fotografieren ließe?«

»Du kannst es dir leisten, in dieser Sache hat deine Agentin recht.« Schmunzelnd zwinkerte Theodora Sharon zu. »Ob ich es gutheiße oder nicht, spielt jedoch keine Rolle. Ich bin nicht deine Mutter, und du bist alt genug, um zu wissen, was du tust.«

»Deine Meinung war immer sehr wichtig für mich«, erwiderte Sharon. »Und ist es bis heute.«

»Auch wenn mein Rücken gebeugt, meine Haut faltig ist und meine Knochen knirschen, war ich auch einmal jung, Sharon.

Schön war ich allerdings nie, seit dem Unfall nicht einmal mehr hübsch. Wenn Aktaufnahmen ästhetisch sind, ist nichts dagegen einzuwenden, das Format mit dem Dschungel lehne ich aber nach wie vor entschieden ab. Ich verstehe nicht, warum diese Sendung jedes Jahr eine derart hohe Einschaltquote hat.«

»Weil die Menschen sich an dem Ekel anderer weiden«, entgegnete Sharon. »Ich werde es nicht machen, so tief bin ich nicht gesunken, auch wenn das bedeutet, dass ich ab sofort wohl ohne Agentur dastehe.«

Theodora sagte warmherzig: »Es wird sich etwas anderes ergeben, mein Mädchen. Du weißt doch: Wenn eine Tür zufällt, öffnet sich irgendwo eine andere.«

»Ich hoffe, du irrst dich nicht.« Sharon seufzte und stand auf. »Jetzt brauche ich einen starken Kaffee.«

»Ich bin sehr stolz auf dich, du wirst deinen Weg gehen«, sagte Theodora aufrichtig. Diese Worte taten Sharon gut, mehr als der Kaffee, den sie wenige Minuten später trank.

Je länger Sharon über den Vorschlag nachdachte, ins Dschungelcamp zu ziehen, desto wütender wurde sie. Wütend, aber auch traurig, denn sie hatte Maggie für eine Freundin gehalten. Für einige wenige hatte diese Show zwar tatsächlich die Rückkehr ins Showbusiness bedeutet, die meisten blieben danach aber ebenso vergessen wie zuvor. Allein beim Gedanken an die sogenannten *Dschungelprüfungen* bekam Sharon einen Würgereiz. Unterschwellig hatte Maggies Vorschlag bei ihr aber auch wieder die Selbstzweifel ausgelöst, die sie in den letzten Tagen überwunden glaubte, und sie fragte sich, wie es weitergehen sollte. Agenturen gab es in England in rauen Mengen, die meisten nahmen aber keine neuen Models auf. Schon gar nicht eine Frau, die ihre besten Tage hinter sich und für negative Schlagzeilen bei der wichtigsten Modenschau Londons gesorgt hatte. In den folgenden Nächten schlief Sharon schlecht, selbst ihre täglichen kleinen Wanderungen halfen nicht mehr, die Zukunftsängste zu verdrängen.

Einmal hatte sie ihr Handy bereits in der Hand, einen Finger auf der Taste, hinter der Bens Nummer hinterlegt war. Sharon wusste nicht, warum sie diese nicht längst gelöscht hatte. Wahrscheinlich aus Sentimentalität, denn dadurch wäre die Endgültigkeit noch stärker besiegelt worden. Sharon zögerte. »Wir bleiben Freunde«, hatte Ben gesagt. Jetzt konnte sie einen Freund gebrauchen, jemanden, der ihr einfach zuhörte und bestätigte, dass sie richtig gehandelt hatte. Sharon dachte sogar daran, Ben um Verzeihung zu bitten, ihm zu sagen, dass sie ihn heiraten und seine Kinder zur Welt bringen wollte. Ein letzter Rest Verstand hinderte Sharon jedoch glücklicherweise daran. Eine Ehe mit Ben wäre eine Flucht vor ihren Problemen, irgendwann würden diese sie aber einholen und zerstören. Es würde … es musste eine andere Lösung geben!

Nach einer weiteren unruhigen Nacht, in der Sharon von verwirrenden Träumen geplagt geworden war, entschloss sie sich, den Stier bei den Hörnern zu packen und wenigstens eine Angelegenheit, über sie ständig grübelte, abzuhaken. Sie wollte Alec Sauvage nun doch aufsuchen und ihn fragen, warum er ihre Briefe nie beantwortet hatte. Das Risiko, ihm irgendwann zufällig gegenüberzustehen und sich dann vielleicht unsicher oder gar verlegen zu verhalten, wollte Sharon nicht eingehen, sondern den Moment selbst bestimmen und für ihre Begegnung gewappnet sein. Zwar bestand keine Gefahr, dass nach den vielen Jahren Alec ihre Gefühle aus dem Gleichgewicht bringen könnte, er gehörte aber zu einem Abschnitt ihres Lebens, den Sharon für sich klären musste.

Sie duschte heiß und lange und schminkte sich dezent: nur eine getönte Tagescreme, die die leichte Bräune ihres Teints, die sie in den letzten Tagen bekommen hatte, unterstrich, einen schmalen Lidstrich, ein wenig Wimperntusche, und später würde sie noch einen hellen Lipgloss auftragen. Alec hatte zu stark geschminkte Frauengesichter noch nie gemocht, er bevorzugte Natürlichkeit. Sharon vermutete, dass sich sein Geschmack nicht geändert hatte. Die Haare ließ sie an der Luft trocknen, dann kamen die sanften Wellen am besten zur Geltung. Eine dunkle Jeans und eine elfenbeinfarbene Bluse mit Lochstickereien am Ausschnitt vervollständigten Sharons Outfit. Sie betrachtete sich zufrieden im Spiegel.

»Warum willst du Alec eigentlich gefallen?«, murmelte sie und zog kritisch die Augenbrauen zusammen. Es konnte ihr doch gleichgültig sein, wie sie aussah. Sharon streckte ihrem Spiegelbild die Zunge heraus, dann sagte sie: »Er soll sehen, was er von sich gewiesen und verloren hat.«

In der Küche duftete es nach Kaffee, gebratenen Eiern mit Speck und frischem Toast, als Sharon eintrat.

»Du siehst schick aus«, begrüßte Theodora sie. »Hast du etwas Bestimmtes vor?«

»Vor dir kann ich nie etwas verbergen, was?« Sharon grinste. »Tatsächlich möchte ich Alec aufsuchen, aber erst, wenn ich mich entsprechend gestärkt habe.«

Sharon schenkte sich Kaffee in die Tasse, bestrich einen Toast mit Butter und nahm eine Handvoll Cocktailtomaten aus der Schale. Auf Eier und Speck oder gar die gebackenen Bohnen in Tomatensoße verzichtete sie immer noch. Das waren unnötige Kalorien und viel zu viel Fett.

Theodora ließ sich nicht anmerken, was sie von Sharons Entschluss, den Jugendfreund zu besuchen, hielt. In dem benachbarten Esszimmer räumte sie das Geschirr der Gäste ab, die nach und nach das Cottage verließen. Ihr Gesichtsausdruck gab nichts preis.

Nach der ersten Tasse Kaffee fragte Sharon: »Du hältst es für falsch, dass ich mit Alec sprechen will?«

»Ich möchte nur nicht, dass du verletzt wirst.«

Sharon lachte und warf ihre Haare über die Schultern zurück. Unwillkürlich dachte Theodora, wie schön sie war. Schön und natürlich, ganz anders als auf den Hochglanzfotos der Magazine.

»Über den Punkt, an dem Alec mich verletzen könnte, bin ich schon lange hinaus«, sagte Sharon. »Klar, ich war aufgewühlt, als ich ihn plötzlich auf der Straße gesehen habe, da ich dachte, er wäre längst nicht mehr auf Guernsey. Außer dir ist Alec hier aber der einzige Mensch, den ich von früher kenne. Damals waren wir Kinder, unreif und voller unrealistischer Vorstellungen von der Zukunft. Ich möchte nur mal Hallo sagen, mehr nicht.«

»Du brauchst dich mir gegenüber nicht zu rechtfertigen«, erwiderte Theodora. »Soll ich dir die Adresse der Werkstatt aufschreiben?«

»Ich hab sie im Telefonbuch gefunden«, antwortete Sharon und wandte sich zum Gehen. »Spätestens zum Lunch bin ich wieder zurück, Theodora.«

Frischer Wind wehte Sharon um die Nase, als sie am Hafen aus dem Bus stieg. Weiße und graue Wolken wechselten sich am Himmel ab, die Sonne blitzte aber immer wieder hindurch, und es war angenehm mild. Auf dem Meer war ein Kreuzfahrtschiff vor Anker gegangen, und Sharon beobachtete, wie die Besucher mit Tenderbooten an Land gebracht wurden. Die meisten von ihnen würden als Erstes Castle Cornet besichtigen, sich danach durch die Gässchen der Stadt drängen und die eleganten Läden aufsuchen – zur Freude der Geschäftsleute.

Sharon ließ sich den Fußweg zu der Schreinerei auf ihrem Handy anzeigen. Steil ging es hinauf, vorbei an dem viktorianischen Shop des National Trust, der gerade seine Tür öffnete und einen Aufsteller mit den neuesten Angeboten auf das Trottoir bugsierte. Die Frau grüßte Sharon mit einem fröhlichen »Guten Morgen«, und Sharon erwiderte den Gruß. Auch wenn man sich nicht kannte, grüßte man sich auf der Insel oder hielt sogar ein kurzes Schwätzchen über das Wetter.

Der Anstieg ließ Sharon schneller atmen und trieb ihr Schweißperlen auf die Stirn. Endlich erreichte sie in einer ruhigen Seitenstraße die Schreinerei. Sharon blieb stehen, holte einen kleinen Spiegel und ein Papiertuch aus der Tasche und tupfte sich über die Stirn. Auf keinen Fall wollte sie Alec verschwitzt und mit geröteten Wangen gegenübertreten.

Alec Sauvage – Restaurationen und Neuanfertigungen
Eingang durch den Hof

stand auf einem metallenen Schild an der Mauer eines schlichten zweistöckigen Hauses. Sharon passierte die Passage und gelangte in einen Innenhof. An der rechten Seite stapelten sich Holz und alte Möbel, linker Hand führte eine Tür mit der Aufschrift *Office* in eines der Gebäude. Jetzt bekam Sharon Angst vor der eigenen Courage. Was wollte sie hier? Sollte sie nicht lieber wieder gehen und die Vergangenheit ruhen lassen?

Eine junge, hübsche Frau mit blonden Haaren und einer Stupsnase schien Sharon durch eines der Fenster gesehen zu haben, denn sie kam ihr aus der Tür entgegen und fragte: »Kann ich Ihnen behilflich sein?«

Damit nahm sie Sharon die Entscheidung ab.

»Ich möchte mit Mr Sauvage sprechen.« Sharon hörte selbst, wie belegt ihre Stimme klang. Sie räusperte sich und fuhr fort: »Das heißt, wenn er ein paar Minuten erübrigen kann.«

»Mr Sauvage ist im Moment nicht im Haus«, erwiderte die Frau. »Wenn Sie einen Auftrag erteilen möchten, dann können Sie das mit mir besprechen. Ich führe das Büro, muss Ihnen aber gleich sagen, dass wir für die nächsten Wochen vollständig ausgebucht sind und keine neuen Aufträge mehr annehmen können.«

»Oh!« Sharon war enttäuscht und erleichtert zugleich. »Es handelt sich um eine private Angelegenheit, über die ich mit

Mr Sauvage unter vier Augen sprechen möchte. Am besten, ich komme in ein paar Tagen wieder.«

»Eine private Angelegenheit?« Die Blondine musterte Sharon. Ihr Lächeln wurde zwar nicht unfreundlich, bekam aber etwas Geschäftsmäßiges. »Auch das können Sie mir anvertrauen, Alec ... ich meine, Mr Sauvage ... hat keine Geheimnisse vor mir, auch nicht privat.«

»Ich werde wiederkommen«, wiederholte Sharon. Sie spürte, dass die junge Frau und Alec etwas miteinander verband, das über das Geschäftliche hinausging. Na ja, sie konnte ja wirklich nicht erwarten, dass es in Alecs Leben keine andere Frau gab. Wahrscheinlich würde Alec wenig erfreut sein, sie plötzlich wiederzusehen. Sharon wandte sich zum Gehen. In diesem Moment trat ein Mann durch den Torbogen. Sharon erkannte Alec gleich wieder. Auch heute trug er eine blaue Latzhose, ein kariertes Hemd und ein dunkles Basecap.

»Guten Tag«, grüßte er freundlich. »Wollten Sie zu mir?«

»Hm, eigentlich ja ...«, murmelte Sharon. Er schien sie nicht zu erkennen, und sie platzte heraus: »Hallo, Alec, ich bin es – Sharon.«

»Sharon?« Seine Augen weiteten sich, gleichzeitig zog er die Stirn in Falten, als müsse er überlegen, wen er mit diesem Namen verband. »Sharon?«, wiederholte er, dann nickte er. »Tatsächlich, du bist es wirklich. Ich wusste nicht, dass du auf Guernsey bist. Wahrscheinlich ein Shooting hier irgendwo?«

»Ich mache Urlaub«, antwortete Sharon, »und besuche Theodora. Sie ist schließlich nicht mehr die Jüngste.«

»Ach ja?« Alec zog zweifelnd eine Augenbraue hoch. »Sehr löblich von dir, nachdem du dich jahrelang nicht um sie gekümmert hast.« Er kam ihr keinen Schritt entgegen und strahlte kühle Ablehnung aus, und Sharon begriff, wie wenig erfreut er über ihren überraschenden Besuch war.

»Vielleicht können wir zusammen zu Mittag essen«, schlug Sharon vor. »Oder einen Kaffee unten am Hafen trinken«, fügte sie schnell hinzu, als sie sah, wie Alecs Blick sich verfinsterte.

»Ich hab sehr viel zu tun.«

Sharon nickte. »Deine Angestellte sagte mir bereits, dass dein Geschäft gut läuft. Das freut mich für dich.«

»Tatsächlich?« Wieder dieser abschätzende Blick.

»Ach, Alec, eigentlich bin ich gekommen, weil ich finde, dass wir die Vergangenheit begraben sollten.« Sharon entschloss sich, kein Blatt mehr vor den Mund zu nehmen, denn Alecs Verhalten ärgerte sie. »Ich merke jetzt aber, dass es eine dumme Idee war, daher wünsche ich dir alles Gute. Mach's gut.« Sie ließ ihn stehen und ging schnell davon.

Nach wenigen Schritten hatte er sie eingeholt, und sie spürte seine schwielige Hand auf ihrer Schulter.

»Es tut mir leid, aber ich hätte nicht gedacht, dich jemals wiederzusehen.«

Seine Mitarbeiterin war ihnen gefolgt, trat neben Alec und hängte sich bei ihm ein. Für Sharon hatte diese Geste etwas Besitzergreifendes, ganz so, als wolle sie sagen: Hände weg, er gehört zu mir!

Sharon musterte sie verstohlen. Sie war einige Jahre jünger als Alec, höchstens Mitte zwanzig, und ihre üppige Brust zeichnete sich unter dem engen T-Shirt ab.

»Tja, wie gesagt, ich wollte nur mal Hallo sagen.«

»Das haben Sie hiermit getan«, erklärte die Frau.

Sharon nickte, und Alec gab sich einen Ruck, dann sagte er zu ihrer Überraschung: »Ich würde mich gern mit dir unterhalten. Gib mir ein paar Minuten, damit ich mich umziehen kann, ja?«

»Aber, Alec, die Arbeit ...«, sagte die Blonde und warf Sharon einen unfreundlichen Blick zu.

»Eine Stunde kann ich schon erübrigen, Yvette.« Sanft löste er sich von ihr und ging auf das Haus zu.

Um sich eine Diskussion mit dieser Yvette zu ersparen, schlug Sharon vor: »Ich warte am besten vorn an der Straße.«

Yvette ... der Name passt zu ihr, dachte Sharon und ebenfalls, dass die Frau ihr gleichgültig sein konnte. Sie würde Alec ihre Fragen stellen, sich seine Antworten anhören, ihm keine Vorwürfe machen und dann wieder gehen und sich nicht mehr mit ihm treffen. Sollten sie sich per Zufall erneut begegnen, würde sie ihn grüßen, nichts weiter. In diesem Moment fühlte Sharon sich so stark und entschlossen wie lange nicht mehr.

In stiller Übereinkunft gingen sie in das Café oberhalb des Albert Pier, dessen Terrasse einen wundervollen Blick auf Castle Cornet bot. Früher waren sie oft hier gewesen und hatten große Eisbecher mit viel Schlagsahne, beides aus bester Milch von einheimischen Kühen, verschlungen. Stets hatte Alec darauf bestanden, Sharon von seinem Taschengeld einzuladen, obwohl sie von ihren Eltern wesentlich mehr Geld erhielt. Mittlerweile hatten die Besitzer des Cafés gewechselt, heute war es ein Restaurant, das Fisch- und Fleischspezialitäten der Insel anbot. Sharon bestellte sich einen Kaffee, Alec eine Cola. Als die Getränke vor ihnen standen, rührte Sharon in ihrem Kaffee, obwohl sie weder Milch noch Zucker hineingetan hatte. Ein bleiernes Schweigen lag zwischen ihnen, keiner wusste so recht, wie er beginnen sollte.

Schließlich fragte Alec: »Wie lange bist du schon auf Guernsey?«

»Seit knapp drei Wochen«, antwortete Sharon. »Vor Kurzem habe ich dich zufällig in der Stadt gesehen.«

»Warum hast du mich nicht angesprochen?«

»Ich saß im Bus.« Sharon grinste, die Mauer zwischen ihnen begann zu bröckeln. »Es tut mir leid, dass ich erst heute aufgetaucht bin, ich brauchte Zeit für mich allein.«

»Ich weiß. Die letzten Wochen waren sehr schwierig für dich.«

»Du weißt davon?«

Er nickte nachdenklich. »Auch in der ruhigen Beschaulichkeit dieser Insel gibt es Fernsehen. Das mit deinem Freund tut mir leid.«

»Er war wohl nicht der Richtige«, erwiderte Sharon, wich Alecs fragendem Blick aus und wechselte das Thema. »Du hast die Firma deines Vaters übernommen?«

»Der Begriff ›Firma‹ ist übertrieben.« Er lachte. »Es ist nur eine kleine Werkstatt, die Arbeit macht mir aber sehr viel Freude.«

»Theodora sagt, du hättest dich auf die Restauration alter Möbel spezialisiert.« Sharon war über das unverfängliche Thema dankbar und wollte es vertiefen. »Solche Antiquitäten gibt es auf der Insel sicherlich viele.«

»Das schon, aber die Arbeit benötigt viel Zeit und Geduld, die man nicht in klingender Münze ausbezahlt bekommt«, antwortete er aufrichtig. »Deswegen führe ich auch normale Schreinerarbeiten aus. Neuanfertigungen und Innenausbau, was halt so anfällt. Mein Vater hat sich mit der Werkstatt einen guten Ruf aufgebaut.«

»Es tut mir leid, dass er so früh gestorben ist«, erwiderte Sharon leise. Alecs Vater war einem Herzinfarkt erlegen, kurz nachdem sie nach London gezogen war. Sie hatte später von Theodora davon erfahren, denn zu dieser Zeit hielt sie sich zu einem Fotoshooting auf den Malediven auf.

»Er war erst Mitte fünfzig, ein krankes Herz fragt aber nicht nach dem Alter.«

Sharon betrachtete seine Hände, die locker auf der Tischplatte lagen. Sie waren kräftig, die Finger lang, die Nägel kurz geschnitten und einwandfrei sauber.

»Und deine Mutter?«, fragte sie.

»Sie starb vor drei Jahren.« Ein Schatten legte sich über sein Gesicht. »Ohne Vorwarnung, eines Morgens fiel sie im Bad einfach um und war tot. In ihrem Gehirn hatte sich ein Blutgerinnsel gelöst, dabei hat meine Mutter nie geraucht und nur selten Alkohol getrunken. Wenige Tage zuvor haben wir ihren sechzigsten Geburtstag gefeiert.«

»Das tut mir sehr leid.« Spontan griff Sharon nach Alecs Hand. »Das habe ich nicht gewusst.«

»Wie hättest du davon erfahren sollen?« Mit einem Ruck entzog Alec ihr seine Hand und nahm wieder eine abwehrende Haltung ein. »Wahrscheinlich warst du ohnehin an einem exotischen Ort irgendwo auf der Welt und mit anderen Dingen beschäftigt.« Wie damals bei meinem Vater, schien sein Blick zu sagen.

»Theodora hätte mich anrufen oder mir schreiben können«, wehrte sich Sharon. »Sie hat immer meine Adresse gehabt. Ich hätte es auf jeden Fall eingerichtet, zur Beerdigung zu kommen.«

»Genau das wollte ich nicht.«

An dieser Bemerkung hatte Sharon schwer zu schlucken, und es dauerte eine Weile, bis sie leise sagte: »Als ich damals nach London ging, habe ich dir geschrieben, so gut wie jede Woche. Ich hab versucht, dir zu erklären, warum ich diesen Weg gehen musste, wartete aber vergeblich auf Antwort. Du hättest mich auch in London besuchen können, ich hab dich mehrmals eingeladen.«

»Warum versuchen, etwas warmzuhalten, das längst erkaltet ist? Mir war klar, dass du nicht zurückkommen würdest, daher sah ich keine Notwendigkeit, den Kontakt aufrechtzuerhalten. Ich mag keine halben Sachen, weder heute noch früher.« Demonstrativ schaute Alec auf seine Armbanduhr, beinahe hastig stand er auf. »Ich muss jetzt zurück in den Betrieb. Mach's gut, Sharon, es war nett, dich wiedergesehen zu haben. Grüß Theodora von mir – und noch einen schönen Urlaub.«

»Eine Frage, Alec.«

»Was?«

»Yvette, deine Mitarbeiterin …« Sharon musste schlucken, bevor sie fragen konnte: »Ist sie deine Freundin?«

Für einen Moment befürchtete Sharon, er würde sie ohne Antwort verlassen, dann sagte er kühl: »Yvette ist ein sehr wertvoller Mensch, auf den man sich immer verlassen kann.«

»Anders als auf mich«, murmelte Sharon.

»Eines noch, Sharon.«

»Ja?«

»Komm nicht wieder. Du führst dein Leben und ich meines, dabei belassen wir es.« Ohne ein Abschiedswort ließ er sie allein.

Sharon schob ihre noch halb volle Tasse zur Seite, der Kaffee schmeckte plötzlich bitter. Auch nach den vielen Jahren hatte er ihr nicht verziehen, ihre Beziehung zugunsten ihrer Karriere beendet zu haben. Dass er mit Yvette liiert war, hatte er zwar nicht bestätigt, aber auch nicht dementiert.

»Was geht es mich an?«, murmelte Sharon und verließ ebenfalls das Lokal. Sie hatte Alec aufgesucht, mit ihm gesprochen, erfahren, dass sein damaliges Schweigen zwar für sie verletzend, aber konsequent gewesen war, denn eine Rückkehr nach Guernsey hatte sie wirklich immer ausgeschlossen. Damit würde sie es auf sich beruhen lassen. Er hatte ihr klargemacht, dass er an einer Auffrischung ihrer Freundschaft nicht interessiert war. Außerdem würde sie die Insel bald wieder verlassen und wahrscheinlich niemals wieder zurückkehren.

Trotz dieser logischen Überlegung fühlte Sharon sich durch Alecs schroffe Art verletzt, es kratzte an ihrem Stolz. Hunderte von Männern würden sich die Finger lecken, mit ihr, einem erfolgreichen Model, zusammen sein zu können. Alec indes war immer anders als andere gewesen – deswegen hatte sie ihn geliebt.

»Das war sie, nicht wahr?« Yvette Blake legte ihre Hand auf Alecs Arm. »Was wollte sie von dir?«

»Nichts Besonderes«, antwortete Alec. »Einfach nur Hallo sagen, weil sie für ein paar Tage auf Guernsey ist.«

Er bemerkte nicht, wie Yvette sich bemühte, nicht missbilligend das Gesicht zu verziehen. Sie hatte in den letzten Jahren zahlreiche Fotografien von Sharon Leclerque gesehen, da sie in fast jedem Modemagazin abgelichtet worden war. Obwohl leger gekleidet und nur leicht geschminkt, wurden die Fotos Sharon nicht gerecht. In echt war sie viel schöner, als Yvette angenommen hatte. Das musste sie neidlos zugeben. Ärgerlich verengten sich ihre Augen. Alec hatte nie viel über seine erste Liebe gesprochen, im Gegenteil. Immer wenn Yvette versucht hatte, etwas mehr über Sharon aus ihm herauszulocken, hatte er sich ihr gegenüber verschlossen. Genau deshalb vermutete Yvette, dass er die Trennung nie richtig überwunden hatte, auch wenn er betonte: »Sharon und ich haben nichts mehr miteinander zu tun. Was war, ist längst vergessen.«

Instinktiv spürte Yvette, dass die überraschende Begegnung Alec mehr aufwühlte, als er zugeben würde. Nachdem er zurückgekehrt war, hatte er sich schnell umgezogen und dann ein Tischbein mit einer Heftigkeit bearbeitet, als wollte er diesem den Garaus machen.

»Wirst du sie wiedersehen?« Die Worte waren über Yvettes Lippen geschlüpft, bevor sie daran dachte, dass Alec solche Fragen nicht mochte.

»Das wird sich bei der Größe der Insel wohl nicht vermeiden lassen«, antwortete er kühl. »Außerdem hat Theodora Banks mich gebeten, einen wackligen Stuhl zu reparieren. Ich muss die nächsten Tage also nach St Martin fahren. Das ist die Wirtin, bei der Sharon wohnt, Sharon und sie kennen sich seit vielen Jahren«, fügte er erklärend hinzu.

»Ich kann den Stuhl abholen und in die Werkstatt bringen«, schlug Yvette vor.

Er setzte den Hobel an, zögerte, dann nickte er.

»Das ist eine gute Idee, Yvette. Am besten fährst du gleich heute Abend, wenn du im Büro fertig bist.«

Yvette verbarg ihre Erleichterung. Dass Alec sie schickte und damit Sharon aus dem Weg ging, beruhigte sie ein wenig. Offenbar wollte er diese Frau wirklich nicht wiedersehen. Trotzdem hoffe Yvette, Sharon würde bald wieder abreisen.

»Ich wollte nicht, dass du zur Beerdigung kommst ...«

Dieser Satz klang in Sharon immer noch nach, als sie über die Promenade schlenderte. Sie schluckte schwer. Als Mrs Sauvage gestorben war, hatte zwischen ihr und Alec seit über zehn Jahren kein Kontakt mehr bestanden, trotzdem hätte er wissen müssen, dass sie seine Mutter auf ihrem letzten Weg gern begleitet hätte. Seine Eltern hatten sie immer als Freundin ihres Sohnes akzeptiert, wenngleich Mrs Sauvage Bedenken hatte, ob eine solche Jugendfreundschaft sich zu etwas Ernstem entwickeln konnte. Wie sich bald darauf herausstellte, waren ihre Bedenken berechtigt gewesen.

Sharon stützte die Unterarme auf das Geländer, hinter dem die Kaimauer mehrere Meter tief abfiel. Es war Ebbe, Dutzende von Fischerbooten und Jachten dümpelten im Schlick. Auf einmal zerriss ein lauter Knall die Stille. Sharon erschrak so sehr, dass sie aufschrie.

»Das war doch nur die Zwölf-Uhr-Kanone auf Castle Cornet«, sagte eine Stimme neben ihr.

Sharon fuhr herum und starrte Raoul Osborne an. »Sie?«

Er lachte. »Ich wollte Sie gerade ansprechen, als die Kanone abgefeuert wurde. Sie kennen das tägliche Ritual nicht?«

Sharon sah verlegen zur Seite. Sie schämte sich, dass sie die Kanone vergessen hatte, deren Schuss an der ganzen Südküste zu hören war.

»Nun ja, in der heutigen Zeit reagiert man bei solchen Geräuschen schon etwas sensibel«, erwiderte sie ausweichend.

»Das ist leider richtig.« Er nickte ernst. »Wissen Sie, dass es einer meiner Vorfahren ist, zu dessen Gedenken jeden Mittag die Kanone abgefeuert wird?«

»Sie nehmen mich auf den Arm!«, rief Sharon. Tatsächlich hatte der Hintergrund dieser Zeremonie sie nie interessiert.

»Nichts, was ich lieber tun würde.« Er grinste und zwinkerte Sharon zu. »Wie wäre es mit einem Lunch? Dabei erzähle ich Ihnen gern von meinem berühmt-berüchtigten Ahn.«

Sharon zögerte. Eigentlich hatte sie vorgehabt, mit dem nächsten Bus nach St Martin zu fahren, und Hunger hatte sie ohnehin keinen.

»Bitte, Sharon, nur einen Lunch, gleich da vorn im Boat House, in aller Öffentlichkeit und absolut unverbindlich.«

Raoul Osborne sah sie bittend und zugleich so charmant an, dass Sharon nicht länger widerstehen konnte.

»Also gut, eine Stunde kann ich erübrigen. Ich muss nur schnell meine Freundin anrufen, die mich zum Lunch zurückerwartet.«

Nachdem Sharon Theodora mitgeteilt hatte, sie würde länger als geplant in der Stadt bleiben, ging sie an der Seite von Raoul Osborne zu dem Restaurant. Dass sie sich von ihm zum Essen ausführen ließ, hatte auch mit Alec zu tun. Dieser hatte nicht schnell genug ihr Treffen beenden können, während Raoul aus seiner Freude, seine Zeit mit ihr zu verbringen, keinen Hehl machte. Heute war er mit einem hellgrauen dreiteiligen Anzug, einem weißen Hemd und einer rostbraunen Krawatte so gekleidet, wie Sharon sich einen erfolgreichen Bankier vorstellte. Er wirkte elegant, nicht dandyhaft, sondern seriös. Ein Mann, dem man sein Geld gern anvertraute.

Zahlreiche Leute teilten ihre Idee, die Mittagspause im Boat House zu verbringen, und sie mussten ein paar Minuten warten, bis ein Tisch für zwei Personen auf der hinteren Terrasse frei wurde.

Raoul Osborne wählte einen Seafood Ploughman's, Sharon entschied sich für einen gemischten Salat, bat die Kellnerin jedoch, den Salat ohne Öl anzumachen, und verzichtete auch auf das dazu angebotene ofenwarme Ciabatta. Zum Trinken bestellte sie nur eine Flasche Mineralwasser. Raoul sah sie zwar erstaunt an, enthielt sich aber eines Kommentars.

»Dann erzählen Sie mal von Ihrem Vorfahr, Mr Osborne«, forderte Sharon ihn auf.

»Raoul«, erinnerte er sie, »wir waren bereits beim Vornamen.«

»Okay, also Raoul. Ich bin ganz Ohr, sage Ihnen aber gleich, dass ich nur die Hälfte glauben werde. Sagen und Legenden gibt es zahlreiche auf dieser Insel.«

»Das ist keine Legende, Sharon, sondern historisch überliefert.« Ihre Skepsis nahm Raoul mit einem Lächeln zur Kenntnis. »Wobei ich auf diese Verwandtschaft keinesfalls stolz bin. Im siebzehnten Jahrhundert war Sir Peter Osborne der Gouverneur von Guernsey und residierte auf Castle Cornet. Nach Ausbruch des Bürgerkrieges stellte sich Guernsey auf die Seite der Republikaner unter der Führung von Oliver Cromwell. Daraufhin verließ Osborne die Festung nicht mehr und schnappte schlussendlich über.«

Sharon lachte und fragte: »Was hat Ihr Vorfahr denn Schlimmes angestellt?«

»Er tyrannisierte jahrelang die Bevölkerung von St Peter Port und presste die letzten Pennys aus ihnen heraus. Um seine Ansprüche, wie er meinte, durchzusetzen, bombardierte er täglich die Stadt. Es heißt, in acht Jahren hätte er rund zehntausend Kanonenkugeln in Richtung St Peter Port abfeuern lassen, ein Wunder, dass die Stadt nicht dem Erdboden gleichgemacht wurde. Der Bürgerkrieg hat die Kanalinseln nie wirklich erreicht, allein das Verhalten meines Ahns brachte Kampfhandlungen hierher, ansonsten ging es auf Guernsey sehr friedlich zu. Daran soll der mittägliche Böllerschuss heute erinnern.« Raoul bemerkte Sharons skeptischen Blick und fügte hinzu: »Sie glauben mir immer noch nicht? Alles, was ich Ihnen erzählt habe, können Sie im Internet nachlesen und im Touristeninformationszentrum der Insel erfragen.«

Sharon lehnte sich zurück und zuckte die Schultern.

»Also gut, ich glaube Ihnen, es ist auf jeden Fall eine nette Geschichte. Und Sie sind mit diesem Gouverneur wirklich verwandt, oder handelt es sich nur um eine zufällige Namensgleichheit? Osborne ist ein recht geläufiger Name.«

Theatralisch hob Raoul seine rechte Hand und sagte feierlich: »Ich schwöre, dass ich die Wahrheit gesagt habe und nichts als die Wahrheit! Nach Ende seiner Amtszeit im Jahr 1651 ging Sir Peter zuerst nach Saint-Malo, später nach Mittelengland, sein Sohn John wurde später zum Baronet erhoben und kehrte nach Guernsey zurück. Wenn Sie wollen, zeigte ich Ihnen bei Gelegenheit unseren Familienstammbaum.«

»Schon gut, ich sagte doch, ich glaube Ihnen«, wiederholte Sharon schmunzelnd.

Das Essen wurde serviert, und sie aßen schweigend. Als Sharon erklärte, sie müsse aufbrechen, bot er an, sie nach St Martin zu fahren.

»Das ist sehr freundlich, aber ich nehme den Bus, und Sie werden wieder an Ihre Arbeit zurückkehren müssen. Heute fühle ich mich wohl und habe auch genügend Geld eingesteckt.«

Raoul Osborne ließ es sich jedoch nicht nehmen, Sharon zur Haltestelle zu begleiten. Er wartete, bis der Bus eintraf, dann nahm er ihre Hand, hielt sie einen Moment länger als nötig fest, sah Sharon tief in die Augen und fragte: »Würden Sie die nächsten Tage mit mir ausgehen? Vielleicht ins Kino oder ins Theater, davor könnten wir etwas essen, und ich zeige Ihnen das Nachtleben dieser kleinen beschaulichen Stadt, das hier durchaus vorhanden ist, auch wenn St Peter Port auf den ersten Blick nicht den Eindruck erwecken mag.«

Sharon wollte schon ablehnen, dann kam ihr wieder Alecs eisige Reaktion in den Sinn. Sie straffte die Schultern, antwortete beinahe trotzig: »Sehr gern, Raoul«, und nannte ihm ihre Telefonnummer, die er sofort in sein Handy einspeicherte.

6. Kapitel

Sharon erkannte an Theodoras erwartungsvollem Blick, dass sie wissen wollte, wie die Begegnung mit Alec Sauvage verlaufen war. Aufrichtig berichtete Sharon von Alecs abweisender Haltung und dass es eine Frau in seinem Leben gab. Derweil bereitete Theodora eine Kanne Tee zu, und als sie sich am Tisch gegenübersaßen, fragte Theodora: »Wodurch fühlst du dich mehr verletzt? Durch sein Verhalten oder durch die Tatsache, dass er dir nicht länger nachtrauert?«

»Vor dir kann ich nach wie vor nichts verbergen.« Sharon grinste und trank erst einen Schluck Tee, bevor sie antwortete: »Es wäre vermessen gewesen, anzunehmen, Alec würde den Rest seines Lebens wie ein Mönch verbringen, nur weil unsere Beziehung gescheitert ist. Wir waren damals noch halbe Kinder! Auch wenn ich nicht fortgegangen wäre, bezweifle ich, dass wir heute noch ein Paar wären. Im Grunde sind Alec und ich sehr verschieden.« Sie schob die Tasse zur Seite und fügte nachdrücklich hinzu: »Das Thema ist auf jeden Fall abgeschlossen. Übrigens habe ich mit Raoul Osborne zu Mittag gegessen. Wir trafen uns zufällig in der Stadt, und ich werde demnächst mit ihm ausgehen.«

»Das ist der Bankier mit dem schnittigen Wagen, nicht wahr?« Theodora lächelte wissend, Sharon wehrte jedoch ab: »Interpretiere nicht zu viel hinein, Theodora! Ja, ich finde Raoul sympathisch und durchaus attraktiv, habe aber keine Ambitionen auf eine flüchtige Affäre oder gar eine Beziehung, das kann ich dir versichern.«

»Dem Ego einer jeden Frau schmeichelt es, wenn ein Mann sich um sie bemüht«, erwiderte Theodora. »Du solltest allerdings aufpassen, dem armen Kerl nicht das Herz zu brechen.«

»Ich glaube, diesbezüglich besteht keine Gefahr.« Sharon lachte hell auf. »Raoul scheint von sich und seinem Charme sehr überzeugt zu sein. Ich kann mir vorstellen, dass er gut bei Frauen ankommt und sicher mehrere Eisen im Feuer hat. Übrigens hat er mir eine fantastische Geschichte über die Tradition der Mittagskanone auf Castle Cornet erzählt.«

Sharon berichtete von dem angeblichen Vorfahr, und zu ihrer Überraschung bestätigte Theodora die Geschichte.

»Ob dieser Osborne aus der Vergangenheit tatsächlich ein Vorfahr von Raoul ist, kann ich natürlich nicht beurteilen«, sagte Theodora. »Der Grund des täglichen Kanonenschusses entspricht jedoch der Wahrheit. Du hast das in der Schule gelernt, Sharon.«

»Wenn ja, dann habe ich es vergessen«, antwortete Sharon und grinste. »Natürlich erinnere ich mich an den täglichen Schuss, der bis St Martin zu hören ist, habe aber nie nach dem Anlass gefragt.«

»Im Krieg, als die Deutschen auf den Inseln waren, wurde die Tradition ausgesetzt, danach aber wieder aufgenommen.«

Es war das erste Mal, dass Theodora die Zeit, als die Kanalinseln von der Wehrmacht besetzt worden waren, ansprach. Ebenso zum ersten Mal wurde Sharon bewusst, dass Theodora während des Krieges hier gelebt hatte.

»Du wirst im Juni siebenundachtzig«, stellte Sharon fest. »Dann warst du ein Kind, als die Deutschen hierhergekommen sind. Wurdest du eigentlich nach England evakuiert?«

»Offenbar hast du nicht alles vergessen, was in der Schule gelehrt wurde«, antwortete Theodora, und Sharon sah, wie sich ihr Gesichtsausdruck verschloss. »Warum fragst du heute nach dieser Zeit? Früher hat dich das auch nicht interessiert.«

Zerknirscht senkte Sharon den Kopf und murmelte: »Ich erkenne erst jetzt, wie sehr ich mich mit der Insel verbunden fühle. Schließlich bin ich hier geboren, auch wenn ich damals nicht schnell genug fortkommen konnte.«

»Irgendwann kehrt man immer zu seinen Wurzeln zurück«, stellte Theodora fest, ohne belehrend zu wirken. »Um deine Frage zu beantworten: Ich hab die Jahre der Besatzung auf Guernsey verbracht. Nicht alle konnten gehen, bevor die Deutschen gekommen sind, viele wollten ihr Zuhause und ihr Hab und Gut auch nicht einfach den Feinden überlassen.« Theodora stand auf, räumte ihre und Sharons inzwischen leere Tasse ins Spülbecken und drehte den Wasserhahn auf. »Soll ich uns heute Abend etwas Leckeres kochen?« Sie schien das Thema wechseln zu wollen. »Im Forest Shop hatten sie heute fangfrischen Lachs im Angebot.«

»Ich hab keinen Hunger.« Der Satz kam Sharon schon automatisch über die Lippen. Theodora zog eine Augenbraue hoch. »Ich sagte doch, dass ich bereits gegessen habe«, fügte Sharon beinahe trotzig hinzu. »Ich möchte viel lieber hören, was du damals im Krieg erlebt hast.«

»Das ist lange her, und ich kann mich kaum noch an etwas erinnern«, antwortete Theodora außergewöhnlich schroff, dann begann sie, in aller Ruhe das Teegeschirr abzuwaschen. Sharon wusste, dass die alte Frau die damaligen Ereignisse sicherlich nicht vergessen hatte. Mochte Theodoras Körper zwar alt sein – ihr Gedächtnis funktionierte noch bestens, und sie war weit davon entfernt, senil zu sein. Da Sharon spürte, dass Theodora über die Vergangenheit nicht sprechen wollte, hakte sie nicht weiter nach. Eigentlich war es auch gleichgültig, denn sie lebten im Hier und Jetzt.

Sharon war überrascht, als gegen Abend ein Lieferwagen mit dem Aufdruck von Alecs Schreinerei auf den Hof fuhr und Yvette ausstieg.

»Ich möchte den Stuhl abholen, den Miss Banks reparieren lassen will«, sagte sie, nickte Sharon zu und schüttelte ihr die Hand. »Ich glaube, heute Mittag haben wir verpasst, uns einander vorzustellen. Mein Name ist Yvette Blake, und Sie sind Sharon Leclerque.« Sie kicherte und fuhr fort: »Ihr Gesicht kenne ich natürlich, ich interessiere mich nämlich sehr für Mode.«

Yvettes Händedruck war weich und schlaff, und Sharon ließ die Hand schnell wieder los.

»Ich dachte, Alec würde kommen«, sagte sie.

»Er ist sehr beschäftigt, wie Sie mitbekommen haben«, antwortete Yvette, ihr Lächeln hatte etwas Überhebliches. »Bei solchen Aufgaben schickt er mich, und ich werde den Stuhl auch wieder vorbeibringen, wenn Alec mit der Arbeit fertig ist. Bis wann benötigt Miss Banks das Möbel?«

»Ich glaube, es eilt nicht«, erwiderte Sharon und unterdrückte die Enttäuschung, weil Alec nicht selbst gekommen war. Es konnte durchaus sein, dass er solche Botendienste Yvette überließ, etwas sagte ihr jedoch, dass Alec eine Begegnung mit ihr bewusst vermied.

Sie händigte Yvette den Stuhl mit den lockeren Beinen aus, nahm die Quittung entgegen, dann suchte sie nach Theodora. Die alte Frau saß in einem Sessel im Wohnzimmer, die Beine auf den Hocker gelegt, und schien zu schlafen. Als Sharon sie ansah, fragte sie sich, ob Theodoras Wangen am Mittag auch schon so blass gewesen waren. Sharon wollte sie nicht stören, als sie jedoch zurücktrat, um den Raum zu verlassen, öffnete Theodora die Augen.

»Ach, ich muss wohl eingenickt sein«, murmelte sie.

»Ich wollte dich nicht wecken. Die Mitarbeiterin von Alec hat soeben den Stuhl abgeholt.«

Theodora nickte, sie wirkte sehr müde. Mühsam stemmte sie sich aus dem Sessel hoch, dabei schwankte sie, und Sharon konnte sie gerade noch festhalten, sonst wäre Theodora gefallen.

»Geht es dir nicht gut?«

»Das wechselhafte Wetter macht mir zu schaffen«, wiegelte Theodora ab. »Morgen wird es regnen, das spüre ich deutlich in meinem Bein.«

Ungewöhnlich spitz stach Theodoras Nase aus ihrem bleichen Gesicht hervor, und ihre Hände zitterten.

»Du musst dich gründlich untersuchen lassen!«, bat Sharon. »Wenn du willst, gehen wir gleich morgen zu Dr. Lambert.«

»Das ist wirklich nicht nötig, und ein wenig Schwindel ist in meinem Alter normal.« Theodora stand wieder sicher auf den Beinen und löste sich aus Sharons Griff. »Ich glaube, es ist Zeit für das Abendessen. Nicht doch ein Stückchen Lachs und ein oder zwei Kartoffeln?«

Sharon nickte und schaute Theodora besorgt nach, als sie sich, auf den Gehstock gestützt, über den Flur in die Küche schleppte. Es war nicht zu übersehen, dass Theodora gesundheitliche Probleme hatte, und Sharon schämte sich, es nicht früher bemerkt zu haben. Seit sie aus London regelrecht geflüchtet war und bei Theodora Unterschlupf gefunden hatte, war Sharon mit ihren eigenen Sorgen beschäftigt gewesen. Alles hatte sich nur um sie gedreht, ihre unsichere berufliche Zukunft, die Trennung von Ben, und heute hatte sie Theodora auch noch mit der Zurückweisung von Alec belastet. Das bisschen Arbeit, bei dem sie Theodora im Cottage zur Hand ging, war kaum der Rede wert, dabei konnte die alte Frau die anfallenden Aufgaben bald nicht mehr allein bewältigen.

Sie folgte Theodora in die Küche und sagte: »Ich war wohl sehr egoistisch, nicht wahr? Ich wohne und esse hier, als wäre es selbstverständlich. Ab sofort werde ich dir mehr helfen und mich um dich kümmern, wenn du schon nicht willst, dass ich dir Geld gebe. Nein, keine Widerrede!«, rief sie, als Theodora sie unterbrechen wollte. »Ich muss mich zwar darum bemühen, eine neue Agentur zu finden, wichtiger ist aber, dass du dich schonst.«

Unschlüssig knetete Theodora ihre Finger, deren Knöchel dick hervortraten, und gab schließlich zu: »Tatsächlich fällt mir die Arbeit in der Pension zunehmend schwerer. Ich hab bereits daran gedacht, alles zu verkaufen und in eine kleine Wohnung zu ziehen. Vielleicht sogar in ein Seniorenheim, wo ich mich um nichts mehr kümmern muss.«

»Du in einem Altenheim!« Sharon dachte an das Heim, in dem sie Theodoras Freundin besucht hatte, und schüttelte sich wie ein junger Hund. »Das lasse ich auf keinen Fall zu! Du brauchst nur ein bisschen Hilfe, dann kannst du noch lange in deinem Zuhause bleiben.«

»Aber du wirst nicht ewig hier sein können, Sharon.«

»Das ist richtig, irgendwann muss ich wieder nach London zurück, schon wegen meiner Wohnung«, gab Sharon zu. »Ich werde aber nichts überstürzen. Und jetzt setzt du dich hin, ich werde den Lachs ins Rohr schieben und die Kartoffeln kochen. Das kann ich nämlich, auch wenn ich es lange nicht mehr getan habe.«

Theodora erhob keinen Einspruch und setzte sich an den Küchentisch. Tatsächlich fühlte sie sich seit Tagen nicht wohl, es war ihr immer wieder schwindlig, und sie hatte starke Kopfschmerzen. Die Beschwerden hatten allerdings nichts mit einem Wetterwechsel zu tun. Sie bedauerte, sich vor Sharon gehen gelassen zu haben, denn sie wollte die junge Frau nicht unter Druck setzen, bei ihr zu bleiben. Auch wenn sie jeden Moment, den sie mit Sharon verbringen konnte, genoss, hatte diese ein eigenes Leben. Und dieses Leben war nicht auf Guernsey.

Sie stand auf dem Laufsteg, der Saal war mit Hunderten von Menschen gefüllt. Ein Blitzlichtgewitter ging über sie nieder, aber die Rufe der Leute waren nicht bewundernd, sondern sie johlten, einige pfiffen. Sharon blickte an sich herunter – sie war nackt! Sie wollte fortlaufen, ihre Füße schienen mit dem grünen

Teppich des Catwalks verwachsen zu sein. Die Gesichter der Menschen verschwanden wie im Nebel, dann schälte sich Alec daraus hervor und reichte ihr die Hand.

»Komm!«

Sharon ergriff seine Hand, aber sie konnte sich immer noch nicht bewegen. Plötzlich war Ben an ihrer Seite, legte seine Jacke um ihre nackten Schultern, und sie konnte den hämischen Rufen endlich entkommen. Kaum dass sie und Ben hinter den schützenden Vorhang getreten waren, verwandelte sich sein Gesicht in das von Raoul Osborne. Er riss sie von Ben fort, und seine Arme umschlossen sie fest. So fest, dass Sharon nicht mehr atmen konnte. Sie wollte sich aus der Umklammerung befreien, doch je mehr sie strampelte, desto mehr drückte etwas ihre Kehle zu ...

Ein Schrei weckte Sharon. Sie fuhr in die Höhe, öffnete die Augen und begriff, dass sie selbst geschrien hatte. Ihr Puls raste, das Nachthemd klebte an ihrem schweißnassen Rücken, und ihre Kehle war wie ausgedörrt. Durch die geöffneten Gardinen schien der Vollmond herein, und Sharon sah, dass die Wasserflasche neben ihrem Bett leer war. Auf bloßen Füßen tappte sie in die Küche hinunter, nahm eine ungeöffnete Flasche aus dem Kühlschrank und setzte sie an den Mund. Kalt rann ihr die Flüssigkeit durch die Kehle, und langsam beruhigte sie sich. Was für ein Albtraum! Nackt auf dem Laufsteg, eine absolute Horrorvorstellung! Sharon wunderte sich nicht, dass Alec, Ben und Raoul Einzug in ihren Traum gefunden hatten. Das zeigte, dass sie sich mit diesen dreien mehr beschäftigte, als sie sich eingestehen wollte. Dabei hatte sie von Männern und von der Liebe im Moment wahrlich die Nase voll! Nachdem sie ihren Durst gestillt hatte, hielt sie ihre Handgelenke ein paar Minuten unter kaltes fließendes Wasser, trocknete sie ab und schlich leise wieder nach oben. Ihr Schrei hatte keinen der Gäste oder gar Theodora geweckt. Vor Theodoras Tür zögerte Sharon. Wahrscheinlich schlief sie tief und fest, aber eine innere Unruhe ließ Sharon den Knauf drehen und vorsichtig die Tür öffnen. Im Mondlicht sah sie Theodora auf dem Bettvorleger liegen. Mit zwei Schritten war Sharon bei ihr, kniete sich nieder und tastete nach ihrem Puls. Er war spürbar, auch atmete Theodora gleichmäßig.

Sie rüttelte sie an der Schulter und rief: »Theodora, wach auf! Bist du gefallen?«

Die alte Frau zeigte keine Reaktion, und Sharon wagte nicht, sie zu bewegen. Was, wenn sie aus dem Bett gefallen war und sich etwas gebrochen hatte?

Sie rannte in ihr Zimmer, nahm das Handy und wählte den Notruf.

Die Zeiger an der Wanduhr schienen sich nicht von der Stelle zu bewegen; das grelle Licht der Neonröhren brannte Sharon in den Augen. In dem Besucherzimmer mit den kahlen Wänden roch es unangenehm nach Desinfektionsmittel. Unruhig lief Sharon auf und ab. Von einer Wand bis zur anderen waren es genau acht Schritte, sie wusste nicht, wie oft sie diese in den letzten zwei Stunden gezählt hatte.

Man hatte Sharon erlaubt, im Rettungswagen mitzufahren, weil sie behauptet hatte, die Enkelin von Theodora Banks zu sein. Ein wenig stimmte das ja sogar, auch wenn sie nicht blutsverwandt waren. Das Eintreffen des Notarztes hatte die Gäste im Liliencottage dann doch noch aufgeweckt. Über den Zusammenbruch ihrer Wirtin zeigten sich alle betroffen und hatten Verständnis dafür, dass es am kommenden Morgen wohl kein reichhaltiges Frühstück geben würde.

»Ich werde im Krankenhaus bleiben«, hatte Sharon erklärt, »und weiß nicht, ob ich rechtzeitig zurück bin, um das Frühstück vorbereiten zu können.«

»Wir versorgen uns selbst«, erwiderte Fiene Wouter, eine Niederländerin, die seit zwei Tagen zu Gast war. »Miss Theodora ist so eine reizende und zuvorkommende Dame. Hoffentlich ist sie nicht ernsthaft erkrankt.«

Auf dem Korridor klappte eine Tür, es war aber nur eine der Schwestern, die mit einem Tablett über den Flur eilte. Unmittelbar nachdem Theodora auf der Trage in die Notaufnahme geschoben worden war, hatte eine Krankenschwester Sharon diverse Formulare überreicht und sie gebeten, diese auszufüllen. In ihrer Aufregung hatte Sharon Theodoras Krankenversicherungsunterlagen nicht mitgenommen, und die Schwester hatte gemeint: »Bitte bringen Sie diese im Laufe des Tages unbedingt vorbei, damit ich die Rechnung der Anzahlung für den stationären Aufenthalt für Miss Banks erstellen kann.«

Wie überall ging es auch hier ums Geld, dachte Sharon. Sie knüllte den leeren Plastikbecher zusammen, warf ihn in den Abfallkorb und verließ den Raum. Am Ende des Ganges befand sich ein Kaffeeautomat. Der Kaffee war zwar nur lauwarm und schmeckte abgestanden, Sharon brauchte aber unbedingt einen zweiten Becher. Während die Maschine ratterte, hörte Sharon plötzlich jemanden ihren Namen rufen.

»Sharon? Was, um Himmels willen, machst du hier? Bist du krank?«

Sharon drehte sich um und starrte Alec an. Es war beinahe surreal, mitten in der Nacht auf einem kahlen Krankenhausflur Alec Sauvage gegenüberzustehen.

»Das Gleiche könnte ich dich fragen«, sagte Sharon, dann sah sie, dass Alecs linke Hand dick eingebunden war. »Ach herrje!«, rief sie erschrocken. »Hattest du einen Unfall?«

Er nickte und grinste gezwungen. »Ich wollte an einer Kommode ein verrostetes Scharnier lösen, dabei bin ich mit dem Messer abgerutscht. Eine ziemlich hässliche Wunde am Handballen, sie musste genäht werden, der Arzt hat mir aber versichert, dass keine Nerven oder Muskeln verletzt sind und die Hand in einer Woche wieder einsatzfähig ist.«

»Du arbeitest mitten in der Nacht?«, fragte Sharon erstaunt.

»Nun ja, ich konnte nicht schlafen und dachte, die Arbeit würde mich ablenken.«

»Ablenken wovon?« Die Frage war über Sharons Lippen gekommen, bevor sie nachgedacht hatte. Schnell fügte sie hinzu: »Entschuldige, das geht mich natürlich nichts an. Ich bin hier, weil Theodora heute Nacht aus dem Bett gefallen ist.«

»Hat sie sich etwas gebrochen?« Seine Bestürzung war echt.

»Sie wird noch untersucht, ich warte seit zwei Stunden. Theodora war bewusstlos, als ich sie fand.«

»Das tut mir sehr leid, hoffentlich geht es ihr bald wieder besser«, sagte Alec. »Wenn du willst, warte ich mit dir.«

Bevor Sharon auf dieses unerwartete Angebot antworten konnte, öffnete sich die automatische Schiebetür der Notaufnahme, und der Arzt, der Theodora untersucht hatte, trat heraus.

»Doktor, wie geht es ihr?«, rief Sharon.

Er musterte sie und fragte: »Sie sind die Enkelin der Patientin?«

Sharon nickte hastig, Alec sagte leise: »Aber ...«, woraufhin Sharon ihm einen warnenden Blick zuwarf.

»Es war weder ein Herzinfarkt noch ein Schlaganfall«, erklärte der Arzt. »Aufgrund des Alters von Miss Banks vermuten wir einen allgemeinen Schwächeanfall, nicht ungewöhnlich. Sie kann von Glück sagen, dass sie sich bei dem Sturz nichts gebrochen hat. In diesem Alter geht das nämlich sehr schnell. Allerdings ...« Er verstummte und sah Sharon besorgt an.

»Was, Doktor? Ist meine Großmutter krank?«

»Im ersten Blutstatus, den wir bei solchen Fällen routinemäßig durchführen, sind stark erhöhte CRP-Werte zu finden.« Als der Arzt Sharons fragenden Blick sah, fügte er erklärend hinzu: »Das weist auf einen Entzündungsherd im Körper hin, auch weicht die Blutsenkungsgeschwindigkeit von der Norm ab. Wir werden Miss Banks für einige Tage in der Klinik behalten, um weitere Tests zu machen.«

»Kann ich zu ihr?«, fragte Sharon.

Der Arzt schüttelte den Kopf. »Sie schläft. Kommen Sie bitte morgen Nachmittag wieder, bis dahin werden wir weitere Ergebnisse haben. Es wäre wichtig, zu wissen, ob Vorerkrankungen bestehen und die Patientin regelmäßig Medikamente einnehmen muss. Wenn ja, bringen Sie diese bitte mit und teilen Sie der Schwester bitte auch den Namen des Hausarztes mit, damit wir uns mit ihm in Verbindung setzen können. Und noch etwas, Ms ...«

»Leclerque, Sharon Leclerque, Doktor.«

»Leclerque?«, wiederholte der Arzt überrascht. »Sind Sie verwandt mit Marjorie Leclerque, der Konzertpianistin?«

»Sie war meine Mutter«, antwortete Sharon knapp und hoffte, der Arzt würde nicht weiter nach ihren Verwandtschaftsverhältnissen fragen und damit aufdecken, dass Theodora nicht ihre Großmutter sein konnte. »Sie wollten mich noch etwas fragen?«

»Ja, es geht um die alten Knochenbrüche der Patientin. Wissen Sie, wie weit diese Verletzungen zurückliegen?«

Sharon schüttelte den Kopf. »Meine Großmutter muss noch sehr jung gewesen sein, ich hab sie nie anders kennengelernt. Warum fragen Sie? Stehen die früheren Verletzungen mit ihrem heutigen Zusammenbruch in Zusammenhang?«

Der Arzt wiegte nachdenklich den Kopf hin und her und erwiderte: »Ich glaube nicht, aber mir ist aufgefallen, dass die Brüche ausgesprochen dilettantisch versorgt worden sind, oder eben vor langer Zeit, als man es nicht besser wusste und die Möglichkeiten, die die Medizin uns heute bietet, noch nicht hatte. Gehen Sie jetzt nach Hause, Ms Leclerque, Sie können heute Nacht nichts mehr tun.«

Er nickte ihr und Alec zu, wandte sich ab und ließ sie stehen.

Grinsend bemerkte Alec: »Ich wusste nicht, wie unschuldig du schwindeln und behaupten kannst, Theodora wäre deine Großmutter.«

»Wenn ich mich nicht als ihre Enkelin ausgeben würde, hätte der Arzt mir nichts gesagt«, verteidigte sich Sharon. »Schon der Notarzt wollte mich nicht mitfahren lassen, von wegen Verschwiegenheitspflicht gegenüber Fremden und so. Dabei hat Theodora doch niemand anderen als mich.«

»Und du wirst bald wieder fort sein.«

»Lass uns dieses Thema vermeiden«, bat Sharon. »Nach einem Streit mit dir steht mir wahrlich nicht der Sinn.«

»Sorry, du hast recht«, murmelte Alec. »Gehen wir?«

Am Horizont zeigte sich der erste Streifen Dämmerung. »Ich werde ein Taxi rufen«, schlug Alec vor. »Als die dumme Sache mit der Hand geschehen ist, konnte ich nicht selbst fahren und bin auch mit einem Taxi in die Notaufnahme gekommen.«

»Yvette hätte dich fahren können, oder war es ihr egal, dass du dich verletzt hast?«, entfuhr es Sharon, und sie bemerkte, wie Alec erstarrte. Schnell sprach sie weiter: »Ich werde zu Fuß gehen, es ist ja nicht weit, außerdem habe ich das dringende Bedürfnis nach frischer Luft.«

Tatsächlich lag das Princess Elizabeth Hospital nur etwa dreißig Gehminuten von Theodoras Haus entfernt.

»Ich begleite dich.«

»Das ist nicht notwendig, oder denkst du, ich könnte überfallen werden?«

Mit der unverletzten Hand nahm Alec Sharons Arm und sagte entschlossen: »Ich mag nur ein einfacher Handwerker aus der sozialen Unterschicht sein, aber ich weiß, was sich gehört. Auf keinen Fall lasse ich eine Frau allein durch die Dunkelheit gehen, wenn du es ablehnst, mit dem Taxi zu fahren.«

»Es wird schon bald hell sein, außerdem bin ich erwachsen …«

Alec ließ keinen weiteren Widerspruch zu, und wenn Sharon ehrlich war, dann genoss sie seine Begleitung. Durch ihre dünne Bluse spürte sie die Wärme seiner Hand, ein angenehmes Gefühl.

In den Hecken, die die Straßen säumten, erwachten die Vögel und anderes Getier, ansonsten lag eine friedliche Stille über der Landschaft. Sie nahmen einen Pfad entlang eines Feldes, dann führte der Weg über die Hauptstraße nach St Martin hinunter. In der frühen Morgenstunde herrschte noch kein Verkehr, einzig ein einsamer Radfahrer passierte ihren Weg. Er winkte ihnen grüßend zu. Sie sprachen kein Wort; für Sharon hatte die Situation etwas Unwirkliches. Als würde die Welt stillstehen und Atem schöpfen, bevor die Tagesroutine begann. Viel zu schnell erreichten sie das Liliencottage. Die Gäste waren alle wieder zu Bett gegangen, denn hinter keinem der Fenster brannte Licht.

»Trinkst du noch einen Kaffee mit mir?«, fragte Sharon und konnte nicht verhindern, dass ihre Stimme belegt klang. »Ich kann jetzt ohnehin nicht mehr schlafen.«

»Das wäre nicht gut, Sharon«, antwortete Alec und wich ihrem Blick aus. Inzwischen war es hell genug, dass sie das Flackern in seinen Augen erkennen konnte.

»Es ist nur ein Kaffee, Alec«, sagte sie leise, »sonst nichts. Außerdem musst du dir von hier aus ein Taxi rufen, denn der Weg nach St Peter Port ist doch etwas weit, und der erste Bus fährt erst in einer Stunde.«

Sie konnte sehen, wie er mit sich rang. Eine Stimme in ihr riet, ihn gehen zu lassen. Sicher hatte er ein Handy, mit dem er ein Taxi bestellen konnte. Etwas anderes in Sharon hoffte jedoch, noch ein wenig Zeit mit Alec verbringen zu können.

»Ich gebe zu, die Aussicht auf einen starken Kaffee ist sehr verlockend«, sagte er schließlich.

Als sie sich wenig später am Tisch gegenübersaßen und der Duft des Kaffees durch die Küche zog, deutete Sharon auf seine Hand und fragte: »Tut es sehr weh?«

Er grinste. »Es gibt Angenehmeres. In der Klinik haben sie mir ein schmerzstillendes Mittel gespritzt und Tabletten mitgegeben.«

»Du wirst die nächsten Tage nicht arbeiten können. Gerade jetzt, wo du so viel zu tun hast.«

»Dann müssen meine Angestellten eben ran«, antwortete er und zwinkerte Sharon zu. »Aber ich werde natürlich auf alles ein Auge haben.«

Im letzten Moment verkniff sich Sharon die Frage nach Yvette. Sie wollte die entspannte Stimmung zwischen ihnen nicht mit Fragen nach seinem Privatleben verderben.

»Ich mache mir große Sorgen um Theodora«, sagte sie. »Seit einigen Tagen war sie bereits sehr blass, und gestern ist ihr schon mal schwindlig geworden.«

»Es ist sicher nur das Alter. Es überrascht mich, wie sehr du dich um die Frau sorgst.«

»Du hältst mich wohl für ziemlich oberflächlich?«, erwiderte Sharon bitter. »Für eine der Frauen, denen gutes Aussehen, Kleider, Schmuck und Geld das Wichtigste im Leben sind. Theodora war immer wie eine Großmutter für mich, ich könnte es nicht ertragen, sie zu verlieren. Wenn du jetzt sagst, dass ich das die letzten Jahre anscheinend vergessen hatte, dann werde ich dir nicht widersprechen.«

»Es fällt dir nicht leicht, dies einzugestehen.«

Er griff nach ihrer Hand, und seine Finger strichen einen Moment über ihren Handrücken. Für Sharon eine so intime Berührung, dass sie errötete. Schnell zog sie ihre Hand zurück. Alec schien es ähnlich zu empfinden, denn er räusperte sich und stand abrupt auf.

»Ich muss gehen, sonst fragt sich Yvette, wo ich bleibe.« Mit der Erwähnung dieses Namens hatte er die Stimmung zwischen ihnen zerstört.

»Soll ich dir ein Taxi rufen?«, fragte Sharon. »Mit einer Hand kannst du schlecht telefonieren.«

»Dafür wäre ich dir dankbar – und bitte informiere mich, wenn du weißt, wie es Theodora geht.«

Sharon versprach es, dann wählte sie die Nummer der Taxizentrale in St Peter Port und begleitete Alec zur Tür. Er sagte, er wolle vorn an der Straße auf den Wagen warten. Sharon sah ihm nach, bis er um die Ecke bog und nicht mehr zu sehen war.

Der Boden unter ihren Füßen schwankte. Sharon war froh zu sitzen und klammerte sich haltsuchend an der Schreibtischkante fest.
»Das ist sicher?«, flüsterte sie.
Der ältere Arzt nickte, in seinen Augen stand aufrichtiges Bedauern.
»Ein Irrtum ist leider ausgeschlossen«, sagte er leise. »Natürlich werden wir noch weitere Untersuchungen vornehmen, die bisherigen Testreihen führen aber alle zu dieser Diagnose.«
»Weiß sie es, Dr. Bihet?«
Er seufzte, kratzte sich an seinem glatt rasierten Kinn und nickte erneut. »Ich glaube, Miss Banks ahnt bereits seit einiger Zeit, dass mit ihr etwas nicht stimmt. Sie bestand auf der Wahrheit, und ich schätze die Patientin als einen Menschen ein, dem man ohnehin nichts verschweigen kann.«
»Wem sagen Sie das?«, murmelte Sharon und sagte lauter: »Was werden Sie jetzt unternehmen? Werden Sie operieren, danach Chemotherapie und Bestrahlungen ...«
»Für eine Operation ist es zu spät«, antwortete der Arzt, »und Miss Banks lehnt weitere Behandlungsmaßnahmen ab.«
»Das ist doch Unsinn!« Aufgeregt fuhr Sharon hoch. »Sie muss kämpfen und alles ausprobieren, vielleicht wird sie ja wieder gesund.«
»Ms Leclerque, bei allem Verständnis, dass Sie Ihre Verwandte nicht verlieren möchten, aber ...« Über den Rand seiner Brille hinweg sah Dr. Bihet Sharon ernst an. »Eine Chemotherapie würde das Fortschreiten der Krankheit lediglich um ein paar Monate, vielleicht sogar nur um Wochen hinauszögern und

wäre eine unnötige Quälerei für Ihre Großmutter. In ihrem Alter ist ein Körper solch massiven Belastungen nicht mehr gewachsen. Der Lymphdrüsenkrebs hat bereits das Knochenmark befallen und in die Leber gestreut.«

»Wie lange noch?« Sharon presste die Worte heraus.

»Ein paar Wochen; wenn wir Glück haben, zwei oder drei Monate. Es ist Miss Banks Wunsch, im eigenen Bett zu sterben, was ich unterstütze. Wir werden sie noch ein paar Tage hierbehalten, um sie zu stabilisieren und auf die Schmerzmedikation einzustellen, dann wäre es aber gut, wenn sich zu Hause jemand um sie kümmern kann. Meine Mitarbeiterin wird Ihnen eine Liste mit Adressen ambulanter Dienste aushändigen, falls Sie bei der Pflege Hilfe benötigen.« Dr. Bihet ging davon aus, dass Sharon für ihre Großmutter sorgen würde. Sharon schluckte trocken. Sie hatte keine Erfahrung mit der Pflege alter, kranker Menschen, und schon gar nicht mit jemandem, der dem Tod ins Auge sah. Entschlossen schob sie den Stuhl zurück und stand auf.

»Ich danke Ihnen, Dr. Bihet, und bitte Sie, alles für Theodora zu tun, was in Ihrer Macht steht, vor allem soll sie so wenig Schmerzen wie möglich erleiden müssen. Ich werde für eventuelle zusätzliche Kosten aufkommen. Kann ich jetzt zu ihr?«

Der Arzt nickte, begleitete Sharon zur Tür und bat eine Krankenschwester, sie zu der Patientin zu bringen.

Theodoras schmales Gesicht hob sich farblich kaum von dem weißen Kissen ab. Sie lag auf dem Rücken, im rechten Handrücken eine Venenverweilkanüle, durch die eine wässrige Lösung in ihren Körper tropfte.

»Nicht weinen, Sharon«, flüsterte sie und streckte ihre linke Hand aus, die eiskalt war. Sharon setzte sich auf die Bettkante, und Theodora versuchte zu lächeln. »Mir war bewusst, dass in meinem Alter jederzeit mit Gevatter Tod zu rechnen ist. Allerdings hoffte ich, irgendwann einfach abends einzuschlafen und nicht mehr aufzuwachen. Dass mich auf meine alten Tage nun der Krebs dahinraffen soll, ärgert mich gewaltig.«

»Wie kannst du darüber scherzen?« Sharon fuhr auf. »Hast du denn nichts bemerkt? Ich meine, deine Lymphdrüsen müssen doch schon länger geschwollen sein, und ...«

»Pst, Sharon!« Theodora drückte ihr die Hand. »Es ist müßig, über verschüttete Milch zu sprechen, und bevor du versuchst, mich vom Gegenteil zu überzeugen: Ich werde keine Behandlungen zulassen. Eine entsprechende Verfügung habe ich bereits unterschrieben. Die Zeit, die mir noch bleibt, will ich nicht im Bett und von Medikamenten zugedröhnt verbringen. Mir macht einzig Sorge, was aus dem Liliencottage und den Gästen werden soll. Das Haus ist für die nächsten Wochen ausgebucht.«

»Wenn du keine anderen Sorgen hast ...« Theodora hatte es geschafft, dass Sharon ein Lächeln gelang. »Ich werde die Buchungen stornieren und mich um die Gäste, die derzeit im Haus sind, kümmern. Außerdem hole ich dich so schnell wie möglich hier raus und bleibe bei dir, solange du mich brauchst.«

»Aber deine Arbeit ...«

»Spielt keine Rolle«, unterbrach Sharon Theodoras Einwand. »Meine Wohnung in London werde ich vorerst vermieten, damit bin ich finanziell unabhängig und kann machen, was ich will. Auf keinen Fall werde ich dich in eine palliative Einrichtung abschieben, sondern ich werde mich um dich kümmern.«

Theodora schwieg zwar, Sharon sah ihr aber an, dass es sie beruhigte, zu wissen, nicht allein sterben zu müssen. Auch wenn Sharon vor dem, was ihr bevorstand, Angst hatte – sie würde die Frau, die die wichtigste Person in ihrem Leben war, nicht im Stich lassen.

»Ich bin müde und möchte jetzt schlafen«, sagte Theodora. »Seit Stunden haben die Weißkittel alles Mögliche mit mir angestellt, das hat mich erschöpft. Bitte geh jetzt.«

Sharon beugte sich vor und küsste die alte Frau auf die Stirn.
»Ich komme morgen wieder.«
Theodora nickte und schloss die Augen.

Kühle, feuchte Luft schlug Sharon entgegen, als sie durch die Drehtür die Klinik verließ. Direkt hinter ihr befand sich ein junges Paar, die Frau trug einen Säugling auf dem Arm, und Sharon hörte den Mann sagen: »Unser Harry ist das schönste Baby auf der ganzen Welt! Ich bin so stolz auf euch, und ich liebe dich!«

Sharon wischte sich eine Träne aus dem Augenwinkel. Neues Leben und Sterben lagen so dicht beieinander. Das Handy in ihrer Jackentasche klingelte. Sharon sah eine ihr unbekannte Nummer auf dem Display, zögerte, nahm den Anruf dann aber doch entgegen.

»Ja?«
»Sharon? Ich bin es, Raoul. Gilt dein Versprechen noch, mit mir essen zu gehen? Ich dachte, ich mache am besten gleich Nägel mit Köpfen, daher frage ich dich, ob ...«
»Raoul, ich kann jetzt nicht. Ich ...« Sharons Stimme brach.
»Sharon? Wo bist du?«
»Vor dem Hospital.«
»Ist was passiert? Hattest du einen Unfall?«
»Ich bin okay, aber ...« Sharon begann zu weinen, ihre Worte waren kaum zu verstehen.
»Bleib, wo du bist«, rief Raoul. »Ich bin in ein paar Minuten bei dir.«

Es dauerte wirklich nur wenige Minuten, bis der grüne Jaguar in die Einfahrt schoss und Raoul aus dem Wagen sprang. Er schloss Sharon in die Arme, und sie barg ihren Kopf an seiner Schulter.

»Es ist meine Freundin, bei der ich wohne«, sprudelte es aus Sharon heraus. »Sie hat Krebs, und die Ärzte haben sie aufgegeben.«

Sanft streichelte Raoul ihr über den Rücken und erwiderte: »Komm, wir fahren zu mir. Ich glaube, du brauchst jetzt einen starken Kaffee, und dann erzählst du mir alles.«

»Musst du nicht arbeiten?«

»Manchmal gibt es Wichtigeres als die Arbeit«, antwortete er schlicht und führte sie zu seinem Auto.

Sharon war dankbar, jetzt nicht allein zu sein. Auch wenn sie Raoul kaum kannte, wirkte seine Anwesenheit beruhigend auf sie. Dass er nach ihrem Telefonat alles stehen und liegen gelassen hatte und zu ihr gekommen war, sprach für ihn.

Vor dem Haus drückte Raoul auf den Knopf der Fernbedienung, das Garagentor schwang nach oben, und er fuhr hinein. Sharon wartete, bis er ihr die Beifahrertür öffnete, und ergriff dankbar seine Hand zum Aussteigen. Als Raoul die Verbindungstür zwischen der Garage und dem Haus öffnen wollte, klemmte der Schlüssel im Schloss.

»Verflixt, nicht schon wieder!«, stöhnte er. »Dabei habe ich das Schloss bereits austauschen lassen.«

»Es liegt nicht am Schloss«, sagte Sharon automatisch. »Der Türrahmen ist verzogen. Beim Aufschließen musst du die Türklinke zu dir her und leicht nach oben ziehen.«

Raoul sah sie verwundert an, folgte aber ihrem Rat und konnte die Tür problemlos öffnen.

»Woher weißt du das?«

»Ich bin in diesem Haus geboren worden, das Problem mit der Tür bestand von Anfang an, da muss beim Bau jemand gepfuscht haben.«

Perplex starrte Raoul sie an. »Du hast hier gelebt? Warum hast du das nicht gesagt, als du das erste Mal hier warst?«

Sharon zuckte mit den Schultern. »Es war nicht wichtig. Wie ist das jetzt mit dem versprochenen Kaffee?«

Eine Stunde später hatte Sharon sich alles über Theodoras Krankheit von der Seele geredet. Raoul hatte sie erzählen lassen, geschwiegen und ihre Hand gehalten. Als Sharon sagte, sie könne nicht verstehen, warum Theodora eine Therapie ablehnte, erwiderte er sanft: »So schwer es ist, jemanden gehen zu lassen – du solltest Theodoras Wunsch, keine anstrengenden und schmerzhaften Behandlungen ertragen zu müssen, respektieren. Der Arzt hat recht: Sie ist eine alte Frau und hat ihr Leben gelebt.«

»Mein Kopf versteht das und sagt mir, dass ihr alle recht habt«, antwortete Sharon niedergeschlagen und legte beide Hände auf ihre Brust, »mein Herz spricht aber eine andere Sprache. Ich hab doch schon meine Eltern verloren.«

Raoul begriff die Zusammenhänge und rief: »Dann war deine Mutter Marjorie Leclerque, und du hast das Haus den Leuten verkauft, von denen ich es erworben habe. Hast du mir deswegen nie deinen Nachnamen genannt?«

»Tja, auf Guernsey gibt es wohl niemanden, der meine Mutter nicht kannte«, antwortete Sharon. »Wie ich bereits sagte, erschien es mir unwichtig. Ich hab das Haus verkauft, weil sich mein Leben in London und nicht mehr auf der Insel abspielt.« Sie zögerte und fügte hinzu: »Abspielte, denn jetzt bleibe ich hier und werde mich um Theodora kümmern.«

»Das ist ein sehr guter Charakterzug, dabei darfst du dich aber nicht selbst vergessen«, ermahnte Raoul sie. »Deine Freundin würde nicht wollen, dass du dein ganzes Leben für sie auf den Kopf stellst.«

»Das tue ich nicht. Danke, dass du mir zugehört hast, dabei kennen wir uns kaum.«

Er legte ihr einen Arm um die Schultern und zog sie näher an sich.

»Höchste Zeit, uns besser kennenzulernen, Sharon«, murmelte er an ihrem Ohr. »Du bist sehr anziehend, und wir sollten unsere ... Freundschaft vertiefen.«

Seine Lippen näherten sich ihrem Mund, sein Atem war warm und roch nach Kaffee. Mit einer Hand streichelte er ihren Nacken. Für einen Moment war Sharon versucht, sich einfach fallen und allem seinen Lauf zu lassen. Dann jedoch schob sie Raoul sanft zurück und stand auf.

»Ich kann nicht, Raoul. Nicht heute, nicht jetzt … Das geht mir alles zu schnell.«

»Ich verstehe«, sagte er ruhig, doch seine Enttäuschung war ihm deutlich anzumerken.

»Ich glaube, es ist besser, wenn ich jetzt nach Hause gehe.«

»Komm, ich fahre dich nach St Martin rüber«, bot Raoul an. »Wann sehen wir uns wieder?«

»Ich rufe dich an«, antwortete Sharon ausweichend. »Theodora hat im Moment Priorität.«

»Wenn du Hilfe brauchst … ich bin für dich da.«

Seine Worte taten Sharon gut und hüllten sie wie in eine warme Decke ein. Sie dachte an Alec und dass sie ihn anrufen musste, schließlich hatte sie versprochen, ihn über Theodoras Zustand zu informieren. Alec kannte Theodora seit Jahren und würde, ebenso wie sie, über die Diagnose erschüttert sein.

Sharon wartete bis zum frühen Abend, dann rief sie in der Schreinerei an. Wie befürchtet nahm Yvette Blake das Gespräch entgegen.

»Alec ist verletzt«, entgegnete sie auf Sharons Bitte, ihn sprechen zu können.

»An der Hand, nicht an den Ohren«, sagte Sharon. »Er wird in der Lage sein, zu telefonieren, außerdem wartet er auf meinen Anruf.«

»Tatsächlich?« Sharon hörte den Zweifel in Yvettes Stimme. Offenbar hatte Alec seiner Freundin nichts von ihrer Begegnung im Krankenhaus erzählt.

Es dauerte mehrere Minuten, bis Sharon endlich Alecs Stimme hörte.

»Wie geht es Theodora?«, fragte er sofort.

»Können wir uns treffen? In einer halben Stunde am Eingang des Candie Gardens?«

Alec zögerte, dann antwortete er: »Ja, das lässt sich einrichten. Ist es sehr schlimm?«

»Noch schlimmer – also bis gleich«, antwortete Sharon und beendete das Gespräch.

Sharon war erleichtert, dass Alec an dem vereinbarten Treffpunkt bereits auf sie wartete und allein war. Für einen Moment hatte sie befürchtet, Yvette könnte darauf bestehen, ihn zu begleiten. In knappen Sätzen, ohne ihn anzusehen, berichtete Sharon, was sie heute von dem Arzt erfahren hatte.

»Mein Gott!« Die Betroffenheit stand Alec ins Gesicht geschrieben, dann wiederholte er die Worte von Raoul: »Wir müssen akzeptieren, dass Theodora keine Chemo oder Bestrahlung will. Es ist ihr gutes Recht, selbst über ihren Körper zu bestimmen.«

»Sobald es möglich ist, werde ich Theodora nach Hause holen und sie pflegen.«

»Wie bitte?« Alec glaubte, sich verhört zu haben. Mit einem bitteren Lachen sagte er: »Das schaffst du nicht.«

»Warum nicht?«, erwiderte Sharon verärgert. »Natürlich muss ich eine ausgebildete Pflegekraft engagieren, ich werde es Theodora aber ermöglichen, so schmerzfrei wie möglich und in Ruhe in ihrem eigenen Bett zu sterben.«

Alec trat ein paar Schritte zurück und musterte Sharon mit einem Blick, als sähe er sie heute zum ersten Mal.

»Du meinst das wirklich ernst! Tja, dann bleibt mir nichts anderes übrig, als dir Respekt zu zollen. Was ist aber mit deinem Job? Musst du nicht nach England zurück?«

»Ach, Alec, gerade ist nicht alles so rosig, wie es scheint«, antwortete Sharon ehrlich. Sie war zu erschöpft, um eine Fassade aufrechtzuerhalten, die längst bröckelte. Selbst Alec gegenüber nicht. »Finanziell bin ich unabhängig und kann für Theodora sorgen und ihr die beste Pflege zukommen lassen, die es für Geld zu kaufen gibt. Am wichtigsten ist es aber, dass sie nicht allein ist.«

»Wovor läufst du davon, Sharon?«

»Was?«

Mit der unverletzten Hand hielt Alec sie an der Schulter fest, damit sie nicht zurückweichen konnte, sah ihr in die Augen und fragte eindringlich: »Es ist doch noch mehr geschehen als die Trennung von deinem Freund und dein Zusammenbruch bei dieser Show. Sharon, ich kenne dich wahrscheinlich besser, als mir lieb ist.«

Über sein unerwartetes Einfühlungsvermögen überrascht, antwortete Sharon leise: »Darüber möchte ich nicht sprechen. Jetzt geht es ausschließlich um Theodora.«

Er zog seine Hand zurück. Sharon wusste nicht, ob sie erleichtert sein sollte oder es bedauerte.

»Wenn du etwas brauchst, ich meine, wenn ich dir wegen Theodora helfen kann, dann lass es mich wissen.«

»Ach, Alec, das ist sehr freundlich. Ich denke, ich werde darauf zurückkommen müssen.«

Unruhig trat er von einem Fuß auf den anderen. »Es wäre zwar besser, wenn wir beide uns künftig aus dem Weg gehen würden, aber das Schicksal der alten Frau beschäftigt mich. Obwohl ich glaube, dass du in spätestens einer Woche mit Sack und Pack von der Insel verschwunden bist, weil dir die Pflege zu viel wird, will ich dir eine Chance geben, Sharon.«

Sharon sah ihn ungläubig an und erwiderte: »Ob du mir eine Chance gibst oder nicht, ist mir so was von egal, Alec Sauvage! Du hältst mich wohl für eine verwöhnte Zicke, die vor der kleinsten Herausforderung zurückschreckt, nicht wahr? Du kannst nicht glauben, dass mir andere Menschen wichtig sind, wichtiger, als ich mir selbst bin?«

»Das zu glauben fällt mir wirklich schwer, Sharon, aber wie gesagt: Auf der Insel kenne ich viele Leute, wenn du etwas brauchst, lass es mich wissen.«

Er ließ Sharon stehen und ging, ohne ihr noch einen Blick zu schenken, so wie vor Kurzem schon mal. War das erst gestern Mittag gewesen? Für Sharon schien seitdem eine Ewigkeit vergangen zu sein. Sie erinnerte sich nicht, dass Alec früher derart launisch gewesen war. Jetzt wechselten seine Stimmungen schneller als das Wetter auf den Inseln. Bei ihrem gemeinsamen Spaziergang vom Hospital nach St Martin durch den erwachenden Morgen war Alec beinahe wie früher gewesen, wie Sharon ihn gekannt und geliebt hatte – und jetzt erneut eine schroffe Zurückweisung.

»Das schaffst du nie!«

Alecs Worte klangen ihr in den Ohren. Sie würde es ihm zeigen! Wie hatte Theodora gesagt: »In dir, Sharon, steckt viel mehr, als du im Moment glaubst.«

7. Kapitel

Angenehme Ruhe empfing Sharon, als sie die Haustür hinter sich schloss. Obwohl sie nur wenige Wochen fort gewesen war, hatten der Verkehrslärm und die Hektik der Großstadt sie wie ein Faustschlag getroffen. Hier, in der Eingangshalle des Apartmenthauses mit den grünen Marmorwänden, entspannte sie sich. Sie ging zu den Aufzügen, heute waren ihre Schritte in den Sneakers lautlos. Während der Lift sie nach oben brachte, überlegte sie, was sie alles erledigen musste.

Sharon hatte ihren Entschluss, das Apartment zu vermieten, unverzüglich in die Tat umgesetzt und mit dem Makler, der ihr die Wohnung verkauft hatte, telefoniert.

»Ich denke, dass wir schnell Mieter finden werden, nach einer solchen Immobilie lecken sich doch alle die Finger«, hatte er gesagt. »Ich hab da sogar schon Interessenten an der Hand, ein Ehepaar aus Kuwait, das eine Zweitwohnung in der Stadt sucht.«

»Die Vermietung ist aber auf ein halbes Jahr begrenzt«, gab Sharon zu bedenken. »Zumindest vorerst, vielleicht auch ein paar Wochen länger. Danach werde ich nach London zurückkommen.«

»Kein Problem, Ms Leclerque, kurzzeitige Vermietungen sind in der Stadt gang und gäbe.«

Sharon vertraute dem Makler, es war jedoch notwendig, nach London zu kommen, um ihre persönlichen Sachen auszuräumen. Da Theodora noch mindestens eine Woche in der Klinik bleiben musste, war Sharon am Morgen mit der Maschine um sieben Uhr von Guernsey nach Gatwick geflogen und dann mit dem Gatwick Express in die Stadt gefahren, um alles zu erledigen. Die Einlagerung ihrer Sachen hatte sie bereits in Auftrag gegeben, das Team würde in etwa zwei Stunden kommen und alles mitnehmen.

Als Sharon ihre Wohnung betrat, blieb sie an der Tür stehen und sah sich um. Alles war unverändert. Da ihre Haushaltshilfe, auch wenn Sharon abwesend war, einmal die Woche nach dem Rechten sah, lag nicht mal Staub auf den Möbeln, in den Marmorfliesen konnte Sharon sich spiegeln. Die Frau leerte auch den Briefkasten, die Post der vergangenen Wochen stapelte sich auf dem Sideboard. Sharon blätterte sie durch. Das meiste waren Wurfsendungen und sonstige Werbung, darunter entdeckte sie allerdings einen weißen Umschlag mit dem Absender der Agentur Dobson. Mit dem Fingernagel schlitzte Sharon den Umschlag auf, nahm das eine beschriebene Blatt heraus und überflog die Zeilen:

```
… Daher sehen wir uns gezwungen, den bestehenden
Vertrag vorzeitig zum Ende des Monats aufzulösen.
Es steht Ihnen frei, dagegen Einspruch zu erheben. In diesem Fall beachten Sie bitte die auf
der Rückseite angegebene Vorgehensweise …
```

Ein förmliches und bürokratisches Schreiben ohne ein persönliches Wort, unterzeichnet von Maggie Dobson. Nicht ein Hinweis auf ihre langjährige Beziehung, während der Sharon und Maggie so etwas wie Freundinnen geworden waren. Lange war sie das Aushängeschild der Agentur gewesen, jetzt wurde sie wie ein Niemand einfach abserviert, dachte Sharon verbittert. Ja, sie konnte gegen eine vorzeitige Auflösung des Vertrages Einspruch erheben und würde mit großer Wahrscheinlichkeit auch Erfolg haben, sodass die Agentur ihr eine Abfindung bezahlen müsste.

Der Vorgang würde sich aber über Wochen, wenn nicht sogar Monate hinziehen und Zeit kosten. Sharon würde niemandem nachlaufen, der sie nicht wollte. Weder Maggie Dobson und schon gar nicht Alec ...

Verflixt, warum spukte hier und jetzt wieder Alec in ihrem Kopf herum? Sharons Blick fiel auf den Teppich im Wohnraum. Hier hatten sie und Ben sich erst vor ein paar Wochen geliebt, nicht wissend, dass es das letzte Mal sein würde. Sharon seufzte, straffte die Schultern und ging in das Schlafzimmer hinauf. Sie öffnete die Schränke und sortierte ihre Kleidung in zwei Stapel: Einen würde sie nach Guernsey mitnehmen, den anderen vorerst einlagern. Der Stapel, den sie mitnehmen wollte, war deutlich kleiner. Die meisten ihrer Klamotten waren für die Insel ungeeignet. Sie machte eine Pause, ging hinunter und füllte den Kaffeevollautomaten mit Wasser und Bohnen auf. Heiß und schwarz rann der Kaffee in die Tasse. Als Sharon diese nehmen wollte, rutschte sie am Henkel ab. Schnell griff sie mit der anderen Hand nach der Tasse, damit diese nicht zu Boden fiel. Ein wenig Kaffee schwappte jedoch über und landete direkt auf ihrer hellen Leinenhose.

»So ein Mist!«, rief Sharon, nahm ein sauberes Geschirrtuch, machte es feucht und rieb an den Flecken herum. Ohne Erfolg.

Also ging sie nach oben und nahm eine hellgraue Hose von dem Stapel, schlüpfte aus der Leinenhose und zog die andere an. Sharon stutzte. Die Hose spannte an den Oberschenkeln und am Po, in der Taille bekam sie den Knopf nur mit Mühe zu. Im Bad holte Sharon die Waage, die außer dem Gewicht auch den Anteil an Körperfett anzeigte, und stellte sich darauf. Das tägliche Wiegen war immer ein fester Bestandteil gewesen, seit sie in Guernsey war, hatte sie es aber nicht mehr getan. Sie hatte acht Pfund zugenommen!

Noch vor zwei Wochen hätte diese Anzeige für Sharon eine mittelschwere Katastrophe bedeutet, heute schüttelte sie nur verwundert den Kopf, hob ihr T-Shirt und betrachtete sich in dem bodentiefen Spiegel. Tatsächlich schienen ihr die Oberschenkel kräftiger und der Po runder geworden zu sein, die kleinen Dellen waren jedoch verschwunden, und ihr Bauch war immer noch flach und straff. Durch die täglichen Spaziergänge hatte Sharon an Muskelmasse zugenommen, was sich auf der Waage und im Schenkelumfang zeigte. Über sich selbst überrascht, dass sie es zwar zur Kenntnis nahm, es sie aber nicht störte, wählte Sharon eine schwarze Jeans, die weiter geschnitten war, und zog diese an. Jahrelang hatte sie jede einzelne Kalorie gezählt, gehungert, sich täglich im Sportstudio kasteit, war bei jedem Gramm zu viel in Panik ausgebrochen.

Sharon streckte ihrem Spiegelbild die Zunge heraus und sagte: »Was soll's? Ich fühle mich wohl, und meinen Job bin ich ohnehin los.«

Am frühen Nachmittag waren alle ihre persönlichen Sachen in den Kartons verstaut. Das Apartment würde möbliert vermietet werden, was den Preis deutlich erhöhte. Die Männer der Firma waren pünktlich, Sharon schaute dem Lastwagen nicht nach, der ihre Sachen in die Lagerhalle brachte. Sie fuhr mit einem Taxi zu dem Büro des Maklers, füllte alle Formulare aus und setzte ihre Unterschrift unter die Vollmacht, die es ihm ermöglichte, ihre Wohnung zu vermieten.

Drei Stunden später saß Sharon in der Abendmaschine, die sie von Gatwick wieder nach Guernsey brachte. Auch wenn sie zwei prall gefüllte Trolleys mitgenommen hatte, fühlte sie sich wie von einer großen Last befreit.

Fürsorglich schüttelte Sharon das Kissen auf und stopfte es Theodora so in den Rücken, dass sie halb aufrecht und bequem sitzen konnte, dann drückte sie ihr die Fernbedienung in die Hand und erklärte: »Mit dem gelben Knopf kannst du das Kopfteil einstellen, mit dem blauen die Höhe des Bettes bestimmen.«

»Ich danke dir, bin aber überrascht, wie du so schnell alles regeln konntest. Allein dieses Bett hier … das war doch bestimmt sehr teuer.«

»Alec war so freundlich, das zu organisieren«, sagte Sharon. »Er kennt ein paar Leute, sodass wir ohne Wartezeit ein Pflegebett bekommen konnten, in dem du es bequemer hast als in deinem bisherigen Bett.«

Theodora streckte ihre Hand aus, Sharon nahm sie und war erstaunt über die Kraft des Händedrucks. Überhaupt sah Theodora nicht wie jemand aus, der dem Tod geweiht war. Sie hatte rosige Wangen und einen klaren Blick, war lediglich schwach und etwas wacklig auf den Beinen.

»Das sind die Medikamente«, erklärte Dr. Bihet, als Sharon meinte, Theodora sehe gesünder aus als vor ihrem Zusammenbruch. »Miss Banks verträgt sie sehr gut, und die Freude, dass sie in ihr häusliches Umfeld zurückkehren kann, baut sie zusätzlich auf.«

»Könnte es nicht doch sein … Ich meine, bei guter Pflege …?«

Der Arzt schüttelte bedauernd den Kopf. »Sie dürfen sich keine Hoffnungen machen, Ms Leclerque. Eine scheinbare Verbesserung erleben wir in solchen Situationen oft.«

»Ich verstehe.« Sharon senkte betrübt den Kopf. »Sozusagen ein letztes Aufbäumen.« Dr. Bihet hob bedauernd die Hände.

Am Vormittag war Theodora mit dem Krankentransport ins Liliencottage gebracht worden. Eine Frau vom Pflegedienst würde jeden Morgen und Abend kommen, um beim Waschen und Anziehen behilflich zu sein, denn Theodora hatte unmissverständlich klargemacht, dass sie nicht vorhatte, im Bett zu liegen und auf das Sterben zu warten.

»In meinem Körper toben zwar diese dummen Wucherungen, hier oben jedoch« – sie tippte sich gegen die Stirn – »ist noch alles in Ordnung. Bei gewissen Dingen werde ich wohl Hilfe in

Anspruch nehmen müssen, ich will aber auf keinen Fall als Invalidin behandelt werden. Ich möchte, dass wir offen darüber sprechen und nicht so tun, als würde ich hundert Jahre oder noch älter werden. Und jetzt schau nicht so bedrückt«, fügte sie hinzu und grinste. »Noch bin ich nicht tot und fest entschlossen, meinen Abgang so lange wie möglich hinauszuzögern.«

Sharon kniete sich vor das Bett und umklammerte Theodoras Hand. »Ich kann mir nicht vorstellen, dich zu verlieren«, flüsterte sie. »Du bist der stärkste und mutigste Mensch, den ich kenne.«

Theodora lachte leise. »Das Leben hat mir keine andere Wahl gelassen, als stark zu sein. Wenn du in meinem Alter bist, wirst du es verstehen, wenngleich ich hoffe, dass dir Erfahrungen, wie ich sie machen musste, erspart bleiben.«

Sharon sah die alte Frau liebevoll an und sagte: »Eigentlich weiß ich kaum etwas von dir, ich meine, von deiner Kindheit und Jugend. Ich schäme mich, dass ich nie gefragt habe.«

»Wenn man jung ist, hat man kein Interesse an der Vergangenheit. Lässt du mich jetzt bitte allein? Ich möchte ein wenig ausruhen.«

Sharon wartete, bis Theodora eingeschlafen war, dann ging sie in die Küche hinunter. Alec und Yvette saßen am Tisch und sahen ihr erwartungsvoll entgegen.

»Sie schläft jetzt«, sagte Sharon. »Ich danke euch für eure Hilfe.«

Wenn es nach Sharon gegangen wäre, dann hätte sich Yvette nicht einmischen sollen, sie kannte Theodora ja kaum. Da Yvette aber Alecs Lebensgefährtin war, konnte Sharon sie nicht ausschließen. Allerdings vermutete sie, Yvettes Anteilnahme und Hilfe waren nicht gänzlich uneigennützig. Seit Sharons Rückkehr aus London hatten sie und Alec täglich miteinander telefoniert. Alecs Bemerkung, er kenne so gut wie jeden auf Guernsey, war nicht übertrieben gewesen. Er besorgte nicht nur das neue

Bett, sondern auch die Krankenschwester, die eine Cousine eines seiner Kunden und gerade ohne Pflegestelle war. Alec hatte es sich nicht nehmen lassen, Theodora heute persönlich zu Hause zu begrüßen, worüber Theodora sich sehr gefreut hatte. Yvette beobachtete das alles mit Argusaugen. Sharon gegenüber war sie zwar zurückhaltend, aber nicht unfreundlich. Sharon spürte allerdings eine unterschwellige Spannung, als wäre sie eifersüchtig.

Als ob ich jetzt Muße hätte, eine alte Liebe wieder aufzuwärmen oder gar eine neue zu beginnen, dachte Sharon. Weder mit Alec noch mit Raoul, den Sharon seit Tagen vertröstete, wenn er sie sehen wollte. Auch an Ben dachte sie kaum noch, dafür fehlte ihr einfach der Nerv. Aus der Bücherei hatte sie sich Informationsmaterial über Krankenpflege und den Umgang mit Sterbenden besorgt und las in jeder freien Minute darin.

Binnen weniger Tage war ihr Leben auf den Kopf gestellt worden. Noch vor zwei Wochen hatte Sharon sich in Selbstmitleid gesuhlt, sich und ihren Körper als das Wichtigste auf der Welt angesehen und gedacht, sie habe keine Zukunft mehr, weil sie als Model nicht mehr gefragt war. Wenn sie jetzt in Theodoras Augen blickte, wenn Theodora unbeschwert scherzte und sogar noch Zukunftspläne schmiedete, kamen Sharon ihre Probleme klein und vollkommen unwichtig vor.

Während Sharon sich einen Tee zubereitete, fragte sie, an Alec gewandt: »Weißt du eigentlich, ob Theodora den Weltkrieg hier auf Guernsey verbracht hat?«

»Wie kommst du ausgerechnet jetzt darauf?«

»Ich hab mir nie Gedanken über ihr Leben gemacht, außerdem weiß ich kaum etwas über diese Zeit«, antwortete Sharon. »Die Insel war von den Deutschen besetzt, davon zeugen ja noch heute zahlreiche Bauten, was aber war mit den Menschen hier auf Guernsey und auf den anderen Inseln?«

»Darüber kann Alec dir Auskunft geben«, warf Yvette ein, legte einen Arm um Alecs Schultern und fuhr stolz fort: »Er beschäftigt sich nämlich seit Jahren mit der Besatzungszeit während des Zweiten Weltkrieges und findet, dass diese Vergangenheit nie vergessen werden darf.«

»Oh, das wusste ich nicht.« Die Nachricht überraschte Sharon. »Ich wäre dir dankbar, wenn du mir mehr darüber erzählen würdest.«

»Ich glaube kaum, dass Alec die Zeit dafür hat«, sagte Yvette hastig, da sie begriff, was ihre Bemerkung ausgelöst hatte, nämlich dass Alec und Sharon noch mehr Zeit miteinander verbringen würden.

»Yvette, bitte, das kann ich selbst entscheiden«, wies Alec sie zurecht, und an Sharon gewandt sagte er: »Wenn du möchtest, können wir das Museum über die Besatzungszeit besuchen. Es befindet sich ja gleich drüben in Forest.«

»Ich glaube, Sharon kann allein in das Museum gehen.« Geräuschvoll schob Yvette ihren Stuhl zurück und stand auf. »Wir müssen jetzt wieder an die Arbeit, Alec. Wegen deiner Verletzung ist jede Menge liegen geblieben, du musst dich ranhalten.« Sie lächelte zwar, ihre Augen waren aber wie Stein, als sie zu Sharon sagte: »Du kommst doch jetzt allein zurecht?«

Die Frage war rein rhetorisch, denn Yvettes Blick und ihr Tonfall signalisierten Sharon, dass sie es nicht wagen solle, noch länger Alecs Zeit in Anspruch zu nehmen.

Als sie allein war, begann Sharon, die Gästezimmer aufzuräumen und zu putzen. Alle Gäste hatten sich äußerst verständnisvoll gezeigt, ihr Bedauern über Theodoras Krankheit ausgedrückt und versichert, Sharon müsse wegen ihnen keine Umstände machen. Die Niederländerin Fiene Wouter hatte sogar angeboten, sich um das Frühstück zu kümmern.

»Früher habe ich in einem kleinen Hotel in Amsterdam gearbeitet«, erklärte sie. »Da war ich auch für den Frühstücksservice zuständig. Dann habe ich geheiratet, zwei Kinder bekommen und war immer nur Hausfrau.«

»Die Tätigkeit als Hausfrau und Mutter darf man nicht unterschätzen«, antwortete Sharon, dachte aber gleichzeitig: Woher willst du das wissen? Du bist weder das eine noch das andere.

Fiene Wouter nickte. »Das mag wohl stimmen, trotzdem hätte ich gern wieder gearbeitet, als die Kinder aus dem Gröbsten raus waren. Mein Mann wollte das nicht und meinte, er würde genügend verdienen, seine Frau habe es nicht nötig zu arbeiten.«

»Eine solche Einstellung ist aber sehr altmodisch«, entfuhr es Sharon. Schnell fügte sie hinzu: »Entschuldigen Sie bitte, das geht mich nichts an, Mrs Wouter.«

Die Niederländerin lachte, schüttelte Sharon die Hand und schlug vor: »Sollen wir nicht Du zueinander sagen? Ich heiße Fiene.« Das Angebot nahm Sharon gern an, und Fiene fuhr fort: »Nachdem die Kinder aus dem Haus waren, haben mein Mann und ich bemerkt, wie wenig wir uns noch zu sagen hatten und dass eine Trennung für uns beide das Beste wäre. Tja, vor ein paar Wochen ist er dann ausgezogen, und ich bin hierhergekommen, um in Ruhe nachzudenken, was ich künftig machen möchte. Ich bin jetzt Mitte vierzig, ein schwieriges Alter, um einen Job zu bekommen.«

»Bei mir ist es ähnlich«, gab Sharon zu. »Eine Trennung und sozusagen Neuorientierung. Während ich aber auf Guernsey geboren bin – wie bist du ausgerechnet auf diese kleine Insel gekommen?«

»Als Jugendliche war ich mit meinen Eltern einmal hier im Urlaub und erinnerte mich an die Ruhe und den Frieden auf Guernsey. Kein Lärm, keine Hektik, Natur pur und vor allen Dingen die Freundlichkeit der Menschen.«

Sharon nickte, Fiene hatte ihr aus der Seele gesprochen.

»Wenn dein Angebot gilt, in der Pension auszuhelfen, dann nehme ich das gern an, allerdings nur, wenn du bereit bist, für deinen Aufenthalt ab sofort nichts mehr zu bezahlen.«

Fiene zögerte, dann antwortete sie: »Abgemacht, sofern Miss Theodora damit einverstanden ist. Ich denke, gemeinsam halten wir den Laden am Laufen, es müssen keine Buchungen storniert werden, und die alte Dame muss sich neben dieser schrecklichen Krankheit nicht auch noch finanzielle Sorgen machen.«

Sharon sprach unverzüglich mit Theodora, die erst zögerte, dann aber zustimmte.

»Es ist von Vorteil, wenn im Liliencottage alles seinen gewohnten Gang geht, sonst sitzt du nur herum, und wir beide warten auf meinen Tod«, sagte sie in ihrer gewohnten Offenheit. »Mutest du dir aber nicht zu viel zu, Sharon? Auch wenn du ein paar Pfund zugenommen hast, bist du noch nicht wieder richtig fit.«

»Mir geht es so gut wie lange nicht mehr«, antwortete Sharon. »Fiene wird mir helfen. Sie kann vorerst auf unbestimmte Zeit auf Guernsey bleiben.«

Theodora schloss die Augen und murmelte: »Ich wollte nie jemandem zur Last fallen ...«

»Du bist niemandem lästig!«, rief Sharon und umarmte die alte Frau. Theodoras Schlüsselbeine stachen spitz durch ihre Bluse, sie musste in der letzten Woche ziemlich abgenommen haben, obwohl sie regelmäßig aß. Auch vor der zunehmenden Schwäche konnte Sharon nicht die Augen verschließen. Nur noch mühsam auf den Krückstock gestützt konnte Theodora sich von einem Zimmer in das andere bewegen. Bei schönem Wetter saß sie, in eine Wolldecke gehüllt, im Liegestuhl auf der Terrasse. Sharon beschloss, einen Rollstuhl zu besorgen, damit sie Theodora regelmäßig an die Küste schieben konnte, denn das Meer hatte sie immer geliebt.

Als sich Sharon an diesem Abend duschte und ihren Körper betrachtete, spielte ein bitteres Lächeln um ihre Lippen. Jahrelang hatte sie gehungert, um mager zu sein, und Theodora verlor von ganz allein an Gewicht, weil der Krebs alles in ihr aufzehrte. Theodoras Bemerkung, sie, Sharon, sei noch lange nicht wieder richtig fit, stimmte. Zum ersten Mal gestand sie sich ein, an einer krankhaften Essstörung zu leiden, und wäre sie nicht nach

Guernsey gekommen, hätte sie die Tatsache wohl weiterhin geleugnet. So, wie es aussah, hatte sie im letzten Moment die Kurve gekriegt, und die Trennung von Ben und alles, was danach geschehen war, hatte einen tieferen Sinn.

Nachdem am Morgen die Pflegeschwester Theodora gewaschen und angezogen hatte, saß sie in einem bequemen Sessel im Wohnzimmer und bat Sharon, ihr ein Buch aus dem Regal zu reichen und sie allein zu lassen.

»Diesen Roman wollte ich schon lange lesen«, sagte Theodora, als sie sah, wie Sharon zögerte. »Mir geht es gut, du kannst mich ruhig allein lassen.«

»Wenn du was brauchst ...«

»Ich bin bestens versorgt«, warf Theodora ein. »Du bist blass, Mädchen, und du warst seit Tagen nicht mehr draußen, daher befehle ich dir jetzt, frische Luft zu schnappen. Darüber hinaus bestehe ich darauf, dass du bald wieder mit diesem netten Mann ausgehst. Du brauchst auch mal Abwechslung.«

»Also gut«, stimmte Sharon zu. »Ich wollte ohnehin das German Occupation Museum besuchen.«

Theodora zuckte zusammen und fragte: »Wie kommst du ausgerechnet jetzt auf die Idee, dieses Museum aufzusuchen?«

»Weil ich mehr über die Vergangenheit der Kanalinseln wissen möchte«, antwortete Sharon. »Alec meinte, das Museum wäre sehr interessant und aufschlussreich. Warst du schon mal dort, Theodora?«

»Das ist nicht nötig, ich hab alles selbst erlebt.« Theodoras Blick richtete sich auf einen Punkt an der Wand hinter Sharon, dann kniff sie die Augen zu und sagte zusammenhanglos: »Ich mache mir Sorgen um Violet.«

»Violet?«

»Es ist schon der zweite Sonntag, an dem ich sie nicht besuchen kann«, fuhr Theodora traurig fort. »So ungern ich es zugebe, aber ich fühle mich einfach zu schwach, vielleicht wird es bald wieder besser.«

Erst jetzt fiel Sharon ein, dass heute Sonntag war.

»Ich kann sie ja besuchen«, schlug Sharon spontan vor. »Allerdings denke ich, dass Violet dein Fehlen gar nicht bemerkt hat. Sie lebt doch in ihrer eigenen Welt ohne Zeitgefühl.«

»Das können wir nicht wissen«, widersprach Theodora und griff nach Sharons Hand. Ihr Druck war leicht wie der Flügelschlag eines Schmetterlings. »Würdest du das wirklich tun?«

Für einen Moment bereute Sharon ihren Vorschlag, Violet zu besuchen. Sie kannte die Frau nicht, hatte sie nur ein Mal gesehen und erinnerte sich deutlich an die bedrückende Atmosphäre in dem Pflegeheim. Sharon bemerkte den erwartungsvollen Blick Theodoras.

»Ich mache mich gleich auf den Weg«, sagte sie entschlossen. »Ich werde zu Fuß gehen, die Bewegung wird mir guttun.«

Die Pflegeschwester erkannte Sharon wieder und meinte: »Wir haben uns schon Sorgen über das Ausbleiben von Miss Banks gemacht.«

»Sie ist leider erkrankt, Schwester ...«

»Maud.«

»Schwester Maud, ja, danke«, antwortete Sharon. »Es tut Theodora leid, nicht selbst kommen zu können, daher dachte ich, ich schaue mal nach Miss Violet.«

»Ich bringe Sie zu ihr. Über Ihren Besuch wird Miss Violet sich sehr freuen.«

Sharon bezweifelte das und folgte Schwester Maud, ein mulmiges Gefühl im Magen. Violet Lewis saß in einem Lehnstuhl im Aufenthaltsraum, eine Decke über den Knien, die Augen geschlossen.

»Miss Violet, Sie haben Besuch!« Schwester Maud berührte sie sanft an der Schulter, und die alte Frau öffnete die Lider.

Nach einem Blick auf Sharon sagte sie klar und deutlich: »Du bist nicht Dora.«

Sharon konnte sich nicht erinnern, dass Theodora jemals Dora genannt worden war.

»Ich bin Sharon, eine Freundin von Theodora. Das letzte Mal haben wir Sie gemeinsam besucht. Erinnern Sie sich, Mrs Lewis?«

»Wo ist Dora? Treibt sie sich wieder mit dem Soldaten herum?«

Sharon zuckte zusammen und erwiderte: »Sie ist krank, wird Sie aber besuchen, sobald es ihr besser geht.«

»Sie lügen!«, rief Violet laut. »Dora ist mit dem Feind unterwegs. Geben Sie es doch zu! Lügen Sie mich nicht an, ich weiß über alles Bescheid!«

Es war ein Fehler, hierherzukommen, dachte Sharon und sagte: »Bitte, Mrs Lewis, von welchem Soldaten sprechen Sie? Auf Guernsey gibt es keine Soldaten.«

Nun kicherte Violet wie ein junges Mädchen. »Wenn er wenigstens hübsch wäre, aber so ein Krüppel. Dora hatte ja noch nie Geschmack. Ist ja selbst ein Krüppel. Gleich und gleich gesellt sich eben gern. Ich werde das nicht zulassen, ich werde es allen sagen, dann stellen sie Dora an die Wand und erschießen sie!«

»Mrs Lewis, wovon sprechen Sie?«, fragte Sharon entsetzt, bemerkte aber, dass ihre Worte die alte Frau nicht erreichten.

»Erschießen, jawohl! Bumm, bumm!«

Hilflos sah Sharon sich um und winkte Schwester Maud zu, die die Szene aus ein paar Metern Entfernung verfolgt und alles gehört hatte.

Sie trat näher, zupfte die Decke über Violets Beinen zurecht und sagte laut und eindringlich: »Miss Violet, der Krieg ist schon lange vorbei, alle Soldaten sind fort. Möchten Sie jetzt Ihren Tee trinken?« Zu Sharon gewandt, raunte sie: »Es ist wohl besser, wenn Sie jetzt gehen. Miss Violet hat heute keinen guten Tag.«

Sharon nickte und wich zurück. Violet schien sie gar nicht mehr wahrzunehmen, denn nun jammerte sie: »Ich will meinen Tee! Tee! Tee! Warum bringt mir niemand den Tee?«

Wie von Furien gehetzt lief Sharon aus dem Haus. Erst als sie das Tor passiert hatte, blieb sie stehen, eine Hand auf ihre stechende Seite gepresst. Bei ihrem ersten Besuch hatte sie festgestellt, dass Violets Geist sehr verwirrt war, als sie Theodora für ihre Mutter und sie, Sharon, für ihre Puppe gehalten hatte. Sie sagte sich, dass sie die heutigen wirren Worte nicht ernst nehmen und gleich wieder vergessen sollte. Die Vorwürfe und Beleidigungen gegenüber Theodora hatten aber geklungen, als meinte Violet jedes Wort ernst. Sharon rechnete nach: Theodora war im Juni 1930 geboren worden und als der Krieg zu Ende war noch keine fünfzehn Jahre alt, ein halbes Kind. Violet musste fantasieren oder etwas verwechselt haben.

Theodora bemerkte sofort, dass Sharon ihr nicht die ganze Wahrheit sagte, als sie fragte, wie es Violet ging.

»Schwester Maud meinte, sie habe einen schlechten Tag«, antwortete Sharon. »Sie hat mich nicht erkannt. Wie auch, ich bin ja nur ein Mal bei ihr gewesen.«

»Was noch?«

»Wie, was noch?«, fragte Sharon.

»Kind, etwas ist vorgefallen, das sehe ich deiner Nasenspitze an«, sagte Theodora mit einem Lächeln.

Sharon zögerte, dann musste sie es aber sagen: »Violet erklärte, du würdest sie nicht besuchen, weil du mit einem Soldaten zusammen seiest, sie sprach von einem Krüppel ...« Sharon verstummte, denn Theodoras Wangen wurden aschfahl, und sie atmete schneller. »Das ist natürlich Unsinn, Violets Geist ist völlig verwirrt«, fügte Sharon hinzu.

»Das hat sie nicht vergessen«, raunte Theodora. »Dabei war sie doch gar nicht auf der Insel, und später habe ich ihr kaum etwas erzählt.« Ihr Blick ging in die Ferne, sie schien Sharon nicht mehr wahrzunehmen.

Sharon kniete sich neben den Sessel und griff nach Theodoras Hand.

»Was hast du Violet erzählt? Von welchem Soldaten sprach sie?« Theodoras Reaktion sagte ihr, dass Violets wirre Äußerungen nicht völlig aus der Luft gegriffen waren. Wie zuvor überlegte Sharon, wie Theodora die Zeit der deutschen Besetzung verbracht hatte. »Theodora, brauchst du etwas? Ein Glas Wasser, oder soll ich einen Tee machen?«

»Lass mich allein«, murmelte Theodora, Schweißperlen auf der Stirn, obwohl es im Zimmer kühl war. »Bitte, geh jetzt.«

Sharon spürte, dass sie nichts mehr erfahren würde. Violets Bemerkungen und Theodoras Verhalten waren ihr aber sehr suspekt.

Sharon trat aus dem Haus, da fuhr der dunkelgrüne Jaguar in den Hof. Das Dach war geöffnet, und Raoul Osborne winkte ihr zu, bevor das Auto zum Stehen kam.

»Was willst du hier?«, fragte Sharon, nachdem er ausgestiegen war.

»Deine Freude, mich zu sehen, hält sich ja in Grenzen«, stellte Raoul fest. »Ich dachte, ich schaue mal nach dir, nachdem du dich seit Tagen rarmachst und auf meine Nachrichten nicht antwortest.«

»Ich hatte keine Zeit, ich muss mich um Theodora kümmern.«

»Eine schlimme Krankheit.« Raoul nickte. »Gerade deswegen solltest du auch mal raus. Heute Abend gibt es ein Konzert mit Werken von Mozart bis Beethoven im Princess Royal Centre in Guernsey. Ich dachte, es könnte dir gefallen, und wollte dich fragen, ob du mitkommst.«

»Ja, ich meine, nein«, antwortete Sharon, immer noch verwirrt von Theodoras Reaktion. »Ja, ich mag klassische Musik, aber nein, ich kann heute Abend nicht mit dir ausgehen, Raoul. Theodora braucht mich.«

Die Enttäuschung stand ihm ins Gesicht geschrieben.

»Das ist sehr schade, Sharon. Dann ein anderes Mal, wenn es deiner Freundin wieder besser geht?«

Es lag Sharon auf der Zunge, zu sagen, dass es Theodora niemals wieder besser gehen und dass sich ihr Gesundheitszustand rapide verschlechtern würde, stattdessen stellte sie Raoul dieselbe Frage wie vor ein paar Tagen Alec: »Was weißt du eigentlich über die Besatzung auf Guernsey während des Krieges?«

»Wie kommst du ausgerechnet jetzt auf dieses Thema?«

»Ach, mir geht so einiges durch den Kopf«, antwortete Sharon und versuchte, unverbindlich zu lächeln.

Er zuckte mit den Schultern. »Das Thema hat mich nie sonderlich interessiert. Ich denke, ich weiß nur das, was wir in der Schule gelernt haben.«

»Immerhin gibt es auf ganz Guernsey zahlreiche Hinweise auf die Okkupation.«

»Zu meinem Bedauern, ja«, erwiderte Raoul. »Drüben in Frankreich wurden die Befestigungsanlagen nach dem Krieg weitgehend demontiert, weil die Leute sich nicht mehr daran erinnern wollten, aber hier machen manche ein ziemliches Theater darum.«

»Die Reste der Bunker und Geschützstände sind als Mahnmale belassen worden, um aufzuzeigen, dass so etwas niemals wieder geschehen darf«, sagte Sharon.

»Tja, das mag wohl sein.« Raoul steckte die Hände in die Taschen seiner hellgrauen Hose und wippte vor und zurück. »Meiner Ansicht nach verschandeln die Betonbauwerke die Landschaft. Allein an der Südküste Guernseys gibt es keine Meile, an der nicht so ein Bunker steht.« Er trat näher und sah Sharon bittend an. »Ich bin aber nicht gekommen, um über die Vergangenheit zu sprechen, sondern weil ich mit dir ausgehen möchte. Du fehlst mir, Sharon.« Seine Stimme wurde schmeichelnd. »Wenn es dir heute Abend nicht passt, okay, dann aber in den nächsten Tagen? Wir können auch zusammen lunchen, du wirst deine Freundin ja wohl mal ein paar Stunden allein lassen können.«

»Okay, morgen Mittag im Boat House«, schlug Sharon vor. Einerseits, weil sie wusste, Raoul würde nicht gehen, bevor sie zugestimmt hatte, aber auch, weil es ihm gelingen würde, sie für eine Weile von ihren Grübeleien abzulenken.

Da am Montag im Liliencottage keine An- oder Abreisen stattfanden, erledigten Sharon und Fiene die Hausarbeiten schnell. Die Niederländerin war zu einer unverzichtbaren Hilfe geworden, und als Sharon sie fragte, ob sie heute außerhalb essen könne, antwortete Fiene: »Klar, geh nur, den Rest schaffe ich allein, und ich schau auch nach Miss Theodora.«

»Du bist ein Schatz, Fiene«, sagte Sharon erleichtert und machte sich auf den Weg.

In Theodoras Schuppen hatte Sharon ein Fahrrad gefunden, es geputzt und von einem Fachmann in der Stadt durchchecken lassen. Als sie nun auf den Weg zur Hauptstraße radelte, fragte sie sich, wann sie zum letzten Mal Fahrrad gefahren war. Vielleicht vor zwanzig Jahren. Es stimmte aber, dass man Fahrradfahren ebenso wie Schwimmen nicht verlernte, außerdem hatte sie viele Stunden auf einem Ergometer im Sportstudio verbracht. Mit dem Rad erreichte Sharon das Museum in zwanzig Minuten. Um ein Uhr wollte sie sich mit Raoul treffen, es blieb ihr also genügend Zeit, um einen Blick auf die Relikte der Vergangenheit zu werfen.

Zwei Stunden später verließ Sharon das Museum mit einem beklemmenden Gefühl in der Brust. Alec hatte recht gehabt: Das German Occupation Museum verfügte über eine reichhaltige Sammlung aus der schwersten Zeit Guernseys, und Sharon hatte vieles erfahren, wovon sie zuvor keine Ahnung gehabt hatte, unter anderem, dass kurz bevor die Deutschen im Juni

1940 die Insel besetzt hatten, Tausende Einwohner nach England evakuiert worden waren, darunter die meisten Kinder. Theodora hatte jedoch erwähnt, die Insel nicht verlassen zu haben. Warum war sie geblieben? Hatten ihre Eltern ihr Hab und Gut nicht aufgeben wollen und dadurch nicht nur ihr eigenes Leben, sondern auch das ihrer Tochter riskiert? Oder gab es andere Gründe, auf der Insel auszuharren? Wie hatte Theodora die fast fünf Jahre mit den Feinden verbracht? Anfangs waren die Deutschen angeblich recht freundlich gewesen, und für die Einwohner war das Leben beinahe unverändert weitergegangen, jedenfalls für diejenigen, die die Deutschen akzeptiert hatten, abgesehen davon, dass die Sprache nun Deutsch war, auf der falschen Straßenseite gefahren wurde und eine Ausgangssperre verhängt worden war. Mit alldem kamen die Insulaner zunächst gut zurecht, dann jedoch wurden die Kanalinseln als Teil von Hitlers Atlantikwall zu uneinnehmbaren Festungen ausgebaut, und das Gefühl, hier gefangen zu sein, verstärkte sich. Immer mehr Repressalien folgten, unter anderem, dass die Einwohner alle Radiogeräte abgeben mussten und auf das heimliche Abhören der BBC die Todesstrafe stand. Mit den zunehmenden Niederlagen der Wehrmacht auf dem Festland verschlimmerten sich auch die Lebensbedingungen der Menschen auf der Insel.

Ebenso, wie sich Sharon bisher kaum für die Vergangenheit interessiert hatte, reagierte auch Raoul, als sie ihm beim Lunch von dem Besuch im Museum erzählte.

»Was soll das, Sharon?«, fragte er. »Wir leben im Hier und Jetzt.«

»Ach, und was ist mit deinem Ahn?«, erwiderte Sharon schmunzelnd. »Als du mir die Geschichte von dem Gouverneur erzählt hast, hatte ich den Eindruck, du bist auf die Vergangenheit sehr stolz.«

»Das ist doch etwas anderes.«

»Das sehe ich nicht so. Der Krieg ist gerade mal knapp über siebzig Jahre vorbei. Einige der Menschen sind noch am Leben, siehe Theodora. Du, Raoul, und ich, wir sind beide auf Guernsey geboren, also ist diese Vergangenheit auch ein Teil von uns, nicht wahr?«

»Dein plötzliches Interesse überrascht mich.«

»Es gibt ein Komitee, das sich mit dieser Zeit beschäftigt. Weißt du, wo ich diese Leute finden kann?«

Mit einem säuerlichen Lächeln antwortete Raoul: »Da fragst du den Falschen, ich denke, im Internet wird sich der richtige Ansprechpartner finden lassen, wenn du unbedingt in dieser Zeit herumstochern musst.«

Die Kellnerin brachte die Speisen – Sharon hatte sich für Muscheln in Weißweinsoße entschieden – und unterbrach ihre Unterhaltung. Sie aßen schweigend, bis Raoul fragte: »Theodora Banks ... hat sie eigentlich Verwandte?«

»Nein, Theodora hat nie geheiratet, keine Kinder und auch nie Geschwister oder so erwähnt. Als ich ein Kind war, war sie wie eine Großmutter für mich.«

»Deswegen liegt dir ihr Schicksal so am Herzen.« Raoul nickte verstehend. »Wenn sie stirbt – wer erbt dann das Liliencottage?«

Sharon fiel beinahe der Löffel aus der Hand, mit dem sie den Rest Soße aus der Schüssel löffelte.

»Keine Ahnung, ich nehme an, das fällt dem Staat zu. So ist es doch allgemein üblich. Ich weiß aber nicht, wie das auf den Kanalinseln geregelt ist. Warum fragst du? Noch ist Theodora am Leben und ich ...«

»Bitte, beruhige dich, Sharon!« Er legte die Hand auf ihre. »Ich mache mir Sorgen um dich. In England gibst du alles auf, um eine alte Frau, die nicht einmal mit dir verwandt ist, zu pflegen, opferst deine Kraft und Zeit. Also dachte ich, vielleicht hat die Frau ein Testament gemacht, in dem sie dich als ihre Erbin eingesetzt hat.«

Verwirrt schüttelte Sharon den Kopf. »Selbst wenn, ich würde es nicht wollen. Was soll ich mit einem Bed and Breakfast auf Guernsey anfangen?«

»Genau das denke ich auch«, erwiderte er und fragte ungezwungen: »Noch einen Kaffee zum Abschluss? Dann muss ich leider wieder an meine Arbeit.«

Sharon nickte, und Raoul winkte der Kellnerin. Als sie sich wenig später trennten, versprach Sharon, am kommenden Samstagabend mit ihm ins Kino zu gehen.

Da Theodoras Haus nicht über einen Internetanschluss verfügte und das Signal für Sharons Smartphone dort sehr schlecht war, suchte sie das dem Restaurant schräg gegenüberliegende Touristeninformationsbüro auf. Ein freundlicher, grauhaariger Herr gab ihr bereitwillig Auskunft.

»Ja, es gibt eine Organisation, die sich um die Hinterlassenschaften der Besatzung durch die Deutschen kümmert, damit diese Zeit nicht in Vergessenheit gerät. Die Arbeit ist ehrenamtlich und finanziert sich ausschließlich durch Spendengelder. Wenn Sie mehr erfahren möchten, dann verweise ich Sie an einen Herrn, der Ihnen gern behilflich sein wird. Dem Komitee gehört er zwar nicht an, wir kennen uns aber persönlich, und er interessiert sich sehr für die Vergangenheit der Inseln. Drüben auf Jersey kennt er einige Leute, die die Erinnerung aufrechterhalten. Er ist etwa in Ihrem Alter und gern bereit, über die Historie zu sprechen.«

»Das wäre sehr freundlich«, sagte Sharon. »Heute habe ich das German Occupation Museum besucht, und auf Jersey gibt es doch auch ein ähnliches Museum, nicht wahr?«

»Die War Tunnels«, bestätigte der Mann. »Während des Krieges war es ein unterirdisches Hospital, wie es auf Guernsey auch eines gegeben hat. Die War Tunnels sind auf jeden Fall einen Besuch wert. Mit der Schnellfähre kommen Sie an einem Tag problemlos nach Jersey rüber und auch wieder zurück. Vom Hafen in St Helier fahren Busse zu dem Museum, teilweise historische Fahrzeuge wie vor Jahrzehnten.«

Sharon dankte für die Ausführungen und bat den Mann, ihr Namen und Adresse des von ihm erwähnten Herrn aufzuschreiben. Er griff nach Papier und Kugelschreiber, schrieb den Namen auf, faltete dann den Zettel zusammen und reichte ihn Sharon. Sie steckte ihn in die Tasche ihrer Jeans. Erst draußen auf der Straße nahm sie den Zettel hervor, entfaltete ihn und las: *Alec Sauvage.*

8. Kapitel

Guernsey, Herbst 1943

Im Rahmen der *Operation Todt*, mit der im Herbst 1941 auf allen Inseln begonnen worden war, wurde auch Guernsey zu einer großen, uneinnehmbaren Festung ausgebaut. Hitler befürchtete, die westlichen Alliierten würden einen Angriff starten und als Erstes die Kanalinseln angreifen, um einen Stützpunkt nahe Frankreich zu haben. Die gesamte Küstenlinie wurde zu gewaltigen Minenfeldern mit Geschützständen in Sichtabständen, riesigen Seewällen und meilenlangen unterirdischen Tunneln. In unmittelbarer Nähe von St Martin entstand unter der Erde ein Hospital, das zusätzlich getarnt wurde, damit es von feindlichen Flugzeugen nicht auszumachen war. Tag für Tag waren überall auf der Insel die Sprengungen der Felsen zu hören. Zu sehen waren auch die Zwangsarbeiter. Gefangene, die für die Baumaßnahmen zu Hunderten auf die Insel gebracht wurden. Der überwiegende Teil der Zwangsarbeiter stammte aus den eroberten Ostgebieten, es gab aber auch Franzosen, Niederländer und Belgier. Hin und wieder begegnete Theodora diesen Menschen, wenn sie von den Schiffen zu den Arbeitsstätten getrieben wurden. Getrieben wie Vieh, anders konnte sie es nicht bezeichnen. Nie zuvor hatte sie so etwas Entsetzliches gesehen. Die Männer waren schmutzig, ungepflegt, abgemagert, in ihren Gesichtern stand Resignation, ihre Augen waren stumpf, die Blicke leer. Es blieb kein Geheimnis, dass die Gefangenen Schwerstarbeit leisten mussten, auch wenn die Deutschen versuchten, es zu vertuschen. Die Besatzer konnten den Insulanern die Radiogeräte verbieten und eine Ausgangssperre auferlegen – die Gedanken waren aber nach wie vor frei, und es gab immer wieder Gelegenheiten, um miteinander zu sprechen, ohne belauscht zu werden. Hatten die Insulaner inzwischen wenig zu essen, so lebten sie im Vergleich zu den Zwangsarbeitern in Saus und Braus. Diese bekamen kein Fleisch, keine Milch, lediglich wässrige Gemüsesuppen, meistens Kohl oder Rüben, wenig Brot, kein Fett und nur eine Tasse Ersatzkaffee pro Tag. Es war streng verboten, einem Arbeiter etwas von den eigenen Lebensmitteln zu geben. Als ein Mann aus Torteval es wagte, einer dieser armen Seelen eine halbe Flasche Wein zu schenken, wurde der Mann auf offener Straße erschossen. Als ob das nicht schrecklich genug wäre, wurden die Zwangsarbeiter geschlagen und misshandelt, in ihren Unterkunftsbaracken gab es keine sanitären Einrichtungen, und sie starben wie die Fliegen. Die Besatzer kümmerte das nicht – Nachschub war mehr als genug vorhanden.

Einmal musste Theodora mit ansehen, wie zwei Russen misshandelt wurden. Wie gewohnt war sie am frühen Morgen zum Anstehen für Lebensmittel in die Stadt hinuntergegangen, als gerade ein Schiff angelegt hatte. Wie alle anderen wurde auch Theodora von Soldaten an den Straßenrand gedrängt, um die neu angekommenen Arbeiter vorbeizulassen. Deren Hände waren gefesselt, manche waren sogar aneinandergekettet. Da strauchelte ein alter Mann, fiel zu Boden und riss zwei seiner Kameraden mit sich. Sofort war einer der Soldaten zur Stelle und brüllte sie an, unverzüglich wieder aufzustehen. Der alte Mann schien aber zu schwach zu sein oder er hatte aufgegeben. Das Gesicht im Staub der Straße, blieb er einfach liegen. Ein anderer bückte sich, um ihm zu helfen, da prasselte auch schon der Schlagstock des Soldaten auf beide nieder. Der Jüngere versuchte, mit den Händen seinen Kopf zu schützen, den alten Mann trafen die Schläge ungehindert. Theodora hörte die Handknochen des einen brechen und seine Schmerzensschreie und sah, wie die Haut des Mannes aufriss und Blut über sein Gesicht lief. Er bäumte sich noch einmal auf, ein Keuchen drang aus seiner Kehle, dann brach er zusammen.

Der Soldat trat ihm mit der Stiefelspitze hart in die Seite. »Ich glaube, der ist hin«, rief er einem Kameraden zu.

Theodora war die Sprache zwar fremd, diese Worte hatte sie dennoch verstanden. Ihr wurde schrecklich übel. Hastig bahnte sie sich einen Weg zwischen den Menschen hindurch und musste sich an der nächsten Ecke übergeben. Da sie seit dem Vortag nichts mehr gegessen hatte, würgte sie nur bittere Galle hervor. Niemand kümmerte sich um das Mädchen, niemand reichte ihr ein Taschentuch oder gar eine helfende Hand. Solange die Soldaten in Sichtweite waren, wagte es keiner, wofür Theodora sogar Verständnis aufbrachte.

»Du musst versuchen, es auszublenden«, sagte Rachel am Abend zu Theodora, als das Mädchen von dem Erlebnis erzählte. »Wir können es nicht ändern, ohne selbst in Gefahr zu geraten, wir können nur versuchen, das Leid dieser Menschen zu lindern, sofern es in unserer Macht steht.« Sanft strich Rachel Theodora übers Haar. »Wir sind hier in Sicherheit. Wegen meiner Arbeit im Hospital lassen sie uns in Ruhe, und wir können von Glück sagen, dass uns das Haus nicht weggenommen wurde.«

Theodora lernte schnell, sich unauffällig zu bewegen und zu benehmen. Durch ihre Narben im Gesicht und ihren schleppenden Gang fiel das Mädchen zwar auf, war aber ansonsten so unscheinbar, dass die Soldaten auf der Straße keine Notiz von ihr nahmen.

Jonathan Hammond hatte, wie alle anderen, sein Radiogerät abgeliefert, ebenso eine alte Handfeuerwaffe, die er von seinem Vater bekommen hatte. Sie stammte aus dem letzten Jahrhundert, war längst verrostet und hätte wohl keinen Schuss mehr abgefeuert. Es war aber sicherer, alle Waffen den Deutschen zu übergeben.

Der alte Mann hatte sich an die Anwesenheit des Mädchens gewöhnt und überließ Theodora den gesamten Haushalt. Sie musste einkaufen, kochen, putzen, waschen, bügeln, den Garten versorgen und ihn auch noch bedienen. Wenn Rachel ihren Vater ansprach und meinte, früher hätte er sich selbst um einiges gekümmert, weil sie ja im Hospital arbeitete, antwortete Hammond: »Wir füttern das Kind mit durch, da ist es nur recht und billig, wenn es sich nützlich macht.«

Theodora empfand die unermüdliche Arbeit nicht als Belastung, im Gegenteil. Auch wenn es ihr schwerfiel, täglich nach St Peter Port hinunterzugehen, war sie froh, dass ihre Tage von früh bis spät ausgefüllt waren und sie vom Grübeln und der Furcht vor der Zukunft abgehalten wurde. Jonathan Hammond behandelte sie nicht schlecht. Manchmal machte er zwar abfällige Bemerkungen über ihre Narben, aber nur, wenn seine Tochter nicht in der Nähe war, und Theodora erzählte Rachel nichts davon. Es hätte nichts geändert. Theodora spürte, dass Hammond im Grunde seines Herzens über ihre Anwesenheit froh war, vertrieb sie ihm doch die Einsamkeit. Vor ein paar Monaten hatte er sogar begonnen, Theodora eine Art Unterricht zu geben.

»Eine Schande, dass das Kind nicht lernen kann«, hatte er verärgert gesagt. »Was soll aus ihm werden, wenn der Krieg vorbei ist? Theodora wird nie heiraten, denn wer will schon so ein Narbengesicht haben? Deswegen wird sie darauf angewiesen sein, ihren Lebensunterhalt selbst zu verdienen.«

So standen zu der Hausarbeit auf Theodoras Tagesplan noch zwei Stunden Unterricht, jeweils zwischen zehn und zwölf am Vormittag. Obwohl Hammond früher nur ein einfacher Ofensetzer gewesen war, hatte er viel gelesen, deshalb befanden sich zahlreiche Bücher im Haus. Die Besatzer hatten die Lektüren der Haushalte zwar kontrolliert und *entartete Kunst*, wie sie es nannten, mitgenommen und vernichtet, es waren aber genügend Bücher verschiedener Fachbereiche geblieben, sodass Theodora sich fortbilden konnte. Am liebsten hatte sie es, wenn Hammond von der Geschichte der Insel und dem Leben der Menschen erzählte. Dabei war er entspannt, nicht länger grimmig, oft richtete er seinen Blick in die Ferne, als hätte er die Anwesenheit des Mädchens vergessen. Seine Stimmung konnte sich aber jederzeit ändern. Wenn Theodora eine Rechenaufgabe nicht sofort lösen konnte, herrschte er sie an und beschimpfte sie als dummes, nutzloses Ding. Mit der Zeit hatte Theodora gelernt, mit Rachels Vater zurechtzukommen und nicht alles ernst zu nehmen, was er von sich gab. Wenn Hammond seine Launen an ihr ausließ, dann verschonte er wenigstens seine Tochter. Theodora war Rachel so dankbar, weil sie sie nicht der Willkür der Deutschen ausgeliefert hatte, dass sie alles für Rachel getan hätte.

Theodora war kein zweites Mal bei ihrem Elternhaus gewesen, besuchte aber jeden Sonntag die Gräber ihrer Familie. Wenn Rachel keinen Dienst hatte, begleitete sie das Mädchen, danach nahmen sie an dem Gottesdienst in der Kirche in St Martin teil. Den Weg konnte Theodora inzwischen bewältigen, langsam zwar, und oft schmerzten die Bruchstellen in ihrem Bein, sie würde es sich aber nicht nehmen lassen, den Friedhof aufzusuchen. Das war die einzige Stunde in der Woche, in der sie es sich erlaubte, an das zu denken, was sie unwiderruflich verloren hatte.

An einem neblig-trüben Morgen erwartete Ernest Pellier Rachel an der Straßenecke, etwa zweihundert Yards vom Hospital entfernt. Wegen der Ausgangssperre, die für die Mitarbeiter des Krankenhauses wegen ihrer Nachtdienste aber nicht galt, waren sie allein. Trotzdem sah sich Rachel aufmerksam nach allen Seiten um, bevor sie auf den Arzt zulief.

»Ernest!« Rachel warf sich in seine ausgebreiteten Arme, dann küssten sie sich. »Hast du extra hier auf mich gewartet?«

»Das auch, aber in erster Linie ...« Er blickte ebenfalls die Straße hinauf und hinunter, nahm dann Rachels Hand und flüsterte: »Komm mit, ich muss dir etwas zeigen.«

Durch den Lieferanteneingang betraten sie das Hospital; zu dieser frühen Stunde waren hier noch keine Wachen postiert. Ernest Pellier führte Rachel in ein kleines Zimmer am Ende des Korridors im zweiten Stock. Es wurde nicht als Krankenzimmer, sondern als Abstellkammer genutzt. Aus der Hosentasche nahm Pellier einen Schlüssel und sperrte die Tür auf. In dem schmalen, fensterlosen Raum stand ein ausrangiertes Krankenbett, und in diesem lag ein Mann.

»Was hat das zu bedeuten?«, fragte Rachel flüsternd, denn mit einem Blick erkannte sie, dass es sich um einen Zwangsarbeiter handelte. Er war noch sehr jung, keine zwanzig Jahre alt, sein Oberkörper war bandagiert, und er schlief.

»Sein Name ist Louis, er ist Franzose«, erklärte Pellier. »Als ich gestern Abend das Hospital verließ, fand ich ihn im Gebüsch unweit des Eingangs. Es muss ihm gelungen sein, aus dem Lager zu fliehen und sich hierherzuschleppen.«

»Ist er schwer verletzt?« Rachel trat ans Bett und betrachtete den Patienten.

»Eine ausgekugelte Schulter, ein paar gebrochene Rippen und wahrscheinlich eine Gehirnerschütterung. So gut es ging habe ich ihn versorgt und ihm ein Schlafmittel gegen die Schmerzen gegeben. Röntgen und weitere Untersuchungen konnte ich nicht durchführen, ohne dass die anderen etwas mitbekommen hätten.«

»Weißt du, wie stolz ich auf dich bin?« Rachel stellte sich auf die Zehenspitzen und küsste ihn auf die Lippen. »Er ... Louis kann aber nicht hierbleiben.«

»Ich weiß.« Pellier seufzte. »Ich müsste ihn melden, denn wenn er hier entdeckt wird, sind wir alle dran. Diesem Risiko kann ich niemanden aussetzen. Bereits gestern Abend hätte ich die Behörde verständigen müssen, wollte aber wenigstens ein bisschen was für den Franzosen tun.«

Es zerriss Rachel beinahe das Herz vor Mitleid mit dem jungen Mann, aber sie wusste, dass Ernest Pellier recht hatte. Wahrscheinlich war der Franzose beim Bau eines Tunnels verletzt worden. Es grenzte an ein Wunder, dass es ihm überhaupt gelungen war, sich davonzuschleichen und das Hospital zu erreichen. Wenn Ernest diesen Louis jetzt meldete, würde man ihn ins Lager zurückschaffen und dort seinem Schicksal überlassen.

»Die Verletzungen sind nicht lebensbedrohlich«, sagte Dr. Pellier. »Mit ein wenig Glück wird er es schaffen.«

»Nur, wenn er nicht gleich wieder arbeiten muss«, gab Rachel zu bedenken. »Wenn sich eine der gebrochenen Rippen in die Lunge bohrt, ist er des Todes. Wo sollen wir ihn verstecken? Hier im Hospital wird er früher oder später entdeckt werden.«

»Ich dachte, ich bringe Louis zu mir nach Hause.«

»Was?«

Pellier nickte ernst. »Dafür benötige ich deine Hilfe, Rachel. Heute Nacht, wenn unser Dienst beendet ist, musst du die Wachen ablenken. Ihnen irgendetwas erzählen, dass wir dringend neues Verbandsmaterial und Medikamente brauchten. Derweil schaffe ich Louis durch den Hinterausgang hinaus, seine Beine sind ja nicht verletzt, und es ist nicht weit bis zu meinem Haus. Es gibt da einen Kellerraum, natürlich nicht sonderlich gemütlich, dort wird er aber vorerst in Sicherheit sein.«

»Wenn man dich entdeckt, wirst du erschossen«, stellte Rachel nüchtern fest. »Was soll Louis machen, wenn er wieder gesund ist? Weiter bei dir im Keller bleiben, bis dieser verdammte Krieg vielleicht mal vorbei ist?«

Pellier zuckte mit den Schultern. »Wir müssen uns etwas einfallen lassen, im Moment möchte ich nur sein Leben retten.«

»Ich helfe dir«, erklärte Rachel schlicht. »Sag mir einfach, was ich tun kann, und ich werde es versuchen.«

»Ich wusste, ich kann auf dich zählen.«

Pellier wollte Rachel gerade in seine Arme ziehen, als das Echo schwerer Schritte durch die Korridore hallte und immer näher kam. Angstvoll starrte Rachel den Arzt an, Pellier legte sich einen Finger auf die Lippen und gebot Rachel, sich völlig ruhig zu verhalten. Es hatte aber keinen Zweck. Die Tür wurde aufgerissen, und Hauptmann Huber stand unter dem Sturz.

»Geben Sie sofort den Mann heraus!«

Er trat neben Rachel, packte sie an der Schulter und schubste sie zur Seite. Zwei Soldaten, die Gesichter ausdruckslos, die Pistolen schussbereit in den Händen, sicherten die Tür.

»Herr Hauptmann, ich bitte Sie!« Entschlossen trat Ernest Pellier dem Deutschen entgegen. »Dieser Mann ist schwer verletzt und suchte Hilfe in unserem Hospital.«

»Warum haben Sie ihn nicht unverzüglich gemeldet?«

»Ich wollte gerade Meldung machen, Herr Hauptmann«, log Pellier. »Heute Nacht wollte ich niemanden aufwecken, ich dachte, das hätte Zeit.«

Huber musterte erst den Arzt, danach Rachel von oben bis unten, dann sagte er: »Der Entflohene wird sofort zurück ins Lager gebracht.«

»Bitte, Herr Hauptmann, der Mann braucht medizinische Versorgung und Ruhe, dann wird er in ein paar Wochen wieder arbeitsfähig sein.«

Rachel bewunderte Ernest Pellier für seine Gelassenheit. Sie wusste, er hatte keine andere Wahl, als den jungen Franzosen den Deutschen zu überlassen, um sein eigenes Leben zu retten.

»Pah! Ruhe!« Es hätte nicht viel gefehlt, und Huber hätte auf den Boden gespuckt. »Ich kenne das! Das Pack jammert immer, dabei sind sie nur zu faul, um zu arbeiten.«

Rachel trat vor den Hauptmann und sagte entschieden: »Bei allem Respekt, aber dieser Mann kann jederzeit sterben, wenn seine Rippenbrüche nicht versorgt werden, darüber hinaus hat er mindestens zwanzig Pfund Untergewicht. Wenn Sie ihn wieder auf die Baustelle schicken, wird er es wohl keine zwei Tage überleben.«

Hauptmann Huber grinste verächtlich und erwiderte kalt: »Na und? Nur ein toter Franzose ist ein guter Franzose. Wir verfügen über genügend Nachschub.« Rachel wurde es bei diesen Worten übel. Huber ließ ihr aber keine Zeit für eine Antwort und fuhr fort: »Die Eigenmächtigkeit, einen entflohenen Häftling ins Hospital zu bringen und ihm eine Sonderbehandlung zuteilwerden zu lassen, wird Konsequenzen haben. Sogar ein Einzelzimmer wurde ihm zugestanden, wie ungemein edel! Wenn unsere Soldaten erkranken, werden sie nicht so exklusiv versorgt.« Zynismus troff aus jedem seiner Worte.

»Herr Hauptmann, wir haben nur unsere Pflicht getan«, sagte Ernest Pellier. »Der Mann ist verletzt, und ich hab einen Eid geschworen, jedem zu helfen, egal, welcher Hautfarbe, welcher Religion und Nationalität. Wenn Louis wieder gesund ist, wird er an seine … Arbeit zurückkehren.«

»Bitte, nein … nicht …« Alle wandten sich dem Krankenbett zu. Rachel hatte angenommen, der junge Mann schliefe noch, Louis starrte sie jedoch aus weit geöffneten Augen an, in denen grenzenlose Furcht zu erkennen war. »Ich sterben, wenn wieder zurückmüssen.« Huber schlug ihm mit der Faust ins Gesicht. Knochen knirschten, und Blut floss aus Louis' Nase. Das war so schnell gegangen, dass weder Rachel noch Pellier ihn hätten aufhalten können. Louis brüllte vor Schmerzen. Rachel schob Huber zur Seite, beugte sich zu dem jungen Mann hinunter und tupfte ihm vorsichtig das Blut aus dem Gesicht.

»Sie haben ihm die Nase gebrochen!«, rief Rachel zornig. »Wenn Sie wollen, dass die Männer arbeiten, sollten Sie sie besser behandeln.«

»Sagen Sie mir nicht, wie ich mit diesem Pack umzugehen habe!«, schrie Huber und zog seine Waffe. »Aus dem Weg, Fräulein, wir nehmen ihn jetzt mit.«

Huber gab seinen Begleitern einen Wink. Sie traten ans Bett, packten Louis rechts und links unter den Achseln und zerrten ihn hoch. Der Franzose wehrte sich, schlug nach allen Seiten aus und schrie laut.

»Hören Sie auf!«, rief Pellier aufgeregt. »In Gottes Namen, Sie bringen ihn noch um!«

»Eine gute Idee, Doktor.« Hubers Stimme wurde gefährlich leise, sein Blick eiskalt. »Wenn dieser Mann nicht mehr arbeiten kann, ist er nutzlos. Sie meinten, er könne ohnehin bald sterben – bringen wir es also gleich hinter uns.«

Huber setzte den Lauf seiner Pistole an Louis' Stirn. Der junge Mann öffnete den Mund zu einem Schrei, aber kein Laut kam aus seiner Kehle. Hubers Finger krümmte sich. In diesem Moment hechtete Rachel nach vorn und warf sich gegen Hubers Arm. Es gab einen unbeschreiblich lauten Knall, dann schrie Ernest Pellier auf. Als Rachel zu ihm blickte, sah sie, wie er wankte, eine Hand auf seine Brust gedrückt, und ungläubig an sich hinuntersah. Zwischen Pelliers Finger quoll Blut hervor. Dann sackte er in sich zusammen, sein Kopf schlug hart auf dem Boden auf, und er blieb regungslos liegen, die Augen brachen. Wie eine Marionette bewegte Rachel sich, kniete neben Pellier nieder und tastete nach seinem Puls. Dann hob sie den Kopf, starrte Huber an und sagte: »Sie haben ihn umgebracht!«

»Tja, daran bin ich schuldlos«, antwortete Huber verächtlich. »Die Kugel war für den Franzosen bestimmt. Als Sie, Fräulein, mir in den Arm gefallen sind, löste sich der Schuss. Die Kugel muss am Bettgestänge abgeprallt sein und traf als Querschläger den Doktor. Sie haben ihn also auf dem Gewissen. Schade, er war ein guter Arzt.«

Verstört irrte Rachels Blick von einem zum anderen. Sie spürte das warme Blut Pelliers an ihren Händen. Unfähig, sich zu rühren oder irgendetwas zu tun, musste sie mit ansehen, wie Huber seine Pistole ein weiteres Mal entsicherte und auf Louis zielte, der sich mit blutverschmiertem Gesicht und wie gelähmt an das Kopfende seines Bettes klammerte.

»Dann eben ein zweiter Versuch«, sagte Huber kalt.

Als der Schuss fiel, brach Rachel auf Pelliers leblosem Körper zusammen.

Auf Zehenspitzen schlich Theodora durch das Haus, um die lähmende Stille nicht zu durchbrechen. Seit Rachel vor drei Tagen aus dem Hospital gekommen war, hatte sie ihr Zimmer nicht mehr verlassen. An jenem Morgen war sie sehr früh zur Arbeit gegangen und bereits nach einer Stunde überraschend zurückgekehrt, ihre Schwesterntracht war blutverschmiert gewesen. Rachel hatte kein Wort gesprochen, auf keine Frage geantwortet, keine Erklärung abgegeben, war schweigend in ihr Zimmer gegangen und hatte weder das Mittag- noch das Abendessen, das Theodora ihr hinaufbrachte, angerührt. Am folgenden Morgen war sie nicht aufgestanden, auch nicht, als Jonathan Hammond sie anherrschte, sie solle gefälligst zu ihrer Arbeit gehen oder sich krank melden. Rachel hatte sich zur Seite gedreht und die Decke über die Ohren gezogen. Auch Theodora drang nicht zu ihr durch. Daraufhin war Jonathan persönlich zum Hospital gegangen, um zu erklären, dass seine Tochter erkrankt wäre und deswegen nicht zum Dienst kommen könne. Als er zurückkehrte, war er so durcheinander, wie Theodora ihn nie zuvor erlebt hatte. Zwei Stunden verbrachte er bei seiner Tochter, danach berichtete er Theodora schonungslos, was tags zuvor im Hospital geschehen war.

»Das ist tragisch, keine Frage, aber noch lange kein Grund, nicht mehr zu arbeiten. Im Hospital hat Rachel schon oft Menschen sterben sehen, das ist ein Teil ihrer Arbeit, die sie sich selbst ausgesucht hat.«

»Vor ihren Augen wurden aber noch nie zwei Menschen erschossen«, wandte Theodora ein.

»Wir haben Krieg«, antwortete Hammond kühl. »Ich werde dafür sorgen, dass Rachel morgen wieder hingeht, wir brauchen schließlich ihren Verdienst. Es ist ohnehin wenig genug. Wovon sollen wir sonst leben?«

»Denken Sie immer nur ans Geld?«, rief Theodora aufgebracht. »Dr Pellier ist tot, und ...«

»Mäßige deinen Tonfall, Mädchen!«, ermahnte Hammond sie. »Gut, mit diesem Arzt hat sie lange zusammengearbeitet, das Leben geht jedoch weiter.«

»Sie hat ihn geliebt«, flüsterte Theodora, Tränen in den Augen. »Sobald der Krieg vorbei ist, wollten sie heiraten.«

»Was sagst du da?« Mühsam stemmte Hammond sich hoch, packte Theodora an den Schultern und schüttelte sie. »Warum weiß ich davon nichts?«

»Sie wissen sehr wenig über Ihre Tochter«, antwortete Theodora.

Hammond zögerte, als wolle er noch etwas sagen, dann ließ er Theodora stehen und ging die Treppe hinauf. Sie hörte, wie er an Rachels Tür klopfte, eintrat und erst Stunden später wieder nach unten kam.

Theodora schob Jonathan Hammond einen Teller hin.

»Sie müssen etwas essen, Sir.«

»Schon wieder Rübenmus.« Angewidert sah er auf den Teller. »Seit Wochen gibt es nichts anderes als Rübenmus.«

»Die Rüben sind aus dem Garten, ebenso die Zwiebeln, und ich hab auch noch zwei Kartoffeln gefunden«, erwiderte Theodora. »Fleisch, Eier oder Butter gibt es auf dem Markt seit Wochen nicht mehr. Das habe ich Ihnen aber schon mehrmals gesagt, und wenn Sie mir nicht glauben oder mich für unfähig halten, dann können Sie ja selbst vor Morgengrauen aufstehen und sich in St Peter Port in die Schlange stellen.«

Für einen Moment schien es, als wolle Hammond aufbrausen, dann strich er sich nur müde über die Stirn und sagte leise: »Es tut mir leid, Mädchen, aber der Hunger zerrt an unser aller Nerven. Hat meine Tochter heute etwas gegessen?«

»Nur sehr wenig, aber sie hat zwei Tassen Tee getrunken«, antwortete Theodora freundlicher, da sie wusste, wie schwer die Entschuldigung über Hammonds Lippen gekommen war. »Zum Glück haben wir noch genügend Brennnesseln.«

Guter Tee oder gar Kaffee waren ebenfalls seit Monaten nicht mehr zu haben. Wenn man die Blätter der Brennnesseln jedoch kurz in kochendes Wasser tauchte und dann trocknete, erhielt man einen recht wohlschmeckenden Tee. Am besten waren natürlich die jungen, kleinen Blätter, da die älteren einen leicht bitteren Geschmack hatten, aber die Leute auf der Insel waren nicht mehr wählerisch.

»Rachel will nicht mehr im Hospital arbeiten«, sagte Hammond tonlos, »und ich fürchte, man wird sie dort auch nicht mehr wollen, nachdem sie einfach davongelaufen ist. Was soll jetzt werden?«

Sein Körper sackte in sich zusammen. Unwillkürlich legte Theodora eine Hand auf seine Schulter und sagte leise: »Irgendwie wird es weitergehen, Sir. Die Engländer werden kommen, sie werden uns nicht verhungern lassen und uns helfen.«

»Vergiss die Engländer!« Hammonds Kopf fuhr hoch, sein Blick war grimmig. »Für die sind wir unwichtig, kein Aas wird sich um uns kümmern. Churchill persönlich hat gesagt: Lasst sie hungern! Hungern, bis sie alle tot sind.«

»Woher wissen Sie das?«, fragte Theodora erschrocken. »Es ist doch verboten, Radio zu hören, und auf keinen Fall die BBC.«

Grimmig stieß Hammond hervor: »Es gibt noch Leute, denen sind diese Vorschriften egal, mehr brauchst du darüber nicht zu wissen, Mädchen.«

»Churchill hat doch sicher die Deutschen gemeint, die er aushungern will.«

Hammond lachte bitter und erwiderte: »Kannst du mir etwa erklären, wie die Insulaner unter Ausschluss der Deutschen versorgt werden sollen? Selbst wenn es möglich wäre, Hilfsgüter auf die Insel zu schaffen, würden die Besatzer alles für sich beanspruchen. Nein, Mädchen, wir haben keine Hilfe zu erwarten und sind ganz allein auf uns gestellt.« Er griff zu dem Teller mit dem inzwischen erkalteten Mus, tauchte den Löffel ein und sagte kauend: »Ich schwöre, wenn das hier vorbei ist, esse ich nie wieder Rüben! Für den Rest meines Lebens nicht mehr.«

Theodora konnte es ihm nicht verdenken. Sie nahm sich nun auch eine Portion und aß. Da es weder Salz noch Pfeffer gab, war das Mus nahezu geschmacklos, in der heutigen Zeit musste sie aber dankbar sein, überhaupt noch etwas zu essen zu haben. Sie verdrängte den Gedanken an den kommenden Winter, wenn der Garten nichts mehr hergeben würde. Auf der Insel ging das Gerücht um, dass immer mehr Hunde und Katzen spurlos verschwanden. Theodora wurde es übel, wenn sie nur daran dachte, sie hatte aber eine vage Ahnung davon, wozu Menschen fähig waren, wenn sie Hunger litten.

Sie kamen am frühen Abend. Jonathan Hammond und Theodora sahen die Militärfahrzeuge durch das Fenster die Straße heraufahren. Sie hielten mit quietschenden Reifen vor dem Haus, und ein Trupp Soldaten sprang heraus.

Hammond packte Theodora am Arm und rief: »Durch die Hintertür, schnell!«

»Aber wohin ... und Sie ...«

Hammond riss die Tür auf und stieß Theodora in den Garten. »Lauf weg, Kind!«

Theodora stolperte jedoch in ihren offenen Holzpantinen über eine Wurzel und schlug der Länge nach hin. Sie rappelte sich auf die Knie, da wurde sie auch schon grob am Arm gepackt und auf die Füße gezogen. Der Griff des Soldaten war wie eine eiserne Klammer. Er zerrte Theodora ins Haus zurück und rief: »Herr Hauptmann, die hier wollte fliehen.«

Obwohl über drei Jahre vergangen waren, erkannte sie Konrad Huber sofort wieder. In eine makellose Uniform gekleidet, baute er sich drohend vor ihr auf, musterte sie aus halb zusammengekniffenen Augen und sagte dann: »Dich kenne ich doch! Natürlich, deine vernarbte Fratze ist mir im Gedächtnis geblieben, und du hast Unterschlupf bei deiner angeblichen *Tante* gefunden.«

»Lassen Sie das Kind los!« Jonathan Hammond trat zwischen sie. »Was wollen Sie überhaupt in meinem Haus?«

Huber gab dem Soldaten, der Theodora in seiner Gewalt hatte, einen Wink, und der schubste sie zur Seite. Theodora kauerte sich auf die unterste Stufe der Treppe, unfähig, sich zu bewegen oder gar einen weiteren Fluchtversuch zu unternehmen. Nun richtete sich Hubers Blick auf Hammond, seine Leute blieben abwartend im Hintergrund stehen.

»Wir kommen wegen Rachel Hammond«, sagte Huber. »Ich nehme an, sie befindet sich in diesem Haus.«

»Was wollen Sie von meiner Tochter?«

»Sie hat die Insel zu verlassen und wird ins Reich gebracht. Morgen mit dem ersten Schiff, das den Hafen verlässt.«

Scharf sog Hammond die Luft ein, bevor er antwortete: »Meine Tochter ist krank, deswegen konnte sie nicht zur Arbeit kommen. Ich bin sicher, in ein oder zwei Tagen wird sie …«

»Sie ist jüdisch«, schnitt Huber ihm das Wort ab. »Alle Juden haben die Insel zu verlassen.«

Fassungslos riss Theodora die Augen auf. Dass Rachel Jüdin sein sollte, wollte sie nicht glauben, denn sie waren doch immer zusammen in den sonntäglichen Gottesdienst gegangen.

»Meine Tochter und ich gehören der Anglikanischen Kirche an«, erwiderte Jonathan Hammond.

»Wollen Sie leugnen, dass Ihre Frau …« Huber überlegte für eine Sekunde und sprach dann weiter: »… dass Ihre Ehefrau Rebekka Hammond, geborene Bethman, einer jüdischen Familie entstammt?«

»Das ist richtig, aber ...« Verunsichert irrte Hammonds Blick zwischen den Männern hin und her. »Nach der Hochzeit konvertierte meine Frau, und unsere Tochter wurde nach dem christlichen Glauben getauft und erzogen und besucht regelmäßig den Gottesdienst. Sie können sich gern bei dem Pfarrer erkundigen.«

Hammonds Worte ließen Huber ungerührt, es schien, als hätte er dem alten Mann gar nicht zugehört. Huber schaute sich um und sagte: »Wo ist sie? Sie hat zehn Minuten Zeit, um ein paar Sachen zu packen.«

»Ich bin hier.« Rachel stand vollständig angekleidet auf dem Treppenabsatz. Blass, die strähnigen Haare aufgesteckt, im Blick jedoch Entschlossenheit. Langsam stieg sie die Stufen herab, schien Theodora nicht zu bemerken und sagte zu Hauptmann Huber: »Es stimmt, was mein Vater sagt. Ich bin mit dem jüdischen Glauben nie in Berührung gekommen. Meine Mutter starb, als ich noch ein Kind war.«

»Packen Sie«, herrschte Huber sie an und gab einem Soldaten einen Wink. »Einer meiner Männer wird Sie in Ihr Zimmer begleiten. Sie sollten nicht versuchen zu fliehen, das Haus ist umstellt.«

»Mein Gott, Sie behandeln meine Tochter, als wäre sie eine Schwerverbrecherin«, rief Hammond aufgeregt. »Lassen Sie uns doch einfach in Ruhe und verschwinden Sie!«

»Bitte, Vater, schweig«, sagte Rachel leise und traurig. »Sie holen mich nicht, weil Mutter aus einer jüdischen Familie stammte. Das ist nur ein Vorwand. In Wirklichkeit geht es darum, dass ich Zeugin war, wie Sie, Hauptmann Huber, zwei Menschen ermordet haben. Geben Sie es wenigstens zu.«

Hubers Wangenmuskeln zuckten. Theodora wusste, dass Rachel den Nagel auf den Kopf getroffen hatte. Der Hauptmann wollte Rachel loswerden, hatte deswegen in ihrer Vergangenheit gegraben und etwas gefunden, das ihm das Recht gab, sie ins Deutsche Reich zu deportieren.

»Wohin bringen Sie mich?«, fragte Rachel gefasst.

»Nach Osten«, antwortete Huber kalt. »Dort gibt es neuen Lebensraum für euch Judenpack.«

Rachel drehte sich um, wollte wieder in ihr Zimmer gehen, um zu packen, da trat ihr Vater zwischen sie und Huber.

»Das lasse ich nicht zu! Meine Tochter bekommen Sie nicht! Niemals!«

Jonathan Hammond packte Huber am Jackenkragen und hob die geballte Faust. Im selben Moment krachte ein Schuss. Wie ein gefällter Baum fiel Rachels Vater zu Boden. Theodora sah die Waffe in Hubers Hand und sein diabolisches Grinsen. Als wäre nichts geschehen, schaute er zu Rachel und befahl: »Mitkommen, sofort!«

Zwei Soldaten liefen die Treppe hinauf, packten Rachel links und rechts an den Armen und schleppten sie aus dem Haus. Man ließ ihr nicht einmal mehr die Möglichkeit, nach ihrem Vater zu sehen. Theodora starrte in Jonathan Hammonds leblose Augen. Er war ein weiteres Opfer von Konrad Huber geworden.

Nachdem Rachel grob in eines der Fahrzeuge gestoßen worden war, schien sich der Hauptmann an Theodora zu erinnern, die immer noch bewegungslos auf der Treppenstufe kauerte. Als er sich ihr näherte, schloss sie in Erwartung, dass die nächste Kugel für sie bestimmt war, die Augen.

»Du kommst mit mir«, sagte Huber jedoch. »Na los, aufstehen, ich hab nicht den ganzen Tag Zeit. Kannst du kochen und einen Haushalt führen? Alt genug dafür scheinst du zu sein.«

Theodora öffnete die Augen, starrte Huber an und nickte kaum merklich. Er schien zufrieden, und Theodora blieb nichts anderes übrig, als ihm zu folgen. Man setzte sie in den anderen Wagen, und sie sah Rachel ein letztes Mal, als das Auto mit ihr auf der Rückbank vorbeifuhr.

9. Kapitel

Guernsey, Juni 2017

Yvette Blakes Augen funkelten, nur mühsam konnte sie verbergen, wie wütend sie war.

»Ich verstehe nicht, warum das ausgerechnet heute sein muss, Alec! Warum nicht am Sonntag? Dann kann ich euch begleiten.«

»Yvette, gestern Abend haben wir ausführlich darüber gesprochen«, antwortete Alec und unterdrückte seine Ungeduld. »Die Schnellfähre nach Jersey fährt nicht täglich, und in diesem Monat eben an keinem Sonntag. Außerdem ist es für Sharon wichtig.«

»Sharon! Immer wieder Sharon!« Trotzig wie ein kleines Kind stampfte Yvette auf, sie konnte sich nicht länger beherrschen. »Seit sie wieder einen Fuß auf diese Insel gesetzt hat, dreht sich alles nur noch um Sharon und um diese alte Frau.«

»Es geht ausschließlich um Theodora Banks, die immer sehr freundlich zu mir gewesen ist.« Alecs Tonfall verschärfte sich. »Ihre Krankheit hat mich sehr erschüttert, und ich helfe, wo ich helfen kann.«

»Deswegen musst du aber nicht einen Ausflug mit deiner alten Flamme machen!«

Nun lachte Alec leise und fragte: »Bist du etwa eifersüchtig, Yvette? Dazu besteht kein Grund, Sharon und ich sind Freunde …« Er zögerte und fuhr fort: »Uns verbindet nur die gemeinsame Sorge um Theodora.«

Yvette stieg die Röte ins Gesicht, und sie versicherte hastig: »Ich bin nicht eifersüchtig, trotzdem verstehe ich nicht, warum sie nicht allein nach Jersey rüber kann, sondern einen Begleiter braucht.«

»Sharon hat sich an mich gewandt, weil ich sehr viel über die Vergangenheit der Inseln weiß und auch auf Jersey die richtigen Leute kenne, die Sharon bei ihren Nachforschungen behilflich sein können. Du selbst hast Sharon darauf hingewiesen«, erinnerte er sie.

Was ich auch verdammt bereue, dachte Yvette und bemühte sich um ein unverbindliches Lächeln.

»Dann lass mich mitkommen, Alec!« Sie verlegte sich aufs Bitten. »Wir schließen die Schreinerei einfach für einen Tag.«

»Du weißt, dass das nicht geht, jemand muss anwesend sein. Ich sage es ungern, aber, Yvette: Ich bin der Chef, und wenn sich der Chef einen Tag freinimmt, dann haben das seine Angestellten zu akzeptieren.«

»Angestellte? So bezeichnest du mich also?« Yvettes Stimme überschlug sich. »Na, dann weiß ich ja, woran ich bin. Am besten packe ich meine Sachen und kündige! Soll doch Sharon den Laden hier am Laufen halten, ich bin sicher, das kann sie ebenso perfekt wie alles andere. Vergiss aber nicht, sie über dein … Handicap aufzuklären.«

Scharf sog Alec die Luft ein, sagte jedoch versöhnlich, weil er Unstimmigkeiten nicht mochte: »Yvette, ich weiß, was ich an dir habe und dass ich ohne deine Hilfe aufgeschmissen wäre. Ich mag dich, du bist mir eine gute Freundin, und ich bin gern in deiner Gesellschaft, wir sind aber kein Paar und werden es auch niemals sein. Es tut mir leid, es so unverblümt aussprechen zu müssen, aber ich glaubte diesen Punkt zwischen uns geklärt.«

Yvette kannte Alec gut genug, um zu erkennen, dass weitere Vorwürfe oder gar Drohungen sich für sie nur negativ auswirken könnten, daher sagte sie sanft: »Wir sind doch ein gutes Team, Alec. Nach dem Tod deiner Mutter bauten wir die Werkstatt gemeinsam aus, stellten Arbeiter ein, damit du dich mehr um das Restaurieren historischer Möbel kümmern kannst, und dann unsere Sommerabende in der Cobo Bay ...«

Vielsagend schaute Yvette ihn an, Alec blickte auf seine Armbanduhr und sagte: »Du musst mich jetzt entschuldigen, Sharon wartet sicher schon am Pier.«

Schweigend sah Yvette zu, wie Alec seine Jacke anzog und die Werkstatt verließ. Hinter dem Rücken ballte sie ihre Hände zu Fäusten. Damals, als sie als Sekretärin in die Schreinerei gekommen war, hatte sie sich schon bald in ihren attraktiven Chef verliebt. Alec Sauvage war ein richtiger Mann, im Aussehen wie im Verhalten, aber kein Macho. Yvettes vorherige Erfahrungen waren eher enttäuschend gewesen. Sie wollte einen starken Mann mit breiten Schultern, an den sie sich anlehnen konnte, der sie aber trotzdem als gleichberechtigte Partnerin akzeptierte. Sie wollte nicht wegen ihrer Oberweite und ihrer Haarfarbe als Barbie-Püppchen behandelt werden. So war Yvette glücklich gewesen, als sich nach ein paar Monaten zwischen ihnen eine Freundschaft entwickelte, die über das Berufliche hinausging. An milden Abenden waren sie schwimmen gegangen, hatten am Strand gegrillt und bei einer Flasche Wein den Sonnenuntergang genossen. Wer Alec Sauvage zum ersten Mal sah, würde nicht vermuten, dass in dem großen, kräftigen Mann mit den markanten Gesichtszügen ein Romantiker steckte. Ein Mann, der einen Sonnenuntergang nicht als Kitsch abtat, der die Großartigkeit des Augenblicks genoss und nicht mit Worten zerstörte.

An einem Abend hatten sie beide etwas zu viel getrunken und sich leidenschaftlich geküsst. Als Yvette Alec dann aber bat, sie in ihre Wohnung zu begleiten, hatte er von einem einmaligen Ausrutscher gesprochen und sich entschuldigt. Er wolle keine feste Beziehung, er müsse sich auf seine Arbeit konzentrieren. Nach und nach hatte Yvette erfahren, dass er mal sehr enttäuscht worden war, und schließlich auch den Namen dieser Frau. Sharon Leclerque war Yvette nie als Gefahr erschienen.

Alecs Jugendliebe war weit weg und bewegte sich in Kreisen, zu denen Alec weder passte noch gehörte. Dann war Sharon plötzlich auf dem Hof gestanden, als wäre es das Normalste der Welt, jahrelang nichts von sich hören zu lassen und nun einfach an die Vergangenheit anzuknüpfen. Seitdem belegte Sharon Alec regelrecht mit Beschlag, und er hatte nichts anderes zu tun, als zu springen, wenn sie rief. Ja, sie war eifersüchtig! Sie hatte keine Besitzansprüche auf Alec, bis auf ein paar Küsse – die allerdings von beiden Seiten sehr leidenschaftlich gewesen waren! – hatte Alec sie immer nur als Freundin behandelt. Mit diesem aufgestylten und klapperdürren Model konnte er nicht glücklich werden! Sharon würde ihn wieder enttäuschen, ihm dieses Mal vielleicht sogar das Herz brechen. Sie, Yvette, musste verhindern, dass sich der Kontakt zwischen Alec und Sharon vertiefte.

Yvette zögerte nur kurz, dann verließ sie das Büro, schloss die Tür hinter sich ab und hängte das Schild *Back in a few minutes* auf. Alec hatte sie zwar gebeten, in der Werkstatt zu bleiben, die beiden Angestellten waren aber den ganzen Tag an der Nordküste beschäftigt, sodass Alec es nie erfahren würde. Yvette musste zügig ausschreiten, bis Alec in Sicht kam. Sie blieb auf Abstand und folgte ihm die steile Straße in die Stadt hinunter. Am Tor des St Julian's Pier erwartete Sharon ihn bereits. Yvette verbarg sich hinter einem Van und linste vorsichtig um das Heck des Wagens. Auch auf die Entfernung erkannte sie, wie schön Sharon war, obwohl sie nur eine schlichte Jeans und eine Windjacke trug und ihr dunkles Haar zu einem lockeren Pferdeschwanz gebunden hatte. Erleichtert atmete Yvette auf, als sie sah, dass Alec Sharon lediglich die Hand reichte, dass sich die beiden weder umarmten oder gar mit einem Kuss begrüßten. Dann gingen sie, ohne sich zu berühren, den Pier entlang zu der Anlegestelle der Schnellfähre nach Jersey, die just in diesem Moment in den Hafen einlief.

Offenbar hatte Alec die Wahrheit gesagt, und Sharon und ihn verband nichts mehr. Sie wollte das aber beobachten, außerdem hatte sie noch einen Trumpf in der Tasche. Yvette hoffte jedoch, diesen nie ausspielen zu müssen, sondern Alec auf andere Weise überzeugen zu können, dass sie für ihn nicht nur als Angestellte unentbehrlich war, sondern mehr noch als Ehefrau.

Kaum dass die Fähre den geschützten Hafen hinter sich gelassen hatte, schlingerte sie von einer Seite auf die andere. Seit dem Morgen regnete es, auf dem Meer tobte ein richtiger Sturm. Etwas blass um die Nase saß Sharon auf ihrem Platz und starrte die Rückseite des Sitzes vor sich an. Wie in einem Flugzeug waren die Plätze auf den Fähren zwischen den Kanalinseln in Reihen angeordnet. Außenplätze gab es kaum, selbst bei schönem Wetter war aufgrund der Geschwindigkeit des Schiffes ein Aufenthalt an Deck unangenehm.

»Bist du etwa seekrank?«, fragte Alec schmunzelnd. »Ich dachte, jemand, der so viel reist, ist dagegen immun. Früher warst du härter im Nehmen.«

»Es ist lange her, dass ich bei solchen Windverhältnissen auf einem Schiff gewesen bin«, presste Sharon hervor. Tatsächlich hatte sie ein unangenehmes Gefühl im Magen und nestelte vorsorglich die Papiertüte aus der Sitztasche.

»Du musst etwas essen, ich hole uns was.«

»Ich bringe keinen Bissen hinunter.«

Alec war aber schon aufgestanden und zur Theke gegangen, dann balancierte er geschickt ein Tablett auf seinen Händen, glich jedes Schwanken anscheinend mühelos aus. Seine kräftigen Beine standen sicher auf dem Boden. Wie er so dastand, das nackenlange Haar zerzaust, das markante Gesicht konzentriert, erinnerte er Sharon an einen Krieger aus längst vergangenen Zeiten, der bereit war, in den Kampf zu ziehen.

So ein Unsinn!, dachte sie, denn das Tablett aus billigem blauen Plastik, die Pappbecher und Plastikteller hatten absolut nichts mit einem kriegerischen Kampf zu tun.

»Voilà!« Mit einer Hand klappte Alec den Tisch des Vordersitzes herunter und stellte das Tablett vor Sharon. »Pfefferminztee und ein Schinkensandwich.«

»Ich sagte doch, ich kann nichts essen ...«

»Bei Seekrankheit ist es wichtig, etwas Leichtes im Magen zu haben.« Alec sprach mit ihr, als wäre sie ein kleines Kind. »Du wirst sehen, es geht dir gleich besser. Kannst du allein essen, oder soll ich dich füttern?«

Zuerst wollte Sharon wegen seines Spotts aufbrausen, dann war sie über Alecs Fürsorge eher gerührt. In seinen Augenwinkeln tanzten die Fältchen. Er würde es tatsächlich wagen, sie vor aller Augen zu füttern! Vorsichtig nippte Sharon an dem heißen Tee, dann biss sie eine Ecke des Sandwiches ab und kaute langsam. Sie schaffte es, zu schlucken und erneut abzubeißen. Tatsächlich verschwand das flaue Gefühl. Das restliche Sandwich aß sie sogar mit Appetit.

»Woher hast du gewusst, dass man bei Seekrankheit etwas essen muss?«, fragte sie.

»Ich fahre regelmäßig nach Jersey und auch nach Alderney und Sark, das bringt mein Engagement im Komitee mit sich. Da muss man gegen die Widrigkeiten des Meeres abgehärtet sein.«

»Danke«, flüsterte Sharon. Ihre Hand schwebte in der Luft, als wolle sie Alecs Hand berühren. Schnell ließ sie den Arm sinken und sagte: »Danke auch, dass du mich begleitest. Konntest du deine Arbeit so einfach einen Tag vernachlässigen? Hoffentlich hast du mit Yvette keinen Ärger bekommen.«

Sein Gesichtsausdruck verschloss sich, offenbar hatte Sharon einen wunden Punkt berührt. Es war wohl besser, das Thema Yvette auszusparen. Sharon fragte sich allerdings, was Alec an der Blondine fand. Zweifellos war sie attraktiv, hatte aber doch nicht Alecs

Format. Format? Wie konnte sie sich anmaßen, das einzuschätzen? Die Jahre hatten Alec ebenso verändert, wie sie sich gewandelt hatte. Er war nicht mehr der Mann ihrer Jugendträume, und er hatte sicher gute Gründe, mit einer Frau wie Yvette zusammen zu sein.

Sharon war erleichtert, als die Fähre nach einer Stunde ihre Geschwindigkeit verringerte und am Elizabeth Castle vorbei in den Hafen von St Helier einfuhr. Als Kind und Jugendliche hatte Sharon Jersey manchmal besucht, war aber seit Jahren nicht mehr auf dieser Insel gewesen. Heute hatte sie keinen Blick für die Veränderungen, denn der Regen prasselte wegen des starken Windes beinahe waagrecht gegen sie. Sharon und Alec rannten zum Taxistand. Eigentlich hatten sie mit dem Oldtimer-Bus fahren wollen, bis sie aber die Haltestelle am Liberation Square erreicht hätten, wären sie bis auf die Haut durchnässt gewesen. Die *War Tunnels* lagen westlich von St Helier auf einer Erhebung. Trotz des schlechten Wetters war der Parkplatz voll, zahlreiche Menschen besuchten heute eine der wichtigsten Touristenattraktionen Jerseys. In dem Museum boten unzählige Exponate und vollständig eingerichtete Räume ein anschauliches Bild von den fünf dunkelsten Jahren der Insel. Ein Audioguide führte die Besucher durch das Labyrinth der Tunnel, Gänge und Räume, und Alec ergänzte mit eigenen Worten die dargestellten Szenen, die Informationen auf großen Tafeln und die Videos alter Filmaufnahmen. Zum ersten Mal bekam Sharon einen wirklichen Eindruck von der Vergangenheit. Erneut fragte sie sich, wie Theodora diese Zeit erlebt hatte.

»Existiert eigentlich ein Verzeichnis der Personen, die im Krieg die Inseln nicht verlassen haben?«, fragte sie Alec. »Es heißt doch, auch heute seien die Deutschen noch das gründlichste Volk Europas, die stets alles genau dokumentieren. Ich kann mir gut vorstellen, dass früher viel aufgezeichnet wurde, oder wurden nach Kriegsende sämtliche Akten vernichtet?«

»Es gibt ein solches Verzeichnis, zwischenzeitlich ist es sogar digitalisiert.« Alec sah sie fragend an. »Du willst wissen, wie

Theodora die Kriegsjahre auf Guernsey verbracht hat, nicht wahr? Warum fragst du sie nicht einfach?«

»Sie ist krank, Alec!«

»Daran brauchst du mich nicht zu erinnern«, antwortete er kühl. »Vielleicht will Theodora gerade deshalb, weil ihr Leben bald zu Ende geht, über die Vergangenheit sprechen. In den letzten Jahren habe ich immer wieder alte Leute getroffen, die mir ihre Erlebnisse schilderten, viele haben sie sogar aufgeschrieben. Ich schätze Theodora nicht so ein, dass sie um Vergangenes ein großes Geheimnis macht.«

»Können wir trotzdem nachsehen?«, bat Sharon. »Vielleicht ist ja ein Hinweis auf Theodora und besonders auf ihre Eltern zu finden.«

»Es könnte sein, dass Theodora nicht möchte, dass du in ihrer Vergangenheit herumstocherst«, gab Alec zu bedenken. »Damit du nicht etwas Privates an die Oberfläche zerrst, das wahrscheinlich längst vergessen ist.«

Sharon dachte an Violets seltsame Worte und Theodoras Reaktion darauf. Alec hatte recht: Wenn Theodora wollte, dass sie, Sharon, mehr erfuhr, dann würde sie es ihr persönlich sagen. Sharon hatte aber ein Gefühl, das ihr riet, weitere Erkundigungen einzuziehen. Nicht erst seit Violets kryptischer Äußerung wollte sie wissen, wie es damals gewesen war.

»Ich möchte doch nur Gewissheit haben, dass Theodora Guernsey nicht verlassen hat«, sagte sie daher. »Ich glaube nicht, dass wir dabei ein großes Familiengeheimnis aufdecken könnten, denn bei Kriegsausbruch war Theodora noch ein Kind.« Sie lachte ungezwungen und fügte hinzu: »Ich wäre dir dankbar, wenn du mich zu diesem Archiv begleiten würdest.«

Alec sah sie zweifelnd an, zuckte dann mit den Schultern und meinte: »Okay, wie du willst.«

Sie nahmen den Bus in die Stadt hinunter und suchten das Archiv in der Clarence Street auf. Alec war dort bekannt, wurde freundlich begrüßt, und die Frau mit den eisgrauen Kringellöckchen, deren Namensschild sie als Mrs Russell auswies, fragte nicht nach, warum er und Sharon Auskünfte über eine Person von früher haben wollten.

Während Mrs Russell das entsprechende Programm aufrief und Theodoras Namen eintippte, raunte Alec Sharon erklärend zu: »Ich erkundige mich hier öfter nach Leuten, die den Krieg auf den Inseln erlebt haben, bisher aber immer mit deren Einverständnis. Die meisten sprechen gern darüber, sie sind froh, sich endlich alles von der Seele reden zu können.«

Die Mitarbeiterin des Archivs scrollte durch verschiedene Seiten, dann sagte sie: »Theodora Banks, geboren am sechzehnten Juni 1930 auf Guernsey, wohnhaft bis zum Zeitpunkt der Besatzung in St Martin, Le Courtillet.«

»Le Courtillet?«, wiederholte Sharon. »Das ist die Adresse des Liliencottage. Theodora lebt also immer noch in ihrem Elternhaus.«

»Während des Krieges wurde das Haus von einem deutschen Offizier bewohnt«, berichtete Mrs Russell weiter. »Wir haben sogar seinen Namen: Konrad Huber.«

»Wo war Theodora währenddessen?«, fragte Sharon überrascht. »Und ihre Eltern? Wurden sie nach England evakuiert?«

Die Dame klickte durch weitere Seiten, dann erklärte sie: »Laut den vorliegenden Informationen starben das Ehepaar Winston und Bette Banks und ein Robert Banks wenige Tage bevor der Angriff auf St Peter Port geschah. Es ist davon auszugehen, dass es sich hier um die Eltern beziehungsweise den Bruder der von Ihnen Gesuchten handelt.«

»Der Unfall!« Sharon nickte und sagte, an Alec gewandt: »Theodora erzählte mir, ihre Gehbehinderung und die Gesichtsnarben rührten von einem Unfall her, als sie noch ein Kind gewesen war. Mit keinem Wort hat sie jedoch erwähnt, dass dabei ihre Familie ums Leben gekommen ist.«

»Es ist nur eine Vermutung, Sharon«, erwiderte Alec nachdenklich und bat Mrs Russell: »Könnten Sie die Liste der Evakuierten durchschauen, ob Theodora Banks darunter ist?«

»Selbstverständlich, Mr Sauvage. Ich bitte um einen Augenblick Geduld.«

Alec muss wirklich gut bekannt sein und wahrscheinlich auch Einfluss haben, dachte Sharon, da die freundliche Frau auch dieser Bitte nachkam, ohne Fragen zu stellen.

Zehn Minuten später wussten sie, dass – gemäß den vorliegenden Unterlagen – Theodora die Insel nie verlassen hatte. Über ihren weiteren Verbleib gab es keinen Hinweis. Nach Kriegsende wurde ihr Elternhaus von einer Familie Mollett erworben und bewohnt.

»Die Familie Mollett wurde nach England evakuiert und kehrte im Mai 1945 nach Guernsey zurück«, erklärte Mrs Russell. »Soll ich nachsehen, was ich über sie finden kann?«

»Wenn Sie das machen würden, wäre ich Ihnen dankbar«, sagte Sharon.

Sie erfuhr, dass die Molletts eine Tochter gehabt hatten und, bevor sie nach England gegangen waren, in unmittelbarer Nachbarschaft des Liliencottage gewohnt hatten. Ihr Haus war aber von den Deutschen zu einer Funkstation umgebaut und derart abgewohnt worden, dass es nur noch abgerissen werden konnte. Deshalb hatten sie Theodoras leer stehendes Elternhaus erworben.

»Nach Kriegsende war Theodora erst fünfzehn Jahre alt gewesen«, sinnierte Sharon. »Viel zu jung, um allein zu leben. Wohin ist sie gegangen?«

»Tja, dir wird nichts anderes übrig bleiben, als Theodora selbst zu fragen«, erwiderte Alec, dann sah er auf seine Uhr. »Wir müssen uns beeilen, um die Fähre zu erreichen.«

Sie dankten Mrs Russell, die noch anmerkte, sie freue sich immer, wenn jemand an der Vergangenheit Interesse zeige.

Sie hasteten durch den Regen zum Victoria Pier, um am Fähranleger zu erfahren, dass an diesem Tag kein Schiff mehr ging.

»Draußen auf dem Meer stürmt es heftig«, erklärte ihnen ein Zuständiger. »Eine Überfahrt kann nicht riskiert werden. Ihre Tickets behalten selbstverständlich ihre Gültigkeit. Laut Vorhersage wird sich das Wetter morgen Vormittag bessern, dann können wir wieder auslaufen.«

Vom Laufen außer Atem, sank Sharon in dem Warteraum auf eine Bank.

»Und nun?«

»Werden wir die Nacht wohl oder übel auf Jersey verbringen müssen.«

»Ich kann Theodora nicht allein lassen.«

»Du kannst ja versuchen, mit einem Ruderboot überzusetzen«, schlug Alec trocken vor. »Ich hingegen werde ein Hotel suchen, wo wir die Nacht bleiben können. Allerdings ist Hauptsaison, vielleicht haben wir aber Glück und finden noch zwei freie Zimmer.«

Sharon seufzte und stand langsam auf. Sie sah ein, dass sie keine andere Wahl hatte, als Alec zu folgen.

Erst im sechsten Hotel hatten sie Erfolg, alle anderen waren ausgebucht.

»Kurzfristig wurde heute ein Doppelzimmer frei ...«

»Wir brauchen zwei Einzelzimmer!«, schnitt Alec dem Rezeptionisten das Wort ab.

Dieser schüttelte bedauernd den Kopf. »Bis auf dieses eine Zimmer sind wir bis unters Dach belegt, es tut mir leid, Sir. Ich fürchte, in anderen Hotels wird es ähnlich sein.«

»Bitte, Alec, lass uns das Zimmer nehmen«, raunte Sharon an seinem Ohr. »Ich bin durchnässt und müde, sehne mich nach einem heißen Bad und einem Bett.« Als sie die Zweifel in Alecs Blick sah, fügte sie lächelnd hinzu: »Wir sind doch erwachsen und werden die Nacht in einem Bett mit Anstand überstehen, meinst du nicht auch?«

Alec zögerte, nahm dann aber die Schlüsselkarte entgegen und schob Sharon das Anmeldeformular hin mit der Bitte, es auszufüllen.

»Ich hab meine Brille nicht dabei.«

»Du brauchst eine Lesebrille?« Sharon kicherte. »Ja, ja, das Alter geht eben an niemandem spurlos vorüber.«

Alec krauste unwillig die Stirn, Sharon füllte grinsend das Formular aus und reichte dem Rezeptionisten ihre Kreditkarte, da er auf Vorauszahlung bestand.

Zu ihrer beider Erleichterung entpuppte sich das Zimmer als Twin-Bed-Room, verfügte also über zwei einzelne Betten.

»Darf ich zuerst ins Bad?«, fragte Sharon.

Alec machte eine Handbewegung zur Tür hin und antwortete: »Nur zu, ich werde später duschen. Beeil dich bitte, das Restaurant hat nur bis neun Uhr geöffnet. Ich warte so lange unten an der Bar.«

Da das Bad mit allen notwendigen Utensilien einschließlich eines Bademantels ausgestattet war, kuschelte Sharon eine knappe Stunde später auf dem Bett, um die nassen Haare ein Handtuch geschlungen. Über das interne Telefon hatte sie ausrichten lassen, man möge Mr Sauvage bitte mitteilen, er könne jetzt heraufkommen. Als Alec die Tür öffnete und sein Blick auf Sharon fiel, blieb er wie angewurzelt stehen. Unwillkürlich zog Sharon den Bademantel am Ausschnitt zusammen.

»Was ist? Hast du noch nie eine Frau im Bademantel gesehen?«, fragte sie betont munter, da sie sich unter Alecs Blicken plötzlich nackt fühlte.

»Du siehst genauso aus wie früher«, murmelte Alec. »Ich meine, ganz ohne Make-up. Das hast du doch gar nicht nötig, natürlich bist du viel schöner.«

Eine heiße Welle durchflutete Sharon, sie befürchtete, feuerrot geworden zu sein.

»Die Falten lassen sich aber nicht leugnen«, sagte sie leichthin, ihre Stimme klang belegt. Sie räusperte sich und fuhr fort:

»Du kannst jetzt duschen, danach föhne ich meine Haare und zieh mich an, dann können wir zum Essen gehen.«

Alec nickte und verschwand im Bad. Als Sharon das Wasser rauschen hörte, rief sie Theodora an und erklärte die Situation.

»Es tut mir sehr leid, aber niemand konnte wissen, dass der Fährbetrieb wegen des Sturms heute Abend eingestellt wird.«

»Die Sicherheit geht vor. Mach dir um mich bitte keine Sorgen, ich komme allein zurecht, Sharon«, versicherte Theodora. »Außerdem ist Fiene da, ich bin also nicht allein.« Sharon dachte, dass Fiene Wouter etwas gut bei ihr hatte. Theodora fügte hinzu: »Übrigens – vorhin war der nette Bankier hier.«

»Raoul? Was wollte er?«

Sharon hörte Theodora lachen, als sie erwiderte: »Er wollte dich sehen und war sehr enttäuscht, zu erfahren, dass du erst spät am Abend zurückkommen wolltest. Sharon, er mag dich, das ist offensichtlich.«

»Hm ... also ...«, murmelte Sharon, da öffnete sich die Badezimmertür, und Alec rief: »Ich bin im Bad fertig, wenn du jetzt deine Haare föhnen willst ...«

Am anderen Ende der Leitung hörte Sharon, wie Theodora scharf die Luft einzog.

»War das Alecs Stimme?«

»Er hat mich nach Jersey begleitet, und wir haben nur ein Zimmer für diese Nacht bekommen, alles andere war ausgebucht. Hatte ich dir das nicht gesagt?«

»Nein, mein Kind, das hast du offenbar vergessen.« Theodora seufzte. »Nun, du bist alt genug, um zu wissen, was du tust.«

Sharon wollte gerade sagen, dass es nicht so wäre, wie es aussah, da hatte Theodora schon aufgelegt. Sie stand auf, um ins Bad zu gehen, und musste so eng an Alec vorbei, dass sich ihre Körper für einen Moment berührten. Wie bei einem elektrischen Schlag zuckten beide zusammen.

»Theodora denkt, du und ich …« Alec interpretierte Sharons Worte richtig.

Sie legte den Kopf in den Nacken und sah zu ihm auf. Schon immer hatte sie es genossen, dass Alec über einen Kopf größer als sie war. Plötzlich war es ganz still im Zimmer, selbst die Geräusche auf der Straße schienen verstummt zu sein.

»Du bist so schön.«

Vorsichtig, als würde er etwas Zerbrechliches berühren, nahm Alec eine ihrer Haarsträhnen und wickelte sie sanft um seinen Finger. Das hatte er früher auch getan und gemeint, ihr Haar wäre wie das einer Fee. Unwillkürlich schloss Sharon die Augen. Sie wünschte sich, dieser Moment würde niemals enden. Sie spürte ihn, bevor sich seine Lippen auf ihren Mund legten. Es war so vertraut, dass Sharon ihre Arme um seinen muskulösen Oberkörper legte. Vergessen war das Abendessen.

Mühelos nahm Alec Sharon auf die Arme und trug sie zum Bett …

Entspannt und glücklich kuschelte sich Sharon in das Kopfkissen, dessen Bezug nach Alec roch. Die Augen geschlossen, hörte Sharon das Brausen des morgendlichen Straßenverkehrs, dazwischen sang eine Amsel. Er muss das Fenster geöffnet haben, dachte sie und schlug die Augen auf. Der Sturm war vorüber, die Sonne schien hell ins Zimmer. Alec lag nicht mehr neben ihr, das zweite Bett war unberührt. Sharon erinnerte sich deutlich, wie sie ineinander verschlungen in dem schmalen Bett eingeschlafen waren.

»Alec?«, rief sie, sprang auf und klopfte an die Badezimmertür. Als keine Antwort kam, öffnete sie diese, das Bad war aber leer. Sicher war er schon zum Frühstück hinuntergegangen, um sie nicht aufzuwecken. Sie duschte schnell und zog sich an.

Im Spiegel sah ihr das Gesicht einer Frau entgegen, die ihr im ersten Moment fremd war. Da gestern Abend ihr Haar noch feucht gewesen war, war es zerzaust, ihre Augen glänzten wie polierter, dunkler Marmor, und ihre Wangen waren so rosig, wie Sharon sie sonst nur mit Rouge hinbekam.

Alec befand sich nicht im Restaurant. Auf ihre Nachfrage hin erfuhr sie, dass er nicht beim Frühstück gewesen war. Sie trank eine Tasse Kaffee und aß eine halbe Grapefruit. Die erste Fähre legte in einer Stunde ab, und Sharon ärgerte sich, dass Alec das Hotel bereits verlassen und allein zum Hafen gegangen war.

Tatsächlich fand sie ihn auf einer Bank sitzend, einen Einwegbecher mit Kaffee in der Hand, am Victoria Pier vor.

»Was soll das, Alec? Findest du es freundlich, mich im Hotel zurückzulassen?«

Er sah sie nicht an und antwortete: »Ich hatte keinen Zweifel, dass du den Weg zum Hafen auch allein finden wirst.«

»Alec, bitte!« Sharon wollte ihn am Arm berühren, er rutschte aber gleich ein Stück zur Seite.

»Hör zu, Sharon ...« Er räusperte sich, bevor er weitersprach, immer noch die Augen abgewandt. »Das, was letzte Nacht geschehen ist, war falsch. Am besten vergessen wir alles ganz schnell. Das wird auch in deinem Interesse sein.«

»Für mich war es kein Fehler«, erwiderte Sharon leise. »Es war wunderschön.« Er zuckte zusammen, stand auf, warf den Becher in den Mülleimer und verschränkte die Arme vor der Brust. Alles an ihm signalisierte Abwehr. »Es ist wegen Yvette, nicht wahr?«, flüsterte Sharon. »Von mir wird sie es nicht erfahren.«

Endlich sah er sie an, bedächtig nickend. »Yvette ist wichtig für mich und für mein Leben. Ich kann sie nicht verlassen.«

»Ich verstehe.« Das tat Sharon zwar nicht, sie würde sich aber nicht die Blöße geben, Alec anzubetteln, sich zu ihr zu bekennen. »Tja, dann ist es wirklich besser, wenn wir es vergessen.« Sie deutete auf die große Digitalanzeige über den Schaltern und sagte: »Die Fähre läuft ein. Ich bin froh, wenn ich wieder zu Hause bin.«

Während der Überfahrt sprachen sie nicht miteinander. Da die meisten Passagiere der ausgefallenen Fähren vom Vorabend mitfuhren, war das Schiff bis auf den letzten Platz belegt. Deshalb hatten Alec und Sharon keine zwei nebeneinanderliegenden Sitze mehr bekommen. Sharon war das recht, so konnte sie in aller Ruhe ihren Gedanken nachhängen. Nicht einen Moment hatte sie gestern Abend nachgedacht, hatte sich einfach von dem Zauber des Augenblicks und von Alecs Leidenschaft mitreißen lassen. Nein, sie bereute es keine Sekunde, mit ihm geschlafen zu haben. Am Morgen war sie mit der Vorstellung, sie wären wieder ein Paar, aufgewacht. Das war nicht nur wegen Yvette unmöglich. Ihr gegenüber empfand Sharon keine Schuldgefühle. Alec und Yvette waren schließlich nicht verheiratet, und Alec war alt genug, um zu wissen, was er tat. Wie sollte es zwischen ihm und ihr funktionieren? Noch war sie auf Guernsey und wollte auch so lange bleiben, bis Theodora für immer die Augen schloss. Was würde aber dann geschehen? Auf Guernsey hatte Sharon keine berufliche Zukunft. Diese sah auf dem Festland zwar auch nicht gerade rosig aus, dennoch gab es in England für ältere Models Möglichkeiten. Inzwischen hatte Sharon erkannt, dass sie sich neue Auftraggeber suchen musste. Mit dem Catwalk war es wohl vorbei, also würde sie ihr Gesicht eben für Antifaltencremes in die Kamera halten. Werbespots wären auch möglich. Irgendetwas würde sich finden lassen. Wenn sie wieder in London war, wäre Guernsey schnell Vergangenheit. Die Insel und auch Alec. Sharon zweifelte nicht daran, dass er auch heute noch ausschließen würde, ihr nach England zu folgen. Er hatte eine eigene, gut gehende Werkstatt, liebte seine Arbeit und hatte keinen Grund, die Insel zu verlassen. Yvette Blake war die richtige Partnerin an seiner Seite. Eine Frau, die seine Art zu leben teilte. Sie, Sharon, tat das nicht.

Für ein paar Stunden war Sharon auf der sogenannten *Memory Lane* gewandelt, jetzt war es vorbei und abgeschlossen – für immer. Der Sturm, die ausgefallene Abendfähre, das Doppelzimmer – das war wohl alles Schicksal gewesen, damit sie noch einmal mit Alec schlief. Damals war ihre Beziehung nie offiziell beendet worden, sie war einfach gegangen, allerdings in der Hoffnung, Alec wiederzusehen. Die leidenschaftliche und zärtliche Nacht bedeutete jetzt jedoch einen Abschied für immer. Ihre Fronten waren geklärt.

Die Fähre legte pünktlich im Hafen von St Peter Port an. Als Alec auch hier einfach von Bord ging, ohne auf Sharon zu achten, wurde es ihr doch zu bunt. Sie drängte sich an den anderen Passagieren vorbei und rannte den Kai entlang. Als sie Alec eingeholt hatte, packte sie ihn am Arm. Um kein Aufsehen zu erregen, musste er stehen bleiben.

»Das war es jetzt mit uns, Alec Sauvage?«, fragte Sharon. »Einmal Spaß gehabt, und jetzt behandelst du mich wie eine Fremde ...«

»Bitte, nicht so laut!«, mahnte Alec, ein paar Passanten hatten sich schon zu ihnen umgedreht.

»Ich spreche so laut, wie ich will!« Wütend runzelte Sharon die Stirn, senkte dann aber doch die Stimme. »Dass wir nicht dort anknüpfen können, wo wir einst aufgehört haben, und dass eine gemeinsame Zukunft nicht einfach sein würde, ist mir durchaus bewusst. Du rennst aber wieder mal davon. Ebenso, wie du damals davongelaufen bist, als ich nach England ging.«

»Da bin nicht ich, sondern du bist gegangen.«

»Du weißt genau, dass ich die Briefe meine, auf die du nie geantwortet hast«, erklärte Sharon ungeduldig. »Eine Mail-Adresse hattest du nicht, und wenn ich angerufen habe, hast du nicht abgenommen oder dich von deiner Mutter verleugnen lassen.«

»Wir waren noch halbe Kinder, Sharon«, erwiderte Alec, eine leichte Traurigkeit lag in seiner Stimme.

»Trotzdem haben wir uns geliebt! So geliebt, wie es in dem Alter möglich gewesen war, und vielleicht hätten wir es geschafft, diese Liebe in das Erwachsenenalter hinüberzuretten. Ach, was soll's?« Sharon seufzte und schob ihre Hände in die Jackentaschen. »Für mich war es damals nicht vorbei. Ja, ich bin fortgegangen, um meinen Traum zu leben. Ein Zeichen von dir, eine liebevolle Antwort auf meine Briefe ... Vielleicht wäre ich nach der Modelschule nach Guernsey zurückgekommen, vielleicht wäre mir unsere Beziehung wichtiger als eine Karriere gewesen.«

So ehrlich hatte es Sharon nie zuvor ausgesprochen. Bis zu diesem Zeitpunkt war es ihr nicht klar gewesen, dass sie damals wirklich so empfunden hatte. Monatelang hatte sie darauf gewartet, dass Alec ihr schrieb, sie möge zurückkommen. Nachdem er den Kontakt jedoch abgebrochen hatte, hatte sie sich eingeredet, dass sie ohnehin nicht zusammengepasst hätten.

»Vielleicht, vielleicht ...« Lapidar winkte Alec ab. »Ich wollte kein Vielleicht, ich wollte jemanden, der bei mir ist, mit dem ich alles teilen kann. Die schönen und die weniger schönen Stunden und ein Leben auf Guernsey. Sharon« – für eine Sekunde glomm ein zärtlicher Glanz in seinem Blick – »es ist müßig, über Dinge, die nicht zu ändern sind, zu sprechen. Es ist alles so gekommen, wie es hat kommen müssen. Lassen wir es dabei, bitte. Du hast meinen Respekt für das, was du für Theodora tust. Ich gebe zu, ich hätte nicht gedacht, dass du das wirklich durchziehst. Auch dein Interesse für die Vergangenheit der Inseln imponiert mir. Meine Hilfe benötigst du aber nicht länger, daher möchte ich nicht, dass du noch mal in die Werkstatt kommst, und ruf mich nur an, wenn es bei Theodora ...«

»... zu Ende geht«, fiel Sharon ihm ins Wort und fragte: »Hat dir die letzte Nacht denn nichts bedeutet? War es nur spontaner Sex, dem Augenblick geschuldet?«

Alec senkte den Kopf und schwieg.

»Du brauchst keine Angst zu haben, Alec, ich werde dir nicht nachlaufen und ich werde deiner Yvette nichts erzählen, das wäre schäbig. Was du ihr sagen wirst, ist deine Sache.«

Sharon wandte sich ab. Solange sie wusste, dass Alec sie noch sehen konnte, ging sie langsam und beherrscht. Am Busbahnhof sank sie auf eine Bank, als wäre sie ein Luftballon, der mit einer Nadel angestochen worden war.

Verwundert blieb Alec unter dem Torbogen stehen. Die Tür zur Werkstatt war geschlossen, seine Mitarbeiter saßen auf der Bank, einer rauchte.
»Was ist hier los?«
»Alec, endlich bist du da!«, rief Bill, der Ältere. »Wir haben mehrmals versucht, dich anzurufen, dein Handy war aber ausgeschaltet.«
Alec nahm das Telefon aus seiner Jackentasche. Tatsächlich war der Akku leer, wahrscheinlich schon seit der Nacht, er hatte es nicht bemerkt.
»Warum arbeitet ihr nicht?«, fragte er. »Marc, mach die Zigarette aus, du weißt, dass ich es nicht mag, wenn im Betrieb geraucht wird. Es lagert zu viel trockenes Holz in der Werkstatt.«
»Als wir heute Morgen wie immer um acht Uhr gekommen sind, war die Tür noch zu«, erklärte Bill. »Wir dachten, Yvette habe verschlafen, kann ja mal passieren, sie ist aber bis jetzt nicht aufgetaucht. Wir haben dann versucht, auch sie anzurufen, ebenso nichts. Und drinnen im Büro klingelt dauernd das Telefon.«
»Wahrscheinlich der Kunde, der euch heute Morgen erwartet hat«, erwiderte Alec. »Das wird Ärger geben.«
Bill und Marc arbeiteten gerade an einem Innenausbau der Räume eines Golfclubs an der Nordküste. Da der Schlüssel für den Lastwagen jedoch im Büro hing, konnten sie nicht zu ihrem Arbeitsplatz fahren.
Ein lauter Knall durchbrach in diesem Moment die Stille, es war zwölf Uhr, wie die Mittagskanone von Castle Cornet verkündete. Alec wunderte sich, machte sich aber auch Sorgen.

Yvette war noch nie zu spät gekommen, und wenn sie krank war, dann meldete sie sich rechtzeitig. Es war ihr doch hoffentlich nichts passiert?

Mit seinem Schlüssel sperrte Alec die Werkstatttür auf und sagte zu den Angestellten: »Holt alles, was ihr braucht, und fahrt nach Vazon. Beeilt euch bitte, ich kläre die Sache derweil mit dem Kunden.«

»Klaro, Boss!« Bill und Marc eilten an ihre Arbeit.

Alec rief in dem Golfclub an, bat um Verzeihung und erklärte, unerwartete Umstände hätten zu der Verzögerung geführt. Der dort zuständige Mann war zwar nicht begeistert, akzeptierte aber Alecs Entschuldigung. Als Nächstes versuchte Alec, Yvette zu erreichen, die ihr Telefon jedoch ausgeschaltet hatte. Verärgert presste Alec die Zähne aufeinander und machte sich zu Yvettes Wohnung auf den Weg. Sie lebte in einem Mehrfamilienhaus nur wenige Gehminuten von der Werkstatt entfernt. Er klingelte. Durch die Kamera musste Yvette ihn gesehen haben, denn sofort erklang der Türsummer. Zwei Stufen auf einmal nehmend, hastete Alec die Treppe hinauf. Yvette stand in der geöffneten Wohnungstür, die Arme vor der Brust verschränkt.

»Was hat das zu bedeuten?«, rief Alec. »Warum hast du heute Morgen nicht aufgesperrt? Bill und Marc konnten nicht zu einem Kunden fahren!«

»Ich bin krank.«

Alec musterte die junge Frau. Tatsächlich waren ihre Wangen unnatürlich gerötet, ansonsten wirkte sie nicht krank, zudem war sie vollständig angezogen, das Haar ordentlich frisiert, ihr Gesicht dezent geschminkt.

»Warum rufst du denn nicht an?«

»Das hätte ich getan«, erwiderte Yvette kühl, »du hast es aber vorgezogen, dein Handy auszuschalten.«

»Der Akku ist leer«, murmelte Alec.

»Ach ja?« Spöttisch kräuselten sich Yvettes Lippen. »Hast du es nicht vielmehr vorgezogen, in der trauten Zweisamkeit mit Sharon nicht gestört zu werden?«

Unmerklich zuckte Alec zusammen, hatte sich aber gleich wieder im Griff und schlug einen versöhnlichen Ton an. »Wegen des Sturms fuhren gestern Abend keine Fähren mehr, wir mussten auf Jersey übernachten. Okay, ich hätte mich kurz bei dir melden müssen, das ist aber kein Grund, den Betrieb zu vernachlässigen.«

»War es wenigstens schön?«

»Jetzt mach mal einen Punkt, Yvette! Ich bin dir keine Rechenschaft schuldig!«

Yvette bemerkte, dass sie Alec verärgert hatte, und erwiderte: »Ich hab mir schreckliche Sorgen um dich gemacht, Alec. Kannst du das nicht verstehen? Die halbe Nacht habe ich versucht, dich zu erreichen, und als du heute Morgen immer noch nicht zurück warst ...« Unter halb geschlossenen Lidern sah sie ihn an. »Sorry, ich war einfach wütend.«

Und eifersüchtig, dachte Alec, wozu Yvette auch allen Grund hatte. Was zwischen ihm und Sharon geschehen war, durfte sie niemals erfahren. Er trat näher zu ihr und berührte sie leicht am Arm.

»Wir haben beide einen Fehler gemacht«, gab er zu. »Würdest du jetzt bitte mit mir kommen? Es gibt jede Menge zu tun.«

Yvette zögerte, dann holte sie aus der Wohnung ihre Jacke und Handtasche und folgte Alec. Sie hatte begriffen, dass sie es nicht auf die Spitze treiben durfte. Wollte sie Alec für sich gewinnen, durfte sie ihn nicht bedrängen oder ihn gar mit Vorwürfen überschütten. Das würde ihn nur weiter von ihr forttreiben.

10. Kapitel

Sharon war Fiene Wouter unendlich dankbar und bestand darauf, dass sie sich am nächsten Tag einen freien Tag gönnte.

»Du hast dich zwei Tage um alles allein gekümmert«, sagte Sharon, »für Theodora gekocht und ihr Gesellschaft geleistet, heute das Frühstück für die Gäste zubereitet, die Zimmer geputzt, die Wäsche gewaschen ...«

»Es hat mir Spaß gemacht, Sharon. Du weißt doch, dass es mir guttut, eine Aufgabe zu haben. Ich glaube, wenn ich nach Amsterdam zurückkehre, versuche ich, wieder eine Anstellung in einem Hotel zu bekommen.«

Spontan umarmte Sharon Fiene. »Ich verspreche, nicht mehr so lange fortzubleiben, und morgen möchte ich dich hier nicht sehen. Verstanden?«

»Verstanden.« Fiene zwinkerte ihr zu und grinste. »Ich wollte ohnehin mal in aller Ruhe durch die Läden in St Peter Port schlendern. Du siehst müde aus, Sharon. Soll ich dir etwas zu essen machen, bevor ich gehe?«

»Ich hab keinen Hunger, zudem die letzte Nacht schlecht geschlafen«, antwortete Sharon. Na ja, eigentlich hatte sie nur die letzten zwei Stunden gegen Morgen geschlafen, die restliche Nacht ... Weg mit dieser Erinnerung!, wies sie sich innerlich zurecht und sagte laut: »Wo ist Theodora?«

»Sie schläft«, antwortete Fiene. »Vor zwei Stunden war Dr. Lambert hier und hat eine Verordnung für weitere Medikamente ausgestellt. Ich kann sie morgen aus der Stadt mitbringen.«

»Das wäre sehr freundlich, danke. Ich wüsste nicht, was ich ohne dich machen sollte, Fiene.«

»Ach, das ist schon okay.« Verlegen winkte Fiene ab. »Willst du wirklich nichts essen, Sharon? Du bist ziemlich blass.«

»Es geht mir gut.« Sharon erinnerte sich, dass es tatsächlich bereits gestern Mittag gewesen war, als Alec ihr auf der Fähre das Sandwich gegen ihr Unwohlsein aufgedrängt hatte. Sie hatten nicht zu Abend gegessen, und das Frühstück hatte Sharon ebenfalls so gut wie ausfallen lassen. Trotzdem hatte sie keinen Hunger, sie war daran gewöhnt, tagelang kaum etwas zu sich zu nehmen.

Theodora lag auf dem Rücken, den Mund leicht geöffnet, und atmete ruhig und gleichmäßig. Sharon zog einen Stuhl ans Bett, setzte sich und betrachtete das hängende Augenlid und die wulstigen Narben. Theodoras Eltern waren bei einem Unfall gestorben, als sie noch ein Kind gewesen war. Stammten von diesem Unfall die Narben und die Beinverkürzung? All die Fragen über Theodoras Vergangenheit drängten sich wieder in Sharons Kopf. Wegen der Nacht mit Alec hatte sie diese beinahe vergessen. Sharon wunderte sich, wie selbstverständlich sie und Alec sich geliebt hatten, dabei hatte sie noch vor wenigen Wochen geglaubt, lange zu brauchen, bis sie sich nach Ben wieder jemandem hingeben könnte. Ben war aus ihrer Erinnerung zwar nicht ausgelöscht, das würde er wohl nie, denn sie hatten schöne und glückliche Jahre miteinander verbracht, die Trennung schmerzte aber nicht länger.

Ein anderer Gedanke schoss Sharon durch den Kopf: Die Leidenschaft war über sie und Alec so unerwartet, so heftig hereingebrochen, dass keiner von ihnen an Verhütung gedacht hatte. Alec hatte keine Kondome dabeigehabt, vielmehr hatten sie darüber überhaupt nicht gesprochen. Sharon glaubte zwar nicht, dass Alec eine Krankheit haben könnte, sie hatten sich aber wie zwei unbedarfte Teenager verhalten. Sharon legte sich die Hände auf den Bauch. Was, wenn die Nacht nicht ohne Folgen bleiben würde? Sie erschrak, als sie spürte, dass sie sich über ein Kind von Alec freuen würde. Wie konnte das sein? Sie hatte Ben geliebt, er wollte sie sogar heiraten, trotzdem hatte sie sein Kind abgelehnt. War erleichtert gewesen, als die Natur die Sache selbst erledigte. Sharon schämte sich entsetzlich. Wenn die Natur allerdings erneut ihr eigenes Spiel spielen würde und sie von Alec schwanger geworden war, dann sollte das so sein.

»Mein Gott, Sharon, in welche Situation hast du dich gebracht?«, murmelte sie.

Die leisen Worte hatten Theodora geweckt. Sie schlug die Augen auf und lächelte, als sie Sharon erkannte.

»Alles gut, mein Kind?« Sharon nickte. »Hilf mir bitte hoch, ich hab Durst.«

Sharon stützte Theodora, stellte das Bett höher und reichte ihr das Glas Wasser, das eingeschenkt auf dem Nachttisch stand. Nachdem Theodora ihren Durst gelöscht hatte, sah Sharon die Frage in ihren Augen.

»Ich möchte nicht darüber sprechen«, wich Sharon aus. »Alec und ich werden uns nicht wiedersehen.«

Diese Antwort sagte Theodora mehr als alle Worte. Sie wollte Sharon nicht drängen. Der Zeitpunkt für ein Gespräch würde kommen.

»Hast du gefunden, was du auf Jersey gesucht hast?«, fragte Theodora.

»Wie kommst du darauf, ich hätte etwas gesucht?«

»Seit einiger Zeit interessierst du dich sehr für die Vergangenheit der Inseln.« Theodora schmunzelte. »Ich sehe dir an, dass dir viele Fragen auf der Zunge liegen.«

»Ja, das stimmt«, gab Sharon zu. »Ich möchte dich aber nicht belasten, ausgerechnet jetzt ...«

»Mein Körper ist krank, nicht mein Kopf.« Aufmunternd drückte Theodora Sharons Hand. »Sofern ich es vermag, werde ich deine Fragen beantworten.«

»Ich hab erfahren, dass deine Eltern bei einem Unfall gestorben sind, bevor die Deutschen kamen.« Theodoras Lider schlossen sich, und sie atmete heftiger. Schnell fuhr Sharon fort: »Ich verstehe, wenn du nicht darüber sprechen willst, ebenso wie ich nicht über Alec reden will.«

»Der Unfall, bei dem ich meine Familie verloren habe und der mich zum Krüppel gemacht hat, geschah an meinem zehnten Geburtstag«, begann Theodora, die Augen geschlossen, zu sprechen. »Aus diesem Grund konnte ich nicht evakuiert werden, für einen Transport war ich zu schwer verletzt. Als es mir dann besser ging, war es niemandem mehr möglich, die Insel zu verlassen.« Sie öffnete die Lider und bat Sharon: »Machst du uns eine Kanne Darjeeling? Die Zeit, mein Schweigen zu brechen, ist offensichtlich gekommen, obwohl ich die letzten siebzig Jahre dachte, alles mit ins Grab nehmen zu können. Bei einer guten Tasse Tee spricht es sich aber gleich leichter.«

Sharon ging die Küche hinunter, um den Tee zuzubereiten. Sie war aufgeregt. Die Andeutungen von Violet Lewis kamen ihr in den Sinn, und Theodora hatte von einem Geheimnis gesprochen. So gespannt Sharon auf Theodoras Erinnerungen war, ein wenig fürchtete sie sich auch davor, etwas Unschönes zu erfahren.

Mit dem Teetablett kehrte sie zu Theodora zurück. Sie tranken, dann sagte die alte Frau: »Bevor ich zu erzählen beginne, möchte ich dich um etwas bitten, Sharon.«

»Alles, was du willst!«

»Ruf einen Anwalt an und bitte ihn, so bald wie möglich ins Liliencottage zu kommen. Ich fühle mich leider nicht kräftig genug, um selbst in die Stadt zu fahren.«

»Was willst du mit einem Anwalt?«, rief Sharon erstaunt.

»Ich möchte mein Testament aufsetzen«, antwortete Theodora. »Bisher habe ich nicht verfügt, was nach meinem Tod geschehen soll. Ich dachte wohl, ich würde ewig leben. Nun jedoch ...« Sie lächelte bitter. » Ich möchte das Liliencottage dir überlassen.«

»Mir?« Sharon fuhr hoch und verschüttete dabei beinahe den Inhalt ihrer Tasse.

»Mir ist klar, dass du nicht hier leben wirst«, fuhr Theodora ruhig fort. »Das Haus und das Grundstück stellen aber einen gewissen Wert dar, du wirst es schnell und zu einem guten Preis verkaufen können. Ich hab sonst niemanden, dem ich das Cottage hinterlassen kann, und dann würde es dem Staat zufallen.«

Sharon nickte beklommen. Theodoras Entschluss war logisch, das hatte bereits Raoul festgestellt. Trotzdem war Sharon überrascht und auch peinlich berührt. Ein solches Erbe hatte sie nicht verdient.

»Es wäre mir lieber, wenn du nicht sterben würdest«, antwortete sie.

»Niemand lebt ewig, Kind. Ich bin fast neunzig, auch ohne den Krebs könnte es jeden Tag zu Ende sein. Versprichst du mir, den Anwalt zu informieren und mir bei den Formalitäten behilflich zu sein?«

»Ich verspreche es dir«, antwortete Sharon.

Erleichtert lehnte sich Theodora zurück.

»Nachdem das geklärt ist, möchte ich dir erzählen, was im Juni des Jahres 1940 geschehen ist ...«

Zwei Stunden sprach Theodora und unterbrach sich nur, wenn ihre Kehle trocken wurde und sie etwas Tee oder Wasser trank. Einmal schüttelte Sharon das Kissen in ihrem Rücken auf, damit Theodora es bequemer hatte. Das Erzählen erschöpfte sie aber nicht, im Gegenteil. Mit jedem Satz schien Theodora lebhafter zu werden, so als würde endlich eine große Last von ihr abfallen. Manchmal stockte Theodora. Sie suchte nach den richtigen Worten, um das Schreckliche, das ihr widerfahren war, auszusprechen. In ihre Augen trat ein feuchter Schimmer. Theodora wehrte jedoch ab, als Sharon sie umarmen und trösten wollte, und sagte: »Auch wenn es schmerzt – ich muss es loswerden. Du bist die Erste, der gegenüber ich mein Schweigen breche. Nachdem ich jetzt begonnen habe, werde ich es auch zu Ende bringen.«

»Du bist in das Haus dieses kaltblütigen Mörders gekommen?«, rief Sharon entsetzt, als Theodora an der Stelle, wo Huber Rachels Vater erschossen und die Krankenschwester hatte abtransportieren lassen, eine Pause machte.

»Bis zum Ende des Krieges«, bestätigte Theodora. »Mir blieb keine andere Wahl.«

»Hat er … ich meine, wurdest du …?« Sharon schluckte schwer. Sie scheute sich, die Frage auszusprechen.

»Ob er mich missbraucht hat?« Theodora brachte die Sache auf den Punkt. »Nein, weder er noch einer seiner Männer haben mich je angerührt. Nicht nur, weil ich mit den Narben wohl zu hässlich war …« Theodora hatte die Worte mit einem belustigten Zwinkern gesagt. »Huber hatte hohe moralische Grundsätze. Die Deutschen hatten die Kanalinseln besetzt, damit waren sie ein Teil des Reiches, und uns Einwohnern wurde mit Respekt begegnet.«

»Respekt?«, rief Sharon fassungslos. »Vor deinen Augen hat der Typ jemanden erschossen, nur weil der seine Tochter retten wollte! Was ist mit dem Arzt und mit dem Zwangsarbeiter? Unter Respekt verstehe ich wirklich etwas anderes!«

»Beruhige dich, Sharon«, sagte Theodora sanft. »Es überrascht mich, wie sehr du dir das zu Herzen nimmst. Es ist doch so lange her, und wie du siehst, habe ich es unbeschadet überstanden.«

»Ich bewundere deinen Humor, Theodora«, murmelte Sharon.

»Manchmal ist eine Portion Galgenhumor unabdingbar, um nicht zu zerbrechen«, antwortete Theodora ernst.

»Wie war denn dein Leben bei dem Deutschen?«, fragte Sharon. »Es muss schlimm gewesen sein, dein Elternhaus mit den Feinden zu teilen.«

Theodora zuckte die Schultern.

»Damals fragte sich keiner, ob etwas schlimm wäre. Einzig galt es, zu überleben. Um noch einmal auf Hubers Verhalten zurückzukommen: Die Deutschen hatten hohe Werte, einer davon war, die Frau zu ehren. Wer den Vorstellungen und Ansprüchen der Besatzer entsprach, dem wurde Respekt entgegengebracht, Andersdenkende wurden schonungslos vernichtet, das wissen wir heute. In dem Haus, das nach dem Tod meiner Eltern und meines Bruders von Rechts wegen eigentlich mir gehörte, führte ich Huber und seinen Männern den Haushalt: kochen, putzen, Wäsche waschen, bügeln und all diese Dinge. Solange alles reibungslos funktionierte und ich keine Fehler machte, kamen wir gut miteinander aus. Um den Einkauf kümmerte sich einer von Hubers Männern, also bekam ich kein Geld. In dieser Zeit lernte ich, deutsche Gerichte zuzubereiten, manche waren sogar recht schmackhaft. Jeden Abend erteilte Huber mir eine Stunde Unterricht in seiner Sprache. Gemeinsam lasen wir die von den Deutschen herausgegebene Inselzeitung, die über die Belange der Einwohner und in pathetischen Worten über die sensationellen Erfolge der Deutschen an allen Fronten berichtete. Heute weiß ich, dass das meiste übertrieben und lediglich Propaganda war, damals hatte ich aber den Eindruck, die Wehrmacht wäre durch nichts aufzuhalten und die Deutschen hätten bald ganz Europa erobert. Huber gab mir auch Bücher zu lesen, über deren Inhalt er mich regelmäßig abfragte. Offenbar besaß ich Talent für Sprachen, denn bereits nach drei Monaten unterhielten wir uns ausschließlich auf Deutsch.«

Theodora machte eine Pause, um ein Glas Wasser zu trinken, und Sharon fragte: »Kannst du die deutsche Sprache noch?«

»Ein wenig, ja, obwohl ich vieles vergessen habe. Vergessen *wollte*, als es endlich vorbei war.«

»Ich verstehe das nicht.« Sharon wiegte nachdenklich den Kopf hin und her. »Einerseits war Huber ein brutaler Mann, der öffentlich gemordet hatte, und dann erteilte er dir Unterricht, als würde ihm etwas an deinem Wohl liegen.«

Theodora zuckte mit den Schultern.

»Da war Huber, der Offizier, der streng nach den Grundsätzen seines Landes lebte und handelte. Es gab aber auch den Mann, der Gefühle hatte. Inwieweit, wirst du später erfahren, Sharon. Auch wenn ich Huber für das, was er getan hat, aus ganzem Herzen verabscheue – für mich hatte dieses Arrangement auch positive Seiten: Es gab immer etwas zu essen, auch Fleisch und Butter, zumindest bis zum Winter 1944. Das ist aber eine andere Geschichte, für die ich heute zu müde bin.«

Verständnisvoll nickte Sharon und drückte Theodoras Hand. »Ich verstehe, du, ihr alle, musstet euch mit den Besatzern irgendwie arrangieren, auch wenn ich mir heute nur schwer vorstellen kann, wie man mit einem Mörder unter einem Dach leben kann. Wenigstens hat er dir nichts angetan.«

Ein schwaches Lächeln umspielte Theodoras Lippen, als sie antwortete: »Das Bild der Deutschen, das uns von Anbeginn des Krieges vermittelt wurde, erwies sich als nicht ganz zutreffend, zumindest, was die hiesigen Besatzer betraf. In den ersten zwei Jahren kamen fast ausschließlich junge, attraktive Soldaten nach Guernsey. Schmuck sahen sie in ihren Uniformen aus, und anfangs behandelten sie uns auch anständig. So manche junge Frau suchte privat Kontakt zu den Männern, ließ sich von ihnen *Fräulein* nennen, ging mit einem Soldaten aus und so weiter. Sie und ihre Familien hatten dadurch Vorteile: besseres Essen, die eine oder andere Süßigkeit und Luxusartikel wie Seife oder gar Parfum.«

»Im Museum habe ich über diese Frauen gelesen, man beschimpfte sie als Jerrybags«, sagte Sharon, »und nach dem Krieg wurden sie aus der Gesellschaft ausgeschlossen und geächtet, weil sie sich mit den Besatzern eingelassen hatten.«

»Nicht alle trafen sich mit den Soldaten, um Vorteile daraus zu ziehen. Manchmal war auch Liebe im Spiel, eine Liebe ohne Zukunft ...«

Ein Schatten fiel über Theodoras Gesicht, und ihre Mundwinkel zuckten.

»Violet ...«, erinnerte sich Sharon. »Spielte sie auf diese Beziehungen an, als sie meinte, du wärst bei einem Soldaten? Du warst aber noch ein Kind, das konnte doch gar nicht sein.«

»Nein, das konnte nicht sein ...«, murmelte Theodora und drehte den Kopf zur Seite, um Sharon nicht ansehen zu müssen.

»Für heute ist es genug, du musst dich ausruhen«, mahnte Sharon, obwohl viele Fragen unbeantwortet geblieben waren. »Nur noch eines: Hast du Rachel jemals wiedergesehen oder erfahren, was mit ihr geschehen ist?«

Schwach schüttelte Theodora den Kopf.

»Rachel wäre nach Guernsey zurückgekehrt, wenn es ihr möglich gewesen wäre.«

»Das tut mir so leid«, murmelte Sharon, küsste Theodora auf die zerfurchte Stirn, breitete die Decke über sie und wartete, bis sie eingeschlafen war. Sie würde Alec fragen, ob es Listen über die Deportationen gab, die man einsehen könnte. Vielleicht würde sie Rachels Namen darauf finden und erfahren, wohin sie gebracht worden war. Selbst wenn Rachel den Wahnsinn überlebt haben sollte – heute war sie auf jeden Fall tot. Da fiel Sharon ein, dass Alec sie gebeten hatte, ihn nicht mehr zu kontaktieren.

Dann finde ich es eben selbst heraus!, dachte Sharon. Auf Jersey hatte sie gesehen, dass noch viele Eintragungen und Listen aus dieser Zeit vorhanden waren. Allerdings war es ihr unmöglich, in der nächsten Zeit wieder auf die Nachbarinsel zu fahren. Sharon war sich sicher, dass Theodora die Wahrheit über das Schicksal der Frau, die ihr das Leben gerettet hatte, wissen wollte – gleichgültig, wie schrecklich sie war.

Die Vorstellung, Theodora könnte eine Jerrybag gewesen sein, war für Sharon fern jeglicher Realität. Nicht nur, weil sogar die Deutschen sich damals nicht mit Kindern eingelassen hatten, Theodora hätte sich niemals auf ein solches Niveau herabgelassen. Menschen veränderten sich zwar im Laufe ihres Lebens, Theodora hätte aber nie etwas getan, um Vorteile daraus zu ziehen.

Der Anwalt kam zwei Tage später. Theodora diktierte ihm ihr Testament. Es waren nur wenige Zeilen, in denen festgelegt wurde, dass nach ihrem Ableben Sharon Leclerque das Haus mit allen festen und beweglichen Gegenständen und das Grundstück erhalten sollte. Als Zeugen fungierten Fiene Wouter und Raoul Osborne. Sharon hatte gezögert, ob sie Raoul darum bitten sollte, und es mit Theodora besprochen, die ihr zugeraten hatte.

»Ein Bankier ist ein integrer Mann; es ist ohnehin nur eine Formsache.«

Sharon war nicht überrascht, dass Raoul und der Anwalt einander kannten. Raoul raunte ihr zu: »Ich hab gewusst, dass sie dir alles hinterlässt. Was hast du mit dem Haus vor?«

»Diese Entscheidung werde ich treffen, wenn der Zeitpunkt gekommen ist«, antwortete Sharon.

Nachdem die Formalitäten erledigt waren und der Anwalt abgefahren war, konnte Sharon Raouls Einladung zu einem Abendessen nicht ausschlagen. Für seinen Gefallen war sie es ihm schuldig, und Fiene versicherte, sie könne ruhig ausgehen und den Abend genießen.

Zum ersten Mal, seit sie auf Guernsey war, hatte Sharon sich wieder chic angezogen: ein schmal geschnittener, mitternachtsblauer Hosenanzug, eine cremefarbene Seidenbluse und hochhackige Pumps. Die Pfunde, die sie zugenommen hatte, waren wieder verschwunden, da sie seit Tagen keinen Appetit hatte und nur ein wenig Obst aß, wenn ihr Magen knurrte. Der Blazer schmiegte sich eng an ihre schlanke Taille. Die dunklen Locken fielen ihr offen über die Schultern, und sie hatte sich dezent geschminkt. Als Raoul sie zum verabredeten Zeitpunkt abholte, pfiff er anerkennend, nahm ihre Hand, verbeugte sich und deutete einen Handkuss an.

Sharon lachte. »Nun übertreib mal nicht, Raoul!«

»Wenn eine so schöne Frau mir ihre Zeit schenkt, dann muss das auch entsprechend gewürdigt werden.«

Er öffnete die Beifahrertür und half ihr wie ein Gentleman beim Einsteigen. Sharon genoss die Aufmerksamkeit. Raoul hatte sich ebenfalls in Schale geworfen. Er trug einen dreiteiligen, dunkelgrauen Anzug mit einem fliederfarbenen Hemd und einer dezent gemusterten Krawatte. Beim Fahren erkannte Sharon an seinem linken Handgelenk die goldene Uhr einer exklusiven Firma, die aber nicht protzig wirkte und zu Raoul passte. Zweifelsohne war er ein Mann von Welt, einer Welt, in der Sharon gelebt hatte.

Sie aßen im Le Nautique am Hafen, ein Restaurant, das für seine Meeresfrüchte und Fischspeisen bekannt war. Raoul wählte ein Vier-Gänge-Menü; zu jedem Gang wurde der passende Wein serviert. Das Essen war ausgezeichnet, der Service perfekt, Sharon musste sich dennoch zwingen, ein paar Bissen zu sich zu nehmen.

Als sie beim Kaffee angelangt waren, sagte sie: »Ich danke dir für diesen wundervollen Abend, Raoul.«

»Hat es dir nicht geschmeckt?«, fragte Raoul. »Du hast bei jedem Gang nur wenig angerührt.«

»Ich esse nie viel, es war aber ausgezeichnet.«

Raoul nickte. »Ich mag Frauen, die auf ihre Figur achten. Viele Frauen lassen sich gehen und werden dicker, wenn sie älter werden.«

»Du hältst mich also für alt?« Sharon hatte die Frage mit einem Schmunzeln gestellt, es steckte aber ein wahrer Kern darin.

»Mitnichten!« Abwehrend hob Raoul die Hände und grinste. »Meine Bemerkung war nicht auf dich gemünzt, Sharon, ich hab nur allgemein gesprochen. Du bist eine der schönsten Frauen, denen ich jemals begegnet bin.«

»Dann bin ich ja beruhigt«, murmelte Sharon.

»Den Alltag eines Models stelle ich mir sehr aufregend vor«, fuhr Raoul fort, »auch wenn ich von der Modebranche kaum Ahnung habe und nur das weiß, was in den Medien berichtet wird.«

»Ach, Raoul, die Realität hat nicht viel mit dem zu tun, was im Fernsehen und in den Magazinen zu sehen ist«, erwiderte Sharon mit der Andeutung eines Lächelns. »Derzeit habe ich mich ohnehin aus dem Job zurückgezogen und möchte heute Abend nicht über die Arbeit sprechen.«

Sanft legte er seine Hand auf ihre.

»Sollen wir noch tanzen gehen? Ganz in der Nähe gibt es eine kleine Bar mit ausgezeichneter Musik.«

Sharon wollte schon ablehnen und sagen, sie müsse wieder zu Theodora, dann aber warf sie ihre Locken zurück und antwortete: »Sehr gern, ich hab schon lange nicht mehr getanzt.«

Sharon überraschte es nicht, dass Raoul ein hervorragender Tänzer war. Ein Trio spielte keine fetzigen Charthits, sondern langsame und ältere Titel. Sie ließ sich von Raoul über das Parkett führen und folgte mühelos jeder seiner Bewegungen. Wegen der hohen Absätze war Sharon mit Raoul auf Augenhöhe, so trafen sich immer wieder ihre Blicke. Seine offene Bewunderung und seine Komplimente taten Sharon gut. Welch ein Gegensatz zu Alec!

»Woran denkst du?«, fragte Raoul. »Du wirkst plötzlich traurig.«

»Es ist nichts«, versicherte Sharon hastig. »Es ist nur wegen Theodora.« Verständnisvoll legte Raoul einen Arm um ihre Schultern und führte sie zu ihrem Tisch in einer Nische zurück.

»Darf ich dich um etwas bitten, Raoul?«

»Um alles, was du willst!«

Sharon lachte herzlich, wurde aber gleich wieder ernst.

»Es geht um die Deportation der jüdischen Bevölkerung und anderer Menschen während des Krieges«, begann sie und sah, wie Raouls Stirn sich umwölkte.

»Immer noch dieses Thema?«

»Raoul, es gibt etwas, was wichtig für mich ist, für mich und für Theodora. Ich muss feststellen, was aus einer Frau geworden ist, die als Halbjüdin im Herbst 1943 nach Deutschland gebracht wurde.«

»Na, was wohl? Sie wird in einem Konzentrationslager vergast worden sein, wenn sie nicht schon vorher an Hunger, Entkräftung oder Krankheit gestorben ist. Das wissen wir doch alle, und wir müssen endlich damit aufhören, die Vergangenheit immer wieder aufleben zu lassen.«

Seine deutlichen Worte zerstörten die Stimmung des Abends. Sharon rückte ein Stück von ihm ab. Sofort veränderte sich Raouls Gesichtsausdruck.

»Verzeih, Sharon, ich wollte dich nicht brüskieren. Für dich scheint die Vergangenheit eine größere Bedeutung als für mich zu haben. Das Leben ist so kurz. Jahr um Jahr scheint die Zeit schneller zu vergehen. Ich lebe eben im Hier und Jetzt und für die Zukunft.«

»Bis vor Kurzem dachte ich ähnlich«, gab Sharon zu. »Theodoras Schicksal geht mir aber sehr nahe und beschäftigt mich Tag und Nacht. Ich versuche, alles zu tun, damit sie in Frieden sterben kann.«

»Ich bewundere dich, Sharon.« Aus Raouls Blick sprach Verständnis. »Wenn es so wichtig für dich ist, herauszufinden, was mit dieser Person geschehen ist, dann werde ich meine Beziehungen spielen lassen.«

»Danke, Raoul.« Sharon legte eine Hand auf seinen Arm. In diesem Moment spürte sie, dass sie in Raoul Osborne vielleicht den Menschen gefunden hatte, der es ihr ermöglichte, Ben und Alec endgültig zu vergessen.

Seit Theodora über die Vergangenheit gesprochen hatte, schien es ihr besser zu gehen, ihre Wangen hatten Farbe bekommen, und sie fühlte sich kräftiger. Auf die neuen Medikamente sprach sie so gut an, dass sie das Bett verlassen und, auf den Stock gestützt, sogar selbstständig den Trampelpfad entlang bis zur Küste gehen konnte. Sharon war besorgt, Theodora aber lehnte ihre Begleitung ab und sagte: »Ich weiß, was ich mir zumuten kann, und ich möchte allein sein.«

Auf der Klippe saß Theodora auf der Bank, die Hände im Schoß gefaltet, das Gesicht der Sonne zugewandt. Sie spürte den Wind auf ihrer Haut und hörte das Kreischen der Möwen, die über ihrem Kopf ihre Kreise zogen. Theodora schloss mit sich und ihrem Leben Frieden. Bereits zweimal war sie an der Schwelle zum Tod gestanden, jetzt würde sie dem Sensenmann kein Schnippchen mehr schlagen können. Noch ein paar Wochen, wenn sie Glück hatte vielleicht auch wenige Monate ... Theodora machte sich aber nichts vor: Die Weihnachtszeit, in der sie das Liliencottage immer aufwendig mit Stechpalmenzweigen, Lichterketten und bunten Kugeln geschmückt hatte, würde sie nicht mehr erleben.

»Theodora ...« Sie schreckte zusammen und öffnete die Augen. Vor ihr stand Sharon. »Du wolltest zwar nicht gestört werden, aber ... Theodora«, wiederholte sie, auf der Suche nach den richtigen Worten. »Schwester Maud rief gerade an, es geht um deine Freundin. Violet liegt im Sterben, Schwester Maud sagte, sie habe nach dir gefragt und wolle dich noch einmal sehen ...«

Sie nahmen ein Taxi. Nichts konnte Theodora davon abhalten, zu Violet zu fahren.

»Und wenn es das Letzte ist, was ich tue.« Nachdrücklich wies sie Sharons Bedenken gegen die Fahrt zurück. »Ich werde Violets Wunsch erfüllen.«

An der einen Seite auf den Stock, auf der anderen auf Sharon gestützt, betraten sie das Heim. Schwester Maud erwartete sie in der Lounge.

»Es ist das Herz«, erklärte die Pflegeschwester. »Miss Violet hat schon länger Probleme mit einer Herzklappe. Schon seit Wochen geht es ihr nicht richtig gut, und laut dem Arzt ist eine Operation nicht mehr möglich. Gestern Abend ist sie zusammengebrochen. Als Miss Violet ihre Sinne noch beisammenhatte, verfügte sie, keine lebensverlängernden Maßnahmen durchzuführen und sie auf keinen Fall an Apparaturen anzuschließen, deswegen haben wir sie nicht ins Krankenhaus bringen lassen.«

»Das hat sie mir nie gesagt«, murmelte Theodora. »Ich verstehe und respektiere ihre Entscheidung, es entspricht meiner eigenen Einstellung.«

»Es geht zu Ende«, sagte Schwester Maud mitfühlend. »Ich bringe Sie jetzt zu ihr.«

Violet Lewis streckte eine Hand aus, als Theodora und Sharon ihr Zimmer betraten. Die Adern auf dem Handrücken traten blauschwarz hervor, auf ihrem Gesicht lag bereits der wächserne Farbton des nahen Todes.

»Dora«, murmelte sie schwach, »du bist gekommen.«

Im Angesicht des Todes erkannte Violet ihre Freundin aus Kindertagen. Sharon schob Theodora den Stuhl neben das Bett, sie selbst blieb im Hintergrund stehen.

»Was machst du für Sachen, Violet?«, sagte Theodora und drohte scherzhaft mit dem Finger.

»Ich gehe, noch heute«, erwiderte Violet, »und dieses Mal verlasse ich für immer die Insel. Ich danke dir, dass du gekommen bist, Dora.«

Theodora nahm Violets Hand und streichelte sie sanft.

»Wir werden uns wiedersehen, recht bald schon.«

Violet nickte, dann sagte sie leise: »Ich bitte dich um Verzeihung.«

»Ich hab dir längst verziehen, Violet.«

»Danke.«

Violet schloss die Augen und atmete schwer. Leise verließ Sharon das Zimmer und sank im Korridor auf einen Stuhl. Sie musste nicht lange warten, bis Theodora zu ihr trat.

»Sie ist gegangen«, sagte sie. »Sie hat jetzt ihren Frieden.«

Theodora schwankte, griff haltsuchend nach Sharon, die sie gerade noch auffangen konnte, sonst wäre die alte Frau zu Boden gestürzt.

Glücklicherweise war es nur ein kleiner Schwächeanfall. Sie erhielt eine stärkende Infusion, ruhte zwei Stunden, dann konnte Sharon sie wieder nach Hause bringen. Sharon bestand darauf, dass sich Theodora sofort ins Bett legte, und diese erhob keinen Widerspruch.

»Ich werde mich um die Formalitäten kümmern und dafür sorgen, dass Violet eine schöne Beerdigung erhält«, beantwortete Sharon die wortlose Frage in Theodoras Augen. »Es gibt wirklich keine Angehörigen, die zu verständigen sind?«

»Nicht dass ich wüsste. Ich danke dir, Sharon. Es wäre in Violets Sinn, sie hier in St Martin zur letzten Ruhe zu betten. Auf demselben Friedhof, auf dem auch ich bald ruhen werde.«

Anfangs war Sharon ausgewichen, wenn Theodora auf ihr nahes Ende zu sprechen kam, inzwischen wusste sie aber, dass es Theodora wichtig war, ihre Angelegenheiten rechtzeitig zu regeln. So hatte sie bereits verfügt, dass sie in dem Grab, in dem die Gebeine ihrer Familie lagen, beigesetzt werden wollte. Der Grabstein war inzwischen mit Moos überwachsen, die Inschrift verwittert. Sharon hatte Theodora versprochen, ihn erneuern und Theodoras Namen eingravieren zu lassen.

»Violet hat früher in diesem Haus gelebt«, sagte Theodora plötzlich.

»Wie bitte? Ich dachte, es wäre dein Elternhaus gewesen, und dann war der deutsche Offizier ...«

»Hauptmann Huber«, half Theodora Sharon auf die Sprünge. »Nach Ende des Krieges, als die Deutschen fort waren, kehrten Violet und ihre Eltern aus England zurück. Ihr eigenes Haus war unbewohnbar geworden, so zogen sie hier ein ... und ich musste gehen.«

»Mollett«, murmelte Sharon und erinnerte sich an das, was sie auf Jersey erfahren hatte. »Dann war Violets Mädchenname Mollett.«

»Ich frage jetzt nicht, wie du das herausgefunden hast, Sharon«, flüsterte Theodora, »es ist aber richtig. Wie zuvor der Deutsche haben Violets Eltern das Liliencottage in Besitz genommen, als wäre es schon immer ihres gewesen.«

»Hat dich Violet deswegen um Verzeihung gebeten?«, fragte Sharon. »Was kann sie dafür? Sie war ja noch ein Kind, und wenn dich jemand aus dem Haus vertrieben hat, können es doch nur Violets Eltern gewesen sein.«

»Violet war sechzehn, als sie nach Guernsey zurückkehrte, und wusste ganz genau, was sie wollte.«

Obwohl Sharon darauf brannte, die Fortsetzung von Theodoras Geschichte zu hören, die überraschenderweise mit Violet und dem Liliencottage zu tun hatte, sagte sie: »Du musst jetzt schlafen, Theodora. Ich hab dich immer bei deinem vollen Namen genannt, möchtest du, dass ich Dora zu dir sage?«

»Bitte nicht. Dieser Name« – Theodora schluckte schwer, über ihr Gesicht fiel ein Schatten – »ist mit meiner Vergangenheit gestorben.«

Sorgsam deckte Sharon sie zu. Theodora war eingeschlafen, bevor Sharon die Tür erreicht hatte.

Sie saßen in einem Café gegenüber dem Touristeninformationszentrum, und Raoul sagte nur zwei Wörter: »Bergen-Belsen.«

»Rachel Hammond hatte also keine Chance«, murmelte Sharon. Sie hatte es geahnt, die Bestätigung machte sie trotzdem betroffen.

»Das ist anzunehmen. Es tut mir leid, Sharon.« Weiter berichtete Raoul, dass es ihm gelungen war, Einblick in die Listen zu erhalten, die von den Deutschen über die Deportationen erstellt worden und immer noch vorhanden waren. »Der Name dieses Konzentrationslagers ist zumindest angegeben, wir werden aber niemals mit Sicherheit wissen, ob sie dort wirklich angekommen ist.«

»Danke, Raoul, ich werde dir nie vergessen, dass du nachgeforscht hast.«

»Wirst du es Theodora sagen?«

»Das bin ich ihr schuldig«, antwortete Sharon. »Ich denke, sie ahnt es ohnehin, und es wird sie nicht mehr aufregen, zu erfahren, dass die Frau, die für sie wie eine Mutter gewesen war, in den Fängen der Deutschen gestorben ist.«

»Weißt du inzwischen mehr darüber, was damals geschehen ist?«, fragte Raoul.

»Nur unwesentlich. Vor ein paar Tagen starb Theodoras Freundin, das belastet sie sehr, und ich warte, bis sie von selbst wieder zu erzählen beginnt.«

»Hm, nun ja, viel Zeit wird ihr wohl nicht mehr bleiben ...« Gedankenverloren spielte Raoul mit der Ecke einer Serviette.

»Hast du sonst noch etwas herausgefunden?«, fragte Sharon.

»Nein, nein«, antwortete Raoul, und Sharon hatte den Eindruck, als würde er vor ihr etwas verbergen.

»Gibt es etwas, das ich wissen sollte?«, fragte sie. »Du wirkst heute etwas nervös.«

Raoul lächelte und zuckte mit den Schultern. »Meine Konzentration richtet sich gerade auf ein kompliziertes Geschäft.«

»Dann einen besonderen Dank für deine Mühen«, sagte Sharon und gab sich mit seiner Erklärung zufrieden.

Raoul zwinkerte ihr zu und fragte: »Darf ich dich heute zu mir einladen? Ich bin zwar ein lausiger Koch, wir können uns aber was kommen lassen und uns einen gemütlichen Abend machen.«

»Zu dir nach Hause?«

Er nickte. »Es war schließlich auch mal dein Zuhause, Sharon, und du kannst mir vertrauen. Zwischen uns wird nichts geschehen, was du nicht auch willst.«

Was will ich denn?, dachte Sharon. Eine Affäre, aus der vielleicht eine neue Liebe entstehen könnte? Selbst wenn – was dann? Obwohl Raoul mit Alec nicht zu vergleichen war, arbeitete auch er auf Guernsey, und sie würde noch vor Ablauf dieses Jahres wieder nach London gehen. Wahrscheinlich wäre mit Raoul eine Fernbeziehung möglich, anders als mit Alec. Warum machte sie sich darüber überhaupt Gedanken? Zwischen ihr und Alec war es sowieso endgültig vorbei.

»Ich spreche mit Fiene, ob sie sich heute Abend um Theodora kümmern kann«, sagte sie entschlossen. »Wenn ja, dann komme ich sehr gern zu dir, Raoul.«

Fiene meinte, Sharon solle die Einladung auf jeden Fall annehmen.

»Die Abwechslung tut dir gut, gerade jetzt, wo du dich auch noch um die Beerdigung von Theodoras Freundin kümmern musst.«

Langsam gingen Sharon die Worte aus, Fiene zu danken. Die Niederländerin war ein echter Glücksfall. Nicht nur deren Arbeit im Liliencottage, sondern auch ihre Güte, ihr Verständnis und ihre Ruhe. Sharon dachte, dass sie richtige Freundinnen werden könnten, auch wenn eine Trennung in naher Zukunft anstand.

Sharon hatte sich gerade angekleidet und ein dezentes Make-up aufgelegt, als es an der Tür klopfte. Sie eilte hinunter, öffnete und rief: »Du bist eine halbe Stunde zu früh.« Dann verharrte sie und rief: »Du?«

»Darf ich reinkommen?« Yvette Blake wartete Sharons Antwort nicht ab und drängte sich in die Küche. »Offenbar hast du jemand anderen erwartet. Einen Mann?«

»Ich wüsste nicht, was dich das angeht«, antwortete Sharon kühl. »Möchtest du einen Kaffee oder Tee?«, fragte sie, ein Gebot der Höflichkeit.

»Danke nein, ich werde dich nicht lange aufhalten.« Yvette musterte Sharon von oben bis unten. Wieder einmal sah sie wunderschön aus, elegant gekleidet und geschminkt entsprach sie dem Bild, das sich Yvette in den letzten Jahren anhand der Fotos von Sharon gemacht hatte.

»Ich weiß nicht, was zwischen dir und Alec vorgefallen ist, als ihr auf Jersey wart«, sagte sie und fuhr schnell fort, als Sharon den Mund öffnete: »Eigentlich will ich es auch gar nicht wissen, aber seitdem läuft Alec mit einer Miene herum, dass man meinen könnte, es wäre jemand gestorben oder der Weltuntergang stünde kurz bevor. Dass er zu mir und den Angestellten brummig ist, können wir verkraften, den Kunden gegenüber verhält er sich aber ebenfalls mürrisch.«

»Was soll ich dagegen tun?«, fragte Sharon, als Yvette Luft holte. »Ich glaube kaum, dass Alec auf mich hören wird.«

»Das sehe ich auch so.« Yvettes Lippen kräuselten sich spöttisch. »Deswegen bin ich auch nicht gekommen, sondern um dir zu sagen, dass du Alec ein für alle Mal in Ruhe lassen sollst. Ich kann dir nämlich zeigen, wie er zu dir steht.«

Ihrer Umhängetasche entnahm Yvette mehrere mit einem Bindfaden zusammengebundene Briefe und reichte sie Sharon. Auf dem ersten Umschlag las Sharon Alecs Adresse – geschrieben in ihrer eigenen Handschrift. Sie fächerte das Bündel auf: Es waren die Briefe, die sie Alec damals aus London geschrieben hatte. Keiner war jemals geöffnet worden.

»Woher hast du die Briefe?« Sharons Stimme klang belegt. »Hat Alec sie dir gegeben?«

Nun war Yvettes Lächeln überheblich, und sie antwortete: »Ich bringe sie dir, damit du siehst, dass Alec ab dem Moment, als du Guernsey verlassen hast, mit dir abgeschlossen hat. Es interessierte ihn nicht einmal, was du ihm geschrieben hast.«

»Warum hat er die Briefe dann aufbewahrt?«

Yvette zuckte mit den Schultern. »Vielleicht ein Anfall von Sentimentalität. Du kennst Alec, für einen Mann ist er sehr romantisch, wenn ich da nur an die Abende mit Wein und Sonnenuntergängen am Strand denke ...«

Sharon verspürte einen Stich in der Brust. Ja, sie kannte sie nur zu gut: Abende, in denen sie im sonnenwarmen Sand gesessen und sich später geliebt hatten. Wein hatten sie damals keinen getrunken, dafür waren sie zu jung gewesen. Ihre Liebe und Leidenschaft hatten sie mehr berauscht, als es jeder Alkohol hätte bewirken können. Dass Yvette Ähnliches mit Alec erlebte, tat weh, das musste sich Sharon ehrlich eingestehen. Sie ließ sich nichts anmerken und erwiderte kühl: »Was soll ich mit den Briefen? Du hättest sie einfach verbrennen können.«

Erneut stieß Yvette ihr spöttisches Lachen aus und antwortete: »Ich glaube, du weißt ganz genau, warum ich sie dir gebracht habe, nicht wahr, Sharon?«

Sharon schwieg. Ja, sie hatte verstanden. All die Jahre über hatte sie gewusst, dass Alec keinen weiteren Kontakt zu ihr wünschte. Die ungeöffneten Briefe waren der Beweis.

Als Raoul Osborne sie später in die Arme zog und küsste, wehrte Sharon sich nicht. Aus einem Feinschmeckerlokal in St Peter Port hatte er ein köstliches Menü kommen lassen und alten Rotwein dazu serviert. Obwohl Sharons Magen wie zugeschnürt war, hatte sie höflicherweise von allen Speisen gekostet und war in eine Rolle geschlüpft. Auf dem Catwalk hatte sie immer Rollen gespielt, je nachdem, was der Veranstalter von ihr erwartete. Nach wie vor beherrschte sie es, zu lächeln und fröhlich zu sein, auch wenn es ihr beinahe das Herz zerriss. Als Raouls Küsse nun fordernder wurden und seine Hände unter ihre Bluse glitten, machte sie sich sanft von ihm los.

»Es tut mir leid, aber ich glaube, ich kann es nicht. Ich weiß, als ich deine Einladung angenommen habe, hast du dir mehr erhofft, aber ich ...« Sie schluckte schwer, konnte jedoch nicht verhindern, dass ihr Tränen in die Augen stiegen.

Liebevoll strich Raoul ihr eine Haarsträhne hinters Ohr und raunte: »Ich mag Frauen, die sich einem Mann nicht sofort hingeben. Nenn mich ruhig altmodisch, vielleicht nicht passend im 21. Jahrhundert, aber gerade das macht dich für mich so reizvoll.«

Er stand vom Sofa auf, ging zu einer Kommode, öffnete die oberste Schublade und nahm ein kleines Kästchen heraus. Dann kniete er sich vor Sharon auf den Teppich und öffnete den Deckel des Kästchens. Scharf sog Sharon die Luft ein: Auf dunkelblauem Samt schimmerte ein mit einem Opal und mit Brillanten besetzter Ring.

»Diesen Ring hat meine Urgroßmutter von ihrem Mann zur Verlobung bekommen, danach meine Großmutter von ihr und meine Mutter von ihrer Mutter. Da ich aber keine Schwester habe, gebe ich den Ring an meine zukünftige Frau weiter.«

»Oh ... Raoul ... ich ...«

»Du brauchst jetzt nichts zu sagen, Sharon, ich erwarte nicht heute und jetzt eine Antwort, aber ich frage dich: Möchtest du mich heiraten, Sharon Leclerque?«

Sie stand in einer kleinen, uralten Kirche mit niedriger Balkendecke. Der Pfarrer sprach salbungsvolle Worte in einer Sprache, die sie nicht verstand. Es war weder Englisch noch das auf der Insel geläufige Patois. Eine unsichtbare Kraft zog sie zum Altar. Aus den Augenwinkeln sah sie, dass alle Kirchenbänke besetzt waren. Die Menschen hatten aber keine Gesichter, es waren nur bleiche Flächen. Auf einem Tisch neben dem Altar stand eine blaue, schlichte Urne mit der Asche von Violet Lewis. Das wusste Sharon. Dann sah sie an sich hinunter und registrierte erstaunt, dass sie ein schneeweißes Kleid im Meerjungfrauenstil mit einem unten weit auslaufenden Rock trug. Sie schämte sich, mit einem weißen Kleid zu einer Beerdigung gekommen zu sein.

»Von nun an seid ihr Mann und Frau ...«

Plötzlich konnte sie die Worte des Pfarrers verstehen. Etwas griff nach ihrer linken Hand. Sharon drehte den Kopf und sah Raoul in die Augen. Er streifte den Opalring über ihren Finger und flüsterte: »Nun sind wir für immer vereint ...«

Mit einem Schrei erwachte Sharon und starrte ins Dunkel. Sie musste sich erst besinnen, dass es ein Traum gewesen war, tastete nach dem Schalter und knipste das Licht an. Das Oberteil ihres Shortys war feucht, schweißnass auch ihre Nackenhaare. Sharon schüttelte den Kopf und lachte. Jetzt, im hellen Licht, empfand sie den wirren Traum als amüsant. Vor drei Tagen der überraschende Heiratsantrag von Raoul, gestern die Trauerfeier für Violet – kein Wunder, dass die Ereignisse sich vermischten und in ihre Träume eindrangen. Sharon hatte Raoul keine Antwort gegeben, hatte weder Ja noch Nein gesagt. Er hatte sie nicht bedrängt und gemeint, sie solle es sich in Ruhe überlegen.

»London und Guernsey trennt nur ein kurzer Flug, außerdem bin ich geschäftlich oft in der Stadt, und du könntest so oft wie möglich auf die Insel kommen ...«

Sollte sie Raoul Osborne wirklich heiraten? Sie hatte Ben zurückgewiesen, weil sie sich nicht binden wollte, und Raoul kannte sie erst ein paar Wochen. Über das Thema Kinder hatten sie nicht gesprochen, Sharon vermutete aber, dass in Raouls Leben Nachwuchs keine große Rolle spielte. Er war einfach nicht der Typ, Vater zu sein. So, wie sie kein Muttertier war. Ergo würden sie gut zusammenpassen.

Sharons Gedanken wanderten zu Violets Beerdigung. Sie waren eine kleine Gruppe gewesen, die die Urne mit Violets Asche zu ihrer letzten Ruhestätte begleitete: sie, Fiene Wouter, Schwester Maud vom Pflegeheim, der Pfarrer und Theodora. Letztere hatte sich geweigert, sich im Rollstuhl auf den Friedhof fahren zu lassen. Von Sharon und Fiene gestützt, hatte Theodora die Zeremonie gut überstanden. Am Ende hatte Sharon sie für einige Minuten allein gelassen, damit Theodora von ihrer Freundin in aller Stille Abschied nehmen konnte. Als Theodora das Grab verlassen hatte, waren ihre Augen gerötet.

Sharon griff nach der neben ihrem Bett stehenden Wasserflasche und trank einen Schluck. Es war erst halb sechs, sie konnte also noch eine Weile schlafen. Was Raoul anging, konnte und wollte sie jetzt keine Entscheidung treffen. Sie mussten sich erst mal besser kennenlernen. Wie ein Embryo rollte sie sich auf der Seite zusammen und zog die Knie an die Brust. Bevor Sharon wieder einschlief, galt ihr letzter Gedanke aber nicht dem Mann, der ihr einen Heiratsantrag gemacht hatte, sondern Alec Sauvage.

Hatte Theodora gedacht, über all die Jahre hinweg hätte sie Violet nur aus Pflichtbewusstsein besucht, fehlte sie ihr jetzt. Violet war die letzte Verbindung zur Vergangenheit gewesen, auch wenn die Momente, in denen Violet sie erkannt hatte, selten geworden waren. Eines war an dem verdammten Krebs dann doch von Vorteil: Ihr, Theodora, würde es erspart bleiben, ihr Gedächtnis nach und nach zu verlieren und in geistiger Umnachtung dahinzudämmern. Dies äußerte sie auch gegenüber Sharon und fügte hinzu: »Du möchtest bestimmt wissen, warum Violets Familie in meinem Haus gelebt hat, nicht wahr?«

»Dies zu verneinen wäre eine Lüge«, antwortete Sharon mit einem Schmunzeln.

Theodora seufzte zwar, erwiderte aber Sharons Lächeln.

»Um das zu erklären, muss ich wieder in die Zeit des Krieges zurückgehen«, sagte sie. »Du weißt, dass ich Hauptmann Huber den Haushalt führte, die deutsche Sprache lernte und mich damit abgefunden hatte, dass sich an diesem Zustand niemals etwas ändern würde. Aber dann war der deutsche Siegeszug plötzlich beendet. An der Ostfront wurde die Wehrmacht auf breiter Linie geschlagen und musste sich zurückziehen, im Westen schien sich vorerst nichts zu verändern. Im Frühjahr 1944 brach auf Guernsey eine hektische Betriebsamkeit aus. Mit mir sprach Huber natürlich nicht über militärische Belange. Die Gerüchte, die Amerikaner planten eine Großoffensive auf das Deutsche Reich, blieben mir aber ebenso wenig verborgen wie die Tatsache, dass auf deutsche Städte Tag und Nacht die Bomben der Alliierten fielen. Ausgehend von der englischen Südküste, wurde eine groß angelegte Invasion vermutet, sodass die Befestigungsanlagen der Nordküste weiter ausgebaut und verstärkt wurden. Wieder schufteten Hunderte von Zwangsarbeitern unter unmenschlichen Bedingungen. Inzwischen war die gesamte Küstenlinie vermint, es war lebensgefährlich, die gekennzeichneten Pfade zu verlassen. In das nun fertiggestellte, unterirdische Hospital wurden Vorräte gebracht, die Ein- und Ausgänge wurden verstärkt und Gasschleusen eingebaut. Huber hatte auch über dieses Hospital die Aufsicht, dort wurden aber nur leichtere Fälle behandelt. Du weißt, Sharon, dass es auf der Insel keinerlei Kampfhandlungen gegeben hat. Hin und wieder fanden zwar kleinere Anschläge auf die Soldaten statt, es kam aber nie jemand zu Schaden. Ein großes V für Victory war das Erkennungszeichen der Rebellen, sie druckten sogar eine eigene kleine Zeitung, in der zum Widerstand aufgerufen wurde. Diese wurde heimlich an vertrauenswürdige Personen verteilt. Wäre jemand bei der Verteilung erwischt worden oder auch nur im Besitz eines solchen Flugblattes gewesen, hätte das seine sichere Deportation nach Deutschland bedeutet, sofern er nicht gleich an Ort und Stelle erschossen worden wäre.«

»Bekämpften die Soldaten die Widerstandsbewegung denn nicht?«, fragte Sharon. »Ich hab von regelmäßigen Hausdurchsuchungen gelesen.«

»Diese gab es«, stimmte Theodora zu. »Grundsätzlich jedoch hatte ich den Eindruck, die Deutschen amüsierten sich mehr über die Versuche eines Widerstandes, als dass sie diese als ernste Bedrohung ansahen. Sie waren sich ihrer Vormachtstellung bewusst, die Inseln waren massiv befestigt, von außen uneinnehmbar, deshalb fühlten sich die Besatzer absolut sicher. Dann jedoch kam der Sommer des Jahres 1944, und im Juni startete die Operation Overlord. Den Tag, als die Engländer und die Amerikaner in der Normandie landeten, nennen wir heute D-Day. Unter den Soldaten machte sich Angst breit. Du musst das verstehen, Sharon: Seit die Männer auf die Insel gekommen waren, hatten sie nie mehr kämpfen müssen. Für sie hatte sich der Krieg vier Jahre lang weit entfernt abgespielt. Jetzt jedoch begann der größte Angriff des ganzen Krieges, und keiner wusste so genau, was auf sie zukam und was sie tun sollten. Die Soldaten hatten schließlich geglaubt, außer zu Übungszwecken nie einen Schuss abfeuern zu müssen.

Auch unter den Inselbewohnern machte sich Aufregung breit. Endlich kamen die Verbündeten, endlich würden wir befreit werden! Tja, diesbezüglich irrten wir uns alle. An diesem sechsten Juni stand ich mit vielen Leuten zusammen, ich glaube, die ganze Insel hatte sich auf den Klippen im Nordosten versammelt, Deutsche wie Einheimische. Wir hörten die Motoren dröhnen, wir sahen die Flugzeuge am wolkenverhangenen Himmel, und auch ohne Feldstecher erkannten wir die Schiffe. Es waren Hunderte, wenn nicht Tausende, die von England kommend auf die französische Küste zuhielten.« Theodora musste sich räuspern und einen Schluck Tee trinken.

Sharon nutzte die Pause und sagte: »Die Alliierten beachteten die Kanalinseln aber nicht, das weiß ich. Der Premierminister wollte weder Menschen noch Material verschwenden, um ein paar Inseln, die keine strategische Bedeutung hatten, zu befreien. In England wird Churchill auch heute noch als Held verehrt, auf Guernsey hat sein Name keinen guten Klang.«

»Wie zuvor wollte Churchill die Deutschen aushungern, dabei war es ihm gleichgültig, dass auch Tausende von Einheimischen dem Tod geweiht waren«, fuhr Theodora mit belegter Stimme fort. Sie gab sich zwar gelassen, Sharon sah aber ein unruhiges Flackern in ihrem Blick. Theodora räusperte sich und fuhr fort: »Wir konnten es einfach nicht glauben! Auch die Deutschen waren verwirrt. Was bei uns aber Panik auslöste, erfreute die Besatzer natürlich. Huber meinte sogar, die Alliierten wären vor dem massiven Befestigungswall der Insel zurückgeschreckt und hätten erkannt, dass eine Eroberung Guernseys ohnehin nicht von Erfolg gekrönt wäre. Ja, das konnten die Deutschen gut: jede Niederlage so darstellen, als wäre sie ein großer Erfolg. Heute wissen wir, was an den Stränden der Normandie geschehen ist, wir haben Kenntnis von den Tausenden von Toten und noch viel mehr Verletzten auf beiden Seiten. Von den Deutschen wurden wir damals im Unklaren gelassen. Ich kannte niemanden, der noch ein Radiogerät besaß und heimlich BBC hörte, bin aber sicher, dass es solche Menschen auf der Insel gab. Bereits am nächsten Tag kam das erste Schiff mit verwundeten deutschen Soldaten, weitere folgten. Den Deutschen war es gelungen, viele Verletzte auf die andere Seite der Halbinsel Cotentin zu bringen und von dort aus auf die Kanalinseln, denn der Weg von den Stränden der Normandie ins Reich war ihnen verwehrt. Die Hospitäler waren überfüllt, und so forderte Hauptmann Huber mich auf, ab sofort im unterirdischen Hospital, das zu einem Lazarett geworden war, zu arbeiten ...«

11. Kapitel

Guernsey, Sommer 1944

Sie sollte diese Menschen hassen, sollte sich über ihre Schreie freuen, sollte erleichtert sein, wenn einer von ihnen endlich starb. Stattdessen empfand sie Mitleid mit jedem einzelnen Soldaten, hielt die Hand des Feindes und hörte zu, wenn er von seiner Heimat und seiner Familie erzählte. Wenn es dann vorbei war, strich sie sanft über die Lider, um die Augen, die so viel Schreckliches gesehen hatten, zu schließen.

Anfangs hatte Theodora geglaubt, sie würde keinen Tag im Lazarett durchstehen. Die Luft war zum Schneiden und mit dem Gestank nach Blut, Schweiß und Fäkalien durchsetzt, am schlimmsten aber waren die Schreie der Schwerstverwundeten. Es waren Männer jeglichen Alters, manche kaum älter, als ihr Bruder heute sein würde, manche auch schon mit grauem und lichtem Haupthaar. Theodora sah nicht die Feinde, sondern erkannte in ihnen die Väter, Ehemänner und Söhne, die sie alle waren. Jedes Mal, wenn ein Mann starb, würde irgendwo eine Mutter oder eine Ehefrau um ihn bittere Tränen weinen.

»Schwester, bitte ... Wasser ...«

Das Stöhnen eines Verwundeten schreckte Theodora auf. Seit vierzehn Stunden versah sie heute schon ihren Dienst, lediglich unterbrochen von einer halben Stunde am Mittag, in der sie eine wässrige Gemüsesuppe und eine Scheibe trockenes Brot erhalten hatte. Gerade hatte sie sich hingesetzt und wäre wohl eingeschlafen, wenn der Soldat nicht nach ihr gerufen hätte.

Theodora holte Wasser, stützte den Verwundeten und setzte ihm den Becher an die Lippen. Er trank durstig, sank dann in die Kissen zurück und sagte: »Danke, Schwester Theodora.«

Seine Verwundung war nicht schwer, er würde es überleben. Aus dem Krankenblatt wusste Theodora, dass er dreißig Jahre alt, verheiratet und Vater von drei Kindern war. Seinen jüngsten Sohn hatte er noch gar nicht gesehen.

»Sie werden wieder nach Hause kommen«, sagte Theodora und deckte ihn sorgfältig zu. »Die Brüche werden heilen, und auch mit einem Auge kann man noch sehen.«

»Wenn der Krieg vorbei ist, werden wir alle in Gefangenschaft gehen«, erwiderte der Soldat ohne Illusionen. »Ob man uns am Leben lassen wird, ist ungewiss. Vielleicht wäre es besser gewesen, im Kampf für das Vaterland zu sterben.«

»So ein Unsinn!«, rief Theodora aufgebracht, senkte aber sofort ihre Stimme, als vom anderen Ende des Krankensaals der diensthabende Arzt zu ihr herübersah. »Sie sollten Gott danken, dass Sie noch am Leben sind und es auch bleiben werden.«

Er grinste und meinte: »Für eine, deren Heimat okkupiert wurde, sind Sie erstaunlich freundlich zu uns, Schwester Theodora. Das Schicksal hat es aber auch nicht immer gut mit Ihnen gemeint, nicht wahr?«

»Ein Unfall, es ist Jahre her«, antwortete Theodora knapp, ihre Finger tasteten aber unwillkürlich nach den Narben in ihrem Gesicht. Auch ihr Hinken blieb den Verwundeten nicht verborgen.

»Banks, hör uff zu schwätze, i brauch dich im OP«, rief der Arzt, und Theodora kam der Aufforderung unverzüglich nach. Sie war Dr. Baierle, einem grauhaarigen Arzt Mitte vierzig, unterstellt. Anfangs hatte Theodora Mühe gehabt, seinen schwäbischen Dialekt zu verstehen, der wenig Ähnlichkeit mit der deutschen Sprache, die ihr gelehrt worden war, besaß. Verstanden hatte sie allerdings gut seine Worte, als Huber sie am ersten Tag in das Hospital gebracht und Dr. Baierle zugewiesen hatte.

»Ja, du liebs Herrgöttle von Biberach, mid däm Gsichtle erschreggd des Mädle ja älle Badiende! Außr de Blinde vielleichd.« Dabei hatte er gackernd gelacht.

Theodora hatte sich ebenso an seinen Dialekt wie an seine herablassende Art gewöhnt. Der Dienst im Lazarett bot eine Abwechslung zur Haushaltsführung, der sie zusätzlich nachgehen musste. Die viele Arbeit half Theodora jedoch, tief und traumlos schlafen zu können; und sie hatte keine Zeit, ihr Schicksal zu beklagen.

Glücklicherweise führte Dr. Baierle heute keine Amputation durch. Beim ersten Mal hatte Theodora sich direkt neben dem Operationstisch übergeben. Heute ging es um die harmlose Entfernung eines entzündeten Wurmfortsatzes. Nach einer Stunde war alles vorüber. Nachdem Theodora die blutigen Instrumente gereinigt, die Tücher in den Kasten mit schmutziger Wäsche gelegt und den Tisch gesäubert hatte, sagte der Arzt: »Für heut kannsch gange.«

Diese Aufforderung musste nicht wiederholt werden. Schnell riss sich Theodora die Schürze ab und wechselte die Schuhe. Als sie aus dem Tunnel an die frische Luft trat, atmete sie tief durch und streckte ihr Gesicht der Sonne entgegen. Im Lazarett bekam sie nicht mit, ob die Sonne schien oder ob es regnete, ob es Tag oder Nacht war.

Es war bereits Abend, die Kennkarte wies Theodora als Krankenschwester aus, sodass sie auch außerhalb der Ausgangssperre unterwegs sein durfte. Sie eilte die schmale Straße in Richtung St Martin entlang, denn sie musste sich beeilen, um das Essen für Huber und seine Männer zuzubereiten. Das wurde ohnehin immer schwieriger, da die Versorgungslage der Insel dramatisch schlecht war. Nachdem die Alliierten in der Normandie gelandet waren, drängten sie die Deutschen immer weiter nach Osten zurück. Nordfrankreich war bereits befreit, Paris würde bald fallen. Den Deutschen war somit der Zugang zu den Kanalinseln nahezu abgeschnitten, was bedeutete, dass nur noch vereinzelt Lebensmittellieferungen durchkamen. Die Felder konnten bestellt werden, die Kühe gaben Milch, es war aber zu wenig für die vielen Menschen, zumal Offiziere, zu denen auch Huber gehörte, sich weigerten, den Gürtel enger zu schnallen. Am schlimmsten litt die Bevölkerung. Huber würde sie heute wieder anschnauzen, weil sie ihm und seinen Männern nichts anderes als Kartoffeln und Rübenmus servieren konnte. Gestern war in der Stadt mal wieder kein Fleisch zu bekommen gewesen, auch nicht für die Offiziere, was Huber zornig zur Kenntnis genommen hatte. Die desolate Versorgungslage konnte aber auch er nicht ändern.

Als sie nach fünfundvierzig Minuten Fußweg das Haus betrat, hörte sie Huber telefonieren. Er hatte sein Büro in dem früheren Nähzimmer von Theodoras Mutter eingerichtet.

»Es ist mir scheißegal, ob es gefährlich ist, Oberleutnant«, brüllte Huber so laut in den Hörer, dass Theodora gar nicht heimlich lauschen musste. Hubers Stimme war im ganzen Haus zu vernehmen. »Er wird so schnell wie möglich auf die Insel gebracht, und wenn Sie ein Ruderboot dafür nehmen müssen! Bewegen Sie also Ihren Arsch, und zwar sofort, oder es wird Konsequenzen für Sie haben!«

Leise zog Theodora sich zurück und machte sich in der Küche an die Arbeit. Überraschenderweise kommentierte Huber das Rübenmus heute nicht. Er stocherte in dem Essen herum, in Gedanken schien er woanders zu sein. Nach dem Essen nahm er seine Mütze und sagte: »Ich muss noch mal weg.«

Obwohl Theodora sehr müde war, konnte sie nicht einschlafen. Erst nach Mitternacht hörte sie Hubers Wagen zurückkommen, dann ging er im unteren Stockwerk ruhelos auf und ab. Sie spürte, dass irgendetwas geschehen war, das mit seinem Telefongespräch in Zusammenhang stand.

Theodora erfuhr es zwei Tage später. Als sie an diesem Morgen zum Hospital gehen wollte, sagte Huber: »Steig in den Wagen, ich fahre dich.« Da er sie zuvor niemals mitgenommen hatte, zögerte Theodora und sah ihn unsicher an. »Na los, oder wartest du auf besseres Wetter?«, herrschte Huber sie an. »Ich muss ohnehin ins Krankenhaus rüber.«

Dr. Baierle erwartete Huber bereits am Eingang.

»Er isch vor zwoi Stunde akomme ond jetzd in Raum acht, Herr Hauptmann. Er schläft, gegen die Schmerza han i ihm ebbes gebbe.«

»Bringen Sie mich zu ihm, Herr Doktor«, antwortete Huber nervös und blaffte: »Und versuchen Sie endlich, die deutsche Sprache zu beherrschen! Ich stamme auch aus Süddeutschland, spreche ich aber etwa Bayrisch?«

Die Miene des Arztes blieb ausdruckslos, er gab Huber lediglich einen Wink, ihm zu folgen. Ohne Theodora zu beachten, gingen die Männer davon. Sie zog sich für den Dienst um und begann mit ihrer Arbeit. Theodoras Gedanken kreisten die ganze Zeit um den geheimnisvollen Mann im Raum acht, ihre Aufgaben führten sie jedoch nicht in diesen Teil des Hospitals. Am Spätnachmittag machte Theodora eine Pause. Kurz entschlossen ging sie durch das Labyrinth der Gänge in den Teil, in dem sich der besagte Raum befand. Hier wurden Lebensmittel und technische Geräte gelagert; dass es auch Krankenzimmer gab, war Theodora neu. Sie wusste, es wäre besser, ihre Nase nicht in eine Angelegenheit zu stecken, die sie nichts anging, doch ein gewisses Maß an Neugier hatte sich Theodora trotz allem bewahrt. Leise öffnete sie die Tür mit der Nummer acht und war überrascht, ein einzelnes Bett mit einem Mann darin vorzufinden. Es musste sich um eine wirklich wichtige Person handeln, da er einen Raum für sich allein hatte. Theodora wollte sich gerade wieder zurückziehen, als vom Bett her eine Stimme fragte: »Wer ist da? Doktor, sind Sie das, oder du, Vater?«

Der Mann versuchte, sich aufzurichten, geriet dabei so nah an die Bettkante, dass er hinauszufallen drohte. Mit zwei Schritten war Theodora bei ihm, packte ihn an den Schultern und hievte ihn ins Bett zurück.

»Hoppla, Sie müssen aufpassen«, sagte sie. Sie sah, dass der Mann eine dunkle Binde über beiden Augen trug, am Kinn und am Hals hatte er zwei verschorfte Wunden, und auf der Seite, wo sein linkes Bein sein sollte, lag die Decke auf dem Laken.

»Wer sind Sie?«, fragte er. »Sie sind keine Deutsche. Was wollen Sie hier?«

»Ich bin Schwester Theodora, und Sie wären beinahe aus dem Bett gefallen.«

Er lachte bitter, eine Hand tastete suchend durch die Luft. Theodora trat einen Schritt zurück, damit er sie nicht berühren konnte. Er war noch sehr jung, und sie dachte: Mein Gott, die Deutschen schicken halbe Kinder an die Front!

»Was willst du hier?«

Theodora fuhr herum. In der Tür stand Hauptmann Huber, die Stirn gerunzelt.

»Ich war zufällig auf dem Korridor und hörte jemanden rufen«, schwindelte Theodora. »Da wollte ich sehen, ob ich helfen kann.«

Huber kam näher und blickte den jungen Mann an.

»Wie geht es dir?«, fragte er. In seinen Augen lag ein sorgenvoller und zugleich zärtlicher Ausdruck, der Theodora zutiefst überraschte. So sanft hatte sie den Hauptmann nie zuvor gesehen.

»Wie es einem eben geht, wenn man nie wieder sehen und laufen kann«, antwortete der junge Soldat bitter.

Huber drehte sich zu Theodora um, musterte sie, schien zu überlegen, dann sagte er: »Du kümmerst dich ab sofort um meinen Sohn. Ich werde es mit Dr. Baierle klären, dass er dich in andere Tätigkeiten weniger einbindet.«

Hubers Sohn! Theodoras Blick wanderte zwischen den beiden Männern hin und her. Eine Ähnlichkeit konnte sie nicht erkennen. Nie zuvor hatte sie sich über die familiären Verhältnisse des Mannes, bei dem sie lebte, Gedanken gemacht. Er war ein Mörder und derjenige, der Rachel ins Unglück gestürzt hatte. Aber natürlich, auch er war Ehemann und Vater, wie sie jetzt feststellen musste.

Theodora senkte zustimmend den Kopf, und Huber fuhr erstaunlich gesprächig fort: »Mein Sohn wurde am Strand von Omaha verwundet und in ein Krankenhaus in Cherbourg gebracht. Ich hab veranlasst, dass er auf die Insel kommt, da ein Transport ins Reich derzeit nicht möglich ist.« Huber strich seinem Sohn kurz über die Stirn und sagte zu ihm: »Ich bin sehr stolz auf dich, mein Junge, und dankbar, dass du am Leben bist.«

»Was für ein Leben soll das sein? Hätte mich lieber eine Kugel ins Herz getroffen ...«

»So darfst du nicht reden!«, wies Huber ihn streng zurecht. »Gut, du hast dein Augenlicht und dein linkes Bein dem Führer geschenkt, aber für die große Sache müssen wir alle Opfer bringen. Am Ende wird der Sieg unser sein!«

»Vater! Hör auf, dir selbst in die Tasche zu lügen!«, begehrte Hubers Sohn auf und zog die Mundwinkel verächtlich herunter. »Du warst nicht dabei, hast nicht miterlebt, wie es in der Normandie gewesen ist. Der Übermacht der Alliierten können wir nicht standhalten. Der Krieg ist für Deutschland verloren, das Ende ist nah. Und es wird ein furchtbares Ende sein. Adolf Hitler soll endlich aufhören, noch mehr Menschen in den Tod zu schicken, anstatt in seinem Wahn immer noch an einen Endsieg zu glauben.«

Hubers Gesichtszüge verhärteten sich.

»Du weißt, dass ich dich für diese Worte melden müsste und du vor ein Gericht gestellt werden würdest. Auch wenn du mein eigen Fleisch und Blut bist, kann ich einen solchen Verrat an unserem Führer und Vaterland nicht dulden, Matthias. Heute will ich dir aber noch mal verzeihen. Durch die Medikamente bist du nicht Herr deiner Sinne und weißt nicht, was du redest.«

Der Hauptmann knallte die Hacken so laut zusammen, als stünde er vor einem Vorgesetzten, dann verließ er mit großen Schritten den Raum. Auch Theodora wollte sich zurückziehen, da fragte Matthias Huber: »Schwester Theodora? Sind Sie noch da?«
Sie nickte, da er sie aber nicht sehen konnte, sagte sie: »Benötigen Sie etwas? Haben Sie Schmerzen?«
Er schüttelte den Kopf. »Durch die Medizin ist es erträglich, nur da, wo mein Bein gewesen war, sticht und zieht es ständig.«
»Das nennt man Phantomschmerzen«, antwortete Theodora. In den letzten Wochen hatte sie gut aufgepasst und so einige medizinische Kenntnisse und Fachausdrücke mitbekommen.
»Geben Sie mir Ihre Hand? Bitte!«
Zögernd legte Theodora eine Hand in seine rechte. Seine Finger tasteten über ihre Haut, dann sagte er: »Sie sind noch jung, nicht wahr? Ihre Haut ist ganz weich, auch Ihre Stimme klingt wie die eines Mädchens, aber Sie sprechen sehr gut Deutsch.«
»Ich bin vierzehn, und es blieb mir nichts anderes übrig, als in den letzten Jahren Ihre Sprache zu erlernen.«
Theodora fragte sich, warum sie dem jungen Soldaten das überhaupt erzählte, anstatt zu verschwinden. Wie mit den anderen Verwundeten hatte sie aber auch mit Hubers Sohn Mitleid. Aus seinen Worten hatte sie herausgehört, dass er wohl für immer erblindet war. Mit nur einem Bein konnte man leben, aber nie wieder etwas zu sehen, keine Sonne, nicht das Meer oder die unendliche Weite des Sternenhimmels an einem Sommerabend, das war für Theodora eine schreckliche Vorstellung.
»Wie alt sind Sie, Herr Huber?«, fragte sie mit belegter Stimme.
»Neunzehn«, antwortete er, »und bevor Sie fragen, Schwester: Ich hab mich freiwillig an die Front gemeldet. Seit Kriegsausbruch hatte ich darauf gewartet, endlich alt genug zu sein, um meinen Beitrag leisten zu können. Ich wollte so sein wie mein Vater. Ich glaubte an den Heroismus, an die glorreichen Siege, daran, dass uns Deutsche niemand aufhalten kann. Im März dieses Jah-

res war es endlich so weit, und ich wurde in die Normandie geschickt. Ich hoffte, von dort aus meinen Vater auf Guernsey besuchen zu können.« Er lachte bitter und fuhr fort: »Nun, das ist ja jetzt der Fall. So habe ich mir das allerdings nicht vorgestellt.«

»Wie sind Sie hergekommen?«, fragte Theodora in Erinnerung an das von ihr belauschte Telefonat Hubers.

»Gestern Abend brachte man mich auf ein kleines Fischerboot, und wir fuhren die ganze Nacht hindurch. Die Männer sagten, es wäre Neumond. Wir erwarteten trotzdem, jederzeit angegriffen zu werden. Schlussendlich ist es gut gegangen.«

»Ich verstehe Ihren Vater, dass er Sie in seiner Nähe haben möchte«, erwiderte Theodora.

Er drehte den Kopf in die Richtung, aus der ihre Stimme kam, und fragte: »Sollen wir uns nicht duzen? Ich bin ja nur wenig älter als du, und da du dich auf Befehl meines Vaters um mich kümmern sollst, können wir es uns einfacher machen.«

»Hm ... ich weiß nicht, der Arzt will nicht, dass die Schwestern privaten Kontakt zu den Patienten haben.«

»Tja, ein Gutes hat es: Meinem Vater untersteht die Oberaufsicht über das Lazarett, da wird Dr. Baierle sich fügen müssen. Also, ich bin der Matthias.«

Seine Hand tastete wieder durch die Luft. Theodora ergriff sie, ließ aber schnell wieder los.

»Matthias ...«, wiederholte sie seinen Namen, hatte mit der Aussprache aber Schwierigkeiten.

»Das ist die deutsche Form von Matthew«, erklärte er. »Du kannst mich auch Matt nennen, aber nur, wenn mein Vater nicht dabei ist.«

»Okay, Matt ...« Sie zögerte, sagte dann aber: »Wie ich heiße, weißt du ja bereits.«

»Theodora ... Mein Großvater mütterlicherseits hieß Theodor. Die weibliche Form habe ich noch nie gehört, sie ist aber schön. Wahrscheinlich wie die Trägerin des Namens selbst.«

»Ich muss jetzt gehen, Dr. Baierle wird mich sicher schon suchen.«

»Du kommst aber wieder, Theodora? Oder darf ich Dora zu dir sagen?«

Sie schluckte. Seit dem Tod ihrer Familie hatte niemand mehr sie so genannt. Sie blieb ihm die Antwort schuldig und verließ das Zimmer.

Hauptmann Huber setzte seinen Willen durch. Wenn Theodora das Krankenhaus betrat, führte sie ihr erster Weg zu Raum acht. Sie reinigte und verband Matthias Hubers Beinstumpf – die Operationsnarbe heilte gut –, half ihm bei der Körperpflege und brachte ihm das Essen. Dass er der Sohn des Mannes war, den sie zutiefst verabscheute, blendete Theodora aus. Als nach einer Woche die dunkle Binde von seinen Augen genommen wurde, blickte sie in zwei graublaue, glanzlose Pupillen. Inzwischen wusste sie, dass direkt neben Matthias Huber eine Granate explodiert war, die ihm das Bein zerfetzt hatte, Splitter waren in beide Augen gedrungen. Den Ärzten war es zwar gelungen, seine Augäpfel zu erhalten, sein Augenlicht war jedoch unwiderruflich zerstört. Dementsprechend verbittert war Matthias Huber. Theodora hatte ihn noch nie lächeln sehen, auch wenn er zu ihr nicht unfreundlich war. Warum Huber ausgerechnet sie zur Pflege seines Sohnes eingeteilt hatte, wusste sie nicht, aber sie musste jeden Abend dem Hauptmann über Matthias' Zustand Bericht erstatten.

Als Theodora ihm an diesem Morgen das Frühstück brachte, lag Matthias vor dem Bett auf dem nackten Steinboden. Schnell stellte sie das Tablett ab und eilte zu ihm.

»Was ist passiert?«

Seine toten Augen blickten sie an. Da sah Theodora die Schnittverletzungen an seinen Handgelenken und ein blutbesudeltes Messer auf dem Fußboden. Die Schnitte waren nicht tief und zudem waagrecht ausgeführt worden. Matthias Huber musste ein Messer vom gestrigen Abendessen bei sich behalten haben.

»Du musst senkrecht schneiden, um die Pulsadern zu öffnen«, sagte sie kühl, um sich ihr Erschrecken nicht anmerken zu lassen. »Bei einem waagrechten Schnitt verletzt du dir nur die Sehnen, außerdem ist es sehr, sehr dumm.«

»Danke für den Hinweis, beim nächsten Mal werde ich es besser machen.«

Theodora schnappte nach Luft und stieß hervor: »Warum hast du das getan?«

Einen verächtlichen Zug um die Lippen, antwortete er: »Sieh mich an, Dora! Ich bin ein nutzloser Krüppel! Sogar mich umzubringen bin ich nicht in der Lage.«

»Selbstmord ist feige und keine Lösung«, sagte Theodora bestimmt. »Komm, jetzt helfe ich dir wieder ins Bett, sonst holst du dir auf dem kalten Boden noch eine Lungenentzündung.«

»Das wäre auch eine Möglichkeit, um sterben zu können.«

Zum ersten Mal schwang eine Spur von Sarkasmus in seiner Stimme mit. Mithilfe von Theodora schaffte Matthias es zurück ins Bett, dann betrachtete sich Theodora seine Handgelenke, nahm ein frisches Tuch und wischte das Blut ab.

»Ich werde den Arzt holen …«

»Nein!«, schrie er und klammerte sich an Theodoras Arm. »Bitte nicht! Mein Vater darf nichts erfahren, er verabscheut Feigheit.«

Theodora zögerte. Es wäre ihr Pflicht, Dr. Baierle und Hauptmann Huber über den Suizidversuch zu informieren, aber Matthias tat ihr leid.

»Es sind zwar nur oberflächliche Schnitte«, murmelte sie, »die anderen werden die Wunden aber sehen und Fragen stellen.«

»Du kannst sie verbinden, und wir sagen, ich hätte mir die Handgelenke verstaucht, als ich aus dem Bett gefallen bin.«

»Warum soll ich das tun?«, fragte Theodora. »Warum für dich lügen? Wenn du beim nächsten Mal Erfolg hast, deinem Leben ein Ende zu setzen, trage ich Mitschuld.«

»Es kann dir doch egal sein, ob ich lebe oder sterbe. Ich bin schließlich ein Feind, einer von denen, die dir dein Zuhause genommen haben.«

»Du bist ein Mensch«, flüsterte Theodora. »Jeder Mensch hat das Recht zu leben, und nichts auf der Welt kann so schlimm sein, dass man dieses Leben einfach wegwirft.«

Er lachte bitter auf und erwiderte: »Du hast gut reden, Dora! Du bist kein Krüppel, du kannst laufen und auch sehen. Was hast du denn für eine Ahnung davon, wie es sich anfühlt, derart hilflos und auf die Pflege anderer angewiesen zu sein?«

Mehr, als du ahnst, dachte Theodora, und sagte: »Nun gut, ich werde dir die Handgelenke verbinden, und das hier bleibt ein Geheimnis zwischen uns. Ich hab keine Ahnung, warum ich das tue, aber du musst mir versprechen, es nicht noch mal zu versuchen.« Er drehte den Kopf zur Seite und antwortete nicht. »Schwör es, Matt, oder ich informiere auf der Stelle den Arzt und auch deinen Vater.«

»Gut, ich verspreche es«, flüsterte Matthias, »aber nur, wenn du mir erlaubst, dein Gesicht zu berühren.«

Unwillkürlich wich Theodora zurück, auch wenn er sie nicht sehen konnte.

»Warum?«

»In den letzten Tagen ist ein Bild von dir in meinem Kopf entstanden. Du bist sicher wunderschön. Nicht sehr groß, zierlich, dein Gesicht ist herzförmig, deine Nase klein und wohlgeformt. Nur mit deiner Haar- und Augenfarbe musst du mir auf die Sprünge helfen.«

»Mein Haar ist rötlich, meine Augen sind grün«, antwortete Theodora spontan.

»Hast du auch Sommersprossen?«

Sie nickte automatisch, dann sagte sie: »Ein paar, besonders um die Nase herum.«

Suchend streckte er seine Hand nach ihrem Gesicht aus, Theodora wich erneut zurück.

»Ich säubere und verbinde dir jetzt die Wunden«, sagte sie härter, als es eigentlich ihre Art war. Sie wollte nicht, dass er sie berührte und dabei ihre Narben spüren würde. Sie würde ihm auch nicht sagen, wie wenig seine Beschreibung von ihr den Tatsachen entsprach. Offenbar hatte Hauptmann Huber Matthias über Theodoras Hinken und die Narben nicht aufgeklärt. Warum auch? Sie war ja nur eine Krankenschwester und Haushälterin, nicht wert, um über sie zu sprechen.

Am Abend entschloss sich Theodora, mit Konrad Huber über seinen Sohn zu sprechen.

»Für den Genesungsprozess Ihres Sohnes wäre es besser, wenn er nicht länger allein wäre«, sagte sie. »Die Gesellschaft in einem Gemeinschaftskrankenzimmer würde Matthias guttun.«

Skeptisch runzelte Huber die Stirn. »Mein Sohn soll eine besondere Pflege erhalten, Mädchen, oder bist du damit überfordert?«

»Nein, Herr Hauptmann, dennoch kann ich nicht den ganzen Tag bei Ihrem Sohn sein. Seine Verletzungen heilen gut, er braucht aber die Ansprache anderer. Dr. Baierle meinte, er könne in ein oder zwei Wochen entlassen werden.«

Huber seufzte und fuhr sich durchs Haar, das in den letzten Monaten fast vollständig ergraut war.

»Das hat Baierle mir gegenüber auch angedeutet. Wie soll das in diesem Haus gehen? Matthias kann sich nicht orientieren und auch keine Treppen steigen …«

»Mit Gehhilfen wird er es schaffen«, warf Theodora ein, »und der Rest kommt von allein.«

Huber musterte sie, dann sagte er, für Theodora überraschend: »Es wird das Beste sein, meinen Sohn hierherzuholen, und du wirst nicht mehr im Lazarett arbeiten, sondern dich ausschließlich um Matthias kümmern. Neben dem Haushalt, versteht sich. Morgen werde ich mit Baierle sprechen, und du richtest das linke Zimmer im ersten Stock für meinen Sohn her.«

Dass es sich dabei um Theodoras früheres Zimmer handelte, ließ Huber unerwähnt.

In dieser Nacht tat Theodora kein Auge zu. Im Hospital hatte sie zwar eine Menge gelernt, sie hatte aber keine Erfahrung im Umgang mit einem Blinden. Dass sie nicht mehr im Lazarett arbeiten musste, war jedoch ein Lichtblick, und etwas in ihr war voll gespannter Erwartung, mit Matthias Huber unter diesem Dach zu leben.

Es war nicht die Tatsache, dass Matt, wie sie ihn ansprach, wenn sie allein waren, in ihrem Bett schlief, auch nicht, dass er auf dem Stuhl an dem Schreibtisch saß, an dem sie früher ihre Schularbeiten gemacht hatte, und dass er all die Sachen, die eigentlich ihr gehörten, in die Hand nahm. Nein, nachdem Huber seinen Sohn mithilfe einer seiner Männer in das Zimmer gebracht hatte, benötigte Matt Kleidung.

Huber hatte all die Sachen ihrer Familie in Kisten auf den Dachboden bringen lassen und befahl Theodora: »Mein Sohn braucht etwas zum Anziehen, er kam ja in seiner zerfetzten Uniform auf die Insel. Schau nach, was ihm passt.«

Theodora hatte seit Jahren nicht mehr geweint. Als sie jedoch die Kleidung ihrer Eltern und ihres Bruders durchsah, kämpfte sie mit den Tränen. Mit jedem Hemd, jeder Bluse überwältigten sie die Erinnerungen. Diese Jacke hatte Robert in seiner Freizeit getragen, in diesem Kleid war ihre Mutter sonntags in die Kirche gegangen, und hier die Arbeitshose ihres Vaters, in der er Tomaten gepflückt hatte ...

Roberts Kleidungsstücke waren für Matt zu klein, so blieb Theodora nichts anderes übrig, als ihm Hosen, Hemden und Jacken ihres Vaters zu geben. Die linken Hosenbeine nähte sie um. Äußerlich hatte Matt keine Ähnlichkeit mit Winston Banks, ihn aber in dessen Kleidung zu sehen wühlte Theodora sehr auf.

Matt hatte keinen weiteren Versuch, sich das Leben zu nehmen, unternommen, blieb aber still und verschlossen. Stundenlang saß er allein in seinem Zimmer, hörte Radio – selbstverständlich nur deutsche Sender – oder starrte aus dem Fenster, als würde er die inzwischen verfallenen Gewächshäuser sehen können. Huber hatte Theodora befohlen, seinem Sohn jeden Nachmittag vorzulesen.

»Das lenkt ihn ab und schult gleichzeitig deine Aussprache«, hatte er erklärt.

So ging Theodora nach dem Mittagessen zu Matt hinauf und las ihm aus der Inselzeitung oder aus Büchern vor. Sie hatte aber das Gefühl, er höre ihr gar nicht zu und erfasse nicht den Sinn der Worte.

»Wie ist das Wetter?«, fragte er manchmal, dann beschrieb Theodora, wie die Sonne schien oder wie der Wind dicke Regentropfen gegen die Fensterscheibe trieb.

Zum ersten Mal war Theodora froh, von dem Unfall lediglich wulstige Narben und eine Gehbehinderung zurückbehalten zu haben. Blind zu sein war das Schlimmste, was sie sich vorstellen konnte.

Bereits seit einem Jahr funktionierte die Versorgungslage der Insel nicht mehr reibungslos. Vor der französischen Küste kreuzten britische U-Boote, den Deutschen war es bisher aber immer gelungen, Schiffe durchzubekommen, auch waren regelmäßig Flugzeuge gelandet. Rund achtzig Prozent der Güter mussten nach Guernsey importiert werden. Nach der Landung der Alliierten in der Normandie war die Insel vom Festland abgeschnitten. Im Herbst 1944 begann die Lebensmittellage dramatisch zu werden. Selbst höheren Offizieren wie Hauptmann Huber war es nicht mehr möglich, ausreichend Nahrung für den nun sechsköpfigen Haushalt zu besorgen. Kaffee gab es schon lange keinen mehr, lediglich einen kümmerlichen Ersatz aus gerösteten Eicheln; den Tee brühte Theodora aus getrockneten Brombeerblättern auf, Fleisch war keines mehr zu bekommen, ebenso kein Käse und kaum noch Milch oder Brot. Die Besatzer hatten sich nie um die Landwirtschaft der Insel gekümmert, sondern sich auf die Versorgung aus dem Reich verlassen. Das Deutsche Reich war übervoll mit allem, was das Herz begehrte, sie waren auf das, was Guernsey bot, nicht angewiesen. So lagen die meisten Felder brach, und das noch vorhandene Vieh gab zu wenig Milch für alle. Theodora dachte an die Tonnen von Tomaten, die früher um diese Jahreszeit geerntet worden waren. Man hätte sie einkochen und für den Winter haltbar machen können. Die Besatzer hatten sich auch um die Gewächshäuser nicht gekümmert und nicht erkannt, dass die Fülle von Tomaten und Paprika die Menschen ernährt hätten. Dort, wo die Pflanzen nicht herausgerissen und verbrannt und die Gewächshäuser von den Besatzern nicht demontiert worden waren, wurden sie von Dornengestrüpp und Unkraut überwuchert.

Am schlimmsten traf es die Zwangsarbeiter. Die Menschen in den Lagern bekamen nichts mehr zu essen, wurden aber mit unverminderter Härte zur Arbeit angetrieben. Es wurde getuschelt, sie verhungerten und starben an Entkräftung wie die Fliegen.

Theodora verstand nicht, warum England keine Hilfe sandte. Gut, Lebensmittellieferungen von dort würden als Erstes unter den Besatzern aufgeteilt werden, es wäre aber doch sicher möglich, genügend nach Guernsey bringen zu lassen, damit auch die Insulaner etwas zu essen hätten. Sie waren doch auch Briten und trugen weder am Krieg noch an der Besetzung der Kanalinseln Schuld.

Das Verhältnis zwischen den Besatzern und den Einheimischen veränderte sich. Hatte man vorher versucht, mit den

Feinden einigermaßen klarzukommen, entstand jetzt eine Art Zusammengehörigkeitsgefühl. Es war nicht mehr wichtig, ob man Freund oder Feind war – alle saßen im gleichen Boot, das Hunger hieß. Außer dem Mangel an Nahrung gab es auch keine anderen Dinge des täglichen Bedarfs mehr: keine Kleidung, keine Stoffe, kein Nähzeug, keine Seife und auch keine Medikamente. Huber, der immer noch die Aufsicht über die Hospitäler hatte, musste hilflos mit ansehen, wie lebensnotwendige Operationen ohne Narkosen und unter primitivsten Umständen durchgeführt wurden. Theodora hatte ihre Schuhe mit Lumpen umwickelt, damit sie nicht auseinanderfielen, ihre Kleider konnte sie nicht mehr flicken, da kein Garn zu bekommen war. Immer mehr Möbel wurden zu Kleinholz gehackt, um die Öfen zu befeuern, denn Holz war ebenfalls Mangelware. Auf der ganzen Insel gab es keine einzige gefüllte Gasflasche mehr, und immer wieder wurde der Strom abgeschaltet. Die Kälte machte Theodora schwer zu schaffen, am schlimmsten aber war der Hunger. In manchen Nächten träumte sie von einem fetten Schinken, gerösteten Kartoffeln und Schokoladenpudding. Wenn sie dann erwachte, zitterte sie, war schweißnass und glaubte, ihr Magen würde mit einem stumpfen Messer aufgeschlitzt.

Das Weihnachtsfest war das traurigste, das Theodora jemals erlebt hatte. Waren die Tage seit dem Tod ihrer Familie für sie mit Trauer erfüllt gewesen, kamen jetzt noch der Hunger und die Kälte hinzu. Huber hatte zwar einen Tannenbaum besorgt, den Theodora mit dem Schmuck ihrer Eltern schmücken musste, es gab aber weder Fleisch, Kartoffeln oder gar einen Kuchen zum Fest, sondern nur eine wässrige, ungewürzte Rübensuppe, für jeden einen Esslöffel. Allerdings hatte Huber von irgendwoher eine Flasche Rotwein besorgt, den er sich mit den Männern und Matthias teilte. Theodora bekam natürlich nichts.

Am 27. Dezember eilten Menschen aufgeregt an dem Haus vorbei. Theodora hörte eine Frau rufen: »Im Hafen liegt ein Schiff des Roten Kreuzes, das Lebensmittel an Bord hat!«

Ein Mann ergänzte: »Wir müssen uns beeilen, damit wir was abbekommen.«

Unsicher sah Theodora zu Huber, der die Rufe ebenso gehört hatte. Zu ihrer Überraschung deutete er zur Tür und wies sie an: »Lauf zum Hafen und schau, ob es stimmt. Wahrscheinlich ist es nur ein Gerücht.«

So schnell sie konnte, ging Theodora in die Stadt. Es war tatsächlich real! Im Hafen von St Peter Port hatte die schwedische SS Vega festgemacht – randvoll gefüllt mit Lebensmittelpaketen, die Ausgabe an die einheimische Bevölkerung hatte bereits begonnen. Theodora gelang es, eines der weißen Pakete mit dem Aufdruck des Roten Kreuzes zu bekommen. Sie beobachtete erstaunt, wie sich die deutschen Soldaten zurückhielten. Die Gewehre geschultert, standen sie an die Häuserwände gelehnt und beobachteten das Geschehen aus der Ferne, ohne einzugreifen. Wie so viele andere öffnete Theodora gleich vor Ort das Paket: eine Dose Milchpulver, Rosinen, Maismehl und sogar Pastinakenkaffee. Fassungslos starrte Theodora auf die ungewohnten Köstlichkeiten. Sie raffte alles zusammen und kehrte nach Hause zurück. Es war unmöglich, die Sachen vor Huber zu verbergen, aber erstaunlicherweise nahm er sich nur einen geringen Anteil, das meiste überließ er Theodora und bat sie, es mit Matthias zu teilen.

»Der Junge ist so dünn geworden«, murmelte Huber, den Blick in die Ferne gerichtet.

In den letzten Wochen hatte Huber sich verändert, war stiller geworden und hatte sich immer mehr zurückgezogen. Oft, wenn er sich unbeobachtet fühlte, zog er seine Stirn in sorgenvolle Falten und knetete seine Finger, bis die Knöchel knackten. Theodora vermutete, die Verwundung seines Sohnes und das Glück, dass

Matt überhaupt überlebt hatte, spielten bei seiner Verwandlung eine Rolle. Von Matt wusste sie, dass er eine Mutter und zwei jüngere Schwestern hatte.

»Sie wohnen in München, das ist eine große Stadt im Süden Deutschlands«, hatte Matt erklärt. »Wir wissen nicht, ob sie noch leben, denn auch dort fallen Bomben. Seit Monaten haben wir nichts mehr von ihnen gehört.«

Theodora überraschte es, als sie weiter erfuhr, dass Hauptmann Huber eine Fabrik für Unter- und Miederwäsche besaß und geleitet hatte, bevor er sich freiwillig zum Dienst an der Front gemeldet hatte. Die Vorstellung, dass der harte, unnachgiebige Mann Damenwäsche anfertigen ließ, war nahezu grotesk.

Auf Guernsey schneite es zwar nicht, jedoch zogen seit Wochen Sturm und Regen über die Insel, und die Temperaturen bewegten sich im einstelligen Bereich. Lediglich der Herd in der Küche wurde sporadisch beheizt, da kaum noch ein Möbelstück im Haus vorhanden war. Oben unter dem Dach war es besonders kalt. Seit Wochen trug Theodora mehrere Kleidungsstücke übereinander, für die Nächte hatte sie nur eine Wolldecke zur Verfügung. Sie wunderte sich, dass sie nicht schon längst krank geworden war.

Matt hatte nicht so viel Glück. Zu Beginn des Jahres 1945 erkrankte er an der Grippe. Er schniefte, hustete und fieberte so stark, dass er seine Umgebung nicht mehr wahrnahm. Huber hatte Dr. Baierle holen lassen. Nach einer kurzen Untersuchung zuckte der Arzt mit den Schultern und sagte: »Wir haben nichts, was wir ihm geben können, Herr Hauptmann. Entweder schafft es Ihr Sohn von allein, oder ...«

Dieses *oder* erschreckte Theodora zutiefst. In den letzten Monaten hatte sie sich an Matt gewöhnt. Auch wenn er nicht gesprächig war und oft so tat, als wäre sie nicht anwesend, mochte sie die Stunden, in denen sie ihm vorlas oder von der Insel erzählte. Matthias Huber war die einzige Person etwa in ihrem Alter, mit der Theodora Kontakt hatte. Auch wenn er einer der Feinde war, fühlte sie sich auf eine nicht erklärbare Art mit ihm verbunden.

Der Nahrungsmangel erschwerte die Genesung Matts, sein Körper hatte kaum noch Abwehrkräfte. In seinen Fieberfantasien sprach er von seiner Heimatstadt und seiner Familie, irgendwann verlor er für mehrere Stunden das Bewusstsein. Huber hatte ihn ins Wohnzimmer hinunterbringen und den Kamin anheizen lassen. Dafür zerkleinerte er Stühle und die Frisierkommode von Theodoras Mutter.

»Du bleibst bei ihm Tag und Nacht und pflegst Matthias«, blaffte er Theodora an. »Wenn mein Sohn stirbt, mache ich dich persönlich dafür verantwortlich!«

Theodora, abgemagert, mit spitzem Gesicht und dunkel umschatteten Augen, konnte sich vor Hunger selbst kaum noch auf den Beinen halten, aber sie fügte sich. Was konnte sie mehr tun, als mit kalten Lappen Matts fieberheißen Körper zu kühlen und wenn der Schüttelfrost kam, ihn in alle verfügbaren Decken zu wickeln. Wenn sie früher erkältet war, hatte ihre Mutter immer eine kräftige Hühnersuppe für sie gekocht. Hühner gab es auf Guernsey aber schon lange keine mehr.

Drei Tage und vier Nächte harrte sie an seiner Seite aus. Seit langer Zeit betete sie zum ersten Mal wieder, bat Gott, Matt zu retten. Sie legte sich nicht ins Bett, nickte lediglich immer mal wieder für ein paar Minuten, auf dem Stuhl sitzend, ein.

So auch an diesem Morgen. Als Theodora eine Berührung an ihrer Hand spürte, schreckte sie auf. Der graue Januarmorgen kroch durch das Fenster, das Feuer war ausgegangen, und es war furchtbar kalt in dem Zimmer. Aber Matts Augen waren auf sie gerichtet, und seine Pupillen frei vom Fieberglanz.

»Dora, bist du es?«, krächzte er mühsam.

Unwillkürlich streichelten ihre Finger seinen Handrücken.

»Wie fühlst du dich? Geht es dir besser?«

Seine Mundwinkel zuckten. »Warum habt ihr mich nicht sterben lassen? Es wäre so einfach gewesen, ich hätte davon nichts mitbekommen.«

»Matt!«, rief Theodora erschrocken, hatte sie doch geglaubt, er hätte den Wunsch zu sterben aufgegeben. »Einen solchen Unsinn will ich nie wieder hören! Ich hab mir schließlich Tage und Nächte um die Ohren geschlagen, damit du wieder gesund wirst.«

»Deine Stimme klingt erschöpft, ich kann es genau hören«, sagte er leise. »Wenn man blind ist, schärft das offenbar die anderen Sinne. Es tut mir leid, und eigentlich bin ich froh, am Leben zu sein.«

»Das solltest du auch.« Fröstelnd schlang Theodora die Arme um ihren Körper, konnte aber nicht verhindern, dass ihre Zähne aufeinanderschlugen.

»Es ist furchtbar kalt«, murmelte Matt, »und ich hab so großen Hunger.«

»Ich sehe nach, ob noch Holz da ist, dann kann ich das Feuer wieder entzünden.«

Theodora beugte sich über ihn, um die Decken festzustecken. Matts Hand tastete so plötzlich über ihr Gesicht, dass sie nicht mehr zurückweichen konnte. Seine Finger hatten ihre Narben berührt, er verharrte in der Bewegung.

»Was ist das?«

»Tja, deine Vorstellung von meiner angeblichen Schönheit ist leider falsch«, erwiderte Theodora betont unbefangen, und da sie schon dabei war, fuhr sie fort: »Außerdem habe ich ein kürzeres Bein und hinke durch die Gegend.«

»Wie ist das passiert?«, fragte er sanft. »Waren das ... die Deutschen?«

Theodora fiel auf, dass er nicht *wir* sagte.

»Nein, es war ein Unfall, wenige Tage vor der Besetzung Guernseys.«

»Möchtest du es mir erzählen?«

»Warum nicht?«, antwortete Theodora. »So, wie es aussieht, werden wir hier alle ohnehin verhungern, da spielt es keine Rolle mehr.«

Nachdem Matt erfahren hatte, dass Theodora bei dem Unfall nicht nur ihre Familie verloren hatte, sondern dass er in ihrem Haus lebte, schüttelte er bestürzt den Kopf.

»Ich hatte keine Ahnung! Mein Vater hat nie erwähnt, dass das hier dein Zuhause ist.«

»Warum sollte er?«, fragte Theodora bitter. »Die Insel mit allem, was auf ihr ist, gehört seit Jahren euch.«

»Nicht mehr lange«, erwiderte Matt leise. »Mein Vater sagt mir zwar nicht alles, aber aus dem, was ich weiß, schlussfolgere ich, dass der Krieg nicht mehr lange dauern kann. Die Wehrmacht erleidet große Verluste an allen Fronten. Im Osten steht die Rote Armee bereits auf deutschem Boden, die Großstädte liegen in Schutt und Asche. Der Führer muss kapitulieren, und er muss es bald tun, bevor noch mehr Menschen sterben.«

»Pst!« Theodora legte eine Hand auf seine Lippen. »Wenn der Hauptmann das hört ...«

Matt lachte zynisch und meinte: »Auch mein Vater kann sich den Tatsachen nicht länger verschließen. Ich fürchte aber, du hast recht: Bevor wir das Kriegsende erleben, werden wir auf dieser Insel verhungert sein.«

Theodora schwieg, sie konnte ihm weder widersprechen, noch fiel ihr etwas Tröstliches ein. Erst gestern war eine ältere Frau aus der Nachbarschaft tot aus ihrem Haus getragen worden – verhungert. Es war nur noch eine Frage von wenigen Wochen, bis sie das gleiche Schicksal erleiden würden.

Irgendwann und irgendwie wurde es Frühling. Die Regenfälle ließen nach, die Temperaturen stiegen, und manchmal war es in der Sonne sogar angenehm warm. Das Rotkreuzschiff war bisher noch dreimal gekommen. Es war nicht viel, was die Vega mitbrachte, es half jedoch, dass Huber, Matt und sie nicht verhungerten. Huber hatte seine drei Männer inzwischen bei anderen Soldaten untergebracht.

»Ihr seht doch, dass es hier nichts zu essen gibt«, hatte er ihnen gesagt. »Ihr müsst euch auf andere Häuser aufteilen.«

Die Soldaten, gewohnt, den Befehlen ihres Vorgesetzten zu gehorchen, hatten ihre Sachen gepackt und waren gegangen. Nun waren sie nur noch zu dritt, und Huber hielt sich von früh bis spät bei den Befestigungsanlagen auf. Er war immer noch der Meinung, dass diese in einem einwandfreien Zustand sein mussten, da ein Angriff unmittelbar bevorstünde. So blieben Theodora und Matt die meiste Zeit sich selbst überlassen.

Theodora wusste nicht, warum, aber sie freute sich mittlerweile regelrecht auf die Stunden in Matts Gesellschaft.

Mitte März nahm Theodora ihren Mut zusammen und bat Huber, einen Rollstuhl für Matt zu besorgen.

»Jetzt, da es wieder wärmer wird, würde ich ihn gern nach draußen fahren, Herr Hauptmann. Im Hospital gibt es doch Rollstühle, vielleicht können Sie sich von dort einen ausleihen.«

Er sah sie erstaunt an, schließlich nickte er.

»Das ist ein guter Gedanke, Mädchen. Der Junge ist seit Monaten eingesperrt, täglich an die frische Luft zu kommen wird ihm guttun.«

Einen Tag später brachte Huber den Rollstuhl. Zuerst wehrte Matthias sich dagegen. Er schämte sich, das Haus zu verlassen.

»Außerdem ist Dora viel zu schwach, um mich zu schieben«, sagte er.

Theodora lachte. »Du bist nicht mehr als ein Fliegengewicht, das werde ich schon schaffen.«

Theodora geriet aber doch mächtig ins Schwitzen, als sie den Rollstuhl über den Trampelpfad in Richtung Küste schob. An die Klippen konnten sie nicht gelangen, da ein hoher Stacheldrahtzaun das Gebiet abriegelte. In Abständen standen große

Schilder mit einem Totenkopf darauf und den Worten: *Achtung! Minen!*

Matt hörte die Wellen gegen die Felsen branden, und er schnupperte.

»Ich rieche das Meer. Beschreib mir, was zu sehen ist, Dora.«

Theodora beschrieb ihm die zerklüftete Küste aus grauem Fels, mit braunem Gras bewachsen, das bald wieder grün werden würde, die hohen Klippen, den kleinen Sandstrand linker Hand tief unter ihnen und den weiten blauen Himmel. Zwei Möwen kreisten über ihren Köpfen und stießen auf der Suche nach Nahrung krächzende Schreie aus. Mit jedem Wort, das sie sprach, entspannten sich Matts Gesichtszüge, schließlich lächelte er sogar.

»Ich spüre die Sonne auf meiner Haut«, sagte er. »Ich glaube, das Leben ist schön.«

»Das ist es, Matt. Trotz allem lohnt es sich, zu leben.«

Theodora stand hinter ihm und legte eine Hand auf seine Schultern. Er legte seine auf ihre und fragte: »Jetzt, da ich von deinen Narben weiß – darf ich nun dein Gesicht ertasten?«

Es gab keinen Grund, ihm dies länger zu verweigern. Theodora ging vor ihm in die Hocke, und mit beiden Händen erkundete er sanft zuerst ihre Kopfform, dann ihre Ohren und schließlich ihr Gesicht. Sie blieb ganz ruhig, obwohl ihr Herz wie ein aufgescheuchter Vogel in ihrer Brust flatterte.

»Ich hatte recht, du bist sehr schön, Dora«, sagte er schließlich. »Deine Proportionen sind perfekt, wen stören da schon ein paar Narben? Außerdem kommt es darauf an, was in deinem Herzen und in deiner Seele ist.« Nun streichelten seine Finger ihren Hals, und Theodora begann zu zittern. »Hast du eigentlich einen Freund?«, fragte er plötzlich.

»Einen was?«

»Jemanden, mit dem du dich triffst, mit dem du ausgehst.«

Theodora lachte laut, auch um die Verwirrung, die Matts Berührung in ihr ausgelöst hatte, abzuschütteln.

»Matt, ich bin erst vierzehn!«, erinnerte sie ihn. »Außerdem geht hier keiner mit jemandem aus, dafür sind unsere Sorgen viel zu groß.« Sie schluckte, konnte aber nicht umhin, ihm eine ähnliche Frage zu stellen. »Hast du ein Mädchen in Deutschland?«

Es vergingen nur zwei oder drei Sekunden, bis Matt antwortete, die Zeit schien Theodora aber unnatürlich lange zu sein.

»Bevor ich an die Front ging, traf ich mich ein paarmal mit jemandem. Wir gingen miteinander ins Kino, einmal auch tanzen. Ich hab aber kein Foto von ihr. Als ich fortmusste, schien es sie nicht sonderlich zu bekümmern, und heute weiß ich kaum noch, wie sie aussah.«

Theodora versuchte, nicht zu heftig zu atmen, so erleichtert war sie über seine Antwort.

»Dora, du hast mir nie gesagt, was geschehen ist, als deine Eltern starben.« Matt hatte heute die Gabe, unerwartete Fragen zu stellen.

Theodora überlegte blitzschnell. Es gab keinen Grund, Huber zu schonen. Matt verehrte seinen Vater jedoch und hatte großen Respekt vor ihm. Für ihn war Huber ein Held. Ein Wort von ihr über das, was sein Vater getan hatte, und Matts Welt würde vollends zusammenbrechen. Er hatte gerade einen Funken Freude am Leben wiedergefunden, die Wahrheit würde ihn in eine Krise stürzen, die mit einem weiteren Selbstmordversuch enden könnte. Zudem machte die Wahrheit über Konrad Huber die Toten nicht wieder lebendig, und Theodora wollte den jungen Mann schützen.

»Eine entfernte Verwandte nahm mich zu sich, als ich das Krankenhaus verlassen konnte«, sagte Theodora daher. »Als diese starb, nahm dein Vater sich meiner an, da er jemanden brauchte, der ihm den Haushalt führte.«

Matt schien sich mit dieser Erklärung zufriedenzugeben. Erst als die Sonne tief stand und der Wind auffrischte, schob Theodora Matt zum Haus zurück.

Sooft es das Wetter zuließ, hielten sie sich nun draußen auf. Zur Fermain Bay führte eine befestigte Straße hinunter. Der Strand selbst war zwar ebenfalls Sperrgebiet, hier waren sie aber nur einen Steinwurf vom Meer entfernt. Bei starkem Wind wehte sogar die Gischt zu ihnen herüber und benetzte ihre Gesichter.

Im April wurde es so warm wie sonst im Hochsommer. Theodora wünschte, schwimmen gehen zu können, es gab aber keinen Küstenabschnitt der Insel, der frei zugänglich war oder nicht von bewaffneten Soldaten kontrolliert wurde. Immer mehr Menschen, Alte und Kranke, starben an Auszehrung. Theodora war so mager, dass ihr die Kleidung, die sie vor fünf Jahren getragen hatte, immer noch passte, obwohl sich ihr Körper weiblich zu runden begann. Trotz des Hungers war sie auch ein Stück gewachsen, und all die Kleider und Röcke waren zu kurz geworden. Theodora behalf sich, indem sie Strümpfe ihrer Mutter oder eine Hose darunter anzog. Auch Hauptmann Huber war nur noch ein Schatten seiner selbst. Von Matt wusste Theodora, dass er neunundvierzig Jahre alt war. Mit dem inzwischen vollständig ergrauten Haar und den tiefen Furchen im Gesicht sah er aber aus wie ein Greis. Theodora fragte sich oft, ob man sich an den ständigen Hunger gewöhnen konnte, ob es einen Punkt gab, an dem man das nagende Gefühl im Bauch einfach nicht mehr spürte. Mit Matt konnte sie darüber sprechen, er verstand sie, erging es ihm doch ähnlich.

An diesem Tag war Matt sehr still gewesen. Er hatte nur einsilbig auf Theodoras Fragen geantwortet, schien in Gedanken woanders zu sein und wollte weder nach draußen geschoben werden noch sich von Theodora etwas vorlesen lassen. Am Abend verließ Huber das Haus und meinte, er würde erst sehr spät zurückkommen.

»Es ist eine Sitzung in St Peter Port anberaumt worden«, erklärte er. »Wartet also nicht auf mich.«

Nachdem sein Wagen davongefahren war, fragte Theodora Matt: »Kann die Sitzung etwas mit einer Kapitulation zu tun haben?«

Er zuckte die Schultern. »Keine Ahnung, Vater hat nicht erwähnt, worum es geht. Ich kann mir aber nicht vorstellen, dass der Führer kapituliert. Der Wahnsinn wird weitergehen, bis niemand mehr am Leben ist.«

»Matt, was ist los?«, fragte Theodora direkt. »Du bist heute so anders als sonst. Hast du vielleicht Schmerzen in deinem Stumpf?«

Er schüttelte den Kopf. »Heute ist doch der sechzehnte April, nicht wahr?«

»Ja.«

»Dann bin ich jetzt zwanzig Jahre alt, denn heute ist mein Geburtstag.« Er sagte das so tonlos, als würde er über das Wetter sprechen.

»Oh, Matt, herzlichen Glückwunsch!«

Ohne nachzudenken, umarmte Theodora ihn. Da schlossen sich seine Arme um ihre Taille und pressten sie an sich. Spitz stachen seine Knochen durch die Kleidung, Theodora bemerkte es kaum. Auch wenn er nichts sehen konnte, fanden seine Lippen ihren Mund. Es war so selbstverständlich, so natürlich, als hätten es beide gewusst, seit sie sich zum ersten Mal begegnet waren.

»Ich möchte deinen ganzen Körper spüren«, flüsterte Matt heiser vor Erregung an ihrem Ohr. »Lass mich deine Jugend, deine Schönheit spüren. Vielleicht wird es das Letzte sein, was wir tun werden, bevor wir sterben. Oder ekelst du dich vor dem Stumpf?«

»Nichts an dir könnte mich jemals ekeln, wie kannst du so etwas auch nur denken? Schließlich habe ich dich wochenlang gewaschen und angekleidet.«

Sie kicherte verlegen wie ein kleines Mädchen. Nie zuvor war sie einem Mann so nah gewesen, nie zuvor so geküsst worden. Sie spürte eine brennende Sehnsucht in sich, spürte, wie ihr Körper sich gegen Matt drängte, wollte, dass er sie überall berührte. Er hatte recht: Wahrscheinlich würden sie noch vor dem Sommer verhungern, warum dann nicht ein Mal etwas tun, wozu sie nie wieder die Gelegenheit haben würde?

12. Kapitel

Guernsey, Juli 2017

»Wir liebten uns mit der ganzen Leidenschaft, aber auch der Unbeholfenheit der Jugend«, erzählte Theodora, den Blick in die Ferne gerichtet. »Für Matt war es ebenfalls das erste Mal, niemand brauchte uns jedoch zu sagen, was zu tun war. Unsere Körper fanden sich wie selbstverständlich, als hätten sie nur darauf gewartet, eins zu werden. An diesem Abend wusste ich, dass ich Matt liebte. Wahrscheinlich hatte ich mich schon bei unserer ersten Begegnung, als er so hilflos im Bett in dem Raum mit der Nummer acht gelegen hat, in ihn verliebt.«

»Und er?«, fragte Sharon, atemlos von dem, was sie in der letzten Stunde erfahren hatte. »Hat er dich auch geliebt?«

»Er hat es gesagt«, erwiderte Theodora, »und es wahrscheinlich auch so gemeint. Wir lebten nun nur noch für die Stunden, wenn Huber das Haus verließ und wir ungestört beisammen sein konnten. In diesem Alter folgt man einfach seinen Gefühlen, die so intensiv sind, dass man keinen klaren Gedanken mehr fassen kann.«

So war es auch zwischen Alec und mir, dachte Sharon und sagte mit belegter Stimme: »Es war April, der Tag der Befreiung war also nicht mehr fern.«

Theodora nickte. »Matt ahnte, dass das Ende kurz bevorstand. Vielleicht hat sein Vater es ihm auch gesagt, Huber wusste bestimmt mehr als wir anderen. Matt fragte mich, wenn sie, also die Deutschen, alle in Gefangenschaft gehen würden, was dann mit mir geschehen sollte. Ich hatte doch niemanden auf der Insel und war noch keine fünfzehn Jahre alt. Zwei Tage vor dem Liberation Day bat mich Matt, ihm in das Arbeitszimmer seines Vaters hinaufzuhelfen. Huber war mal wieder nicht da. Dort wies er mich an, aus einer Schreibtischschublade eine etwa unterarmlange Papprolle zu nehmen.

›Wenn du mal Geld brauchst, dann verkauf das hier‹, erklärte er mir. Ich öffnete die Rolle und zog fünf Zeichnungen heraus. Es waren Bilder von der Küstenlandschaft Guernseys, der Petit Bot Bay, der Fermain Bay und dem Icart Point. Signiert waren die Zeichnungen in den 1850er-Jahren mit dem Namen Victor Hugo.«

»Victor Hugo?« Sharon fuhr auf. »Aber das war doch ein Schriftsteller, der auf Guernsey viele Jahre im Exil gelebt hat. Hat er denn auch gezeichnet?«

»Offenbar, obwohl darüber nie etwas bekannt geworden ist. Das machte diese Bilder ja so besonders. Sie waren zwar nicht perfekt, es gibt bessere Zeichner, aber schön anzusehen. Hugo ist es gelungen, die wunderbaren Stimmungen dieser Orte einzufangen und zu Papier zu bringen. Matt bat mich, die Papprolle wieder zurückzulegen, und beschwor mich, sobald britische Truppen die Insel erreichten, diese an einem anderen Ort zu verstecken und niemandem davon zu erzählen.«

»Woher hatte Huber die Bilder?«

»Das habe ich Matt auch gefragt«, antwortete Theodora. »Er meinte, sein Vater habe sie einem Einwohner abgenommen. Daraufhin sagte ich, ich müsse die Zeichnungen diesem zurückgeben, wenn der Krieg vorbei war. Matt meinte, er wüsste nicht, von wem Huber sie hatte und ob derjenige überhaupt noch am Leben wäre. Er beschwor mich, die Bilder gut aufzubewahren, sie könnten wertvoll sein.«

»Hast du ... ich meine, sind sie ...« Vor Aufregung konnte Sharon kaum sprechen. Unwillkürlich sah sie zur Decke hoch. Direkt über ihnen befand sich das frühere Arbeitszimmer, in dem Fiene Wouter heute wohnte.

Theodora lachte und schüttelte den Kopf. »Ich sehe deiner Nasenspitze an, dass du am liebsten nach oben laufen und alles durchsuchen möchtest. Was mit den Zeichnungen geschehen ist, erzähle ich dir später. Du musst aber wissen, dass es sich um sogenannte Raubkunst handelt, die nach dem Krieg den Eigentümern zurückgegeben werden musste.«

»Matt sagte aber, er wisse nicht, wem sein Vater die Zeichnungen gestohlen hat«, wandte Sharon ein.

»Es war eine schwere Zeit damals. Ich möchte jetzt nicht länger darüber sprechen«, sagte Theodora leise. »Ich hab nicht gewusst, dass mich die Erinnerung auch nach über siebzig Jahren noch derart aufwühlt. Meine Gedanken wirbeln so wild durcheinander, dass ich Kopfschmerzen bekommen habe. Bitte hab Verständnis.«

Am liebsten hätte Sharon natürlich noch erfahren, wie es Theodora nach Kriegsende ergangen ist und was mit Matthias Huber geschehen war. Bestimmt war er wie alle Soldaten nach England in Gefangenschaft gebracht worden. War er später nach Guernsey zurückgekehrt, oder hatte er Theodora vergessen und sich niemals wieder bei ihr gemeldet? Sharon durfte die alte Frau nicht über Gebühr strapazieren. Theodora war vom Erzählen erschöpft, außerdem gab es bald Abendessen. In ihrem Zustand musste Theodora unbedingt regelmäßig und gut essen.

Während Sharon Paprika, Champignons, Zucchini, Zwiebel und Tomaten für den Nudelauflauf zerkleinerte, versuchte sie, sich in die Situation hineinzuversetzen, monatelang kaum etwas zu essen zu haben. Seit Jahren war sie daran gewöhnt, das Hungergefühl zu ignorieren, nicht nachzugeben, wenn der Magen knurrte und ihr vor Hunger schwindlig wurde. Dies hatte sie aber freiwillig auf sich genommen. Sie war stolz auf sich gewesen, ganze Tage nur mit stillem Wasser, einer Grapefruit und ein paar Salatblättern durchgestanden zu haben. Wenn dann ein oder zwei Pfund von ihren Hüften verschwunden waren, hatte sie das mit einem euphorischen Glücksgefühl erfüllt. Theodora und all die anderen hatten aber hungern *müssen*, so sehr, dass sie sogar vom Tod bedroht gewesen waren. Was hätte Theodora damals für einen Laib Brot, für ein Pfund Butter oder gar einen Nudelauflauf mit knusprig geschmolzenem Käse, wie sie ihn gerade zubereitete, gegeben! Sharon legte das Messer zur Seite, stützte die Hände auf das Spülbecken und betrachtete die Spiegelung ihres Gesichtes in der Fensterscheibe.

»Du bist so dumm, Sharon Leclerque! So unsagbar dumm und unvernünftig!«

»Selbsterkenntnis ist der erste Schritt zur Besserung.« Sharon fuhr herum. Unter dem Türsturz stand Fiene. »Ich hab ja keine Ahnung, was dich zu einer solch drastischen Selbstkritik antreibt, aber lass dir gesagt sein: Ich halte dich in keiner Weise für dumm, im Gegenteil.«

»Danke, Fiene. Findest du eigentlich, dass ich dick bin?«

»Dick?« Fienes Augen wurden kugelrund. »Also, wenn du dick sein sollst, dann bin ich ein Bierfass.« Ernster fuhr sie fort: »Ich möchte dir nicht zu nahe treten, Sharon, aber hast du schon mal daran gedacht, wegen deiner Essstörung einen Arzt aufzusuchen?«

Seufzend wischte Sharon sich über die Stirn und erwiderte: »Das meinte ich ja gerade damit, dass ich dumm bin. Im letzten Kriegsjahr haben die Menschen hier schrecklichen Hunger leiden müssen, viele sind gestorben, und ich zähle jede Kalorie und habe bei jedem Teelöffel Zucker ein schlechtes Gewissen.«

»Das ist dann wirklich dumm.« Fiene nahm kein Blatt vor den Mund. »Auch heute hungern Millionen Menschen auf der Welt, besonders Kinder sind die Leidtragenden. Wir leben in einer Wohlstandsgesellschaft, in der Lebensmittel nichts Besonderes mehr sind, denn alles, was wir wollen, gibt es zu kaufen. Lass uns jetzt aber bitte nicht politisch werden, Sharon. Kann ich dir helfen?«

»Wenn du den Käse hobeln würdest«, sagte Sharon, »dann kann der Auflauf in den Ofen.«

Eine halbe Stunde später aß Sharon mit gutem Appetit. Sie bemerkte, wie Theodora sie von der Seite musterte, als könne sie es nicht fassen, dass sich Sharon Gabel um Gabel Nudeln in Sahnesoße und mit Käse überbacken schmecken ließ.

In der Nacht wälzte sich Sharon jedoch mit Magendrücken ruhelos um Bett hin und her. Sie war es nicht gewohnt, so viel zu essen, sie bereute es aber nicht. Zum ersten Mal seit Jahren hatte sie mit Genuss gegessen, ohne an Kalorien, Fette und Kohlenhydrate zu denken, und es hatte ihr fantastisch geschmeckt. Vielleicht würde sie gerade noch die Kurve kriegen und konnte eine ärztliche Therapie vermeiden, um ihre Probleme in den Griff zu bekommen.

Zwei Tage später wurde Sharon eine Last von den Schultern genommen: Die Nacht mit Alec war ohne Folgen geblieben. Auch wenn sie einen Moment daran gedacht hatte, sich über ein Kind von Alec zu freuen, fühlte sie sich erleichtert. Auch dieses Mal hatte das Schicksal entschieden, und es war gut so.

Sharon und Fiene hatten gemeinsam beschlossen, die noch anwesenden Gäste zu betreuen, dann aber für das Liliencottage keine neuen Buchungen mehr anzunehmen. Auch wenn die Hauptsaison unmittelbar bevorstand und über das Touristenbüro so viele Anfragen kamen, dass sie jedes Zimmer bis Mitte September problemlos hätten vermieten können, konnte Fiene nicht den ganzen Sommer über auf Guernsey bleiben.

»So schön es hier ist und sosehr ich die Meeresluft liebe, ich bekomme langsam Heimweh«, gestand sie Sharon. »Versteh mich bitte nicht falsch, Sharon, ich mache die Arbeit sehr gern, und Theodora ist mir ans Herz gewachsen, ebenso wie du, aber irgendwie sehne ich mich nach den Grachten, den Hausbooten und den alten Patrizierhäusern meiner Heimatstadt. Die Kinder fehlen mir ebenfalls, auch wenn sie längst erwachsen sind. Kennst du eigentlich Amsterdam?« Sharon erwiderte, sie hätte dort mal Modeaufnahmen in einem Studio gemacht, wegen des Termindrucks von der Stadt aber nichts gesehen. »Du musst mich unbedingt besuchen kommen«, sagte Fiene. »Wenn das hier ...«

»... vorbei ist«, vollendete Sharon den Satz, und wenn Theodora tot ist, fügte sie in Gedanken hinzu. Der Sommer war nach Guernsey gekommen – der letzte Sommer, den Theodora erleben würde.

Sharon begleitete Fiene zum Flughafen. Als der Flug aufgerufen wurde, standen sie verlegen voreinander, schließlich sagte Sharon: »Mir fehlen die Worte, um auszudrücken, wie dankbar ich dir bin. Niemals hätte ich es ohne dich geschafft.«

»Du hast mir schon so oft gedankt, Sharon, lass es gut sein. Es hat mir geholfen, zu erkennen, wie es mit meinem Leben weitergehen soll. Die Scheidung ist nur noch eine Sache von ein paar Wochen, und ich werde meinen Plan, mir einen Job zu suchen, in die Tat umsetzen. Vielleicht halbtags in einem kleinen, feinen Hotel. Auf jeden Fall habe ich nun wieder ein Ziel vor Augen. Dafür danke ich dir, Theodora und auch Guernsey.«

»Ja, die Insel kann einen verändern«, bestätigte Sharon leise.

»Du hast meine Telefonnummer und Mail-Adresse«, fuhr Fiene fort. »Halt mich bitte auf dem Laufenden wegen Theodora.«

Sharon versprach es, dann wurde es für Fiene Zeit zu gehen. Die beiden Frauen umarmten sich, und Sharon versprach, Fiene so bald wie möglich in Amsterdam zu besuchen.

Sie waren mit einem Taxi gekommen, den Rückweg trat Sharon zu Fuß an. Ein stahlblauer Himmel spannte sich über der Insel. In den Hecken summten die Bienen, in den Baumwipfeln zwitscherten die Vögel, in allen Gärten standen Blumen in verschwenderischer Fülle und Farbenpracht, und der schwache Wind trug den Geruch nach Salz und Tang zu ihr herüber.

Fiene hatte Heimweh bekommen, dachte Sharon. Fehlt mir London? Mein Apartment? Die hektische Betriebsamkeit der Großstadt, das Blitzlichtgewitter der Fotografen, die Studios und die Catwalks? Nein! Diese Erkenntnis traf Sharon wie ein Blitz. Es war längst nicht mehr nur die Sorge um Theodora und das Versprechen, bis zum Ende an ihrer Seite zu sein, das sie hier hielt. Es waren auch nicht Alec oder Raoul. Ihr Wunsch, auf Guernsey zu bleiben, hatte nur mit einer einzigen Person zu tun – mit ihr selbst.

Die Insel verändert einen …

Nein, die Insel hatte sie nicht verändert, hatte nur die Sharon von früher unter der Oberfläche von Ruhm und Erfolg wieder hervorgeholt. Sharon blieb stehen und betrachtete ihre Hände mit den kurzen Fingernägeln. Sie konnte sich nicht erinnern, wann sie sich zum letzten Mal die Nägel lackiert hatte, dabei war sie früher ohne perfekt modulierte Nägel nicht einmal zum Bäcker um die Ecke gegangen. Beschwingt suchte sie den Forest Store auf, um Lebensmittel einzukaufen sowie ein paar aktuelle Zeitschriften für Theodora, in denen sie gern die Kreuzworträtsel und Sudokus löste.

Zurück im Cottage, stopfte Sharon Theodora ein Kissen in den Rücken, damit sie es bequem hatte, legte ihr die Zeitschriften und einen Kugelschreiber hin und sagte: »Ich mach uns einen Tee. Magst du einen Brownie dazu? Ich hab vorhin frische gekauft.«

»Sehr gern. Trinkst du den Tee mit mir, Sharon?«

»Natürlich, ich bin gleich zurück.«

Als Sharon zehn Minuten später mit dem Teetablett zu Theodora zurückkehrte, fielen ihr sofort deren fahle Wangen auf. Die Zeitschrift und der Stift lagen in ihrem Schoß, und Theodora starrte zum Fenster hinaus.

»Theodora, fühlst du dich nicht wohl? Soll ich Dr. Lambert verständigen?«

»Es geht mir gut.« Theodora schüttelte den Kopf und sagte ernst: »Setz dich bitte.«

»Was ist los? Bist du einem Gespenst begegnet?«, scherzte Sharon, Theodora lächelte jedoch nicht.

»Ich denke, es ist besser, wenn ich es dir gleich zeige, bevor du es entdeckst«, sagte sie, nahm die Zeitschrift zur Hand und schlug sie auf. »Ich fürchte, es wird ein Schock für dich sein, aber irgendwann hättest du es ohnehin erfahren.«

Sharon nahm die Zeitschrift entgegen. Von einem etwa handtellergroßen Foto blickte Ben ihr entgegen. Er war nicht allein. Sein rechter Arm lag locker um die Schultern einer etwas pummeligen, rothaarigen Frau mit einem hübschen herzförmigen Gesicht.

Für alle überraschend, hat Ben Cook seine Verlobung mit Eireen Kyle bekannt gegeben. Miss Kyle lebt wie Ben Cook in New York, ist Grundschullehrerin und hat irische Wurzeln. Die Verlobung kommt sehr überraschend, war Cook doch noch bis zum Frühjahr mit Sharon Leclerque liiert, früher ein ebenfalls erfolgreiches Model. Es ist anzunehmen, dass Eireen Kyle der Grund der Trennung von Miss Leclerque gewesen ist ...

Sharon ließ das Blatt sinken. Der Presse durfte man nie glauben, und die Yellow Press, zu der diese Zeitschrift gehörte, sollte man am besten ignorieren, trotzdem presste Sharon die Zähne aufeinander. Stimmte es, und Ben kannte diese Eireen bereits damals? Warum hatte er dann ihr, Sharon, einen Antrag gemacht?

»Tja, er hat nicht viel Zeit verloren«, kommentierte sie mit belegter Stimme.

Theodora griff nach ihrer Hand und sagte teilnahmsvoll: »Es tut mir so leid. Ich ahne, wie du dich jetzt fühlst.«

»Ich weiß nicht, wie ich mich fühle«, antwortete Sharon aufrichtig. »Ein Teil von mir ist traurig und fragt sich, ob ich ihm so wenig bedeutet habe, dass er sich so schnell mit einer anderen verlobt. Mein Stolz ist verletzt, ja, aber ganz ehrlich, Theodora: Es tut nicht weh.« Sharon lächelte, als sie dies erkannte. »Es berührt nicht mein Herz, und ich wünsche Ben und dieser« – sie sah auf die Bildunterschrift – »Eireen alles Gute.«

Theodora sah sie verwundert an. »Ist der smarte Bankier dafür verantwortlich?«

Sharon schüttelte den Kopf. »Ich glaube nicht, nein, obwohl ich die Aufmerksamkeiten von Raoul durchaus zu schätzen weiß und genieße. Nein, es ist einfach so, dass ich erkannt habe, dass es im Leben Wichtigeres als eine Liebesaffäre gibt.« Sharon zögerte, knetete ihre Finger, dann platzte sie heraus: »Ich erwartete von Ben ein Kind, und er wollte mich heiraten. Dann verlor ich das Baby, worüber ich erleichtert war, denn ich wollte nicht Mutter sein. Deswegen hat Ben mich verlassen, weil ich sein Kind nicht wirklich wollte, deswegen bin ich nach Guernsey gekommen, um in Ruhe über alles nachdenken zu können.«

Theodoras Augen weiteten sich. »Die ganze Zeit über habe ich gespürt, dass da noch was war, Sharon. Du wolltest wirklich kein Kind haben?«

Sharon nickte. »Ich glaubte, ich wäre eine sehr schlechte Mutter geworden. Meine Karriere war mir wichtiger, und ich wollte nicht so werden wie meine Mutter. Ich wollte ein Kind nicht ständig fremden Leuten überlassen und ihm das Gefühl geben, ein Störfaktor zu sein.«

»Die Erfahrungen, die man als Kind macht, prägen einen fürs Leben«, stimmte Theodora zu. »Es ist zwar verführerisch, aber auch fatal, eigene Fehler mit einer schwierigen Kindheit zu begründen. Jeder ist für sein Leben selbst verantwortlich.«

»Du bist das beste Beispiel dafür.« Sharon nickte lächelnd. »Nach dem, was du als Kind erlitten hast, hätte es niemanden gewundert, wenn du am Leben verzweifelt wärst, aber du hast es geschafft, Theodora. Dafür bewundere ich dich.«

Theodora errötete vor Verlegenheit.

»Oh, so einfach war es nicht. Es gab Situationen, in denen ich verzweifelt war und kurz davor, aufzugeben.« Sie sah Sharon ernst an und sagte: »Du wirst eine gute Mutter sein und die Fehler deiner Eltern nicht wiederholen. Ben war vielleicht nicht der richtige Mann, der passende wird aber früher oder später in dein Leben treten.«

»Damit sollte er sich beeilen.« Sharon grinste. »Meine biologische Uhr tickt nämlich. Wenn es aber nicht sein soll, dann werde ich auch ohne Kinder glücklich und zufrieden leben.«

»Ein eigenes Kind ist das Wundervollste, was einer Frau geschehen kann«, murmelte Theodora, den Kopf zur Seite gedreht. »Wenn man so ein kleines, hilfloses Wesen in den Armen hält, über sein weiches Haar streicht, den zarten Duft riecht, der nur Säuglingen anhaftet, und wenn das Baby einen dann ansieht, so voller Vertrauen und uneingeschränkter Liebe, als wüsste es, dass du die Person bist, die ihm das Leben geschenkt hat ... dann weißt du, dass es nichts Perfekteres, nichts Wunderbareres auf dieser Welt geben kann.«

Theodoras Stimme brach, plötzlich rannen ihr Tränen über die faltigen Wangen.

»Theodora!« Sharon sprang auf, kniete sich vor die alte Frau und nahm deren Hände. »Theodora ...«, flüsterte sie, »du sprichst, als ob du ...«

»Als ob ich dieses Wunder erlebt habe?« Aus feuchten Augen sah Theodora Sharon an. »Ja, ich hatte ein Baby, ein Junge, er war Matts Sohn ...«

»Was ist mit dem Kind geschehen?«

»Das ist nicht so einfach zu erklären.«

»Möchtest du darüber sprechen?«, fragte Sharon vorsichtig. Ihre Vermutung, in Theodoras Leben gäbe es ein Geheimnis, schien sich zu bewahrheiten, und sie spürte, dass vieles in der alten Frau darauf wartete, herausgelassen zu werden. »Ich mach uns noch einen Tee«, murmelte Sharon. Das gab Theodora Zeit zu überlegen, ob sie mit ihrer Geschichte, die an einem weiteren dramatischen Wendepunkt angelangt war, fortfahren wollte.

Auch Sharon bescherte es ein paar Minuten zum Nachdenken. All die Jahre hatte Theodora nie etwas gesagt, nie die kleinste Andeutung gemacht oder sich anmerken lassen, dass sie ein Kind geboren hatte. Ein Kind von einem deutschen Besatzungssoldaten. Matt war zwar als Verwundeter nach Guernsey gekommen, am Ende des Krieges hatte das aber vermutlich keine Rolle gespielt – Deutscher war Deutscher. Das allein war schon schwer genug, Theodoras Sohn aber war auch der Enkel von Konrad Huber, einem Mann, der drei Menschen ermordet hatte.

»Am besten beginne ich mit dem Tag, an dem die Engländer kamen und uns befreiten«, sagte Theodora, nachdem sie eine Tasse Tee getrunken und diese sie so weit beruhigt hatte, dass sie, ohne zu stocken, sprechen konnte. »Noch heute ist der neunte Mai, der Liberation Day, auf den Kanalinseln ein Festtag, wie du weißt. Damals erschien es uns wie ein Wunder, als die Boote und Flugzeuge mit britischer Beflaggung auf der Insel landeten. Kaum jemand hatte daran geglaubt, dass das je geschehen könnte. Die Deutschen leisteten keinen Widerstand, denn auf dem Festland hatte das Reich bereits kapituliert, es war nur vergessen worden, es den hiesigen Besatzern mitzuteilen. Hauptmann Huber zog seine Paradeuniform an, die wie ein Sack an ihm hing, so mager war er geworden, und ich musste helfen, Matt in den besten Anzug meines Vaters zu kleiden, eine Krawatte durfte auch nicht fehlen. ›Wir müssen unseren Feinden stolz entgegentreten‹, sagte Huber, dann schob er den Rollstuhl mit Matt aus dem Haus und begab sich nach St Peter Port. Für mich hatte er keinen Blick, kein Wort mehr. Matt und ich hatten keine Möglichkeit, voneinander Abschied zu nehmen. Ich lief ihnen nach. Von allen

Seiten strömten die Soldaten, unbewaffnet und die Köpfe gesenkt, auf den großen Platz am Hafen und harrten ihres Schicksals. Ich stellte mich zu den Menschen, die nicht verpassen wollten, wie die Männer, die sie fast fünf Jahre unterdrückt hatten, gefangen genommen wurden. Matt konnte ich nur noch aus der Ferne sehen. Vielleicht wirst du mich verachten, Sharon, aber ich hatte nicht den Mut, zu ihm zu gehen. Ihm vor aller Augen und Ohren zu sagen, dass ich ihn liebe und dass ich auf ihn warten würde. Ich blieb im Hintergrund, bis die Soldaten auf die Schiffe getrieben und die Ladeklappen geschlossen wurden. Eines tat ich allerdings nicht: Ich tanzte und sang nicht wie alle anderen, die ihre Befreiung wie ein großes Volksfest feierten. Ich ging nach Hause zurück, in das Zimmer, das nun wieder mir allein gehörte, in dem aber Matts Anwesenheit greifbar war. Ich nahm ein Hemd, das einst meinem Vater gehörte und das jetzt nach Matt roch, setzte mich auf den Fußboden und weinte.«

Sharon schluckte schwer. Theodoras Erzählung wühlte sie auf. Sie sah das kleine, magere Mädchen, das seine erste Liebe hatte ziehen lassen müssen, vor sich.

»Zwei Wochen war ich allein in diesem Haus, niemand kümmerte sich um mich«, fuhr Theodora fort. »Nie zuvor war ich allein gewesen. Nach dem Unfall das Krankenhaus, dann Rachel und ihr Vater und schließlich Huber. Immer war jemand gewesen, der mir sagte, wann ich aufstehen oder zu Bett gehen musste, und der meinen Tagesablauf bestimmte. Jahrelang hatte ich mir gewünscht, mein Elternhaus wieder zurückzubekommen, als es nun so weit war, fühlte ich mich schrecklich einsam.«

»Gab es denn niemanden, zu dem du hättest gehen können?«, fragte Sharon. »Von den früheren Nachbarn vielleicht?«

»Sie hatten alle die Insel vor der Invasion verlassen, und Huber hat es nicht zugelassen, dass ich Kontakt zu den verbliebenen Einheimischen pflegte. Als mein Hunger mal wieder unerträglich wurde, ging ich in die Stadt zu der Stelle, wo das Rote Kreuz

Nahrungsmittel ausgab, jedoch nicht mehr kostenlos. Ich hatte kein Geld, die Schwester aber gab mir aus Mitleid Milch, Brot und Käse. Sie fragte, ob ich allein wäre, ich log und erklärte, meine Mutter wäre zu erkältet, um selbst kommen zu können. Ich hatte Angst, man würde mich in ein Waisenhaus bringen, wenn ich die Wahrheit sagte. Im Garten wuchsen die ersten Beeren und Rüben, von denen ich mich ernährte, wenn der Hunger übermächtig wurde. Ich brauchte ja nicht viel, und manchmal dachte ich, es wäre besser, nicht mehr aufzustehen und einfach zu verhungern.«

»Dann aber kamen Violet und ihre Eltern zurück«, warf Sharon ein. »Wieso zogen sie ausgerechnet in dieses Cottage? Sie hatten doch ihr eigenes Haus.«

»Während der Besatzung war das Haus der Molletts als Funkstation genutzt worden«, erklärte Theodora. »Wände und Böden waren herausgerissen, das Haus war unbewohnbar geworden. Ja, dann kam Violet nach Guernsey zurück, und mein Leben veränderte sich erneut auf dramatische Weise ...«

13. Kapitel

Guernsey, Mai 1945

Wie die vergangenen zwei Wochen saß Theodora auch an diesem Tag auf ihrem Bett, das Hemd von Matt an die Brust gedrückt, als sie Geräusche hörte. Türen klappten, murmelnde Stimmen, die lauter wurden, dann sagte ein Mann: »Ja, ich denke, wir sollten es nehmen. Es wäre doch schade, das Haus ungenutzt zu lassen.«

Sie schlich auf den Korridor, kauerte sich hinter der Brüstung zusammen und spähte hinunter. Ein großer, breitschultriger Mann stand im Flur, nun trat eine untersetzte Frau ein. Über die Schulter hinweg rief sie: »Violet, trödle nicht herum! Bring die Sachen rein. Meine Güte, hier gibt es ja kaum etwas Brauchbares, und alles ist furchtbar schmutzig! Ich werde mir die Finger wund schrubben und zusehen müssen, woher wir Möbel bekommen.«

Theodora presste eine Hand auf den Mund, damit niemand ihren keuchenden Atem hörte. Es war die Familie Mollett, die Eltern von Violet. Warum wollten sie in ihrem Haus wohnen?

Violet kam durch die Tür. In den letzten fünf Jahren war sie sehr gewachsen und überragte ihre Mutter um einen halben Kopf. Das Sommerkleid spannte über ihren weiblichen Rundungen, auf dem Haar trug sie einen Strohhut mit künstlichen roten Kirschen.

»Mum, sollen wir jetzt wirklich hier wohnen?«, fragte sie. Ihre Stimme hatte sich über die Jahre nicht verändert. »Wo sind denn all die Möbel? Hier sieht es ja furchtbar aus!«

»Was bleibt uns anderes übrig?«, brummte Carl Mollett. »Zu Hause ist es noch schlimmer, da fehlen Wände und Böden, und das Dach ist undicht. Die Banks, die vor dem Krieg hier gelebt haben, sind tot, es gibt niemanden, der Anspruch erheben könnte.«

»Was ist mit Theodora?«, fragte Violet. »Nach dem Unfall war sie im Hospital. Am Tag, als wir gehen mussten, habe ich sie noch besucht.«

»Kind, selbst wenn Theodora die Verletzungen des Unfalls überlebt haben sollte – jetzt ist sie auf jeden Fall tot. Kein Kind hätte die letzten fünf Jahre unter den Deutschen hier überleben können.«

»Wahrscheinlich wurde sie nach Deutschland deportiert«, bemerkte Jane Mollett. »In ein Lager im Süden, Lindele bei Biberach, dorthin kamen viele, die von Guernsey fortgebracht worden waren. Was mit den Menschen in solchen Lagern geschehen ist ...« Sie verstummte und zog bedeutungsvoll eine Augenbraue hoch.

Violet zuckte nur mit den Schultern. Theodora zog sich am Geländer hoch und ging langsam die Treppe hinunter. Als eine Stufe knarrte, sah Jane Mollett auf.

»Du meine Güte, wer bist du und was machst du in diesem Haus?«

Theodoras und Violets Blicke kreuzten sich, und Violet sog geräuschvoll die Luft ein.

»Theodora?«

»Ja, ich bin es. Wie Sie sehen, habe ich überlebt.«

»Mein Gott, mein Gott, was für ein Wunder«, rief Jane Mollett und breitete die Arme aus, Theodora blieb jedoch auf der Treppe stehen und sagte schlicht: »Ich bin hier, es ist das Haus meiner Eltern.«

»Sicher, das spricht dir auch niemand ab«, versicherte Carl Mollett hastig. »Von den Behörden haben wir die Erlaubnis erhalten, hier zu wohnen, da es nicht bekannt war, dass du noch lebst.«

»Außerdem bist du noch ein Kind«, warf Jane Mollett laut ein. »Wie alt bist du inzwischen? Dreizehn?«

»In drei Wochen werde ich fünfzehn«, antwortete Theodora.

»Fünfzehn! Viel zu jung, um allein zu sein«, fuhr Violets Mutter fort. »Das trifft sich doch gut, Dora. Das Haus bietet uns allen ausreichend Platz, und da du armes Ding keine Eltern oder sonstigen Verwandten mehr hast, werde ich mich um dich kümmern. Wir werden die Vormundschaft für dich beantragen, das ist die beste Lösung für alle.«

Theodora wollte sagen, sie könne sich durchaus selbst um sich kümmern, das wäre aber eine Lüge gewesen. Sie hatte kein Geld, keine Arbeit und wusste auch nicht, woher sie Nahrung und Feuerholz nehmen sollte.

»Du siehst schrecklich aus«, sagte Violet und musterte Theodora aus halb zusammengekniffenen Augen. »Die letzten Jahre waren sicher nicht einfach, jetzt ist es aber vorbei.«

Theodora wusste, wie sie auf die Molletts wirken musste. Ihr Rock bedeckte lediglich die Hälfte ihrer Oberschenkel, darunter trug sie wollene, graue Strümpfe, die Schuhe waren abgestoßen und ausgetreten. Seit Jahren hatte sie ihre glatten Haare mit einer stumpfen Schere notdürftig selbst geschnitten, sie fielen ihr ausgefranst und wirr bis auf die Schultern, und auf ihrer fahlen Haut traten die Narben besonders hervor.

»Ich schlage vor, wir trinken erst mal einen kräftigen Tee, dabei besprechen wir, wie es weitergehen soll«, sagte Jane Mollett.

»Ich hab keinen Tee«, erklärte Theodora.

»Aus England haben wir welchen mitgebracht«, sagte Violet, »und noch viele andere gute Dinge, auch Kekse und Schokolade.«

Bei dem Wort »Schokolade« wurde es Theodora schummrig. Sie konnte sich nicht mehr erinnern, wie diese Köstlichkeit schmeckte. Wahrscheinlich war es wirklich das Beste, wenn die Molletts in diesem Haus blieben.

Wie selbstverständlich beanspruchte Violet Theodoras Zimmer für sich.

»Es hat die schönste Aussicht, du kannst das Zimmer von deinem Bruder nehmen«, bestimmte Violet. »Als die Deutschen da waren, musstest du auf dem Dachboden schlafen.«

Emotionslos und in knappen Sätzen hatte Theodora den Molletts von den Geschehnissen der letzten Jahre erzählt. Hubers Morde, seine Schuld an der Deportation von Rachel und Matt erwähnte sie mit keinem Wort.

»Als ihr Vater einem Herzinfarkt erlag, wurde auch die Krankenschwester bald darauf krank und starb.« Theodora verdrehte die Tatsachen, um Fragen aus dem Weg zu gehen. Violets Eltern würden nicht nachforschen, ob ihre Angaben stimmten. Sie waren froh, dass der Krieg vorüber war, und wollten nach vorn schauen. Carl Mollett war ohnehin damit beschäftigt, seine Kanzlei in der Stadt wieder aufzubauen.

In England hatten die Molletts Glück gehabt. Sie waren nach Truro, einer mittelgroßen Stadt im Südwesten, gekommen, Carl Mollett hatte als Rechtsanwalt arbeiten und Violet ihren Schulabschluss machen können. Auf Guernsey belegte sie einen Kurs in Maschinenschreiben und Stenografie.

»Das kann man immer gebrauchen«, sagte Violet, »aber eigentlich will ich so bald wie möglich heiraten und Kinder bekommen. Dann soll mein Mann für mich sorgen.«

Neidlos beobachtete Theodora die Freundin. Die Sechzehnjährige sah älter aus, ihr Körper war beinah ausgereift, in ihren schulterlangen, dunkelbraunen Haaren schimmerte ein leichter Rotton, und die Proportionen ihres Gesichts waren makellos. Theodora zweifelte nicht daran, dass die Männer der Insel sich nach ihr umdrehten und Violet auf entsprechende Anträge nicht lange warten musste.

Neben der schönen Freundin fühlte Theodora sich klein und unscheinbar, was nicht allein an ihren Narben und dem verkürzten Bein lag. Sie versank jedoch nicht in Selbstmitleid. Immer wenn sie begann, an sich zu zweifeln, rief sie sich in Erinnerung, dass sie für Matt schön gewesen war. Auch wenn seine Augen sie nicht hatten sehen können – mit seinem Herzen und seiner Seele hatte er sie erkannt, und die Narben hatten seine Finger nicht gestört.

Theodora trug nun die abgelegten Kleider von Violet, die ihr in der Länge zwar passten, aber viel zu weit waren. Die Kleidung, die von ihrer Mutter noch vorhanden war, änderte Theodora auf ihre Figur ab. Sie konnte unmöglich die Molletts bitten, neue Kleidung für sie zu kaufen. Das Leben stabilisierte sich verblüffend schnell, nach wenigen Wochen schien die Besatzungszeit in weiter Ferne zu liegen. Die Menschen, die auf Guernsey geblieben waren, machten da weiter, wo sie im Juni 1940 aufgehört hatten, und diejenigen, die aus dem Exil heimkehrten, krempelten die Ärmel hoch, um an ihre alte Existenz so schnell wie möglich anzuknüpfen. Es war wieder Sommer geworden, und Theodoras fünfzehnter Geburtstag verstrich unbemerkt, da sie den Molletts nichts gesagt hatte und Violet sich offenbar an den Geburtstag ihrer Freundin nicht mehr erinnerte. Wie früher schien sie und Violet weit mehr als nur ein Jahr zu trennen. Violet tat immer noch so, als wäre sie Theodora überlegen, außerdem hatte sie in dem Kurs Freundinnen gefunden, mit denen sie ihre Freizeit verbrachte.

An einem warmen Sommertag in der ersten Juliwoche bat Jane Mollett Theodora um ein Gespräch.

»Es ist erstaunlich, wie schnell der Tourismus auf die Insel zurückgekehrt ist«, begann sie. »Die Besucher kommen schon wieder in Scharen aus England und auch aus Frankreich, zumindest die, die es sich leisten können.«

Theodora nickte wortlos, die Hände hinter dem Rücken verschränkt. Sie konnte sich aus Mrs Molletts Worten keinen Reim machen, sollte es aber gleich erfahren.

»Das Atlantic View Hotel ist bis auf das letzte Bett belegt«, fuhr Jane Mollett fort. »Da aus der Zeit vor dem Krieg nicht mehr alle damaligen Angestellten auf die Insel zurückgekehrt sind, wird dringend Personal benötigt.«

Nun ahnte Theodora, welche Richtung die Unterhaltung nahm.

»Sie möchten, dass ich in dem Hotel arbeite?«, fragte sie.

Jane Mollett stieß erleichtert einen Seufzer aus, da Theodora die Sachlage sofort erkannt hatte.

»Natürlich nicht im Service oder in den Zimmern, dein Anblick kann man den Gästen nicht zumuten, aber ich kann dich in der Küche unterbringen, Dora.«

»Ich hatte gedacht, ich könne nach dem Sommer wieder zur Schule gehen«, wandte Theodora ein.

Mrs Mollett fragte verwundert: »Was willst du in der Schule? Du hast fünf Jahre keinen Unterricht erhalten, willst du dich etwa zu Zehnjährigen auf die Bank setzen? Du musst uns verstehen, Dora, in England hatten wir zwar unser Auskommen, konnten aber kaum etwas sparen. Mein Mann muss erst wieder Fuß fassen, und die Lebensmittel sind nach dem Krieg teurer geworden, also …«

»Sie brauchen es mir nicht zu erklären, Mrs Mollett«, unterbrach Theodora sie. »Es geht nicht an, dass ich auf Ihre Kosten lebe, das verstehe ich schon.«

Dass die Molletts in ihrem, Theodoras, Haus wohnten, ließ sie unerwähnt. Als Minderjährige hatte sie kein Recht auf eigenen Besitz, außerdem würde sie gegen einen Anwalt keine Chance haben. Carl Mollett hatte sehr schnell die Vormundschaft für sie übertragen bekommen. Die Behörden waren froh, wenn sich jemand um die elternlosen Kinder und Jugendlichen kümmerte.

»Du kannst morgen schon anfangen«, erklärte Jane Mollett zufrieden. »Wir werden dir ein gebrauchtes Fahrrad besorgen, damit du den Weg in die Stadt nicht zu Fuß zurücklegen musst, was für dich ja sehr beschwerlich ist. Die Kosten für das Fahrrad kannst du uns dann nach und nach von deinem Lohn zurückzahlen, und wir machen eine Aufstellung, was du künftig zur Haushaltsführung beitragen sollst.«

Theodora nickte nur und bat, in ihr Zimmer gehen zu dürfen. Mrs Mollett gestattete es ihr mit einer nachsichtigen Geste. Oben trat Theodora ans Fenster und blickte auf die Ruinen der Gewächshäuser. Wie gern hätte sie diese aufgebaut und die Tomatenzucht wieder in Schwung gebracht. Auch wenn sie damals noch ein Kind gewesen war, war ihr einiges von der Arbeit ihrer Eltern im Gedächtnis geblieben. Viele der Insulaner widmeten sich erneut der Tomatenzucht, und bereits im nächsten Jahr würden die ersten Früchte geerntet werden können. Theodora wusste aber, dass die Molletts kein Verständnis für einen solchen Wunsch haben würden.

Das Atlantic View Hotel lag oberhalb von St Peter Port und bot einen grandiosen Ausblick auf den Hafen und Castle Cornet. Das familiär geführte Hotel war bereits Ende des 19. Jahrhunderts eröffnet worden. Während der Besatzung wurden hochrangige deutsche Offiziere einquartiert, der Charakter des Hauses blieb aber unverändert erhalten, deshalb konnte der Hotelbetrieb sehr schnell wieder aufgenommen werden.

Jane Mollett schien den Inhaber, Mr Le Grice, und dessen Frau auf Theodora vorbereitet zu haben, denn weder sie noch jemand von den Angestellten verlor ein Wort über ihr vernarbtes Gesicht oder ihr Hinken. In der Küche war Theodora einer Ms Langsford unterstellt, die die Oberaufsicht über das Personal führte. Da Theodora in den letzten Jahren gelernt hatte, auch aus wenigen Zutaten schmackhafte Gerichte zuzubereiten und nichts zu verschwenden, fand sie sich schnell in ihre Arbeit ein. Selbstständig an die Töpfe durfte sie natürlich nicht, ihre Aufgaben waren, das Gemüse und den Salat vorzubereiten, das Geschirr und die Töpfe zu waschen, die Arbeitsflächen sauber zu halten und die Böden zu wischen. Sie arbeitete still und ordentlich, kam nie zu spät, hielt ihre Pausen ein und zeigte sich dankbar für die drei täglichen Mahlzeiten, die Teil ihres Lohns waren. Nähere Bekanntschaft oder gar Freundschaften mit den anderen schloss sie nicht, lehnte freundlich dankend ab, wenn sie gefragt wurde, ob sie mit ins Kino gehen wolle. Die anderen jungen Leute forderten sie ohnehin nicht auf, sie zu Tanzabenden, die mittlerweile überall auf der Insel stattfanden, zu begleiten. Man begegnete ihr freundlich und respektvoll, hielt aber Abstand. Dreiviertel ihres Lohnes übergab Theodora Jane Mollett, den Rest stopfte sie in einen alten Strumpf, den sie unter einem losen Dielenbrett auf dem Dachboden verbarg. Hier hatte sie auch die Zeichnungen versteckt. In der Stadt gab es zwar Kunsthändler, Theodora wagte aber nicht, die Zeichnungen anzubieten. Man würde sie fragen, woher sie diese hatte, und daraus schließen, dass es sich um Raubkunst handelte. Theodora überlegte, ob sie behaupten konnte, die Zeichnungen hätten ihren verstorbenen Eltern gehört. Würde man aber Nachforschungen anstellen, eventuell sogar die Molletts befragen, würde schnell klar werden, dass die Tomatenzüchter Banks niemals solche Bilder besessen haben konnten. Vielleicht sind sie auch gar nichts wert, vielleicht sogar Fälschungen, denn der Schriftsteller Victor Hugo hatte nicht gemalt, sagte sich Theodora. So blieben die Zeichnungen auf dem Dachboden verborgen, und Theodora radelte jeden Tag nach St Peter Port hinunter, um in der Küche zu arbeiten.

Theodora war es so plötzlich übel geworden, dass sie in letzter Sekunde den Waschraum erreichte. Nachdem sie erbrochen hatte, spülte sie sich den Mund aus, stützte sich auf den Rand des Waschbeckens und blickte ihr Spiegelbild an. In den letzten Wochen hatte sie an Gewicht zugenommen. Ihr Gesicht war nicht mehr so spitz, die dunklen Schatten unter ihren Augen waren verschwunden, ihre Wangen gerötet, und die Narben fielen nicht sofort auf. Sie sah kein bisschen krank aus, im Gegenteil, und die Übelkeit war ebenso schnell vergangen, wie sie gekommen war. In Theodoras Augen stand ein eigentümlicher Glanz, den sie bei sich nie zuvor bemerkt hatte.

»Das bekommst du jetzt jeden Monat, und wenn nicht, dann kriegst du ein Kind ...«

Rachels Worte kamen ihr in den Sinn und wie diese damals schnell das Thema gewechselt hatte, als Theodora zu ihr gegangen war und ihr unter Tränen gesagt hatte, sie würde Blut verlieren. Theodora rechnete nach. Sie hatte *das* seit der Befreiung nicht mehr gehabt, hatte gedacht, es wäre dem Umstand geschuldet, dass sich ihr Leben erneut drastisch geändert hatte. Seit Wochen war ihr nun aber schon immer wieder übel. Bisher hatte sie geglaubt, es läge an dem Essen im Hotel. Es wurde fettreich gekocht und mit der goldgelben Butter aus Jersey verschwenderisch umgegangen. Nach den Jahren der Entbehrung wollten die Gäste wieder ausgiebig schlemmen, und auch das Personal erhielt drei reichhaltige Mahlzeiten am Tag. Theodora ging in die Toilettenkabine, schob den Rock hoch und betrachtete ihren Bauch. War er runder geworden? Dank des regelmäßigen Essens war eine Gewichtszunahme jedoch normal. Oder wuchs in ihrem Bauch ein Kind heran? Ein Kind von Matt?

Theodora atmete tief durch. Sie kannte niemanden, den sie fragen konnte, am wenigsten Jane Mollett. Diese hütete Violet wie ihren Augapfel, achtete streng darauf, dass deren Röcke nicht zu kurz und die Oberteile nicht zu weit ausgeschnitten waren. Theodora fürchtete, Jane Mollett würde sie unverzüglich auf die Straße setzen, wenn sie wirklich schwanger war. Matt musste es erfahren, wie aber sollte sie ihn finden?

Es wurde Zeit, an die Arbeit zurückzukehren. Den Rest des Tages war Theodora nicht bei der Sache, was ihr manch strengen Blick von Ms Langsford einbrachte. Als sie nach dem Dinner beim Abtrocknen einen der Teller aus gutem Porzellan fallen ließ, herrschte Ms Langsford sie an: »Den Schaden ziehe ich dir vom Lohn ab, du dummes Ding! Was ist denn heute mit dir los? Lass den Rest stehen und geh nach Hause, sonst gibt es noch mehr Scherben.«

Selten war Theodora so froh, fortgeschickt zu werden, wie heute. Sie radelte durch den Sonnenuntergang nach St Martin und verkroch sich in ihrem Zimmer. Sie würde noch einen Monat abwarten. Vielleicht war durch den großen Hunger und dann wieder die gute Ernährung in ihrem Körper nur etwas durcheinandergeraten.

Ende September konnte Theodora es nicht mehr leugnen – sie erwartete ein Kind. Ihr Bauch hatte sich deutlich gerundet, während sie sonst nicht viel zugenommen hatte, und ihre Brüste schmerzten bei jeder Berührung. Was sollte sie jetzt machen? Sie wusste, es gab Möglichkeiten, ein unerwünschtes Kind irgendwie loszuwerden, das kleine Lebewesen in ihr war aber nicht unerwünscht. Das Schicksal hatte ihr Matt genommen, jetzt würde sie etwas von ihm bekommen, das sie liebhaben konnte. Theodora wusste aber auch, wie die Jerrybags behandelt wurden. Die Frauen waren Ausgestoßene der Gesellschaft, weil sie sich mit deutschen Soldaten eingelassen hatten. Viele wurden öffentlich angeprangert und auf der Straße beschimpft, es gab sogar Geschäfte, deren Inhaber sich weigerten, diese Frauen zu bedienen. Sie war aber keine Jerrybag! Sie hatte sich Matt nicht hingegeben, weil sie sich Vorteile erhoffte. Sie hatte ihn geliebt, seine Nationalität war gleichgültig gewesen.

An diesem Abend kletterte Theodora auf den Dachboden. Die Molletts und Violet saßen im Wohnzimmer und lauschten einem Hörspiel im Radio. Niemand hatte sie aufgefordert, sich ihnen anzuschließen, und keiner von ihnen würde sie vermissen. Sie lebten zwar zusammen unter einem Dach, ansonsten gab es aber kaum Berührungspunkte. Da hatte Theodora mit Hauptmann Huber mehr Kontakt gehabt, trotzdem trauerte sie dieser Zeit nicht nach – außer Matt.

Sie holte die Zeichnungen heraus. Im schwachen Licht der einzelnen Glühbirne konnte Theodora kaum etwas erkennen, aber sie fragte sich erneut, ob die Bilder wirklich wertvoll waren. Vielleicht würde wenigstens so viel dabei herausspringen, dass sie und das Kind sich in England ein neues Leben aufbauen konnten. Um das in Erfahrung bringen zu können und die Zeichnungen zu verkaufen, musste sie Guernsey allerdings verlassen und nach London fahren. Für eine Überfahrt benötigte sie als Minderjährige aber die Genehmigung von Carl Mollett, doch wie sollte sie eine solche Reise begründen?

Von Tag zu Tag wurde es für Theodora immer schwieriger, die Schwangerschaft zu verbergen. Mittlerweile spannten all ihre Kleider und Röcke in der Taille. Sie musste handeln, und sie hatte einen Plan, der ihr der einzige Ausweg zu sein schien. In der Mittagspause suchte sie das Institut auf, bei dem Violet den Kurs belegt hatte. Theodora musste nicht lange warten. In Begleitung zweier Mädchen kam Violet aus dem Haus, die Mappe mit den Büchern unter den Arm geklemmt. Die drei jungen Frauen lachten und scherzten fröhlich miteinander. Als Violet Theodora sah, krauste sie die Stirn und fragte: »Was willst du hier?«

»Violet, ich … kann ich dich sprechen? Allein?«

Violets Begleiterinnen musterten sie abschätzend, die eine sagte: »Ist das die, von der du uns erzählt hast, die in eurem Haus wohnt?«

Violet nickte. Theodora ballte hinter dem Rücken die Hände. Es war schließlich immer noch ihr Haus! Sie brauchte aber Violets Unterstützung.

»Bitte, Violet, nur ein paar Minuten.«

Violet wandte sich an ihre Freundinnen. »Geht schon mal vor in die Milchbar, ich komme gleich nach.« Dann nahm sie Theodora am Arm und zog sie in den kleinen Park, der das Institut umgab. »Also, was ist los? Ich hab nur wenig Zeit.« Um ihre Worte zu unterstreichen, sah sie auf ihre Armbanduhr.

»Violet, ich ... also, ich glaube, dass ich ...«

»Stottere nicht herum, Dora«, wies Violet sie ungeduldig zurecht. »Hast du was angestellt?«

»So könnte man es auch sehen«, murmelte Theodora, holte tief Luft und stieß hervor: »Ich bekomme ein Kind!«

»Oh!« Violets Augen wurden kugelrund. »Wie konnte das denn geschehen? War der Mann etwa blind?« Sie kicherte über ihre geschmacklose Bemerkung, und Theodora erwiderte ernst: »Ja, er war blind, außerdem hat er im Kampf ein Bein verloren.«

Violet erstarrte, sie fragte kühl: »Wann ist es passiert.«

»Im April.«

»Etwa ein Besatzungssoldat?«, rief Violet entsetzt.

Theodora nickte, dann schüttelte sie den Kopf und erklärte: »Nicht direkt. Er wurde bei der Invasion in der Normandie verwundet und kam nach Guernsey, um hier gesund zu werden.«

»Hm.« Nachdenklich legte Violet einen Finger auf ihre Lippen. »Ich nehme an, sonst weiß niemand davon?« Theodora nickte. »Und warum erzählst du es mir? Hoffst du, dass ich es meinen Eltern schonend beibringe? Da unterschätzt du meinen Einfluss auf sie.«

»Ich hab einen Plan«, erwiderte Theodora, »dafür muss ich aber nach London. Allein lassen mich deine Eltern niemals fahren, daher dachte ich, du könntest sagen, du möchtest drüben in England jemanden besuchen und ich solle dich begleiten.«

»Was willst du denn in England?«, fragte Violet. »Hast du etwa vor, den« – sie sah auf Theodoras Bauch – »Verursacher deines Übels in einem der Gefangenenlager zu suchen? Selbst wenn du ihn finden solltest, was dann? Er wird sicher nicht entlassen werden, nur weil er ein junges Mädchen geschwängert hat, und ich denke außerdem ...«

»Violet, hör mir zu«, unterbrach Theodora sie. Auch sie war jetzt ungeduldig, denn sie hatte ihre Pause bereits um fünf Minuten überschritten, was ihr einen weiteren Tadel von Ms Langsford einbringen würde. »Ich muss nur nach London gelangen, alles andere ist meine Sache, aber ich werde nicht mehr auf die Insel zurückkehren.«

Violet schüttelte den Kopf und sagte kühl: »Wenn du einfach abhaust, werden meine Eltern mich verantwortlich machen, auf dich nicht aufgepasst zu haben.«

»Ich werde deinen Eltern schreiben, dass du von nichts wusstest und keine Schuld trägst und dass ich in Zukunft in England leben werde«, sagte Theodora bestimmt.

»Du überraschst mich, Dora«, gab Violet zu. »Für dein Alter bist du erstaunlich ausgebufft, das hätte ich dir nicht zugetraut. Du hast dir alles genau überlegt, nicht wahr?«

»Bitte, Violet!«, flehte Theodora. »Ich kenne sonst niemanden, den ich um einen solchen Gefallen bitten kann. Du musst nur sagen, wir bleiben übers Wochenende fort, alles Weitere ist meine Angelegenheit, und deine Eltern werden nie von dem Kind erfahren.« Und es wird ihnen auch gleichgültig sein, was mit mir geschieht, fügte sie in Gedanken hinzu.

Violet rang mit sich, schließlich sagte sie: »Ich werde es mir überlegen. Ja, ich glaube, meine Eltern würden mich für zwei, drei Tage nach England rüberlassen. Mit ein paar Mädchen von dort stehe ich noch in Briefkontakt.«

»Danke.« Theodora drückte Violets Hand. Dann lief sie schnell zum Hotel zurück, gegen die nun folgenden Vorwürfe gewappnet. Wenn alles klappte, würde sie ohnehin nur noch eine kurze Zeit hier arbeiten.

In den nächsten Tagen schien Violet Theodora aus dem Weg zu gehen. Theodora verließ ohnehin das Haus, bevor die anderen aufgestanden waren, und kehrte erst nach dem Abendessen zurück. Einmal klopfte Theodora an Violets Tür, da unter dem Spalt Licht hervorschimmerte, das Mädchen antwortete aber nicht. Als Theodora am Knauf drehte, war die Tür verschlossen.

Dann kam Theodoras nächster freier Tag. An diesen Tagen schlief sie länger und verzichtete auf das Frühstück. Heute Morgen war ihr ohnehin schwindlig und auch wieder ein wenig übel. Nebenbei hörte sie einen Wagen in den Hof fahren. Sie fragte sich, wer Jane Mollett wohl so früh aufsuchte, normalerweise empfing sie Besuche erst am Nachmittag. Gleich darauf hörte Theodora Schritte auf der Treppe, dann betrat Violets Mutter, ohne anzuklopfen, ihr Zimmer und stellte einen kleinen Koffer mit abgestoßenen Ecken auf den Fußboden.

»Zieh dich an und pack deine Sachen zusammen«, sagte Mrs Mollett, ohne Theodora anzusehen. »Beeil dich, ich erwarte dich in zehn Minuten unten.« Ohne eine Reaktion Theodoras abzuwarten, schloss sie die Tür hinter sich und ging wieder.

Theodora konnte sich keinen Reim darauf machen, sie folgte aber mit einem unguten Gefühl Mrs Molletts Anweisung. Als sie, den Koffer in der Hand, auf den Treppenabsatz trat, stand eine ihr unbekannte, ältere Frau neben Violets Mutter in der Diele. Als die Fremde sah, wie mühsam Theodora den Koffer die Treppe herunterschleppte, da sie sich mit einer Hand am Geländer festhalten musste, rief sie: »Sie haben mir nicht gesagt, dass es sich um einen Krüppel handelt!«

»Stellt das etwa ein Problem dar?«, fragte Jane Mollett schnippisch.

»Natürlich nicht«, versicherte die Fremde schnell. »Ich bin nur überrascht.«

Keine der Frauen kam auf den Gedanken, Theodora zu helfen. Als sie schließlich den Fuß der Treppe erreicht hatte, bemerkte sie Violet, die sich im Hintergrund an die Wand lehnte. Unter Theodoras fragendem Blick errötete sie und senkte den Kopf.

»Dein Name ist Theodora Banks?«, fragte die Fremde, und Theodora nickte. »Du wirst mich mit Miss Clifton ansprechen.«

Wieder nickte Theodora und wagte zu fragen: »Was hat das zu bedeuten? Wer sind Sie?«

»Du kommst mit mir dorthin, wo man sich um dich kümmern wird«, antwortete Miss Clifton und fügte verächtlich hinzu: »In deinem Zustand ...«

»Ich kann es nicht dulden, ein solch verdorbenes Subjekt auch nur einen Tag länger in meinem Haus zu haben«, rief Jane Mollett dazwischen. »Wenn ich das früher gewusst hätte!«

»Violet ...« Um Hilfe bittend, suchte Theodoras Blick die Freundin.

Violet sah sie an, zuckte mit den Schultern und erwiderte: »Ich musste es ihnen sagen, Dora, es sind schließlich meine Eltern, vor denen ich keine Geheimnisse habe.«

Theodora schien es, als würde sie innerlich erstarren, nur eines war ihr vollkommen klar: Sie würde in diesem Haus nicht bleiben und noch weniger nach London fahren können. Dann fielen ihr die Zeichnungen ein.

»Ich muss noch einmal hinauf«, sagte sie, »ich hab etwas vergessen.«

»Alles, was du benötigst, erhältst du in unserem Institut«, sagte Miss Clifton streng. »Komm jetzt, sonst verpassen wir die Fähre.«

»Die Fähre?«, fragte Theodora. »Wohin fahren wir?«

»Nach Jersey«, lautete die knappe Antwort.

Miss Clifton packte Theodora am Arm und zog sie aus dem Haus. Weder Violet noch ihre Mutter verabschiedeten sich von ihr, Violet wich Theodoras Blick aus und schien sich intensiv für ihre Schuhspitzen zu interessieren. Im Wagen saß ein Mann am Steuer, der den Motor anließ, nachdem die Frauen eingestiegen waren. Theodora schaute nicht zurück, als das Auto vom Hof fuhr.

Sie waren siebzehn Frauen, Theodora war die jüngste, und alle schliefen in einem großen Saal mit unverputzten Steinwänden, einem nackten und kalten Fußboden und zwei kleinen Fenstern, die nach Norden führten. In den ersten Tagen wurde Theodora von den anderen kritisch beäugt, aber niemand stellte Fragen, wer sie war, woher sie kam und was es mit den Narben und der Gehbehinderung auf sich hatte. Sprechen war, mit Ausnahme von unvermeidlichen Fragen während der Arbeit, ohnehin nicht erlaubt, auch nicht bei den gemeinsamen Mahlzeiten. Lediglich in der einen Stunde nach dem Abendessen, wenn sie sich in dem gekachelten Waschraum mit kaltem Wasser wuschen, durfte miteinander gesprochen werden. Über die einzelnen Schicksale wurde jedoch kein Wort gewechselt.

Theodoras Tag begann um halb sechs. Mit einem lauten Gong wurden sie geweckt, Katzenwäsche, anziehen und das Bett machen. Dann stand jede Frau am Fußende ihres Bettes, die Hände hinter dem Rücken verschränkt, den Kopf gesenkt, und wartete auf die Inspektion, die Miss Clifton persönlich vornahm und die sich eine Stunde hinziehen konnte.

»Das Laken ist nicht glatt gestrichen«, herrschte Miss Clifton Theodora gleich am ersten Morgen an, warf das Bettzeug zu Boden und zog das Laken aus grobem Leinen von der Matratze. »Du machst das neu, dabei wirst du aber gewissenhafter vorgehen.«

Vor den Augen aller machte Theodora ein zweites Mal ihr Bett, jeder Handgriff wurde von Miss Clifton streng beobachtet. Als sie fertig war, sagte die Frau, einen verkniffenen Zug um die Mundwinkel: »Na ja, für heute will ich dir das durchgehen lassen, es ist schließlich dein erster Tag. Du wirst aber schnell feststellen, dass Ordnung und Sauberkeit in diesem Haus das höchste Gebot sind. Wer sich nicht daran hält, kann auf der Stelle gehen. Was willst du dann anfangen, Mädchen? Ein schwangerer Krüppel ...« Sie seufzte abfällig. »Du kannst dich glücklich schätzen, einen Platz in diesem Haus bekommen zu haben, wo du dein Balg gebären kannst.«

Alles in Theodora rebellierte innerlich gegen eine solche Behandlung, aber Miss Clifton hatte ja nicht unrecht. Wohin und an wen sollte sie sich wenden? Wovon sich ernähren? Es würde ihr nur der Ausweg ins Wasser bleiben, Theodora war aber fest entschlossen, Matts Kind zur Welt zu bringen und ihm eine gute Mutter zu sein. Irgendwie würde sie das schon meistern.

Nach dem Bettenmachen und der Inspektion mussten die Frauen den altmodischen Herd in der Küche anheizen und sich selbst das Frühstück zubereiten. Dieses bestand für jede aus einer Schale ungesüßtem Porridge und zwei Scheiben Toastbrot mit einen halben Teelöffel Butter. Zum Trinken gab es ebenfalls ungesüßten Tee ohne Milch. Danach gingen die Frauen an ihre jeweiligen Arbeiten. Das Heim wurde in Eigenständigkeit betrieben, es gab keine Angestellten für die vielfältigen Arbeiten. Ungeachtet der Schwangerschaften putzten die Frauen die Zimmer, wuschen und bügelten die Wäsche, besserten die Kleidung aus, stopften Strümpfe und arbeiteten im Garten, wo das Gemüse selbst gezogen wurde, und in der Küche. Diese Tätigkeiten wechselten wochenweise. Ein großer Plan in der Eingangshalle zeigte jeden Montagmorgen an, wer sich wo einzufinden hatte. Nur wer wirklich ernsthaft erkrankte, hohes Fieber oder vorzeitige Wehen bekam, durfte sich für ein paar Tage auf die Krankenstation, wo auch die Kinder geboren wurden, zurückziehen. Jeden Freitagvormittag kam ein Arzt aus der Stadt, der die Frauen, deren Geburten unmittelbar bevorstanden, untersuchte.

Aufgrund ihrer früheren Tätigkeit wurde Theodora zunächst dem Küchendienst zugeteilt. Seit Jahren daran gewöhnt, hart zu arbeiten und auch zu kochen, fügte Theodora sich schnell ein. Neben Miss Clifton gab es noch zwei weitere Frauen, die ein Auge auf die Frauen hatten. Miss Hambly und Miss Jeandron waren beide deutlich älter als Miss Clifton, trugen stets hochgeschlossene, wadenlange, dunkle Kleider, die angegrauten Haare streng zurückgekämmt, und wirkten wie aus dem vorherigen Jahrhundert. Lächeln oder gar Lachen sah oder hörte Theodora sie nie. Niemand war aber ausgesprochen unfreundlich zu ihr, solange sie ihre Arbeit ordentlich verrichtete.

Schlimmer als den strengen Zeitplan und das Redeverbot empfand Theodora jedoch die Sonntage. Pünktlich um neun Uhr traten die Frauen in Zweierreihen im Hof an. Miss Clifton an der Spitze, die beiden Misses am Ende, gingen sie nach St Helier hinunter zur Town Church, um den Gottesdienst zu besuchen. Dabei trugen sie dunkelgraue Kleider ohne Zierrat, elfenbeinfarbene Schürzen und dunkle Hauben. Der Weg wurde zum Spießrutenlaufen. Aus den Häusern kamen die Menschen, gafften sie an und riefen ihnen Schimpfwörter nach.

»Da kommen wieder die Huren!« Das war noch eine der weniger schlimmen Ausdrücke.

Männer grinsten wissend, manche machten sogar verstohlen eindeutige Bewegungen mit den Hüften, und selbst Kinder, von ihren Eltern angestachelt, spuckten vor den Frauen aus dem Heim für ledige Mütter aus. Manchmal flog auch eine reife Tomate oder ein faules Ei und traf eine der Frauen. Die Misses unternahmen nichts, um das zu unterbinden. Offenbar waren sie der Meinung, die gefallenen Frauen hätten diese Zurschaustellung nicht anders verdient. Stoisch ertrug Theodora den Gang zur Kirche, auch wenn gerade sie regelmäßig zur Zielscheibe des Spottes wurde.

»Mensch, ist die hässlich! Der Mann, der ihr das Kind angedreht hat, muss wohl blind oder völlig verblödet gewesen sein!«

»Die Deutschen haben halt genommen, was da war. Es ist allgemein bekannt, dass die Hunnen keinen Geschmack haben.«

»Und hinken tut das Gör auch noch! Man kann nur hoffen, dass ihr Balg davon nichts abbekommen wird.«

Die Sprecher lachten höhnisch, und Theodora presste fest die Zähne zusammen. Nein, sie würde nicht weinen und sich die Blöße geben, die Leute merken zu lassen, wie verletzt sie war.

Erneut blieb Theodora nichts anderes übrig, als sich mit den Tatsachen abzufinden, hatte sie schon nach dem Tod ihrer Eltern und als sie zu Konrad Huber gekommen war festgestellt, dass es zwecklos war, zu jammern oder gar Vergangenem nachzutrauern. Es änderte nichts. Deshalb straffte Theodora den Rücken und hielt den Kopf hoch. In ein paar Monaten wäre das hier auch vorbei, dann würde für sie und ihr Kind ein neues Leben beginnen. Wie das aussehen sollte, war ihr noch nicht klar, aber sie würde einen Weg finden.

Immer wieder war es so weit: Eine Frau bekam ihr Baby. Die Schreie waren durch das ganze Haus zu hören. Nicht nur Theodora zitterte dann vor Furcht. War eine Geburt wirklich so schlimm, dass man vor Schmerzen so laut schrie? Manchmal dauerte es nur ein paar Stunden, manchmal aber auch zwei oder gar drei Tage. Nachdem das Kind auf der Welt war, wurde es der Frau gestattet, es noch eine Woche zu stillen, danach verließ die Frau mit ihrem Baby entweder das Haus, oder der Säugling wurde von zwei Personen, die in einem großen, dunklen Wagen kamen, geholt.

»Was geschieht mit den Kindern?«, fragte Theodora eines Abends während des Waschens Kathryn, eine junge Frau, deren Niederkunft unmittelbar bevorstand.

»Sie werden adoptiert«, antwortete Kathryn flüsternd. »Wir erfahren aber nicht, von wem und wohin sie kommen.«

»Was ist mit deinem Baby? Wirst du es behalten?«

Kathryn presste die Lippen zu einem Strich zusammen, dann murmelte sie: »Das ist unmöglich. Meine Eltern nehmen mich nur wieder auf, wenn ich das Kind weggebe. Ich hab sonst niemanden, daher bleibt mir keine andere Wahl.« Kathryn hatte die stumme Frage in Theodoras Blick gelesen und fuhr fort: »Der Vater ist ein Soldat, ich bin also eine Jerrybag. Für uns gibt es keine andere Möglichkeit, als das Ergebnis unserer Schande wegzugeben und zu versuchen, irgendwann wieder ein normales Leben zu führen. Und du?«, fragte Kathryn. »Gehst du auch zu deinen Eltern zurück?«

»Sie sind tot«, antwortete Theodora. »Ehemalige Nachbarn haben die Vormundschaft für mich übernommen, zu denen kann ich aber nicht mehr, außerdem will ich mein Baby behalten.«

»Was willst du, noch selbst ein halbes Kind, mit einem Säugling anfangen?« Kathryn schüttelte verständnislos den Kopf. »Solange du noch nicht mündig bist, bestimmt ohnehin dein Vormund darüber, was mit dem Baby geschehen wird.«

»Das meinst du nicht im Ernst!«, rief Theodora entsetzt. »Es ist doch mein Kind!«

»Wie alt bist du?«

»Fünfzehn.«

Spöttisch zog Kathryn eine Augenbraue hoch, in ihrem Blick lag aber auch Mitleid, als sie antwortete: »Du hast keine Ahnung, wie das Leben wirklich ist, Mädchen.«

Der Gong, der anzeigte, dass das Licht in einer Minute gelöscht werden würde, unterbrach ihre Unterhaltung. Sie beeilten sich, in ihre Betten zu kommen. In dieser Nacht tat Theodora kein Auge zu. Würde es ihr wirklich nicht erlaubt werden, selbst zu bestimmen, was sie nach der Geburt machen wollte? Hatten die Molletts die Macht, ihr das Kind wegzunehmen? Es war doch auch Matts Kind, und wenn er wüsste, dass er Vater werden würde …

In Theodora reifte eine Idee. Es war vielleicht verrückt und absolut unmöglich, im Moment aber die einzige Chance, die sie für sich und das Baby sah.

Miss Clifton runzelte unwillig die Stirn, als Theodora sie am nächsten Morgen nach dem Frühstück in deren Büro aufsuchte und um ein Gespräch bat.

»Hast du an deiner Arbeit etwas auszusetzen«, fragte sie harsch, »oder gibt es sonst Probleme?«

»Nein, Miss Clifton, aber ich ...« Theodora zögerte und trat unsicher von einem Fuß auf den anderen. Miss Clifton hatte ihr nicht angeboten, sich zu setzen. »Ist es möglich, den Vater meines Babys zu finden und ihn zu informieren? Ich meine, er weiß es doch gar nicht, und vielleicht ...«

»Du willst *was*?«

Hätte Theodora gefragt, ob sie eine Reise zum Mond machen könnte, hätte Miss Clifton nicht überraschter sein können. Theodora wurde aber mutiger und fuhr schnell fort: »Ich weiß, in welcher Stadt er lebt, und sein Vater hat eine Fabrik. Ich dachte, Sie können mir vielleicht helfen, die Adresse herauszufinden, damit ich ihm einen Brief schreiben kann.«

»Jetzt mal langsam, Kind.« Miss Clifton musterte Theodora durch ihre Brillengläser, aber nicht unfreundlich, eher mit Unverständnis. »Jane Mollett, die Frau deines Vormunds, berichtete mir, dass es sich bei dem Erzeuger um einen deutschen Soldaten handelt, der nach der Befreiung in britische Gefangenschaft kam. Ich kann mir nicht vorstellen, dass er inzwischen wieder in Deutschland ist. Selbst wenn – es ist völlig ausgeschlossen, mit den Deutschen in Kontakt zu treten. Wir sind froh, dass sie endlich weg sind.«

»Dann wollen Sie mir nicht helfen?«

»Mädchen, ich *kann* dir nicht helfen, wenn es darum geht, einen Deutschen zu finden. Was versprichst du dir davon? Dass er kommt, dich vielleicht sogar heiratet und in sein Land mitnimmt?« Sie lachte spöttisch. »Der Mann hat dich längst vergessen und in der Gefangenschaft sicher andere Sorgen, als an eine vergangene Liebschaft auch nur einen Gedanken zu verschwenden.«

»Das ist nicht wahr!«, begehrte Theodora auf. »Ich war keine Jerrybag, ich hab ihn wirklich geliebt ... und er mich. Wenn er wüsste, dass ich sein Kind unter dem Herzen trage, würde er mich nicht im Stich lassen.«

Miss Clifton seufzte. »Schlag dir diesen Gedanken aus dem Kopf. Wenn du das Kind geboren hast, kommt es zur Adoption, dein Vormund hat es so bestimmt, und es ist das Beste für dich und für das Kind. Du bist viel zu jung, um dich um ein Kind kümmern zu können, aber gut: Ich notiere die Informationen, die du über den Vater hast, du darfst dir aber keine Hoffnungen machen. Deutschland liegt in Trümmern und wurde in vier Besatzungszonen aufgeteilt. Es wird lange dauern, bis es möglich sein wird, dort überhaupt etwas herauszufinden.«

Theodora nannte Matts vollständigen deutschen Namen, den seines Vaters Konrad Huber und dass er bis zum Kriegsausbruch eine Fabrik für Damenwäsche in München betrieben hatte.

»Soviel ich weiß, wurde die Stadt München stark bombardiert«, erklärte Miss Clifton. »Es ist fraglich, ob von der Fabrik noch etwas übrig geblieben ist, ja, ob überhaupt jemand von der Familie noch am Leben ist. Ich bezweifle es, und jetzt stiehl mir nicht länger meine Zeit und geh an deine Arbeit.« Sie wies mit der Hand zur Tür, und Theodora blieb nichts anderes übrig, als sich mit dem wenigen zufriedenzugeben.

In der Nacht auf den achten Februar des Jahres 1946 erwachte Theodora mit starken Rückenschmerzen. Sie richtete sich auf und stöhnte. Ging es jetzt los? Oft genug hatte sie bei anderen das Einsetzen der Wehen miterlebt. Bei der letzten Untersuchung vor einer Woche hatte der Arzt gemeint, es könne jeden Tag so weit sein, aber auch, Theodora sei so schmal, dass sie sich auf eine schwere Geburt einstellen müsse.

Die Welle des Schmerzes ebbte ab. Theodora legte sich wieder hin, unsicher, wann sie jemanden informieren sollte. Sie wusste, dass es die Misses nicht mochten, mitten in der Nacht gestört zu werden, daher würde sie versuchen, bis zum Wecken durchzuhalten. Wenige Minuten später kehrte der Schmerz aber mit solcher Heftigkeit zurück, als würde jemand mit einem stumpfen Messer ihr Rückgrat aufschlitzen, und Theodora schrie laut auf. Dadurch geweckt, eilte eine der Frauen aus dem Saal. Wenig später wurde Theodora auf die Krankenstation gebracht, und bald darauf traf die Hebamme ein. In der Regel war bei den Geburten kein Arzt anwesend. Die Hebamme tastete Theodoras Bauch ab, fühlte ihren Puls, und ihre Miene wurde sorgenvoll. Inzwischen kamen die Wehen in Minutenabständen, und Theodora war kaum noch bei Sinnen. Jetzt verstand sie, warum die Frauen immer so laut schrien, und hoffte, dass es bald vorbei sein würde.

»Dein Becken ist zu schmal.« Theodora hörte die Worte der Hebamme wie aus weiter Ferne. »Wir müssen den Arzt rufen.«

Theodora wusste nicht, wie viel Zeit vergangen war, bis dieser eintraf, draußen war es aber schon heller Tag. Der Arzt untersuchte sie, dann gab er ihr eine Injektion in die Armbeuge.

»Wir müssen schneiden.«

»Nein!«, brüllte Theodora panisch, auch weil der Schmerz inzwischen unerträglich geworden war.

»Mädchen, wenn du und das Kind sterben wollt, dann lassen wir es eben«, erklärte der Arzt emotionslos. »Für das Krankenhaus ist es aber zu spät, ich werde es hier machen müssen.«

Er wies die Hebamme an, alles vorzubereiten. Theodora war inzwischen so schwach, dass sie sich nicht wehren konnte, als ein feuchter Lappen auf ihr Gesicht gepresst wurde und sie einen süßlichen Geruch einatmete. Dann versank sie in der Dunkelheit.

»Wo ist mein Baby?« Das war das Erste, was Theodora murmelte, als sie wieder zu sich kam, dann wurde ihr plötzlich so furchtbar übel, dass sie sich gerade noch zur Seite beugen und auf den Fußboden erbrechen konnte.

»So eine Schweinerei!«, herrschte die Hebamme sie an. »Kannst du es nicht rechtzeitig sagen, wenn dir schlecht wird?«

»Entschuldigung, es kam so plötzlich«, murmelte Theodora.

»Was ist mit meinem Kind?«

»Es ist ein Junge, er ist gesund.«

»Wo ist er?«

»Wenn ich die Sauerei aufgeputzt habe, werd ich ihn dir bringen.«

Die Hebamme beseitigte das Malheur, und Theodora tastete nach ihrem Bauch. Er war noch leicht geschwollen, aber nicht mehr prall. Als ihre Finger die Stelle berührten, an der der Arzt den Kaiserschnitt gesetzt hatte, stöhnte sie vor Schmerzen leise auf. Die Hebamme beachtete sie nicht. Endlich ging sie und kehrte mit einem schreienden Säugling auf den Armen zurück.

»Du musst ihn stillen. Ich zeig dir, wie das geht.«

Erstaunlich sanft schob sie Theodoras Nachthemd hoch und legte das Kind an ihre Brust. Der kleine Mund fand sofort die richtige Stelle, und das Schreien verstummte. Theodora fühlte sich wie in einer anderen Welt und starrte auf das Wunder in ihrem Arm. Er war so klein, so zerbrechlich, die Finger so winzig, aber mit schimmernden Nägeln, der Kopf von einem dichten, hellblonden Flaum bedeckt, die Augen blau wie das Meer an einem strahlenden Frühlingsmorgen.

»Hallo, kleiner Matthew«, flüsterte Theodora, die Wangen nass von Tränen. »Willkommen in dieser Welt, ich bin deine Mama.«

»Das Kind heißt Thomas.«

»Was?« Theodora fuhr auf, dabei verlor das Baby die Brust und quäkte sofort protestierend. Theodora legte den Jungen wieder an, dann starrte sie die Hebamme an und sagte: »Ich möchte ihn aber Matthew nennen, nach seinem Vater.«

Das Gesicht der Hebamme blieb ausdruckslos, als sie erwiderte: »Da du das Kind ohnehin nicht behalten wirst, hat Miss Clifton sich bereits für einen Namen entschieden. Ich finde, Thomas passt perfekt zu dem kleinen Kerl.«

»Was geschieht nun?« Theodora wagte kaum, diese Frage zu äußern, und fürchtete sich vor der Antwort.

»Da du durch den Kaiserschnitt geschwächt bist, wirst du etwa acht bis zehn Tage hierbleiben müssen, so lange kannst du das Kind noch stillen. Milch scheinst du ja ausreichend zu haben. Während dieser Zeit wird Miss Clifton versuchen, eine Arbeit für dich zu finden, da du keine Familie hast, zu der du zurückgehen kannst. Dein Vormund hat ausdrücklich gesagt, dass du dich nie wieder bei ihnen blicken lassen sollst.«

Theodora hatte nichts anderes erwartet, und sie wäre auch unter keinen Umständen zu den Molletts zurückgegangen.

»Und Matthew ... Thomas?«, flüsterte sie heiser.

»Für ihn wird gesorgt werden.« Sie nahm Theodora den Jungen ab und wandte sich zum Gehen. »Schlaf jetzt, du musst dich von der Narkose und der Operation so schnell wie möglich erholen. Wir benötigen das Bett schon bald für die nächste Gebärende.«

14. Kapitel

Guernsey, Juli 2017

Wurde dein Sohn dir wirklich weggenommen?« Sharon flüsterte, so mitgenommen hatte Theodoras Erzählung sie.

Die alte Frau nickte und erklärte mit einem Blick, in dem auch nach so vielen Jahren grenzenloser Schmerz stand: »Nach neun Tagen wurden die Fäden der Wunde gezogen, dann musste ich bei Miss Clifton vorstellig werden. Sie sagte, ich könne gleich am nächsten Tag in einem Hotel auf Jersey anfangen und ich möge meine Sachen packen. Mir blieb nichts anderes übrig, als diesem Befehl zu folgen, und an diesem Nachmittag sah ich Matthew, der Thomas hieß, zum letzten Mal. Ich durfte mich von ihm verabschieden, dann nahm Miss Clifton ihn mir aus den Armen. Von einem Fenster aus beobachtete ich, wie Matthew von einer älteren Frau in den dunklen Wagen getragen wurde.«

»Wohin hat man ihn gebracht?«, fragte Sharon. »Wurde er direkt aus dem Entbindungsheim heraus adoptiert?«

Theodora schüttelte traurig den Kopf. »Das habe ich nie erfahren. Keine von uns, die ihr Kind hergeben musste, konnte herausfinden, was mit ihnen geschah oder wohin sie kamen. Fragen wurden nicht beantwortet, rechtlich hatten wir keine Handhabe, als Minderjährige ohnehin nicht. Tja, und so wurde ich wieder zur Küchenhilfe, das schien mein Schicksal zu sein. Wieder ein großes Hotel, nicht weit vom Hafen in St Helier entfernt, wieder die monotone Arbeit in einer heißen Küche, eine kleine Dachkammer, aber ausreichend zu essen, auch für meine Kleidung wurde gesorgt. Lediglich den Inhabern des Hotels war meine Vorgeschichte bekannt, den anderen wurde ich als Waise vorgestellt. Und so gingen die Jahre ins Land ...«

»Du hast nie versucht, deinen Sohn zu finden oder gar rechtliche Schritte einzuleiten?«

Theodora erwiderte mit einem bitteren Lachen: »Sharon, ich war zehn Jahre alt, als die Deutschen kamen und meine schulische Ausbildung beendet war. Ich konnte lesen, schreiben, rechnen, und dank des Unterrichts von Rachels Vater kannte ich mich ein wenig in Geografie und Geschichte aus. Vom Leben wusste ich allerdings gar nichts. Huber lehrte mich neben der deutschen Sprache auch die Geschichte des einst großen, mächtigen Deutschen Reiches und alles über den Nationalsozialismus – ein Wissen, das mir jetzt eher schadete als nutzte. Von Recht und Gesetzen hatte ich keine Ahnung, wusste nicht, an wen ich mich wenden, wer mir helfen könnte, mein Baby zurückzubekommen. Von dem Geld, das ein Anwalt gekostet hätte und über das ich nicht verfügte, ganz zu schweigen. Im Hotel hatte ich Kost, Logis und Kleidung frei, dementsprechend gering war mein Lohn.«

Sharon nickte und nahm Theodoras Hand. Leise sagte sie: »Du warst mir immer ein Vorbild, Theodora. Gebildet, kultiviert ... ich hab so viel von dir gelernt.«

»Das habe ich mir alles erst in späteren Jahren angeeignet«, erwiderte Theodora. »Man ist nämlich nie zu alt, um zu lernen, und eines konnte ich ja wirklich gut: kochen und einen Haushalt führen. Anderen erging es viel schlechter als mir, ich durfte also nicht klagen und hatte allen Grund, mit meinem Leben zufrieden zu sein. Es gab aber doch etwas, was mich Tag und Nacht beschäftigte und zu einem Ziel von mir wurde.«

»Ja?« Gespannt beugte Sharon sich vor.

»Die Zeichnungen«, erklärte Theodora. »Matt hatte gesagt, sie würden einen gewissen Wert darstellen und wären eine Art

Versicherung, wenn ich Geld benötigen würde. Ich wusste damals nicht, ob dem wirklich so war. Die Zeichnungen hatte ich in meinem Elternhaus auf dem Dachboden versteckt. Lange Zeit erlaubten meine Mittel mir nicht, nach Guernsey zu fahren, und ich wusste nicht, ob die Molletts das Versteck nicht längst entdeckt und die Bilder an sich genommen hatten.«

»Aber wie hast du dann ...?«

»Nicht mehr heute, Sharon«, unterbrach Theodora sie. »Es tut mir leid, es immer wieder sagen zu müssen, aber ich fühle mich sehr erschöpft und möchte ruhen.« Sie schlug sich auf die Schenkel und murrte unwillig: »Ach, es ist furchtbar, wenn einen der Körper, der immer funktioniert hat, derart im Stich lässt, aber ich fühle mich sehr schwach.«

»Soll ich dich ins Bett bringen?«, fragte Sharon.

Theodora schüttelte den Kopf. »Ich möchte gern hier sitzen bleiben. Wenn du mir bitte eine Decke geben würdest?«

Sorgfältig deckte Sharon die alte Frau zu und fragte: »Möchtest du einen Tee?«

»Nein danke, aber geh du an die frische Luft, es wird dir guttun. Du kannst mich unbesorgt ein paar Stunden allein lassen.«

Sharon schritt rasch aus, bis sie den Rand der Klippen erreichte. Es war ein klarer Sommerabend, im Westen färbte sich der Himmel rosa, und der Wind zerrte an ihren Haaren, die ihr offen über die Schultern fielen. Auf der Bank sackte sie in sich zusammen und schlug die Hände vors Gesicht. Obwohl es Theodora schwergefallen war, über die Vergangenheit zu sprechen, war die alte Frau beherrscht geblieben, während sie, Sharon, über die Wahrheit derart erschüttert war, dass sie zitterte. In das Entsetzen über Theodoras Schicksal mischte sich Mitleid. Sie konnte sich kaum vorstellen, was Theodora dafür gegeben hätte, ihren Sohn bei sich behalten zu können und ihn aufwachsen zu sehen, und wie sehr sie unter diesem Verlust gelitten hatte – bis heute noch litt.

Nach einer Weile stand sie auf und ging weiter. Sie stieg zur Fermain Bay hinunter, holte sich im Café einen Latte macchiato und setzte sich in die Sonne. Genüsslich löffelte sie den Milchschaum und dachte daran, dass sie früher den Kaffee immer ohne Milch getrunken hatte, um jede unnötige Kalorie einzusparen. Aus der Jackentasche nahm sie einen kleinen Spiegel und betrachtete sich ausgiebig. Ja, in den Augenwinkeln hatte sie kleine Fältchen, ebenso auf der Stirn, sie sah aber nicht älter als Mitte dreißig aus – und das war heutzutage nun wirklich kein Alter! Ihre Haut war zart, hatte eine leichte Bräunung angenommen, und Sharon benutzte lediglich eine getönte Tagescreme, weder Make-up noch Puder.

»Spieglein, Spieglein an der Wand, wer ist die Schönste im ganzen Land ...« Sharon fuhr herum. Vor ihr stand Raoul, die Hände in den Taschen seiner hellblauen Jeans vergraben, und grinste. »Also für mich bist du die schönste Frau der Insel.«

»Raoul!« Sharon steckte den Spiegel ein. »Was machst du hier?«

»Ich wohne gleich da drüben, schon vergessen?« Er zwinkerte ihr verschmitzt zu und setzte sich neben sie. »Wenn ich einen Homeoffice-Tag einlege, gehe ich manchmal spazieren, um den Kopf freizubekommen.«

»Mir geht es ähnlich. Am Meer scheinen alle Sorgen von einem abzufallen.«

»Theodora?«, fragte Raoul, und Sharon nickte. »Hast du ihr schon erzählt, was ich über diese Krankenschwester ... Rachel ... herausgefunden habe?«

»Noch nicht«, antwortete Sharon betrübt. »Theodora ist so zart geworden, so zerbrechlich ...«

»Es geht zu Ende.« Mitfühlend legte er einen Arm um Sharons Schultern.

»Das ist noch nicht alles, was mich heute nachdenklich macht«, fuhr Sharon fort. Raoul gegenüber wollte sie ehrlich sein. »Vorhin erfuhr ich, dass mein früherer Freund, der mich verlassen hat, weil ich ihn nicht heiraten wollte, sich mit einer anderen verlobt hat.« Das verlorene Kind erwähnte sie jedoch nicht.

Raoul pfiff durch die Zähne und sagte: »Es ist ungewöhnlich, dass ein Mann Schluss macht, weil die Frau ihn *nicht* heiraten will, normalerweise ist es umgekehrt. Wenn er sich aber so schnell getröstet hat, war er deiner nicht wert.«

»Das sagt Theodora auch«, stimmte Sharon zu und konnte wieder lächeln. »Es tut auch nicht weh, nicht so, wie ich gedacht hatte. Für mein Ego ist das aber ein gewaltiger Dämpfer.«

»Also, ich werde dich nicht verlassen, auch wenn du mir auf meinen Antrag bisher noch keine Antwort gegeben hast«, erklärte Raoul lächelnd.

»Ach, Raoul.« Sie seufzte. »Wie ich dir bereits gesagt habe: Im Moment kann ich eine solch wichtige Entscheidung nicht treffen.«

»Was hast du vor, wenn Theodora tot ist?«

»Ich glaube, ich werde im Liliencottage bleiben«, antwortete Sharon, »zumindest vorerst.«

Er zuckte leicht zusammen und fragte: »Was willst du mit diesem Haus? Es ist doch nur ein Klotz am Bein. Du solltest über einen Verkauf nachdenken. Durch meinen Job kenne ich alle guten Makler der Inseln. Auch wenn das Haus dringend renoviert werden muss, stellt es einen hohen Wert dar. Immobilien auf Guernsey sind rar.«

»Ich könnte es vermieten«, sagte Sharon nachdenklich. »So, wie ich die Wohnung in London derzeit vermietet habe.«

»Wenn es so weit ist, kannst du das Ausräumen gern mir überlassen.« Raouls Interesse daran, was mit dem Liliencottage geschehen sollte, irritierte Sharon. Sie war aber zu aufgewühlt, um darüber nachzudenken.

Raoul zog Sharon näher an sich heran und hauchte ihr einen Kuss auf den Haaransatz. »Gibt es in Theodoras Leben eigentlich noch mehr Geheimnisse?«

Sie sah zu ihm auf und erkundigte sich: »Warum fragst du?«
Er zuckte mit den Schultern. »Nun ja, es stellt sich doch die Frage, was sie nach dem Abzug der Deutschen hier gemacht hat, sie war damals doch noch ein Kind.«

Sharon zögerte. Einerseits war ihr Raoul immer zur Seite gestanden, und für die Recherche über Rachel Hammonds Schicksal war sie ihm dankbar, auf der anderen Seite war Theodoras Geschichte so persönlich, dass Sharon sich scheute, diese mit jemandem zu teilen, daher antwortete sie ausweichend: »Ach, es geschah nichts Besonderes. Theodora arbeitete in der Küche eines Hotels, bis es ihr möglich war, das Liliencottage zu einem Bed and Breakfast umzubauen.«

»Verdiente sie als Küchenhilfe denn so viel?«, fragte Raoul, und Sharon glaubte, für einen Moment einen seltsamen Ausdruck in seinem Blick erkannt zu haben. Erwartungsvoll, beinahe schon lauernd ...

»Offenbar, aber das spielt heute keine Rolle mehr«, antwortete sie. »Warum interessiert dich plötzlich Theodoras Schicksal? Du hast mir mehrfach gesagt, wir sollten die Vergangenheit ruhen lassen.«

Raoul antwortete spontan: »Da es etwas ist, das dich umtreibt, wenn nicht sogar belastet, möchte ich es mit dir teilen. Das ist so üblich, wenn man jemanden liebt und diesen Menschen heiraten möchte.«

Unwillkürlich rückte Sharon ein Stück von ihm ab. Sie fühlte sich peinlich berührt, wenn Raoul von Liebe und einer gemeinsamen Zukunft sprach. Das lag nicht allein an der Kürze ihrer Bekanntschaft. In diesem Augenblick wusste Sharon, dass sie für Raoul Osborne nie mehr als Freundschaft empfinden würde. Sie mochte ihn, war gern in seiner Gesellschaft, fühlte sich, wie jetzt, bei ihm geborgen und sicher – aber irgendetwas fehlte. Sie konnte es nicht genau benennen, denn er schien nahezu perfekt für sie zu sein. Es fehlten jedoch Gefühle wie Herzklopfen, feuchte Handflächen, Schmetterlinge im Bauch. Das änderte sich nie, gleichgültig, wie alt man war, und wenn Sharon sich wieder an einen Mann band, dann wollte sie all diese Gefühle spüren und erleben.

»Ich muss jetzt zurückgehen«, sagte Sharon und stand auf. »Länger kann ich Theodora nicht allein lassen.«

»Ich begleite dich.«

»Bitte nicht, Raoul.« Sie sah ihn entschuldigend an. »Es gibt so vieles, über das ich nachdenken muss, und das kann ich am besten allein.«

Sie wusste, sie musste ihm möglichst bald ehrlich sagen, dass sie ihn nicht heiraten wollte, und schämte sich für ihre Feigheit. Nach alldem, was Theodora ihr heute anvertraut hatte, fühlte sie sich zu einer entsprechenden Diskussion mit Raoul nicht in der Lage. Deswegen ließ sie es zu, dass er sie zum Abschied leicht auf die Lippen küsste, und sagte, sie würde ihn in den nächsten Tagen anrufen.

Nachdem Theodora eingeschlafen war, gönnte sich Sharon ein Glas Rotwein und setzte sich in den Garten. Der Abend war mild, sie konnte auf eine Jacke verzichten, und sie machte kein Licht an. In den Hecken und dem Gebüsch um sie herum raschelte es unheimlich, manchmal knackten Zweige. Sharon fürchtete sich nicht, denn es waren nur die nachtaktiven Tiere auf der Suche nach Futter. Sie dachte an London, an den Ausblick von ihrem Penthouse auf das immerwährende Lichtermeer der Stadt und an das Rauschen des Verkehrs, das zu keiner Zeit versiegte. Was für ein Unterschied! In diesem Moment wollte Sharon nirgendwo anders sein als hier.

Als plötzlich ihr Handy klingelte, zuckte sie erschrocken zusammen. Sie dachte daran, es einfach zu ignorieren, um sich in diesem wundervollen Augenblick der Stille und des Friedens nicht stören zu lassen, dann griff sie aber doch danach. Ben! Sharon schluckte, zögerte, nahm den Anruf entgegen.

»Hi, Sharon, wie geht es dir?« Seine Stimme war unverändert, klang wie immer und so, als wären nicht Wochen seit ihrem letzten Gespräch vergangen.

»Es geht mir gut, danke der Nachfrage«, antwortete Sharon.

»Ich hoffe, ich hab dich nicht geweckt?«, sagte Ben. »Bei euch in England ist es schon nach zehn, aber du gehst ja nie früh zu Bett.«

»Es ist okay, ich bin noch wach.« Sharon konnte sich nicht erklären, warum Ben sie anrief, wollte ihn aber auch nicht danach fragen.

»Es gibt da was, das ich dir sagen muss …« Sie hörte das Zögern in seiner Stimme. »Also, es ist so, dass …«

»Wenn du mir sagen willst, dass du dich verlobt hast und in Kürze heiraten wirst, dann weiß ich das bereits«, sagte Sharon schnell. »Es stand in der Presse.«

»Nun ja … Ich wollte nicht, dass du es auf diese Art erfährst, es tut mir leid.«

»Ach, wir kennen ja die Presse, die wissen es immer als Erste, meistens sogar, bevor die Betroffenen selbst davon Kenntnis haben«, erwiderte Sharon leichthin. »Ich wünsche dir und deiner Verlobten alles Gute und ganz viel Glück.«

»Sharon, ich möchte dir sagen, dass das, was mich und Eireen verbindet, auch für uns überraschend kam. Du sollst nicht denken, dass ich dich nicht geliebt habe, weil ich jetzt so schnell …«

»Ben, du bist mir keine Rechenschaft schuldig!«, schnitt Sharon ihm das Wort ab. »Ich freue mich, dass du mich anrufst, um es mir zu sagen, aber alles ist okay, wie es ist.«

»Ehrlich?«

»Ehrlich!«, antwortete Sharon nachdrücklich. »Ebenso aufrichtig wie meine Glückwünsche an euch.«

Sie hörte ihn erleichtert seufzen, dann fragte er: »Ich hab von deinem Zusammenbruch gelesen und auch, dass du ein Angebot für das Dschungelcamp ausgeschlagen hast. Wie geht es dir inzwischen?«

»Wie ich vorhin sagte: Es geht mir gut, und in eine solche Show gehe ich auf keinen Fall!« Wenn Sharon nur an das Angebot dachte, kam ihr schon wieder die Galle hoch.

»Nächste Woche werde ich ein paar Tage in London zu tun haben«, fuhr Ben fort. »Wenn du Zeit hast – vielleicht können wir zusammen zum Lunch gehen?«

»Ich bin derzeit auf Guernsey und werde noch einige Wochen bleiben.«

»Du bist nach Hause zurückgekehrt?«

Sie hörte seine Überraschung und schmunzelte. Nach Hause ... Das Wort hatte einen sanften, beruhigenden Klang. Sie sagte: »Die Insel war genau das, was ich brauchte. Hier bin ich zur Ruhe gekommen.«

»Das zu hören freut mich, denn du bist mir immer noch wichtig, Sharon«, versicherte Ben ihr. »Wenn dein Weg dich mal nach New York führt, freue ich mich über einen Anruf. Dann können wir vielleicht zusammen essen gehen, und falls ich etwas für dich tun kann, lass es mich bitte wissen, ja? Ich hab viele Kontakte in der Branche, wie du weißt ...«

»Das ist sehr freundlich, Ben, aber ich komme klar«, unterbrach Sharon ihn ein weiteres Mal. »Sollte es sich ergeben, würde ich mich freuen, dich wiederzusehen. In der nächsten Zeit wirst du dich aber um deine Hochzeit kümmern müssen.«

»Es wäre schön, wenn wir Freunde bleiben könnten«, sagte Ben. »Ich fürchte, mein ... Abgang war nicht gerade gentlemanlike, und du hast allen Grund, sauer auf mich zu sein.«

»Das war er tatsächlich nicht, trotzdem bin ich dir nicht böse oder so, wirklich nicht«, erwiderte Sharon, fühlte sich aber geschmeichelt, dass er sich darüber Gedanken machte.

»Also dann, Sharon ... es war nett, mit dir zu sprechen.«

»Das finde ich auch«, bestätigte Sharon. »Ich wünsche dir eine gute Nacht« – sie lachte –, »ich meine, einen schönen restlichen Nachmittag und danke für deinen Anruf, ich geh jetzt schlafen.«

»Mach's gut, Sharon«, sagte Ben, dann legten beide auf.

Sharon schloss ihre Finger um das Weinglas und lehnte sich entspannt zurück. Im ersten Moment hatte Bens Stimme sie aufgewühlt, im Verlauf des Gespräches war sie jedoch immer gelassener geworden. Wie sie beim Lesen des Artikels über Bens Verlobung festgestellt hatte: Es schmerzte zwar ein bisschen, ihr Herz hatte Ben aber nicht gebrochen.

Zu Hause ...

Sharon trank einen Schluck Wein. Vielleicht konnte jemand, der auf Guernsey geboren wurde, die Insel nie vergessen, gleichgültig, wohin das Leben ihn trieb. Sie dachte an Raoul, seinen Heiratsantrag, und fühlte sich von ihm bedrängt. Irgendwann wäre eine neue Partnerschaft natürlich schön, aber sie wollte nichts überstürzen, und für eine Ehe musste man sich wesentlich länger kennen. Sharon empfand keine Torschlusspanik, nicht länger das Gefühl, mit Mitte dreißig zum alten Eisen zu gehören und aussortiert zu sein. Sie wusste, wer sie war und was sie konnte – und das definierte sich nicht über das Körpergewicht, ein paar graue Haare oder Fältchen.

Sharon genoss den letzten Schluck Wein und schloss die Augen. Sie konnte sich nicht erinnern, wann sie zum letzten Mal – ob überhaupt – ein so wohltuendes Gefühl von Zufriedenheit empfunden hatte.

Jeden Morgen und jeden Spätnachmittag kam eine Schwester vom Pflegedienst, die Theodora wusch und ihr beim An- beziehungsweise Ausziehen behilflich war. Alle zwei Tage besuchte Dr. Lambert Theodora, fühlte ihren Puls, kontrollierte den Blutdruck und gab ihr eine Depotinjektion gegen die Schmerzen. Zusätzlich musste Theodora täglich etliche Tabletten einnehmen, die sie jedoch müde machten.

»Sind die Tabletten wirklich nötig, Dr. Lambert?«, fragte Sharon. »Theodora wird danach immer sehr schläfrig.«

»In ihrem Zustand ist es das Beste, wenn sie viel schläft«, antwortete der Arzt. »Sie möchten doch auch, dass Miss Banks keine Schmerzen hat, was mit dem Fortschreiten der Krankheit immer schwieriger werden wird. Wir können ihr jetzt nur noch helfen, indem wir versuchen, ihr einen qualvollen Tod zu ersparen.«

Sharon verstand und brachte Dr. Lambert zur Tür. Als sie zu Theodora hinaufging, saß die alte Frau aufrecht im Bett. Ihre Wangen waren gerötet, ihre Augen klar.

»Obwohl ich Spritzen hasse, wirken sie Wunder. Ich fühle mich, als könnte ich Bäume ausreißen. Na ja, vielleicht nur Bonsais«, scherzte sie.

»In einer Stunde musst du wieder eine Tablette nehmen«, erinnerte Sharon sie.

Theodora nickte. »Dann sollten wir die Zeit nutzen, bevor ich zu müde werde, um dir den Rest der Geschichte zu erzählen.« Sie deutete auf einen Stuhl. »Setz dich zu mir, Sharon, und hör gut zu. Aber das, was du jetzt erfahren wirst, wirft kein allzu gutes Licht auf mich. Wahrscheinlich wirst du mich dafür verachten.«

»Nichts, was du getan hast, könnte mich dazu veranlassen!«, rief Sharon aufgeregt.

»Auch nicht, dass ich einen Einbruch begangen und Diebesgut verkauft habe?«

»Die Zeichnungen«, schlussfolgerte Sharon. »Sie waren dein Eigentum.«

»Moralisch gesehen, sicher, die rechtliche Lage war aber nicht klar«, erwiderte Theodora nachdenklich. »Es war im Frühjahr 1952, als sich eine wohl einmalige Chance ergab, in mein Elternhaus und an die Zeichnungen zu gelangen.«

15. Kapitel

Jersey, Mai 1952

Seit achtzehn Stunden war Theodora bereits auf den Beinen, lediglich unterbrochen von einer halben Stunde zum Lunch. Am nächsten Tag fand im Hotel eine große Hochzeit mit einhundert geladenen Gästen statt, und in der Küche war seit dem frühen Morgen vorgekocht und gebacken worden. Nun war das Wichtigste erledigt, der Koch und die anderen Mitarbeiter waren gegangen. Theodora sammelte den restlichen Müll zusammen, stopfte ihn in eine Tüte, sah sich in der Küche noch einmal um, löschte das Licht, schloss die Tür hinter sich ab und ging über den schwach beleuchteten Hof zu den Mülltonnen. Die erste Tonne war bereits bis zum Rand gefüllt, und Theodora öffnete die nächste. Auch hier war nicht mehr viel Platz. Mit der freien Hand drückte sie die Zeitungen nach unten, um Raum für den Küchenmüll zu schaffen. Sie stutzte, kniff die Augen zusammen, nahm dann die oberste Zeitung heraus und ging mit ihr zu der Lampe an der Seite des Hofes. Von der Titelseite sah ihr Violet Mollett entgegen. Das Mädchen war erwachsen geworden, ihre Gesichtszüge waren aber unverändert. Sie posierte neben einem hochgewachsenen, schlanken Mann, der einen Arm um Violets Schulter gelegt hatte.

Die Hochzeit des Londoner Juweliers Julian Lewis und der bezaubernden Anwaltstochter Violet Mollett am kommenden Samstag stellt das gesellschaftliche Ereignis des Monats dar. Die Trauung findet um 2 p.m. in der Town Church in St Peter Port statt. Erwartet werden an die zweihundert Gäste …

Theodora sah auf das Datum der Zeitung – letzten Dienstag. Das bedeutete, dass Violet am nächsten Tag heiraten würde. Bei einer Hochzeit war die ganze Familie anwesend, im Haus würde morgen Nachmittag also niemand sein, wahrscheinlich waren auch die unmittelbaren Nachbarn in der Kirche ...

Theodoras Gedanken arbeiteten fieberhaft. Es war fast Mitternacht, niemand war mehr wach, den sie hätte bitten können, ihr am nächsten Tag freizugeben. Davon abgesehen würde ihr ein solcher Wunsch ohnehin abschlägig beschieden werden. Bei der Hochzeit im Hotel wurde jede Hand benötigt, Theodora durfte auf keinen Fall fehlen. Wenn sie aber einfach fortblieb, würde das ihre fristlose Kündigung nach sich ziehen.

Theodora ging in ihre Dachkammer und kramte eine Holzschatulle unter dem Bett hervor. Seit Jahren hatte sie von ihrem Lohn immer etwas zurückgelegt, viel war es nicht, für eine Überfahrt nach Guernsey reichte es allerdings, sie hätte sogar noch ein wenig Geld übrig. Unschlüssig hielt Theodora die Scheine in den Händen. Eine solche Gelegenheit, die Zeichnungen aus dem Haus zu holen, würde sich ihr wahrscheinlich nicht so schnell wieder bieten, wenn überhaupt. Aber was dann? Sie hatte keine Ahnung vom Kunsthandel, wusste nicht, an wen sie die Bilder verkaufen konnte. Auf Jersey war sie an ihren freien Tagen durch die in St Helier ansässigen Galerien geschlendert, hatte die eine oder andere Frage gestellt, was man machen musste, wollte man ein Gemälde verkaufen, und stets erfahren, dass besonders bei älteren Bildern ein entsprechendes Zertifikat und eine Expertise notwendig waren. Theodora vermutete, auf Guernsey wäre das nicht anders. Sie würde die Inseln also verlassen und entweder nach Frankreich, wo sie die Sprache nicht beherrschte, oder nach England reisen müssen, so, wie sie es schon mal geplant hatte, bevor Violet sie verraten hatte. Sie setzte sich aufs Bett und schlug die Hände vors Gesicht. Was sollte sie jetzt tun? Sich diese Chance, die Zeichnungen wenigstens wieder in ihren Besitz zu bekommen, entgehen lassen? Seit Jahren dachte sie an die Möglichkeit, dass die Molletts das Versteck längst entdeckt und die Bilder selbst verkauft hatten. Wenn sie aber hier sitzen blieb und grübelte, würde sie es nie erfahren. Sie musste jetzt handeln! Sonst würde sie bis ans Ende ihres Lebens in Hotelküchen versauern und sich eines Tages fragen, warum sie nie die Chance ergriffen hatte, ihr Leben zu ändern.

Ihre wenigen Sachen waren schnell in einen kleinen Koffer gepackt. Als Theodora die Dachkammer, in der sie die letzten sieben Jahre gelebt hatte, verließ, warf sie keinen einzigen Blick zurück. Sie würde nicht wiederkommen.

Den Rest der Nacht verbrachte Theodora im Warteraum der Fährgesellschaft und setzte mit dem ersten Schiff nach Guernsey über. Als die Silhouette von Castle Cornet in Sicht kam, klammerte sich Theodora mit klopfendem Herzen und feuchten Händen an die Reling. Bald schon tauchte St Peter Port aus dem morgendlichen Nebel auf. Sie konnte es kaum erwarten, bis das Schiff angelegt hatte, und war eine der Ersten, die von Bord gingen. In all den Jahren schien sich nichts verändert zu haben. Tief atmete sie ein. Es war eigentlich Unsinn, Theodora meinte jedoch, die Luft auf Guernsey sei eine ganz besondere, es würde anders als auf der Nachbarinsel riechen. Im Ticketoffice erkundigte sie sich nach der nächsten Möglichkeit, zum englischen Festland zu gelangen.

»Um vier Uhr heute Nachmittag gibt es eine Verbindung nach Portsmouth«, erklärte die Frau am Schalter. »Die Überfahrt dauert etwa sieben Stunden.«

Theodora erkundigte sich nach dem Preis und schluckte. Das Ticket nach England würde fast ihre ganzen Ersparnisse aufbrauchen, dennoch kaufte sie es. Die Zeit, zu der das Schiff ablegte, war ideal. Sollte jemand entdecken, dass sie im Haus gewesen war, würde sie die Insel bereits verlassen haben.

Den Weg nach St Martin legte Theodora zu Fuß zurück. Ihren Koffer hatte sie bei der freundlichen Dame am Hafen unterstellen können. Nach einer Stunde hatte sie den Friedhof erreicht und kniete sich vor dem Grab ihrer Eltern und ihres Bruders nieder. Es war von Unkraut überwuchert, der Stein hatte Moos angesetzt, und die Schrift begann zu verwittern.

»Es tut mir leid, dass ich so lange nicht bei euch war«, flüsterte Theodora. »Bitte verzeiht mir, was ich jetzt tun muss. Ich weiß, Mama, besonders du würdest es nicht gutheißen, ich will aber nicht den Rest meines Lebens schmutzige Töpfe schrubben.«

Ein sanfter Windhauch strich über Theodoras Nacken. Es war wie die streichelnde Hand ihrer Mutter. Theodora interpretierte dies als Zustimmung. Sie verharrte auf einer Bank in Blickweite des Grabes, bis die Kirchenglocke die zweite Nachmittagsstunde schlug und es Zeit war, ihr Vorhaben in die Tat umzusetzen.

Wie von Theodora vermutet, waren das Haus und die unmittelbaren Nachbarhäuser verwaist. Aus ihrem Dutt nestelte sie eine Haarnadel. Es war ein einfaches Türschloss, das schnell aufsprang. Theodora zitterte am ganzen Körper, als sie in die Küche trat. Die Molletts hatten sich eine der modernen, aus den Staaten stammenden Einbauküchen angeschafft, auch die anderen Räume waren neu möbliert worden. Nichts erinnerte mehr an frühere Zeiten. Theodora wollte sich aber nicht unnötig lang aufhalten und ging auf den Dachboden hinauf. Durch die Luke fielen Sonnenstrahlen. Sie fand die Stelle sofort wieder, löste das Dielenbrett und tastete in die Höhlung. Obwohl sie allein war, unterdrückte Theodora einen Freudenschrei, als sie die Papprolle aus dem Loch zog. Sie öffnete sie und warf einen schnellen Blick auf die Zeichnungen. Alle waren noch da, Violets Eltern hatten sie also nicht entdeckt. Sie legte das Dielenbrett wieder zurück und verließ rasch das Haus. Niemand war zu sehen, auch auf der

Straße traf sie keinen Menschen. Trotzdem wählte sie den weiteren und beschwerlichen Küstenpfad nach St Peter Port, wo die Möglichkeit, von jemandem erkannt zu werden, geringer war. Sie befürchtete, dass ihr jeder ansehen konnte, was sie gerade getan hatte. Inzwischen war es sehr warm geworden, und Theodora erreichte schweißgebadet nach zwei Stunden ihr Ziel. Sie holte ihren Koffer, packte die Rolle hinein, setzte sich auf eine Bank im Schatten und wartete auf das Einlaufen der Fähre. In ihr stritten die unterschiedlichsten Gefühle. Sie hatte eingebrochen und gestohlen, zum ersten Mal in ihrem Leben etwas Illegales getan. Handelte es sich aber nicht um ihr Eigentum, das sie sich zurückgeholt hatte? Theodora wusste nicht, wie die Gesetzgebung das sehen würde. Auch wenn bisher alles problemlos verlaufen war, fühlte sie sich beklommen und war froh, als das Schiff endlich ankam und eine Stunde später von Guernsey in Richtung England ablegte.

War Theodora durch den ungewohnten Trubel der Hafenstadt Portsmouth bereits verunsichert gewesen, wankte sie erschöpft durch London. Seit zwei Nächten hatte sie nicht geschlafen, fühlte sich schmutzig und hatte Hunger. Ihr Geld reichte weder für ein Essen noch für ein Hotelzimmer. Keine zwei Pfund befanden sich noch in ihrer Börse, den Rest hatte sie für die Bahnfahrkarte von der Küste in die Hauptstadt ausgegeben. Den Hunger verdrängte Theodora erfolgreich, war sie doch lange Zeit daran gewöhnt gewesen, mit nur sehr wenig Nahrung auszukommen. Was sollte sie jetzt tun, wohin und an wen sich wenden? Der Instinkt sagte ihr, es wäre zwecklos, eine der großen Galerien Londons aufzusuchen. Erfolgversprechender wäre vermutlich ein kleiner Laden, der mit Antiquitäten handelte. Sie fragte mehrere Passanten nach solchen Geschäften. Die meisten beachteten sie gar nicht oder bedachten sie mit abfälligen Blicken. Theodora ahnte, was für einen desolaten Anblick sie bieten musste. Schon wegen ihrer Narben und durch das Hinken fiel sie auf, jetzt, mit wirren Haaren und einem nicht mehr ganz sauberen Kleid, war sie wahrlich eine seltsame Erscheinung. Schließlich erhielt sie die Auskunft, sie solle am besten die Petticoat Lane im Osten der Stadt aufsuchen. Ein weiterer langer Fußmarsch brachte Theodora in diese Gegend. Wegen der Abgase der Kraftfahrzeuge befürchtete sie manchmal, kaum atmen zu können. Der hektische Straßenverkehr verwirrte Theodora zusätzlich. Auf den Kanalinseln verhielten sich die Fahrer rücksichtsvoll, ließen Fußgänger passieren und betätigten nur selten die Hupen. Auf ihrem Weg durch die Stadt musste Theodora zweimal auf den Bordstein zurückspringen, um nicht von einem Wagen erfasst zu werden. Als sie besagte Straße endlich erreicht hatte, schlossen bereits die ersten Geschäfte. Ausgestellte Waren wurden in die Läden hineingebracht, Eisengitter vor den Türen heruntergelassen. Es waren nicht mehr viele Menschen unterwegs, aber tatsächlich gab es hier einige kleine Geschäfte, die Gemälde, Bilder und allerhand Trödel anboten. Theodora betrat den ersten Laden, dessen Tür noch geöffnet war. Beim Bimmeln der Glocke trat ein alter Mann aus dem Hinterzimmer in den Verkaufsraum.

»Ich wollte soeben schließen«, sagte er statt einer Begrüßung. »Kommen Sie morgen wieder, ich öffne um zehn.«

»Bitte, ich möchte Zeichnungen verkaufen«, stieß Theodora hervor. »Es ist sehr wichtig, ich kann nicht bis morgen warten.«

Der Händler zögerte, seufzte, machte dann aber eine einladende Handbewegung und sagte: »Darf ich Ihnen eine Tasse Tee anbieten? Verzeihen Sie meine Direktheit, aber Sie sehen aus, als könnten Sie eine Stärkung gut gebrauchen.«

»Sehr gern, danke!«

Erleichtert sank Theodora auf einen Stuhl, während der Mann im Hinterzimmer, das über eine kleine Teeküche verfügte, hantierte. Wenig später brachte er nicht nur eine Kanne mit Tee und zwei Tassen, sondern auch ein Käsesandwich und schob es Theodora hin. Sie beherrschte sich, um das Brot nicht hastig hinunterzuschlingen. Der Mann beobachtete sie aufmerksam. Als sie den letzten Bissen geschluckt hatte, sagte er: »Dann zeigen Sie mal, was Sie anzubieten haben.«

Theodora nahm die Papprolle aus dem Koffer und zog die Zeichnungen heraus. Der Mann setzte seine an einer Kette um den Hals baumelnde Brille auf und betrachtete jedes Bild ganz genau. Er schwieg; aus seiner Miene konnte Theodora nicht ablesen, was er dachte. Sie fühlte sich mutlos. Wahrscheinlich waren die Zeichnungen nicht mehr wert als das Papier, auf dem sie gemalt worden waren. Matt war ja auch kein Kunstkenner gewesen.

Schließlich legte der Mann die Zeichnungen zur Seite, nahm seine Brille ab, und sein Blick bohrte sich in ihr Gesicht.

»Woher haben Sie die?«

»Vor einigen Jahren gelangten die Zeichnungen in meine Hände«, antwortete Theodora.

»Wem haben die Bilder zuvor gehört, und warum wurden sie weggegeben?«

Theodora antwortete vage: »Der frühere Besitzer ist verstorben, und es gab niemanden, der Interesse daran zeigte.«

»Aha, das ist schwer vorstellbar, außer es handelte sich um ausgesprochene Kunstbanausen.«

Seine Nasenflügel zuckten, und Theodora wäre am liebsten weggelaufen. Es war offensichtlich, dass der Mann ihr nicht glaubte.

»Entschuldigen Sie, ich gehe jetzt wohl besser ...«

»Bleiben Sie sitzen, Miss.« Er musterte sie mit einer Strenge, die etwas Schulmeisterhaftes hatte. »Ich werde Sie nicht weiter nach der Herkunft der Zeichnungen fragen. Manchmal ist es besser, nicht alles zu wissen, besonders in dieser Gegend hier. Mich interessiert nur noch, warum Sie ausgerechnet zu mir gekommen sind, Miss. Wer hat Sie geschickt?«

»Ich fand die Dekoration Ihres Schaufensters ansprechend«, antwortete Theodora.

»Eine gute Antwort, bei der wir es belassen sollten.« Er lächelte und stellte fest: »Ich vermute, Sie sind gezwungen, die Exponate zu verkaufen.«

»Ich fürchte, das sieht man mir an.« Theodora lächelte verkrampft. »Es war ein weiter und langer Weg von Guernsey nach London«, fügte sie erklärend hinzu.

»Miss, ich hab keine Ahnung, ob Sie mir die Wahrheit sagen und wie Sie wirklich in den Besitz dieser Bilder gelangt sind«, sagte er streng. »Ich bin aber der falsche Ansprechpartner. Mit solchen Exponaten handle ich nicht, dafür fehlt mir die Kundschaft.«

»Sind die Zeichnungen denn etwas wert?«, fragte Theodora. »Ich meine, besteht überhaupt die Möglichkeit, sie zu verkaufen?«

Der Mann überlegte, dann antwortete er: »Durchaus, wenn man den richtigen Personenkreis findet. Welche Summe haben Sie sich denn vorgestellt?« Diese Frage traf Theodora überraschend, darüber hatte sie sich keine Gedanken gemacht, weil sie vom Wert der Zeichnungen keine Ahnung hatte. Er bemerkte ihre Verunsicherung und fuhr fort: »Sie haben keine Vorstellung, was Sie da haben, nicht wahr? Ach, Mädchen, glücklicherweise sind Sie zu mir gekommen, nicht auszudenken, wenn Sie an den Falschen geraten wären.« Er rollte die Blätter wieder zusammen und steckte vier von ihnen in den Behälter zurück. »Eine Zeichnung werde ich behalten, um sie einem potenziellen Käufer zeigen zu können. Das ist für Sie doch in Ordnung?«

Theodora hatte zwar ein ungutes Gefühl, aber keine Wahl. Der Mann stand auf, das Zeichen für Theodora, sich ebenfalls zu erheben.

»Ich werde sehen, was ich tun kann, Miss. Kommen Sie in drei oder vier Tagen wieder.«

»Aber das geht nicht!«, rief Theodora, den Tränen nahe. »Ich kenne niemanden in der Stadt, habe kaum noch Geld und weiß nicht, wohin ...«

»Drei Straßen weiter befindet sich eine von der Heilsarmee geführte Unterkunft. Am besten wenden Sie sich dorthin, mehr kann ich heute nicht für Sie tun. Sie müssen mir vertrauen.«

Er ging voraus und öffnete die Tür, ein Hinweis, dass Theodora gehen sollte. Kaum war sie auf der Straße, wurde die Tür abgeschlossen, und das Gitter rasselte herab.

Der Aufenthalt bei der Heilsarmee war beschämend. Sie bekam zwar zu essen und zu trinken, es gab auch eine Waschgelegenheit, und Theodora konnte die Nacht dort verbringen, die anderen Frauen ließen sie aber spüren, dass sie Theodora für eine Landstreicherin hielten. Als der Morgen anbrach, beeilte sie sich wegzukommen. Es nieselte und war kühl, aber Theodora erinnerte sich daran, mal gehört zu haben, dass die staatlichen Museen Londons keinen Eintritt erhoben. So ging sie wieder quer durch die Stadt und verbrachte den Tag im Britischen Museum. Was zunächst nur dazu gedacht war, die Zeit totzuschlagen, wurde für Theodora hochinteressant. Als das Museum seine Pforten schloss, schluckte sie ihren Stolz hinunter und kehrte in das Obdachlosenheim zurück. Am folgenden Tag besuchte sie das Naturkundemuseum, danach erneut eine Nacht in dem Heim, dann schien auch wieder die Sonne, und Theodora bestaunte die Anlage des Tower of London und schlenderte über die Tower Bridge. Sie hatte sich an die hektische Betriebsamkeit der Großstadt gewöhnt, fand Gefallen an London, sehnte sich aber trotzdem nach der Ruhe und Beschaulichkeit Guernseys zurück.

Nach drei Tagen suchte sie wieder den Laden in der Petticoat Lane auf. Als sie eintrat, bediente der Mann gerade einen Kunden und gab Theodora mit einem Wink zu verstehen, nichts zu sagen. Kaum waren sie allein, schloss er die Tür ab, ging zum

Telefon, wählte eine Nummer und sagte, als am anderen Ende abgenommen wurde: »Sie ist jetzt da.«

Dann machte er Tee und teilte Theodora mit, sie müsse warten. Es verging über eine Stunde, bis es an der Tür klopfte und der Ladeninhaber einen jungen Mann, nur wenig älter als Theodora, eintreten ließ. Danach versperrte er die Tür sofort wieder.

»Sie haben also Zeichnungen von Victor Hugo zu verkaufen, die er vermutlich während seines Exils auf den Kanalinseln angefertigt hat?«

Theodora nickte. »Sofern es sich um echte Bilder handelt.«

»Ich glaube, daran besteht kein Zweifel«, sagte der Mann. Weder er noch der Ladeninhaber nannten ihre Namen noch fragten sie Theodora nach ihrem.

»Nun, Miss, ich bin durchaus daran interessiert, allerdings würde ich nur eine Zeichnung ankaufen. Ich muss erst sehen, wie diese ... Ware an den Mann zu bringen ist.«

»Oh, ja, ich verstehe«, murmelte Theodora und verbarg nicht ihre Enttäuschung. »Ich hoffte, alle Bilder verkaufen zu können, damit ich wieder nach Hause zurückkehren kann.«

Die Männer tauschten einen Blick, der Jüngere grinste und erklärte: »Ich denke, die Summe, die ich Ihnen anbiete, wird Ihnen das ermöglichen. Sie müssen allerdings verstehen, dass ich natürlich auch etwas verdienen möchte, ebenso mein Freund hier, der das Geschäft vermittelt, dennoch werde ich Sie nicht über den Tisch ziehen. Wären Sie mit zehntausend Pfund einverstanden?«

Als befände sie sich plötzlich im Epizentrum eines Erdbebens, taumelte Theodora und wäre zu Boden gestürzt, hätte der junge Mann sie nicht aufgefangen.

»Hoppla, Miss, das hat Sie wohl umgehauen.« Er führte sie zu einem Stuhl, und sie setzte sich. Verständnisvoll sah er sie an und sagte: »Wie gut, dass Sie uns gefunden haben, ein anderer hätte Sie wohl, sobald er bemerkt hätte, dass Sie keine Vorstellung vom Wert der Zeichnung haben, mit ein paar Pfund abgespeist. So arbeite ich nicht, kann Ihnen aber nicht verschweigen, dass ein Weiterverkauf nicht einfach ist. Daher muss ich Sie auffordern, mir die Wahrheit zu sagen, wie Sie in den Besitz der Zeichnungen gelangt sind. Sofern Sie diese nicht gestohlen oder auf anderen unseriösen Wegen in Ihren Besitz gebracht haben, wird alles, was wir besprechen, unter uns bleiben.«

»Ich erhielt sie gegen Ende des Krieges von einem deutschen Soldaten, dessen Vater auf Guernsey stationiert war«, gab Theodora ehrlich zu. Sie hatte keine andere Wahl, als den Männern zu vertrauen. »Ein Offizier hat die Zeichnungen einem Einheimischen ... abgenommen, meinte aber, dieser wäre verstorben und es gäbe keine Erben.«

Der Jüngere nickte. »So etwas habe ich mir schon gedacht. Wir haben hier also sogenannte Raubkunst, auch Beutekunst genannt. Es ist mir nicht bekannt, wie die Gesetzeslage in England solche Fälle regelt, deshalb muss ein Weiterverkauf mit großer Vorsicht erfolgen. Ich glaube aber, dass sich Wege finden lassen. Viele Menschen möchten solche Sachen einfach nur besitzen und gehen damit nicht an die Öffentlichkeit.«

Theodora schwirrte der Kopf, sie wusste nicht mehr, was sie denken und sagen sollte. Die von dem Mann genannte Summe erschien ihr immer noch unglaublich, und das für nur eine einzige Zeichnung! Matt hatte also recht gehabt: Die Bilder waren sehr wertvoll, deren Verkauf aber problematisch.

»Nehmen Sie trotzdem ein Exemplar?«, fragte sie unsicher.

»Ich bin Kunsthändler und kann gar nicht anders, als so eine Zeichnung zu erwerben«, antwortete er. »Wenn Sie in ein paar Monaten wieder in London sein sollten, fragen Sie nach, ob weiterer Bedarf besteht. Im Moment wäre mir der Verkauf von allen Zeichnungen aber zu heiß. Sie verstehen?«

»Könnte ich, Sie ... ich meine ... könnte ich dafür ins Gefängnis kommen?«

Die Männer tauschten einen vielsagenden Blick, dann gab der Jüngere unumwunden zu: »Das ist nicht ausgeschlossen, denn Unwissenheit schützt bekanntlich nicht vor Strafe. Aus diesem Grund muss ich vorsichtig taktieren und Sie bitten, über unseren kleinen Handel absolutes Stillschweigen zu bewahren. In unser aller Interesse.«

Theodora nickte, und er reichte ihr die Hand. Sie schlug, ohne zu zögern, ein.

In dem schlichten Zimmer in einem günstigen Bed and Breakfast am südlichen Ufer der Themse saß Theodora auf dem Bett und nähte mit kleinen Stichen das Innenfutter eines Mantels fest. Am Morgen hatte sie den Mantel gekauft, das Futter aufgetrennt und darin das Geld, aufgeteilt in sechs Packen, verborgen. Die Kanalinseln gehörten nicht zu Großbritannien, dementsprechend mussten bei der Einreise Waren verzollt und Bargeld angegeben werden. Über den Verkauf der Zeichnung gab es keine schriftlichen Unterlagen, für das Geld keine Quittung. Theodora wusste nichts über Raubkunst, wusste nicht, wie mit Menschen, die mit solchen Exponaten handelten, verfahren wurde und welche Strafen sie zu erwarten hatten. Sie hatte aber verstanden, dass der Verkauf der Zeichnung ein Schwarzmarktgeschäft war, und sie wollte sich keinen unliebsamen Fragen aussetzen, wenn sie mit einer so hohen Summe in St Peter Port einreiste. Dementsprechend unwohl fühlte sie sich, trotzdem wollte sie endlich damit beginnen, sich ein neues Leben aufzubauen.

Ihr Herz hämmerte heftig, als sie am nächsten Vormittag an Bord der Fähre ging. Ihre Wangen waren gerötet, wodurch die hellen Narben stärker hervortraten. An der Pass- und Zollkontrolle wurde Theodora ohne Verzögerung durchgewunken. Offenbar traute einer jungen, missgestalteten Frau niemand Schmuggel zu. Da Theodora nun wusste, wie wertvoll die Zeichnungen waren, sorgte sie sich um die anderen Exemplare, denn die Aufbewahrungsrolle konnte sie unter der Kleidung nicht verstecken. Obwohl ihr kleiner, schäbiger Koffer ebenfalls nicht kontrolliert wurde, kam ihr die Überfahrt unendlich lang vor. Sie atmete erleichtert auf, als sie im Hafen die Fähre verließ. In einem Bekleidungsgeschäft in der High Street kaufte sie sich ein flaschengrünes Kostüm mit einem schmalen, knielangen Rock, einen farblich passenden kleinen Hut und eine elfenbeinfarbene Bluse. Sie behielt die Sachen gleich an, dann erwarb sie noch ein paar Pumps mit niedrigem Absatz und eine passende Handtasche. Theodora war nicht eitel und hatte sich nie Gedanken über ihre Kleidung gemacht, als sie sich jetzt aber im Spiegel betrachtete, schien ihr eine völlig andere Frau entgegenzusehen. Sie wirkte älter und strahlte Eleganz aus. Für ihr weiteres Vorhaben, das sie sich in den letzten Tagen gut überlegt hatte, war ein seriöses Auftreten wichtig.

Theodora konnte nicht widerstehen, sich ein Zimmer im Atlantic View zu mieten, dem Hotel, in dem sie bis zur Entdeckung ihrer Schwangerschaft gearbeitet hatte. Das Personal an der Rezeption hatte inzwischen gewechselt, in der eleganten Dame erkannte ohnehin niemand die einstige Küchenhilfe wieder.

Am Nachmittag suchte Theodora einen Immobilienmakler auf.

»Ich möchte ein ganz bestimmtes Haus kaufen.« Sie kam gleich zur Sache und nannte dem Anwalt die Adresse ihres Elternhauses. »Soviel mir bekannt ist, wohnt ein Ehepaar Mollett in dem Objekt, daher möchte ich, dass Sie ihnen ein Angebot unterbreiten.«

Nachdenklich wiegte der Mann den Kopf hin und her. »Warum muss es ausgerechnet ein Haus sein, das bewohnt ist, Miss Banks? Ich bin sicher, ich finde für Sie ein anderes Objekt auf der Insel.«

»Ich habe meine Gründe«, sagte Theodora und sah dem Mann fest in die Augen, »und ich zahle gut. Es gibt allerdings eine Bedingung: Mr und Mrs Mollett dürfen nicht erfahren, wer der Käufer ist.«

Eine Augenbraue des Maklers zuckte zwar nach oben, er fragte aber nicht nach, was Theodora zu dieser Bedingung veranlasste. Es war nicht ungewöhnlich, dass Mandanten solche Wünsche äußerten, und für ihn würde dieses Geschäft eine gute Provision bedeuten.

»Ich werde sehen, was sich machen lässt«, antwortete er. »Wo kann ich Sie erreichen, Miss Banks.«

»Ich logiere im Atlantic View Hotel.« Theodora nahm ihre Handtasche und stand auf. »Bitte, beeilen Sie sich, die Angelegenheit ist sehr wichtig.«

Theodora hatte sich für diesen Weg entschieden, da er ihr als der einfachste erschien. Vielleicht hätte sie ihr Recht auf das Haus auch einklagen können, was aber sicher kompliziert war und sich lange hinziehen konnte. Durch eine Klage würde ihre Person in den Mittelpunkt gerückt und Fragen gestellt werden, wie sie plötzlich zu Geld gekommen war, um einen Prozess führen zu können. Theodora wollte jedes Aufsehen vermeiden und ungestört einen neuen Anfang machen.

Nach all dem Schrecklichen, das Theodoras Leben bisher überschattet hatte, schien es, als würde sie jetzt auf einer Welle des Glücks schwimmen. Drei Tage später erfuhr sie, dass Violet nach der Hochzeit zu ihrem Mann nach London gezogen und Mr Mollett vor zwei Jahren gestorben war.

»Ich hab gute Nachrichten für Sie, Miss Banks«, sagte der Makler freundlich lächelnd. »Mrs Mollett zeigte sich über das Angebot erfreut und meinte, das Haus wäre für eine Person viel zu groß. Zu einem Verkauf für den angebotenen Preis ist sie bereit. Sie wird zu ihrer Tochter nach England ziehen. Die Angelegenheit kann also binnen weniger Tage abgewickelt werden.«

Für einen Moment schloss Theodora die Augen und genoss das Gefühl, endlich am Ziel zu sein.

»Das ist gut«, murmelte sie.

»Erlauben Sie mir die Frage, Miss Banks«, fuhr der Makler fort, »was werden Sie mit dem Haus anfangen? Sie sind doch alleinstehend, ist es nicht zu groß?«

»Ich werde ein Bed and Breakfast eröffnen«, erklärte Theodora. »Ich habe Erfahrung in der Gastronomie und im Hotelgewerbe.«

Der Makler nickte wohlwollend und erwiderte: »Das ist eine sehr gute Idee, Miss Banks. Immer mehr Touristen kommen auf unsere schöne Insel, viele geben kleineren Pensionen, in denen es persönlicher zugeht, den Vorzug. Wenn Sie Unterstützung bei den Formalitäten für die Genehmigung, und was sonst noch alles anfällt, benötigen, empfehle ich Ihnen gern jemanden.«

Theodora bedankte sich für das Angebot und erklärte, sie würde es gern in Anspruch nehmen, zuerst wolle sie aber den Verkauf abwickeln.

Drei Wochen später betrat Theodora das Haus, in dem sie geboren worden war. Es war Hochsommer, und in dem von Jane Molletts gepflegten Garten blühten gelbe, rote und roséfarbene Lilien in verschwenderischer Fülle.

»Liliencottage«, murmelte Theodora. »Ich werde das Haus Liliencottage nennen.«

Die einstigen Gewächshäuser waren abgerissen und an deren Stelle war ein Obstgarten mit Apfel- und Birnenbäumen angelegt worden. Im Kaufpreis war der Großteil der Einrichtung enthalten, da Mrs Mollett nur ihre persönlichen Sachen mit nach England genommen hatte.

Eine Woche lang saß Theodora im Haus oder im Garten und genoss es, wieder daheim zu sein. Die Schatten der deutschen Besatzung lagen nicht länger über dem Liliencottage. Mit seinem neuen Namen hatte das Haus die Vergangenheit abgelegt. Theodora würde zwar diese Zeit und noch weniger Matt jemals vergessen, aber nicht länger zurückschauen, sondern stark und mutig der Zukunft entgegentreten.

Nur eines gelang Theodora nicht: herauszufinden, was aus ihrem Sohn geworden war. Sie zog einen Anwalt zurate, der ihr schonungslos mitteilte, dass sie bei der Geburt minderjährig und daher rechtlos gewesen war.

»Ihr Vormund hat bestimmt, was mit dem Kind zu geschehen hat«, erklärte er. »Der Junge wurde nach den damals gültigen Regeln zur Adoption freigegeben, und das Gesetz untersagt es der Mutter, den Namen der Adoptiveltern in Erfahrung zu bringen. Sie müssen das verstehen, Miss Banks. Gerade nach dem Krieg gab es sehr viele uneheliche Kinder von den Frauen, die ... Sie wissen schon«, fügte er hinzu und sah sie vielsagend an.

Theodora wusste, er spielte auf die Jerrybags an, wahrscheinlich hielt er auch sie für eine solche Frau. Sie sah aber keinen Grund, sich zu rechtfertigen.

»Hat eine Mutter gar kein Recht?«, fragte sie. »Inzwischen bin ich volljährig und will selbst bestimmen, was mit meinem Kind geschieht.«

»So einfach ist das nicht, Miss Banks. Es würde ein Chaos entstehen, wenn jede Frau es sich anders überlegt und ihr Kind zu sich nehmen will. Was das für die Kinder bedeutet, brauche ich wohl nicht extra zu betonen. Ihr Sohn, wo und bei wem er sich befinden mag, weiß sicher nichts von der Adoption, er kennt Sie nicht und hat Eltern, die er liebt.«

»Woher wollen Sie das wissen?«, stieß Theodora hervor. »Vielleicht ist er zu Leuten gekommen, die ihn nicht lieben, die ihn spüren lassen, dass er adoptiert ist, vielleicht lebt er auch in bitterer Armut, vielleicht ist er krank ...« Ihre Stimme brach.

»Bitte, Miss Banks, beruhigen Sie sich! Auch wenn Ihr Schicksal mich berührt – mir sind die Hände gebunden. Eine Klage hat nicht den Hauch einer Chance auf Erfolg.«

»Zählt es denn gar nicht, dass ich mein Kind behalten wollte und einer Adoption niemals zugestimmt habe?«

Der Anwalt zuckte bedauernd mit den Schultern. »Die Gesetzeslage ist eindeutig. Sie können sich gern an einen Kollegen wenden, aber ich fürchte, Sie werden keine andere Auskunft erhalten. Hinzu kommt, dass das Heim, in dem Sie entbunden haben, inzwischen aufgelöst wurde.«

Theodora klammerte sich nicht länger an den Wunsch, ihren Sohn zu finden. Es war müßig, sich über Dinge, die ohnehin nicht zu ändern waren, den Kopf zu zerbrechen. Vergessen würde sie ihren Sohn niemals und nie aufhören, sich zu fragen, ob Matthew gesund und glücklich war.

16. Kapitel

Guernsey, Juli 2017

Von dem Geld war auch nach dem Kauf des Hauses noch genügend übrig, um die Räume zu Gästezimmern umbauen zu lassen«, beendete Theodora ihren Bericht und erklärte auf Sharons erstaunten Blick hin: »Den Wert des Geldes in den Fünfzigerjahren kannst du nicht mit den aktuellen Maßstäben messen, auch die Immobilienpreise der Insel waren nur ein Bruchteil der heutigen. Als Küchenmädchen verdiente ich knapp zweihundert Pfund im Jahr, also war die Summe, die ich für die Zeichnung erhielt, immens hoch.«

Sharon nickte verstehend. »Du warst sozusagen plötzlich eine vermögende Frau und hattest ausgesorgt.«

»Trotzdem wollte ich arbeiten«, antwortete Theodora lächelnd. »Es war nie meine Art, die Hände untätig in den Schoß zu legen. Die ersten Gäste kamen schon bald, und viele kehrten Jahr für Jahr zurück. Die restlichen Zeichnungen habe ich nie verkauft, es war nicht notwendig. Ich wollte nie wieder etwas Illegales tun und war froh, dass meine Tat nicht aufgedeckt wurde. Tja, den Rest kennst du, Sharon.«

»Du hast das einzig Richtige getan, Theodora«, antwortete Sharon. »Dir blieb keine andere Wahl, als dir dein Eigentum zurückzuholen. Und was den Verkauf angeht: Du hast Glück gehabt, an die richtigen Leute geraten zu sein, die Sache hätte auch böse für dich enden können.«

»Das habe ich mir auch gesagt«, erwiderte Theodora versonnen lächelnd.

»Heute ist das alles sicher verjährt, trotzdem ist dein Geheimnis bei mir sicher.« Nachdenklich rieb sich Sharon über den Nasenrücken und fragte: »Ist es möglich, dass hier auf Guernsey jemand von den Zeichnungen erfahren hat?«

»Das halte ich für ausgeschlossen«, antwortete Theodora. »Nach dem Erwerb des Liliencottage habe ich sie gut verwahrt und seitdem nie wieder in der Hand gehabt. Du bist die Erste, mit der ich überhaupt darüber gesprochen habe.«

Es war nur ein vager Gedanke, aber Sharon dachte an Raoul und sein plötzliches Interesse an Theodoras Vergangenheit und auch an dem Liliencottage. Als Theodora das Haus gekauft hatte, war er aber noch gar nicht geboren.

»Stimmt etwas nicht, Sharon?«

»Alles okay«, antwortete Sharon und lächelte ungezwungen. »Deine Geschichte berührt mich sehr, ich hatte ja keine Ahnung, was du alles durchgemacht hast.«

»Bitte jetzt nur kein Mitleid«, sagte Theodora fest. »Jeder Mensch hat ein persönliches Schicksal zu tragen, und meines hat mich nicht zerbrochen, sondern gestärkt. Ich hab nichts dagegen, wenn du Alec einweihen möchtest. Er interessiert sich sehr für die Vergangenheit der Inseln, und ich vertraue ihm. Alec würde nie jemandem Schaden zufügen oder mit meinen Erlebnissen an die Öffentlichkeit gehen.«

»Alec und ich haben den Kontakt zueinander abgebrochen.«

»Du klingst traurig.« Theodora musterte Sharon aufmerksam. »Eure Beziehung geht mich zwar nichts an, aber ...«

»Wir haben keine Beziehung«, rief Sharon. »Bitte, lassen wir das Thema Alec, in meinem Leben spielt er keine Rolle mehr.«

»Das ist bedauerlich, denn er ist ein sympathischer und anständiger Kerl«, murmelte Theodora, respektierte aber Sharons Wunsch, nicht über Alec Sauvage zu reden. Sie kam noch einmal auf ihre Erlebnisse zu sprechen: »Einige Jahre später reiste ich nach Jersey in der Hoffnung, etwas über meinen Sohn herauszufinden. Der Anwalt hatte es aber schon gesagt: Das Haus, in dem ich Matthew das Leben schenkte, stand leer, und niemand konnte mir Auskunft darüber geben, ob noch Akten von der Zeit nach dem Krieg vorhanden waren. Ich hatte das Gefühl, dass man mir nicht helfen wollte, denn nach wie vor trug ich den Stempel einer Jerrybag auf der Stirn, weil ich mich nach einem Kind erkundigte, das 1946 geboren worden war.«

»Das muss für dich furchtbar gewesen sein«, flüsterte Sharon.

»Ich hab es dann aufgegeben.« Theodoras Augen wurden feucht, und sie blickte an Sharon vorbei. »Manchmal muss man etwas loslassen, so schmerzhaft es auch ist, damit es einen nicht zerstört.«

Wortlos nahm Sharon die alte Frau in die Arme.

Der Forest Store hatte fangfrische Jakobsmuscheln im Angebot gehabt, aus denen Sharon das Abendessen zubereitete. Sie briet die Meeresfrüchte von beiden Seiten an, wickelte sie dann zusammen mit Butter, Schalotten und einem Hauch Knoblauch in Alufolie und garte sie im Backofen. Dazu bereitete sie Süßkartoffeln und einen grünen Salat zu. Immer wieder überraschte es Sharon, wie viel Freude ihr das Kochen machte, wie ihre Gedanken dabei zur Ruhe kamen und wie sehr sie das Essen genoss.

Jakobsmuscheln gehörten zu Theodoras liebsten Meeresfrüchten, und sie lobte Sharon für das Gericht. Nachdem die Pflegeschwester das Cottage verlassen hatte, ging Sharon noch einmal zu Theodora. Ihr Teint war zwar fahl, ihre Augen blickten aber lebhaft, und sie meinte: »Ich danke dir für deine Geduld, die Lebenserinnerungen einer alten Frau anzuhören. Es tat gut, endlich darüber sprechen zu können.«

»Dafür brauche ich keine Geduld«, erwiderte Sharon. »Es interessiert mich sehr, und ich bewundere dich dafür, wie du dein Leben gemeistert hast.«

Theodora winkte ab, errötete aber verlegen.

»Mir blieb nichts anderes übrig. Manchmal denke ich, eure Generation, Sharon, weiß gar nicht, was wirkliches Unglück bedeutet. Dafür bin ich dankbar und wünsche, dass ihr nie einen Krieg erleben müsst.«

Bei der derzeitigen politischen Weltlage ist das nicht auszuschließen, dachte Sharon, wollte Theodora aber nicht mit trüben Gedanken belasten. Sie wünschte ihr eine gute Nacht und ließ sie allein.

Die Leuchtziffern des Weckers zeigten zehn Minuten nach ein Uhr nachts, als Sharon aufwachte. Sie wusste nicht, was sie geweckt hatte, auch konnte sie sich nicht an einen Traum erinnern, trotzdem empfand sie Beklemmung und eine seltsame Unruhe. Im Pyjama und barfuß ging sie zu Theodoras Zimmer und öffnete leise die Tür.

»Theodora?«, flüsterte sie und trat ans Bett.

Die alte Frau schien zu schlafen, irgendetwas war jedoch anders als sonst. Sharon knipste das Licht an, dann sah sie in Theodoras geöffnete Augen, die sie verzweifelt anstarrten.

»Theodora, alles in Ordnung?«

Theodora versuchte zu antworten, aber kein Laut kam ihr über die Lippen. Sie wollte einen Arm heben, schaffte jedoch nur ein paar Zentimeter, dann fiel er kraftlos auf die Decke zurück.

»Ich hole Hilfe!«, rief Sharon und rannte zum Telefon.

Der Kaffee war kalt und schmeckte bitter. Sharon schüttelte sich, dann griff sie nach ihrem Telefon.

»Ruf mich nie wieder an ...«

Alecs Worte dröhnten ihr in den Ohren, da hatte sie aber schon die Taste, unter der sie seine Nummer abgespeichert hatte, gedrückt. In Anbetracht der Tatsache, dass es drei Uhr morgens war, erschrak Sharon, als er nach einmaligem Läuten abnahm.

»Sharon?«

Für einen Augenblick dachte sie, dass er ihre Nummer ebenfalls gespeichert haben musste, da er wusste, dass sie es war.

»Alec, ich weiß, es ist mitten in der Nacht, aber ...«

»Ist was mit Theodora?« Sie hörte die Angst in seiner Stimme. »Ist sie ...?«

»Nein, nein«, stieß Sharon hervor, »es geht ihr aber sehr schlecht. Ich musste den Notarzt rufen. Wir sind im Krankenhaus, und ich warte darauf, was der Arzt sagt.«

»Ich bin in zwanzig Minuten da.«

Perplex starrte Sharon auf das Telefon, denn er hatte einfach aufgelegt. Bei dem Gedanken, Alec wiederzusehen, wurde es Sharon heiß und kalt zugleich. Sie suchte die Waschräume auf und schaute in den Spiegel. Das Gesicht ungeschminkt, die Haare vom Schlaf zerzaust, und sie trug nur eine Jeans und ein nicht sehr sauberes T-Shirt. Ein Rest Eitelkeit flammte in Sharon auf. Vergeblich versuchte sie, mit den Fingern ihre Locken zu entwirren, was es nur noch schlimmer machte.

Als Alec den Korridor entlang auf sie zukam, breitete er die Arme aus. Wie selbstverständlich sank Sharon hinein und barg ihr Gesicht an seiner Schulter. Dann setzten sie sich auf die harten Plastikstühle und warteten. Kurz vor vier öffnete sich die Tür, und der Arzt sagte: »Sie können jetzt zu Miss Banks, aber sie schläft.«

Theodora lag auf dem Rücken, die Augen geschlossen, an Schläuche und Kabel angeschlossen, durch die Nase wurde ihr Sauerstoff zugeführt. In regelmäßigen Abständen blinkten verschiedenfarbige Lichter an den Apparaturen auf.

»Wie geht es ihr?«, flüsterte Sharon, als könne sie Theodora aufwecken.

»Es geht zu Ende«, antwortete der Arzt mitfühlend. »Vielleicht noch ein paar Tage, vielleicht auch nur noch Stunden. In Anbetracht dessen, wie weit der Krebs fortgeschritten ist, hat sie erstaunlich lange durchgehalten.«

»Ist es ein Schlaganfall?«, fragte Sharon. »Als ich sie gefunden habe, war sie bei Bewusstsein, konnte aber weder sprechen noch sich bewegen.«

»Es handelt sich nicht um einen Apoplex, sondern um eine normale Reaktion in diesem Stadium«, erklärte der Arzt. »Hoffnung auf Besserung kann ich keine machen, Miss Banks ist hier aber in guten Händen, und sie hat keine Schmerzen.«

»Sie möchte im eigenen Bett sterben«, sagte Sharon. »Wann kann ich sie wieder nach Hause bringen?«

Der Arzt schüttelte den Kopf. »Wir dürfen sie nicht von den Maschinen nehmen. Sie würde sterben, bevor der Krankentransportwagen das Klinikgelände verlassen hätte.«

»Aber ich hab es ihr versprochen …«

»Lass es gut sein, Sharon.« Sie spürte Alecs Hand auf ihrer Schulter. »Hier wird alles getan, was man tun kann, und Theodora muss nicht leiden.« Fragend sah er den Arzt an. »Werden wir noch einmal mit ihr sprechen können?«

»Das wissen wir nicht, es tut mir leid.« Er wandte sich zur Tür und bedeutete Sharon und Alec, ihm zu folgen. »Kommen Sie morgen Vormittag wieder.«

»Bitte, Doktor, kann ich nicht bei ihr bleiben?«, fragte Sharon. »Wenn sie heute Nacht sterben sollte …«

»… würde Miss Banks nicht mehr wahrnehmen können, ob jemand anwesend ist«, führte der Arzt ihren Satz zu Ende. Er war an solche Situationen gewöhnt, und manchmal wünschte er sich, er könnte Angehörigen erlauben, am Bett der Patienten zu bleiben. Das aber verstieß gegen die strengen Bestimmungen der Intensivstation. Um seine harte Haltung abzuschwächen, fügte er hinzu: »Wenn Miss Banks diese Nacht überlebt, verlegen wir sie morgen auf die Palliativstation. Dort können Sie immer bei ihr sein, Tag und Nacht.«

»Danke, Doktor.« Einen Arm um ihre Schultern gelegt, führte Alec Sharon sanft aus dem Krankenhaus. Vor der Tür fragte sie: »Du hast nicht zufällig eine Zigarette dabei?«

»Dieses Laster habe ich mir schon vor Jahren abgewöhnt. Ich wusste nicht, dass du rauchst.«

»Tu ich auch nicht, aber jetzt könnte ich eine Zigarette gebrauchen. Ach, Alec, es kam so plötzlich, gestern Abend schien noch alles normal zu sein. Theodora erzählte von früher, und wir aßen gemeinsam.«

»Wir haben es seit Wochen gewusst.«

Es war dieses *wir*, das Sharon das Gefühl gab, einen Teil der Last abgeben zu können. Wie selbstverständlich gingen sie nebeneinanderher, die Kirchenglocke von St Martin schlug die fünfte Morgenstunde. Es hatte zu nieseln begonnen, sie bemerkten es nicht. Sharon schlug den Weg zum Liliencottage ein, und Alec folgte ihr.

An der Toreinfahrt schlug sie vor: »Kaffee?«

Er nickte. Als der Kaffee heiß in den Tassen dampfte, kam Sharon nicht umhin zu fragen: »Ich hoffe, ich hab dich und Yvette mit meinem nächtlichen Anruf nicht geweckt?«

»Ich war noch wach, und Yvette und ich wohnen nicht zusammen.«

Obwohl Theodora nur eine Meile entfernt mit dem Tode rang, durchflutete Sharon ein starkes Glücksgefühl.

»Ich dachte ...«

»Hör zu, Sharon, was immer du gedacht oder geglaubt hast zu wissen«, antwortete Alec nüchtern, »Yvette und ich sind kein Liebespaar. Sie ist für mich wichtig, ja, aber auf eine andere Art, über die ich nicht sprechen möchte.«

Sharon schlug schnell die Augen nieder, aber nicht schnell genug. Er hatte das Aufleuchten in ihnen gesehen. Kühl fügte er hinzu: »Ich hörte, du hast eine Beziehung mit einem Bankier.«

»Woher weißt du das?«

Er zuckte mit den Schultern. »Guernsey ist eine kleine Insel, da bleibt kaum etwas verborgen.«

»Kennst du Raoul Osborne?«, fragte sie zögerlich.

Ein erneutes Schulterzucken. »Nur vom Sehen. Wir haben keine Berührungspunkte, meine Geschäfte tätige ich bei einer anderen Bank.«

»Alec ...« Sharon streckte den Arm aus, wollte ihre Hand auf seine legen, zuckte aber vor seinem starren Gesichtsausdruck zurück. »Du warst eben ehrlich zu mir, daher will ich dir nicht verschweigen, dass Raoul mir einen Heiratsantrag gemacht hat. Ich hab ihn bisher aber nicht angenommen.«

»Du solltest es tun, ihr passt zusammen. Er bewegt sich in einer Welt, in der du zu leben gewohnt bist. Und wohnt er nicht sogar in dem Haus, in dem du aufgewachsen bist? So schließt sich ein Kreis.«

Jedes Wort war wie eine Ohrfeige für sie, gleichzeitig fragte sie sich, wieso Alec so gut über Raoul Bescheid wusste. Bedeutete das, dass er Erkundigungen eingeholt hatte? Es gab aber noch etwas, das Sharon unter den Nägeln brannte. Wenn sie jetzt, an diesem anbrechenden Morgen, schon mal dabei waren, reinen Tisch zu machen, dann richtig.

»Alec, warum hast du meine Briefe eigentlich aufgehoben?«

»Welche Briefe?«

»Die ich dir aus London geschrieben habe, nachdem ich fortgegangen war«, antwortete Sharon. »In denen ich dich gebeten habe, mich zu besuchen, und zwischen den Zeilen versuchte, dir mitzuteilen, dass du mich bitten sollst, zurückzukommen. Die Briefe, bei denen ich nach jedem einzelnen auf eine Antwort von dir gewartet hatte, auf ein Wort, dass du mich nicht vergessen hast.«

Die Farbe wich aus seinen Wangen. »Woher weißt du, dass ich die Briefe aufbewahrt habe?«

»Warte einen Moment.«

Sharon stand auf, ging in ihr Zimmer und kehrte mit den Briefen zurück. Sie reichte Alec den Packen.

»Woher hast du sie?«, flüsterte er heiser.

»Yvette war so freundlich, mir die Briefe vorbeizubringen. Sie meinte, da du sie nicht einmal geöffnet hattest, hättest du schon damals die Sache mit uns endgültig begraben.«

»Dazu hatte sie kein Recht!« Er fuhr auf und stützte die Hände auf den Tisch. Seine Augen waren wie graue Felsen. »Wie kommt Yvette dazu, in meinen Sachen zu wühlen?«

»Das musst du sie selbst fragen«, erwiderte Sharon. Sie freute sich über seine Verärgerung, ihr fiel jedoch auf, dass er ihrer Frage, warum er die Briefe aufbewahrt hatte, auswich. Sie wollte nicht länger in ihn dringen, Alec würde sich ansonsten nur in sein Schneckenhaus zurückziehen.

Sie konnte ein Gähnen nicht unterdrücken, und Alec fragte: »Wann wirst du morgen ins Hospital gehen?«

»Gleich nach dem Frühstück, sofern ich überhaupt etwas essen kann, was ich bezweifle.«

»Soll ich dich begleiten?«

Über sein Angebot überrascht, holte Sharon tief Luft und nickte. Mutig geworden sagte sie: »Es lohnt sich fast nicht mehr, dass du nach Hause gehst, Alec. Wenn du willst, kannst du dich in einem der Gästezimmer aufs Ohr legen, sie stehen alle leer.«

Sie sah sein Zögern, bemerkte, wie er mit sich kämpfte, bevor er sagte: »Eine gute Idee, zwei, drei Stunden Schlaf habe ich jetzt wirklich nötig.«

Sie verabschiedeten sich am Fuß der Treppe mit einem Handschlag, und Sharons Kopf hatte kaum das Kissen berührt, da war sie auch schon eingeschlafen.

Bevor sie Theodora aufsuchten, sprachen sie mit Dr. Lambert, der von seinem Kollegen informiert und am Morgen ins Krankenhaus gekommen war.

»Die Medikamente haben sehr gut angeschlagen, und Miss Banks hat sich erholt«, erklärte der Arzt. »Sie ist vollständig bei sich und kann auch wieder sprechen. Sie dürfen sie aber nicht überfordern, Ms Sharon.«

Man hatte Theodora in ein Einzelzimmer auf der Station, die niemand mehr lebend verließ, gebracht. Theodora war nicht mehr an Geräte angeschlossen und wach, als Sharon und Alec das Zimmer betraten.

»Es tut mir so leid, dass ich dich um deine Nachtruhe gebracht habe, Sharon«, begrüßte Theodora sie mit klarer Stimme.

»Ach, Theodora.« Sharon setzte sich auf die Bettkante, Alec zog den einzigen Stuhl heran und nahm auf der anderen Seite Platz. Falls Theodora überrascht war, ihn hier zu sehen, ließ sie es sich nicht anmerken.

»Schau nicht so betrübt«, sagte Theodora. »Wir wussten, dass es bald so weit sein wird. So schnell gebe ich den Löffel noch nicht ab, da können die Ärzte sagen, was sie wollen.«

»Sie erlauben nicht, dass ich dich nach Hause hole«, erklärte Sharon.

Theodora nickte. »Das ist vielleicht besser so. Ich hab hier alles, was ich brauche, und du hast eine Last weniger.«

»Theodora, du bist keine Last!«, rief Sharon. »Wenn es dir wieder besser geht, hole ich dich ins Liliencottage zurück.«

Theodoras Lächeln war milde, als sie antwortete: »Wir beide wissen, dass ich mein Haus nicht wiedersehen werde. Ich hab mich damit abgefunden und meinen Frieden gemacht. Allerdings gibt es da noch was, worum ich dich bitten möchte.«

»Alles, was du willst, Theodora!«

»Mal langsam mit den jungen Pferden«, beruhigte Theodora sie. »Mein Wunsch ist vielleicht nicht zu erfüllen, ich bitte dich lediglich, einen Versuch zu machen. Wahrscheinlich ist es ohnehin Unsinn, meine eigenen Bemühungen verliefen auch alle im Sand, und nach so langer Zeit…«

Sharon drückte vorsichtig Theodoras zerbrechlich wirkende Hand.

»Ich werde alles tun, was du willst.«

Theodora hob den Kopf. Ihr Blick bohrte sich in Sharons, und sie sagte laut und deutlich: »Versuche herauszufinden, was mit meinem Sohn geschehen ist.«

Sharon hörte, wie Alec scharf die Luft einsog. Sie warf ihm einen kurzen Seitenblick zu, der bedeutete: später, dann sagte sie zu Theodora: »Ich verspreche, ich werde dir sagen können, wohin dein Sohn gekommen und wie es ihm ergangen ist.«

Erleichtert sank Theodora in die Kissen zurück und murmelte: »Es wird wahrscheinlich aussichtslos sein, aber erst wenn ich das Gefühl habe, alles getan zu haben, was möglich ist, kann ich beruhigt diese Welt verlassen.«

Sie gingen in die Cafeteria und holten sich etwas zu trinken. Die Finger um die warme Kaffeetasse gelegt, erzählte Sharon Alec in groben Zügen Theodoras Geschichte. Er unterbrach sie nicht, stellte auch keine Fragen.

Nachdem Sharon geendet hatte, sagte er sachlich: »Mit den Nachforschungen müssen wir auf Jersey beginnen.«

»Wir?«

Er nickte. »Wenn du willst, helfe ich dir, die Spur von Theodoras Sohn zu finden und zu verfolgen. Wie du weißt, kenne ich Leute, die uns behilflich sein können.«

»Danke«, sagte Sharon schlicht und stand auf. »Wir sollten nicht länger warten. Wann geht die nächste Fähre nach Jersey? Das heißt, wenn du die Werkstatt überhaupt allein lassen kannst.«

»Manche Dinge haben Vorrang«, entgegnete Alec entschlossen. Er war ebenfalls aufgestanden. »Wir treffen uns in zwei Stunden am Hafen, bis dahin werde ich alles geregelt haben.«

Mit der Fährverbindung hatten sie Glück, am Hafen mietete Sharon einen Wagen, damit sie flexibel waren. Und am frühen Nachmittag saßen sie im Büro des Internates St Saviour auf Jersey.

»Ja, bis 1949 war in diesen Räumen ein Heim für Frauen, die nicht wussten, wo sie ihre Kinder gebären sollten, untergebracht«, bestätigte Mr Fritton, der Internatsleiter. »Auf diese Vergangenheit sind wir allerdings nicht stolz, denn die Frauen wurden damals nicht gerade gut behandelt. Na ja, früher herrschte die Meinung, die Frauen hätten es aufgrund ihres unmoralischen Lebenswandels nicht anders verdient.«

»Was geschah, als das Heim geschlossen wurde?«, fragte Alec.

»Als es aufgelöst wurde, stand das Gebäude einige Jahre leer, wurde dann als Jugendherberge genutzt, bis wir vor rund siebzehn Jahren die beste Schule auf den Kanalinseln eingerichtet haben. Unsere Schüler kommen nicht nur aus England, sondern aus ganz Europa, viele aus Frankreich und Portugal. Wir führen ein sehr elitäres Haus und haben lange Wartelisten.«

Sharon verbarg ihre Ungeduld. Das mochte ja alles sehr interessant sein, führte sie aber nicht zum Ziel.

»Mr Fritton, Sir, wissen Sie, ob noch Unterlagen über die Frauen und Kinder von damals vorhanden sind? Speziell geht es um das Jahr 1946.«

Der glatzköpfige Mann blickte Sharon über den Rand seiner Brille überrascht an.

»Warum interessieren Sie sich für so lange zurückliegende Geschehnisse?«

»Eine Verwandte sucht nach einer Freundin, die hier ein Kind zur Welt gebracht hat«, erklärte Alec. »Sie würde gern erfahren, was aus dem Kind geworden ist beziehungsweise wohin man es gebracht hat.«

»Nun, das ist einfach zu beantworten.« Mr Fritton nickte. »Die alten Unterlagen sind vernichtet worden, hier im Haus weist jedenfalls nichts mehr auf früher hin, wer aber auf dieser Insel ein Kind geboren hat und es nicht behalten konnte oder wollte, gab es in das Waisenhaus von Grouville, von dort aus wurden die Kinder zur Adoption vermittelt. Ich nehme an, bei der Freundin Ihrer Verwandten handelt es sich um eine der Frauen, die man abfällig Jerrybags nannte. Dafür spricht jedenfalls das Geburtsdatum des Kindes.«

»Sie war keine Jerrybag!« Verärgert fuhr Sharon auf. »Sie hat diesen Mann geliebt, und wenn es möglich gewesen wäre, hätten sie geheiratet.«

»Sharon, beruhige dich bitte.« Alec sah Mr Fritton entschuldigend an. »Es ist eine etwas heikle Angelegenheit, aber von großer Bedeutung. Wir danken Ihnen für Ihre freundlichen Auskünfte und werden versuchen herauszufinden, ob über das Waisenhaus noch Informationen vorliegen.«

»Am besten erkundigen Sie sich direkt in Grouville House«, schlug der Internatsleiter vor. »Das Waisenhaus existiert bis heute. Gut vorstellbar, dass die alten Akten noch auf dem Dachboden oder im Keller lagern.«

Sharon konnte es kaum glauben, dass das Waisenhaus nach über siebzig Jahren noch bestand. Dankbar reichte sie Mr Fritton die Hand, dann verabschiedeten sie und Alec sich. Da es noch früh war, machten sie sich gleich auf den Weg nach Grouville.

»Was, wenn Theodoras Sohn nicht in das Waisenhaus gekommen ist, sondern direkt aus dem Entbindungsheim heraus adoptiert wurde?«, fragte Sharon zweifelnd, als sie mit Alec zu der von Mr Fritton genannten Adresse fuhr.

»Es ist unser einziger Anhaltspunkt.« Er warf ihr einen aufmunternden Blick zu. »In den vergangenen Jahren habe ich mit mehreren Frauen, die ein ähnliches Schicksal erlitten hatten, gesprochen. Alle sagten sie, dass ihre Kinder nicht gleich adoptiert wurden, manchen gelang es sogar, sie wieder zu sich zu nehmen.«

»Das hast du mir nie erzählt«, sagte Sharon überrascht.

Er zuckte mit den Schultern und erwiderte: »Ich ahne ja nicht, dass Theodora dasselbe erlebt hat. Wir müssen einfach hoffen.«

Nach fünfzehn Minuten hatten sie ihr Ziel erreicht. Das Gebäude aus roten Backsteinen, erbaut Mitte des 19. Jahrhunderts, war innen lichtdurchflutet und mit vielen bunten Bildern geschmückt. Es vermittelte nicht den typischen Eindruck eines Waisenhauses, und Sharon und Alec erfuhren, dass hier Jugendliche ab dem Alter von vierzehn Jahren in Gruppen zusammenlebten.

»Wir verstehen uns eher als Wohnheim denn als klassisches Waisenhaus«, erklärte Mrs Terrant, und wieder musste Sharon sich die Geschichte dieses Hauses, auf die die Leiterin sehr stolz war, anhören. »Hier leben nicht nur Waisenkinder, sondern auch solche, für die deren Eltern zu wenig Zeit haben. Ich glaube, so mancher wäre auf die schiefe Bahn geraten, wenn er oder sie nicht den Weg zu uns gefunden hätte. Wir arbeiten mit hervorragend ausgebildeten Pädagogen zusammen, die gezielt auf die Probleme und Sorgen der Teenager eingehen und sie mit Verständnis und Zuneigung erziehen.«

»Überlass mir das Reden, du bist zu impulsiv«, hatte Alec Sharon gebeten und stellte sich jetzt vor.

»Mein Name ist Alec Sauvage, das ist meine Assistentin Miss Leclerque. Das Büro der Historischen Gesellschaft auf Guernsey hat uns empfohlen, Sie aufzusuchen.«

Mrs Terrant bat sie, sich zu setzen. Sie selbst nahm auf der anderen Seite des Schreibtisches Platz.

»Womit kann ich Ihnen behilflich sein?«

»Wir sind auf der Suche nach einem Kind, das im Februar des Jahres 1946 in dieses Haus gekommen ist, und würden gern erfahren, was aus dem Jungen geworden ist«, erklärte Alec.

»Es tut mir sehr leid, aber ich bin nicht befugt, Ihnen solche Auskünfte zu geben«, antwortete die Lehrerin, »sofern entsprechende Informationen nach so langer Zeit überhaupt noch vorhanden sind.«

»Wir verstehen Ihre Zurückhaltung, Mrs Terrant«, sagte Alec freundlich. »Wir kommen nicht aus privatem Interesse, sondern die Historische Gesellschaft hat mich beauftragt, Erkundigungen einzuziehen, und zwar mit folgendem Hintergrund: Die BBC plant, eine Dokumentation über Frauen zu machen, die von den Besatzungssoldaten Kinder erwarteten. Auf Guernsey haben wir eine dieser Frauen gefunden, die offen über die damaligen Geschehnisse Auskunft gibt.« Er sah sie um Verständnis bittend an. »Die Produktionsfirma muss sich mit dieser Dokumentation allerdings beeilen, denn es leben nicht mehr viele Personen, die die Besatzungszeit miterlebt haben.«

»Wird das Fernsehen dann auch hier in diesem Haus drehen?«, fragte Mrs Terrant, straffte sich und strich sich übers Haar. »Selbstverständlich stehe ich für alle Fragen zur Verfügung.«

Sharon verbarg ein Grinsen. Die Heimleiterin sah sich offenbar schon als Fernsehstar.

»Aufrichtigen Dank, das ist sehr freundlich von Ihnen«, fuhr Alec fort. »Es handelt sich um den Sohn von Theodora Banks, den sie im Heim für ledige Mütter zur Welt brachte. Wenige Tage später wurde er in das Waisenhaus verlegt.«

Mrs Terrant nickte verstehend. »Tatsächlich wurden keine Akten vernichtet, auch wenn sie in einer Abstellkammer vor sich hin stauben und kaum noch jemand Interesse daran zeigt.« Sie schob Alec einen Notizblock und Kugelschreiber hin und forderte ihn auf, den Namen und das Geburtsdatum des Kindes aufzuschreiben. »Ich werde sehen, ob etwas zu finden ist. Die meisten der Kinder in diesem Haus wurden früher oder später adoptiert.«

Alec wandte sich an Sharon: »Würdest du die Daten bitte aufschreiben? Du weißt doch, wegen meiner Brille ...«

Sharon kicherte und erwiderte: »Du hast sie offenbar nie dabei, wenn du sie brauchst. Zu Weihnachten schenke ich dir eine vergoldete Kette, an der du die Brille um den Hals tragen kannst.«

Verlegen senkte Alec den Blick, und Sharon notierte den Namen und das Geburtsdatum von Theodoras Sohn. Mrs Terrant drückte auf einen Knopf an der Telefonanlage. Gleich darauf erschien eine jüngere Frau.

»Annie, schauen Sie doch bitte nach, ob über diesen Vorgang eine Akte existiert.« An Sharon und Alec gewandt, fragte sie: »Wie wäre es mit einer Tasse Tee, solange wir warten?«

Sie stimmten zu, und Mrs Terrant ließ sie allein, um sich um den Tee zu kümmern.

»Ich wusste nicht, wie gut du lügen kannst«, raunte Sharon Alec zu. »BBC! Wie bist du denn darauf gekommen?«

»Was Besseres ist mir im Moment nicht eingefallen. Hoffen wir, dass die Dame nicht auf die Idee kommt, beim Fernsehen nachzufragen, wenn sie nichts mehr von uns hören wird.«

Die Heimleiterin kehrte zurück, auf einem Tablett drei Tassen Tee und ein Teller mit Schokoladenkeksen. Während sie tranken, plauderten sie über vergangene Zeiten und darüber, dass die Okkupation niemals in Vergessenheit geraten dürfe. Wahrheitsgemäß sprach Alec von seinen über Jahre hinweg zusammengetragenen Erkenntnissen. Mrs Terrant berichtete, dass ihr verstorbener Großonkel den Krieg auf Jersey verbracht hatte.

»Ich hab ihn nie kennengelernt«, erklärte die Lehrerin, »meine Eltern haben mir aber immer von seinen Erlebnissen erzählt. Ich interessiere mich ebenfalls sehr für diese Zeit.« Sie zwinkerte Alec zu und fuhr fort: »Als der Schauspieler John Nettles vor vier Jahren sein Buch über die Besatzungszeit hier auf Jersey vorgestellt hat, bin ich hingegangen und habe mir sogar ein Exemplar signieren lassen.«

»Ich war ebenfalls dort«, erwiderte Alec. »Leider kann ich mich an Sie nicht erinnern, obwohl ich attraktive Frauen nur selten vergesse.«

Mrs Terrant kicherte verlegen wie ein Teenager. Sharon verkniff sich ein Schmunzeln. Geschickt umgarnte Alec die ältere

Dame, unterstrich seine Worte mit Gesten und warf die eine oder andere Pointe ein, die Mrs Terrant zum Schmunzeln brachte. Sharon beobachtete ihn verstohlen von der Seite. Wenn Alec sich für etwas interessierte, dann setzte er seine ganze Energie und auch seinen Charme ein. Sie kam aus dem Staunen nicht heraus, was Alec alles wusste und beschreiben konnte. In dieser Stunde erfuhr Sharon vieles über die Vergangenheit der Kanalinseln. Zum Beispiel, dass Guernsey bereits zur Eisenzeit ein Handelsstützpunkt gewesen war und dass auch die Römer auf die Inseln gekommen waren, wie Ausgrabungen belegten.

So verging die Zeit, bis die junge Frau wieder das Büro betrat und eine schmale dunkelgraue Mappe auf den Schreibtisch legte.

»Ich glaube, das könnte die entsprechende Akte sein, Mrs Terrant.«

»Danke, Annie, ich hoffe, wir finden das Gesuchte, denn wir können hier nämlich bald das Fernsehen begrüßen.«

»Oh, wie wunderbar!«

Annie schien diese Nachricht ebenfalls zu erfreuen. Sharon war wegen dieser Schwindelei doch ein wenig peinlich berührt.

Mrs Terrant schlug die Akte auf. Am liebsten hätte Sharon sie ihr aus der Hand genommen oder der Frau wenigstens über die Schulter geschaut. Nervös knetete sie ihre Finger, bis die Knöchel knackten.

»Tatsächlich, ein Junge mit dem Namen Thomas Banks und dem entsprechenden Geburtsdatum befand sich bis zum Alter von vier Jahren in diesem Waisenhaus. Als Eltern sind angegeben: Miss Theodora Banks, Guernsey, und ...« Sie stockte und runzelte die Stirn, dann las sie weiter: »Matthias Huber, Deutschland.«

»Das ist er!«, rief Sharon aufgeregt, beherrschte sich aber, da Alec ihr einen warnenden Blick zuwarf.

»Es ist selten, dass damals die Frauen den Namen des Vaters angegeben haben, besonders wenn es sich um einen deutschen Soldaten gehandelt hat. Was aber noch viel seltsamer ist ...« Sie blätterte eine Seite um.

»Ja?« Gespannt beugte Sharon sich vor, konnte die auf dem Kopf stehende Schrift aber nicht entziffern.

Mrs Terrant sah einigermaßen verwirrt aus, als sie erklärte: »Der Junge wurde erst 1950 adoptiert – und zwar von einem Ehepaar mit dem Namen Huber aus Deutschland.«

Hörbar sog Sharon die Luft ein, und Alec sagte: »Daran besteht kein Zweifel?«

»So steht es in den Akten«, antwortete Mrs Terrant. »Mir ist kein anderer Fall bekannt, bei dem ein Kind der Inseln von der Familie seines Vaters zu sich genommen wurde. Man bedenke, fünf Jahre nach dem Krieg kamen die Hubers nach Jersey! Das war sehr wagemutig, denn die Wunden der Okkupation waren längst nicht verheilt, und Deutsche waren hier nicht gern gesehen.«

»Warum wurde die Mutter über die Adoption nicht informiert?«, warf Sharon ein und fügte schnell hinzu: »Miss Banks, von der wir diese Information haben, erfuhr nie, was mit ihrem Sohn geschehen ist.«

»Die junge Miss war damals noch nicht mündig«, erklärte Mrs Terrant. »Es findet sich ein Vermerk in der Akte, dass deren Vormund veranlasst hat, unter keinen Umständen Miss Banks über den Verbleib ihres Kindes zu informieren, damals eine durchaus übliche Vorgehensweise.«

»Das war unmenschlich!«, rief Sharon und ballte wütend die Hände. »Theodoras Sohn lebte vier Jahre auf Jersey, in dieser Zeit war sie ebenfalls hier! Mutter und Sohn hielten sich auf einer Insel von nicht einmal hundertzwanzig Quadratkilometern auf, und keiner wusste von dem anderen. Das ist doch nicht zu glauben!«

»Ja, das ist unsagbar traurig.« Beruhigend legte Alec seine Hand auf ihren Arm und fragte Mrs Terrant: »Gibt es nähere Angaben zu der Familie Huber?«

»Wenn es für Ihre Recherchen von Nutzen ist, notiere ich Ihnen die Adresse, die von den Adoptiveltern angegeben wurde«, bot Mrs Terrant ihm an. »Ob sie oder vielmehr deren Nachkommen heute noch dort zu finden sind, sei dahingestellt.«

Sie schrieb eine Adresse auf und reichte den Zettel Alec. Sharon konnte es kaum erwarten, das Büro zu verlassen, und auch Alec verabschiedete sich und bedankte sich erneut für die wertvollen Informationen.

»Wann werden die Dreharbeiten denn in etwa stattfinden?«, fragte Mrs Terrant hoffnungsvoll. »Ich meine nur ... das muss schließlich geplant werden ...«

»Wir legen der BBC unser Material vor, die Entscheidung wird dann dort getroffen«, antwortete Alec diplomatisch.

Sharon konnte sich gerade noch beherrschen, bis sie auf der Straße waren, dann prustete sie los.

»Wenn du mal deine Arbeit als Schreiner an den Nagel hängen willst, solltest du Schauspieler werden, Alec! Das war eine erstklassige Vorstellung, nur zum Lesen der Drehbücher solltest du deine Brille nicht andauernd vergessen.«

»Kannst du bitte aufhören, darauf rumzuhacken?« Alec schien das nicht lustig zu finden. Er nahm den Zettel aus der Jackentasche, gab ihn Sharon und fragte: »Wie lautet die Adresse?«

»München, eine Straße ist auch angegeben. Theodora sagte, dass Huber eine Fabrik für Damenunterwäsche dort hatte.«

»Was wirst du jetzt tun?«

»Na, was glaubst du? Mit der nächsten Maschine fliege ich nach München. Vielleicht gibt es unter der angegebenen Adresse jemanden, der die Hubers gekannt hat.«

Alec nickte. »Glaubst du, dass Theodoras Sohn noch am Leben ist?«

»Das könnte durchaus sein, er wäre jetzt einundsiebzig. Ich möchte wissen, wer Thomas damals aus dem Heim geholt hat. War es Matt? Warum hat er aber nicht nach Theodora gesucht?«

»Mrs Terrant sprach von einem Ehepaar«, erinnerte Alec sie. »Wenn es Matt war, dann hat er zwischenzeitlich geheiratet. Es war seiner Frau wohl kaum zuzumuten, sie mit seiner früheren Liebschaft bekannt zu machen.«

»Aber seinen Sohn zu adoptieren!«, rief Sharon. »Wie haben die Hubers in Deutschland überhaupt davon erfahren? Was ist mit Thomas dann geschehen?«

»Tja, Sharon, das wirst du nur erfahren, wenn du tatsächlich nach München fliegst«, sagte Alec. »Auf mich musst du aber leider verzichten, ich kann die Werkstatt nicht meinen Angestellten überlassen oder sie gar ein paar Tage schließen.«

»Klar, kein Problem.« Sharon verstand ihn, dennoch war sie enttäuscht. Die Recherche über Theodoras Sohn war zu einer gemeinsamen Sache von ihr und Alec geworden. »Ich hoffe nur, Theodora hält noch so lange durch, bis ich eine Spur gefunden habe.«

»Keine Sorge, sie ist zäh.« Alec zwinkerte ihr zu. »Lass uns jetzt zum Hafen fahren, dann erwischen wir noch die nächste Fähre nach Guernsey.«

»Alec, ich danke dir.« Sharon wollte eine Hand auf seinen Arm legen, er wich jedoch zurück, trotzdem sagte sie: »Ich bin dir wirklich dankbar, besonders, weil du mich gebeten hast, keinen Kontakt mehr zu dir aufzunehmen. Trotzdem hilfst du mir und …«

»Ich tue es für Theodora.« Da war er wieder – der schroffe, abweisende Ausdruck in seinem Gesicht. »Wir müssen jetzt gehen.«

Sharon seufzte und folgte ihm. Als sie noch Teenager gewesen waren, hatte sie solche Stimmungsschwankungen nie bei ihm bemerkt. Sie akzeptierte sein Verhalten jedoch kommentarlos, denn Alec hatte recht: Sie taten es für Theodora, damit sie in Frieden sterben konnte.

Die nahezu schlaflose letzte Nacht, die Aufregung um Theodora, die Fahrt nach Jersey und die dortigen Erkenntnisse hatten Sharon erschöpft, und sie sehnte sich nach ihrem Bett. Trotzdem fuhr sie nach ihrer Ankunft in St Peter Port mit dem Taxi zum Flughafen und erkundigte sich nach Flügen nach München. Am nächsten Vormittag gab es eine Verbindung über London. Vor Ort wollte sie sich dann ein Hotelzimmer suchen. Sharon informierte Alec mittels einer SMS über die Neuigkeiten, woraufhin er sie anrief.

»Ich tippe ungern auf den kleinen Tasten herum«, erklärte er.

Sharon berichtete ihm von ihren Plänen, äußerte aber auch Zweifel: »Ich hab ein schlechtes Gewissen, Theodora ausgerechnet jetzt allein zu lassen.«

»Es ist ihr Wunsch, und ich werde täglich nach Theodora sehen«, beruhigte er Sharon.

Hoffentlich stirbt Theodora nicht, während ich fort bin, dachte sie auf ihrem Weg ins Liliencottage. Die Erfüllung ihres letzten Wunsches – zu erfahren, was aus ihrem Sohn geworden war – würde ihr die Kraft geben, durchzuhalten. Sie musste einfach! Sharon würde es sich nie verzeihen, wenn sie im letzten Moment nicht bei Theodora sein könnte.

Erleichtert atmete sie auf, als das Liliencottage in Sicht kam. Jetzt eine heiße Dusche, dann ins Bett und schlafen! Im Hof stand Raouls Jaguar. Als sie sich näherte, stieg Raoul aus. Mit einem dreiteiligen Anzug und einer dunklen Fliege war er förmlich gekleidet.

»Raoul?« Sharon wischte sich verwirrt über die Stirn. »Waren wir verabredet?«

»Wir wollten ins Theater, Sharon, La Bohème.« In seiner Stimme lag ein leichter Vorwurf. »Ich sollte dich um sechs Uhr abholen, jetzt ist es halb acht, und die Vorstellung hat bereits angefangen.«

Nun fiel es Sharon siedend heiss ein. Letzte Woche hatte Raoul gesagt, er habe zwei Karten für die Aufführung im Princess Royal Centre besorgen können, obwohl die Vorstellung seit Wochen ausverkauft war. Sharon interessierte sich zwar nicht sehr für Opern, hatte aber zugestimmt, weil sie Raoul besser kennenlernen wollte.

»Es tut mir leid«, sagte sie zerknirscht. »Letzte Nacht erlitt Theodora einen Zusammenbruch, sie ist jetzt im Krankenhaus. Raoul, es geht zu Ende.«

»Unter diesen Umständen verstehe ich, dass du mich versetzt hast«, antwortete Raoul, konnte sich aber nicht verkneifen, vorwurfsvoll hinzuzufügen: »Du hättest mich anrufen und informieren können.«

Sharon wurde bewusst, dass sie keinen Augenblick daran gedacht hatte, sich bei Raoul zu melden oder ihn gar um Hilfe zu bitten. Wäre er wie Alec mitten in der Nacht gekommen?

»Kommst du mit rein?«, fragte sie und seufzte. »Ich brauche jetzt ein Glas Rotwein. Soviel ich weiss, hat Theodora noch eine Flasche im Küchenschrank.«

Routiniert entkorkte Raoul den Wein und schenkte ein. Sie stiessen an und tranken, dann sagte Raoul: »Nimm es mir nicht übel, Sharon, aber du siehst furchtbar aus.«

»Danke für die Blumen.« Sie grinste schief. »Ich war den ganzen Tag auf Jersey und bin erst vorhin mit der Fähre zurückgekommen.«

»Was wolltest du schon wieder auf Jersey? Erneut auf der Suche nach der Vergangenheit?«

Eine gewisse Anspannung lag in seiner Stimme, und sofort bereute es Sharon, Raoul von ihrer Fahrt auf die Nachbarinsel erzählt zu haben. Theodoras Geheimnis würde zwischen ihr, Alec und der alten Frau bleiben.

»Ich hatte etwas zu erledigen, möchte darüber aber nicht sprechen«, sagte sie ehrlich. »Es tut mir wirklich leid, dass ich unsere Verabredung vergessen habe. Damit wollen wir es aber auf sich beruhen lassen, ja?«

Raoul sah sie skeptisch an und erwiderte: »Du bist heute recht abweisend, Sharon. Ich wollte doch nur wissen, warum du ausgerechnet dann nach Jersey fährst, wenn deine alte Freundin mit dem Tod ringt.« Abrupt wechselte er das Thema und fragte: »Hast du schon entschieden, was du mit dem Haus machen willst, wenn sie tot ist?«

»Noch lebt Theodora«, antwortete Sharon schärfer als beabsichtigt. »Im Moment kann und will ich mir darüber den Kopf nicht zerbrechen.«

»Auch nicht, ob du mich heiraten willst?«

»Was?« Sharon zuckte zusammen. »Raoul, das ist gerade wirklich ein äußerst ungünstiger Moment.«

»Dann versprich mir wenigstens, dass du mir das Vorkaufsrecht auf das Liliencottage einräumst, wenn du dich doch zu einem Verkauf entschließen solltest.«

Schnell leerte Sharon ihr Glas und stand auf. »Lass uns ein anderes Mal darüber sprechen, ich bin sehr müde und kann kaum noch einen klaren Gedanken fassen.«

»Sharon, nein, es ist wichtig, dass wir das heute und jetzt klären.«

»Du meine Güte, Raoul! Was ich mit dem Haus mache oder nicht, das ist einzig und allein meine Angelegenheit.« In diesem Moment sah Sharon ihn mit anderen Augen. Raoul war attraktiv, kultiviert und gebildet, hatte einwandfreie Umgangsformen, dazu war er vermögend und führte ein Leben, das dem ihren ähnelte – aber er hatte einen gravierenden Fehler: Er war nicht Alec. Bei aller Schroffheit zeigte Alec Verständnis für ihr Anliegen und spürte, wann sie ihn brauchte. Sharon wurde klar, dass sie ihre Beziehung zu Raoul beenden musste, im Moment fehlte ihr dazu jedoch die Energie. »Bitte, lass mich allein. Wir sprechen ein anderes Mal über alles und auch über uns, jetzt möchte ich nur noch in mein Bett und ein paar Stunden schlafen.«

Sie ging zur Tür und öffnete sie, Raoul machte aber keine Anstalten, das Cottage zu verlassen. Die Beine von sich gestreckt, lümmelte er auf dem Küchenstuhl. Sein Blick hatte plötzlich etwas Lauerndes.

»Du wirfst mich raus?«

»Ja, Raoul, wenn du es so verstehen willst«, sagte Sharon mit Nachdruck und platzte nun doch heraus: »Da wir schon dabei sind: Ich werde dich nicht heiraten, und das Liliencottage werde ich nicht verkaufen, nicht dir und niemandem sonst.« Als sie seine Überraschung sah, fügte sie versöhnlicher hinzu: »Ich wollte es dir nicht so grob sagen, du lässt mir aber keine andere Wahl. Raoul, das mit uns … das funktioniert nicht, und ich bitte dich, nicht wieder hierherzukommen oder mich anzurufen. Morgen verreise ich ohnehin für ein paar Tage. Wenn ich zurück bin, können wir gern in Ruhe über alles sprechen.«

»Du lässt Theodora im Stich?«

»Es ist sehr wichtig, für Theodora und für mich«, erwiderte Sharon, sah aber keine Veranlassung, Raoul die Hintergründe zu erläutern. Es war, als wäre zwischen ihnen ein tiefer Graben entstanden, und Sharon hatte nicht den Wunsch, eine Brücke darüberzuspannen. Sie wollte nur noch, dass er sie endlich allein ließ.

Langsam stand Raoul auf. Sein Gesichtsausdruck hatte nichts Liebevolles mehr, als er an Sharon vorbeiging. Bevor sie die Tür hinter ihm schließen konnte, sagte er: »Du wirst deine Meinung schon noch ändern, Sharon, und einsehen, was gut für dich ist.«

Erleichtert lehnte Sharon sich mit dem Rücken gegen die Tür, als Raoul endlich abfuhr. Sie hatte ihn von einer Seite kennengelernt, die ihr zutiefst missfiel, und das hatte nichts mit Alec zu tun. Warum wollte er das Liliencottage unbedingt haben? Wenn nicht auf dem Weg, indem sie seine Frau wurde, dann eben käuflich. Was wollte er mit diesem Haus anfangen?

Fragen über Fragen, aber Sharon war zu müde, um nach Antworten zu suchen. Sie verzichtete auf die Dusche, zog sich aus und putzte die Zähne. Dann kuschelte sie sich in die Decke, und für ein paar Stunden vergaß sie Theodora, Raoul und auch Alec.

17. Kapitel

Alec saß an Theodoras Bett und fuhr herum, als Sharon das Krankenzimmer betrat.

»Du? Ich dachte, du bist auf dem Weg nach München.«

»Ich komme gerade vom Flughafen.« Sharon seufzte und stellte ihren kleinen Trolley ab. »Über Südengland toben Gewitter und Stürme, alle Verbindungen nach und von Gatwick wurden für heute gecancelt. Morgen geht ein Flug nach Düsseldorf in Deutschland, ich hab mich für ihn vormerken lassen. Von dort werde ich schon irgendwie nach München kommen.«

Theodoras Lider flatterten, und sie schlug die Augen auf. Beim Anblick von Sharon und Alec lächelte sie.

»Wie geht es dir heute?«, fragte Sharon.

»Ich fühle mich etwas schwach«, antwortete Theodora leise, ihre Pupillen waren aber klar. »Hast du schon etwas herausgefunden?«

»Es sieht so aus, als sei dein Sohn von der Familie der Hubers adoptiert worden, als er vier Jahre alt war«, erklärte Sharon ehrlich. »Morgen werde ich nach Deutschland fliegen und sehen, ob unter der alten Adresse noch jemand zu finden ist.«

»Dann hat Matthew überlebt.« Ein glückliches Lächeln huschte über Theodoras Gesicht. »Das zu wissen beruhigt mich ungemein.«

Sharon griff nach ihrer Hand und sagte eindringlich: »Du darfst jetzt noch nicht sterben, hörst du? Nicht, wenn ich nicht bei dir sein kann. Vielleicht ist es besser, wenn ich nicht fliege …«

»Wenn der Tod in den nächsten Tagen anklopft, werde ich ihm sagen, dass er erst noch einen Tee trinken und später wiederkommen soll.«

»Ach, Theodora ...« Sharon drängte die Tränen zurück. Sie wollte nicht weinen, um Theodora nicht traurig zu stimmen.

»Lasst mich jetzt bitte allein, ich bin müde.«

Sharon küsste Theodora auf die Stirn und verließ an Alecs Seite die Klinik.

»Du hältst mich auf dem Laufenden, ja?«

»Diese Untätigkeit ist schrecklich«, sagte Sharon.

Er grinste. »Geduld war noch nie deine Stärke. Ich muss jetzt zurück in die Werkstatt, du kommst klar?«

Sharon nickte und sagte: »Hoffentlich kann ich morgen wirklich fliegen. Ich hab das Gefühl, es kommt auf jeden Tag an – ich darf keine Zeit verschwenden.«

Sie trennten sich, und Sharon ging nach Hause zurück. Sie bemerkte sofort, dass etwas nicht stimmte, als sie die Tür öffnete. Es war ein Gefühl, als würden Ameisen über ihren Rücken krabbeln. In der Küche war alles unverändert, als sie aber das Wohnzimmer betrat, schrie sie auf. Alle Schubladen waren herausgerissen und durchwühlt, und die Polster der Couch lagen auf dem Teppich. Sharon hastete nach oben. Hier bot sich das gleiche Bild: Jemand hatte alle Zimmer durchsucht. Jemand, der wusste, dass sie heute für ein paar Tage hatte verreisen wollen, jemand, der aber nicht wusste, dass der Flug gestrichen worden war.

Raoul, war ihr erster Gedanke. Außer ihm hatten es nur Theodora und Alec gewusst, und die beiden konnte sie ausschließen.

»Ich muss die Polizei rufen«, murmelte Sharon und hatte ihr Handy schon in der Hand, zögerte jedoch. Sie hatte keine Beweise, dass Raoul für das Chaos verantwortlich war, und sie wollte ihn nicht unnötig verdächtigen. Vielleicht waren es auch nur normale Einbrecher gewesen. Was gab es im Liliencottage zu stehlen, und seit wann kamen Einbrecher am hellen Vormittag?

Plötzlich hörte Sharon über sich auf dem Dachboden ein Geräusch, als wäre etwas umgefallen. Ihr stockte der Atem. Wer immer in das Liliencottage eingedrungen war – er war noch im Haus! Raus hier und die Polizei anrufen!, war Sharons einziger Gedanke. Als sie jedoch die Treppe hinunterging, knarrte eine Stufe, dann hörte sie schnelle Schritte auf der Treppe hinter sich, bemerkte einen Schatten und wurde auch schon von zwei Armen gepackt.

»Hilfe!«, schrie Sharon, taumelte und wäre die Treppe hinuntergefallen, wenn die Arme sie nicht gehalten hätten.

»Sei still!«

»Raoul!« Ihre Überraschung hielt sich in Grenzen. »Was soll das? Lass mich sofort los!«

Er griff nach ihrem Arm und zerrte sie grob die Treppe hinauf auf den Dachboden, stieß sie in eine Ecke, schloss die Tür hinter sich und stellte sich, die Arme vor der Brust verschränkt, davor.

»Warum bist du hier? Sagtest du nicht, du wolltest verreisen?«

»Der Flug wurde gecancelt«, murmelte Sharon automatisch und strich sich eine Haarsträhne aus dem Gesicht. Angst empfand sie keine, nur grenzenlose Verwirrung. »Raoul, was machst du hier? Warum hast du so ein großes Interesse an diesem Haus, dass du sogar einbrichst und ein solches Chaos veranstaltest?«

»Wo sind die Zeichnungen?«

»Die was?«

»Die Zeichnungen!«, schrie er. »Du weißt ganz genau, wovon ich spreche. Theodora wird es dir längst erzählt haben.«

Sharon wurde es kalt und heiß zugleich. Nun wusste sie, wonach Raoul gesucht hatte, ebenso wurde ihr klar, warum er unter allen Umständen das Cottage in seinen Besitz bringen wollte.

»Woher weißt du von den Bildern?«, flüsterte sie und machte keinen Versuch zu leugnen. Sie wollte endlich die Wahrheit wissen.

»Auch ich hab ein paar Nachforschungen angestellt.« Er zuckte mit den Schultern und grinste. »Du bist selbst schuld, Sharon, aber als du mich darum batest, etwas über die Jüdin herauszufinden, war mein Interesse geweckt. Eigentlich wollte ich dir helfen, dann jedoch fand ich eine Spur, dass Theodora Banks im Besitz von Zeichnungen des Schriftstellers Victor Hugo sein muss. Ein Exemplar hatte sie in London verkauft.«

»Das ist Jahrzehnte her«, erwiderte Sharon. »Wie kann es sein, dass du davon erfahren hast?«

»Dann stimmt es also.« Erleichtert atmete Raoul auf. »Ich werde es dir erklären, Sharon. Wenn man sich mit dem Internet auskennt, findet man dort nicht nur alles, wonach man sucht, oft sogar noch viel mehr. Wie ich dir sagte, wollte ich nur mehr über die Besatzungszeit Guernseys in Erfahrung bringen und stieß dabei auf einen Link, der das Thema Raubkunst mit der Insel verbindet. Vor rund vierzig Jahren versuchte ein amerikanischer Industrieller eine Zeichnung, signiert von Victor Hugo, zu verkaufen. In den Staaten ging das durch die Presse, und ein britischer Journalist zog Erkundigungen ein und stellte fest, dass die Zeichnung wahrscheinlich hier auf Guernsey angefertigt worden war. Die Vermutung, die Deutschen hätten sie in ihren Besitz gebracht, lag nahe. Der Ami behauptete, das Bild Anfang der 1950er-Jahre in London erworben zu haben, so kam eines zum anderen, und es wurde Anklage gegen den Anbieter erhoben. Der Mann gab zu, das Geschäft unter der Hand abgewickelt zu haben. Den Namen der Frau, die ihm die Zeichnung angeboten hatte, konnte er zwar nicht nennen, beschrieb Theodora aber genau. So viele Frauen mit Narben und einem verkürzten Bein gibt es nicht, außerdem passte das Alter. Er sagte weiter, die Frau habe ihm mehrere Zeichnungen angeboten, er aber habe erst testen wollen, ob ein Verkauf möglich war, dann hatte sich die junge Frau aber niemals wieder gemeldet.«

»Das ist doch alles Unsinn, Raoul!«, rief Sharon ungläubig. »Wenn deine Geschichte stimmen sollte, dann hätte man Theodora gefunden und angeklagt.«

»Deine alte Freundin hat unverschämtes Glück gehabt«, erklärte Raoul. »In England wurde tatsächlich nach ihr gefahndet, aber niemand kam auf die Idee, sich auf den Kanalinseln umzusehen, was auch an den unterschiedlichen Rechtssystemen von England und den Kanalinseln liegt. Tja, meine Liebe, wenn du dir die Mühe gemacht hättest, das Internet genau zu durchforsten, wärst du selbst auf diese Geschichte gestoßen.«

Sharon schwirrte der Kopf, und sie sagte: »Wenn dein Verdacht stimmen sollte, dann könnte Theodora die anderen Zeichnungen längst ebenfalls verkauft haben.« Geschickt verbarg sie, dass sie die Wahrheit kannte und dass sich die Zeichnungen tatsächlich noch im Cottage befinden könnten.

Er zuckte mit den Schultern. »Weltweit gibt es nur die eine Zeichnung von Victor Hugo, die sich übrigens inzwischen in einem Museum in Paris befindet. Das lässt den Schluss zu, dass die anderen noch in Theodoras Besitz sein müssen.«

»Darum bist du mit mir ausgegangen, warst immer so nett zu mir und hast getan, als würde ich dich wirklich interessieren«, erwiderte Sharon, »und dein Heiratsantrag erschien mir gleich sehr übertrieben. Es ging dir immer nur darum, an das Liliencottage zu kommen, um nach den Zeichnungen suchen zu können.«

»Zu Anfang nicht. Unsere erste Begegnung war wirklich ein Zufall, und ich mag dich tatsächlich sehr gern«, beteuerte Raoul. »Ich hab dir gerade erklärt, dass ich erst auf diese beinahe unglaubliche Sache gestoßen bin, als ich über Rachel Hammond Nachforschungen anstellte.«

»Du hast bereits zuvor großes Interesse an Theodoras Haus gezeigt«, warf Sharon ein. Sie wollte hier und jetzt die Wahrheit wissen und reinen Tisch machen. »Das war zu einem Zeitpunkt, als du von den Zeichnungen angeblich noch nichts gewusst hast.«

»Ich bin Bankier und weiß, welchen Wert Immobilien auf der Insel haben«, erklärte er. »Auf dem Markt wird das Cottage ein hübsches Sümmchen erzielen. Wem sonst als dir sollte die alte Frau alles hinterlassen?«

»Geld ist dir wohl sehr wichtig, nicht wahr?«

Raoul ging auf Sharons Frage nicht ein. Er sah sie erwartungsvoll an und schlug für Sharon überraschend vor: »Lass uns gemeinsam nach den Zeichnungen suchen, sofern du nicht längst weißt, wo die Alte sie versteckt hat. Wir teilen uns den Erlös. Hat sie eventuell sogar noch mehr Schätze? Damals haben die Deutschen doch alles an sich gerafft, was sie an Kunstwerken in die Hände bekommen konnten, und Theodora hat unter diesem Dach mit einem hohen Offizier gelebt.«

»So viel Fantasie hätte ich dir gar nicht zugetraut.« Sharon lachte spöttisch und gab zu bedenken: »Selbst wenn – auch heute wäre ein Verkauf nicht so einfach möglich. Ich weiß nicht viel über Raubkunst, denke aber, dass diesbezüglich besondere Vorschriften bestehen.«

»Ich verfüge über gute Beziehungen nach Russland, dort wird nicht nach Hintergründen gefragt, denn die Russen sind auf solche Sachen ungemein scharf. Die Bilder sind Zigtausende wert, könnten auf einer Auktion sogar Millionen einbringen.«

»Benötigst du Geld, Raoul?«, fragte Sharon. »Auf mich hast du den Eindruck gemacht, nicht unbedingt am Existenzminimum zu leben, im Gegenteil. Allein, was dein Haus gekostet hat, und dann dein Auto ...«

Er zuckte mit den Schultern. »Das Haus, der Wagen, meine Art zu leben ... ja, das kostet eine Menge. Leider habe ich mich verspekuliert ...«

Sharon verstand und stellte fest: »Du hast dich an Kundengeldern vergriffen, richtig? Und jetzt hoffst du, mit einem Verkauf der Bilder dieses Loch stopfen zu können.«

»Ich wusste, du bist ein kluges Mädchen«, erwiderte er wohlwollend. »Also, was ist? Sind wir Partner?«

»Sicherlich nicht, Raoul.« Sharon trat ihm entschlossen entgegen. »Davon abgesehen, dass ich wirklich keine Ahnung habe, wo Theodora die Zeichnungen versteckt haben könnte, mache ich mit dir nicht gemeinsame Sache. Sollte ich die Bilder tatsächlich finden, dann händige ich sie der Regierung aus. Einst wurden sie von den Deutschen gestohlen, und auch wenn der Eigentümer nicht mehr zu finden ist, werde ich nach den heute gültigen Gesetzen handeln.«

»Du enttäuschst mich, Sharon. Ich hätte dir mehr Mumm zugetraut.«

»Keine zwielichtigen Geschäfte zu machen, das hat nichts mit mangelndem Mut, sondern mit Anständigkeit zu tun.« Sharon deutete zur Tür. »Kann ich jetzt gehen? Oder willst du dich so weit herablassen, mir etwas anzutun, damit deine Machenschaften nicht aufgedeckt werden?«, sagte sie salopper, als ihr zumute war. In diesem Moment traute sie Raoul alles zu. Las man nicht immer wieder, zu welchen Taten ein Mensch fähig war, der sich in die Ecke gedrängt fühlte?

Raoul zögerte. Sharons Puls pochte schnell und hart, sie schaffte es aber, sich nicht anmerken zu lassen, dass sie Angst hatte. »Ich bin kein schlechter Mensch«, sagte er schließlich leise, »und auch kein Verbrecher. Wirst du mich wegen des Einbruchs bei der Polizei anzeigen?«

»Nein, Raoul.« Sie schüttelte den Kopf. »Ich schlage vor, wir vergessen, was hier geschehen ist, und gehen künftig getrennte Wege. Du wirst deine Angelegenheiten auf eine andere Art regeln müssen.«

Er trat zur Seite und gab die Tür frei.

»Die Entwicklung ist sehr bedauerlich, Sharon. Wir hätten ein schönes und perfektes Paar sein können. Vielleicht, wenn Gras über die Sache gewachsen ist – gibst du mir dann noch eine Chance?«

»Ich denke nicht, Raoul.« Sharon seufzte. »Bitte, geh jetzt und komm nie wieder.«

Gemeinsam gingen sie nach unten. An der geöffneten Tür zum Wohnzimmer sagte Raoul zerknirscht: »Das Chaos tut mir leid. Soll ich helfen aufzuräumen?«

»Das schaffe ich schon allein«, antwortete Sharon kühl.

Erst als Raoul gegangen war, begann Sharon am ganzen Körper zu zittern. Sicherheitshalber verriegelte sie die Tür, auch wenn sie nicht annahm, dass Raoul es noch einmal wagen würde, ins Liliencottage einzudringen.

Die Geschichte, die er erzählt hatte, klang fantastisch, konnte aber durchaus der Wahrheit entsprechen. Wenn ja, dann hatte Theodora tatsächlich mehr Glück als Verstand gehabt, dass man sie nie aufgespürt hatte. Sharon kannte sich mit den Gesetzen nicht aus. Sollte man heute herausfinden, dass Theodora wissentlich Raubkunst verkauft hatte, war es ohnehin bedeutungslos. Theodora würde bald vor einem höheren Richter stehen.

In dieser Nacht schlief Sharon schlecht. Bei jedem Geräusch, auch wenn der Wind nur einen Zweig gegen die Fensterscheibe schlug oder auf der Straße ein Auto vorbeifuhr, schreckte sie auf. Obwohl es kein Fremder gewesen war, konnte sie jetzt nachempfinden, wie Menschen sich fühlten, bei denen eingebrochen worden war. Es beschäftigte sie auch die Frage, wie sie sich derart in Raoul Osborne hatte täuschen können. Sie war froh, außer ein paar Küssen sich nicht weiter auf ihn eingelassen zu haben, sonst würde sie sich jetzt in Grund und Boden schämen. Hatten eigentlich alle Männer einen Knacks? Ben hatte sie verlassen, weil sie sich nicht seinen Wünschen beugen wollte, Alec war mal überaus freundlich, dann stieß er sie grob von sich, und Raoul hatte sie nur ausgenutzt, um an die Bilder zu kommen.

»Von allen Typen habe ich die Nase gestrichen voll, ich brauche niemanden!«, rief Sharon in die Dunkelheit. Theodora hatte es schließlich auch allein geschafft.

Sharon rollte sich auf die Seite und zog die Beine an die Brust. Weder um Ben und noch weniger um Raoul tat es ihr leid, Alec allerdings …

Ach, verdammt! Sie musste aufhören, an ihn zu denken oder gar zu hoffen, er könne sie wieder lieben. Schließlich wusste jeder, dass aufgewärmte Beziehungen ohnehin keine Chance hatten. Trotz aller logischen Argumente sehnte sie sich danach, in diesem Augenblick in Alecs Armen liegen zu können und von ihm getröstet zu werden.

Sharon konnte sich erst völlig entspannen, als das Flugzeug Richtung Deutschland abhob. Vom Hauptbahnhof in Düsseldorf nahm sie einen Zug, der sie in knapp fünf Stunden nach München brachte. Inzwischen war es Abend geworden, zu spät, um heute noch etwas ausrichten zu können. Das bedeutete eine weitere unruhige Nacht, die Sharon in einem Hotel in Bahnhofsnähe verbrachte. Am nächsten Morgen trank sie zwei Tassen schwarzen Kaffee und zwang sich dazu, ein halbes Brötchen mit Butter zu essen. Sie wollte nicht noch mehr Zeit verschwenden. Von einem Taxi ließ sie sich zu der Adresse bringen. Fast hatte sie erwartet, dass es die Straße gar nicht mehr gab oder sie im Laufe der Jahrzehnte umbenannt worden war. Sie fuhren quer durch die Stadt in Richtung Nordwesten. Nach etwa einer halben Stunde hatten sie ihr Ziel erreicht. Sharon konnte es kaum glauben, als das dreistöckige Gebäude aus hellbraunen Ziegelsteinen vor ihr aufragte und sie auf dem großen, hellrot unterlegtem Firmenschild las:

HUBER BODYWEAR
Damen-, Herren-, Kinderwäsche

Links neben dem älteren Gebäude befand sich eine moderne Fabrikationshalle aus Stahl und Glas. Sharon zahlte und stieg aus dem Taxi. Ihr Herz schlug aufgeregt, als sie auf den Besuchereingang zuging. Die Glastür öffnete sich automatisch, und sie trat in eine lichtdurchflutete Halle.

»Sprechen Sie Englisch?«, fragte sie die Frau am Empfangstresen.

»Selbstverständlich. Kann ich Ihnen behilflich sein?«

»Mein Name ist Sharon Leclerque, ich möchte gern den Inhaber sprechen.«

»Haben Sie einen Termin?« Sharon verneinte, und die Dame fuhr bedauernd fort: »Dann tut es mir leid, Mrs Pfeiffer ist sehr beschäftigt.«

»Mrs Pfeiffer?«, fragte Sharon erstaunt. »Ich bin auf der Suche nach einem Herrn oder einer Frau Huber. Die Firma heißt doch Huber, wie auf dem Schild zu lesen ist.«

»Unsere Geschäftsführerin ist Mrs Pfeiffer«, antwortete die Empfangsdame. »Ich bin nicht befugt, Ihnen über die Familienverhältnisse Auskunft zu geben.«

»Bitte, Ms ...« Sharon sah auf das Namensschild am Jackenaufschlag der Frau. »Mrs Zimmermann, es ist sehr wichtig, dass ich mit Mrs Pfeiffer spreche. Ich komme extra von den Kanalinseln, und es geht sozusagen um Leben und Tod.«

Zum ersten Mal lächelte die Frau. »Na, so dramatisch wird es wohl nicht sein. Wenn Sie uns etwas verkaufen wollen, ist es zwecklos, da wir mit festen Partnern zusammenarbeiten, wenn Sie Waren beziehen wollen, wenden Sie sich bitte direkt an die Verkaufsabteilung.«

»Ich bitte Sie, Mrs Zimmermann! Es ist sehr wichtig, mit jemandem von der Geschäftsleitung zu sprechen. Ich kann den weiten Weg doch nicht umsonst gemacht haben.«

Plötzlich stutzte die Dame. Sie kniff die Augen zusammen und musterte Sharon intensiv.

»Sind Sie nicht aus der Modebranche?«, fragte sie. »Ihr Gesicht kommt mir irgendwie bekannt vor.«

»Ja, bis vor ein paar Monaten arbeitete ich als Model«, antwortete Sharon freundlich. »Allerdings hatte ich nie das Vergnügen, die Wäsche Ihrer Firma zu präsentieren.«

»Ich wusste, ich kenne Sie, auch wenn mir Ihr Name nicht sofort etwas gesagt hat.« Das Eis war gebrochen. »Okay, ich frage Mrs Pfeiffer, ob sie ein paar Minuten erübrigen kann, obwohl sie sehr beschäftigt ist. Warten Sie bitte, Ms Leclerque.«

Die Frau ging den Korridor hinunter und verschwand hinter der Ecke. Unruhig trat Sharon von einem Fuß auf den anderen. Nach einigen Minuten kehrte Mrs Zimmermann zurück und bedeutete Sharon, ihr zu folgen. Sie stiegen eine Treppe hinauf, und am Ende eines langen schmalen Ganges öffnete sie eine Tür und sagte auf Deutsch: »Frau Pfeiffer ... Ms Leclerque.«

Sharon trat in ein helles Büro mit modernen grau-weißen Sitzmöbeln, an den Wänden farbenfrohe Kunstdrucke. Barbara Pfeiffer kam Sharon entgegen und musterte sie interessiert. Sharon atmete schneller, denn sie hatte den Eindruck, direkt in Theodoras Augen zu sehen. Die Ähnlichkeit mit der alten Frau war verblüffend.

»Sie möchten mich in einer dringenden Angelegenheit sprechen?«, fragte sie in einem nahezu perfekten Englisch.

Barbara Pfeiffer war etwa in Sharons Alter, mittelgroß, ein wenig mollig um die Hüften, mit dunkelblonden kurzen Haaren.

»Danke, dass Sie mich empfangen«, erwiderte Sharon freundlich. »Ich würde Sie nicht aufsuchen, wenn es nicht wirklich wichtig wäre, und jetzt, da ich Sie sehe, weiß ich, dass mein Weg nicht umsonst gewesen war.«

Barbara Pfeiffer wirkte überrascht und erwiderte: »Meine Mitarbeiterin sagte, Sie kämen von den Kanalinseln. Hat Ihr Besuch etwas mit meinem Vater zu tun?«

»Ihr Vater?«

Barbara Pfeiffer nickte. »Es ist kein Geheimnis, dass mein Vater auf Jersey geboren und von meinen Großeltern adoptiert worden war. Anlässlich unseres einhundertjährigen Firmenbestehens vor ein paar Jahren wurde diese Geschichte sogar in der Jubiläumszeitschrift veröffentlicht.«

»Der Name Ihres Vaters ... lautet er Thomas Huber? Vor der Adoption war sein Nachname Banks.«

»Das ist richtig«, bestätigte Barbara Pfeiffer. »Ich bin verheiratet, daher Pfeiffer, den Firmennamen haben wir jedoch beibehalten, da Huber Bodywear eine lang eingeführte Marke ist. Sie sind aber sicher nicht gekommen, um über die Firma zu sprechen, Ms Leclerque.«

»Bitte, nennen Sie mich Sharon.«

»Dann bin ich Barbara.«

»Barbara, kann ich mit Ihrem Vater sprechen?«

Ein Schatten fiel über Barbaras Gesicht, und sie antwortete: »Er ist leider vor zwei Jahren gestorben, ein Herzinfarkt. Mein Vater hat immer für die Firma gelebt, sich nie geschont, selbst dann nicht, als er Herzprobleme bekam.«

»Das tut mir leid«, murmelte Sharon und fühlte eine große Enttäuschung. Wie sollte sie Theodora mitteilen, dass ihr Sohn tot war?

Barbara sah Sharon fragend an. »Erklären Sie mir bitte den Grund Ihres Besuches. Hat er mit der Vergangenheit meines Vaters zu tun?«

Sharon nickte, vor Aufregung wurden ihre Handflächen feucht.

»Was wissen Sie über die Großeltern Ihres Vaters?«, fragte sie gespannt.

»Nicht viel, ich hab sie nie kennengelernt.« Barbara schaute auf ihre Armbanduhr. »Ich nehme an, unsere Unterhaltung wird einige Zeit in Anspruch nehmen. Vielleicht sollten wir das Gespräch in einer gemütlicheren Umgebung fortführen. Ich hab noch nicht gefrühstückt, und eine Straße weiter gibt es ein kleines Café, das ein gutes Frühstück anbietet.«

»Wenn Sie die Zeit erübrigen können ...«

Mit einem Lächeln winkte Barbara ab und erwiderte: »Das kann ich eigentlich nicht, manchmal gibt es aber Wichtigeres als die Arbeit. In diesem Punkt denke ich anders als mein Vater. Ich bitte meine Mitarbeiterin, alle Termine von heute Vormittag auf einen späteren Zeitpunkt zu verlegen. Über die Vergangenheit meines Vaters wurde nie viel gesprochen. Von ihm weiß ich lediglich, dass er auf der Insel geboren und dort adoptiert wurde. Warum meine Großeltern aber ausgerechnet ein Kind von Jersey nach München holten, obwohl es in Deutschland so viele Waisenkinder gab« – sie zuckte mit den Schultern – »das hat nicht einmal mein Vater erfahren. Ich nehme an, Sie verfügen über Informationen, die Licht ins Dunkel bringen können.«

Sharon stieß hervor: »Und ob, Barbara.«

Barbara Pfeiffer machte es ihr leicht. Einmal angefangen, sprudelte Theodoras Geschichte einem Wasserfall gleich aus Sharon heraus, nebenbei aß sie das typisch bayrische Frühstück mit Weißwürsten und einem laugenhaltigen Gebäck mit dem Namen Brezen. Auf das Weißbier verzichtete sie allerdings und trank Kaffee, während es Barbara offenbar nichts ausmachte, um diese Uhrzeit Alkohol zu sich zu nehmen.

»Bei uns in Bayern gilt Bier nicht als Alkohol, sondern ist ein Grundnahrungsmittel«, erklärte Barbara.

»Wie bei den Schotten der Whisky«, ergänzte Sharon.

Während Sharon erzählte, unterbrach Barbara sie nicht, ihre Miene wurde aber immer ungläubiger.

»Und nun liegt Theodora im Sterben, und ihr letzter Wunsch ist es, zu erfahren, was aus ihrem Sohn geworden ist«, endete

Sharon. »Leider kann ich ihr keine erfreuliche Mitteilung machen.«

»Wow, also ehrlich, ich weiß nicht, was ich sagen soll.« Barbara stöhnte, massierte sich mit zwei Fingern die Nasenwurzel und fügte hinzu: »Es tut mir aufrichtig leid, dass meine« – sie stockte – »Großmutter so krank ist und sterben wird, auch wenn ich sie nicht kenne.«

»Was ist mit Matthias Huber?«, fragte Sharon.

Bedauernd sah Barbara Sharon an. »Auch über sein Schicksal kann ich leider nichts Positives sagen. Durch die Verwundungen war sein Gesundheitszustand wohl sehr angegriffen, er überlebte die Gefangenschaft in dem englischen Lager nicht. Es heißt, Matthias starb drei Wochen bevor sie freigelassen wurden und nach Deutschland zurückkehren konnten.«

»Konrad Huber hat es aber geschafft«, stellte Sharon fest. »Ausgerechnet er ...« Sie sah Barbara um Verzeihung bittend an und fuhr fort: »Ich möchte das Ansehen Ihrer Vorfahren nicht schmälern, aber ich glaube Theodora und kann für Konrad Huber weder Verständnis noch Sympathie empfinden.«

»Was Sie mir über Konrad erzählt haben, hat mich zutiefst entsetzt und auch aufgewühlt«, sagte Barbara betroffen. »Ich hatte keine Ahnung, das müssen Sie mir glauben, Sharon. Er starb, bevor ich geboren wurde, und mein Vater hat mir von der ... Tätigkeit seines Großvaters auf Guernsey nie etwas erzählt.«

»Wahrscheinlich wusste es Thomas selbst nicht«, erklärte Sharon. »Konrad Huber hatte allen Grund, seine Vergangenheit zu verschweigen. Was ist mit Ihrer Mutter, und haben Sie Geschwister, Barbara?«

»Meine Mutter verließ uns, als ich ein Teenager war«, erklärte Barbara. »Sie kam nicht damit zurecht, dass bei Vater die Firma immer an erster Stelle stand. Sie hat wieder geheiratet und lebt in Norddeutschland. Wir pflegen einen losen Kontakt. Sie hat es nie verstanden, dass ich in die Fußstapfen meines Vaters getreten bin. Aber keine Sorge, Sharon, ich lasse mich von der Arbeit nicht auffressen und nehme mir die Freiräume, die ich brauche. Um Ihre zweite Frage zu beantworten: Ich bin ein Einzelkind, habe selbst keine Kinder, aber jetzt plötzlich eine Großmutter.« Sie lächelte versonnen und fügte hinzu: »Als ich heute aufstand, ahnte ich nicht, wie dieser Tag sich entwickeln würde.«

»Es wird Theodora freuen, zu erfahren, dass sie eine so reizende Enkelin hat«, sagte Sharon, »auch wenn ich ihr sagen muss, dass Matthias und ihr Sohn tot sind. Noch eine Frage, Barbara: Wie konnte Konrad Huber in Erfahrung bringen, dass sein Sohn ein Kind mit einem Mädchen von Guernsey hat?«

Barbara zuckte mit den Schultern. »Diesbezüglich kann ich nur mutmaßen. Man erzählte mir, dass Konrad Huber sehr an seinem Sohn Matthias hing. Es ist anzunehmen, dass während der Gefangenschaft Matthias seinem Vater von der Beziehung zu Theodora erzählte. Sie waren ja zusammen in dem Lager. Nach Matthias' Tod und als sich die Zustände in Deutschland zu normalisieren begannen, muss Konrad auf Guernsey Nachforschungen betrieben haben, um in Erfahrung zu bringen, was aus Theodora geworden war. Dabei wird er wohl darauf gestoßen sein, dass sie ein Kind geboren hat, und zählte eins und eins zusammen. Seine Tochter, Matthias' Schwester, war im letzten Kriegsjahr ebenfalls gestorben. So hatte Konrad Huber seine beiden Kinder verloren, hatte nun aber einen Enkel und holte sich mit ihm einen Teil seines Sohnes zu sich.«

Sharon nickte verstehend. »Ich glaube, zu der Zeit waren Adoptionen einfach, Fragen wurden kaum gestellt. Es gab so viele Waisenkinder, dass man froh war, wenn eines ein neues Zuhause erhielt. Die Leiterin des Waisenhauses auf Jersey wusste, dass Thomas der Sohn eines deutschen Soldaten ist. Theodora hatte das angegeben.«

»Wenn Konrad doch nur nach Theodora gesucht hätte ...«, sinnierte Barbara. »Es wäre alles anders verlaufen.«

»Aus gutem Grund hat er das nicht getan«, erklärte Sharon. »Niemals hätte Theodora ihren Sohn dem Mann überlassen, der vor ihren Augen einen Menschen erschossen hat und für die Ermordung von Rachel verantwortlich war. Es ist anzunehmen, dass Huber als Offizier der Nazis zwar in Gefangenschaft war, so wie Tausende andere ebenfalls, seine wahren Taten aber nie aufgedeckt wurden. Theodora hätte ihn als Kriegsverbrecher anzeigen können, was Mitte des letzten Jahrhunderts für ihn noch die Todesstrafe bedeutet hätte. Huber konnte es nicht wagen, Theodora jemals wieder gegenüberzutreten.«

Fröstelnd schlang Barbara die Arme um sich, obwohl es in dem Café angenehm warm war.

»Es ist grausam, eine Mutter von ihrem Kind zu trennen und in Ungewissheit zu lassen«, murmelte sie. »Was Huber getan hat, ist durch nichts zu entschuldigen oder gar zu verzeihen. Wenn mein Vater es gewusst hätte, hätte er sicher nach seiner Mutter gesucht, es wurde ihm aber gesagt, seine Eltern wären tot. Mein Vater war ein guter Mensch, das müssen Sie mir glauben, Sharon! Die Wahrheit hätte ihn schockiert, und er hätte alles getan, um einen Teil dieses Unrechtes wiedergutzumachen.«

»Nehmen Sie es sich nicht zu sehr zu Herzen, Barbara«, sagte Sharon verständnisvoll. »Für die Vergehen unserer Vorfahren sind wir nicht verantwortlich zu machen, wir dürfen nur nie vergessen und müssen verhindern, dass Ähnliches jemals wieder geschieht.«

»Haben Sie ein Foto von Theodora ... von meiner Großmutter?«, fragte Barbara.

»Äh .... nein«, gab Sharon zerknirscht zu und ärgerte sich, nicht daran gedacht zu haben, eine Fotografie mitzunehmen. »Sie haben aber ihre Augen, und wenn Sie lächeln, einen sehr ähnlichen Zug um die Mundwinkel. Barbara« – sie legte ihr eine Hand auf den Arm – »darf ich Sie um etwas bitten?« Barbara nickte. »Würden Sie mir Fotos von Thomas, Ihrem Vater, mitgeben? Wenn Theodora ... wenn sie gegangen ist, sende ich sie Ihnen zurück.«

Zu Sharons Verwunderung schüttelte Barbara den Kopf.

»Nein, ich werde Ihnen keine Bilder meines Vaters mitgeben.« Sie sah Sharon mit einem Blick an, den diese nicht deuten konnte, und sagte zu Sharons Überraschung: »Ich werde meiner Großmutter die Fotos selbst zeigen und ihr von ihrem Sohn erzählen. Wann geht der nächste Flug nach Guernsey?«

Noch aus Deutschland hatte Sharon ein Dutzend Textnachrichten an Alec geschickt, um ihn über die überraschende Entwicklung zu informieren. Obwohl alle Mitteilungen als *angekommen* gekennzeichnet waren, antwortete er nicht. Unmittelbar nach der Landung auf Guernsey rief sie ihn an.

»Warum meldest du dich nicht?«, blaffte sie ärgerlich, nachdem abgenommen worden war. »Ich hab dir geschrieben, dass Theodoras Enkelin nach Guernsey kommt, und dachte, es würde dich vielleicht interessieren.«

»Alec interessiert nichts, was mit dir zu tun hat«, sagte Yvette zu Sharon. »Er hat gesehen, dass du anrufst, und mich gebeten, dir das mitzuteilen. Du sollst ihn nicht länger mit dieser Geschichte oder sonst mit irgendetwas behelligen.«

Ruhig bleiben, sagte sich Sharon und zählte langsam bis zehn, bevor sie antwortete: »Warum sagt er mir das nicht selbst? So feige ist Alec nämlich nicht, eine Angestellte vorzuschicken.« Sie hörte, wie Yvette scharf die Luft einzog, ließ sie aber nicht zu Wort kommen und sprach schnell weiter: »Yvette, ich weiß nicht, wo dein Problem liegt, und ganz ehrlich, es interessiert mich auch nicht. Gib mir jetzt Alec, ich will mit ihm sprechen.«

»Er aber nicht mit dir«, beharrte Yvette, »du hast es doch gehört. Warum sonst sollte er mir sein Handy geben? Lass ihn ...

lass uns endlich in Ruhe.« Damit beendete sie das Gespräch, und Sharon starrte perplex auf ihr Handy.

»Ärger?«, fragte Barbara.

»So kann man es auch nennen.« Sharon runzelte die Stirn. »Im Moment ist dies aber unwichtig, wir fahren jetzt unverzüglich zu Theodora.«

Für die knapp drei Meilen vom Flughafen zum Princess Elizabeth Hospital nahmen sie ein Taxi. Sharon wollte gerade die Klinke zu Theodoras Zimmer auf der Palliativstation hinunterdrücken, als diese von innen geöffnet wurde und eine Schwester heraustrat. Als sie Sharon erkannte, sagte sie: »Miss Banks ist nicht mehr hier.«

Sharon wurde es eiskalt. »Mein Gott, nein! Und ich war nicht bei ihr ...«

»Nein, nein, Ms Leclerque, das ist ein Missverständnis!«, rief die Schwester erschrocken. »Miss Banks ging es plötzlich viel besser, sodass man sie auf die normale Station verlegt hat, weil wir das Bett für einen anderen Patienten benötigten. Sie liegt jetzt auf der Inneren, Zimmer 3015.«

»Nur gut, dass mein Herz einwandfrei in Ordnung ist«, spöttelte Sharon. Das Blut kehrte langsam wieder in ihre Wangen zurück.

»Sie dürfen sich trotzdem keine Hoffnungen machen«, fuhr die Krankenschwester fort. »Bei Sterbenden erleben wir häufig eine kurzzeitige Besserung, sozusagen ein letztes Aufbäumen. Umso schneller geht es dann aber zu Ende.«

Sharon nickte, und die Schwester eilte davon.

Barbara bemerkte trocken: »Na, die hat uns ja einen schönen Schrecken eingejagt. Ich dachte für einen Moment, alles sei umsonst gewesen. Wenn das der viel gerühmte britische Humor ist, finde ich ihn alles andere als lustig.«

Sharon sah Barbara an, holte tief Luft und fragte: »Bist du bereit?«

»Ich war noch niemals mehr bereit«, antwortete Barbara forsch, ihre Hände zitterten jedoch.

Sharon war sehr überrascht, Alec an Theodoras Seite vorzufinden.

»Du?«, stieß sie hervor. »Was machst du hier?«

Alec runzelte verwundert die Stirn und antwortete: »Ich versprach dir, täglich nach Theodora zu sehen.« Sein Blick ging zu der Frau, die hinter Sharon zögernd ins Zimmer getreten war. »Ist das ...?«

»Die Tochter von Thomas, Theodoras Enkelin.« Sharon sah zum Bett, Theodora hatte die Augen geschlossen und schlief. »Sollen wir sie wecken?«

»Ich warte, bis sie aufwacht«, sagte Barbara, den Blick auf Theodora gerichtet. »Sie ist so zart und zerbrechlich. Wie wird sie es aufnehmen, plötzlich ihrer Enkelin zu begegnen?«

»Theodora ist sehr viel stärker, als sie wirkt«, erwiderte Sharon. »Selbst als sie von dem Krebs erfuhr, hat sie sich nicht unterkriegen lassen.«

»Das hatte mein Vater ... Theodoras Sohn mit ihr gemein«, flüsterte Barbara, »und ich glaube auch, eine gewisse Ähnlichkeit zu erkennen.«

»Wir lassen Sie allein«, sagte Alec und griff nach Sharons Arm. »Nehmen Sie sich die Zeit, die Sie brauchen.«

Kaum auf dem Korridor, entlud sich die Anspannung, unter der Sharon seit Tagen stand, und sie blaffte Alec an: »Was soll dieses Wechselspielchen, Alec? Mal hü, mal hott, ich finde das unmöglich ...«

»Jetzt mal langsam, Sharon«, fiel er ihr ins Wort, »ich hab keine Ahnung, wovon du sprichst. Wir sollten das nicht hier klären, lass uns nach draußen gehen.«

Die Dämmerung zog herauf, es war aber noch angenehm warm.

»Bevor du mir berichtest, wie du Theodoras Enkelin gefunden und was du sonst noch erfahren hast«, begann Alec, »möchte ich wissen, was dein Auftritt eben zu bedeuten hatte. Warum hast du dich dermaßen darüber aufgeregt, dass ich bei Theodora war?«

»Okay, Alec, ich verberge es nicht – ich bin stinksauer«, platzte Sharon heraus. »Ich schicke dir eine SMS nach der anderen, informiere dich, wie es in München gelaufen ist, du hältst es aber nicht für nötig, auch nur ein Mal zu antworten. Nachdem wir vorhin gelandet sind, habe ich dich angerufen, dachte, du wirst über die Nachricht, dass Theodoras Enkelin mit mir nach Guernsey gekommen ist, erfreut sein, aber was bekam ich zu hören? So langsam glaube ich, du bist eine gespaltene Persönlichkeit, Alec Sauvage. Vielleicht solltest du dich mal psychiatrisch untersuchen lassen, dein Verhalten ist doch nicht normal!«

Sharon musste Luft holen, den Moment nutzte Alec, um zu fragen: »Du hast mich angerufen? Ich hab keinen Anruf erhalten, du kannst also aufhören, mich zu beleidigen.« Sein Gesicht war ein einziges Fragezeichen, dann tastete er in der Jackentasche nach seinem Handy. Erst in der einen, dann in der anderen, schließlich auch in den Taschen der Jeans. »Ich glaube, ich hab mein Handy in der Werkstatt vergessen.«

Sharon, die Arme ablehnend vor der Brust verschränkt, war verunsichert und fragte: »Dann hast du Yvette nicht gebeten, das Gespräch entgegenzunehmen und mir zu sagen, ich solle dich in Ruhe lassen?«

»Yvette?« Er lachte grimmig und schlug sich gegen die Stirn. »Natürlich, jetzt wird mir alles klar. Zu dumm, dass ich das Telefon auf dem Schreibtisch habe liegen lassen.«

»Hast du dein Handy denn nicht mit einem PIN-Code gesichert, damit es kein anderer benutzen kann?«

»Äh … nein, ich glaube aber, das wäre sinnvoll.« Er sah Sharon eindringlich an. »Was hat Yvette zu dir gesagt?«

Sharon erzählte es ihm. Mit jedem Wort wurde Alecs Miene zorniger, seine Augen blitzten, und er ballte die Hände zu Fäusten.

»Jetzt hat Yvette den Bogen endgültig überspannt«, rief er, an seiner Schläfe pochte eine Ader. »Ich werfe sie raus! Noch heute, gleichgültig, ob …« Er brach so abrupt ab, dass Sharon spürte, dass es etwas gab, was sie nicht wusste.

»Ob was?«, fragte sie leise.

Er schüttelte den Kopf. »Nicht so wichtig. Jetzt möchte ich erfahren, wie du die Hubers gefunden hast, um Yvette kümmere ich mich später.«

Sie setzten sich auf eine Bank. Sharon war immer noch verärgert, aber auch unsicher, ob sie Alecs Erklärung glauben sollte. Schließlich berichtete sie von ihren Erlebnissen in München.

»Es war so einfach«, endete sie. »Barbara ist eine wunderbare Frau, und ich glaube, alle offenen Fragen sind nun geklärt.«

»Es ist nur schade, dass Thomas nicht mehr am Leben ist«, meinte Alec. »Theodora hätte es sehr glücklich gemacht, ihren Sohn noch einmal zu sehen.«

»Er war ein wunderbarer Mensch, Barbara wird Theodora alles über ihn erzählen, und sie hat auch viele Fotos ihres Vaters mitgebracht. Er war zwar ein Workaholic, zu seiner Tochter aber immer sehr liebevoll.«

»Nun findet alles ein gutes Ende.«

»Ja, Alec, es geht zu Ende.«

Sharon ließ ihren Tränen freien Lauf.

»Du musst Theodora gehen lassen«, flüsterte Alec und legte einen Arm um sie. »Es ist schwer, aber sie hat ihr Leben gelebt und würde nicht wollen, dass du um sie trauerst. Denk immer an die schönen Dinge, die du mit Theodora geteilt hast, und sie wird in deinem Herzen weiterleben.«

Ohne nachzudenken, lehnte sich Sharon an seine Schulter, und er ließ es geschehen. Irgendwann würde sie ihm von Raoul und den Zeichnungen erzählen, aber nicht jetzt. Der Druck seines Armes verstärkte sich, er zog sie dichter an sich heran. Sie hob den Kopf. Das Licht einer Laterne spiegelte sich in seinen grauen Augen. Ihre Lippen fanden sich wie selbstverständlich. Es war ein zärtlicher, kein leidenschaftlicher Kuss, und Sharon fühlte sich angekommen. Als sich ihre Lippen wieder voneinander lösten, kuschelte sie sich an ihn.

»Ich werde das Liliencottage behalten«, sagte sie leise, »und das Bed and Breakfast weiterführen.«

»Hast du dir das gut überlegt?« Sie hörte den Zweifel in seiner Stimme.

»Natürlich werde ich jemanden als Hilfe anstellen müssen, so, wie Fiene mir geholfen hat, vielleicht mache ich auch ab und zu mal ein Shooting, wenn sich etwas ergeben sollte. Mit dem Catwalk ist aber endgültig Schluss. Ich möchte nicht mehr hungern, nicht mehr dauernd um die Welt jetten, heute hier, morgen da, manchmal nicht wissend, wo genau ich eigentlich bin. Das Liliencottage ist Theodoras Lebenswerk, ein Ort, an dem sie nach einer langen Odyssee angekommen war. So fühle ich mich jetzt auch. Ich glaube, wer auf Guernsey geboren wurde, kommt von dieser Insel niemals völlig los.«

Es war eine lange Rede, und Alec hatte sie nicht unterbrochen, nun sagte er: »In den vergangenen Wochen hast du dich verändert. Ich finde immer mehr von der Sharon, die ich einst geliebt habe, wieder. Wenn du Hilfe beim Aufbau deines neuen Lebens benötigst ... Ich bin für dich da, wenn du es möchtest.«

»Oh, Alec!« Seine Worte machten sie zwar glücklich, gleichzeitig saß der Stachel des Zweifels, dass er seine Meinung wieder ändern könnte, in ihrem Herz. Sharon hatte keine Lust auf weitere Spielchen, deswegen musste sie ihm hier und jetzt die Wahrheit über ihre Gefühle sagen. »Vielleicht könnte es ja wieder so werden, wie es einmal gewesen ist ... ich meine, zwischen uns ...« Sie wurde verlegen, suchte nach den richtigen Worten, es gab aber nur den offenen, direkten Weg. »Ich liebe dich nämlich immer noch, Alec Sauvage.« Sie nahm wahr, wie sein Körper sich versteifte und er von ihr abrückte. Einmal begonnen, musste Sharon jedoch weitersprechen: »In der Nacht auf Jersey, da habe ich gespürt, dass auch ich dir nicht gleichgültig bin. Okay, wir sind keine Teenager mehr und haben seitdem viel erlebt und Erfahrungen gemacht, die uns beide veränderten.« Sie versuchte, seinen Blick einzufangen, er wich ihr aber aus. »Gibst du mir ... uns ... eine zweite Chance, Alec?«

»Was ist mit Raoul Osborne?« Seine Stimme klang belegt.

»Das ist vorbei, es war nie etwas Ernstes mit Raoul und mir. Außerdem ist er kein wirklich guter Mensch. Ich erzähle dir morgen, was vorgefallen ist.«

»Sharon, ich ...« Er löste seinen Arm von ihren Schultern, fuhr sich durch die Haare und wirkte irgendwie verzweifelt. Plötzlich sprang er auf und blieb breitbeinig vor ihr stehen. »Sharon, ich kann nicht! Es ist nicht so, dass ich dich nicht lieben würde, im Gegenteil, aber das mit uns beiden ... es geht einfach nicht.«

»Ist es wegen Yvette?«

»Nein, und gleichzeitig ja.« Sein Lachen klang gequält. »Bitte, Sharon, wenn du mich wirklich liebst, dring nicht weiter in mich und akzeptiere meine Entscheidung. Ich werde dir aber immer ein guter Freund sein.«

»Du sagst, du liebst mich, trotzdem vertraust du mir nicht?«, fragte Sharon. »Was ist mit dir los, Alec? Warum kannst du mir nicht die Chance geben, zu beweisen, dass ich mich geändert habe? Dass ich erkannt habe, was im Leben wirklich wichtig ist?«

»Ach, Sharon, Sharon ... Es würde nicht gut gehen, wir beide würden nur wieder enttäuscht und verletzt werden.«

»Okay, ich werde dich sicher nicht anbetteln, meine Gefühle zu erwidern, und ich hab auch nicht länger Lust, der Spielball deiner Launen zu sein«, erwiderte Sharon kühl und stand auf. »Ich glaube, wir sollten wieder zu Theodora gehen.«

Schweigend folgte Alec ihr in die Klinik zurück. Sharon sah nicht den Schmerz in seinen Augen.

Sharon, Alec und Barbara saßen an Theodoras Bett. Immer wieder nickte Theodora ein, dann wachte sie wieder auf, und ihre Augen waren erstaunlich klar. Ihre Stimme war zerbrechlich, und Sharon musste sich dicht über sie beugen, um ihre Worte verstehen zu können.

»Danke, dass du mir meine Enkelin gebracht hast.« Theodora sah zu Barbara. »Ich hab deinen Großvater wirklich geliebt. Es war nicht nur eine Kriegsaffäre.«

»Ich weiß.« Barbara nahm Theodoras Hand und drückte sie sanft. »Thomas, mein Vater, wäre stolz auf eine Mutter wie dich gewesen.«

»Ich werde ihn und auch Matt in Kürze wiedersehen.« Theodora bedeutete Sharon, dass sie ihr noch etwas sagen wollte, und flüsterte: »Die restlichen Zeichnungen sind in einem Bankschließfach der Deutschen Bank auf Guernsey.« Ihre Mundwinkel zuckten, als sie ergänzte: »Es erschien mir passend, die Bilder bei einer deutschen Bank zu hinterlegen. Als meine Erbin wirst du Zugang zu dem Schließfach bekommen und entscheiden, was mit ihnen geschehen soll.«

»Ach, Theodora ...« Sharon streichelte ihr über die faltige Wange, dann schwiegen sie.

Die Zeit verrann, allen war klar, dass der Zeitpunkt des endgültigen Abschieds näher rückte. Irgendwann, die Morgendämmerung zog im Osten herauf, schlug Theodora noch einmal die Augen auf. Mit einem klaren Blick sah sie Sharon an und flüsterte: »Sei immer gut zu Alec, er liebt dich so sehr.« Sie lächelte verschmitzt und fügte hinzu: »Ich glaube, ich hab dir nie erzählt, dass mein Lieblingsfilm *Vom Winde verweht* ist.«

»Nein, das wusste ich nicht«, erwiderte Sharon. »Das ist ein wunderbarer Film.«

Theodora holte noch einmal tief Luft, dann setzte ihre Atmung aus, und auf ihr Gesicht trat der Ausdruck eines tiefen Friedens.

18. Kapitel

Behutsam entrollte Sharon die Blätter; sie wagte kaum, die Zeichnungen zu berühren. Sie waren vollkommen unversehrt, als wären sie nicht etwa einhundertsechzig Jahre alt und lagerten seit über sechzig Jahren in dem Bankschließfach.

»Die Petit Bot Bay, Castle Cornet, die Fermain Bay und der Jerbourg Point«, flüsterte Sharon, als würde sie mit lauten Worten diesen besonderen Moment zerstören. »Theodora muss die Zeichnung der Moulin Huet Bay verkauft haben.«

»Wohl der schönste Ort auf Guernsey.« Auch Alec sprach leise. »Du willst die Bilder wirklich Barbara übergeben?«

Sharon nickte. »Als Theodora ihr Testament aufsetzte, wusste sie nicht, dass sie Nachkommen hat, und dann war es zu spät. Ich hab Barbara angeboten, ihr die Hälfte des Wertes des Liliencottage auszubezahlen, sie will es aber nicht annehmen. Da diese Zeichnungen einmal im Besitz von Konrad Huber, Barbaras Urgroßvater, waren, ist es recht und billig, wenn sie sie bekommt.«

»Huber hat sie gestohlen«, erinnerte Alec sie.

»Barbara wird sich an die zuständigen Behörden für Raubkunst in Deutschland wenden, die nach den Washingtoner Erklärungen handeln werden«, erklärte Sharon. Sie und Barbara hatten sich im Internet darüber informiert, wie heutzutage mit den von den Deutschen entwendeten Kunstwerken verfahren wurde. »Der ursprüngliche Eigentümer ist wohl nicht mehr zu ermitteln. Es wird zu klären sein, was mit den Bildern nun geschieht. Barbara möchte sie, wenn möglich, einem Museum überlassen, am liebsten hier auf Guernsey. Behalten will sie die Zeichnungen ebenfalls nicht.«

Sorgsam rollte Sharon die Blätter wieder zusammen und steckte sie zurück in die Papprolle, dann verließen sie und Alec den Tresorraum.

In der Kundenhalle der Bank trafen sie auf Raoul Osborne. Zuerst sah es aus, als wolle er auf dem Absatz kehrtmachen, da Sharon ihn aber schon gesehen hatte, kam er ihnen entgegen. Sie begrüßten sich kühl.

»Ich glaube, du kennst Alec Sauvage?«, fragte Sharon, und die Männer musterten sich abschätzend.

»Flüchtig«, murmelte Raoul.

»Ich denke, ich hab etwas, das du gern sehen möchtest«, sagte Sharon und ging zu einer ruhigen Nische. Dort nahm sie die Zeichnungen heraus und entrollte sie.

Raoul pfiff durch die Zähne. »Sie waren in dieser Bank?«

Sharon nickte. »Theodora hat sie vor vielen Jahren in einem Schließfach deponiert. Das Cottage hätte dir also keinen Nutzen gebracht, du hast es ganz umsonst durchsucht.«

»Ich hab von ihrem Tod gehört«, murmelte Raoul. »Mein Beileid, und das meine ich aufrichtig.«

»Danke.« Sharon nickte und fragte: »Arbeitest du hier?«

»Nein, aber meine Bank und die Deutsche Bank haben regelmäßig miteinander zu tun. Übrigens: Ich konnte die finanziellen ... Widrigkeiten, du weißt schon, regeln. Ich werde mein Haus verkaufen und nach London gehen.«

»Das freut mich für dich.«

»Wenn du dein früheres Elternhaus also haben möchtest ...«

»Ich werde im Liliencottage bleiben«, sagte Sharon. »Die Villa ist viel zu groß und unpersönlich für mich.« Und es hängen so viele unschöne Erinnerungen daran, fügte sie in Gedanken hinzu.

Alec trat zu ihnen und sagte: »Wir dürfen Barbara nicht warten lassen, Sharon, ihr Flug geht in zwei Stunden.«

Erneut musterte er Raoul abschätzend, und dieser sagte: »Ja, dann ... alles Gute für euch.«

»Warum hast du ihm die Zeichnungen gezeigt?«, fragte Alec, nachdem Raoul die Halle verlassen hatte. Sharon hatte ihm inzwischen von dem Einbruch erzählt und auch, dass Raoul sie hatte heiraten wollen, weil er dadurch hoffte, im Liliencottage nach den Kunstwerken suchen zu können.

Sharon grinste. »Es war zwar nicht gerade nett, aber ein wenig Schadenfreude konnte ich mir nicht verkneifen. Ich musste ihm einfach zeigen, dass die Zeichnungen wirklich existieren.«

Alec zwinkerte ihr zu und erwiderte trocken: »Wehe dem, der den Stolz einer Frau verletzt.«

»Du sagst es.«

Unsicher trat er von einem Fuß auf den anderen, dann sagte er: »Was Theodoras letzte Worte betrifft ...«

Unterbrechend hob Sharon beide Hände. »Du bist ebenso wenig Rhett Butler, wie ich mich zu einer Scarlett O'Hara eigne. Ich erkenne und respektiere es, wenn jemand mich nicht möchte. Theodora hat früher nämlich noch etwas anderes gesagt: Wer nicht will, der hat schon. Dabei sollten wir es belassen.«

»Ach, Sharon, verdammt ...«

»Ich wäre dir dankbar, wenn du in meiner Gegenwart nicht fluchen würdest«, sagte Sharon kühl, drehte sich um und ging voraus zu dem Café, in dem sie sich mit Barbara verabredet hatte, um sie zum Flughafen zu begleiten.

Barbara war bis nach Theodoras Beerdigung auf Guernsey geblieben. Dadurch waren ihr zwar einige Termine entgangen, sie hatte aber erklärt, dass es Wichtigeres gebe.

»Die Kundentermine ließen sich alle verschieben, und wofür habe ich schließlich einen Stellvertreter? Ich wollte von dieser zauberhaften Insel mehr sehen, und ich werde wiederkommen. Das nächste Mal mit meinem Mann, der sich sicher auch sofort in Guernsey verlieben wird.«

»Dann müsst ihr aber im Liliencottage wohnen«, forderte Sharon sie auf. »Das musst du mir versprechen.«

Barbara tat es und fuhr fort: »Wahrscheinlich sehen wir uns bereits in ein paar Wochen wieder, wenn die Frühjahrskollektion fertig ist, um in die Kataloge aufgenommen zu werden. Ich hoffe, du nimmst es mir nicht übel, dass ich dich in die Kategorie *ältere Generation* gesteckt habe, zu der ich in diesem Geschäft ja auch schon gehöre.«

Sharon hatte laut gelacht, das erste Mal seit Theodoras Tod, aber ohne schlechtes Gewissen. Alec hatte es gesagt: Theodora würde nicht wollen, dass sie in tiefe Trauer versank, und auch wenn sie fröhlich war, würde sie Theodora niemals vergessen.

Barbara hatte Sharon das Angebot gemacht, für die Kataloge der neuen Kollektion die Damenwäsche zu präsentieren, und ihr eine sehr großzügige Gage angeboten.

»Bei unseren Kunden kommt es gut an, wenn wir nicht nur blutjunge Magermodels präsentieren«, hatte Barbara erklärt. »Sieh mich an: Ich hab auch nicht Größe sechsunddreißig, möchte aber trotzdem schicke Unterwäsche und Dessous tragen.« Sie hatte Sharon gemustert und schmunzelnd hinzugefügt: »Na ja, du bist schon ziemlich dünn. Für meinen Geschmack darfst du ruhig ein paar Pfunde zulegen.«

»Keine Sorge, Barbara, ich esse inzwischen regelmäßig und zähle keine Kalorien mehr. Wenn ich Appetit auf ein Stück Schokoladentorte habe, dann genehmige ich mir das auch.« Ernst fügte sie hinzu: »Ich danke dir für das Angebot, das ich gern annehme. Das Modeln wird aber künftig nur ein Hobby für mich sein, ich werde mich voll und ganz auf den Betrieb des Liliencottage konzentrieren.«

»Außerdem ist da ja noch Alec, der ungern auf dich verzichten wird«, bemerkte Barbara mit einem Augenzwinkern.

»Wir sind kein Paar.« Sharon hatte plötzlich einen Kloß im Hals.

»Das überrascht mich, denn ich hab einen anderen Eindruck gewonnen. Zwischen euch knistert es wie unter einer Hochspannungsleitung, und so, wie ihr euch anschaut ...« Sie zog bedeutungsvoll eine Augenbraue hoch. »Das ist aber deine Privatangelegenheit, in die ich mich nicht einmischen werde. Ich an deiner Stelle würde den Typen allerdings nicht mehr von der Angel lassen.«

»An mir liegt es ja gar nicht«, gab Sharon kleinlaut zu. »Ich weiß, dass ich Alec liebe, und ich hab es ihm auch gesagt. Da gibt es aber noch eine andere Frau, von der er angeblich nichts will, die aber trotzdem immer in seiner Nähe ist, und irgendwie ...« Sharon seufzte. »Alles ist sehr verworren, ich weiß auch nicht, wie es weitergehen soll.«

Freundschaftlich legte Barbara eine Hand auf Sharons.

»Wenn ich dir einen Rat geben darf: Überstürze nichts und lass es auf dich zukommen. Du hast einen Menschen, der für dein Leben sehr wichtig war, gerade zu Grabe getragen und bist dabei, dein Leben komplett umzukrempeln. Bring erst das auf die Reihe, die Liebe wird dann schon von allein kommen.«

»Ach, Barbara, danke für deinen Optimismus, ich werde deinen Rat befolgen.«

An dieses drei Tage zurückliegende Gespräch dachte Sharon, als sie Barbara ein letztes Mal zuwinkte, bevor diese durch das Gate verschwand. Ein wenig hatten sie Bedenken gehabt, dass bei der Gepäckkontrolle die Zeichnungen entdeckt werden könnten. Die Kanalinseln waren zwar kein Teil der Europäischen Union, Zollkontrollen von EU-Bürgern gab es jedoch nicht. Hätte jemand Barbara auf die Zeichnungen angesprochen, wollte sie behaupten, es wären von ihr angefertigte Bilder, und niemand hätte sich wohl die Mühe gemacht, die kleinen Signaturen näher zu betrachten. Es war aber alles glattgegangen, und eine große Last fiel von Sharon ab, als das Flugzeug mit Barbara an Bord gen Deutschland abhob.

Alec konnte sie nicht zum Flughafen begleiten, da er einen Kundentermin wahrnehmen musste.

»Er möchte mir die Renovierung eines alten Pubs in La Villette übertragen, den kompletten neuen Innenausbau. Drück mir die Daumen, Sharon, das würde Arbeit für mehrere Monate bedeuten.«

»Im Liliencottage gibt es auch eine Menge zu tun«, hatte Sharon erwidert. »Hier wackelt ein Tischbein, dort klemmt eine Schublade, und zwei Schranktüren schließen nicht richtig. In den letzten Jahren war es Theodora zunehmend schwergefallen, sich um alles zu kümmern. Spätestens zu Weihnachten möchte ich die Zimmer wieder vermieten. Wenn dein Angebot einer Freundschaft gilt, erteile ich dir den mündlichen Auftrag, alles in Ordnung zu bringen.«

Sie reichte ihm die Hand. Er schlug ein und schmunzelte.

»Auftrag angenommen, es wird mir ein Vergnügen sein.«

Im Liliencottage angekommen, entdeckte Sharon in der Küche auf dem Fußboden einen zusammengefalteten Zettel. Jemand musste ihn unter dem Türspalt durchgeschoben haben.

```
Wenn Sie glauben, es wäre nun vorbei, dann irren
Sie sich,
```

las Sharon verwundert.

```
Theodora Banks verbarg noch mehr Geheimnisse.
Wenn Sie diese erfahren wollen, kommen Sie heute
Nachmittag um fünf Uhr in das German Military
Underground Hospital …
```

Sharon zerknüllte das Blatt, strich es dann aber wieder glatt. Der Text war auf einem Computer geschrieben und ausgedruckt worden und nicht unterzeichnet. Mit anonymen Schreiben tat man nur eines: Man warf sie in den Müll. Sie zögerte jedoch und dachte an Raoul. Wollte er sie in eine Falle locken? Heute Vormittag in der Bank hatte er sehr aufrichtig gewirkt, außerdem: Was konnte er über Theodora noch herausgefunden haben? Das würde er ihr sicherlich offen ins Gesicht sagen und sie nicht in ein Museum bestellen. Und warum ausgerechnet das alte Untergrundhospital? Über einen längeren Zeitraum hinweg hatte Theodora dort gearbeitet und Matthias Huber kennengelernt. Hing es damit zusammen?

Sharon seufzte. Sie wusste, sie war viel zu neugierig, um die Aufforderung zu ignorieren. Allerdings würde sie nicht allein gehen.

»Sharon, bitte, ich bin gerade in einer wichtigen Besprechung«, raunte Alec ins Telefon. »Ich hab dir doch davon erzählt.«

»Es geht ganz schnell«, sagte Sharon und berichtete hastig von dem Zettel.

»Du gehst da nicht hin!«, ermahnte Alec sie. »Das ist bestimmt nur ein schlechter Scherz. Einen Moment.« Offenbar legte Alec eine Hand über das Telefon, denn sie hörte ihn undeutlich sagen: »Verzeihen Sie, Mr Langlois, ich stehe Ihnen gleich wieder zur Verfügung.« Dann wieder lauter zu Sharon: »Hör zu, es geht jetzt wirklich nicht, aber okay: Treffen wir uns am Eingang zum Hospital.« Damit beendete er das Gespräch.

Froh, mal wieder kräftig ausschreiten zu können, machte sich Sharon auf den Weg. Der Himmel war bewölkt, vom Meer her wehte eine kühle Brise, und für den Abend hatte der Wetterbericht Starkregen vorausgesagt. Trotzdem genoss Sharon jeden Schritt und jeden Atemzug. London und ihr früheres Leben rückten immer weiter in den Hintergrund. Manchmal dachte Sharon, dass es unmöglich erst sechs Monate her sein konnte, seit sie nach Guernsey gekommen war.

Kurz vor fünf Uhr stand sie am Eingang des Museums. Von einem früheren Besuch wusste sie, dass die tiefen Stollen unzureichend beleuchtet und nur wenige Räume mit ein paar Möbeln aus der Vergangenheit eingerichtet waren. Im Gegensatz zu dem deutschen Hospital auf Jersey vermittelte dieses hier einen beklemmenden Eindruck, und es war schwierig, sich vorzustellen, dass während des Krieges die Gänge von Leben erfüllt gewesen waren. Die Kasse hinter der Eingangstür, an der man auch Souvenirs, Bücher und kalte Getränke kaufen konnte, war unbesetzt.

»Hallo?«, rief Sharon in den düsteren Stollen, der sich vor ihr ausbreitete. »Ist hier jemand?«

Niemand antwortete.

»Es ist völliger Blödsinn, dass ich überhaupt gekommen bin«, murmelte Sharon. Wer immer diesen Zettel geschrieben hatte: Wenn er ihr etwas zu sagen hatte, sollte er sie im Liliencottage aufsuchen.

Plötzlich tauchte am Stolleneingang ein großer Schatten auf. Sharon schrie auf, hörte dann jedoch Alecs Stimme: »Nicht erschrecken, ich bin es nur.« Er trat vor, sodass sie sein Gesicht sehen konnte. »Unser geheimnisvoller Freund ist wohl noch nicht gekommen?«

»Vielleicht erwartet er uns drinnen? Allerdings habe ich mir gerade überlegt, wieder zu gehen.«

»Eine gute Entscheidung.«

Alec grinste, dann hörten sie ein Geräusch vom Ende des Hauptstollens. Sie sahen sich unsicher an, gingen aber doch den Gang entlang. Sharon hatte keine Angst. Alec war bei ihr – was sollte ihr da geschehen?

Vereinzelte Glühbirnen spendeten nur wenig Licht, Wasser tropfte von der Decke und rann über die unverputzten Wände, und es war kalt. Der Hauptstollen machte eine Biegung nach rechts, weitere Gänge verzweigten sich in drei Richtungen.

»Wo wohl dieser Raum acht gewesen war, wo Theodora zum ersten Mal auf Matt traf?«, fragte Sharon.

Alec deutete auf die Wand. »Schau, manche Nummern sind noch vorhanden, vielleicht finden wir den Raum. Allerdings glaube ich nicht, dass außer uns noch jemand hier ist. Das Ganze ist ein übler Scherz.« Er nahm ihren Arm. »Komm, lass uns gehen, es ist doch sehr ungemütlich hier.«

Dann ging alles so schnell, dass weder Sharon noch Alec reagieren konnten. Hinter ihnen erklangen Schritte, Sharon erhielt einen heftigen Schlag auf den Rücken, dann zischte es.

Sharon schrie laut auf, schlug die Hände vors Gesicht und sank auf die Knie. Ihr Gesicht, besonders die Augen, brannte wie Feuer, und sie konnte kaum noch atmen. Schritte entfernten sich schnell, dann erlosch das Licht, und wie aus weiter Ferne hörten sie eine Tür zuschlagen.

»Sharon!« Sie fühlte Alecs Arme um ihren Körper. »Geht es dir gut?«

»Ganz und gar nicht«, wimmerte sie. »Meine Augen ... es tut so weh, und ich kann nichts mehr sehen ...«

»Ganz ruhig, Sharon. Ich glaube, es handelt sich um Pfefferspray. Das ist schmerzhaft, aber nicht unbedingt gefährlich. Kannst du aufstehen? Wir müssen machen, dass wir hier wegkommen.«

»Ist er noch hier?«

»Ich glaube nicht«, antwortete Alec. »Mein Gott, wir sind wie zwei dumme Karnickel in die Falle getappt.«

»Was ist mit dir?«

»Mir geht es gut, ich hab kaum etwas abbekommen, nur etwas auf der Wange und am Hals.«

Mit Alecs Hilfe rappelte sich Sharon hoch. Von ihm gestützt, ging sie in die Richtung, aus der sie glaubten, gekommen zu sein.

»Alec, der Schlüsselbund in meiner linken Jackentasche«, sagte Sharon. »Daran ist eine Taschenlampe.«

Alec nestelte den Bund aus der Tasche und knipste die kleine LED-Lampe an. Trotz der Situation grinste er und sagte: »Was ihr Frauen immer mit euch herumschleppt!«

»Das ist Theodoras Schlüsselbund, ich weiss nicht, warum sie die Lampe hatte.«

»Sie hilft uns jetzt jedenfalls.« Alec leuchtete in Sharons Gesicht. »Kannst du die Augen aufmachen?« Sie versuchte es, schüttelte dann aber den Kopf. »Bin ich jetzt blind?«, fragte sie panisch.

»Nein, Sharon, aber du solltest zu einem Arzt.«

Im schwachen Schein der Lampe fanden sie den Weg zum Ausgang, dieser war jedoch verschlossen. Sharon hörte, wie Alec an dem Schloss rüttelte. Ohne Erfolg, die massive eiserne Tür liess sich nicht öffnen.

»So ein Mist! Was ist hier los, wer treibt ein solches Spiel mit uns?«

Sharon, die immer noch nichts sehen konnte, sagte: »Versuch, jemanden anzurufen.«

»Hier drinnen haben wir kein Netz«, antwortete Alec, nachdem er auf sein Handy geschaut hatte. »Tja, es sieht wohl so aus, als müssten wir die Nacht hier verbringen, bis die Stollen morgen wieder geöffnet werden.«

»Das halte ich nicht aus!«, rief Sharon. »Mein Gesicht brennt wie Feuer, und ich kann nichts sehen! Was, wenn der Angreifer zurückkommt? Ich hab Angst, Alec, ganz schreckliche Angst!«

»Pst, mein Liebling.« Sie spürte wieder seine Arme; er drückte sie an seine Brust. Trotz ihrer beginnenden Panik hatte sie gehört, wie er sie Liebling genannt hatte. »Wir können im Moment nichts tun.«

»Schick jemandem eine SMS«, schlug Sharon vor. »Manchmal gehen Textnachrichten durch, auch wenn keine stabile Telefonverbindung vorhanden ist. Es ist ein Versuch. Schreib jemandem, den du kennst, wo wir sind, was geschehen ist und dass er die Polizei benachrichtigt.«

Er antwortete nicht, Sharon spürte, wie er von ihr abrückte.

»Alec? Was ist los?«

»Ich« – er räusperte sich – »ich kann das nicht.«

»Was?«

»Eine SMS schreiben.«

»Was?«

»Ja, ich kann nicht schreiben«, stieß er trotzig hervor, »und wenn wir schon dabei sind: Ich kann auch nicht lesen.«

»Was?«

»Himmel, kannst du aufhören, andauernd *was* zu sagen?« Er klang verärgert. »Tja, jetzt kennst du das große Geheimnis von Alec Sauvage.«

Sharon kam sich wie in einem falschen Film vor. Trotz der brennenden, tränenden Augen, trotz der feuchten Kälte, die ihre Kleidung durchdrang, und trotz der Angst, der Angreifer würde erneut zuschlagen, wurde ihr vieles verständlich.

»Warum sagst du nichts?«, fragte Alec. »Na los, lach mich aus! Amüsier dich, dass ein erwachsener Mann weder lesen und, außer notdürftig seinen Namen, auch nicht schreiben kann.«

»Weder das eine noch das andere werde ich tun«, antwortete Sharon ernst. »Deshalb hast du nie auf meine Briefe oder sonstigen Nachrichten geantwortet, darum hast du die Briefe aber aufbewahrt. Ich hab nie etwas bemerkt, ich meine, früher ...«

»Als wir als Jugendliche zusammen waren, war es nie notwendig, dass wir einander schreiben.«

»Alec, du bist doch ein erfolgreicher Geschäftsmann! Hast eine eigene Werkstatt mit Angestellten ...«

Sie hörte ihn bitter lachen. »Irgendwie habe ich mich erst durch die Schule und später durch das Leben gemogelt. Es gibt zahlreiche Erklärungen, warum Menschen wie ich etwas nicht lesen oder Formulare ausfüllen können. Brille vergessen, die Handschrift ist zu schlecht ... Im Laufe der Jahre wird man sehr erfinderisch. Was glaubst du, wie oft ich bei Terminen mit einem bandagierten rechten Handgelenk erschienen bin und behauptete, mit links keinen einzigen lesbaren Buchstaben schreiben zu können? Heute ist Analphabetismus eine anerkannte Behinderung, früher jedoch galt man als blöd und nur zu faul, um zu lernen. Meine Mutter wusste es, meinem Vater verschwiegen wir es jedoch. Als Schreiner war es ohnehin wichtiger, mit den Händen zu arbeiten, und für den ganzen Papierkram ...«

»Yvette weiß Bescheid, nicht wahr? Sie hilft dir, die Werkstatt zu führen, deswegen ist sie so wichtig für dich.«

»Ja. Zuvor hat meine Mutter sich um das Büro gekümmert. Als sie es nicht mehr konnte, fand sie Yvette, eine junge Frau aus der Nachbarschaft, der wir vertrauen konnten. Yvette war sofort bereit, diese Aufgabe zu übernehmen und über mein Handicap Stillschweigen zu bewahren, und da sind ja auch noch meine zwei Mitarbeiter. Sie haben nie Fragen gestellt, wenn ich sie bat, die eine oder andere Auftragsbestätigung oder Rechnung zu schreiben. Es lief alles bestens. In den letzten Wochen wurde das Verhältnis zwischen Yvette und mir aber immer angespannter.«

»Seit ich nach Guernsey gekommen bin.«

»Das ist richtig, Sharon. Yvette muss vor mir gespürt haben, dass die alten Gefühle längst nicht vergangen sind, im Gegenteil.«

»Dann liebst du mich ebenfalls?«, fragte Sharon bang. Von der Beantwortung dieser Frage schien für sie plötzlich alles abzuhängen.

»Ja, Sharon, ich liebe dich. Ich hab nie aufgehört, dich zu lieben, und als du damals gegangen bist ... Ach, ich hab mir eingeredet, dass es besser so ist. Irgendwann hättest du erfahren, was mit mir los ist, und dann wäre es zwischen uns vorbei gewesen. Du, das weltweit erfolgreiche Model, und ich, ein einfacher Schreiner, der weder lesen noch schreiben kann. Ich schämte mich entsetzlich, und wäre es herausgekommen, wäre nicht nur ich, sondern auch du zum Gespött der Leute geworden, weil du dich mit einem Idioten eingelassen hast.«

»Du bist doch kein Idiot, Alec, bitte, sag das nicht«, flüsterte Sharon. »Niemals hätte ich dich deswegen verlassen, wir hätten damals einen Weg gefunden.«

»Auf der Insel hatte ich mich mit dem Alltag arrangiert«, fuhr Alec fort, ohne ihre Bemerkung zu beachten, »hier fühlte ich mich sicher. Ich fürchtete mich nicht nur vor dem Spott, sondern auch davor, meine über die Jahre geschaffene Komfortzone zu verlassen. Wie soll ich mich in London oder einer anderen Stadt zurechtfinden, ohne Wegweiser und Straßenschilder lesen zu können, wie mit der U-Bahn fahren oder an einem Flughafen klarkommen? Ich war ein Feigling, Sharon, und hatte schlicht und ergreifend Angst vor einem Leben außerhalb Guernseys.«

»Du klingst desillusioniert«, murmelte Sharon, verstand seine Argumentation jedoch.

Er lachte freudlos und erwiderte: »Ich bin doch total nutzlos, das zeigt sich ja jetzt. Ich kann nichts tun, um uns hier rauszubringen.«

»Das würde dir auch nicht gelingen, wenn du lesen könntest«, antwortete Sharon bestimmt, dann tastete sie nach ihm. »Würdest du mich endlich in den Arm nehmen und küssen? Das ist nämlich etwas, das du außerordentlich gut kannst!«

Sie hörte ihn leise sagen: »Wenn du mich so darum bittest ...«

Für ein paar Minuten vergaßen sie die prekäre Situation, in der sie sich befanden. Dann schob er sie sanft zurück und stand auf. Gleich darauf hörte Sharon ein Scheppern, danach das Klirren von Glas.

»Was tust du?«

»Gleich, Sharon.« Er war wieder an ihrer Seite und hob mit zwei Fingern ihr Kinn. »Erschrick nicht, ich werde versuchen, deine Augen mit Mineralwasser zu spülen. Es wird aber kalt werden.«

»Hast du das Wasser aus dem Automaten, den du gerade eingetreten hast?«

»Ja, und ich glaube, die Notwendigkeit dieses Vandalismus ist verständlich. Natürlich komme ich für den Schaden auf.«

Sharon zuckte zusammen, als das Wasser über ihre Augen lief. »Versuch, die Lider zu öffnen.« Sie tat es, und der nächste Schwall traf ihr Gesicht. »Du machst das gut«, lobte Alec. »Wir müssen es noch ein paar Mal wiederholen.«

Tatsächlich ließ das Brennen nach, und Sharon konnte wieder Umrisse erkennen. Fürsorglich tupfte Alec ihr mit einem Taschentuch das Gesicht ab.

»Hoffentlich hält die Taschenlampe durch«, murmelte sie und dachte an Matt. Sie hatte nur für etwa eine halbe Stunde nichts sehen können, wie furchtbar muss es für den jungen Mann gewesen sein, für immer blind zu sein. »Gib mir dein Telefon, ich versuche, Yvette eine Nachricht zu senden. Ihre Nummer hast du doch sicher gespeichert?«

»Nicht Yvette.«

»Warum nicht? Ich nehme an, wenn ein Signal durchgeht, wird sie es sofort lesen und alles unternehmen, damit man uns hier rausholt.«

»Sharon, ich … also …« Ratlos fuhr er sich durch die Haare. »Ich fürchte, es war Yvette, die uns hierhergelockt und angegriffen hat. Es ging zwar alles blitzschnell, und ich konnte kein Gesicht erkennen, glaube aber, Yvettes Parfum gerochen zu haben.«

»Ich fasse es nicht!« Stöhnend sank Sharon zurück. »Dann hat sie den Zettel geschrieben? Warum? Um mich umzubringen, um endlich freie Bahn bei dir zu haben?«

»Inzwischen traue ich Yvette zwar so allerhand zu, sie ist aber keine Mörderin. Dagegen spricht das Pfefferspray, und von einer Nacht im Tunnel holst du dir vielleicht einen Schnupfen, sterben wirst du nicht. Nein, ich glaube eher, sie wollte dir einen so gehörigen Schrecken einjagen, dass du die Insel verlässt.«

»Wenn das stimmt, dann wird sie mich kennenlernen«, grummelte Sharon. »Gut, dann versuche ich es bei Raoul.«

Sie tippte einen entsprechenden Text in ihr Handy und schickte ihn Raoul. Ein Netz war zwar immer noch nicht verfügbar, es war aber ihre einzige Chance. Alec zog seine Jacke aus und legte sie Sharon um die Schultern, obwohl er nur ein kurzärmeliges T-Shirt trug.

»Schade, dass kein Bier in dem Getränkeautomaten ist«, sagte er bedauernd. »Willst du einen Saft oder eine Cola? Es gibt auch Chips, Erdnüsse und Schokoriegel.«

»Wenigstens müssen wir nicht verhungern«, bemerkte Sharon ironisch.

Dicht aneinandergeschmiegt saßen sie auf dem Boden. Alle paar Minuten sah Sharon auf ihr Handy – die SMS wurde nicht abgeschickt, dann erlosch das Display.

»Mein Akku ist leer«, sagte sie, auch Alecs Akku hatte inzwischen den Geist aufgegeben. Es blieb ihnen nichts anderes übrig, als zu warten.

Irgendwann schliefen sie ein. Als Sharon aufwachte, schimmerte Licht unter dem Türspalt hindurch. Der Blick auf die Uhr sagte ihr, dass es kurz nach acht war. Auch Alec war aufgewacht und kratzte sich über die Bartstoppeln am Kinn.

»Nur noch knappe zwei Stunden, dann öffnet das Museum«, erklärte Sharon. »Jetzt haben wir bereits die zweite Nacht miteinander verbracht, die Erste war aber um einiges romantischer.«

Alec küsste sie. »Wir holen es nach, sobald ich mit Yvette abgerechnet habe.«

»Wirst du ihr kündigen?«

»Nicht nur das.« Er lachte gallig. »Ich werde sie bei der Polizei anzeigen.«

»Ist das nicht übertrieben?«

»Wirklich, Sharon, deine Gutmütigkeit in allen Ehren, ich hab mittlerweile aber endgültig die Nase voll. Immer wieder habe ich ihr klargemacht, dass wir niemals eine Beziehung miteinander eingehen werden. Offenbar will oder kann Yvette das nicht verstehen. Ich fürchte mich nicht mehr davor, dass jeder von meinem Problem erfährt, und ich werde jemanden finden, der mir den Schriftkram abnimmt.«

»Wenn du mir das zutraust ...«

Er sah sie liebevoll an. »Dir traue ich alles zu, Sharon. Du willst aber das Liliencottage als Pension führen. Sind beide Jobs nicht ein bisschen viel?«

»Wir sollten es ausprobieren«, antwortete Sharon, »wenn es nicht klappt, kannst du immer noch jemanden einstellen.«

Um halb zehn rasselte der Schlüssel im Schloss, und die Tür sprang auf. Mr Rougier, ein Pensionär, der die Betreuung des Museums ehrenamtlich ausübte, staunte nicht schlecht, zwei Personen vorzufinden. Da er Alec jedoch kannte, hörte er seine Erklärungen an und winkte ab, als Alec beteuerte, er würde für den Schaden am Automaten aufkommen.

»Unter diesen Umständen vergessen wir es.«

»Wieso waren Sie eigentlich nicht an der Kasse, als wir das Museum betraten?«, fragte Sharon, die sich die halbe Nacht diese Frage gestellt hatte.

»Das war ein Fehler«, gab Mr Rougier zerknirscht zu. »Etwa zwanzig Minuten vor fünf erhielt ich einen Anruf, dass es am Nebenausgang – der ist übrigens vergittert – brennen würde. Ich machte mich sofort auf den Weg, um nachzusehen, da sich ohnehin keine Besucher mehr im Stollen aufhielten. Ich ging außen herum, denn bei einem Feuer war das sicherer. Es stellte sich allerdings als schlechter Scherz heraus. Ich kehrte also zurück, inzwischen war es nach fünf Uhr, und verschloss ordnungsgemäß die Tür. Ich konnte ja nicht ahnen, dass noch jemand drinnen ist.« Er musterte Sharon und Alec vorwurfsvoll. »Warum sind Sie auch einfach reingegangen? Das hätten Sie nicht tun dürfen, Mr Sauvage, Ihr Interesse für die Historie in allen Ehren.«

»Das, Mr Rougier, ist eine lange und komplizierte Geschichte«, antwortete Alec und seufzte. »Zusätzlich eine Angelegenheit für die Polizei, zu der wir uns unverzüglich begeben werden, sobald ich Sharon zum Arzt gebracht habe.«

Sharon sah an sich herunter. »Könnte ich vielleicht erst duschen und etwas Frisches anziehen? In diesem desolaten Zustand möchte ich nicht unbedingt unter die Leute.«

Er schüttelte lachend den Kopf. »So ganz kannst du doch nicht aus deiner Haut, nicht wahr, Sharon? Es ist aber besser, wenn ein Arzt so schnell wie möglich deine Augen untersucht.«

»Okay«, stimmte Sharon zu, »allerdings nur, wenn du mir versprichst, die Badewanne dann später mit mir zu teilen.«

»Ein Angebot, das ich nicht ablehnen werde.«

Albern wie Teenager liefen sie Hand in Hand davon, und Mr Rougier schaute ihnen lächelnd nach.

Alecs Entscheidung, Sharons Augen mit Mineralwasser zu spülen, war richtig gewesen, wie der Arzt bestätigte.

»Sie haben schnell und umsichtig gehandelt, Mr Sauvage, und damit Schlimmeres verhindert. Die Hornhaut ist nicht verletzt, morgen werden Sie nichts mehr spüren und auch wieder völlig klar sehen können.«

Er gab Sharon ein Fläschchen mit Tropfen mit, mit denen sie jede Stunde ihre Augen benetzen sollte. Alecs Haut wurde ebenfalls versorgt, dann machten sie sich auf den Weg zur Polizeistation in St Peter Port. Alec war fest entschlossen, Yvette anzuzeigen, und Sharon sah ein, dass die Frau dieses Mal wirklich zu weit gegangen war und der Überfall nicht ungestraft bleiben durfte.

Sie begleiteten die beiden Polizeibeamten zur Werkstatt. Yvette saß hinter dem Schreibtisch, erschrak, als die Polizisten, Alec und Sharon eintraten, und sprang auf.

»Was hat das zu bedeuten?«

Sie gab sich betont gelassen, Sharon bemerkte aber das nervöse Flattern ihrer Lider.

»Ich denke, das weißt du genau«, erwiderte Alec kühl. »In den letzten Wochen habe ich dir immer wieder verziehen, auch, dass du in meinem Handy herumgestöbert und Nachrichten in meinem Namen ausgesprochen hast, jetzt ist es damit vorbei, Yvette, ein für alle Mal.«

Einer der Beamten trat vor und sagte emotionslos: »Ms Blake, gegen Sie wird die Anschuldigung erhoben, unter einem Vorwand Ms Sharon Leclerque und Mr Alec Sauvage in das German Military Underground Hospital gelockt, sie dort mit Pfefferspray angegriffen und verletzt zu haben. Danach haben Sie dafür gesorgt, dass die beiden die Nacht dort verbringen mussten. Wir müssen Sie bitten, uns zum Revier zu begleiten, um zu den Vorwürfen Stellung zu nehmen.«

Yvette machte keinen Versuch zu leugnen.

»Diese Schlampe hat einen Denkzettel verdient!«, rief sie aufgebracht. »Machte sie doch ständig mit verschiedenen Männern herum.«

»Überdenke deine Worte, Yvette«, sagte Alec kalt, »sonst kommt eine weitere Anzeige wegen Beleidigung auf dich zu.«

Yvette lachte spöttisch, ihr Gesicht verzog sich, als sie mit dem Finger auf Sharon deutete und rief: »Sie wird dich verspotten, wenn sie die Wahrheit erfährt.«

»Ich weiß es.« Sharon ließ Yvette nicht aus den Augen. »Alec hat mir alles erzählt, und es spielt für mich keine Rolle.«

Wie ein Luftballon, den man mit der Nadel angestochen hat, sackte Yvette in sich zusammen und schlug die Hände vors Gesicht.

»Ich wollte doch nur, dass du glücklich wirst«, schluchzte sie, »deswegen sollte sie verschwinden, denn sie wird dir wieder das Herz brechen.«

Die beiden Polizeibeamten verzichteten darauf, Yvette Handschellen anzulegen, hielten sie aber an den Armen fest und führten sie zum Wagen, um sie zum Revier zu bringen. In diesem Moment tat sie Sharon irgendwie leid.

»Wird sie ins Gefängnis kommen?«

Alec zuckte mit den Schultern. »Der Besitz und die Verwendung von Pfefferspray ohne Waffenschein ist strafbar, dazu Körperverletzung und Freiheitsberaubung. Yvette wird einen guten Anwalt benötigen, das soll aber nicht mehr unsere Sorge sein.«

Das Polizeiauto war soeben durch die Toreinfahrt gebogen, als der Pick-up in den Hof fuhr. Alecs Angestellte stiegen aus, Bill kratzte sich am Kopf und fragte: »Hi, Alec, wir haben dich heute Morgen vermisst. Ist was passiert? Das war doch gerade Yvette in dem Polizeiwagen, oder?«

»Das ist eine sehr unschöne Geschichte.« Alec seufzte, nahm Sharons Hand und fuhr fort: »Für den Moment so viel: Yvette wird nicht wiederkommen, und das hier ist Sharon Leclerque. Bis auf Weiteres wird sie sich um das Büro kümmern.«

»Guten Tag, Ms Leclerque.« Bill nickte grüßend, und Marc fragte: »Sind Sie mit Marjorie Leclerque, der Konzertpianistin, verwandt? Meine Eltern waren große Bewunderer ihrer Musik.«

»Sie war meine Mutter«, antwortete Sharon schlicht. Sie reichte erst Bill, dann Marc die Hand und bat: »Bitte, sagt Sharon zu mir, wir sind doch jetzt ein Team.«

Alec räusperte sich und trat unsicher von einem Fuß auf den anderen, dann sagte er hastig, als wolle er es hinter sich bringen: »Eines gibt es noch, das ihr wissen müsst. Bill ... Marc« – sein Blick ging zwischen den Männern hin und her – »ich bin Analphabet. Das heißt, ich kann lediglich meinen Namen schreiben und ein paar einfache Wörter entziffern. Bisher nahm Yvette mir alles ab, jetzt wird sich jedoch einiges verändern.«

Für einen Moment starrten sich die Männer verwundert an, dann sagte Bill: »Wenn du unsere Hilfe brauchst, Alec, kannst du immer auf uns zählen.«

»Genau!«, warf Marc ein und grinste. »Du bist nämlich ein prima Chef! Der beste, den wir uns wünschen können.«

»Danke«, sagte Alec schlicht. »Esst jetzt euren Lunch, dann wieder ab an die Arbeit. Heute Nachmittag muss ich noch was erledigen, ab morgen läuft der Betrieb dann wieder normal.«

»Aye, aye, Sir.« Marc grinste und tippte sich an die Stirn, dann trollten sich die Männer in den Aufenthaltsraum.

»Nun würde ich aber wirklich gern in die Badewanne«, erklärte Sharon.

»Ich fahre dich nach Hause.«

Er nahm den kleinen Lieferwagen. Als sie über die schmale Straße in Richtung St Martin fuhren, fragte Sharon: »Wie hast du eigentlich den Führerschein bekommen, Alec? Ich hoffe, meine Frage brüskiert dich nicht.«

»Keineswegs. Ich denke, du wirst noch viele Fragen stellen, die ich dir gern beantworten werde. Tja, der Führerschein …« Alecs Mundwinkel zogen sich nach unten. »Die Praxis war kein Problem, und bei der Theorie …« Er warf Sharon einen kurzen Blick von der Seite zu. »Da habe ich geschummelt, indem ich mir die Prüfungsbögen besorgt und mir die richtigen Kästchen eingeprägt habe. Genau genommen war das eine Straftat, auf die ich wirklich nicht stolz bin.«

»Von mir wird nie jemand etwas erfahren«, beteuerte Sharon. »Hast du versucht, dir Hilfe zu holen? Vielleicht nicht hier auf der Insel, aber sicher wird es in London Möglichkeiten geben, diese Krankheit zu behandeln.«

»Es ist freundlich von dir, mein Handicap als Krankheit zu bezeichnen«, erwiderte er schmunzelnd, wurde aber gleich wieder ernst. »Nein, ich hab mich nie wirklich darum gekümmert, meine Scham war viel zu groß. Vielleicht ist jetzt aber ein guter Zeitpunkt, damit anzufangen.«

Sharon legte ihm die Hand auf den Arm. »Den ersten Schritt hast du getan, indem du den Männern die Wahrheit gesagt hast. Dafür bewundere ich dich, Alec.«

»Die Zeit des Versteckspielens ist endgültig vorbei, und weißt du was? Ich fühle mich plötzlich so frei wie selten zuvor.«

Glücklich und zufrieden lehnte Sharon sich zurück.

Sie badeten zusammen, küssten und liebten sich, dann machte Alec Kaffee. Jeder einen Becher in der Hand, gingen sie den Trampelpfad entlang zur Küste und setzten sich auf die Bank auf den Klippen. Die Brandung rauschte gegen die schroffen Felsen, zwei Möwen kreisten über ihren Köpfen und stießen schrille Schreie aus. Linker Hand unterhalb von ihnen lag die Fermain Bay, rechts in weiter Ferne der Jerbourg Point, auf dem Meer kreuzten Segelschiffe.

»Das Cottage ist eigentlich gar kein Cottage«, sagte Alec.

»Wie meinst du das?«

»Na ja, unter einem Cottage stellt man sich ein kleines, geducktes Haus mit schiefen Wänden und niedrigen Decken vor«, erklärte Alec. »Dein Haus ist recht groß, und neben den Gästezimmern gibt es noch jede Menge Platz. Bis du wieder an Touristen vermieten kannst, wirst du ganz allein sein.«

Sharon krauste die Stirn, dann erhellte ein Lachen ihr Gesicht.

»Alec Sauvage, willst du mich durch die Blume fragen, ob ich einverstanden bin, wenn du ins Liliencottage ziehst?«

»War es so offensichtlich?«

»Zweimal ja.«

»Wie meinst du das?«

Sharon sah ihn mit einem Blick voller Liebe an und erwiderte: »Ja, es war offensichtlich, und ja, ich möchte, dass wir zusammenziehen. Du hast aber die Wohnung über der Werkstatt. Das ist doch viel praktischer, als jeden Tag von St Martin in die Stadt zu fahren.«

»Ich möchte so oft wie möglich bei dir sein, Sharon. Vielleicht werde ich manchmal über Nacht in St Peter Port bleiben, wenn ich lange arbeite, ansonsten will ich keinen Moment mit dir mehr missen.«

Sie nickte. »Wir haben viele Jahre sinnlos vergeudet.«

»Äh, Sharon...« Er sah sie aufmerksam an. »Es gibt noch was, das ich dich fragen möchte. In der Nacht damals auf Jersey, du weißt schon ... Wir haben da nicht aufgepasst, und ich frage mich seitdem...«

»Ob ich schwanger geworden bin«, fiel Sharon ihm ins Wort und lachte. »Das hätte durchaus geschehen können, aber nein. Wobei – als ich sicher war, dass dem nicht so war, war ich ein wenig enttäuscht.«

Alec stellte seinen Kaffeebecher neben sich auf die Bank und nahm Sharon den ihren ab, dann schloss er sie fest in die Arme. Das Gesicht in ihren Haaren vergraben, raunte er: »Dann sollten wir es noch einmal versuchen, was meinst du? Und da ein Baby machen selten auf Anhieb klappt, brauchen wir sicher viele Versuche.«

»Alec Sauvage, willst du mich etwa zu einer ledigen Mutter machen?«, rief Sharon gespielt empört.

Er ließ sie los, rutschte von der Bank herab und kniete sich vor sie.

»Alec, bitte, wenn jemand kommt.«

»Dann soll es jeder sehen und hören, wie glücklich ich bin!«, rief er laut. »Sharon Leclerque: Möchtest du meine Frau werden?«

»Ja, das will ich! Das will ich von ganzem Herzen!«

In diesem Moment ließ eine über ihren Köpfen kreisende Möwe etwas fallen, das auf Sharons Schulter klatschte.

Alec stand auf. Sie nahmen sich an den Händen und lachten wie zwei ausgelassene Kinder.

»Weißt du, dass es Glück bringt, wenn man von Möwenkot getroffen wird?«

Sharon nickte und sagte leise: »Das größte Glück für mich ist, dass wir uns wiedergefunden haben, Alec.«

Sie war endlich angekommen.

*Ein romantischer Familiengeheimnisroman
vor der grandiosen Kulisse Irlands*

Ricarda Martin

Ein Sommer in Irland

Roman

Eigentlich soll die New Yorkerin Caroline in Irland nur ein altes und sehr wertvolles Buch auftreiben. Doch dabei stößt sie zufällig auf die tragische Lebensgeschichte einer irischen Schriftstellerin – und auf ein Wappen, das der Gravur auf einem Erbstück ihrer eigenen Familie verblüffend ähnlich sieht. Während Caroline auf der Suche nach ihren Wurzeln Irlands Südwesten durchstreift, verliert sie ihr Herz: an die grüne Insel – und an einen geheimnisumwitterten Mann.

Eine große Liebe überwindet alles

Ricarda Martin

Winterrosenzeit

Roman

Auf einem Beatles-Konzert verliebt sich der junge Deutsche Hans-Peter 1965 in die Engländerin Ginny – und ins »Swinging London«, wo alles so viel lockerer ist und freier als in der dörflichen Enge seiner süddeutschen Heimat. Als er jedoch wenig später endlich die Wahrheit über seinen Vater erfährt, kann Hans-Peter nur eines tun: Ginny freigeben. Denn Martin Hartmann ist keineswegs in den letzten Kriegstagen gefallen, sondern steht seit über zwanzig Jahren auf der Fahndungsliste der Kriegsverbrecher. Wie aber könnte Ginny den Sohn eines Mörders lieben?

*Jede Frau, die nach einer großen Liebe sucht,
muss erst zu sich selbst finden*

Julia Fischer
Die Fäden des Glücks

Roman

Mit der Magie opulenter Stoffe und leuchtender Farben weckt die Turiner Damenschneiderin Carlotta Calma die besondere Anziehungskraft jeder Kundin und schickt sie auf eine Reise zu sich selbst. Kleine Botschaften, heimlich unters Futter gestickt, weisen den Frauen den Weg.
Doch findet Carlotta auch ihren? Als die barocke Schönheit, die als Kind unter ihrer Figur gelitten hat, ihren Jugendfreund Daniele wiedertrifft, wird ein Märchen wahr. Aber hält es der Wirklichkeit stand? Das Chaos der Gefühle, in das die abenteuerlustige Carlotta gerät, stellt sie bald vor eine unerwartete Entscheidung.

*Ein Sommerroman voller Düfte
und unvermutetem Glück*

Julia Fischer

Die Galerie der Düfte

Roman

In den ehrwürdigen Räumen der Officina Profumo di Santa Maria Novella, jener traditionsreichen Apotheke inmitten der lebendigen Gassen und Plätze von Florenz, duftet es verführerisch nach Kräutern, Potpourris und edlen Seifen. Es ist ein beinahe himmlischer Ort, an dem die junge Münchnerin Johanna auf den Spuren eines berühmten Parfums zwei ungleichen Brüdern begegnet. Doch während Luca zaghaft um sie wirbt, hat sie ihr Herz längst an den stürmischen Sandro verloren – der einer anderen versprochen ist.